上册

杨溯 著

天地出版社 | TIANDI PRESS

目录

第一卷　桃李春风一杯酒

第一章	新雨凉	003
第二章	少年郎	013
第三章	圣人言	022
第四章	金陵雪	032
第五章	谢师恩	042
第六章	木叶萧	054
第七章	七月半	067
第八章	斜阳暮	080
第九章	修罗场	090
第十章	宫廷寂	101
第十一章	烛影摇	111
第十二章	藏山鬼	129
第十三章	闭春寒	135

第十四章	风雪刀	149
第十五章	几重悲	162
第十六章	千机刃	176
第十七章	步青云	187
第十八章	不留行	196
第十九章	复来归	206
第二十章	黑面佛	217
第二十一章	照夜凉	229
第二十二章	归无计	244
第二十三章	人如蓬	256
第二十四章	胶漆合	271
第二十五章	劫烬灰	278
第二十六章	无上心	285
第二十七章	恨匆匆	298
第二十八章	悲去兮	312

第二卷 江湖夜雨十年灯

第二十九章	江湖夜雨	323
第三十章	惊澜再起	337
第三十一章	飘摇难期	351
第三十二章	霜露宵零	362
第三十三章	咫尺千里	373
第三十四章	丹心似锦	387
第三十五章	郎心似铁	404
第三十六章	歧路行迷	416
第三十七章	以身为刃	427
第三十八章	行宫夜探	439
第三十九章	月照夜明	450
第四十章	承君此诺	465
第四十一章	雨雪霏霏	476
第四十二章	飞花似梦	484

第四十三章	阎罗索命	494
第四十四章	士死知己	506
第四十五章	惊鸿照影	514
第四十六章	梦里埙歌	529
第四十七章	龙蛇之刃	538
第四十八章	穷途当哭	547
第四十九章	花自飘零	560
第五十章	夜雨声频	573
第五十一章	生死恓惶	578
第五十二章	雨时天暮	585
第五十三章	封刀入鞘	594
第五十四章	逝水横波	607
第五十五章	刹那妖刀	623
第五十六章	哀鸿低徊	632
第五十七章	无上极乐	641

第五十八章	孤鸢飞雪	652
第五十九章	生死相知	660
第六十章	朔风摧铁	667
第六十一章	落发结愿	677
第六十二章	向死而生	688

番外篇 —— 今宵尽是人间梦

番外一	国色出水中	705
番外二	幽梦落人间	710
番外三	月朝冰簟圆	714

第一卷

桃李春风一杯酒

第一章 新雨凉

刚下了一场新雨，石板路上湿漉漉的，人牙子让孩子们蹲在屋檐下面，等府里的嬷嬷出来领人。夏侯潋混在人堆里，有一下没一下地蹭着脚上的泥，脚踝边上硬邦邦的。那是一把匕首，他出门的时候段叔给他防身用的。

他长得好看，尤其那双眼像极了他的母亲，盛满了夜里的星光，熠熠生辉。一路上常有小丫头片子找他搭话，他却一概不理。

在他眼里，他和这些丫头片子不同：她们头发长见识短，只知道被卖进谢府能吃饱能穿暖，有点儿心计的会想爬上主子的床；他夏侯潋可不一样，他是七叶伽蓝最年轻的刺客，他不是来当奴仆的，他是来杀人的。

他若无其事地撑着脑袋，目光扫过四周。清晨人少，巷子里冷冷清清，巷口蹲了几个乞丐，头一点一点地打着瞌睡。

夏侯潋心想，那些乞丐里面肯定有伽蓝的人，等他成功混进了谢府，就会有人从墙外抛进纸条，告诉他行刺的目标；说不准还会有人半夜来到他的窗下，告诉他伽蓝的内应在哪儿。

虽然他从来没有参与过伽蓝的刺杀，但是娘亲讲故事哄他睡觉的时候都是这么说的——伽蓝刺客神出鬼没，藏身于市井，杀人于无形。

人牙子走过来，清点孩子的数目。他低眉顺眼，屏息静气，乖巧地蹲着。

刺客都是这样的，从来不起眼。

两个嬷嬷并几个丫鬟开了门，从门槛里踏出来。人牙子换上一副笑脸，迎了上去："人都在这儿了，都是齐齐整整、手脚伶俐的好孩子。一个孩子五吊铜板，这可是金陵城最便宜的价了。"

领头的嬷嬷让孩子们站好，挨个检查，确认没有孩子缺鼻子少眼、缺胳膊少腿，也没有人长得歪瓜裂枣之后，和人牙子讨价还价了一通，才把孩子领进了谢府。

夏侯潋耳朵尖，听见人牙子掂了掂手里的银两，啐了口："穷酸样！"

几个嬷嬷和丫鬟都穿着半旧不新的袄子，只有领头的那个嬷嬷穿得好些，手腕上挂了个碧玉镯子，缀在最后头的女人袄子上还打了一个补丁。

"喂，那边那个穿灰袄子的，你过来。"冷不丁地听见一声唤，夏侯潋抬起头，见领头那个嬷嬷指着他。

夏侯潋走过去。嬷嬷把他推给那个袄子上打了补丁的女人，道："这孩子看着挺机灵的，你们院领回去使唤吧，别说夫人亏待了三少爷。"

"刘嬷嬷，再给奴婢一个人吧，之前夫人一连调走了两个丫头，咱们院里只剩下奴婢和一个小丫鬟，已经不够使唤了。"那女人长了一副苦瓜相，嘴巴像一颗核桃，皱皱巴巴的，仿佛是被苦水泡皱了。

嬷嬷冷哼了一声，道："三少爷不过是个丁点大的孩子，需要几个人服侍？难不成把全府的人都叫过去服侍你们三少爷不成？谢府这么大，处处都要用人，现在买了这几个孩子，匀给你们一个补上缺就偷着乐吧，竟还敢得寸进尺？"

"不敢不敢，刘嬷嬷息怒，一个就够了。"女人连忙躬身道歉，拉起夏侯潋的手走了。

女人的手上有许多茧子，磨得夏侯潋的手有点疼，不过夏侯潋已经习惯了，他娘的手因为常年握刀，比这双手还要粗糙。

"你以后叫我兰姑姑便是。你叫什么名字呀？"

"夏侯潋。"他装出乖巧的样子，怯生生地答话。

"哪个潋呀？"

"'势横绿野苍茫外，影落横波潋滟间'（改编自《题应天寺上方兼呈谦上人》）的潋。"

兰姑姑惊讶地看了眼夏侯潋，道："你还会背诗？"

夏侯潋心里一惊，他忘记这些被人牙子买来的都是家境贫苦的孩子，别说背诗，就算是大字也认不到几个。他连忙撒谎道："我都是听别人说的，只会这一句。"

兰姑姑笑道："会背诗好。我们惊澜少爷最喜欢读书了，你能背上几句，准能讨他欢心。你识字吗？读过书吗？《百家姓》《千字文》，可曾读过？"

如果春宫图和刀谱算书的话……

"读过一点儿，会写自己的名字罢了。"

兰姑姑拍了拍夏侯潋的手，温和地笑道："已经很好了，姑姑我只能认得几个数儿呢。"

一路上碰到不少丫鬟仆役，兰姑姑总远远地就停下行礼，要么就避开他们绕道走。丫鬟仆役都对兰姑姑视而不见，夏侯潋不禁心里犯了嘀咕。

"听说老爷明儿就回府了，大夫人高兴坏了。咱们手脚麻利点，老爷的屋子今日就要收拾出来。"前面的两个丫头说着话，兰姑姑行了一个礼，和她们擦肩而过。

"高兴什么呀，我听说老爷是得罪了宫里的魏公公，被外放出来的。咱们小心着点，别触了霉头。"

"老爷也真是，何必去得罪魏公公呢？平白遭罪。"

声音渐远，夏侯潋低头走着。一个看着十三四岁的圆脸丫鬟迎面走过来，道："姑姑！奴婢来接您。咦，怎么就领回来一个毛头小子？"

"来，小潋，叫莲香姐姐。"兰姑姑道。

"莲香姐姐。"夏侯潋乖乖打了招呼。

莲香瞥了夏侯潋一眼，不满道："一个毛头小子顶什么事儿？还得我们照应着。大夫人欺人太甚，每日洒扫、浣衣、除草都要人，咱们还会分身术不成？"

兰姑姑拉住莲香，摇头道："算了算了，别说了，咱们三人伺候少爷就够了。哎，你怎么出来了？你怎么能让少爷一个人在屋里呢？"

"没事儿，少爷睡着午觉呢。"

兰姑姑不放心，三人加快了脚步，往秋梧院赶。夏侯潋只觉他们横穿了整座府邸，周遭的景致越来越破败，走了一炷香的工夫才看到秋梧院的角门。还没进门，三人就听见里头噼里啪啦一阵锅碗瓢盆打翻的声音，还有一个少年的大吼。

"把书还给我！还给我！"

兰姑姑和莲香冲进门去，夏侯潋跟在后头，只见伶仃的小院一片狼藉，一个半大少年被几个奴仆按在地上，满脸都是泥尘，一个肥头大耳的白脸胖子站在边上，鼻子、耳朵都像圆乎乎的肉球，浑圆发亮。进府以来，夏侯潋看到的人都瘦巴巴的，敢情全府的油水都在这一个人的身上。

金陵少年有涂脂抹粉的习惯，那胖子怕是对自己的外貌有很深的自知之明，也涂了胭脂水粉，只是劲道有些过头。夏侯潋和他隔了几步远，香粉的味道扑鼻而来，让夏侯潋脑袋发昏。

"什么叫还给你？这书本来就是我的，就算我用不着了，丢在了外边儿，那也是我的，谁准许你这个狗杂种捡来看？"胖子把书撕得稀巴烂，恶狠狠地说道，"就你这尿样，还读书？怎么，你想考科举？想当官儿？做梦吧你，贱婢的儿子，一辈子只能给本大爷当奴才！"

"我宰了你！我宰了你！不许骂我娘！不许骂我娘！"少年竭力挣扎，脸气得通红，眼里都是血丝。

莲香和兰姑姑跪在地上不住叩头，哭道："大少爷，放过三少爷吧，放过三少爷吧！"

"滚一边儿去！来人，快给我搜搜，看他还有没有私藏我的书。都搜出来撕干净！"

家丁里里外外翻了个遍，几乎把整座院子掀了过来，连茅房里的草纸都撕光了，把一堆碎纸统统堆在空地上。书着实不算多，加上草纸，也不过刚好垒成一个小堆。

三少爷怔怔地看着一地碎纸，缓缓抬头，目光阴冷地注视那胖子，道："若我有一日扶摇直上，必要你死无……"

他的话还没说完，一个家丁一脚把他踢翻在地，大笑道："还扶摇直上呢！在泥巴里打滚的贱命，谁也改变不了！"

夏侯潋蹲在墙边上，看得心头窝火，手不自觉地摸上了靴里的匕首，又转念一想，不行，刺客不能暴露自己。他强迫自己把手移开，安静地缩成一只鹌鹑。

胖子蹲在三少爷跟前，从地上抓起一把纸屑，左手捏住他的脸，把纸屑塞进他的嘴里。三少爷不住地挣扎，家丁死按着他，看他咳嗽不停的模样都笑起来。兰姑姑和莲香想冲上去，被其他家丁拦住，只能眼睁睁地看着三少爷红着眼趴在地上。

"谢惊澜，你听着，你那个贱婢娘亲当初趁我爹喝醉酒爬上我爹的床才有了你，你就是个狗杂种，还妄想读书做官，死了这条心吧！我娘给你脸，才让你还有个少爷的名头。你要是不安分，本大爷让你和你那老不死的奴婢滚去刷恭桶。"

胖子在他头顶上撒了把纸屑，纸屑雪花一般落了他满头满脸。一群人大笑不止，扬长而去。

兰姑姑和莲香扶起谢惊澜，两人拍着他身上的灰，眼里都是泪水。

"大少爷怎么能这么欺负三少爷？这些书都是他不要了，咱们三少爷从库房里捡回来的，他竟把这些书都撕成这样了。"莲香愤愤不平，看见谢惊澜抿唇不语，软了神色，道，"少爷……要不咱们还是不读了。唉，没纸没墨的，现在书也没了，还是算了吧。"

谢惊澜没理她。兰姑姑拿来扫帚，要把地上的碎纸扫干净。谢惊澜站起来拦住兰姑姑，道："别扫，把它们收进屋里，我还能粘起来。"

"可是都碎成这样了，还是好几本书在一块儿的纸屑，能粘好吗？"

"能。放着我来。"

"对了，今儿奴婢带回来的小潋识字，能帮上少爷。小潋，你在哪儿？快过来，给少爷请安。"

夏侯潋闻言，连忙跑过来，歪歪扭扭地给谢惊澜作了一个揖。走到近前，夏侯潋才看清这位小少爷的长相——虽然满脸泥尘，却挡不住眉间秀色，静静望着你的时候，瞳眸像一泓秋水，只是脸色苍白，病恹恹的，一副没吃饱饭的模样。

原来是个娘娘腔，怪不得毫无还手之力。伽蓝里的男人每个都身强体壮，脱了衣服就是一块块的肌肉。夏侯潋常年在山上，见到的都是千锤百炼在死地里摸爬滚打回来的男人，从没见过这样身娇体弱的小少爷，当下心里有点瞧不上他。

谢惊澜掀起眼皮打量了夏侯潋一眼，见他鬓发散乱，脸上不知蹭上了什么脏东西，灰一块黑一块的，活生生一个泥猴样，忍不住皱眉道："这什么玩意儿？我不要，退回去。"

夏侯潋："……"

谢惊澜这厮，虽然是个有名无实的少爷，却养了一副心高气傲的脾气。在他眼里，正院的那位大少爷迟早要被他踩在脚下，只是时间问题。等他金榜题名、打马游街，谢府这干人就会涕泪横流地跪倒在他马下，求他的原谅。

每当遭受欺侮之时，他都会想想将来风光得意的时候，打碎的牙齿混着血往肚子里吞，气没能消，倒是牙和血在他心里碰出了一个又一个凹凸不平的眼子。他没记住孟子说的"以德服人"，心里只有"君子报仇，十年不晚"。

要想出人头地，唯一的路子就是科举。谢家是书香世家，世代为官，可惜传到谢府大爷谢秉风这一代，人丁渐衰。谢秉风汲汲营营一辈子，到现在还是都察院六品的官阶。不过他师从大儒戴圣言，为官又廉洁清正，倒是博了个学富五车、清廉为官的好名声。

圣朝品评人物成风，名声确确实实能当饭吃，谢秉风干实事的能耐没有，却能引领天下学子，文人儒士都以踵谢氏大门为荣。既以诗书传家，自当守住祖宗传下来的老本行，因此谢家十分重视子孙的学业，延聘族中大儒坐镇族学。

大夫人有个烂泥扶不上墙的儿子，生怕谢惊澜越过自己的儿子去，不许谢惊澜前往族学读书，更没给他笔墨纸砚的份例。谢惊澜没有法子，只好从库房捡来大少爷谢惊涛用旧的书籍，躲在墙角偷听族学先生讲课，用树枝在地上写字。这么磕磕绊绊地学着，四书五经竟被他生吞硬嚼学了大半，学堂里正经的学生都比不上他。

谢惊澜不理睬夏侯潋，自己坐在桌前把草纸屑从纸堆里拣出来，然后把碎纸一点一点地粘起来。

这些书不是什么圣贤学问，而是他的进身之阶，他只有踩着这一本本狗屁不通的高头讲章，才能成为人上之人。

夏侯溦一看到这些纸屑就头大，随便挑了几张纸。兰姑姑要他帮忙，他只能站在旁边干看着。

日落西山，夜色渐深，屋子里没有油灯，只能用蜡烛。谢惊澜怕蜡烛烧着纸屑，不肯把蜡烛放上桌，就着昏黄的一点儿光吃力地粘着。破败的屋子里两人的影子在墙壁上拉得老长，像两个飘虚的鬼影。

夏侯溦在桌上打了个盹起来，见谢惊澜还在粘。

他身子瘦弱，明明是跟夏侯溦一样的十二岁年纪，夏侯溦身强体壮，他却一阵风就能吹跑似的。粘得久了，眼睛早花了，谢惊澜不住地揉眼，看得夏侯溦木头疙瘩做成的心竟也生出几分怜悯来。

夏侯溦是个三天不打上房揭瓦的浑不吝，就算练刀也从来没有超过两个时辰，更别说坐在这儿粘破书了。他在山上的时候，十天有七天在追山鸡、逮兔子，剩下三天才背背刀谱练练刀法。

他从地上捡起谢惊澜扔掉的草纸，发现上面也有字。字写得不好，墨水忽浓忽淡的，还有很多旁生枝节的道道，看来这用来写字的毛笔很差劲，毛不顺，很毛糙。他四下张望，果然在地上看到一根秃毛的毛笔，稀稀拉拉的毛上面还蘸着墨水。

这个少爷有些能耐。他夏侯溦虽然浑，但是敬重肯下苦功夫的人。

"喂，那个，少爷，"夏侯溦只当过小浑蛋，还没习惯当小仆人，这"少爷"他叫得别别扭扭，他挠挠头，说道，"天色这么晚了，您要不去睡觉吧？"

谢惊澜头都没抬，道："你要是困就自己去睡，反正在这儿一点儿用也没有。"

这厮圣贤书没读全，倒是学了不少气人的本领。夏侯溦脾气好，不跟他计较，道："您这得粘到猴年马月，赶明儿我给您去藏书楼偷一本。我听说谢家修文堂藏书众多，还自己刻书。修文堂的本子是江浙一带最好的本子，版框宽大，字大如眼，读起来很不费劲儿。最好的书就在跟前，您何必在这儿粘来粘去的？"

谢惊澜终于从纸堆里抬起头来，道："偷？你之前是做什么营生的？外边学到的偷鸡摸狗的伎俩别带进府，当心被抓到，连累我们。"

"得，您高风亮节，德行高标，您就慢慢粘吧。"夏侯溦讨了个没趣儿，下了桌就走，"明明是谢府的少爷，几本书罢了，本来就是自己的，还不敢去偷，缩头乌龟似的在这儿粘纸，那个死胖子知道了，肯定笑掉大牙。"

"慢着。"谢惊澜冷笑着盯着夏侯溦。

"怎么了？"

"我谢惊澜再落魄，也轮不到你来取笑我。"谢惊澜站起身，揪住夏侯潋的领子，恶狠狠地说道，"你是我的下人，我用不着你来说教！"

"得了吧你，"夏侯潋推开谢惊澜，"你这过得连下人也不如，还少爷呢。"

谢惊澜忽然蹿起来，迎面给了夏侯潋一拳。谢惊澜瘦得只剩下一把骨头，手上没肉，硬邦邦的拳头冷不丁打在脸上，夏侯潋脸上顿时青了一片，火烧火燎地疼。夏侯潋也急了，二话不说抡拳开干。谢惊澜身板弱，力气小，根本打不过夏侯潋。不过过了两招，他就被夏侯潋骑在身下，怎么挣也起不来了。

"服不服？就你这身板儿，塞牙缝都不够，还跟我打？"夏侯潋拍着他的脸，得意地笑了，"瞧你能耐的，打不过那个死胖子，就想打我来出气？虽说我现在跟了你，那也不是任你欺负的！"

谢惊澜挣扎了半天无济于事，彻底瘫在了地上，望着漏了几个洞的屋顶，满腔悲愤和耻辱涌上心来，眼睛忽然湿了。他连忙用手遮住眼睛，咬着牙不说话。

白天被谢惊涛打，他一滴眼泪都没有掉，此刻眼泪却如开闸放水一般汹涌而来，止都止不住。

"怎么就哭了呢？哎，你别哭啊！"夏侯潋慌了手脚，连忙从谢惊澜身上起来，把他扶起来，"我不就碰了你几下吗？别哭啊！"

"我没哭！"谢惊澜扭过头去，不让夏侯潋看见自己红通通的眼圈。

夏侯潋以前只知道自己怕女孩儿哭，没想到男孩儿哭他一样受不了，一下子投降了。

"行了行了，我给你道歉行了吧。"

"你给我滚，我不想看到你！"

"哎，你别这样嘛，我给你道歉。我不对，我刚刚不该出言不逊。"

见谢惊澜闷着不吭声，夏侯潋没法子了，抓耳挠腮陪着他坐了一会儿，道："那我去睡觉了，你别哭了。"

谢惊澜别过头不看他，夏侯潋只好站起身走了。

四周终于静了，烛火不知道什么时候熄了，沉沉的黑暗从四面八方压下来。谢惊澜一个人坐在地上，眼泪又掉了下来。等眼睛适应了屋里的黑暗，他扶着凳子站起来。凳子的一条腿短了，摇摇晃晃地立不稳，害得他差点摔下去。

他推开门走进院子。伶伶仃仃的小院子铺满落叶，两缸荷花早已枯了，只剩下泛白的枯茎。

十二年的辛酸此刻一齐涌上心头，别人都有娘，独他没有，虽有一个爹，也似没有一般。他打小孤零零地在这最偏僻的院子里长大，饭团似的任人揉圆搓扁，谁都可以来捏上一把，现在连自己的下人都不把他放在眼里。

他嘲讽地笑了一声，方才夏侯潋的话又响在耳畔——"明明是谢府的少爷，几本书罢了，本来就是自己的，还不敢去偷，缩头乌龟似的在这儿粘纸，那个死胖子知道了，肯定笑掉大牙"。

夏侯潋说得对，那本就应是他的。他站了半晌，等脸颊上的泪被风吹干了，握紧拳头，走出了角门。

四下寂静无人，大夫人为了节省开支，连走廊上的灯笼都熄了。时值深冬，晚上的冷风刮得他的脸颊生疼。路上黑漆漆的，亏得他记得通往藏书楼的路，凭着记忆深一脚浅一脚地走着，过了一炷香的时间才到藏书楼。

到了近前，他才发现门锁了。他没有钥匙，没法打开门。他绕着藏书楼走了一圈，也没有发现能钻进去的缝隙，门窗都关得死死的。

站在门前发了一会儿愣，直到被风吹得僵了，谢惊澜才如梦初醒一般，掉头往回走。刚转过头，他就看见一个少年从廊柱后面转出来，笑吟吟地看着他。

他偏过脸儿，倔强地不看那浑蛋："你怎么跟来了？来看我笑话的吗？"

"小的怎么敢？"

夏侯潋从袖子里掏出一根细铁丝，在锁眼里钻了钻，"咔嗒"一声，锁头掉落，门微微打开一个小缝。夏侯潋推开门，招呼谢惊澜进来。谢惊澜抿了抿唇，终是跟了进去。

"赶紧地，要什么书，快去取。"夏侯潋轻轻阖上门，道。

谢惊澜没说话，看着黑漆漆的屋子，心想这里乌漆墨黑的，他要怎么找书。

正想着，夏侯潋掏出火折子，轻轻一吹，一簇火焰亮在指间，盈盈地照亮两人的脸。两人脸对着脸，中间隔着一簇火苗，近在咫尺。

谢惊澜看着他。此刻夏侯潋收拾出了个人样儿，一张脸干干净净，眸子亮如星辰，煞是好看。长得倒是勉强能入眼，谢惊澜瞧他顺眼了不少，只是方才他骑在自己身上揍自己的事儿还膈硬着，心里别扭了半晌，还是没理他。

夏侯潋瞧他冷着脸的模样，有些伤脑筋，道："还气着呢？少爷，您行行好，别生我气了行不行？来，您看着，小的给您行礼了，求您大人有大量，饶了小的这一回吧。"

"谁生你气？哼，我就没见过你这么放肆的下人。遇上我算你好运，要是搁谢惊涛那儿，你早死八百回了！"谢惊澜哼道，接过火折子，扭头寻书去了。

"那可不？小的走运，遇上惊澜少爷这样宅心仁厚的主子，少爷疼小的，不跟小的计较。"

夏侯潋修得一手顺毛的好功夫，谢惊澜顺坡下驴，脸色好看了许多。

藏书楼里的书架排得密密麻麻，书架间只能过两个人，架子极高，似乎能挨到屋顶。满屋子一股陈腐的味道，空气里似乎还漫着丝丝凉气，夏侯潋觉得有点瘆人，戳了戳谢惊澜的后背，要他快点儿。

谢惊澜走过三个书架，发现藏书楼是按照七略的顺序排列书目的。两个人瞪着眼睛找了一盏茶的工夫，才在第十七个书架上找到元人陈澔的《礼记集说》。谢惊澜只取了第一卷，他想读完了再来取第二卷。

"会被发现这儿少了书吗？"

"发现个屁。你没见书上都是灰吗？这里头的书几百年没被翻出来过了。"

"不许口出秽语！"谢惊澜敲了夏侯潋一个爆栗，又抽了一卷，"那我再拿一卷。"

夏侯潋接过第一卷，随意翻了翻，顿时瞪大了眼睛。

"怎么了？"谢惊澜察觉夏侯潋的异样，也凑过脑袋来看，霎时间惊呆了。

书里赫然是一幅幅鲜艳的春宫图。

"这……这什么玩意儿？"谢惊澜一把把书合上，脸上烫得能煎鸡蛋。

"春宫图啊！我没看错的话，这还是大名鼎鼎的《怡情图》，出自元代画家手笔。我娘那儿有一幅赝品，这里的该不会是真迹吧？"夏侯潋啧啧惊叹，"此图用笔浓艳，人像精美，连衣纹、花草都刻画入微，可谓春宫极品。你看，这张叫……"

谢惊澜听夏侯潋说了一大堆，抓到最不关键的："什么？你刚刚说你娘？"

夏侯潋一时激动，说漏了嘴，连忙道："不不不，我是说，你爹是个假正经，竟然在藏书楼收藏春宫图！"

谢惊澜的脸更红了，手忙脚乱地把图册塞回书架，道："不拿这个了，我拿别的。"

"别啊，"夏侯潋把图册收进怀里，嘴角勾出一抹不怀好意的笑，"咱拿回去研究研究嘛！挑灯夜读，别有一番滋味呀！惊澜少爷，您肯定没见识过这些吧，难道心里就不好奇？"

谢惊澜义正词严地拒绝："不行！"

"想不到你是个小正经。"夏侯潋笑道，"不看就不看，不过这玩意儿留着有用，先拿着。"

夏侯潋要谢惊澜带自己去小胖子的书房。谢惊澜不知道他葫芦里卖的什么药，拗不过他的死缠烂打，只好带他去了。两人小心翼翼地潜入正院，夏侯潋故技重施，开了书房的锁，摸进了里头。

谢惊澜第一次干这种偷鸡摸狗的勾当，心都提到嗓子眼儿了。但看夏侯潋一副十拿九稳的模样，不愿被他比过去，谢惊澜也撑着胆子，装作毫不畏惧，跟在他的身后，眼睛在书房里逡巡，打量起四周的摆设来。

屋里正中间挂了一块牌匾，上书"扫叶山房"四字。谢惊澜"嗤"了一声，谢惊涛如此人物，当真是玷污了这么清雅的名儿。桌子上摆了乌金砚、辽毫笔、安徽泾县的上等生宣，他小心地抚过平坦柔软的宣纸，心里泛起阵阵艳羡。

夏侯潋找到桌上一摞书，抽出里面的《礼记集说》，果然和他们在藏书楼拿到的是一样的封皮，都是谢家修文堂自己刻的本子的封皮。夏侯潋把假的《礼记集说》放在最上方，拿走真的书，招呼谢惊澜走了。

谢惊澜一看就明白，夏侯潋打了歪主意。

夏侯潋摇头晃脑，微微一笑，道："今儿我进府的时候听丫鬟说，明儿老爷就回来了。你这假正经的爹最重儿孙学业，你猜他回来必干的事儿是什么？"

谢惊澜心领神会，胸口一热，嘴上却不愿意承夏侯潋的情，道："净想些馊主意，还不一定奏效呢。"

夏侯潋粲然一笑："那咱们就走着瞧。"

第二章　少年郎

夏侯潋认床，一晚上没睡好，天蒙蒙亮就起了床，推开门一看，见谢惊澜那屋亮着灯。夏侯潋端了杯茶水进去，只见谢惊澜坐在桌前捧着书卷，桌上的蜡烛快烧到了底。

这小子该不会读了一晚上没合眼吧？

夏侯潋猜得没错，谢惊澜坐了一晚上。以往他捡来的书要么缺页少角，要么被谢惊涛写了许多七扭八歪、狗屁不通的批注，这是他第一回拿到这么好的书卷。他读了一夜，能读懂的就细细品味，读不懂的就生嚼硬背，硬是看完了大半本。

他像一个久旱逢甘雨的穷人，恨不得把整本书囫囵吞下去。

夏侯潋没敢打扰他，悄悄出了门，从厨房里顺来一个托盘，端着托盘假装成做事的下人在府里头闲逛。

一个好刺客的首要任务是熟悉地形，规划出最好的刺杀和逃跑路线。

他小时候跟着娘亲下山，便追在娘亲后头勘察四周地形。虽然有伽蓝暗桩提供的地图，但街道沟渠、水井暗仓，娘亲每个都要亲自走一遍。

谢府大得很，夏侯潋走了好半天才摸到外墙，趁四周没人翻出墙外，刚落地，就被一只大手捂住嘴抱起来。夏侯潋扭头一看，竟然是许久未见的段叔。

夏侯潋激动起来，一定是段叔来给他派任务了。

"小子，在里头没挨罚吧？瞧你这猴样，当了人家的小厮还不安分，爬上爬下的。"段叔拿给他几个包子，自己点了杆烟，嘴巴一张吐出几个飘忽的烟圈来。

"叔，您快说我要刺杀谁，我保准杀得干干净净、漂漂亮亮！"

"就你这熊样还杀人？保住自己的小命就不错了。在里头安分点，别给我惹事儿，叔还有活儿，得去北直隶一趟。你娘去了西域，得大半年才回来。你在这儿好好的，有麻烦去找府里一个搬柴火的老头儿。"段叔塞给他几两银子，叮嘱道。

夏侯激脑筋转过弯来了，怒道："不是吧，您不是说我这回成了就给我挂牌子？敢情您是给我找了个地方晾着，让我别碍您的事儿！"

"挂什么牌子，跟妓院娘们儿似的。你以为给你挂上牌子你能落上好？就你这三脚猫的功夫，还没近人家身就被片成肉脯了。"段叔戳他脑瓜子，"你这孩子，让你待着是为你好。你以为干我们这行很容易？"

"我想成为我娘那样让人闻风丧胆的大刺客！"

段叔摇了摇头，看了他半晌，叹气道："你也大了，该给你说点实话。你知不知道你娘这一趟是去干什么？"

"刺杀西域大转轮王。我都知道，我看过他的文书，此人擅使机关毒术、旁门左道，一手开山刀舞得出神入化。可那又怎么样？落我娘手里，照样死得明明白白。"

"那你知不知道伽蓝派去两个刺客都折在此人手里？西域路远，风沙难测，情况不比中原。你娘虽刀术卓绝，这一去也是九死一生。"段叔难得地敛了玩笑的神气，一脸严肃，看得夏侯激心里也忐忑起来，"这人命买卖，向来是脑袋悬在裤腰带上的活计，多的是以一命换一命的刺客。我问问你，你在伽蓝可曾见过年纪超过四十岁的刺客？不是因为咱伽蓝不收年纪大的刺客，而是因为大多数人根本活不到那个年纪！"

"胡……胡说！我娘不一样，她二十岁就登上'迦楼罗'之位。金刀门门主、朔北风雪刀传人，哪个人不是江湖一霸？遇见我娘，还不统统人头落地？"

"行行行，你娘厉害，我不跟你争了。反正你自己几斤几两重你心里清楚就行，就你现在这刀法，砍砍山鸡野兔还行，兴许也能对付对付老虎豹子什么的，刺杀就免了。叔跟你打赌，凭你这水平上杀场，保准活不过二十岁。你娘把你托付给我，你要是敢作死丢了小命，别想老子给你烧纸！"

段叔说完，戴上草帽，扛起墙边放着的货郎架子，转眼成了个走南闯北的卖货郎，任谁也看不出他是个杀人不眨眼的江湖刺客。

夏侯激看着他的背影，那是个肩宽体壮的汉子，粗布衫子掩不住他厚实虬结的肌肉，当他拿起刀，就是精悍绝强的伽蓝刺客。他曾经千里追杀当朝首辅，锦衣卫把客栈围得密不透风，第二天早上小二推开门却只看见一具无头尸体。无人知晓他如何潜入客栈取得首辅项上人头，又是如何悄无声息地离开。

每个刺客都有自己的故事，也有同样的结局——死于非命，埋骨荒野。

此刻他扛着货郎架子走在石板路上，大脚上的草鞋破了一个洞，露出粗糙的大脚趾。不知怎的，夏侯潋竟然看出萧索的意味。

揣着怀里的银子，踢了踢脚下的石子，夏侯潋拢着手，到西郊隆福寺街买了笔墨纸砚。他的手漏风，向来留不住钱，段叔刚给他的银子立刻流水般花了出去，只剩下几个铜板。

回来的时候，看见谢府门前停了车马，他知道老爷已经回来了。他按原路回了秋梧院，把笔墨纸砚交给谢惊澜。

谢惊澜惊讶得说不出话来。夏侯潋得意扬扬，等着他感动得流眼泪，却不想他一把抓住自己的手，疾言厉色地说："你又是从哪儿偷的？这坏毛病你非改了不可！"

"你怎么知道我就是偷的？"夏侯潋正要反驳，又转念一想，买齐一套笔墨纸砚可费钱了，若说是买的，他又要解释他的钱从哪儿来的，只好垂头丧气地说道，"好吧，我就是偷的。那又怎么着？"

"你！"谢惊澜气得不知道说什么好。

夏侯潋翻了个白眼，道："别担心啦，没人发现，不会连累你们，你安心用就是了。"

谢惊澜更气了，经过昨天夏侯潋冒险帮他窃书一事，不知不觉中他已经把夏侯潋当成自己人了。他是担心夏侯潋被人抓住打断手，并非害怕被连累。谢惊澜没想到夏侯潋胆大包天，敢偷溜出府，还只当他是在府里顺来的。大夫人蛇蝎心肠，尖酸刻薄，更是贪财吝啬，若是夏侯潋被她逮到，一顿鞭子炒肉定是逃不了的。

谢惊澜性子别扭，偏爱死鸭子嘴硬，关心人的话硬是说不出口，便气道："是，我就是怕你连累我们！我们在府中本就举步维艰，若是因为你捅出篓子，我看你怎么收拾！这些东西我不会用的，不要再有下次！"

谢惊澜把笔墨纸砚收起来，藏在柜子底下，打定了主意要让它们蒙尘生灰。夏侯潋好心被当成驴肝肺，不光心疼自己那几两银子，更是觉得心里难受，负气到院子里干活，两人谁也不理谁。

莲香忽然欢欢喜喜地跑进院子，嘴里大呼小叫："少爷！少爷！告诉你个好消息。"

"什么好消息？"

"老爷刚刚在书房检查大少爷的功课，你猜他发现了什么？"

不猜也知道，准是发现了夏侯潋放在谢惊涛桌上的春宫图。

莲香等不及谢惊澜回答，自个儿先说了："老爷竟然发现了一本裹着《礼记集说》封皮的春宫图！这下老爷可气得不轻，亲自拿了戒鞭，把大少爷打得屁滚尿流，大夫人劝都不成。哈哈哈，这下大少爷没工夫来折腾咱们了。听说老爷足足打了半个时辰，大少爷怕是床都下不来。"

谢惊澜推开窗子，便见夏侯潋在水井旁边洗衣服，心里犹豫要不要去给他道歉。正纠结着，夏侯潋忽然举着一条亵裤转过头来，不怀好意地盯着谢惊澜。

谢惊澜见那亵裤甚是熟悉，忙转头打开柜子，见里头藏的亵裤不知道什么时候没了，准是被兰姑姑收走了。

这时，夏侯潋万分讨打的语调悠悠地响起："惊澜少爷，您昨晚这是尿裤子了？"

"夏侯潋，你给我闭嘴！"谢惊澜"砰"的一声关了窗。

谢惊澜足足三天没理夏侯潋，夏侯潋也不当回事儿，照样干自己的活儿，顺便把秋梧院的鸟窝掏了个遍。

他心里乐得很，谢惊澜也是个假正经，看吧，不过瞄了几眼春宫图，这小心思就活泛起来了。这个小秘密藏在他心里，每当谢惊澜摆脸子闹脾气的时候他就在心里拿出来取笑一番，再加上他天生心大得没个边儿，面对谢惊澜的臭脾气也能应付自如。

对于谢惊澜的禀性，他自认为已经摸了个清楚。

这家伙就是少爷脾气，凡事不能惯着，越惯越矫情。

首先，谢惊澜有令人发指的洁癖，衣服必须浆洗得干干净净，一点儿污渍都不能有，碗筷必须洗刷得能照见人影儿，不洗个四五遍不过关。其次，这厮吃饱了没事干，竟然还管他夏侯潋吃饭吧唧嘴，饭前不洗手，饭后不漱口。

夏侯潋吊儿郎当惯了，往日在山上哪有这么多规矩？况且他是男儿家，大丈夫不拘小节，成天管自己穿得整不整洁吃得干不干净，那叫作婆婆妈妈。夏侯潋理解不了谢惊澜心中对于世家君子芝兰玉树的追求，只觉得他纯属没事找事，是个天生的事儿精。

可谁叫他只是个仆役呢？还是他谢惊澜的专属仆役，明知不能惯着也得惯着。

不理夏侯潋的第三天，谢惊澜吃过晚饭，照常回里屋看书。他翻开书卷，里头赫然躺着一朵黄澄澄的小花儿，衬着泛黄的书页煞是好看。

"喜欢不？"窗户外面探进一个毛茸茸的脑袋。

谢惊澜拾起小花儿，一脸嫌弃地说："都被压扁了，丑死了。"

"哎呀呀，这可是人家走了好长的路，花了好大的心思，千挑万选选出来的。

第一卷 桃李春风一杯酒

这朵小花儿就代表了我对你的忠心啊，惊澜少爷！"夏侯潋做出委屈的模样道。

谢惊澜看他矫揉造作的模样，只觉得伤眼伤心又伤肝，撇过头不看他。

"跟你说正事儿，老爷这回不光自己回来了，还带回来一个人。你应该听过，戴圣言，知道吧？"

谢惊澜翻开书卷，漫不经心地回道："嗯，知道。他是爹的老师，岐元二十八年的状元，选入庶吉士，官至鸿胪寺卿，桃李满天下，被誉为翰林座师。"

"那可不？鸿胪寺卿是正四品，比你那个假正经的爹出息多了。"夏侯潋从窗户翻进来，"他要收个徒弟，明儿会在揽芳阁挨个考查谢家子弟的学问。少爷，这可是个好机会，咱们得想法子混进去。"

谢惊澜本想训斥夏侯潋翻窗进屋的逾矩之举，听到戴圣言要收徒，登时睁大双眼。戴圣言向来爱才，不惜提前致仕，给后起之秀让出一席之地。若是能拜他为师，谢惊澜的日子会好过很多。

可他又忧虑道："我没上过正经学，只听了几耳朵夫子讲课而已，书也没有全部看完，我能行吗？而且，我偷学之事东窗事发，想必大夫人早有防备之心，只怕我根本见不到戴先生的面。"

夏侯潋一把按住谢惊澜的肩膀，笑道："管他行不行的，咱们去试一试，试一试又不会少块肉。至于那个大夫人，小爷自有办法对付她。"

谢惊澜看夏侯潋胸有成竹的模样，不禁心生疑窦："夏侯潋，你……你为什么要这么尽心尽力地帮我？"

"小爷我心善呗！我夏侯潋侠肝义胆，甘心为您上刀山下火海呀！"

夏侯潋起了个大早，穿好衣服想要刷牙洗脸，刚走到门边上，就听见莲香跟谢惊澜说话。他本想回避，却听到自己的名字，脚步顿住，便没挪开。

"少爷，夏侯潋这小子不靠谱，你看他成天不干活，到处闲逛；闲逛也就罢了，他还时常偷鸡摸狗，手脚不干净。咱们怎么能容这样的人在府里？他说什么带您去见戴先生，就是去惹麻烦！戴先生挑选弟子，老爷夫人肯定都在，您要是去了，大夫人肯定不会放过你的！"

谢惊澜沉默了会儿，没吭声。莲香说得不错，夏侯潋在入府之前铁定是个走街串巷的小偷，一身令人不齿的臭毛病。若是别人，谢惊澜肯定万分鄙夷，不屑与之为友，可不知道怎的，这事儿放在夏侯潋身上，他就一点也讨厌不起来。

他不紧不慢地说道："就算小潋不带我去，我也是要去的。"

"少爷！您会被那小子害死的！"

"他虽然有些小偷小摸的毛病，但入府至今所行之窃都是为了我，日后我会严加管教，责令他不可再犯。他本心不坏，不必忧心。"谢惊澜道，"姑姑，您也这样认为吧？"

"是啊，小潋年纪还小，也没犯什么大错，除了帮少爷窃书，无非偷了点儿别院的糕点零嘴吃吃。小孩子都爱吃，莲香，你就多担待担待吧。"

谢惊澜和兰姑姑你一言我一语地替夏侯潋辩护，莲香只好作罢。

夏侯潋听了半天，很是无语。

女人就是事多。他哪有成天不干活？他就是闲逛那也是为了探听消息，若是成天关在院里长蘑菇，哪能知道戴圣言要收徒？再说了，那些点心就放在亭台楼阁的桌子上，又没人动，也没人看着，他不过随便吃了点，至于吗？

莲香这丫头没能长出狐媚子的脸蛋，却学了一手狐媚子争宠的本领，生怕夏侯潋越过她，成为谢惊澜的头号心腹似的。她平常做个饭、洗个碗就得叫叫嚷嚷，手上割破点针尖大的皮就直呼"要死要死"，恨不得全府的人都知道她干了活儿，受了伤。

罢了，他夏侯潋是个响当当的爷们儿，不跟女人计较。

夏侯潋故意弄出声响，让外头的人知道他起床了，然后走出门去。

刚洗漱完，角门就传来落锁的声音。莲香走过去一看，惊呼起来："少爷，他们把咱们院锁起来了！"

院外传来声音："夫人有令，府里有贵客要来，为了防止你们这些人粗手笨脚惊扰贵客，今儿一天你们都不许出院子一步。"

谢惊澜没什么表情，兰姑姑一脸忧虑："这可怎么办？门锁上了，咱们怎么去见戴先生？"莲香不死心地提议："要不还是算了。"

夏侯潋看了谢惊澜一眼，彼此都读懂对方所想——门锁了，那就爬墙。

四人把房里的桌椅搬到墙边，层层叠起，夏侯潋先爬上去，谢惊澜紧随其后。

兰姑姑和莲香在底下担忧地看着二人，莲香叮嘱道："少爷，你可得小心啊！小潋，要是大夫人发怒，你得护着少爷。少爷若是有个三长两短，我定不饶你！"

"知道啦，我肯定护着他，一根头发都不让他掉。"夏侯潋漫不经心地敷衍。

等谢惊澜也上了墙，夏侯潋一跃而下。谢惊澜有些踌躇，墙很高，心里有些害怕，可又不愿被夏侯潋看出来，眼一闭就往下跳。他没落到地面，而是落入了一个怀抱。谢惊澜睁开眼，只见夏侯潋的大脸杵在眼前，吓了一大跳，从他怀里滚下来。

"你这样跳，非摔断腿不可。跳墙要两脚分开，半蹲落地，和拉屎一个姿势。要不是我接着你，你就'出师未捷身先残'了。"夏侯潋一本正经地指点。

谢惊澜："……"

"潋哥哥！"两个人刚站定，便见一个小丫头气喘吁吁地跑过来，"戴老爷论道传经的地方改了，改在烟波池上的望青阁了，就在一个时辰之后，这会儿大家都布置好了。"

"潋哥哥？"谢惊澜狐疑地看着小丫头。

夏侯潋嘿嘿一笑，不好意思地说道："这是在书房伺候的桂香姑娘，前些日子认识的。桂香妹妹，谢谢你了，赶明儿请你吃桂花糕。"

桂香吐了吐舌头，道："那你可记住了。我是偷溜出来通知你的，现在得赶紧回去了。"说完，她冲二人福了个礼，一颠一颠地跑远了。

"你可真行，才到府里几日，就收了个桂香妹妹。男女私相授受可是大罪，我泥菩萨过江自身难保，到时候可救不了你。"谢惊澜哼道。

夏侯潋勾三搭四的本领着实惊人，方才那丫头正眼也没给他一个，对夏侯潋却叫得十分亲热。谢惊澜斜睨夏侯潋一眼，又哼了一声。

夏侯潋做了一个鬼脸没再说话。

出来之前夏侯潋让谢惊澜披了件自己的袄子，还给他戴上自己的粗布头巾，不仔细看的话，谢惊澜这模样只会让人觉得他是个粗使下人。夏侯潋又从草丛里捡出两个他早就藏好的托盘，一人一个托着，一路低头，畅通无阻地到了烟波池边上。

望青阁修建在烟波池上，观景台下就是波光粼粼的池水，前面不设栏杆。上了第二层便可登高远眺，是极风雅的地方。谢家毕竟以诗书传家，亭台楼阁都透着文人雅士的书卷气。

时辰还早，两个人躲在假山里面等候族中子弟入席。谢惊澜脱下夏侯潋的袄子，摘下头巾。夏侯潋帮他重新束了发，戴上网巾和头冠，重整衣冠之后，活脱脱是个漂亮的少年郎。

两人一站一坐，夏侯潋掏出点心来啃，谢惊澜取出书卷温习。假山上有一树寒梅，枝丫斜斜越过两人头顶，飘飘悠悠地落下一瓣花来。

夏侯潋抱着胳膊迷迷糊糊地想，这日子真悠闲，就是有点冷。

外面喧喧嚷嚷起来，夏侯潋估摸着时辰快到了，从山石缝里往外望。谢家子弟们领着书童，三五相携地进了望青阁，个个容光焕发，穿得光鲜亮丽，左佩香囊，右戴玉玦，还有的在腰带上面插翠玉笛子。

这阵仗不像论道传经，求学拜师。

相比之下，谢惊澜缊袍蔽衣，形容落魄，这要是站在他们中间，没人能猜出他也是谢家子弟，只会以为他是个粗使下人，还不能上桌伺候，勉强能当个提鞋的。

谢惊澜的内心毫无波动，在他眼里，谢家子弟要么是会被他踢到路边的绊脚石，要么就是助他更上一层楼的垫脚石。而这些人，打扮得越好看，越能衬托出他的卓然独立。他可能不是最优秀的，但必定是最特别的。

　　更何况戴圣言此人和他一样，庶子出身，家门贫寒，少年清苦。治病要对症下药，当人徒弟自然也要投其所好。戴圣言见他如此，必定会想起往日艰苦求学的岁月，对他心生怜悯。

　　谢惊澜扫了一眼望青阁，道："咱们不能从正门进去。"

　　的确，正门守着几个仆役，若是他俩走正门，一定会被拦下来。夏侯潋向池面的方向张望，看到对岸停了一艘小舟，喜道："咱们划船过去。他们在二楼，划船过去很容易被戴先生瞧见。只要被他看见，大夫人想拦我们也拦不住了。"

　　正说着，谢惊涛出现了。那胖子被打了鞭子，走路还挺吃力，扶着书童一瘸一拐的。随着艰难的步调，他全身的赘肉波涛浪潮一般此起彼伏，夏侯潋顿时明白了他为何要叫"谢惊涛"。他上了二楼，一屁股坐在了首座下的最前边。他那一坐的阵势仿佛要把整座望青阁坐塌，远在假山丛里的夏侯潋都感到地面震了震。

　　最后来的才是长辈。

　　桂香说戴圣言长得像厨房里的烧火棒，瘦得只剩下一把剔牙还嫌硬的老骨头。这肯定是个清正廉洁的好官，要不然怎么能把自己饿成这样。夏侯潋一眼就识别出人群中间那个枯瘦的老人就是戴圣言。确实如桂香所言，他瘦得都脱形了，伶伶仃仃的身板上面支着麻秆细的脖子，一把胡子倒是养得很好，又长又白，跟仙人画里的一样。

　　夏侯潋一声令下，两个人沿着池子向对岸狂奔。

　　很快有人发现了他们俩，一开始还愣着，揉眼再看才发现那是秋梧院的三少爷，连忙追在二人屁股后头。

　　"来人啊，快拦住三少爷！"

　　"快拦住他们！"

　　夏侯潋一边跑一边掏出弹弓，"啪啪啪"往后面射石子，一射一个准，还有人不小心掉进池子里。石子很快用完了，夏侯潋对着他们随便比了几个拉弹弓的手势，有人信以为真连忙停步捂头。

　　池子边上的石子路很窄，前头的人一停，后面的人刹不住脚步潮水似的涌上来，顿时连环相撞，横七竖八躺了一地。

　　谢惊澜心里既害怕又兴奋，他从来没有这样跑过，从来没有这样肆无忌惮过。他本应该拒绝夏侯潋的指令，但是当夏侯潋大吼"跑"的时候，他也不知道怎的，身体比脑子快一步做出了反应,像一根离弦的利箭,奋不顾身地一头扎进凛凛寒风。

两个少年身姿矫健,穿行在池边林叶中,像两只轻盈的飞鸟,渐渐和后边的人拉开好长一段距离。

眼看着就快到了,夏侯溦右手抬起,左手轻扣右手手腕处的机簧,一道寒光从袖中飞出,刺断纤绳扎进水里。

谢惊澜正要惊讶,就听夏侯溦一声大吼:"跳!"

两人一齐跳进小舟。小舟猛烈晃动,谢惊澜一个没站稳,差点要栽下去,幸好被夏侯溦拉着领子拽了回来,有惊无险。

夏侯溦迅速抓起竹篙,在水里一撑,小舟像漂在水面上的一片落叶,推开阵阵涟漪,摇摇摆摆地朝观景台的方向荡去。追来的仆役只能停在岸边,束手无策地看着夏侯溦和谢惊澜越来越远,消失在漫漫烟波之中。

谢惊澜忍住扒开夏侯溦袖子一观的冲动,对着日影正了正衣冠,背着手站在船舷上面。他们闹了这么大动静,肯定被戴先生注意到了,他必须保持端正的仪态。

望青阁里的人还不明就里,远远的又看不清人脸,只能看到两个半大少年引了一群人追赶,最后跳上小舟驶向观景台。

站在船舷上的那个立于寒风,远望池波,竟有几分风姿卓绝的意味。

戴圣言抚掌大笑:"这也是谢氏子弟?有趣有趣。快请人把他们迎上来。"

谢秉风惭愧道:"族中子弟少年心性,行事顽劣,弟子教养无方,老师莫要见怪。"

"非也非也,少年当如此。成日枯坐读书,闭门造车,浪费大好时光、大好风景,不出去走走,才是本末倒置。"戴圣言笑得褶子都开了花。

谢惊涛眼利,一眼就认出谢惊澜,见戴圣言出言回护,心下不悦,对戴圣言拱手道:"先生看走眼了,学生认得他们。此二人不学无术,最爱逗猫遛鸟,在族里是出了名的不肖子孙。尤其是那个谢惊澜,前些日子还偷学生的财物,着实可恨。学生碍于兄弟情谊,才不曾与他为难。"

戴圣言抚须的动作一顿,道:"哦,竟有此事?"

第三章 圣人言

"当然没有！"

阁外一声清朗的声音响起，大家都抬起头，只见两个衣袍破旧的少年走进来，为首的不卑不亢，风姿卓秀，后面那个神采灵动，顾盼生辉。

只不过二人衣着实在寒碜，座中子弟交头接耳，纷纷投来轻蔑的目光。夏侯潋捕捉到只言片语，都是"哪来的叫花子，来这儿撒野"，或者"这是咱们谢家的？怎么没见过"之类的话。

谢惊澜目不斜视，朗声道："学生谢惊澜，见过戴先生。方才大哥所言并非事实，还请先生明鉴。"

"难道本少爷还会冤枉你不成？谢惊澜，你明明就是偷了，那么多双眼睛瞧着呢，要不要我叫他们来当堂对质？"谢惊涛闻言拍案而起，脸红脖子粗地争辩。

谢惊澜微微一笑，彬彬有礼地说道："惊澜何曾偷过大哥的财物？只不过在库房拾得大哥丢弃的书卷罢了。"

"书怎么就不是财物了？咱们家修文堂刻的本子，一本还得好几吊铜钱呢。再说了，我那是存放在库房，并非丢弃，你不问自取，即为偷！"

"大哥少安毋躁，一切只是个误会罢了。惊澜体弱，夫人宅心仁厚，准惊澜不必去学堂听学。然而惊澜仰慕圣贤久矣，奈何清贫，月无份例，只好去库房求得大哥丢弃的书卷，此事惊澜早已得到库房管事的准许，大约是大哥不曾询问过管事，误以为惊澜偷盗，今日正好说个清楚。"

这一番话下来，大家都心知肚明了，明明是当家主母怨恨庶子，不让其听学，人家无可奈何，只好去收大少爷的破烂来勉强读书，结果这大少爷还不依不饶，反诬人家盗窃财物。

谢惊涛明显卡了壳，张着嘴不知道说什么反驳。

这时，谢秉风出声道："涛儿，既平白污蔑了人家，还不给人家道歉？"

谢惊涛只好顺坡下驴，干笑道："是是是，大哥没问明白，冤枉小弟了。"

两人都是皮笑肉不笑，摆出兄友弟恭的模样，看得夏侯潋有些难受。

谢惊澜给谢惊涛台阶下也是无奈之举，他不能让死胖子颜面扫地，特别是在戴圣言面前。毕竟若是今日他没能拜戴圣言为师，那他就是纯属现眼来了，到时候死胖子要收拾他，简直是易如反掌。

谢秉风转过头，摆出一副慈祥和蔼的模样，对谢惊澜道："老夫从未见过你，你是谢家旁支的？你的父母是谁？若是家里拮据，可往账房支些银子，也好补贴家用。待身体好些，也可去族学读书，不必交束脩。"

此话一出，场上顿时鸦雀无声。

什么玩意儿？

谢秉风不认得自己的亲儿子？

夏侯潋惊讶地看着上首的那个中年男人——峨冠博带，脸上永远摆着严肃的神情，两只手稳稳地放在膝盖上，正襟危坐，一丝不苟，就差在脑门上写着"正人君子"四个大字。可夏侯潋一看到他就想起那本《怡情图》，指不定他还在哪儿藏了什么"宝贝"呢，于是那"正人君子"四个字摇身一变，成了"道貌岸然"。

谢惊澜面色煞白，衣袖下的拳头握得死紧。

谢家子弟众多，谢惊澜常年窝在秋梧院里，认得他的人很少。有不识事的帮腔说道："是啊，我们本家素来乐善好施，你是旁支，理应相助一二。"

这话无异于雪上加霜，谢惊澜差点没能站稳，怔怔地望着谢秉风，自己无数次在过年或者祭祀的时候跟着众多谢家子弟一齐向他行礼，无数次在他骑马上京的时候缀在家人队列的末尾为他送行。

他自己都忘了，原来他从来没有站到离这个男人这么近的地方过，原来这个男人压根儿不认识他。

谢惊涛也呆了，愣愣地说："什么旁支？爹，他是谢惊澜啊，您的三儿子！"

谢秉风张口结舌，看着谢惊澜半天没说出话来，好不容易才控制住自己的仪态，只不过他的脸上有惊讶，有尴尬，有羞赧，偏偏没有愧疚。

夏侯潋心中苦涩，不自觉地靠近谢惊澜，悄悄拉紧了谢惊澜的衣角。

谢秉风僵硬地笑道："哈哈，惊澜长这么大了。为父离家太久，竟忘了你的模样。惊澜，你不会怪罪吧？"

夏侯潋心想，模样认不得，总不能连名字也忘记吧？莫非"惊澜"这个名儿压根儿不是他取的。

谢惊澜声音有些飘忽，几乎找不着调："父亲夙兴夜寐，朝务繁忙，惊澜……明白。"

"两位小友快坐下吧。"戴圣言连忙出来打圆场，"对了，旁边这位小友还未曾告知姓名，方才远远瞧你池上泛舟，老朽倒是很想结识一番。"

夏侯潋站了半天，这才发现座中都是谢氏子弟，没有书童，也没有伺候的下人，拱手谢道："小的夏侯潋，是惊澜少爷的书童，方才急急匆匆，竟没发现这儿不需要书童伺候。"说着他顿了顿，瞥了眼旁边有点魂不守舍的谢惊澜，心里放心不下，"平常听少爷读书，小的也非常仰慕圣贤之道，还望先生海涵，容小的在此旁听。"

"自然可以。"戴圣言颔首微笑，"小友有向学之心，老朽又怎好阻拦？"

饮过茶，方才的闹剧仿佛随着茶水一肚子灌到了底，大家不约而同地把那一出给忘了。戴圣言抚着嘴巴上面骄傲上翘的胡须尖儿，清了清嗓子，像说书先生那样拍了下惊堂木，顿时满座肃静，所有眼睛齐刷刷地看向那张皱皱巴巴的嘴巴，只等他开口了。

"敢问诸位小友，尔等寒窗苦读圣贤书，所为何事？"

听罢，大家面面相觑。

所为何事？不就是为了升官发财吗？若不是因为朝廷科举，哪会有人成天捧着本破书死记硬背？

再高尚点儿，说来说去也就是"修身齐家治国平天下"几个字罢了。定国安邦、治乱平丧的大道理张口就能来，提笔就能写。这几个字，在历朝历代的读书人嘴里嚼得烂烂巴巴，早已没了滋味。

只不过，这些东西都不是谢惊澜所想。

谢惊澜对自己的愿望清清楚楚，明明白白。

他要的从来不是什么治世扶微、兼济天下，他从来不关心街头小贩卖了多少点心、乱葬岗新埋了多少人，更不关心哪里大旱、哪里大涝。即便天下血流成河，只要他能安安稳稳地坐在家里，那又与他有何干？

他要的从来只有谢家这帮忘记他、欺辱他、怨恨他的人终有一日在他脚下痛哭流涕，悔不当初！那场面，他只要稍加想象就能热血沸腾，快意万分。这快意支持着他头悬梁锥刺股，不惜熬得头晕眼花，连圣贤放的臭屁也要塞进肚里。

可是这话他只能烂在肚子里，因为他必须先装成忧国忧民的正人君子，把这些阴暗龌龊的心思隐藏在温良恭俭的外表里面，不能透露分毫。

夏侯潋戳戳谢惊澜的胳膊，他反抵了一下夏侯潋，轻轻道："别担心。"

谢惊涛不知哪儿来的自信，第一个发言："学生所为者，自当是修身齐家治国平天下，此之谓士大夫也。"

戴圣言没说好也没说不好，只晃了晃他麻秆脖子上面瘦骨嶙峋的大脑袋，示意下一个人发言。

谢惊涛座后的二少爷谢惊潭答道："学生心眼小，志不存天下，唯愿鹏飞万里，任我逍遥！"

戴圣言笑道："逍遥自在，虽与天下无涉，却也是一大难事啊。"

座中的人说了遍，只差谢惊澜了。戴圣言将目光落在谢惊澜身上，轻轻颔首。

谢惊澜作了一个长揖，答道："学生愚钝，但求无愧于心、无悔于事、无怨于人。"他神色淡淡，仿佛方才什么事情也没有发生。

戴圣言瞧在眼里，叹了口气，这谢家一代不如一代，他当初昏了头，才会收了他们不成器的老子当弟子，这次拗不过谢秉风的再三相邀，做客谢府，只想来走走过场。果然谢氏子弟是一个比一个不成器，长得伤眼不说，脑子生得也有些冤枉。

只是没想到，一屋子五彩斑斓叽叽喳喳的公鸡里头竟然有一只白鹤，但这只白鹤性子太倔，腰骨挺得太直，怕是早晚要折。

戴圣言活到这个行将就木的年纪，什么人没有见过？谢惊澜这个装腔作势的小兔崽子在他面前自然无所遁形。捏紧的拳头、发红的眼角、绷得过紧的脊背，一切都说明这个半大少年远没有他表面那么平静。

他只是竭尽全力撑着自己所剩无几的颜面罢了。

听了一圈，戴圣言只对谢惊澜点了头，大家都知道了答案。夏侯潋长舒一口气，这一趟总算没白来。

谢惊澜当众行了拜师礼，戴圣言把他从地上扶起来。他干瘦如枯柴的手抓着谢惊澜的胳膊。寒冬腊月，谢惊澜穿得不多，能感受到他的手滚烫滚烫的，铁烙子似的，几乎要把袄子烧穿。

"惊澜，你还没有取字吧？"

"学生未及弱冠之龄，尚未取字。"

"无妨，"戴圣言看着自己这个小徒弟，微微笑道，"你饱尝艰辛，可叹心如磐石、志高意坚，然而性子太倔，心肠太硬。为师为你取字'简安'，愿你居简从安，从心所欲。但万万切记，世道多艰，心贵存善。"

谢惊澜恍若兜头被浇下一盆冷水，从头到脚湿了个透，凉了个透。他费尽心思掩藏的龌龊心思仿佛被戴圣言看了个真真切切。

什么无愧于心？谢家磕头叩首偿他多年屈辱方能无愧！

什么无悔于事？手握大权生杀予夺皆如所愿方能无悔！

什么无怨于人？所怨之人跌落泥潭不可自拔方能无怨！

他方才没有说完的话，戴圣言看得清楚透彻。谢惊澜无地自容，下意识地想要落荒而逃。他不明白，他这样的人，为什么戴圣言还要收他做弟子。

他艰难地行礼谢道："学生谨记。"

夏侯潋云里雾里听了半天，没懂这个瘦骨嶙峋的老头子到底是在夸谢惊澜还是在贬谢惊澜。

罢了罢了，管他褒还是贬，反正他收了谢惊澜就行了。

话没听懂，四周嫉恨的目光夏侯潋倒是看到了。虽然不是他拜师，但身后得意的小尾巴还是翘上了天，顶着满场嫉妒的目光大摇大摆地跟在谢惊澜后面离开望青阁。

一路上谢惊澜都沉默着，脸色苍白，病恹恹的模样更胜从前。

夏侯潋得意的尾巴一下子蔫了菜，走在一旁手足无措。他是个爱热闹的性子，场面一旦冷下来就会十分不安。谢惊澜先是遭受亲爹的当头一棒，后又成功进了戴圣言的门槛，一悲一喜，他不知道应该说安慰的话还是祝贺的话，总觉得哪句话都不大妥。

他忽然想到什么，快步绕到谢惊澜身旁，张开手一把将谢惊澜揽过来。谢惊澜吓了一大跳，不住地挣扎，气道："你干什么？"

夏侯潋按着谢惊澜。他力气很大，谢惊澜老早就领教过，果然还是挣脱不出。

"我娘说，难过的时候，有个肩膀靠靠就好了。惊澜少爷，除了我娘，我的肩膀可没给别人靠过。"

谢惊澜停止了挣扎，沉默了许久许久，脸上忽然凉凉的，嘴里竟尝到咸咸的味道。他怕夏侯潋发现自己哭了，故意冷声道："我不需要你的怜悯！"

可惜他遮掩的功夫学得不到家，话还没说完，里头藏着的苦涩已经露了馅儿。

夏侯潋松开谢惊澜，拉住他的手腕，飞奔起来。

"喂，你做什么！"谢惊澜大惊失色。

夏侯潋不说话，拉着他一路狂奔，一路上不知道撞翻了多少仆役下人，惹得他们破口大骂。风刮得脸生疼，谢惊澜脸上的眼泪也被悉数吹干。他被带到后厨外的围墙，夏侯潋让他待在原地，自己两手搭上墙头，脚再使劲一蹬，整个人翻入了院子。谢惊澜还在喘着粗气，跑得太快，肺都要炸了，一时没有拦住那个胆大妄为的小王八蛋。

他气恨不已，左右张望了一番，确认没有人，踩着石头使尽力气攀上树，最后

第一卷 桃李春风一杯酒

搭上墙头,好不容易才探出一个脑袋。他不看还罢了,这一看,顿时吓得魂飞魄散——那个浑蛋竟然从窗户翻入了厨房。厨房里有许多忙忙碌碌的下人和大厨,没人注意到这个不速之客。夏侯潋弓着腰,猫儿似的踮着脚走路,以炉灶为掩护,摸了一壶酒揣进怀里,又从窗户翻了出来。

等夏侯潋从墙头跳下来,谢惊澜吊在嗓子眼的心才放下来,扯着夏侯潋的领子大吼:"你到底想干什么?"

"冷静冷静,"夏侯潋温声温语地顺着谢惊澜的毛,"酒既能解百愁,又能庆祝喜事,这个时候喝正好。走,喝酒去!"

夏侯潋把谢惊澜连拉带扯地带到一个僻静的地儿,知道谢惊澜爱干净,还特地用袖子把石头来来回回擦了七八遍才让他坐。

夏侯潋呷了一口酒,辣得眼泪直流,把酒递给谢惊澜,谢惊澜不接。他不喝酒,更不喝别人喝过的酒。夏侯潋劝了半天,谢惊澜才不情不愿地仰着头喝了一口,舌头刚沾上酒液就后悔了,咳得上气不接下气。

夏侯潋哈哈大笑,顿了一会儿才说道:"少爷,我没有可怜你,我就是看不得别人难过。你要是难过,我也跟着难过。再说了,你有什么好可怜的?你既没有缺胳膊少腿,又没有缺衣少食,每天有吃有喝,还能读书考科举,前途无量,有什么好可怜的?"

"这世上比你可怜的人海了去了。我以前跟着我娘走南闯北的时候,没少见可怜人:有生了怪病满身脓疮的男人,有被主子打得只剩下一口气的仆人,有儿子死在战场上的老人。你嘛,不就爹不疼娘不爱吗?比起他们,你简直生活在仙境。"

谢惊澜张了张口,没说出话。

"那个老头儿给你取的什么字来着?简安?我觉得你活得挺容易挺安逸的啊,肩不用提手不用扛。以前山上闹饥荒的时候,我还成天上顿不接下顿呢。"

谢惊澜好像明白夏侯潋口中的惨境是什么样的了。

在夏侯潋看来,食不果腹,衣不蔽体,将死未死,方谓之惨。夏侯潋心大得没边,须知肉体和心灵的痛苦又如何能比?但话说回来,谢惊澜不禁好奇夏侯潋以前过的生活是什么样的,总觉得不会太好。

"你刚刚说你娘带着你走南闯北,莫非你娘是戏班子的班主?"

"你看我像会唱戏的模样吗?跳大神我倒会一点儿。"

谢惊澜忽然想起上船之前夏侯潋腕间射出的白光,一把捉住他的右手,扒他的袖子。夏侯潋没有防备,被抓了个正着。谢惊澜定睛一看,奇道:"这是什么玩意儿?"

他的手腕上戴着一个铁制的护腕，护腕上有一把精巧的小弩。谢惊澜狐疑地看着他，道："你怎么会有这种东西？"

"呃……"夏侯潋嗯嗯啊啊了半天，没说出个所以然来。

"你之前在藏书楼也提到过你娘，刚刚又说走南闯北，莫非……"

夏侯潋满头大汗，手脚冰凉，心想这回要怎么圆场，要是被谢惊澜知道他是个刺客那可就糟糕了，刺客一旦泄露身份就必须撤离。

虽然他还没有挂上牌子，不算真正的刺客。

谢惊澜一副恍然大悟的样子，道："你娘也是个小偷。偷东西是你们家的祖业？那这个不能叫小偷了，得叫江湖大盗啊。"

夏侯潋："你说是，那就是吧……"

谢惊澜放下他的袖子，道："这玩意儿你得收好，莫被旁人发觉了。我素知诗书可以传家，武学可以传宗，没想到偷盗也能成为祖业。偷鸡摸狗，非君子所为，幸好你现在从良了，日后好生干活，莫要再做如此勾当。"

夏侯潋从善如流地答应了，暗暗擦了一把额头的冷汗。

谢惊澜望着天际淡淡的烟云，偶有飞鸟掠过，须臾没了踪影。倘若变成天边的烟云和飞鸟，无知无觉，是否就可以无怨无恨？

他轻声说道："夏侯潋，你给我说说你的爹娘吧。"

"啊？"

"我原以为，虽然我娘死了，起码我还有爹，他只是远在京城，照顾不到我，但心里想必还是挂念我的。没有想到，他压根忘记了有我这么个儿子。"谢惊澜笑得没滋没味，"你跟我说说你爹娘吧。我很好奇，有爹娘是什么感觉。"

"那个……其实，我也没爹。"夏侯潋挠挠头，"我从小跟着我娘。以前住在山上，我娘是我们这行的大拿，三天两头在外头接买干活，有的时候几个月也见不着面。但是我娘只要闲下来，就带着我在山里头打山鸡、逮兔子、掏鸟窝，可好玩儿了。山上条件不好，特别我们那块儿，犄角旮旯的地儿，常常闹饥荒，有银子也不好使。有时候家里揭不开锅了，我娘就领着我走好几里的路去别人家死乞白赖地蹭饭。有时候我娘面子大，好歹能吃上一顿，有时候别人家也没米了，拿着扫帚把我俩赶出来。不过我娘教育我，人不要怕丢脸，吃到嘴里就是自己的。"

谢惊澜不知道摆出什么表情好，斟酌了许久，慢吞吞地点评道："你娘真是……卓然不俗。"

这么看来，夏侯潋好像还是没娘好些。

夏侯潋天真地以为谢惊澜真的在夸人，不好意思地笑道："我娘虽然有的时候挺不靠谱的，缝衣服能把洞戳大，做饭能烧了房子，但她可是我们这行响当当的人物。至于我爹，唉，我也调查了很久我爹到底是谁。我觉得吧，我爹可能是个江湖大侠，毕竟按我娘的性子，总不会喜欢上一个白面书生吧。迟早有一天他会骑着马来接我和我娘的，到时候咱们就浪迹江湖，逍遥快活。"

"那你娘现在在哪儿？她为何把你卖给人牙子？"

"我娘接了一个买卖，去了西域，临走之前把我托付给我叔叔。我叔叔嫌我碍事，就把我卖了，他说等我娘回来了，就把我买回去。"

这都是一家子什么人啊！

谢惊澜忽然觉得夏侯溦能完好无缺地长到这么大是前世修来的福气。

"但是我叔说，我们这行是赌命的买卖，山上的同行没人能活过四十岁。这次去西域，折了两个前辈，也不知道我娘能不能平安回来。"

"这么凶险？既然这样，你娘为何要接下这笔买卖？"

夏侯溦不想深入解释，遮三瞒四地说道："唉，干我们这行的，受人胁迫，身不由己。我们有个老大，不照做会被他弄死的。"

谢惊澜听得不明不白，好在他不是刨根问底的人，看夏侯溦这模样，也猜出这是他们的秘辛，不便多说，只好笨拙地安慰："没事的，你娘那么厉害，肯定能平安回来接你。"

夏侯溦草草应了一声。

段叔说西域凶险难测，但他固执地认为他娘天下无敌。并不是因为他完全相信他娘的实力，而是因为他不愿意深想。

一时无话，夏侯溦喝酒有点上头，脸红通通的，扭头瞧谢惊澜，见他眉头微皱，神情有些落寞。

夏侯溦把手搭在谢惊澜的肩膀上，笑嘻嘻地道："怎么，舍不得爷呀？放心，爷会隔三岔五来看你的！咱们是好兄弟嘛！"

谢惊澜撇过头，哼道："谁是你好兄弟？你是我的书童，是我的下人！"说完，他垂着眼，月牙似的睫毛在他眼下打下一圈暗影，遮住了他眼里的情绪。

他老早就明白，谁也不能永远陪着谁，娘走了，兰姑姑也会走，莲香也会走，夏侯溦自然也不例外，区别只在或早或晚罢了。

他不着痕迹地推开夏侯溦的手，闷头走在石子路上，不管后面的夏侯溦怎么喊，都没有回头。

莲香和兰姑姑听闻喜讯，都欢天喜地。莲香见夏侯溦当真帮上了谢惊澜，不再似以往那般待他以冷眼，晚上做了米糕，还破天荒地给他端了一份。

然而夏侯潋渐渐发现，无论他做什么，谢惊澜这厮就像看不见他似的，丝毫没有反应。就算夏侯潋不小心把茶水倒在谢惊澜脚边，谢惊澜也只是清清淡淡地掀起眼皮瞥他一眼，然后自己走开接着读书，嘴巴闭得严严实实，硬是不肯和他多说一句话。

按说照谢惊澜往日看不得一点污渍的性子，应该早就拍案而起暴跳如雷了。

迟钝如兰姑姑和莲香都发现了谢惊澜的不对劲，暗地里商量说少爷的性子清冷不少，是不是谁拔了老虎须，触怒了少爷。两个人挨个自省了一番，都觉得自己可以脱掉嫌疑，便揪来夏侯潋审问，可怜夏侯潋自己都还一头雾水。

夏侯潋还没有弄清所以然，大夫人那边就来人了，搬来一堆书籍和笔墨纸砚，还有成套的柜子书桌。当先的嬷嬷一进院子就叫嚷起来："哎哟，三少爷怎么住得这么寒碜啊，连个书房都没有。你们这些下人都是怎么做事的？屋子漏了不知道报到管家那儿，着人来补。来人来人，赶紧地，快把这儿收拾好，还得收拾出一个书房！"

莲香阴阳怪气地嘀咕："也不知道哪儿的妖风把黄鼠狼给吹来了。"

这真是稀奇了，平常无人问津的秋梧院一下子来了这么多人，还一个比一个聒噪，吵得谢惊澜脑瓜子疼。那嬷嬷又是指责兰姑姑笨手笨脚，又是挑剔夏侯潋贼头贼脑，拨了四五个丫鬟仆役留下来伺候，还硬要塞一个人给谢惊澜当书童。谢惊澜铁了心拒绝才保住夏侯潋的饭碗，把那个小童安置在书房做一些零活。

其实夏侯潋挺希望上位的，天天待在书房窝着看看话本子多好啊。

"三少爷，现在才把文房四宝一应用具送来，实在是对不住。大夫人亲自着人上街采买，又请了工匠进府打柜子打书桌。你看这都是上好的梨花木，还望少爷莫怪。"嬷嬷上前福了个礼，说道。

谢惊澜面无表情地点了点头，没多说什么，指了指夏侯潋，让他取些笔墨纸砚送到里屋，同时明令禁止除夏侯潋以外的人进入自己的卧房。

嬷嬷神色变了变，心想，没想到这孩子小小年纪，就知道立威了。

夏侯潋若是知道嬷嬷这么想肯定要笑得肚子疼，谢惊澜其实只是嫌弃外头的人不干净。要知道，唯一能进入他卧房的夏侯潋在他的威逼利诱之下每天必须洗三次澡，虽然夏侯潋的三次澡就是兜头浇三桶水。

匠人在修房子，叮叮当当响个不停。谢惊澜充耳不闻，贪婪地抚摸着梦寐以求的宣纸，柔软的触感让他心醉神迷。他以前都用粗糙的草纸练字，虽然上回夏侯潋送了宣纸，但他没敢用，如今竟然能够光明正大地用上上等生宣了。

他仔细地瞧了瞧，和谢惊涛屋里头的是一样的。

他迫不及待地磨墨落笔,笔尖轻轻一点,墨水晕染了纸面,写了几个字,勉强可以入眼。他抬头看见夏侯潋百无聊赖地翻着新书,把笔递过去,要他写几个字给瞧瞧。

夏侯潋也不推辞,当下写了自己的名字在上头。谢惊澜一看,那字着实不拘小节,横生枝蔓,蚂蚁随便排出来的图案也比这字漂亮些。

"我又没练过,我瞎写写,你瞎看看。"夏侯潋搁下笔,撑着脑袋看窗户外面的鸡飞狗跳,"大夫人和你爹一个德行,道貌岸然。看看,你成了戴圣言的弟子了,这就巴巴地送来了这么多东西。"

谢惊澜有了笔墨纸砚,心情明媚不少,刚想接夏侯潋的话,又想起自己应该晾着他,生生憋住就要出口的话,执起笔专心致志地练起字来。

夏侯潋一头雾水,想破了脑袋也不知道自己哪里惹了他。

门忽然被叩响,夏侯潋打开门,见之前说话的刘嬷嬷站在门口对谢惊澜说:"少爷,夫人说,近来您身子大好,晨昏定省的规矩就不能废了。这几年怜您身子弱,不曾好好教您规矩,如今您是戴先生的弟子,自然要懂得礼仪体统。晚间用过膳,夫人请您去正院学习礼仪,待听学之时莫要行差踏错,惹人笑话。"

谢惊澜冷淡地点头:"我知道了。"

两人又陷入尴尬的沉默。谢惊澜不以为意,拿起书来就读。

夏侯潋待在书房怪闷的,谢惊澜那个木头呆子只知道看书习字,十棒子打不出一个屁来,铆足力气当一个锯嘴葫芦。夏侯潋百无聊赖,偷偷溜回屋子睡大觉,被新来的刘嬷嬷逮了个正着。

刘嬷嬷看夏侯潋不顺眼,短短一下午,拿着这事儿在谢惊澜面前进了许多逸言。谢惊澜听得脑仁疼,干脆让夏侯潋窝在书房睡。反正关着门,别人也不知道夏侯潋是在里头端茶送水还是睡大觉。

只是谢惊澜看他睡得四仰八叉,总忍不住怀疑,到底谁是少爷谁是仆人。无话可说,谢惊澜认命地给自己续上了茶,磨好了墨,顺便拉了一把夏侯潋身上溜下去的被子。

第四章 金陵雪

晚间，金陵城落下了冬日的第一场雪。四处黑瓦白雪，雪压在枝头，仿佛满树梨花。

大夫人萧氏端坐在上首。她生得一双眸光慑人的丹凤眼，两瓣红唇薄得仿佛只有一条线，十指都涂了丹蔻，好像掏了人心刚拔出来似的。她不似她的丈夫满脸写着仁义道德，而是生了一副明明白白的刻薄相，摆明了告诉你"老娘不好惹"。

谢惊澜领着夏侯潋，吃过饭就来请安了。萧氏不是个好对付的，他们一来，果真就被留下了。萧氏压着细细的嗓音开了腔，声调九曲十八弯，有点像唱戏："谢惊澜，你很好，我看错了你，没想到你在秋梧院那腌臜地里还能捂出满肚子经纶来，这要是好生教导，来日位列三公，指日可待啊！"

"不敢，承蒙夫人错爱，将来的事情，谁说得准呢？"谢惊澜冷笑。

萧氏目露轻蔑，道："我还以为你有什么本事，连自己的心思都藏不住的小娃娃，凭着一点儿小聪明，就想翻身做凤凰？满腹经纶又如何，我照样能让你憋在肚子里，吐都吐不出来。"

谢惊澜目光一滞。

"我原先还想装装母慈子孝，毕竟姓戴的那个老头儿有些威势，不好对付。但是我一看见你，就想起那个狐媚子。"萧氏盯着谢惊澜，目光冷得刺骨，"你长得太像她了。"

谢惊澜还是没能忍住，带着怒意道："男人三妻四妾乃是常事，夫人未免也太善妒了些。"

"善妒？"萧氏皮笑肉不笑，"我出身江左世族，祖辈世世代代在朝为官，我的父亲官至都察院左都御史。谢秉风那个窝囊废如果没有我，连六品的芝麻官都捞不到！你们男人，个个花言巧语，没一个好东西。我信了你那个窝囊爹的山盟海誓，才下嫁到谢家。可我不过怀胎十月，他就勾上了你娘！"

"那也是爹的错，夫人何必针对我？"

萧氏低头拨了拨指甲，脸上的笑带了些嘲讽："谁让我没法子收拾谢秉风呢？我与他，一荣俱荣，一损俱损。但是你这个小毛孩子，我还是有办法的。"

她脸上的嘲讽愈加浓厚，只是不知道是嘲讽谢惊澜，还是嘲讽她自己。

谢惊澜："你……"

"从前我心善，好饭好菜地养着你，认为一根没人要的野草罢了，翻不起什么大浪。谁承想你竟然敢觊觎我儿之物，偷书偷学不成，竟然大闹望青阁，把本属于我儿的位子给抢了。你自己上来找死，就由不得我了。"

夏侯潋不怕死地开口："大夫人，你儿子那熊样你心里没点儿数？那日若非惊澜少爷参加作答，恐怕谢氏子弟一个也入不了戴先生的眼。"

萧氏眯眼望向夏侯潋，斥道："哪儿来的野崽子，敢在我面前大放厥词！来人，杖打二十大板！"

两个嬷嬷走过来，一左一右把夏侯潋按到长凳上。夏侯潋两脚乱蹬，在长凳上拱来拱去，像一条砧板上将要被剁成片却宁死不屈的鱼。两个嬷嬷的手跟铁钳子似的，死死地按住他的肩膀。他的两腿最终也被捉住，夏侯潋这条宁死不屈的鱼还是只能任人宰割了。

第一道板子落下，夏侯潋大腿上的皮肉像要撕裂一般，撕心裂肺地疼。

谢惊澜肝胆俱裂，扑到夏侯潋身上叫道："别打了！别打了！他受不住了！夫人，你要我学什么规矩我都学！你别打了！"

那帮婆子不敢真打谢惊澜，都退下了。夏侯潋筋疲力尽地趴在长凳上，屁股上还火辣辣地疼。

不能硬来，只能曲线救国，夏侯潋仰着脖子说道："夫人，虽然惊澜少爷不是您亲生的，但若他有朝一日金榜题名，衣锦还乡，长脸的不光是他自己，还有整个谢氏！怎么说您也是惊澜少爷的嫡母，若少爷一人有损，您不会俱损，但少爷若有幸攀蟾折桂，您必定俱荣！"

"年纪不大，倒是牙尖嘴利！"萧氏没有丝毫触动，脸上仍是不变的冷笑，"你给我记住了，就算谢氏要兴，也要是我的儿子惊涛、惊潭来振兴，断轮不到谢惊澜这个野种！"

谢惊澜的眸光一点点地暗下去，嘴角扯出一抹苦笑。

萧氏重新拿腔拿调起来:"不过惊澜,你现在身份确是不同寻常了,你是人家戴老先生的弟子,我等闲拿捏你不得。只是戴先生乃当世大儒,你若是不懂规矩,岂非丢了我谢家的颜面?人家也会说我这个当嫡母的没好好管教。今天你暂且学怎么'跪',改日再教你别的。"萧氏使了一个眼色,旁边的两个嬷嬷站出来,把谢惊澜架到雪地里。一个嬷嬷踢在谢惊澜的膝盖窝上,谢惊澜闷哼一声跪了下去。

夏侯潋大惊失色:"你们干什么?"

嬷嬷把夏侯潋拎起来,按在谢惊澜边上。夏侯潋奋力挣扎,可这儿的每个嬷嬷力气都大得吓人,那双滚烫的大掌按在他的肩膀上,仿佛泰山压顶。

夏侯潋咬牙切齿,这一屋子都是老巫婆!

嬷嬷扯着粗哑的嗓子开口:"跪,讲究腰杆挺直,两肩平齐,不可佝偻,手贴在裤缝上,不许放在别处。"夏侯潋刚坐在小腿上,嬷嬷便一脚踢了过去,把他直接踹到雪里吃了一嘴冰凉的雪泥,"屁股更不许坐在腿上,给我跪好!"

去他娘的!夏侯潋简直气得要爆炸,恨不得跳起来和这两个老巫婆死磕。

逃过了板子逃不过罚跪,这老巫婆是打定主意要整治他俩。

萧氏站在台阶上,居高临下地看着他俩,那眼神仿佛在看两只蝼蚁,轻慢又冰冷。

"跪满一个时辰你们就能走了,但是……"萧氏吹了吹指甲,漫不经心地说道,"如果嬷嬷发现你们姿势错了,错一次,加一个时辰。"

萧氏进了屋,留下两个嬷嬷坐在廊下看守夏侯潋二人。

夏侯潋才跪了一盏茶的工夫,两个膝盖就又酸又疼,腰也酸得厉害,更不必说天已经擦黑,寒风越发凶猛起来,吹得他面庞冰凉,简直要失去知觉。夏侯潋扭头看谢惊澜,见他木头人一样一动不动,低垂着眼帘,不知道在想些什么。

谢惊澜身体不好,一张脸苍白如纸,嘴唇也失了颜色。夏侯潋倒是不担心自己了,转而担心起谢惊澜来。跪一个时辰,这还了得,他这小身板哪还有命在?

可那两个嬷嬷正烤着炉火,虎视眈眈地盯着他俩。

谢惊澜突然出声了,他的声音很低,有点半死不活:"我赢不了她,我爬得再高,她也能让我粉身碎骨。"

"你别在这儿胡思乱想的。这老巫婆妖言惑众,气死我了,"夏侯潋道,"哎,少爷,你说我能不能跑出去求援。戴先生住哪儿来着?找你爹来救命有用吗?"

"你跑不出去的,这里有两个嬷嬷,屋里头有五六个丫鬟,院口、后院还不知道有多少杂役,他们一人拉你一把,你动都动不了。"谢惊澜的眼神晦暗,暗得可怕,一点光也没有,"我太天真了,我以为当了戴先生的学生,就能走上康庄大道,只要按着科举的路子走,秀才、举人、进士,一步一步,迟早能翻身。可是我忘了,我是谢家人,世族郡望,更何况圣朝重孝。若大夫人放出我不孝的名声,我的仕途便会毁于一旦。她如果想毁了我,有一千种、一万种法子。"

"那个老巫婆吓你呢,你别信。"夏侯漱艰难地安慰道,"你看看她,哪有一副当家主母的样子,一点儿也不端庄,也不知道你爹瞎了哪只眼,看上这么个母夜叉,以后咱可不能娶这样的。"

谢惊澜虚弱地摇头:"她活得真,不屑跟我演戏。我若是遇到笑里藏刀、吃人不吐骨头的主母,那才叫惨呢。我恐怕连跟她说话的机会都没有,早就死在秋梧院了。"

他头一次感到如此无力,就好像溺水的小孩,在水里瞎扑腾,拍起层层浪花,身子还是不住地往下沉。这无力感像潮水一般,将他慢慢淹没。

雪越下越大,落满两人的发顶肩头,远远看去,两人都像白了头一般。谢惊澜浑身冰凉,这冷似乎能够穿透棉衣,一直渗到骨子里。雪落在他的鬓发上,睫毛上也结了一层霜。他脸色苍白,乍看去,竟然分不清雪的颜色和他脸颊的颜色。

他的意识渐渐游离,视野也渐渐模糊。忽然,身子被罩上一件温热的棉衣,一双稍比他暖些的手伸过来,拂落他脸上的霜雪。

他迷迷糊糊地抬起头,声若蚊喃:"夏侯漱?"

夏侯漱顾不上太多,跪在地上,对着谢惊澜又是搓手又是揉脸地折腾。

夏侯漱脱了袄子,寒风呼呼地往他领口里灌,冻得他鼻涕直流。两个人就像风中将死的冻鸟,抖作一堆。

"要死人了!要死人了!你们还不放我们走!"夏侯漱嘶声大吼。

有个嬷嬷露出不忍之色,进到屋里头请示,再出门来时,仍是一言不发地坐在炉火边上,撇过头不看他俩。

"这个老巫婆,活该生出谢惊涛那个破烂玩意儿!"夏侯漱抱紧谢惊澜,呼出的热气氤氲了视野,"少爷!你别吓我!"

谢惊澜睁开眼都费劲,有气无力地掀起眼皮瞥了他一眼,没说话。

夏侯漱在他耳边低声道:"少爷,你有没有钱?给我钱!"

"你收买不了她们的。"谢惊澜声若蚊喃。

"不是,你把钱给我,一个铜板也好,"夏侯漱咬牙切齿地说道,"我去帮你干掉那个老娘们!"

伽蓝刺客做买卖从来一百两起价,他还不算正式的刺客,算谢惊澜便宜点儿好了。

"瞎说……瞎说什么呢？"谢惊澜觉得自己从里到外都冷透了，好像不是一个人，而是一块冰。夏侯潋的声音离他越来越远，他快要听不清了，甚至不知道刚刚那句话自己有没有说出口。

"你忘了，我是小偷，我们不仅偷财，还偷命。你摸摸我的靴子。"夏侯潋拉着谢惊澜的手，往自己的靴筒里探。谢惊澜摸到一个坚硬的物事，上面还有雕镂的花纹，棱角分明，顿时打了个激灵，清醒过来。

他使着所剩无几的力气抓紧夏侯潋，声音几乎从牙缝里逼出来："你要是敢乱来，我……我……""我"了半天，谢惊澜也没想出自己有什么手段能威胁到夏侯潋的，索性一口咬在他的肩头。

谢惊澜咬得很紧，夏侯潋疼得龇牙咧嘴。直到尝到嘴里的血腥味，谢惊澜才松了口。

夏侯潋气不打一处来，恨道："你属狗的吗？好心当作驴肝肺就算了，你还要把我的好心啃出个洞来！"

"怎么还窝里斗了？"凉得让人发颤的声音传来，夏侯潋抬起头，见萧氏冷眼看着他们。她抬头望了望天色，道："我要睡了，今天就放过你们，你们可以回去了。"

夏侯潋松了一口气。

谢惊澜已经快晕过去了。夏侯潋摸摸他的额头，顿时吓了一大跳，明明外头这么冷，他的额头却烫如烧炭。

"少爷！"

谢惊澜从夏侯潋身上滑下来，烂泥一般瘫在地上，烧得迷迷糊糊，嘴里不知道嘟囔些什么。

夏侯潋没法子，把他背起来，步履艰难地往秋梧院走。跪了一个时辰，双脚又冰又麻，一开始的几步，他几乎每一步都摔在地上。两个人一起埋进雪里，半天起不来身。

路好像比以往更长了，长得望不到尽头，夏侯潋很想去找莲香和兰姑姑来帮忙，可他又害怕赶回来的时候谢惊澜已经冻成冰块了。

"别……别乱来。"谢惊澜嘴里呢喃。

谢惊澜冷得已经感觉不到寒风了，只觉得头晕目眩，睁开眼就天旋地转，喉咙里仿佛有什么哽着，一阵一阵地想吐。

他不着边际地想，他要是吐到夏侯潋身上，这厮会不会原地发狂。

"放心啦，我不乱来。"夏侯潋把谢惊澜往上面颠了颠，说道，"少爷，你别睡着，跟我说说话,你可别死了。"

谢惊澜清醒了些,闭着眼睛说道:"我死了,你也没什么损失,反正……反正你迟早都要走。"

"可我会很伤心啊。我夏侯潋没交过什么朋友,你算是我第一个好兄弟。"夏侯潋用脑袋碰碰谢惊澜的脑袋,"要不……要不你跟我一起走吧,我带你回山上去。山上虽然穷,但是野味很多,饿不着你。我娘不会介意多一个儿子的。"

谢惊澜扯了扯嘴角,半死不活地笑了声:"你要带我浪迹天涯吗?"

夏侯潋最后是让谢惊澜趴在他背上,他手脚并用,爬着回到秋梧院的。

兰姑姑和莲香站在门口焦急地张望,老远看见两个人层叠着在地上爬,还在心里犯嘀咕,这世道怎么什么浑人都有,再一仔细看,趴在上面那个可不是少爷吗?

两人迎上去,兰姑姑手忙脚乱地把谢惊澜背起来。莲香摸了摸他的额头,惊呼道:"好烫啊!"

兰姑姑背着谢惊澜往院里跑,一面喊莲香:"快去请大夫!"

夏侯潋死鱼似的瘫在地上,奄奄一息地喊道:"别忘了我啊!我也发烧了……"话还没有说完,他眼前一黑,晕了过去。等他再醒来的时候,发现自己躺在柴房里。

他怎么在这儿?

他蒙了一会儿,记忆回到秋梧院就断了片儿,想了许久也没想起来什么。

口渴得厉害,嗓子里像卡了个铁片,泛着股腥甜的铁锈味,想咳又咳不出来。夏侯潋爬到门口,用力推了推门,门上传来铁锁的叮当声——门锁上了。

这到底是怎么回事儿?

柴房透风,冷得夏侯潋牙齿打战,他的棉衣脱给谢惊澜了,身上只剩下两件单衣。他猫儿似的缩成一团,不住地打着战。

"小潋!小潋!"

夏侯潋猛地睁开眼,墙上的小窗探出莲香的圆脸蛋。莲香见夏侯潋醒了,从窗上的栅栏缝隙里塞进三个馒头。

"姐,我要喝水!"夏侯潋爬过去,把馒头捡进怀里,仰头喊道。

莲香想把水囊塞进来,奈何缝隙太小,水囊太大了,根本塞不进来。

"我把水倒进去,你在底下张嘴接着。"

夏侯潋照做。水淅淅沥沥地泻下来,他使劲儿张着嘴,好不容易喝到了两三口。

"喝到了吗?"莲香两手握着栅栏,担忧地问。

"喝到了,我没事儿。"夏侯潋抓起馒头胡乱啃了一口,"这到底是怎么回事儿啊？我怎么在这儿？"

"你和少爷刚回到院子，大夫人就派人来把你带走了。他们说你出言不逊，还教唆少爷胡来，要把你关起来。书房的桂香告诉我们你在这儿，我就偷偷来了。"莲香强忍着泪水，道，"臭小子，早告诉过你别胡来，你看吧，报应来了！喂，你烧退了吗？感觉可好些？"

恐怕没。夏侯潋不用看也知道自己的脸烧得一塌糊涂，觉得自己的脸上都能煎鸡蛋了。

"那个老巫婆恐怕是不想让我活命了。她暂且没法动少爷，就拿我开刀。莲香姐，您想想法子，看能不能找到戴先生，让他救救我。"

戴先生不在府中，这大黑天的，她上哪儿找去？莲香张了张嘴，终是没把实话说出口，道："好，你等着。人家都说祸害遗千年，你这个大祸害可千万要撑住。"

"放心吧，我属茶婆虫的，没那么容易死。"

莲香走了，夏侯潋没有闲着。他吃完了馒头，感觉自己恢复了点气力，拖着酸软无力的四肢，清理出一片空地，拾出几片干柴堆在一块儿，再钻木取火。他钻得手都磨破了皮，才蹦出一丁点儿火星；又锲而不舍地磨了半晌，柴终于着了。

烤着火，他才感觉自己又活过来了，又重新蜷成一团。

火有点小，背上还是冷得慌，夏侯潋有些担心，自己不会真折在这儿吧？他堂堂一个七叶伽蓝的刺客，竟然死在手无缚鸡之力的女人手下，当真是耻辱。

夏侯潋盯着火焰，昏昏沉沉，眼皮上面好像挂了石头，不受控制地往下沉。恍惚间，门似乎开了，走进了一个佝偻的老人。有人掰开他的嘴，将奇苦无比的药汁灌进他的喉咙。夏侯潋蓦然睁开眼，抓住那只铁钳似的大手使劲挣扎。

"这是治风寒的药，你挣个什么劲儿？还要不要命了？"老人撒了手，没好气地看着他。

老人鬓发皆白，长着一个硕大的鹰钩鼻，有一只眼睛灰蒙蒙的，仿佛粘了一层膜在上头。他平时都低着头，此刻正眼瞧着夏侯潋，眼里的戾气显露无遗。只要看到这双眼睛，没有人会觉得这是一个好惹的老头子。

有人说，杀过人的人和普通人是不一样的。

夏侯潋知道，区别就在眼神。

手上沾过血的人，眼里就会沾上抹不去的血腥气。

夏侯潋恍然："原来是伽蓝的暗桩。晚辈放肆，前辈勿要怪罪。"

老人放下餐盒，从下往上地打量夏侯潋，眼神每上移一寸就要叹一口气，最后目光落在夏侯潋的脸蛋上，那眼神像在看一摊扶不上墙的烂泥，兼有对伽蓝渺茫前途的绝望。

夏侯溦仿佛被脱了衣服翻来覆去地瞧了个遍，有点不自在，转过身麻溜地把药喝了。

等他喝完药，老人才悠悠叹了一声："夏侯溦，我听过你的名字，果然，正如所料，你很像迦楼罗。"

"那可不？"夏侯溦笑呵呵。

老人补充道："可我没想到，迦楼罗的混账无赖你学了个十成十，她的厉害你是一分也没学着。"

夏侯溦："……"

"听我一句劝，你压根儿不是当刺客的料。刺客要安分守己，才能迷惑人的视线；除此之外，刺客更要六亲不认，遇神杀神，遇佛杀佛。你行事乖张，善心未泯，这两条都不符合。那谢惊澜不过是一个注定要死在深宅的小少爷，就让你如此挂心，你又如何去杀别人？"

老头说得唾沫横飞，总结成一句话，就是：臭小子，你还是趁早回山种田去吧，别丢我们伽蓝的脸。

"我不信。若如你所言，刺客六亲不认，那你为什么要救我？段叔为什么要照顾我？我的刀，只杀该杀之人，斩必斩之人！"

"我不杀你，是因为你不是我的猎物；我照顾你，是因为受段九所托。若是有人买你的性命，哼，我照杀不误！小子，你有菩提刀，却无杀人心。没有杀人心的刺客，迟早要完蛋！"

夏侯溦梗着脖子反驳："谁说我没有？你给我一把刀，我现在就去宰了萧氏那个老巫婆！手起刀落，我保证一点儿也不含糊。"

"那不是杀人心，那是报复心。杀你怨恨之人当然易如反掌，可若要你杀一个素昧平生的路人，甚至是你的挚爱亲朋呢？打个比方，你现在能狠下心，杀了谢惊澜吗？"老人浑浊的眼睛盯着夏侯溦，"如果萧氏向伽蓝买下谢惊澜的命，我敢担保，你的娘亲迦楼罗，会毫不犹豫地下刀。"

"可我娘肯定不会杀我。"夏侯溦低着头，闷闷说道，"没人可以六亲不认。"

老人嗤笑："性子倒是挺倔。成，我现在给你指条路。你也知道你现在的处境——萧氏视谢惊澜为眼中钉、肉中刺，一脚踩下去，死的可不止一只蚂蚁，你就是那个顺带的。只要你放弃成为刺客，我就带你出去。伽蓝有规矩，刺客一旦落入敌手，必须自尽。你不是刺客，我就能救你。"

夏侯溦想也没想，道："那你走吧，我就在这儿待着。"

先不说他当不当刺客，就是谢惊澜那小子他也不能不管。管他呢，就算这个死老头子不来救他，段叔也不会坐视不理。

老人吹胡子瞪眼，直呼"倔驴"，气哼哼地喘了几口气，从怀里掏出一卷纸轴，丢给夏侯潋，道："给你一盏茶的工夫，把这张地图背下来。接下来我说的话，你要一个字不差地记牢。"

夏侯潋打了个激灵，直起身来。

这是要让他干活的意思吗？他终于成为正式的伽蓝刺客了？

他忙不迭地展开纸轴，是谢府地图，走廊、楼阁、小径甚至门窗、假山、树木都有标识。这些日子夏侯潋四处闲逛，早已把谢府摸了个大半，他又有些过目不忘的本事，一盏茶的工夫记熟地图是绰绰有余。

"你若能出去，便瞅准机会，潜入谢秉风的书房，找出他的书信，列一份和他往来书信之人的名单。记住，万事小心，切不可暴露自己。若有变故，以保全自己安然撤离为先。你若不成事，自有别人替你。"

"放心吧，小菜一碟。"

夏侯潋知道伽蓝素有惯例，计划一击不中就必须撤退。伽蓝并非要不择手段地猎杀目标，因为培养一个刺客常常需要十数年的时间，伽蓝消耗不起。

到现在为止，夏侯潋在山上见过的刺客总共不超过二十人。

夏侯潋摸着地图，心中又起疑虑："咱们为什么要这个名单？这对谢家……会不会有什么不好的影响？"

老人鼻子里哼出一口浊气来，显出一副恨铁不成钢的模样，道："说了你不是这块料吧，担心这个又担心那个的。你还当不当刺客了？放心吧，应该没大事，无非是这个谢秉风得罪了官场上的什么人，有人要找他把柄，说他结党营私罢了。"

结党营私？夏侯潋结合自己短浅的见识分析了一下，感觉不像什么大罪。话本子里被处死的官员要么是通敌叛国，要么是秽乱后宫，他还没听过因为交朋友而害死自己的。

"此人道貌岸然，伪君子一个，丢了官也不足惜。"夏侯潋拍拍胸脯，道，"包在我身上！"

老人收回地图，扔给夏侯潋一张毛毯，提起餐盒走出柴房，重新把门锁上。

"小子，趁这闲工夫，你不如好好研习刀法。依我看，你连谢惊澜都不如，人家出恭的时候都还在背诗。"

夏侯潋抬起头，门缝很小，老人站在门外，透过门缝瞧了他一眼。夏侯潋只看见那灰蒙蒙的眼睛，不知怎的，只觉得他的眼神像在看一个死人。

他想起段叔说，他如果挂了牌，铁定活不过二十岁。

呸，夏侯潋不服气地想，都是有眼无珠的，少看不起人。俗话说得好："莫欺少年穷！"

夏侯潋打开毛毯，里头躺了一本伽蓝刀谱。

这本刀谱他翻了无数遍，但每次都跳过第一页直奔后面的刀法。鬼使神差地，他这回没急着看后面的刀法，而是翻开了第一页。

上面只写了一句话：

"赐尔菩提刀，杀人以成佛。"

第五章 谢师恩

天蒙蒙亮，鹅毛一般飘飘扬扬的大雪都停了，夏侯溦才等来戴圣言和谢惊澜，谢秉风居然也来了。谢秉风绷着一张国字脸，见到夏侯溦惨白着一张脸一副快要嗝屁的模样，脸上流露出几分愧疚来。因他在夏侯溦眼里是伪君子，夏侯溦怎么看怎么觉得他是在装模作样。

戴圣言摸了摸夏侯溦的额头和脖子，说道："小友身体不错，关在这漏风的柴房冻了一晚上都没有发烧。"说着，他取下自己的披风，裹在夏侯溦身上。

披风是貂皮的，毛茸茸的貂毛戳在脸上，让夏侯溦冻僵的脸蛋稍稍回了点儿温度。

他这话意有所指，谢秉风老脸微红，也走过来摸夏侯溦的脑袋："没事了吧？唉，夫人也真是的，你不过是个孩子，虽然犯了错，也不该遭这样的罚。既然没事儿，快回去好好歇着吧，下次可别再坏规矩了。"

这一句话状似安慰却句句不离夏侯溦坏了规矩犯了错，表明他们惩罚是理所应当，现在是他们网开一面，才把夏侯溦给放了。

谢秉风一番话说完，差点没把夏侯溦气吐血，他张口就想要反驳。谢惊澜握住他的手腕，暗暗摇了摇头。

谢惊澜虽然没有被关在柴房里，可这脸看着比夏侯溦的白多了，半分血色也没有，好像在柴房里关了一夜的是谢惊澜而不是夏侯溦。

夏侯溦有些担心："你没事儿吧？"

"一个小小的下仆，竟有如此大的脸面，让谢家大爷、戴大儒天刚亮就赶来了。大清早的，这么多人围在这儿，我还以为我这柴房失火了呢。"谢惊澜还没有接话，一个高亢的女声就传了过来。众人望过去，只见一个高挑的妇人带着几个丫鬟朝这边走过来。

妇人眸光冰冷，十指涂满丹蔻，正是萧氏。

"说起来这罪魁祸首还是我，出手没个轻重，把这孩子关了一夜。要不要我当面请罪啊？"

谢秉风看起来有点头疼，硬着头皮道："此事就此揭过。骂也骂了，罚也罚了，让他回去歇着吧。我谢府虽然家法严明，但素来待下宽和，不曾苛待下人，你日后持家，须得谨记。"

他不说话还好，此言一出，萧氏像被踩了尾巴一般，脸色顿时不好看了。

萧氏皮笑肉不笑，道："是，我不会持家，苛待下人，让老爷你丢了颜面。妾身日后定当谨遵家训，宽以待人。不过，这个叫夏侯溦的，口齿伶俐，我瞧着讨喜，不如留给我讲讲笑话逗逗乐，你看如何？"

谢惊澜和夏侯溦同时背后发凉，两个人默契地往戴圣言后边儿退了一步。夏侯溦胆战心惊地瞥了眼谢惊澜，见他眼里也透着担忧和焦急。

戴圣言不着痕迹地把二人护在身后，悠悠地开口："不巧，这孩子老夫已经买下了，如今他是老夫的家仆。"

"哦？竟有此事？"萧氏惊讶。

谢秉风点头："学生不是说了吗？老师若喜欢这孩子，领走便是，君子不言孔方兄，伤和气。"

萧氏掩唇笑道："想不到我和戴先生这么有缘，这孩子我也着实喜欢得紧，他的卖身契还在我这儿呢。若我执意不放人，戴先生难道要和我抢人吗？"

戴圣言的脸色终于凝重起来。

柴房里的气氛十分尴尬，地方本就狭小，五个人站在里头，逼仄的空间让夏侯溦有种喘不过气的感觉。他一点不觉得冷，反倒觉得有点热。空气里木头腐朽的味道和萧氏身上的香粉味混在一起，让他更加难以呼吸。

戴圣言把枯瘦的手掌放在夏侯溦的头上。他的手瘦得像树枝一样，天寒地冻，只有掌心温温的。但这仅有的温度也足够了，夏侯溦莫名其妙地安下心来。

戴圣言捋捋胡子，不紧不慢地开口："实不相瞒，老夫观此子才思敏捷，颖悟绝伦，若细细教导，将来必定文能治国，武能安邦，传孔圣朱子之绝学，继诸葛仲达之后履，成不世之圣，万代之表。此等英才，老夫相信二位定然不会任其明珠蒙尘。"

不世之圣？万代之表？

谢秉风和萧氏望向夏侯潋，见他鼻子里淌出一串鼻涕，直流到嘴巴皮子上，他使劲儿一吸，鼻涕呼噜一声没了踪影，留下亮晶晶的痕迹。

谢惊澜和戴圣言都有些不忍直视。

夏侯潋有些不好意思，厚着脸皮说："说不定孔夫子十二岁的时候也是个鼻涕虫呢。"

谢惊澜低声道："孔夫子十二岁的时候已经会陈俎豆、设礼容了。"

"俎豆是什么？豆子？好吃吗？"

谢惊澜："……"

戴圣言为官多年，睁着眼睛说瞎话的功夫练得出神入化，硬是从夏侯潋蔫头耷脑的模样里瞧出万世先师的影子，继续道："此子乃天生英才，老夫阅人无数，不会有错，老夫决意收他为徒。若夫人难以割爱，老夫无法，只好请来知府大人同座一叙，与夫人好生商量一番。"

金陵知府苏卓成是戴圣言的三千弟子之一，素来求贤若渴，找他过来，无异于将夏侯潋拱手相让。

这下轮到萧氏脸色不好了，她能仗势欺人，戴圣言也能倚老卖老。虽有律法在前——夏侯潋是谢府的仆人，谢府若不肯放手，夏侯潋无论如何也出不了谢府的大门，但架不住人情为先，戴圣言又是天下士子之首，谢府不放人，只会得到一个践踏英才之名。

哪怕这个"英才"一首诗也不会背，一本圣贤书也没有看过。

"拙荆无状，老师莫要介意。老师有教无类，柴棚之下得爱徒，此乃佳话，拙荆岂敢再执意阻拦？"谢秉风转脸看向萧氏，"夫人，大清早的，外边儿天凉，你还是早些回去歇着吧。"

萧氏冷哼一声，道："那妾身在此恭喜戴先生喜得爱徒，希望他真能如先生所说，文能治国，武能安邦！"

夏侯潋非常有自知之明地想，他不乱国就不错了，指望他治国，怕是离灭国不远了。

戴圣言神态自如地微笑："当然。"

他说的是"当然"而不是"多谢"，萧氏的脸更黑了。

谢惊澜的脸色差得不行，像一张白纸。夏侯潋等萧氏和谢秉风都走了，上手摸了摸谢惊澜的额头，果然发烧了。

他的身子简直比大门不出二门不迈的小姐还娇弱，夏侯潋来不及咂舌慨叹，二话不说就把谢惊澜背在背上，急急忙忙跟戴圣言道了句谢就冲回了秋梧院。戴圣言

044

被晾在了雪地里，哭笑不得。

秋梧院里又是一阵手忙脚乱，人仰马翻。

谢惊澜病得好几天起不来床，倒是被关了一晚上的夏侯潋只蔫了会儿，没多久就恢复生龙活虎的模样。夏侯潋身板硬实，常年习武练刀，打下了不错的底子，发烧出会儿汗就好了。谢惊澜活脱脱在鬼门关走了一遭，让人心惊肉跳。

莲香看着心疼，忍不住嘟囔："这个戴先生在哪儿待着不好，那晚非要歇在苏大人家里，害得少爷刚醒，身子还没有好利索，就爬墙出去找他。真是气死人了！"

兰姑姑劝道："这也是没法子的事儿，好在少爷现在已经没事儿了，养养就是了。"

"莲香姐，你说是少爷给我搬的救兵？"夏侯潋不知从哪儿冒出来，把莲香吓了一大跳。

昨儿夏侯潋拿到了自己的卖身契，琢磨了好一会儿，没扔没烧，到戴圣言那儿问他能不能把契约给谢惊澜。戴圣言不置可否，说这是他的自由，随便他如何处置。

夏侯潋便又揣着卖身契回来了，路过厨房，正好听见莲香叽叽咕咕。

他真的没想到谢惊澜都病得那么重，还能硬爬起来给他搬救兵去。

莲香抚着胸口缓了好一阵，怨气冲天地道："你什么毛病，专爱吓唬人？少爷知道你被关起来了，急得像个陀螺。我打听来戴先生在苏家，少爷就翻墙走了，我和兰姑姑都没能拦住。少爷大清早的灌了一肚子冷风，不发烧才怪呢。"

夏侯潋从莲香手里抢过药，道："我去端给他。"

夏侯潋甫一接过手，药汤的苦味就直往鼻子里钻，苦得直咂舌，真是难为谢惊澜了，喝这么苦的药，还一喝就好几天。夏侯潋生病其实都没怎么喝过药：一来他娘经常不在山里，他生病了也没人知道；二来他身体倍儿棒，熬着熬着就好了。

夏侯潋轻轻开了门，先伸脑袋进去看谢惊澜醒了没。

谢惊澜靠在床沿上，眼睛从书卷堆里抬起来，望向贼头贼脑的夏侯潋。

"真行，病成这样了还不忘看书。"

"你也得看，后日老师便要开堂讲学了。老师说了，第一堂课考查《孟子》经义。"

"知道了知道了。"夏侯潋敷衍他，把药汤端到他嘴边。谢惊澜眼睛一下没眨，全灌了下去，让夏侯潋准备好的蜜饯都没了用武之地。

谢惊澜想执起书卷继续读书，夏侯潋按住他的手，冲他眨眨眼，道："且慢，少爷，看我变个戏法呗！"

"不看。"谢惊澜想都没想就拒绝了。

"哎，很快的，你就瞅一眼呗！"

谢惊澜拿夏侯潋没办法，叹了口气，只好坐着等他开始他的表演。

夏侯潋先亮了手，示意谢惊澜自己手里空无一物，然后两手随意一抓，似隔空取了什么东西握在手里，伸到谢惊澜鼻子底下。

夏侯潋笑得灿烂无比，努努嘴，让谢惊澜看自己的手。谢惊澜睨了他一眼，勉为其难地打开他的左手。他的掌心里是一个被揉得皱皱巴巴的纸团，寒碜得有些像草纸。

好嫌弃，完全不想理他怎么办？

谢惊澜的手伸向书卷。

"喂，给个面子，打开看看嘛。"

谢惊澜犹豫了好一阵才打开纸团，目光忽地一滞："你……给我你的卖身契干什么？"

"在我娘来接我之前，我会一直在这儿当你的书童，所以这张卖身契呢，就先放你这儿，你可得帮我好好保管。"

"我才不要，你自己拿着。"

夏侯潋把卖身契硬塞进谢惊澜手里，道："麻利地给我收着。我的卖身契，别人想要还要不着呢。"

谢惊澜嘟囔："说得自己多稀罕似的。"

话是这么说，他还是把夏侯潋的卖身契收进一个小盒子里，上了锁，放进衣箱。做完这一切他才回过身来打开夏侯潋的第二个拳头，里头是一枚锈迹斑斑的铜钱。

谢惊澜接过铜钱，道："这是什么？看模样，好像是唐朝的。"

"这是我在山上的一个坟墓里捡的，原本捡了四枚，被我娘拿走了三枚。她说给我留着当传家宝，以后送给我的媳妇儿。"

坟墓里捡的？那得多脏！

谢惊澜被开水烫了似的把铜钱扔回给夏侯潋，道："你娘缺心眼吧，这玩意儿谁要？你给了人家姑娘，人家姑娘指不定就不要你了。"

夏侯潋把铜钱塞回到谢惊澜手里，说道："你拿着，以后我走了，你想见我的时候，把它放到城里面最高的地方，无论我在哪儿，只要我活着，就会来见你。"

夏侯潋说这话时很郑重，谢惊澜从来没见过夏侯潋这模样。他吊儿郎当，走路都没个正形，可现在，他没有嬉皮笑脸，没有挤眉弄眼，倒叫谢惊澜有些不习惯。

谢惊澜手心里的铜钱还带着夏侯潋的体温。他的手常年捂不热，冬天更是冷得像块冰，温温的铜钱在他掌心里却像被火烤过似的，那炽热的温度沿着手臂的经络一直传到胸口，烫得有点灼人。

他有些发怔，结结巴巴地开口："你……"顿了顿，他又闷声道，"没事的，夏侯潋。娘死了，我习惯了；爹不闻不问，我习惯了；将来你不在我身边，我也能习惯。反正无论发生什么事，习惯习惯就好了。"他摩挲着手里的铜钱，想了会儿，补充道："不过，等我以后当了大官，我就派人捉了你们老大，到时候你就自由了，再也不用去偷东西了。"

"好！那小的以后就仰仗少爷您了！"

戴圣言那个老头子似乎格外喜欢望青阁，连学堂也设在那儿。这几日没有再下雪，阁楼里摆了好几盆炭火，谢惊澜裹得像一个毛球，倒也不惧怕湖上的严寒了。

深冬里烟波池上的景色更是浩渺醉人，天与水几近一色，皆是白茫茫的一片，中间抹过一笔浓墨似的远山。恍惚间，大家好似坐在山水画中一般。

夏侯潋纯粹是来打酱油的。每逢上课，他就装模作样地把书立在桌上，下面藏一本话本子，兴致来了，听一耳朵仁义礼智信，兴致去了，要么睡觉要么看话本。

戴圣言见他这不思进取的模样，恨铁不成钢，初时还督促几句，后来也就由他去了。

谢惊澜则听得专心致志，心无旁骛，不过几天，他的书上写满了密密麻麻的批注，夏侯潋看一眼就觉得天旋地转，头皮发麻。

戴圣言上课很有意思，只讲一个上午，下午让谢惊澜看书，自己则坐在一楼的观景台上钓鱼。谢惊澜如果有疑问，可以去请教他。答疑的时候，谢惊澜侍立在侧，虚心请教，往往一问就是小半个时辰。夏侯潋在一旁百无聊赖，一心盼着放学回家捉雀儿玩。

戴圣言见了直摇头，道："学贵在思，有思必有疑，有疑必有问。小潋，你难道没什么要问的？"

谢惊澜道："他连书都不看，能问些什么？他大约只好奇什么法子抓鸟雀最管用吧。"

夏侯潋笑道："还是少爷最了解我。"

戴圣言无奈叹气，道："你这孩子。"

夏侯潋也无奈了，便道："好吧，先生，这可是你让我问的。"

"哦？你倒是说来听听。"

谢惊澜也侧目看着他。他吐了吐舌头，道："敢问先生，孔夫子可是最有学问的儒士？"

戴圣言道:"那是自然。"

"那他老人家要背《孟子》、唐诗,要写八股吗?"

戴圣言笑道:"孟子生时孔子早已故去大概一百年了,如何背得《孟子》?唐诗、八股更不必说,小潋,你这发问着实随便了些。"

夏侯潋长长"哦"了一声,道:"最有学问的孔夫子尚且不必学这些玩意儿,那咱们为何要学?"

戴圣言哑口无言,道:"罢罢罢,我不管你便是。"

夏侯潋从此得了自由,只需每日交几篇试帖诗便可过关了。但这试帖诗也着实磨人,夏侯潋抓耳挠腮,冥思苦想,时不时偷看谢惊澜的习作,再自己瞎编乱造,才能憋出屈指可数的几句。这段日子实在难熬,夏侯潋简直觉得自己要少年白头了。

不过戴圣言的课倒不算穷极无聊,中间休息的时候他常常讲一些云游趣闻,或者从什么书里看来的故事。

戴圣言看着瘦瘦弱弱、老老实实,标准的正派老夫子模样,口味却是重得很,讲的故事十个里有九个是鬼故事,有些还特诡异,什么"臂上人面疮""床下伸鬼手""山中笑面花"之类的。

谢惊澜觉得戴圣言浪费时间讲这些很是无聊,还不如多说说《孟子》经义,但他又不好出言干涉,本打算任戴圣言讲去,自己在下头继续温习功课,却没想到一个不留神自己的注意力也被戴圣言吸住了,于是在不知不觉间听了无数个阴森可怖的鬼故事。

夏侯潋天生胆大,这些鬼故事对他来说就是茶余饭后的小点心,比这些更诡异更血腥的他都听过。可谢惊澜是第一次听,直让他头皮发麻,浑身起鸡皮疙瘩,偏生管不住自己的耳朵,即使心里发毛也忍不住凝神聆听,到了晚上更是辗转反侧,不由自主地起身查看自己手臂上有没有长出一张人脸来。

窗外渐渐响起淅淅沥沥的雨声,伴着凄风阵阵,屋瓦被雨滴敲得叮叮当当。谢惊澜实在睡不着,赤脚裹着被子到外屋找夏侯潋,却只看到一床空被子。

这小子大半夜的跑哪儿去了?不会被女鬼拐走了吧……

夏侯潋当然不会被女鬼拐走,此刻他在廊檐底下穿行,几个跑跳,从窗子翻进了谢秉风的书房。

谢秉风的书房比谢惊涛的大多了,藏书简直是汗牛充栋,让人眼花缭乱。夏侯潋径直摸向书桌,把抽屉挨个打开,翻出一沓书信来。这些书信随意放在没上锁的抽屉里,看起来并非什么机密。夏侯潋凭着过目不忘的本事,将书信上的人名一个不落地记在脑子里,还顺带瞧了几眼书信的内容。

谢秉风的生活真的很无聊,书信里谈论的要么是琴棋书画,要么是当朝政事,什么浙东大旱、黄河水灾、鞑靼扰关之类的,其中还夹杂了好些怒斥阉党的词句。

忽然,外头有凌乱的脚步声传来,夏侯潋悚然一惊,忙把书信放回抽屉,关好,翻身躲进一个柜子。

门被打开,两个人撞在桌子上,还伴随着急促的喘息。

什么人这么大胆,在谢秉风的书房里偷欢?

"你这冤家,快把门关上。"一个娇滴滴的声音响起。

"好好好,我这就关门。"男声回道。

夏侯潋大气不敢出,缩在柜子里一动不动。

夏侯潋并不是不通人事的纯良少年,偷翻过好几本他娘亲珍藏的避火图,所以他虽然没有成家,但男女之间怎么回事儿他还是一清二楚的,当下红了脸。

他轻轻地将柜门打开一道缝。男子背对着夏侯潋,女人的手抚摸上男人的脊背,沿着脊线向上滑,忽然,那只看似柔弱的手捏住男人的一段脊柱用力一提一掐,骨头咔嚓断裂的声音突兀地响起,紧接着是男人的一声闷哼,然后像破麻布袋一样倒在地上。

男子的双瞳涣散,分明是死了。

这是夏侯潋头一回见到真真正正的死人。原来人死的模样如此狰狞,不是话本里头黑白分明的几行蝇头小楷,也不是娘亲口里简简单单的一挥刀。那具尸体还泛着热气儿,瞪着一双布满血丝的眼睛。夏侯潋觑着那张灰白的脸,感到自己扶着柜门的手一寸一寸地发凉。

他捂着嘴,心惊胆战地合上柜门,等那个女人离开。

忽然,娇滴滴的声音再次响起:"柜子里的小毛贼,出来吧。"

竟然被发现了!

夏侯潋心里七上八下,迟疑着要不要出去。

忽然,一柄薄如蝉翼的刀插入柜子的门缝,离夏侯潋的鼻子仅仅一寸远。夏侯潋瞪着那银亮如水的刀刃,心差点从喉咙里跳出来。

"我再刺一刀,可就要见血喽。"

夏侯潋一只手捂着眼睛,认命地从柜子里爬出去,道:"姐姐饶命,小的什么也没瞧见,什么也不知道!"

"咦?我道是谁这么大胆,深夜潜入主人的书房,原来是夏侯小子。"

夏侯潋放下手,只见一个美艳的女人似笑非笑地看着自己。女人一身谢府的丫鬓装束，还没来得及整理，衣衫半褪，露出浑圆的肩膀和胸脯。

女人伸手探入腋下，手一撕，那白生生的两团竟然就这么被他拉扯了下来，再一抬手，揭下一张面皮，露出清隽秀雅的本来面目。他转了转脖子，双手拉伸，伴随着骨骼爆响，顿时长高了好几寸。

在夏侯潋的目瞪口呆下，这人由一个女人变成了一个男人。

"你……你是秋大哥！"

紧那罗秋叶，伽蓝八部之一，夏侯潋在山上时常见到他。他脾气很好，通常是夏侯潋和娘亲蹭饭的第一人选。

夏侯潋猛地想起来，方才那把刀不就是秋叶的佩刀秋水吗？

没想到他俩在山下的第一次见面就如此的……一言难尽。

夏侯潋久久不能言语。

"你好像还不知道我的本事，"秋叶冲夏侯潋粲然一笑，"这是我家传的缩骨易容的功夫。"

"听过没见过，真是闻名不如……一见。"夏侯潋的嘴巴能塞下一个鸡蛋。

秋叶好心地帮夏侯潋合上嘴巴，笑眯眯地说道："咱俩也真是有缘，这种地方都能碰见。方才我的秋水差点宰了你。"

夏侯潋没吭声，心里想道，这样的缘分不要也罢。

秋叶继续道："小潋，我看你骨骼清奇，天赋异禀。这样，如果你娘亲一不小心交待在西域了，你就来寻我，拜我当师父，跟着我学艺，你说好不好？"

好个鬼，他才不想学。

夏侯潋把头摇成了拨浪鼓。

秋叶失望地点了点夏侯潋的头，道："你这小娃娃，不懂缩骨易容的好处，旁人想学我还不教呢。"

"我学刀术就够了。"夏侯潋脑子里秋叶的温柔大哥哥形象完全被颠覆了，现在和秋叶说话都觉得别扭，"我靠我手里的刀自能所向披靡、独步天下，不劳您老费心了。而且，我娘亲一定可以平安回来的。"

"连把像样的刀都没有，还独步天下？"

"将来会有的。"夏侯潋闷声道，"秋大哥，您怎么也在这儿？有人买了这人的命？他好眼熟，好像是谢府的管家。"

"伽蓝的规矩你忘了？各干各的，不得妨碍。你快回去睡觉吧，等有空了，哥哥来找你玩儿。"

"哦。"

第一卷 桃李春风一杯酒

　　夏侯溦一步三回头地走了，其实他真的很想问秋叶，他是怎么骗过管家，让管家认为他是个女人的。

　　夏侯溦最终还是没有问出口。

　　秋叶送走夏侯溦，从怀里掏出另一张面皮戴在脸上，再扒下死人身上的衣服穿上，临走时还不忘擦掉了夏侯溦留在窗台上的脚印子，把现场清理干净才关上房门，背着尸体走了。

　　如果有人恰巧经过，定会吓得魂飞魄散，因为那背人的人和被背的人竟然一模一样。

　　夏侯溦神思恍惚地回到秋梧院，刚打开房门就看见谢惊澜披着被子坐在他的榻边打瞌睡，头还一点一点的。

　　夏侯溦的心差点蹦出来，这小子坐在这儿多久了？

　　谢惊澜揉揉眼睛，抬起头，迷迷糊糊地说道："你去哪儿了？怎么才回来？"

　　"我上茅厕去了。"

　　谢惊澜狐疑地看着他："你是不是有阳结之症，上这么久？"

　　"好像是有点儿……"夏侯溦心虚地扯谎，推他道，"你坐这儿干什么？我要睡了。"

　　谢惊澜站了一会儿，踟蹰道："那个……外边儿冷，你要不要跟我进里屋睡？"

　　"哪儿冷啊？摆了两个火炉呢。"夏侯溦看着谢惊澜纠结的神情，忽然明白过来，"你是不是怕一个人睡觉？"

　　"你才怕呢！我向来都是独寝的。"

　　可是最近戴老不正经，说了好多鬼故事……

　　夏侯溦心里已经有了答案，照顾谢惊澜的面子没说出来，从善如流地抱起自己的枕头和棉被，推着谢惊澜回了里屋。

　　"走啦走啦，外面确实冷了些。"

　　有夏侯溦在屋里头，谢惊澜顿时觉得安心不少。雨已经停了，黑暗中静悄悄的，他听见夏侯溦的呼吸声和时不时因翻身发出的窸窸窣窣声。

　　"少爷，你睡了吗？"夏侯溦轻声问道。

　　"还没。"

　　"我能不能请教你一个问题？"

　　"说吧。"

　　"官员结党营私被发现了，会被处以什么样的刑罚？"

"有朋就有党，文人相轻，要么以师承拉帮结派，要么按地域划分敌我，牛党李党浙党徽党比比皆是。此事可大可小，要看和谁结党，营什么私。"

"呃……"夏侯溦思量了半天，绞尽脑汁地组织语言。

结什么党？夏侯溦肯定不能说出谢秉风和他的一干狐朋狗友的名字。

营什么私？他们好像没什么私利，无非品茶鉴画、辱骂阉党。

这该怎么说呢？夏侯溦头回觉得读书还是有点用的，至少能口若悬河地忽悠人。

"举几个例子我听听？"

谢惊澜想了想，道："汉代党锢之祸知道吗？算了，你肯定不知道。太尉窦武联合士人带兵入宫，欲除宦官曹节一党，反被曹节所擒。李膺诸士子上书陈情，曹节诬告他们意图谋乱，李膺、杜密、范滂等当世大儒皆被处死，株连七百余人。"

娘啊，真可怕！

夏侯溦回忆书信里的内容，里面并未提到什么带兵逼宫之类的，应该没这么严重吧。

"那如果是在一起喝个茶呀，鉴个画呀，骂骂阉党呀，叫个妞儿来唱唱小曲儿啊什么的呢？"

"那叫文人雅集，就算拿来发挥，顶多说官员不许嫖妓，罚个俸禄什么的。不过……阉竖向来心胸狭窄，往大了说，扣个懈惰渎职的帽子也说不定。"

夏侯溦松了口气，那这么看来谢秉风没什么事儿，不用操心。

谢惊澜却发问了："好端端的，你问这个做什么？"

"没啥，我就瞎问问，万一我以后捡了个官当当也得结个党找靠山呢！"夏侯溦瞎扯。

"死了这条心吧，你连秀才都考不上。不过你四肢发达，说不定能捞个衙役当当。"

夏侯溦没有回话，屋子忽然静了下来。月亮移出云雾，月光照进了屋里。

"喂，少爷，那将来你会不会投靠阉党？"夏侯溦侧过身，看向谢惊澜。

谢惊澜愣了愣，说道："老师说'世道多艰，心贵存善'，我自然不会当阉竖的走狗。最多，阉人乱朝的时候我外放为官，保一方安宁，阉乱平息之后我再回朝，匡扶社稷安康。"

"万一你遇见窘境，别无选择呢？"

"生死有命，我决定不了生死，至少能决定我要走的路。"

谢惊澜还想说些什么，一撇头，发现那边的夏侯溦已经没了反应，只能听见他绵长的呼吸声。

竟然睡着了。

谢惊澜翻了个身，望着夏侯潋安详的睡颜，月光透过窗户纸打在他细瓷般的脸颊上，镀上一层流光。谢惊澜盯了好一会儿才闭上眼，也沉沉睡去。

第六章　木叶萧

最冷的时候过去了，天气渐渐转暖，偶尔能听见鸟啼了。戴圣言玩心大起，带着谢惊澜和夏侯漱满城乱转，学堂今日设在夫子庙，明日设在石头城，后日又改在了乌衣巷。

谢惊澜从小大门不出二门不迈，清明郊外踏青没去过几回，中元节沿河放花灯更没有他的份，如今他被戴圣言带着四处跑，短短几日饱览了金陵的湖光山色，往日心中的阴霾顿时一扫而空，心情明丽不少。

有戴圣言护着，再加上夏侯漱成日嘻嘻哈哈地常伴身侧，谢惊澜开朗了不少。戴圣言看在眼里，甚是欣慰。

话说回来，夏侯漱此人着实有毒，谢惊澜前日忽然发觉自己读书写字之时也开始抖腿了。这把他吓得不轻，忙纠正习性，行走坐卧不禁注意起来，生怕变得像夏侯漱那样没个正经。

至于夏侯漱，戴圣言此举正合他心意。他屁股天生和板凳有仇，永远坐不住，刚坐下就又是尿急又是口渴，后面直接不见了踪影。

饶是戴圣言这般好的性子也看不下去了，无奈道："小漱啊，你总得给我点面子吧。我这海口已经夸下了，这几日频频收到友人书信，祝贺我喜得神童爱徒，还说要拜读你的文章。你让我如何是好？"

"我这狗爬的字哪入得了人眼？要不您把少爷的文章寄出去，就说是我写的得了。过些时日，您便说'小时了了，大未必佳'，再写个《伤仲永》给大伙儿看看，我也就不用再装神童了。"

戴圣言哭笑不得，道："成，主意你都出好了，我照办便是。"

这日戴圣言带二人到了追月楼。追月楼甚高，站在楼上举目望去，房屋、街道星罗棋布，高耸的城墙包围四周，更远处是云雾缭绕的黛色远山。谢惊澜虽不曾到过泰山，此刻也有了"登泰山而小天下"之感。

追月楼临街，处在最为繁华的市井中央，人声鼎沸，贩夫走卒摩肩接踵，谢惊澜皱眉道："此地嘈杂，如何静心读书？"

戴圣言反问："今日讲《国风》，不至市井人家一游，如何知晓国中之风？"

谢惊澜木着脸想，这老头子真的不是自己想到外面玩，又不好意思撇下他这个徒弟不管吗？

谢惊澜不是很乐意地接受了戴圣言的理论，刚想让夏侯潋磨墨侍笔，转头一瞧，凳子已经空了。

唉，算了，他对夏侯潋已经没有指望了。

临近正午，戴圣言要讲的都讲完了。二人坐了一会儿，喝了一壶茶，也没等到夏侯潋的踪影。戴圣言摇头道："看来小潋对老夫的鬼故事已经失去兴趣了。"

谢惊澜硬着头皮帮夏侯潋说话："他生性贪玩好动，先生莫怪。"

"哈哈哈，这是自然。可惜了，今儿为师要讲的故事可比从前的精彩百倍，小潋不听是他的遗憾。"

谢惊澜起了兴致："哦？"

戴圣言摸了摸胡须，却不急着说他的故事，而是问道："惊澜，你可曾听过'七叶伽蓝'？"

木叶摇落多时，周遭只剩下光秃秃的树枝。树枝掩映间，青色屋瓦层层叠叠，远远望去像石斑鱼背上的鱼鳞。夏侯潋习惯走高处，一会儿悬在斗拱上荡来荡去，一会儿在屋瓦间奔跑跳跃。偶有路人看到夏侯潋猴子似的身影，想呵斥他下来，转眼间他已经消失在屋瓦马头墙之间。

夏侯潋爬得累了，攀上一棵老槐树，掏出怀里的糕点，准备好生歇息一番。

槐树下边紧靠着一个院子，光秃又繁密的树枝横在院子上空。院子里只有一间小瓦房，窗门紧闭，似乎无人居住。

夏侯潋正往嘴里塞了两口糕点，就见柴门被一个人推开。来人穿着黑色的曳撒，踩过槐树枝丫在地上的影子，在院子中间停住。夏侯潋只能瞧见他的后背，上面绣着张牙舞爪的飞鱼，目如铜铃，獠牙毕现。

东厂番子？夏侯潋心生疑窦。

那人朝四周望了一圈，朝着空气说道："公公有令，诛杀谢秉风，一旦见到人头,黄金三百两,如数奉上。"

"谢秉风"三个字像一道惊雷响在夏侯潋耳边。糕点卡在喉咙,他差点咳出声,只得用力捂住嘴,慢慢把糕点咽下。

屋檐下闪现出一抹黑色的袍裾,夏侯潋听见一个怪异的声音,像毒蛇吐信,又像刀锯琴弦,沙哑难听:"伽蓝的规矩,先结善缘,后得善果。"

伽蓝!夏侯潋陡然一惊。

"三百两不是小数目,公公如何知道你们能够顺利得手?"

"我们是修罗恶鬼,是佛祖手里的屠刀。恶鬼索命,谁能逃脱?你不信神佛,自当信鬼怪吧。"

"先付一百两定金,你们得手了,再给两百两。"

"你去寺庙祈愿,也能如此讨价还价吗?"

番子冷笑不止:"你真当自己是佛陀不成?公公找你们办事是你们的福分。你们已经被锦衣卫盯上了,若东厂从旁协助,难保你们还能像今日这般逍遥自在。"

黑衣人做了个安抚手势,道:"我从未说过我是佛陀。伽蓝的佛陀只有住持,他叫弑心佛陀,我们都是他驱使的鬼怪。"他勾起一抹嘲讽的笑,继续道:"锦衣卫抓到的是什么人,你我都心里有数,你们东厂的能耐怕还比不上锦衣卫吧。"

番子的神色变了变,冷哼道:"那好,把你的佛陀叫出来跟我说话。"

黑衣人摇头笑道:"住持高高在上,如何能沾染俗世的尘埃呢?我的时间有限,我数三下,买卖做不成,我就走了。"

不待番子说话,黑衣人薄唇轻启,数出了第一个数字:"一。"

番子嘴角微压,神情愤愤。

黑衣人慢悠悠数了第二下:"二。"

番子按在刀柄上的手动了动,似要开口。

"三。"黑衣人叹了口气,"很遗憾。"

"慢着。"番子道,"明日午时三刻,来东城门,三百两黄金会放在出城的棺材里。"

黑衣人微笑道:"你的愿望,伽蓝听见了。"

话音刚落,一阵大风忽然吹过,夏侯潋怀里的糕点尽数被吹翻,糕屑洋洋洒洒吹了那番子满头满脸。夏侯潋大惊失色,站起来往上爬。番子大喝一声,朝夏侯潋掷出铁爪。

夏侯潋躲闪不及,被铁爪抓住左肩,刹那间利爪抓破皮肉,鲜血立即争先恐后地涌出,钻心地疼。番子拉绳回收,夏侯潋瞬时身子腾空,破口袋一般翻倒在地上。

夏侯潋回身看黑衣人，那人安安稳稳站在屋檐底下，兜帽遮住头脸，只露出苍白的下巴，压根儿没有出手的意思。

恐惧压上心头，仿佛有汗毛沿着脊背生长，夏侯潋脑子里只有一个字："逃！"

那一刻，他忽然明白当一个刺客究竟意味着什么——不是手起刀落，不是追魂索命，而是死亡如影随形。

他挣扎着站起身，却无力挣脱铁爪的束缚。那番子拔出绣春刀，朝夏侯潋走过来。夏侯潋咬着牙，抬起右手，袖中利箭破空而出。

忽然，一柄薄如蝉翼、银亮如水的短刃后发先至，先是削断袖箭，然后直朝夏侯潋的胸膛而去。

短刃刺破了夏侯潋胸膛的皮肉，他清晰地感受到刀尖冰冷的温度，温热的鲜血汩汩涌出。然而刀刃没有更进一步，反而缩回了刀柄。

夏侯潋心领神会，握住胸口的刀柄瘫倒在地，咬破舌头用力吐了几口血，伸脖子瞪眼不动弹了，装死装得出神入化。

"让您见笑了。这是伽蓝的小鬼，怕是在这儿偷吃糕点，刚好撞见了咱们的买卖。"黑衣人歉意地微笑，"但规矩如铁，我已经将他处置了，不知阁下是否满意？"

"伽蓝真是好家法，自己人也能下得去手，还是个毛都没长齐的小娃儿。我当然满意，满意得不得了。"番子皮笑肉不笑，看了眼满地的点心屑子，确实没哪个蟊贼偷听还带着糕点的。只不过此事事关重大，他思量片刻，说道："出了这档子事儿，这买卖还是算了，明日你不必等了。"

黑衣人颔首。

番子推门走了，夏侯潋等了会儿，确定人真的走了，才从地上爬起来。

黑衣人拉下兜帽，露出清秀的面容。

秋叶一脸忧愁地看着夏侯潋，道："你这倒霉孩子，让我说你什么好。"

夏侯潋弱弱地说道："我不是故意的……"

秋叶把夏侯潋抱回屋子，给他包扎伤口，细细叮嘱道："今天这事儿你知我知，莫让第三人知晓。你坏了大事，伽蓝一下损失了三百两黄金。住持原本还想修缮一下山上的庙宇，给大伙儿改善改善食宿。他要知道这事儿，准把你捆回山上挨鞭子。"

说到方才的事儿，夏侯潋挣扎着坐起来，说道："秋大哥，你们要杀谢秉风？"

秋叶看了夏侯潋一眼，那一眼不似平日里的温良，暗含不近人情的严厉，让夏侯潋把剩下的话吞回了喉咙。

"小潋啊，我以为你看起来没个正形，心里这杆秤还是有的。强横如你娘亲，尚且要对伽蓝规条恭恭敬敬。记好了，诸事莫问，杀人无禁。"

夏侯潋低了头，答道："是。"

秋叶继续帮他缠绷带，话锋一转，说道："我这秋水也是家传的，你考虑考虑，若是拜我为师，我把秋水也传给你。"

夏侯潋："……"

"七叶伽蓝？那不是官府通缉的江湖乱党吗？听说前些日子锦衣卫抓到了不少伽蓝刺客。"谢惊澜说。

戴圣言摇头笑道："那些都是窃了别人名头作乱的小鱼小虾。伽蓝刺客隐于江湖市井，甚至朝堂宫闱，哪有那么容易被抓到？锦衣卫不过是为了好交差，将错就错罢了。"

谢惊澜见戴圣言说得头头是道，会意道："先生见过伽蓝刺客？"

戴圣言目光放远，望着窗外叠叠重楼："那是十二年前的事儿了。"

十二年前，戴圣言外放江州知府。按照惯例，知府上任之后，得先去拜见在江州就藩的藩王。江州的那个藩王是个有名的浪荡子。那时品评人物的风气较今日尤甚，孝子贤孙、神童英才四处扎堆，动不动就传出哪县哪乡哪个山旮旯里冒出个风流人物。这藩王凭着吃喝玩乐的本事名扬天下，在众多名士贤才中脱颖而出，也算是不容易了。

他太过荒唐，王府是酒池肉林，百姓都叫他喜乐王，他原来的封号倒渐渐被遗忘了。

戴圣言行走官场多年，是个见识过大风大浪的人，饶是如此也不由得对这个喜乐王瞠目结舌。

只不过让戴圣言惊讶的不是喜乐王的奢侈程度，而是此人肥硕至极，如同一座小小的肉山。戴圣言上前敬酒的时候不自觉和他保持三步的距离，毕竟若是王爷殿下一个没站稳，戴圣言就要成一个刚上任一天就被压成肉饼的笑话了。

酒过三巡，喜乐王先发话了："我听说戴大人鳏居多年，想必是一直没寻到一个可意的人儿。小王这儿美女如云，环肥燕瘦，要什么样的有什么样的，你若是看上谁，直接带走，算是小王的一点拳拳心意。"

戴圣言道："虽然亡妻早故，下官无时无刻不挂心想念，亡妻之遗物也从不离身。殿下的好意下官心领了，只是下官尚无续弦之意，还望殿下见谅。"

喜乐王显然没信戴圣言的话，小声道："这儿没别人，先生不必见外。你妻子早逝，只怕你还未能尝到女人真正的滋味。"

喜乐王神秘一笑，两团肉堆上脸颊，本来就小的两眼眯成两道似用针尖划出来的缝。戴圣言心里一跳，感觉要发生什么不好的事情。

乐声飘然而起，两列歌姬捧着铁琵琶鱼贯而入。歌姬仅仅穿着一缕薄纱，铁琵琶刚好挡住身前重要部位，隐隐露出胸前白嫩的肌肤。烛光流淌在她们的肌肤之上，仿佛光泽流转的羊脂白玉。

歌姬翩然起舞，袅袅仙乐流水一般从她们晶莹得几乎透明的指间流出。这些歌姬自小长在王府，由教习专门指导，一颦一笑、一举一动皆恰到好处地妩媚动人。

戴圣言差点儿自戳双目。

他厌倦了朝堂上的尔虞我诈，自请外放，旁人都当他脑子被驴踢了，放着京里的荣华富贵不要，跑到这苦竹丛生的江州来。他自诩清高，笑别人看不穿，自己收拾停当，马不停蹄地到了这江州，想安生过清闲日子。

没想到一个喜乐王就让他后悔不迭，恨不得即刻打道回府，跟京里的那帮老不死继续日复一日地招架对骂。

他蒙住眼，苦哈哈地说道："殿下有所不知，下官过了不惑之年，身体大不如前，早已不能……人道了。"

为了保住自己的清誉，他只好出此下策，只盼喜乐王能放他一马。

喜乐王恍然大悟，露出痛惜又遗憾的表情，道："怎会如此？小王不知竟有此事，犯了大人的忌讳，大人可千万不要责怪小王。快快快，你们都下去，别在大人眼前晃悠！"

戴圣言松了一口气，拱手想要告辞，喜乐王又道："虽则没法亲尝美人恩，却还有别的法子。"

"下官看还是算了吧，修身养性不失为一种趣味。"

喜乐王只当戴圣言还端着架子，不肯露出真性情，拍手道："把本王的香酒取过来！"

仆人端上来一壶酒，喜乐王亲自为戴圣言斟了一杯。那酒壶刚一取出塞子，霎时间醇香四溢。光闻这酒香戴圣言便已经醉了一遭。

情不自禁地端起杯子，戴圣言叹道："果然好酒。不知此酒何名？"

"此酒名曰'透骨香'。"喜乐王得意地笑道，"你可知本王是如何酿出此等醇香美酒的？"

"斗胆请教殿下。"

"寻常的酒都是春天酿造，独独本王的酒要冬天酿。冬日里天冷，酒没法发酵，本王便命人以身温酒。这人选也有讲究，得芳龄十八的绝色美女，每日抱着酒缸入睡，如此这般酿出的美酒才够香够醇。大人不妨仔细品品。"

戴圣言听了瞠目结舌，忍无可忍，道："殿下盛恩，下官无福消受。下官身子不适，不能久陪，告辞！"

"哎！好好的，怎么就要走了呢？"

戴圣言起身便走，方站起身，恍惚间似乎看到前方帷幔之中有一个模糊的人影。惊鸿一瞥间，他没能看清全部，只把那冰冷的眸光深深烙在心底。

他吓了一跳，再定睛去看时，却又什么都没有了。

喜乐王聒噪的声音再次响起："戴大人，本王还有好些宝贝没给你瞧呢。一个人享乐着实无趣，前任知府莫知年是个八棍子打不出一个屁的锯嘴葫芦，你怎么也如此不解风情？"

还有宝贝？戴圣言听了就怕，连忙往外走。

喜乐王气喘吁吁地追出来，没想到他一个坐着都费劲儿的大胖子，迈着小碎步跑起来的速度还挺快。戴圣言提起袍子往外头跑，生怕被他追上。

夜色沉沉，四下灯火飘忽。一列仆人追在二人的身后，不停大叫："王爷，您慢点儿！"队列的末尾，有人想要跟着喊几声，身后忽然被戳了戳，他疑惑地转过身，眼前弧光一闪，喉间霎时多了一道血痕，手中的灯笼"啪嗒"一声落在地上，火烛掉了出来，幽幽燃起了一片火。

前面的几人听到声响，方转过身，一道残影迅速掠过几人身侧。不过一瞬间的工夫，几人都没有了声息。最前方那个仆役还在不辞辛苦地追，直追到气喘吁吁也没能赶上。他撑着腰喘了几口大气，突然发现身后的人都不见了。

"咦，人呢？"四周寂静漆黑，只有手里一方灯火，他背靠着冰冷的砖墙，心里忽然有一丝忐忑。

往回走了几步，胸前忽然一痛，他低下头，瞧见一寸染血的利刃从胸口伸出。

前方几百步处，喜乐王抹了把头上的汗，骂道："你这人，真是不知好歹！"

"殿下何必苦苦相逼？下官明日就上书请辞，归乡种田还不成吗？"戴圣言怒道。

"你！你！本王备下盛宴，你却不领情！你让本王的面子往哪儿搁？"

"您爱搁哪儿搁哪儿，反正别搁在下官这儿！"

喜乐王气得眼前一黑，抚着胸顺了好几下才平复过来："罢了罢了，不识趣的东西，本王不跟你这种蠢人计较。"扭过头，喜乐王对后边追上来的仆役说道："你过来，扶本王回府。哎哟，可累死本王了。"

那仆役站在墙那头的阴影里，半晌没有动弹。

喜乐王怒了，道："听不懂人话？麻利地过来扶着！"

那人低头笑了起来，从腰间抽了什么东西出来。凛冽的光芒晃过来，戴圣言和喜乐王下意识地抬手挡住。

这是什么？这么亮。

难道是……

戴圣言猛地反应过来，那是刀，那个人在拔刀！

他不是王府的仆役，是刺客！

"殿下快逃！"

"什么？"喜乐王还懵懵懂懂，被戴圣言拉了一趔趄，差点没站稳。

刺客缓缓走过来，手里的刀划过砖墙，迸出星星点点的火花，发出令人牙酸的声音。

"你你你……你是何人？"喜乐王指着刺客，声音发着颤。

刺客没有说话，只哧哧地发笑。那笑声很低，似乎竭力压着，只能从喉咙里泄出来，然而四周的空气却都好像应和着跟着笑，层层叠叠，此起彼伏，听得喜乐王和戴圣言头皮发麻。

喜乐王忙不迭地跑起来，戴圣言跟在他身后。

两人拐了好几个弯。笑声渐渐远了，直到听不见了，两人才敢停下来，并排靠在拐角的墙上歇口气。

"那是人是鬼？"喜乐王靠着墙喘气。

戴圣言小心翼翼地探出头，看刺客有没有追上来。灯光昏暗，尽头是一片漆黑，仿佛下一刻那个刺客就会提着刀走出来。

他缩回头，说道："哪有什么鬼怪，必是人作怪。跑时没注意，咱们竟离王府很远了，现在快去衙门找人求救吧。"

"说得极是，"喜乐王挣扎着想站起来，"只是本王气力不接，容本王休息会儿。"

喜乐王低着头，忽地定住了。

戴圣言见他怔着，问道："怎么了？"

喜乐王颤抖着手指向地面，带着哭音道："你看，这地上的影子是不是有三个人头？"

戴圣言看向地面，地上有一个硕大的黑影，那是喜乐王的影子，还有一个干巴巴的瘦影，那是他自己的，这两人中间却还有一个小一点儿的人头，仿佛长在他俩肩膀上似的。

两人缓缓地仰起头，正对上一张面无表情的脸。那脸看着他们，极慢地咧开嘴，露出白森森的牙齿。

"啊啊啊啊啊啊！！！"

喜乐王和戴圣言顿时吓得连滚带爬地逃开。

刺客从墙上翻下来，稳稳地落在地上，抬起脸，扬起一个满怀恶意的微笑。

"七叶伽蓝迦楼罗，送殿下往生极乐。"

他声音低沉，雌雄莫辨，像远古荒原上的鬼魂低语，粗哑而清晰，仿佛响在远处，又仿佛响在耳边。

四周一片昏黑，墙上零零星星挂了几盏灯笼。那个名叫迦楼罗的刺客步步逼近，像一只蛰伏在黑暗中的鬼怪。

一步，两步，三步……

"别过来！别过来！"戴圣言和喜乐王齐齐后退。

迦楼罗走到了黑暗的边缘，肩头以下暴露在月光之中。他穿着一身黑衣，身姿如鹤一般挺拔。黑暗退至他脸颊边缘的刹那间，潋滟如水的刀光急速闪过，黑色影子犹如一只鸟穿过戴圣言和喜乐王的中间。那一瞬间，两人似乎听见水波轻荡的声音。

戴圣言木木地转过身，眼角先瞥到那柄冰冷的长刀，刀身刻着"横波"的小篆，视线上移，看见喜乐王惊骇的面容和颈间刺目的鲜红。

鲜血飞溅，沾上了他的脸颊。

面前，迦楼罗照旧恶劣地微笑，唇角沾了鲜艳的血液，有一种残忍的美丽。

戴圣言惊惶地往后退了两步。

他这才看清了迦楼罗的模样，那是一个容貌艳丽的女人，只是眉脚过于锋利，给她的脸平添了三分杀伐之气。她的美带着豹子一般的犷悍，令他胆战心惊。

脑子里几乎是一瞬之间便下了决定，戴圣言屏着气，拼死上前，从尸体身侧拔出佩剑，刺向迦楼罗。

这是一把镶满宝石、珠光宝气的长剑，剑身雪白透亮，能照出清晰的人影，十分符合喜乐王的风格。可戴圣言刚拔出来，便知道自己必死无疑，因为那把剑竟然没有开刃。他曾修习过剑术，虽立志皓首穷经也不曾荒废，但此刻即便他剑术超群，也徒然无功。

但，那又如何？

他用尽力气，一往无前地刺了过去，仿佛飞蛾扑火，就算只有一线生机，也要拼他一拼！

抖落珠光宝气，刹那间，剑光犹若霜雪，划破漆黑的夜色。迦楼罗长眉一挑，手腕轻轻翻转，刀刃迎上剑锋，那刀刃游鱼一般滑过剑身抵达戴圣言的手腕，划出一道长而浅的血痕。

戴圣言的手腕吃痛，剑"哐当"一声落在地上。

"你们读书人都喜欢找死吗？"迦楼罗笑中带着嘲讽。

戴圣言闭目叹息："老夫技不如人，阁下请便吧。"

迦楼罗用刀拍了拍戴圣言的脸颊，道："老先生，你不给自己求求情？你可以说自己上有老下有小，一大家子百来号人嗷嗷待哺等着你，我兴许……好吧，我也不会放过你的。"

戴圣言干巴巴地笑了两声，算是给她的笑话捧场，然后说道："在死之前，我还有一事要问，阁下为何要刺杀王爷？"

迦楼罗摸了摸下巴，唔了声，道："这事儿呢，也不是不能说。"她踢了踢喜乐王肥胖的尸体："这狗娘养的吃饱了没事干就上街抢女人，以江州城为中心，方圆几百里好看的姑娘都被抢到这王府来了。男的娶不着好媳妇儿，男怒女怨，可不就招人恨吗？"

戴圣言叹道："世道不公，你杀人，亦为不公。他虽然穷奢极欲，却未曾害人性命。阁下所作所为，并非替天行道，而是以武犯禁。"

"替天行道？"迦楼罗乐了，"我是收了钱来的，不是替天行道，是替钱行道。"

戴圣言："……"

"不过，杀人便是罪大恶极吗？他既然能以美人为玩物，我便以人命为蝼蚁，有何不公？"她俯视着喜乐王的尸体，像庙里的雕像垂下眼眸，嘴角还噙着微笑，目光却沉寂无情。

戴圣言忽地明白了，对着影子正了正衣冠，闭上眼睛引颈就戮："请吧。"

他伸着脖子，像一只老鸭子被人扯住脑袋；他身板单薄，支不起端庄威严的宽袍大袖，孤零零立在风里，袖袍空荡荡地飘着，像一个穿了衣服的木柴棍子，多少有些滑稽。

迦楼罗又笑开了，先前眸子里的冷意忽然一下没了踪影，道："哎，其实呢，这事儿也不是不能商量，我刚好有件事想请您帮个忙来着。"

戴圣言道："老夫不做伤天害理之事。"

迦楼罗道："知道知道，是这么回事。我嘛，一时糊涂，不小心生了个小娃娃。"

她说这话的时候像在说不小心在路边捡了一只小狗，还不是很乐意。戴圣言嘴角抽了抽，没说话。

"我这人没读过什么书，肚子里没墨水，想了好几个月没想出什么好名字来。

我听说您是当世大儒，孔老夫子往下数，孟子、朱子然后就是您了。"迦楼罗从怀里掏出一张纸递给戴圣言，"这是我儿子的生辰八字，您给瞧瞧，算算阴阳八卦、金木水火土什么的，取个好名字，我就把您给放了。我向来尊重读书人，您看这是个好买卖吧？"

戴圣言摇头："姑且不论我不通五行八卦，阁下是匪，我为官，阁下就算饶了我的性命，我明日也必得将你的画像贴上城墙。此事无可奈何，阁下快些动手吧。"

"我说您咋这么死脑筋呢？唉，算了，贴就贴吧，就你们官府那帮混饭吃的玩意儿，还想抓住我？"迦楼罗把生辰八字往戴圣言手里一塞，用刀戳了戳他的肩膀，"赶紧的，我还赶时间呢。"

戴圣言深深吐了一口气，压下心里一言难尽的复杂情绪。

迦楼罗杀人之时残酷冷漠，不杀人时吊儿郎当，戴圣言活了这么久，还未见过如此人物。

或许他们这些尸山血海里打滚的人，多多少少都有点儿变态……

看了眼手里的黄纸，又瞥见横在自己肩膀上的那柄"横波"，戴圣言想了片刻，道："不如取个单名'潋'，'势横绿野苍茫外，影落横波潋滟间'，和你的刀名也很相配。"

"'影落横波潋滟间'。"迦楼罗默念了几遍，唇边勾起一个满意的微笑。她眼里有掩不住的邪性，让这和善的笑容也显出几分蔫儿坏的恶劣来。

戴圣言捂住扑腾乱跳的心脏，往后缩了缩。

"不错不错，就这个名儿了，谢了！"

迦楼罗收起刀，一面走一面摆了摆手。戴圣言站在原地，看着那个刺客消失在黑暗里。

从那以后，他再也没有见过那个刺客。"迦楼罗"早已声名鹊起，更是官府头号通缉要犯，然而十二年来，无人知晓她的行踪，只知道她所到之处，必有人毙命于横波刀下。

横波刀成了七叶伽蓝的第一利刃，世人说起七叶伽蓝，无人不知迦楼罗。

谢惊澜听得浑身发凉，并非因这个"迦楼罗"惊讶，而是因为戴圣言亲自取的那个字——"潋"。

他回忆起夏侯潋的匕首和袖箭，以及夏侯潋口中那个不甚靠谱却手艺精绝的娘亲，心里冒出一个可怕的想法，霎时惊得手脚冰冷。

他不是没听过伽蓝刺客的传闻，毕竟街头巷尾都用刺客来吓唬小孩，他也曾经被兰姑姑这么吓过。只是他以为这些东西都只存在于三姑六婆的流言蜚语里，或是戏台子上面咿咿呀呀的念白唱词里。

没想到，真正的刺客就在他的身边。

刺客和夏侯潋在他脑子里交替变换了许久，硬是无法合为一体。他相信夏侯潋是个走街串巷的叫花子，是个油嘴滑舌的小偷，是个山里疯跑的野孩子，却无论如何也无法相信，夏侯潋是个杀人不眨眼的刺客。

他想起夏侯潋成日里不务正业抓鸟逗狗遛猫的模样，又想起夏侯潋四仰八叉口水直流的睡容，略有些心情复杂地想到，如果刺客都像夏侯潋这么混账，那这七叶伽蓝似乎也没什么可怕的。

官府的人果然都是吃干饭的。

戴圣言没有察觉到谢惊澜的异样，仰首望着窗外远处的云雾山河，似有若无地叹了一声。

有个仆人急匆匆地跑进来，对谢惊澜道："三少爷，夏侯潋爬房子摔了，肩膀扎上了木刺，方才被人送回府里了。"

谢惊澜腾地站起来，道："你说什么？"

谢惊澜紧赶慢赶回到秋梧院，推开厢房的门，便看到夏侯潋哼哼唧唧地躺在床上，肩膀上缠了一圈又一圈的绷带，半个身子都被绷带裹着，还有斑斑点点的血迹沾在上面。

见他还有哼唧的力气，谢惊澜心安了大半，坐在炕边颇有些幸灾乐祸地说道："你怎么没把脑袋摔了？看你下次还敢不敢爬屋翻墙。"

见大夫还没有走，谢惊澜转过头，仔细询问了大夫夏侯潋的伤势，确认只需静养并无大碍，才让兰姑姑把大夫引出了门。

"亏得管家心善，请了妙善堂的名医来，要不然你这等身份，少爷又不受宠，哪能给你看好大夫，必是给你随便包扎几下就完事了，到时候说不准会落下病根呢。"莲香在一旁道。

夏侯潋急着要把自己的见闻告诉谢惊澜，没仔细听莲香说话，拼着往前挣了挣，拉住谢惊澜的手腕。

莲香斥道："干什么呢？当心伤口裂了。"

"少爷，"夏侯潋说道，"我在外头闲逛的时候偷听到有几个贼人觊觎家里的财物，似还有谋财害命的意思。你去提醒老爷，让他这几日当心门户。"

"你就是为了偷听这个把自己摔了？"谢惊澜问道。

"呃……差不多吧。"

谢惊澜道："要偷便偷去，秋梧院只有些锅碗瓢盆和纸张书本，左右偷不到咱们这儿，你犯得着为这事儿伤成这样？"

"可我还听见他们动了杀人的念头，我怕老爷出事……"

谢惊澜打断他道："死便死了，反正他尸位素餐，只知道吟风弄月，赚些无足轻重的虚名。他若能把位子让给有本事的人，倒还算积德行善了。"

莲香"哎哟"了一声，连忙把门窗关紧，道："少爷您可别瞎说，当心被别人听见。"

夏侯潋无话可说了，半晌又道："老爷若是没了，你就成孤儿了。"

"我现在就不是吗？"谢惊澜淡淡地说道。

"好像也是。"夏侯潋干笑了两声。

他的脸白得像张纸，说得累了，便闭了眼休息。谢惊澜瞧着他，这家伙是为了他才受伤的。

谢惊澜心里说不出的熨帖，不自觉低声道："照顾好你自己吧，夏侯潋，我的事不用你操心。我是主子，你是奴才，你只管服侍好我便是。其余的事，有我。"

第七章 七月半

夏侯潋过上了吃饱了睡、睡饱了吃的少爷生活。

各门各院关上门就是一方小天地，不说夏侯潋是个伤患，只说有谢惊澜纵着，夏侯潋怎么作威作福也没人敢管。于是，在养伤的这段日子里，他简直比正牌少爷还少爷。

谢惊澜没真的不管有人要害谢家的事，而是让莲香把这事告诉管家，提醒他小心门户，便关门读书了，料想管家应当会处理这事儿，用不着他们小孩操心。

过了小半个月，伤口结了痂，好得差不多了，夏侯潋整日歪在床上，偶尔跑去谢惊澜屋里头骚扰他念书。谢惊澜在追月楼练出了闹中取静，任尔东西南北风，我自岿然不动的功夫，对夏侯潋的聒噪充耳不闻。

谢惊澜偶有搭理，便不露声色地打听着夏侯潋从前的生活，把他口中的盗贼换成刺客，便八九不离十了。

夏侯潋的生活初时听着新奇，久了也十分无聊。

世人都以为伽蓝应该是个酒池肉林，刺客们搂着美女喝着美酒彻夜高歌，沾过人血的长刀横卧花丛。但其实他们住在一个名字很土的大山里，伽蓝的老大是个老得快要死掉的和尚，守着一座破破烂烂的寺庙。令人闻风丧胆的迦楼罗满大山追着她不省心的儿子，还要涎着脸去隔壁人家讨米下锅。

所有的刺客都被种下一种名叫"七月半"的毒药，需要每年吃一次解药，否则便会在七月半那天受尽折磨死去。每年大雪封山的时候，刺客们聚集在那座快要塌的寺庙里面，手里捧一杯热茶，听住持念完比老太婆的裹脚布还臭还长的经文，然后上报自己一年里取得的人头，再从饭钵里拿走自己下一年的解药。

每年大家看到的面孔都会有些变化，有的人再也回不到大山，尸体烂在泥里。没人再提起他们的名字，他们的位子很快会被别的刺客代替。夏侯潋一直觉得住持每次念的经文是在超度他们，虽然他每次听到一半就睡着了。

娘亲时常不在，他一个人野猴似的在山林间上蹿下跳，捣鼓出不少颇具野趣的玩意儿，譬如鸟屎弹、木蒺藜之类的，但一个不小心，打着了住在山上的其他刺客，被捉住不免就是一顿打。夏侯潋厚如锅底的皮大概就是这么练出来的。

留在山上的刺客并不多，常年守在那儿的只有那个老秃驴。可那个老东西从来不好好说话，只会咕噜咕噜地念经。夏侯潋有时候调皮得紧了，被段叔捉到庙里佛像底下听他念经，当真是痛不欲生、生不如死。

更多的时候，夏侯潋一个人躺在林子里发呆。山里树上的每个鸟巢都被他掏过，每条小溪都被他蹚过。山里的生灵都有些灵性，知道这个毛孩子的可怕，他走过的地方鸟兽基本绝迹。

于是重山叠着重岭，松涛无尽地翻涌，刺客的小屋空无一人，夏侯潋坐在伽蓝的阶下听老秃驴无休无止地叽里咕噜，昏昏欲睡。他只好一遍一遍回味迦楼罗给他讲过的故事，一次一次地重游闭着眼也能走到的山林，日子过了一天又一天。

说起来，谢惊澜是他的第一个朋友。

"你日后，除了继承他们的手艺，在江湖上闯荡，便没有别的路子可走了吗？"谢惊澜问。

"我们这帮人，一生下来就只有两条路可以走：要么跟着前辈跑江湖，要么一辈子待在山上，老死山林。"夏侯潋挑着炭盆里的炭火，道，"我不想一辈子都困在山里，所以只好跟着大人学手艺。"

"那个老和尚这么厉害，能困住你们这么多人？"

夏侯潋不愿意花费口舌解释"七月半"的事情，只叹气道："连我娘都打不过他呢。"

日光透过雕花窗子，打在夏侯潋的半边身子上，仿佛在他身上镂刻了许多花纹，明明暗暗，重重叠叠。他半边脸藏在影子里，眼睛低垂着，右手有一下没一下地撩拨着炭火。

谢惊澜想，他这般没心没肺的人，原来也有颓唐的时候。

"其实我挺羡慕你的，惊澜少爷。"夏侯潋轻轻说道，"你之前不是问我为什么要帮你吗？"

谢惊澜一怔。

"我是注定没什么指望了，"夏侯潋抬起头，眼里有星星点点的笑意，"可是你有啊。读书做官，修身齐家治国平天下，千古流芳，万世传颂，多好。"

他和谢惊澜走的完完全全是两条路：一条通向花团锦簇，一条通向没有光的所在。

谢惊澜心里像被针扎了几次，若有若无地疼。

他张了张嘴："我……"

他真的想要这个吗？

他最初读书，是想要有朝一日谢家俯首跪地，后悔不迭；后来跟着戴圣言学习，才改了原来那个卑鄙的念头。

自始至终，他最挂在心上的也并非街头巷尾的芸芸众生。

他们太远了，太多了，而他的心很小，坑坑洼洼的心底，只够装一点点东西。

"我会救你的。他日我执掌朝政之时，便是你脱离苦海之际。你的老大再强大，也敌不过千军万马吧。"

夏侯潋拨弄炭火的手停了，不好意思地挠了挠头顶，道："千军万马来救我，我可太威风了。少爷，你说话要当真，我就指着你救我了，这事儿够我吹一辈子的。"

谢惊澜本还有些忐忑，害怕夏侯潋嘲笑他不自量力，毕竟未来的事情如何说得准，他怎么有把握彼年彼月他一定位极人臣呢？就算他有把握，夏侯潋能等到那个时候吗？他却没想到，夏侯潋终究是不学无术，净想着吹牛耍威风，一张口便让他无话可说。

谢惊澜瞟了夏侯潋一眼，道："行，将来我做你的靠山，让你逞一辈子的威风。"

日子过得飞快，转眼就开春了。夏侯潋在盆里踩着谢惊澜泡着水的衣裤。他扎着裤腿撸着袖子，洗了好一会儿的衣服，头发被汗水浸湿，粘在脸颊上。十二岁的少年，身子结结实实，有种阳光般的朝气。

夏侯潋没敢踩太久，毕竟谢惊澜要是知道自己这么洗他的衣服，一定会被气得死过去又活过来。谢惊澜那小子自从晚上"尿"了裤子，便不愿把衣裤交给兰姑姑和莲香洗。反正夏侯潋知道这事儿，他又不想自己洗衣服，便干脆把衣裤扔给了夏侯潋。

好不容易洗完了衣服，夏侯潋把衣服挂上晾衣绳，把自己拾掇干净，才去藏书楼接谢惊澜。戴圣言这几日去了莫愁湖，谢惊澜便自己去藏书楼看书。今日晚上有庙会，夏侯潋死皮赖脸地磨了谢惊澜好久才让他答应晚上跟自己溜出去看花灯。

谢惊澜埋头在梨花木的方桌上，面前堆了一座小书山。他穿着藕白色的夹袄，越发衬得人像白璧一般，只是身子单薄了些，透着股病气，像是纸糊的人儿，风一吹就能飘得无影无踪。

夏侯潋帮他整理好书箱，放在书架上，把带来的下人装扮给他换上。这不是他们第一次这么干了。夏侯潋天生带着一股子魔性，谁沾上他都会被他带坏，在歪路子上一去不复返，连莲香都被他带着溜出府逛过一回。只是莲香出府光在脂粉铺子里打转，那之后夏侯潋发誓再也不带她出门。

"只许玩半个时辰。"谢惊澜叮嘱道。

夏侯潋一个劲儿地点头："成！"

两人抄小道，连着翻了两堵墙，终于出了府。快要出巷口的时候，忽闻背后一个阴阳怪气的声音："三少爷，您这是往哪儿去啊？"

两人顿时呆住了，身子已经凉了半截，慢吞吞地回过头来，正是刘嬷嬷，满脸的横肉，一双眯缝眼，射出冷冷的光。

"可逮住你们了。你们也太明目张胆了些，若不是老奴盯着你们，夫人还不知道你们胆子这么大呢。"

夏侯潋暗恨没提防住刘嬷嬷这个奸细。平日谢惊澜在藏书楼都要待到很晚，藏书楼位置又很偏僻，没什么人过去，他们本想假装还在藏书楼里读书，没想到仍是被刘嬷嬷发现了。

夏侯潋上前一步，道："都是我撺掇着少爷溜出府的，要罚就罚我吧！"

"夏侯潋，这儿没你说话的份儿！"谢惊澜拉住夏侯潋的手腕，道，"嬷嬷，不用多说什么，夫人要罚便罚吧。"

刘嬷嬷一个也没有放过，押着两个人一起去了堂屋。月上柳梢，灯笼都点起来了，昏黄的光压不住房梁木柱阴沉沉的暗影。萧氏和谢秉风坐在上首，阴影罩住了谢秉风的脸，让他显得神秘莫测。

谢惊澜撩袍跪在地上，端端正正磕了一个头，道："惊澜前来向父亲请罪。"

谢秉风恨铁不成钢地说道："为父以为你是个能安心读书的好性儿，没想到也如此胡闹。说，你这是打算去哪儿疯？"

"本打算去庙会逛逛。"谢惊澜低眉顺眼，脸上写满了温良恭俭让，"惊澜知错了，请父亲重重责罚，惊澜定不敢再犯。"

谢秉风见他主动认错，态度乖巧，气消了一半，说道："罢了，你还小，贪玩也是在所难免。回去好好温书，为父便不计较了。"

谢惊澜磕了一个头，就要退下，萧氏却出声了："慢着。老爷，咱们惊澜一向勤奋好学，你常年不在家里不知道，我却是最清楚明白的。这孩子用功，只差要头悬梁锥刺股了，从没听过溜出府逛庙会这等事儿，我看定是有人撺掇，把咱们惊澜教坏了。"

谢秉风将目光移到夏侯潋身上，隐隐含怒道："夏侯潋，你怎么说？"

夏侯潋方要开口，谢惊澜抢先答道："父亲，夏侯潋前几日的确提到过庙会的事，不过是儿子自己决定要去看的。儿子深居简出，即便逢上佳节，夫人怜儿子身子弱，让我在家好好休养，不曾带我出去，故而我心里一直盼着，又不好意思说出口，今儿一时想岔了，便带着夏侯潋偷溜出去。我已知错了，父亲要罚，儿子不敢违抗。"

谢秉风看了眼萧氏，咳了一声，道："你母亲也是好意，你若想跟着去，直说便是，总不能拘着你。"

萧氏没想到反被倒打一耙，气得牙痒痒，对刘嬷嬷使了个眼色。

刘嬷嬷从后面冒出来，一脸神秘地说道："老爷，您还有件事不知道呢。"

谢秉风瞧她这作态不大高兴地说："有话快说，家里不兴装神弄鬼这一套。"

刘嬷嬷连忙说道："这夏侯潋不仅撺掇少爷去庙会，还鼓动少爷去晚香楼听曲儿呢，不知道打赏了多少银子。少爷原是个把持得住的，只这夏侯潋把每个月的月钱都花个精光。只是前日我帮少爷收拾床铺，竟发现……"

谢秉风压着怒火，道："发现什么？"

刘嬷嬷做出畏畏缩缩的模样，道："发现一条汗巾子，上面还绣着什么'君心''磐石'什么的。哎，老奴没读过书，也不知道写的什么玩意儿。"

"莫不是'君心如磐石，妾心如蒲草'？"萧氏掩着猩红的嘴唇，眉目间透露出幸灾乐祸的神色，"老爷，你看这夏侯潋，当真是个祸害。自己不学好就罢了，还带着惊澜往歪路上走。"

"你们胡说！我何曾去过什么晚香楼，都是你们胡诌！"夏侯潋怒道。

刘嬷嬷道："老爷不信，去夏侯潋屋子里搜搜可还有余钱没有，再搜搜少爷身上，那汗巾子少爷可是天天都带在身上的。"

"父亲明鉴，我们从不曾去过晚香楼。我的屋子向来只由夏侯潋收拾，几时让刘嬷嬷动过手？这奴婢信口雌黄，可恶得紧。父亲可以传秋梧院的人来问话，便知道我所言非虚。"

谢惊澜心里发急，暗道大事不好。萧夫人明显是冲着夏侯潋来的，夏侯潋的月钱都买零嘴吃光了，哪还有剩？那汗巾子十有八九被刘嬷嬷不知使了什么法子藏在他们这儿，万不可让他们搜身。

晚香楼？金陵秦淮河畔勾栏瓦舍数不胜数，她们为何咬准了是晚香楼？

萧氏扬声道："话当然是要问的，但是身也得搜。来人，给我搜！"

一旁的婆子们立马上前,揪住谢惊澜,上上下下搜了一阵,最后不知道哪个婆子伸手探进了袄子的夹层,扯出一条大红色的汗巾子。旁人在外面瞧着,只能瞧见是从谢惊澜怀里拿出来的,并不知道那汗巾子原是藏在夹层里。

谢惊澜和夏侯潋瞧见那汗巾子,顿时脸色煞白。

萧氏佯装痛心道:"你们才多大,就沾染上如此下作的习气,今后还得了?夏侯潋,戴先生赏识你,帮你赎了身不说,老爷也抬举你,留你在三少爷身边做个伴读。你倒好,竟然带着少爷不学好,你安的是什么心?"

夏侯潋百口莫辩,只能在底下干着急。

谢秉风接过那方大红汗巾子,芳香扑面,差点没把他熏出个喷嚏,边角处绣了短短的诗句,落款是"柳香奴",不看不打紧,一看登时气得七窍生烟。

柳香奴是晚香楼头牌柳姬的闺名,她眼界甚高,是轻易不下楼的,就算是他谢秉风也是费了好大的功夫,钻研出无数绮词丽句才博得美人芳心。他兜里也躺了这么一方汗巾子,绣着同样的名字,只不过诗句是"愿我为星君如月,夜夜流光相皎洁"。

敢情这柳姬备了不少这样的汗巾子,每个恩客人手一份吗?诗词还不带重样的?

谢秉风不知道是气谢惊澜小小年纪就流连花街柳巷,或是气这柳姬不带重样人手一份的汗巾子,还是气他父子二人竟无意之中狎一妓,拾起桌上的茶碗,往谢惊澜身上一甩。茶水淋了谢惊澜满身,茶杯"哐啷"一声碎了一地。

满室鸦雀无声,谢秉风把汗巾子扔在地上,怒吼道:"小兔崽子,看看你都干了些什么?你怎么会有柳姬的汗巾子?"

谢惊澜被茶杯砸了,却好像没事人一样,脸上依旧冷冷的,看不出什么情绪。他捡起那方汗巾子,左右瞧了瞧,又扔在地上说道:"这汗巾子不是我的。"

夏侯潋也凑上去瞧了瞧,看到边角上的"柳香奴",神色变得有些复杂。

萧氏拢了拢头上的发髻,慨叹道:"老爷,当初谢氏子弟齐聚烟波湖,多大的阵仗,偏只有这小子得了先生的青睐。您还道咱们谢家总算出了个好苗子,指着他光宗耀祖呢。他到底年纪小,经不住旁人的诱惑。"说着,她瞥了眼夏侯潋,道:"这事儿啊,不能给您的那些知交好友知道了,否则不知别人怎么笑掉大牙呢。"

谢秉风向来是把面皮看得比命重要的性子,便是一肚子的霉烂败絮也要拿金玉的皮子罩住。谢惊澜得了戴圣言的赏识本给他长了好些脸,那些个文人雅客都交口称赞"虎父无犬子""书香门第,谢氏门庭"。越是假撑出来的面子看得越重,他沽名钓誉惯了,更容不得一丁点儿的侵犯。

他当下勃然大怒，指着谢惊澜的鼻子骂道："败坏家风的玩意儿，这脏东西都从你的衣服里搜出来了，你还敢狡辩！不是你的就是你这个好伴读的！我生你养你，就是让你做如此下作勾当的？"

萧氏瞧谢惊澜面无表情、雷打不动的模样，不由得心生厌恶，添油加醋道："什么样的鸡下什么样的蛋。下蛋的不正经，这蛋还能好吗？"

谢惊澜猛地抬头，瞪着萧氏。

谢秉风咳了一声，神情尴尬地说道："好好的，提他娘做什么？"

"怎么，还说不得了？你自己当初喝醉了酒，鬼迷心窍，不仅生下这个作风不正的下贱胚子，还连降三级，大好的前途就这么没了。"萧氏冷笑，"自己作的孽自己偿。"

谢秉风不耐烦地说道："说了多少次，别提那个贱妇。"谢秉风话说出口方想起谢惊澜还在这儿，不由得瞟了他一眼，见他垂着头没什么反应，隐隐露出的苍白下巴像极了他的娘亲，才冒起的愧疚沉了下去，厌烦之情藤蔓一般生出，闭了眼道："罢了罢了，谢惊澜，你去祠堂跪着好好反省，往后在院子里禁足，除了去戴先生那儿听学，哪儿都不许去。至于夏侯潋，我谢府供不起你这尊大佛，等戴先生回来了，让他把你领走！"

夏侯潋终究没忍住，怒道："逝者已矣，你们这样尖酸刻薄，枉为世家门第！"

谢秉风怒道："臭小子，这儿哪有你说话的份儿！"

夏侯潋在心里啐了一口，望了望谢惊澜。夏侯潋跪在后头，只能瞧见他的背影。

谢惊澜正低着头，苍白的脸掩在阴影里，神色莫测。

谢惊澜听见四周仆役窃窃私语，像什么虫子拖着薄翅爬过桌台，嘶嘶的。桌上的烛花爆了一声，地上的光影跟着摇了摇。墙外有更夫敲着梆子，一声一声，像打在他的心底，钝钝地疼。

他忽然出声了，声音虽然不大，但每个人都听得清。

"这方汗巾子，不是我的。"

"哦？那你的意思是，是夏侯潋的？"萧氏勾起红唇，盈盈笑道。

谢惊澜缓缓抬起头，直勾勾地盯着萧氏。那双眼睛阴沉沉的，萧氏恍惚间似看到里头躲了一只妖魔。

"我没猜错的话，它的主人应该是你的儿子谢惊涛吧。"

谢惊涛？

夏侯潋有些疑惑，怎么看出来的？

他拾起汗巾子，一股浓烈的香气扑鼻而来，这香味好熟悉，似乎在哪里闻过。

突然，他恍然大悟，忙道："不错，老爷把大少爷叫来，便真相大白了。"

萧氏愀然变色，道："还有什么好说的？来人，把夏侯潋这个教坏少爷的兔崽子带下去。等戴先生回来了，让他领回去，从今往后不许进谢府半步！"

谢秉风喝止萧氏，转头对谢惊澜说道："这和涛儿又有何关系？谢惊澜，你把话说清楚！"

谢惊澜冷笑了一声，缓缓说道："大哥才是爱极了那柳姬，爱屋及乌，连着汗巾子也成天揣着，上面染足了大哥身上的香粉味儿。父亲，您闻不出来吗？"

谢秉风忙拾起汗巾子仔细闻了闻，那香味确实熟悉得紧。他知道自己定是在哪儿闻过，但他以为是柳姬的味道，便没有多想。

萧氏赔笑道："好，我这就把涛儿叫过来。刘嬷嬷，你还不快去。"

"慢着，你别动。"谢秉风招来自己的侍从，"来旺，你去请大少爷来一趟。"

谢惊涛五摇三摆地来了，一来便自个儿往边上一坐，剔着牙幸灾乐祸地看着谢惊澜和夏侯潋，颇有些得意地说道："娘，我正读书呢，叫我来做什么？哎哟，三弟，你怎么满身都是茶水？瞧你这可怜的模样，真让人心疼。"

他一来答案就有了，隔着五步远也能闻到他身上那能熏死蚊子的味道。

俗话说："丑人多作怪。"谢惊涛自觉长得不成体统，便铆足了劲儿想在别的地方找补。谢秉风一见他这样便觉得心肝胆肺轮流发疼，想拾起茶杯往他身上摔，却发现自己的茶杯已经摔到谢惊澜身上了，便举起萧氏的杯子，狠狠砸在他的身上。

谢惊涛吓得一哆嗦，扑通跪在谢惊澜旁边，哆嗦着说道："爹，您息怒，儿子知错了。"

"你知什么错了？"

"儿子……儿子……"谢惊涛下意识地抬眼看了看萧氏，见她狠狠瞪了自己一眼，"儿子不知……"

"那你认个什么错！"谢秉风气得胡子发颤，顺手找了个鸡毛掸子，一掸子抽在谢惊涛身上。

谢惊涛满屋子乱窜，嚷嚷道："爹，别打了！下人都看着呢！"

"你还知道脸面！我打死你这个不孝子！"

"娘！救命啊！"

谢秉风毕竟年纪大了，追着跑了这么久着实难为他，实在跑不动了，只好扶着桌子直喘气。谢惊涛躲在夏侯潋后面，缩着脖子。夏侯潋不着痕迹地往谢惊澜的方向靠了靠，露出身后的缩头胖乌龟。

谢秉风指着汗巾子道："逆子，这汗巾子是不是你的？"

"我如果说不是您也不会信。"

"你！你！你给我麻溜地滚去祠堂跪着，别让我再瞧见你！"

"成，我立马去，您可别气了。"谢惊涛站起身，指使身边的小厮道，"哎，你，赶紧的，把我的小榻、零嘴、春……咳，书啊什么的送去祠堂。"

"兔崽子！"谢秉风气得七窍冒烟，一口气没喘上来，咳得震天响。

"还有一个人，"一直沉默的谢惊澜突然开口道，"还有一个人要去祠堂挨罚。"

"是谁？难道是老二？他素来勤苦，不下于你，怎么也如此胡闹？谢惊涛，你这个兔崽子，一定是你把潭儿带坏了！"

"怎么怪我头上了？那小子是娘的耳报神，我才不带他。"谢惊涛翻了个白眼。

谢惊澜扬起脸，对着谢秉风露出一个嘲讽的笑容，道："真是不巧，我这几日常去修文堂温书，谁承想无意间发现了您收在藏书楼的五本晚香楼女子图册。真是……"谢惊澜扯了扯嘴角，笑得有些狰狞，"活色生香啊。"

谢秉风大惊失色，好半天才憋出一句："闭……闭嘴！"

"你们方才说的那个女子是谁来着？柳姬？可我好像没在那几本图册里看到过。啊，我想起来了，里头正好少了一页，似被谁给撕了，难道正是父亲您？"谢惊澜道，"父亲，原来您也是个大情种啊，连柳姬的小像也随身带着。"

"闭……闭嘴！"谢秉风气得眼前一黑，扬手扇了谢惊澜一个耳光。

只听得"啪"的一声，五道红痕烙在谢惊澜苍白的脸上。一时间，四座都噤了声。

其实藏书楼里的图册也不一定是谢秉风的，只是他反应这么大，正合了"此地无银三百两"那句老话，大家都心知肚明了。

萧氏脸色很不好看，指着谢秉风道："你……你死性不改！我竟不知，你离家多年，居然勾搭到那等下流的地方去了！还是说，你早就和那贱人有首尾？"

"误会，误会。"谢秉风满脸大汗，道，"夫人，这是误会。那是我一个老友的，在我这儿寄放而已。"

"册子在甲字书架第三层，包着《周礼》的皮子，夫人若是不信，可以自己去看看，扉页还盖了爹的章子呢。"谢惊澜面无表情地补充道。

萧氏脸色发白，狠狠瞪了谢秉风一眼，扭头便往藏书楼去。

谢惊涛扯着夏侯潋的衣袖，悄声道："你家少爷是不是脑子坏了？这种事儿也敢捅出来，真是不要命了。"

"你才脑子坏了。"夏侯潋闷声道。

"儿子去祠堂领罚，还望父亲好好保重身体。"谢惊澜磕了一个头，带着夏侯潋走了。

谢惊涛呆了半晌，也撩起袍子跟了过去，只留下谢秉风一个人僵着身子站在原地。他见满屋子的人都低着头，想起自己的丑事都暴露人前了，面皮子烧起火来，只得用怒喝掩饰自己的羞恼，道："都给我滚下去！"

谢家的祠堂很老了，壁上金绿斑驳，一踏进去就闻到一股子腐朽的气息，让人辨不清是木头味儿还是哪里盘踞着的幽魂的味道。烛火点得不多，盈盈照亮了神台前巴掌大的地界。

谢惊涛揣着一本似乎是奏折的玩意儿，自己找了个地儿坐着，偷眼瞧着谢惊澜。他脸上有愤恨也有佩服，总之一言难尽，让他堆满肉的脸皱成一团，肉包子似的难看。

谢惊澜拣了个离他最远的地儿，撩袍跪下。夏侯潋见他跪着，自然不好意思坐，也跪在旁边。

谢惊涛翻开那折子，咕咕哝哝背了起来。夏侯潋离得太远，听不大清楚，只听见"勾结江湖乱党，意欲谋反……此罪二……"，谢惊涛背了一会儿，背不下去了，转过头看谢惊澜。

"喂，谢惊澜，你真行。"

谢惊澜面无表情，没有搭理的意思。

"其实爹那事儿我早就知道，我碰见过他好几回了，要不是我闪得快，差点就被他发现了。我说，你要是不戳穿爹的那些破事儿，不就没事儿了吗？这又是何必呢？"谢惊涛咂舌道，"不过呢，我以前还觉得你这人娘了吧唧的，看着就让人想揍你一顿，没想到你还有这气性。"

谢惊澜仍是不理，谢惊涛也不介意，继续说道："这么着，以后你就跟我混了。下次我去晚香楼的时候把你捎上，嘿嘿，让你也尝尝那销魂滋味儿。哎，不过你太小了些，也不知道能不能尝到那趣儿……"

夏侯潋见他越说越不对劲儿了，连忙止住他的话头，道："得了吧你，我们少爷才不像你们。背你的折子，少废话。"

谢惊涛哼了声，道："不识抬举。"他看了眼手里的奏折，又瞧瞧他们，疑道："你们不带着这奏折背背吗？爹大后天就要检查了。"

"什么东西？我们没有。"夏侯潋道。

"弹劾魏德的奏折啊。爹吃饱了没事干，要咱们全府的人都背，识字的自己背，不识字的跟着管家背。"

夏侯潋沉默了，谢惊涛说的"全府"，恐怕并不包括秋梧院。

夏侯潋想不明白，谢惊澜这样惊才绝艳，怎么谢秉风活像瞎了眼似的，非要把他摆在一边装看不见？

月影西移，高高挂上了柳梢头。谢惊涛那边的烛火不知道什么时候熄了，黑暗里传来他打呼噜的声音。夜很静，有铃虫躲在草丛里叫唤，一声接着一声。外面刮起了风，吹得门板颤动，顶上的灰簌簌地落了下来。

夏侯潋正昏昏欲睡，门被悄悄打开，有人躲在外头发出嘶嘶的声音。夏侯潋扭过头去，见莲香和兰姑姑探头探脑、龇牙咧嘴地朝自己使着眼色。

夏侯潋拍了拍谢惊澜，两个人小心翼翼地绕过谢惊涛，蹲在门边上。

兰姑姑递给夏侯潋一床被子，面带忧戚地说道："夜里寒凉，怕你们两个冻着，这床被子先凑合盖着；若是还觉得冷，两个人凑得近些，勉强取暖。"

莲香眼利，瞧见谢惊澜脸上的红痕，不用猜也知道发生了什么事儿，眼眶顿时盛满了泪水。

"姑姑，还是你们好。"夏侯潋把被子披在谢惊澜背上，道。

"我们先走了，要是被刘嬷嬷知道了，不知道又要搬弄什么是非。"兰姑姑道。

"等等，"谢惊澜拉住兰姑姑的衣襟，道，"姑姑，您知不知道为什么爹这么讨厌我和我娘？"

兰姑姑明显愣了愣，眼神慌张了起来，道："我……"她似是不愿意说这件事，支支吾吾半晌也没有说出个所以然来。

"姑姑，我要听实话。"

莲香急道："姑姑，您就说吧。"

兰姑姑叹了口气，看了眼谢惊澜，慢慢道："你娘当初是个笔墨丫头，这你是知道的。有一日老爷喝醉了酒，便……便要了你娘亲。原本这事儿也没什么，谁家府里头都有的事儿，偏生你娘是个倔强的性子，想不开，竟偷溜出府，告了官。"

"然后呢？"谢惊澜问道。

"又赶巧当年那个官老爷是个不讲情理的倔驴，老爷百般求情也无用，他判了老爷一个奸淫下人的罪名，连贬三级。老爷从那之后就恨上你娘了。虽然你娘肚子里有了你，但他对你们娘俩也是不闻不问。"兰姑姑抹了把泪，道，"男人都是这么铁石心肠，只是苦了你娘，也苦了你。"

"既然去告了官，便是做好了和谢秉风决裂的打算，怎的又到府里当了姨娘？"夏侯潋问道。

兰姑姑摇头道："那时候姨娘还不知道肚子里已经有了身孕，等知道了却也无法挽回了。试问一个女人，肩不能扛手不能提的，怎么养活一个孩子？孩子也不能没爹啊。她原本不肯回府，我苦口婆心地劝她，她才回来。"

夏侯潋张了张嘴，想说些什么，看兰姑姑淌着泪，没能说出口。

兰姑姑道："老爷心太狠了，姨娘成日冷居在院子里，没人管没人疼的，才熬了几年，就撒手去了。"

谢惊澜点了点头，道："我知道了，你们快些回去吧。"

莲香依依不舍地说道："少爷，您可得保重。"说着，她瞪了眼夏侯潋，"你照看好少爷，这次都赖你。"

夏侯潋闷闷道："我知道。"

严丝合缝地关上门，谢惊澜抱着膝盖坐在地上，眼睛看着黑暗，不知道在想些什么。他今晚沉默得很，没说几句话。不知道什么时候，蜡烛灭了，整个屋子黑洞洞的，沉重如铁的黑暗混着难以言喻的悲戚压在他肩膀上，让他没有力气抬起头。

要是兰姑姑没有劝他娘亲，或许他娘亲就不会抑郁而终。

或许，他现在会像夏侯潋一样，当个街头的小流氓。他会成日和大街上的玩伴一起四处捣乱，等娘亲有了闲工夫，就会拎着竹竿子满大街地打他，他的玩伴会大叫："谢惊澜，快跑！你娘要追上你了！"

他的眼睛酸得厉害，一滴很小的眼泪从眼眶里流出来，在翘曲的睫毛上颤了颤，沿着脸颊滴进了衣领。幸好屋里黑，夏侯潋看不见。

"少爷。"

夏侯潋的声音冷不防地响起。谢惊澜有些慌张地把头埋进膝盖，生怕他瞧见自己脸上的泪痕。

"其实我之前骗了你。"夏侯潋轻声道。

"骗了我什么？"谢惊澜努力让声音显得正常些，却仍是显露出几分鼻音的味道。但因为埋着头，他的声音从胳膊里钻出来，夏侯潋没有发现他的异样。

"我知道我爹是谁。"

"他是一个白面书生吗？当了官吗？"

"是谁你别管啦，反正你也不认识。"夏侯潋玩着自己的手指，道，"我娘不让我认他。"

谢惊澜抬起了头，疑惑道："为什么？"

"我娘说，我是个顶天立地的男人，不能找别人当爹，要让别人叫我'爹'，跪着叫最好。"

"……"

"少爷，你比我能耐，你不仅要让他们跪着叫你'爹'，还要哭着喊着叫。莫欺少年穷，今天的事儿，你娘的事儿，咱们迟早会讨回来。"

夏侯潋说得很肯定，明明两个人都是毛都还没长齐的小屁孩，却仿佛胜券在握。谢惊澜隔着伸手不见五指的黑暗看着夏侯潋，好像看见了他眼睛里闪着的光，像夜里的星辰。

他的眼睛很漂亮，夏侯潋曾经说过，自己的眼睛很像娘。谢惊澜想起戴圣言口中那个妖魔似的女人，仿佛凭着一把刀就能斩断一切。

没来由地，谢惊澜就这么信了，不知道是相信他自己，还是相信夏侯潋。

第八章 斜阳暮

戴圣言一收到仆人的传信就扔下刚刚会面的老友，火急火燎地赶了回来，一路上急得他胡须都捏断了好几根。

"你这孩子。"戴圣言看着一脸倔相的谢惊澜，幽幽地说道，"老夫还以为你是个识时务的俊杰，万不会与你那爹硬碰硬。罢了，毕竟只有十二岁的年纪，逃不过少年心性。"

谢惊澜淡淡地说："是可忍孰不可忍。"

戴圣言长叹了一声，沉吟了一会儿，道："惊澜，你可愿背井离乡，跟着我这个老头子风餐露宿，四海为家？"

谢惊澜猛地抬起头，不可置信地看着眼前的老人。

他早就知道，戴圣言性子散漫，向来是住一个地方厌烦一个地方，绝不可能甘愿留在金陵安度晚年。他原以为戴圣言不过是有些惜才之心，才愿意在逗留金陵的日子里指点他一二，顺便给他一个"戴圣言关门弟子"的美名，让他的日子稍微好过一点。

没想到……戴圣言竟然愿意带着他。

"先生不弃，弟子愿效子路颜回，为先生鞍马！"

"哈哈哈，我老头子没钱没权，你不介意吃苦头就行。"

"闲云野鹤，隐于山野，这些俗物怎能相提并论？"

戴圣言翘起的胡子尖儿微不可见地颤了颤，道："惭愧惭愧，遗弃世俗却为世俗所知，算不上归隐，游山玩水、不务正业罢了。"说罢，他撩起眼皮瞧了瞧规规矩矩坐在身侧的小徒弟，清了声嗓子，道："惊澜，今日为师不传经，只论道。"

谢惊澜肃然，道："先生请讲。"

"敢问何为圣人之言？"

这一问就把谢惊澜难住了。

这问题简直大得没边儿，圣人之言，四书五经，加起来得多少字？难道要他全部背一遍吗？

谢惊澜想了一会儿，试探着说道："人伦纲常？"

"哦？为何村夫乡妇的呕哑野语不是圣言？饿了要吃饭，冷了要加衣，难道不是人伦纲常？"

谢惊澜道："这些道理人尽皆知，圣人言人所不能言。"

"大道理谁都会说，世上本无圣人之言。"戴圣言和颜悦色地说道，"然则，圣人能为人所不能为，能忍人所不能忍，能容人所不能容啊，惊澜。"

戴圣言说得意味深长，眼皮耷拉的双眼一动不动地瞧着他这个心思深沉的小徒弟。谢惊澜垂下眼，望着桌沿繁复的纹路。

"为师把你带走，一则你能开阔眼界，专心读书；二则，等时过境迁，回首往事，你便知道没什么是放不下的。若你到我这个年纪，就是想放在心上也没那个力气了。天高云阔，何必把自己拘在方寸宅院呢？"

可他毕竟还没到戴圣言那个年纪。

十二岁的年纪，正是最血气方刚的时候。他虽然比常人沉稳些，却也逃不脱心里的计较。温良恭俭让，是他铆足心劲做出来的精致皮囊。那积少成多的怨气，不能宣诸口，也不能形诸色，便统统堆在心底，只待有一日长成强大的妖魔。

忍一时之气，确能为英雄豪杰，可若他谢惊澜甘愿做这心胸狭窄的小人呢？

"先生待惊澜很好，惊澜不愿意骗先生。"谢惊澜垂下眼眸，说道，"惊澜心胸狭窄，睚眦必报。若先生不喜欢这样的惊澜，不带上也罢。"

戴圣言无奈地摇头，道："你这小孩，当真难办。你若是如此，老夫还真得带着你了。没我老头子降着你，'谢惊澜'这三个字恐怕就要进逆臣录了。"

"先生多虑了，祸国殃民的事惊澜是不会做的。"谢惊澜失笑，行了一个揖，道，"不过，既然先生愿意收留，那便劳先生费心了。"

谢惊澜把这消息带回了秋梧院，上下都乐开了花。夏侯潋抱着胸倚着门站着，也浅浅笑着，眼睛里有揉碎的光。谢惊澜看见他，心里头的喜悦顿时淡了，忽然想起来，他是不能跟着自己离开的，因为他要留在金陵等他的娘亲。

也就是说，戴圣言启程之日，便是他二人分别之时。

"少爷，你要好好学，将来当了大官可别忘了我，小的届时便仰仗您了！"夏侯潋笑道。

谢惊澜低低应了一声，问道："你回山之后，还有下山的机会吗？"

夏侯潋挠挠头，道："要是我继承了我娘的衣钵，那肯定是要下山的。"

"不做这行当，就没法下山？"

夏侯潋沉默了会儿，说道："没错，当个山野农夫，一辈子待在山上，种种稻子种种花什么的。"

伽蓝为了守护山寺，不允许刺客以外的人进出大山。误闯进那座山的人从来没有活着出去的，旁人都以为是因为山太大，他们在山里迷失了方向，被豺狼虎豹什么的吃了。没有人知道，这座山里最凶猛的豺狼正是伽蓝刺客。相应的，山寺的人若非成为刺客，亦不能出山。刺客的后代，要么成为新的刺客，要么成为山林的囚徒。

夏侯潋就快要做出选择了。从前他为了自由，成为刺客的信念一直很坚定。可是现在，他忽然明白杀人这件事并没有想象中那么容易。他记起管家那具慢慢冷却的尸体，记起大槐树上被钩爪抓住肩膀，仿佛被阎王扼住咽喉的恐惧。刺客与死亡同行，而他还没有强大到可以不惧生死。

"山在哪里？你等我，我去救你。"谢惊澜道。

夏侯潋苦笑着摇头，道："我不能说的。"

谢惊澜道："没关系，我会查出来的。"

"我应该会继承我娘的衣钵的，"夏侯潋冲谢惊澜眨了眨眼睛，道，"到时候要是你真有这个能耐和我们叫板了，我就跟你混。届时希望谢大人赏碗饭吃，我夏侯潋肚子里没什么墨水，幸好武艺勉强过得去，给你当个司阍，替你看家护院。"

"行。每个月发给你二两银子，包你吃喝包你住，只是不包媳妇儿。"

"哈哈哈，够意思。"

两个少年相视一笑，彼此眼里都装满熠熠星光。

外面的灯笼挂起来了，谢惊澜和夏侯潋从书房里出来，夏侯潋去厨房端饭吃，谢惊澜掀起帘子，转进正屋。兰姑姑已经摆好了饭，招呼谢惊澜坐下。

谢惊澜看了一圈，见下人都在，只不见了莲香，便问道："莲香呢？"

兰姑姑道："不知道，下午便不见人影儿，估摸着是去找别院的丫头玩儿了，过会儿就该回来了吧。"

谢惊澜点了点头，并不放在心上。

夏侯潋蹲在廊底下三两下扒完饭，把碗筷放回厨房，刚掀起帘子，和莲香撞了个满怀。

第一卷 桃李春风一杯酒

"夏侯漱，你没长眼？"莲香揉着脑袋，气恨地说道。

"你的头是铁做的吗？撞人这么疼。"夏侯漱撇嘴，抬眼瞧见她手里的荷包，问道，"这不是我装痒痒花儿的荷包吗？怎么在你这儿？好啊你，偷我东西！"

"呸，谁偷你的，就你这破荷包，我才不稀罕呢！"莲香翻了个白眼，把荷包扔在夏侯漱身上。

夏侯漱莫名其妙，打开荷包一看，里头的痒痒花已经没了。

痒痒花是他平日在府里面摘的。那花儿长得很好看，花身是粉的，花尖带点儿紫，就是不能随意上手摸，沾上一点儿就会起红疹子，痒得厉害。夏侯漱有收集怪玩意儿的癖好，痒痒花是他的藏品之一。

莲香拿他的痒痒花，准是捉弄人去了。夏侯漱决定好好检查自己的被褥，他们俩天生不对头，没准这小蹄子就是想捉弄他。

戴圣言找谢秉风商量了谢惊澜跟自己走的事儿，果然不出意料，谢秉风巴不得谢惊澜离得远远的，最好再也不要回来。这事就这么你情我愿地敲定了。戴圣言跟谢惊澜说天气暖和了就启程，下一站不出意外的话是朔北。

除了每日上午的听学，谢惊澜便在藏书楼待着。夏侯漱照常洗完了衣服就去陪着谢惊澜，给他端茶倒水。出了上次的事，再加上谢惊澜就快离开了，夏侯漱不再瞎跑了，乖乖地跟着谢惊澜，哪儿都不去。

这日夏侯漱正百无聊赖地揪着花坛里的花儿，兰姑姑跌跌撞撞地跑进藏书楼，大喊道："不好了！不好了！"

"什么事儿？"夏侯漱扶住兰姑姑，问道。谢惊澜也走了过来。

"莲香……莲香……"

"莲香怎么了？"谢惊澜问道。

"莲香……大夫人说莲香下毒害她，要把她……把她打死。少爷，您快去正院，莲香已经被拖过去了！"

夏侯漱和谢惊澜对视一眼，连忙往正院跑，只求正院的人下手慢点。

路忽然变得很长很长，谢府大得出奇，回廊弯弯曲曲，像是阻挠他们快点到正院，假山假石横亘中间，阻挡去路，以往风雅的园林山水此时此刻都变得面目可憎。

夕阳红彤彤地挂在天上，天际像被火烧过似的，一片触目惊心的赤红，偶有飞鸟飞向云霞，像一头扎进了无边的业火。

两个人气喘吁吁地跑到正院的门洞，两个仆役抬着一具蒙着脸的尸体走出了门槛。

转弯的时候，尸体的手从被单底下露了出来，那是一只保养得很好的手，白生生的,十指如削葱,一根倒刺也没有。夏侯濴看见那只手就崩溃了,泪水夺眶而出,冲上去要抓那只手。

莲香素来宝贝她的手,洗衣服洗碗的活儿都不做,只做点针线活儿。她说她那双手是要帮谢惊澜编络子绣花纹的,糟蹋不得。她每日清晨要用香膏擦手,每隔几日就要修剪指甲。这样宝贝的手,此刻指缝中都是木屑,那是她被打的时候在木凳上掐出来的。

夏侯濴想起她的娇气蛮横,又想起那日她偷偷跑来柴房给他送馒头和水。俏生生的笑脸还历历在目,转眼间人已冰凉了。

几个仆役冲上来,拉住夏侯濴,把他按在地上。夏侯濴使劲挣扎,眼睁睁地看着莲香被抬远。

萧氏戴着面巾站在台阶上,目光漠然地看着谢惊澜和夏侯濴。面巾是半透明的纱,隐隐能看见她脸上几个红色的小点。

"这个丫头下毒害我,我让刘管家用的刑,谢惊澜,你待如何?"萧氏隔着门洞和谢惊澜遥遥对望。

刘管家?哪儿来的刘管家,他不是早被秋大哥杀了吗?夏侯濴疑惑地转过头,瞧见院子里那个本应早已死去的人,脸上挂着熟悉的笑容——那个笑容属于秋叶。

一阵胆寒充斥了胸膊,夏侯濴的脊背一点点发凉。

伽蓝刺客所经之地必定血流成河。他想起了那日秋叶和东厂番子的交易,秋叶扮成刘管家,是来杀谢秉风的吗?

"我怎敢如何?不过来送旧仆一程罢了,夫人连这点面子都不给吗?"谢惊澜推开仆役,拉起夏侯濴。

"谁知道这丫头下毒是不是你指使的!"

"哦,我指使的又如何?夫人要连我一并打杀吗?"谢惊澜冷冷地道。

"你!"

谢惊澜转头对夏侯濴说道:"你先回去陪着姑姑,我去送送莲香。"

两个人的眼睛里都藏着深切的悲哀。夏侯濴握住谢惊澜的手腕,道:"少爷。"

谢惊澜摇摇头,低声道:"我没事。"

夏侯濴点点头,看了秋叶一眼。秋叶朝萧氏作了一揖,远远地跟了出来。

夏侯濴走到花园的时候,秋叶追了上来。

"秋大哥,你怎么扮成……"

秋叶用食指抵住夏侯濴的嘴,道:"嘘,诸事莫问。"

见夏侯濴扭头就走,秋叶无奈地拉住他,道:"那姑娘没死。"

夏侯潋顿住了，道："你说什么？"

秋叶眨眨眼，道："我知道她是你的小玩伴，给她留了一口气，只是不知道腿脚能不能好利索。"

夏侯潋感动得无以复加，道："秋大哥，谢谢你！"

"小潋，你现在还想当刺客吗？"秋叶摸摸夏侯潋的头顶，道。

"我……"

"其实山上没什么不好的，就是小了些，可这天地未尝不是一个巨大的囚牢啊。"

"秋大哥，为什么你们都不愿意我当刺客？段叔这样，你也这样。我真的不合适吗？"

"合不合适要问你自己，我怎么知道呢？"秋叶笑了笑，推了推夏侯潋，道，"好了，快回去收拾行李吧，你叔来接你了。"

夏侯潋瞠目结舌："什么？这么快！"

要得到一份欢愉，便要十份痛苦作为交换；若已经得到一份欢愉，便要十倍的痛苦作为偿还。

谢惊澜很早就明白这个道理，只是他没有想到，上天竟苛刻至此。

他站在院门口，看见夏侯潋背着包袱，旁边立着一个壮实的男人。

男人身长八尺，宽脸膛，皮肤黝黑，大冷的天还撸着袖子，露出手臂上结实的肌肉。他显得有些局促，手脚都不知道往哪儿放，比旁边的夏侯潋还不体面。正东瞧西瞅，打眼瞧见谢惊澜，他转眼问兰姑姑，道："这是？"

兰姑姑还暗自淌着泪，见谢惊澜回来了，忙擦了擦眼泪，欠身道："少爷，小潋的爹来接他了。"

男人爽朗地笑道："原来是小少爷。"

他从兜里掏出一包油纸包着的松子糖，递给谢惊澜，一面道："这段时日打扰小少爷了。小的是小潋的爹，当初小的把他卖进府来实在是迫不得已，家里颗粒无收，女人又养了个娃娃。幸好现在手头宽裕了些，便紧赶着过来赎他。这孩子有造化，听说他已经被一个大人赎身了，小的这便带他走了，少爷可还有什么吩咐没有？"

他和夏侯潋肯定没有对好口供，两个人说的由头完全不一样。夏侯潋的表情有点尴尬，谢惊澜没有理那个男人，只问夏侯潋："你要走了？"

"嗯。是要走了。"

男人悻悻地收回松子糖，抱着手等他俩唠叨完。

"东西都拿上了？"

"拿上了。"

"如果我要给你写信，要写到哪儿？"

夏侯漖望向段叔。段叔有些头疼，暗道这小屁孩事儿真多，赔着笑脸说道："这可难办了，我们那犄角旮旯地儿收不到信。"

谢惊澜早猜到这个男人不会容许自己继续联络夏侯漖，没有为难，只道："你如果想给我写信，便寄到苏大人家里，他会转交给先生的。"

"好。你不嫌弃我字丑就行。"

"那你走吧，一路保重。"

夏侯漖踌躇了一会儿，道："那个，莲香她……"

"她的尸身我已亲眼看着她母亲接走了，你不必忧心。"

夏侯漖最终仍是没告诉谢惊澜莲香没死，毕竟要说莲香没事，就一定会牵扯上秋叶。他沉默了会儿，道："少爷，你爹……"

夏侯漖眼神闪烁，谢惊澜一瞧就知道有事，便道："他已与我无关了，不必再说。"

"我明白了，"夏侯漖拍了拍谢惊澜的肩膀，道，"那我走了。"

"后会有期。"

"后会有期。"

兰姑姑塞了几个包子给夏侯漖，哭道："小漖，保重。"

"姑姑您也保重，节哀，别哭坏了身子。"夏侯漖收了包子，牵上段叔的手，扭头走了。

谢惊澜和兰姑姑把二人送到偏门，目送两人慢慢走远。一高一矮两个人深一脚浅一脚地走在胡同里，远处是赤红的晚霞，夏侯漖一步一步往远处走，斜阳照在他的身上，让他的身影变得朦朦胧胧，似乎下一刻就会消失在夕阳下。

谢惊澜突然不可抑制地害怕起来：自己和夏侯漖是不是再也见不到了？

"夏侯漖！"

谢惊澜忽地跑过去。夏侯漖闻声，刚转过身子，便被谢惊澜一把抱住。

他身上有干净的皂角味，夏侯漖吸了吸鼻子。

"前几日在书房说的话，你不要忘了。"他听见谢惊澜埋在他的肩膀上，闷闷地说道。

"不会忘的。记在心里呢。"

"我会找到你的。"

"嗯,我知道。"

"好,你走吧。"

"后会有期。"

"后会有期。"

这次真的走了。谢惊澜扶着墙望着,石砖墙很粗糙,摸得手有点疼。夏侯潋坐上胡同口的牛车,消失在了拐角。

夏侯潋并没有离开金陵,段叔把他安置在晚香楼后便每日早出晚归,两人难得见上一面。夏侯潋又过上了被放养的日子,幸好他已经习惯了,早已能自得其乐。

他没有猜错,伽蓝盯上了谢秉风,刺客们一个一个进了金陵城。晚香楼前院灯火辉煌,醉生梦死,是人间乐土;后院里刺客们把烈酒淋上刀刃,脸上没有表情的白瓷面具流淌着橘黄的烛光。伽蓝八部到了六个,剩下两个,一个在上次刺杀中断了一条手臂,留在山上休养,还有一个就是他娘,人还在西域没有音讯。

夏侯潋有一丝不安,伽蓝刺客向来是单独行动,像一匹匹雪原上的孤狼,可是后院里聚集的刺客,起码有二十个了。伽蓝刺客一共也不会超过三十个。他不敢多嘴问什么,刺客们都是亡命徒,比狼群还要嗜血,压根儿不会因为他是迦楼罗的儿子就高看他几分。他们折服于一个人,永远只会因为那个人手里的刀更加锋利。

他们还盯上了谁?一个刺客至少要杀一个人,他们至少要杀二十个人。一座金陵城杀二十个人,这是七叶伽蓝从未有过的买卖。

为什么娘还没有回来段叔就把他接出了谢府?仅仅是因为他们要刺杀谢秉风吗?

夏侯潋想不明白,只好在晚香楼疯跑,几天的工夫他已经摸清了晚香楼里里外外的构造。顺着柱子爬上横梁,再从横梁荡到三楼,他摸进柳姬的房间,从她的妆奁里偷了一对金玉耳环。

段叔知道他手里留不住钱,近来抠得很,给他的那点钱还不够塞牙缝,根本不够他买零嘴的花销。

门外传来脚步声,夏侯潋把耳环收进兜里,踩着窗台爬到外面,趴在墙上,脚下是静谧流淌的秦淮河。

"今儿怎么有心思来了?我还以为你早就把我给忘了。"柳姬坐在梳妆台前,望着镜子里的男人。

"近来老夫忙着弹劾魏阉,转得像只陀螺,这不一有闲工夫便来你这儿了。"谢秉风凑近柳姬,深深吸了一口她身上的香气,"真香,我的乖乖,你这是用了什么脂粉，这么好闻？"

"什么脂粉，这是老娘的体香。"柳姬哼了声，道，"你都被贬到金陵了，还弹劾？难不成你想被贬到鸟不拉屎的地方去？老娘可没空陪你。"

"放心吧，这次是六部三法司二十四衙门联名上书，准能把那个阉人扳倒。他倒台之日，便是老夫回朝之时。"谢秉风笑道，眉眼间都是得意。

"六部三法司？那也是京城的六部三法司，有你这个留都的闲官什么事儿，瞎凑热闹。"柳姬不以为意。

"你懂什么？联名上记着老夫一笔，到时候的功劳便有老夫一份；况且老夫早已放出话去，我谢府阖府上下熟背奏章，便是老夫一人身死，还有谢府阖府一百零八口人代老夫直叩天阙。四海皆赞佩老夫义举，老夫虽官品不如当年，声誉却远胜当年，是个留都的散官又如何？"

柳姬鼻子里哼了一声，道："沽名钓誉。"

"你这女人，当真是头发长见识短。这可是万古千年不朽的壮举，日后史官编史，少不得赞我一笔。你真是……"谢秉风气得直喘粗气，瞧柳姬娉娉婷婷地端坐着，脸如细瓷，睫若弯月，又觍着脸凑上来道，"罢了罢了，老夫同你讲什么道理？等老夫得了回京的诏书，再把你赎了身，带你一起走，到时候你便知道好处了。"

柳姬乐了，道："好，我等着，你可得说话算话。"

"那当然。"谢秉风亲了柳姬一口，道，"家里那个老妖婆这几日看得紧，我得先走了，下回再来看你。"

"快走吧快走吧，当心别火烧了屁股。"柳姬挥着扇子赶人。

好不容易人走了，柳姬拾起手帕擦脸，恨道："老不死的，大难临头了还不自知。你令阖府熟背奏折，魏德便要灭你满门。你还在那儿沾沾自喜，做青史留名的春秋大梦，真是可笑！"

夏侯潋趴在窗外，听得浑身发凉，等柳姬出了门，再小心翼翼地回到房里。

"灭门"两个大字压在他心头，他忧虑重重，怎么下楼的都忘了。

灭门，什么时候灭？谢惊澜什么时候离开谢府？他会不会躲不过去？夏侯潋急得团团转，却又无计可施。

单凭他一个人的力量，要怎么救下谢惊澜和兰姑姑？还有书房的桂香，那个小丫头成天潋哥哥长潋哥哥短的，他要怎样才能把大家都救出来？

办法、办法，他不停地催自己，快想一个办法。

"小潋！"段叔从后面捶了一下夏侯潋的脑袋瓜，道，"瞎晃悠什么呢，还不赶紧回屋歇着去。前院乌七八糟的，少在这儿待着。"

夏侯溦仰起头，段叔黝黑的脸颊映入眼帘。他道："叔，你之前不是一直劝我不要当刺客吗？"

"怎么，想通了？"段叔揉了揉夏侯溦的脑袋，"在山上养养鸡养养鸭没啥不好的，咱们山这么大，够你疯一辈子了。"

我早玩腻了，夏侯溦不屑地想。他对段叔说道："你这次刺杀带上我，让我看看真正的杀场，我再做决定。"

"不行。"段叔想都不想便回绝了。

"为什么？"

"什么为什么？你这细胳膊细腿的，给你一把刀，一头猪都杀不死，还想杀人？你去剪剪花砍砍木头还差不多。万一你有个三长两短，你让我怎么跟你娘交代？"

"我不杀人，我就在旁边看着。"夏侯溦道，"你们这回不是要灭谢家满门吗？我就在旁边看看。你不让我见识真正的杀场，我何以做下最好的决断？"

段叔打了个激灵，连忙捂住夏侯溦的嘴巴，道："小祖宗，你从哪儿听来的？"

夏侯溦被他拉到一个角落，道："我从哪儿听来的你就别管了，反正我已经知道了。"

段叔知道夏侯溦属猴子的，没准是哪个刺客嘴巴漏风的时候，夏侯溦正好在旁边猫着。沉吟了一会儿，他道："也不是不行。"

夏侯溦眼睛一亮，道："叔，你就带我去吧。"

段叔无奈地叹了口气，道："行吧，你听好了，穿好你的衣服戴好你的面具，我们干活的时候别跟平时那样到处瞎跑，梆子声一响就跟着大伙撤。"

夏侯溦点头如捣蒜。

段叔从腰间取下一把短刀递给夏侯溦。

那是一把很破的刀，鲨鱼皮的刀鞘上满是刮痕，镂刻的花纹里积着暗红色的血垢，透着不露声色的狰狞。夏侯溦拔出刀，雪亮的刀身映着他的眉眼。

段叔道："你要是有能耐，可以杀几个人试试手。杀了人你就明白了，当刺客没那么好玩儿。你要成为伽蓝最好的刺客，就要先把自己锻成一把刀；要锻成一把刀，心就要先硬成铁。"

肉长成的心，要怎么才能变成铁？夏侯溦收刀回鞘，硬扯出一个微笑道："我知道了。您就等着瞧吧！"

第九章 修罗场

庭院深深，天井里月光洒落一地。

一豆孤灯下，谢惊澜合上一本新出的《八股选录》，闭上酸涩的双眼，喊了声："夏侯潋，倒茶。"

话说出口他才反应过来夏侯潋已经回家了。满院风声萧萧，远远地传来几声狗吠，风景依旧，只是少了夏侯潋的吵吵嚷嚷。他觉得好像整个院子都空了，整个谢府都没有了活气。

谢秉风现如今彻底不搭理他了；萧氏的疹子刚刚好，还在屋子里休养，没时间折腾他。他好不容易又有了轻松的日子，依旧每日到戴圣言的宅院里听学，回了家便在藏书楼坐到深夜。兰姑姑老了，没法儿跟着他一起熬，他又不惯别人伺候，便自己一个人守着一盏灯火一卷书，茶凉了都不自知。

他提起笔来，打算练练字，笔落在纸上，不自觉就成了一个"潋"字。他想起夏侯潋不堪入目的书法，不知道那个家伙回山上去了还会不会练字。

困得紧了，他收拾好笔墨，熄了灯走出来。晚上风凉，狗吠近了些，极响亮地叫了几声又戛然而止了。谢惊澜有点担心外面的狗会不会窜进府里，举着灯笼小心地走在黑暗的小径上。

似乎有哪个庭院忽然沸水一样骚动起来，谢惊澜仰着头，侧耳听吵架似的喧闹声隐隐地传来。秋梧院外面的事儿向来和他没有干系，他没有多管，继续往前走。忽然间，一只手从后面伸过来捂住他的嘴，灯笼"啪"地掉在地上，他被强行拉进了一间漆黑的屋子。

他铆足了劲反抗，对方硬生生挨了几拳，气道："别打了，别打了！是我！"

"夏侯潋！"谢惊澜惊讶地停下动作，看着黑暗里近在咫尺的人影，"你为什么会在这儿？"

好不容易适应了屋子里的黑暗，他这才发现夏侯潋脸上戴着一块白色面具，身穿一袭黑衣，勾勒出他身上薄薄的肌肉。谢惊澜的心里浮起不祥的预感。

夏侯潋疯了一般剥自己的衣服，道："脱衣服，快脱。"

"你干吗？你到底要干什么？"谢惊澜目瞪口呆地看着夏侯潋，"你把话给我说明白！"

"快没时间了！"夏侯潋见他不动弹，上手剥他的衣服，遭到他的剧烈反抗，"伽蓝要灭你满门，再不走就来不及了！"

头上好像落下一个焦雷，谢惊澜揪住夏侯潋的衣领，不可置信地说道："你说什么？"

仿佛为了印证夏侯潋的话，门口传来急促的脚步声，夏侯潋捂住谢惊澜的嘴，两个人胆战心惊地蹲在门边上。门外有人在无助地哭泣求饶，声音很熟悉，似乎是哪个院子里的仆役。一道凛冽的刀光闪过，惨叫声凄厉地响起，门上糊的纸窗时间被溅上了黑色的血滴，形似一束横斜的梅花，谢惊澜的瞳孔蓦然缩小。

门外的刺客没有发现屋子里的二人，提着刀走了。谢惊澜转过头，扳着夏侯潋的肩膀问道："你不是说你们的目标是谢秉风吗？为什么要灭谢家满门？为什么？"

"我……"夏侯潋嘴唇颤抖着，缓了会儿才道，"你爹他……"

"等等，兰姑姑还在秋梧院，我要去救姑姑！"谢惊澜如梦初醒一般，跌跌撞撞地从地上爬起来就要去开门，被夏侯潋一把抱住腰。

"别去了，来不及了！秋梧院靠近小门，刺客就是从那里进来的！若非藏书楼离得远，我也赶不到他们前面过来救你！"

远处的哀号声越来越清晰可闻，窗户纸上映出影影绰绰的奔跑的人影。谢惊澜发着狠推夏侯潋，道："不行，我要去救她！夏侯潋，你这个浑蛋！你松开我！"夏侯潋仍旧抱着他不放。谢惊澜抓住夏侯潋的衣领，照着脸给了他一拳。夏侯潋被打得一个倒仰摔倒在地，脸上顿时青紫了一块。

谢惊澜扭头就跑，夏侯潋从后面追上来，扯着他的衣领把他按在墙上，嘶吼道："谢惊澜！你给我冷静！你去只能送死你听到没有？"

"你放开我！夏侯潋，你难道放着姑姑不管吗？"

夏侯潋红着眼睛看着他，道："你以为我想姑姑死吗？我只救得了你！只有你！"他的手几乎要嵌进谢惊澜的肩膀，"你知不知道今天来了多少刺客？整整二十个！大门后门都守了刺客，没人能逃出去。秋梧院离后门最近，兰姑姑已经死了！"

谢惊澜的脑子一片空白，一切都仿佛在做梦，他明明还在秉烛夜读，明明还提着灯笼要回去睡觉，为什么突然夏侯潋就出现了？为什么突然刺客就出现了？

他会不会还在做梦？谢惊澜懵懵懂懂地抬起头，伸手去开窗子，或许一切都是做梦也说不定。夏侯潋握住他的手，深吸了一口气，沉声道："少爷，你听着。你把我的衣服换上，戴上我的面具，从这里出去，不要回头，不要害怕，走小门出去。有人问你话也不要理，只管走出去，听到没？"

夏侯潋的手心烫得吓人，像握了一团火焰。谢惊澜感受到他的颤抖，抬起眼看他，只见他早已满头大汗，睫毛上沾的不知道是泪珠还是汗水。夏侯潋又问了一遍："听到没？"

谢惊澜使劲摇着头，道："我要去找老师，去都督府，让他们派兵过来！"

"没有用的！"夏侯潋道，"你去找戴先生只会给他惹祸上身！至于军队，你根本请不到！"

"为什么？"

"因为要杀你们的是魏德，当朝司礼监掌印魏德！"夏侯潋盯着谢惊澜的双眼，道，"应天府都督是他的义子，你过去求援，只会被灭口！"

谢惊澜蠕动着嘴唇，脑子里一片狼藉，捂住脸，道："还有什么办法？还有什么办法？"平日里读的四书五经都成了废物，一点用场也派不上，他痛苦地抓着头发，听着外面的哀号声、呼救声和呐喊声交织成一片。

不知哪里起了火，屋子被远处的火光照得蒙蒙亮，有人夺路狂奔，嘴里大喊："救命啊！有刺客！"声音没有持续多久就戛然而止，那人的身子破布麻袋一般倒在地上，露出身后双手握刀的刺客。所有刺客都穿着一袭黑衣，银色面具流淌着溶溶月光，他们提着沾着鲜血的长刀，像一只只潜行的枭鸟。

"快换上我的衣服！"夏侯潋递给他一把破烂的短刀，又从怀里掏出一个荷包，道，"这刀给你防身，荷包里有一对耳环，能当点银子，你姑且拿着。记住，出去以后走得越远越好，不要告诉别人你叫谢惊澜。"

"我能去哪儿？"谢惊澜看着夏侯潋，阴沉沉的双眼没有光亮，"你告诉我，我能去哪儿？"谢惊澜猛地扑到夏侯潋身上，掐着他的脖子怒吼道："夏侯潋，是不是打你进谢府起便打上了灭谢家满门的主意？你们早就计划好了对不对？你在谢府里做什么？什么你娘会来接你，什么小偷，你们都是骗人的！"

夏侯潋把谢惊澜推到地上，道："是！我是骗了你！我不是什么小偷！但是害死谢家满门的不是别人，是谢秉风自己！他令阖府上下熟背弹劾魏德的奏章，魏德恼羞成怒，才要你们所有人的命！"

谢惊澜瞪着眼睛看着夏侯潋，眼中满是血丝。忽然，似有人慢慢接近门口，两人陡然一惊。

一个刺客用刀推开门缓缓走了进来，阴鸷地巡视漆黑的小屋。夏侯潋和谢惊澜藏在簸箕和木桶的后面，露出两双惊恐的眼。刺客穿行在架子之间，用刀挑着杂物。他闲庭信步一般慢慢靠近，只要转过最后一个架子，就会来到二人的跟前。

夏侯潋看了眼谢惊澜，戴上面具，忽然爬出去。刺客听到声响，蓦地转过身。

"是我。"夏侯潋道。

"臭小子，在这儿干什么玩意儿？"刺客阴恻恻地开口，脸上神色不怀好意。

"老子撒个尿不行吗？"夏侯潋装模作样整着衣服。

"哼。"刺客不屑地笑了声，"怕是吓破了胆，藏着不敢出来吧。"

夏侯潋别过头，做出被揭穿的羞愤模样。

"没胆的孬种，好好藏着吧，别吓破了胆子，丢你娘的脸。"刺客用刀鞘在夏侯潋的脸上拍了拍，大笑着走出门。

刺客走远了，谢惊澜从后面爬出来。

夏侯潋低头扒自己的衣服，低声说道："快换衣服吧。"

"你不是说你娘是数一数二的大拿，你的地位很高，旁人都不敢惹你吗？"谢惊澜看着夏侯潋，道，"那个人怎么这样对你？"

夏侯潋挠了挠头，他以前好像是这么对谢惊澜吹过牛来着。牛皮被揭破，他也不觉得窘迫，只把衣服塞进谢惊澜怀里，催促道："别管那么多了，少爷，快换衣服吧。"

"你呢，你会怎么样？"谢惊澜执拗地问道，"你把我放跑了，你会怎么样？"

"都说了别管那么多了！"夏侯潋烦躁地抓头发，一把抓住谢惊澜，剥他的衣服，"你留在这儿必死无疑，我不会死，就这么简单！麻利地给老子把衣服换上，不要回头，不要发抖，不要说话！不要让别人发现你是谢惊澜！"

谢惊澜沉默地看着他，半晌，垂着脑袋自己把衣服换好。

"少爷，外面的世道不太平，你……照顾好自己。"夏侯潋按着谢惊澜的肩膀，道，"记住，不要回头，不要说话。"然后他打开门，把谢惊澜推了出去，连反悔的机会都不给他，迅速关上了门。

黑夜沉沉，阶梯下面躺了一具已经冷了的尸体，空洞的大眼瞪着谢惊澜，仿佛还残存着未散的仇恨。树影深深，似乎每个阴影里都藏了未知的危险，谢惊澜摸着腰间的刀鞘。冰冷刺激着他的神经，他向着危机四伏的黑夜，迈出不知前路的一步。

幽深的路长得没有尽头,要到小门,他要经过一个花园、两个院子。他尽力走荒无人迹的小路,尽力忽视耳边越来越清晰的惨叫和哀号,双腿好像灌满了铅,每走一步都要竭尽全力。他好不容易走到花园了,回廊曲曲折折,像一个永无尽头的迷宫,灯笼不知道被谁熄灭了,目力所及之处皆是影影绰绰的山林树石。

一射之地以外有个干井,有个刺客从树上落下,朝井口张望了一眼,井里立刻传出惊恐的叫喊,刺客举起右手,三发袖箭没入井口,黑黝黝的井顿时没了声息。谢惊澜微不可察地抖了抖,强打起精神,继续目不斜视地朝前走。

余光里他看见那个刺客扭头盯着他,指尖旋转着银亮如水的刀。他强迫自己不去看那个刺客,一步一步稳稳地走着。

跨过一个门洞的时候,他忽然间听见一声熟悉的叫喊。

"少爷!三少爷!你在哪儿?"

他蓦地抬起眼,兰姑姑跌跌撞撞地爬上台阶,身上沾满了血。他想跑过去,兰姑姑看见他的面具和黑衣,大惊失色地尖叫起来,扭头就往另一头跑。他伸出手,想要叫住兰姑姑,正在这时,一支箭携着破风之势在他的耳边呼啸而过。

那一瞬间,脑子仿佛被什么东西粘住一般,思绪和动作都运转得很慢很慢,他眼睁睁地看着那支箭经过他的眼前,箭上的花纹光华流转。

箭极慢极慢地没入兰姑姑的后心,涟漪一样的红圈在她的后背扩散,兰姑姑惨叫一声,倒在地上,再也没有爬起来。

"这一边的都清理完了?"

"完了,去老段那边看看吧。"

刺客飞奔而过,撞了他的肩膀一下。谢惊澜仿佛没有知觉的木偶一般,呆愣在原地。兰姑姑的身下流着漆黑的血液,像宣纸上的墨迹一圈一圈地晕染开。余光里,那个指尖旋着银刃的刺客又出现了,站在树影下,沉默地看着谢惊澜。

"夏侯潋,"他开口了,声音像清泉流淌,"你在做什么?"

恐惧如霜毛一样在心头滋生,谢惊澜的身子不可抑制地轻轻颤抖。

不要回头。不要发抖。不要害怕。

谢惊澜握紧拳头,迈着沉重的步子经过兰姑姑的尸体。浓重的血腥味扑面而来,腥得他想要呕吐。他咬紧牙关,从兰姑姑的尸体前走过。面具下眼泪夺眶而出,在他拐过转角的瞬间从下巴上滴落。

到了。到了。他看到门了。谢惊澜忍住狂奔的冲动,一步一步走向前去,推开那扇虚掩着的门。有一个刺客正在巷子里跳房子,长刀靠在墙边。

他看到谢惊澜,停了下来。那目光像一块冰,谢惊澜僵硬地转过身,朝另一边巷口走去。

一步，一步，再一步。马上就要到拐角了，马上就要离开那个刺客的视野了。

"喂，你去哪儿？"身后，那个刺客突然问道。

谢惊澜僵住了。

"梆子声没响，按规矩是不能走的。"

"……"

"喂，你哑巴吗？"

他该怎么回答？不对，不能说话，声音会泄露他的身份。谢惊澜疯狂地思考怎么办怎么办怎么办，却无计可施。

"让他回去吧，第一次跟着出来，该是吓坏了。"另一个声音忽然出现，谢惊澜转过身，看到那个手握银刃的刺客。

月光下，他的眼神温润如水。

"喊，胆小鬼。"跳房子的刺客嗤了声。

谢惊澜扶着墙壁，拐过了拐角，走了几步，然后夺路狂奔。谢府离他越来越远，血与火的噩梦却如影随形。兰姑姑沾满鲜血的尸体仿佛就在眼前，他睁眼闭眼都是兰姑姑破败的身躯。

明明之前他还哭着喊要去救兰姑姑，直面刺客的时候他却吓破了胆。他是个懦夫，他是个懦夫！一块石头绊到了他的脚，他狠狠地摔倒在地，头脸和手都磨破了皮。他趴在地上，用力捶着地面，直到拳头鲜血淋漓，脏污的土地上布满血痕。

捶到手酸了，他爬起来，靠墙坐着。大街上空空荡荡，屋檐下挂的灯笼像飘浮在空中的磷火。

他忽然意识到自己已经无家可归，更无处可去。他从未离开过谢府，一个小小的金陵城对他来说就是整个世界。现在他该去哪儿？该找谁投奔？戴先生吗？不行，离得太近，找上他会给他招来祸端。他还有什么亲戚？没有，他没有母族可以依靠，更不知道有没有什么远房亲戚。他像失了家的雏鸟，在风霜中张皇失措。

对了，魏德，那个浑蛋，是他指使七叶伽蓝灭谢家满门，害死了兰姑姑。他忽然有了方向，像在大海漂浮之时抓到一截枯木，一旦抓住了就不松手。他要复仇，不管是魏德还是七叶伽蓝，他要他们死无葬身之地！

谢惊澜从地上爬起来，跟跟跄跄地走向了无尽的长夜。他知道，谢府小少爷谢惊澜已经死在了这个深夜，从今以后，他将作为一个鬼魂继续活着。

正院的天井下摆满了尸体，鲜血汇成小河在沟渠里缓缓流淌。刺客们正在清点人数，一个高大的黑衣男人拎着夏侯潋的衣领走过来，手一抛，夏侯潋被狠狠地丢在尸堆之中。白色亵衣顿时沾满血污，浓郁的血腥味席卷口鼻，让夏侯潋几欲作呕。夏侯潋从地上爬起来，眼角瞥见谢秉风和萧氏抱在一起的尸体，他们的脸定格成一个恐惧得几近狰狞的表情。

刺客们围过来，盯着中间的夏侯潋。

"罗迦，怎么回事？"段叔问道。

罗迦摘下面具，露出冷峻的面容，道："他放跑了一个人。"

段叔看了夏侯潋一眼，问道："放跑了谁？"

"不知道是谁，他把自己的衣服和面具给了那个人，我和紧那罗还以为是他本人，便让他走了。"先前跳房子的刺客开口道，"紧那罗，你说是吧？"

秋叶没有说话，只摸了摸夏侯潋的头顶。

一个刺客冷冷地开口："夏侯潋，谁借你的胆子，竟敢放跑猎物！"

另一个刺客笑道："自然是迦楼罗。这小子仗着自己娘亲厉害，什么事儿不敢做？上回他还拔光了我家母鸡的毛。"

后面清点人数的刺客道："我已经核查过了，谢府一百零八个人，一个也没少。"

诸刺客面面相觑，罗迦问道："你点清楚了？"

"确实点清楚了。"那刺客回道。

那曾在门口跳房子的刺客说道："可我确实看到一个人穿着他的衣服出去了。段叔，您的刀也在他身上。"

段叔来不及心疼自己的短刀，道："依我看，要不咱们就睁一只眼闭一只眼得了，反正册子上的人数没有少，并不碍事。"他转头对罗迦道："我们不必和一个孩子计较吧？"

"孩子？"罗迦冷笑，道，"在下十二岁就出道杀人了，当初可没有人跟我说过我还是个孩子。况且住持向来铁面无私，若是被他知道了，咱们都得挨鞭子。"

段叔叹了口气，转头对夏侯潋骂道："臭小子，你快说，你到底把谁放跑了？一刻不看着你就给我惹事！"

夏侯潋哑声道："是谢府的小小姐。"

罗迦问道："为何册子上没有她的名字？"

夏侯潋半真半假地说道："她向来不受谢秉风待见，上次更是言语冒犯了谢秉风，谢秉风并没有让她背奏折。或许谢府名录上也没有记上她的名字吧。"

罗迦继续问道："她去哪儿了？"

"我不知道。"

罗迦掏出一把匕首，用刀尖挑起夏侯潋的下巴，逼他直视自己的双眼，道："不要耍花样，把你知道的都吐出来。"

		夏侯潋毫不胆怯地和那森冷的目光对视。

		秋叶指尖寒光一闪，薄如蝉翼的刀刃抵在罗迦手腕，微笑道："伽蓝禁止动用私刑。"

		罗迦眯起眼，道："紧那罗，你这是要护着他？"

		秋叶不动声色将秋水压在罗迦的腕上，迫使他放下匕首，嘴角的弧度不减分毫。

		"我只是在维护寺规。"

		罗迦没有和秋叶硬争，心不甘情不愿地收起匕首。

		伽蓝之中除住持之外，以八部地位最为尊崇，而八部之中，除迦楼罗之外剩余七部实力旗鼓相当。秋叶以秋水指尖刀闻名，其刀薄如蝉翼，两头开刃，在指尖旋转不绝，不知暗杀了多少高手。而且秋叶还有个身份更让人忌惮，他是伽蓝掌刑，掌管伽蓝斩逆殿诸刺客，凡背叛伽蓝者皆死在秋水刃下。

		但无论怎么说，他摩睺罗迦也是八部之一，秋叶也要忌惮他三分。

		"你还知道寺规？你身为掌刑，可知道夏侯潋放跑猎物，当处以何种刑罚？"罗迦的目光变得阴森，一字一句道，"杀无赦。"

		"即便是杀无赦，也当交由住持处置，再由我施刑。"秋叶道。

		"行了，你们两个，当务之急是找到那个小小姐。"段叔拉开剑拔弩张的二人，问夏侯潋道，"她叫什么名字？"

		夏侯潋道："谢静兰，安静的静，兰花的兰。"

		"这小子撒谎。"一个苍老的声音突兀地响起，一个挂着拐杖的老人家慢吞吞地走过来。夏侯潋扭过头看，是那个给他送过刀谱和药汁的暗桩前辈。

		这下完了，蒙不住这帮傻子了。

		"谢府只有一个谢惊澜，是个男孩，正是他伺候过的小少爷。这小子心肠软，怕是对这个小少爷有感情了。"老人家用拐杖敲了敲夏侯潋的脑袋，摇头道，"早告诉过你你不适合当刺客，看吧，惹出祸事了。"

		瞎凑热闹。夏侯潋握紧拳头。

		"这小子狡黠，满口谎话，若不用刑根本问不出什么。"有刺客在后头道。

		秋叶扫了那人一眼，道："伽蓝禁用私刑，有什么事儿，回寺再说。"

		"由您掌刑，怎能称为私刑？逃跑的猎物不追回，我等对魏公公不能交代，届时败坏了伽蓝的名誉，这罪过我们如何担当得起？即便是住持在此，也定当严刑拷

097

问猎物的下落。"那人冷笑了声,"还是说,紧那罗大人在怕迦楼罗归来,知道您对她的儿子用了刑会找您麻烦?"

罗迦也冷笑道:"放心吧,紧那罗,夏侯霈已经三个月没有音信,怕是早就死在西域了。"

"你放屁!"夏侯潋闻言,红着眼大吼起来,"我呸,就算你被蚂蚁啃光了我娘也不会死!"

段叔厉声喝道:"夏侯潋!给老子安静!"

秋叶按住夏侯潋的脑袋,不让他继续乱动,叹道:"各位只猜对了一半,我不仅惧迦楼罗,还惧怕住持。"

罗迦疑道:"什么意思?"

秋叶笑道:"诸位难道从不疑惑夏侯潋的父亲究竟是谁吗?"

"你的意思是……怎么可能?"刺客们都大惊失色。

秋叶低低地笑起来,声音低沉却清晰无比地说道:"不错,正是弑心佛陀,咱们的住持啊。"

夏侯潋脸上既没有惊讶也没有高兴,拧着眉毛站着,似乎不愿意听到住持的名字。

有人质疑道:"这怎么可能?住持怎么会和夏侯霈一块儿生孩子?这么多年来,他又为何对夏侯潋不闻不问?"

段叔叹道:"住持不会,但夏侯霈会。十几年前住持长得还挺俊的……"

此话一出,诸刺客的表情都微妙复杂起来。这无疑是住持隐瞒多年的耻辱和秘辛,所有人都不敢搭话。

"我看住持压根儿没想要认这小子吧。"罗迦把玩着手里的匕首,嘲讽道,"大家可别忘了,夏侯潋还有个双胞胎哥哥,名叫持厌,刚生下来就被住持带走了。我听说这些年来,住持将他安置在黑面佛顶,悉心教导,如今伽蓝刀法早已学得炉火纯青了。既然两个都是住持的亲儿子,怎么对这个不闻不问,对那个却倾囊相授?"

有人道:"莫非住持和迦楼罗早商量好了,各领一个,谁也不碍着谁?"

哥哥?夏侯潋很是惊讶,从来不知道自己还有个哥哥,抬起头想问秋叶,却见他神色凝重,便生生憋住了口。

罗迦道:"既然住持根本没打算要这个孩子,料想我们料理一番,他也不会在意。"

诸刺客纷纷点头。夏侯霈平日行事乖张,我行我素,伽蓝里头的刺客要么和她有过过节,要么看她不顺眼,如今逮到一个收拾她儿子的好机会,人人都不想放过。

有人又问道："可万一夏侯霈回来……"

罗迦冷道："我之前不是说过么，那个女人当早就死在……"

话音未落，一把长刀划破森冷的夜色直落向罗迦的头顶。罗迦迅速抽出腰间利刃，将长刀劈回来路。长刀在半空中打着旋，落入一只修长的手中。

众人回过身，修长如鹤的身影从黑暗里走出，蔷薇一般明艳的脸颊露在月光之下，红唇似火，眉梢锋利如刀，明明是布满杀气的脸，却美得惊心动魄。

她嘴角浮起一抹挑衅至极的微笑，道："是谁说老娘死在西域了？"

夏侯潋眼睛一亮，高声道："娘！"

众人见到夏侯霈，纷纷露出不可置信的表情。她在西域消失了三个月之久，竟然活着回来了，这就意味着大转轮王死在了她手下。所有人的目光集中在夏侯霈腰侧的蛇皮袋子，那袋子圆圆鼓鼓，袋底一片血污。毫无疑问，那里面装了大转轮王的人头。

连杀伽蓝三个刺客的大转轮王，最终死在了夏侯霈的手下。此等刀术，伽蓝之中除了住持绝无敌手。罗迦眼中露出畏惧，不动声色地后退了几步。

"哎呀，真不凑巧，我既没断胳膊也没有断腿，全须全尾囫囵个儿回来了，没有遂了您日思夜想的心愿，真是抱歉万分。"夏侯霈把夏侯潋拎到身边，嘴角浮起险恶又嘲讽的笑意。

她的笑容从来不怀好意，让人看了生畏。罗迦小心翼翼地掩饰自己的胆怯，冷声道："夏侯霈，你儿子私放了谢府的小小姐，就算你位列八部第一，也休想蒙混过关！"

缩在后面的老人家咳了声："是小少爷。"

夏侯霈耸耸肩，道："你以为老娘跟你一样是缩头乌龟？喂，那个秋什么叶，伽蓝规矩是什么来着？"

秋叶道："按规矩，夏侯潋当处以极刑，不过，料想住持会网开一面的。"

夏侯霈低头看夏侯潋，道："儿子，你既然把人家给放了，就应该想好了吧？"

夏侯潋点头道："想好了。"

"怎么样，你是乖乖受罚呢，还是拼死反抗？你选第一个，我就带你回山上；你选第二个，我就把这儿的人都杀了，咱娘俩亡命天涯去。"

饶是夏侯潋也被夏侯霈的豪气干云吓呆了，他知道自己的娘亲厉害，可没有想到她厉害到这个地步，竟然可以以一人之力诛杀二十个伽蓝一等一的刺客！

众人闻言，立刻炸开了锅，纷纷指着夏侯霈骂道："夏侯霈，你好大的口气！先不说你能不能杀了我们，单是你身上的七月半就能要你的命！"

夏侯霈笑道："能快活多久是多久，管那么多做什么？怎么样，儿子？"

夏侯潋狐疑道："您真打得过他们？"

"当然不能。可这不是咱们小潋长大了吗，有好朋友了。那个人叫什么名儿来着？啊，谢静兰。"

夏侯潋瞪大眼睛："娘，您打不过还这么狂！"

"哈哈哈，行，听着，儿子，想做什么就去做，但是你自己做下的选择，就要承担选择的后果。总之，怎么选由你定，你娘我舍命陪儿子，奉陪到底。"夏侯霈拥着夏侯潋，眼里的杀意消散得无影无踪，露出星辰般的灿烂眸光。

原先的忐忑消失殆尽，夏侯潋莫名有了与一切抗衡的勇气，抹了把脸上的灰，深吸了一口气。

所有人都退后了一步，将手中的刀轻轻抽出了刀鞘。

当刺客不是一年两年了，大家都知道夏侯霈是个怎么样的疯子。她向来独来独往，接任务时没有接应也没有救援。刚入行的刺客都钦佩她的胆量和勇猛，说她定然抱着必胜的决心。但只要稍微了解她的人就知道，她的决心不是必胜，而是必死。

只要是个人都会吝惜自己的性命，可夏侯霈却能不惧生死。在她眼里，猎物的命贱如蝼蚁，她自己的命也轻若鸿毛！正因如此，她才能成为伽蓝最锋利的刀刃。

所有人都相信只要夏侯潋说他选择亡命天涯，夏侯霈定然会抽出那柄名动天下的横波。虽然她不可能杀死所有刺客，但凭她的刀术，一定会有人见不到明日的太阳。

疯子，所有人都在心中怒骂，这个疯子！

夏侯潋出声了："我认罚，娘，带我回山吧。"

第十章 宫廷寂

谢惊澜已经数不清自己走了多少路。

身上的黑衣邋邋遢遢，沾满了风尘和污渍，头发乱成鸡窝，脸好几天没有洗，灰痕交错；喉咙干得冒烟，像有一块生锈的铁片卡在中央，咳不出来也吞不下去，唾沫都有一股血腥味；更让人饱受折磨的是饥饿，肚皮空空荡荡，饿得肚子疼，头脑发昏，世界仿佛天旋地转。

他离开金陵之前，本想当了耳环换点盘缠，却没想到那掌柜诬陷他偷盗别人的耳环拿来当，夺走了耳环不说，还命仆役把他打了一顿。他慌慌张张跑出来，发现短刀也落在了店里。

他饿了很久，饿到在酒楼门口捡大厨拎出来的潲水吃，但酒楼宁愿把潲水喂给猪也不愿意喂给乞丐，常常派人举着扫帚出来驱赶。

前几日，他在街上看见一个蹲在家门口吃糖饼的小孩儿，只有五六岁的年纪，一边吃着糖饼一边看街上来来往往的路人。他站在墙后面，饥渴地望着那小小手掌里攥着的糖饼，仿佛那是世上最后一张糖饼。他的心里天人交战，饥饿催促他去抢那张糖饼，理智又告诉他抢劫小孩是可耻的。

在糖饼剩下最后一口的时候，他终于受不住了，飞快地从小孩眼前掠过，抢走了那块沾满糖末的小饼。小孩懵懂地蹲在原地，手里还保持着握糖饼的姿势，待反应过来的时候谢惊澜早已经不见了，方大哭起来，跌跌撞撞地跑回家哭诉。

谢惊澜蹲在不远处的一条巷子里，和着眼泪吞下了那一口糖饼。从那以后，他在大街小巷逡巡，瞄准了弱不禁风的小孩手里的吃食，像一条寻觅骨头的野狗。他有时难免被大人逮住挨一顿揍，却也能勉强填饱肚子。

再后来，他不知走了多久，更不知道走到了什么地方。乡间田野干得龟裂，像老人干枯的皮肤，周遭都是饿着肚子的难民，有的拖家带口，有的踽踽独行。连抢也抢不到吃的了，因为所有人都一贫如洗。

他有时会看见浑身干瘦只有肚子大得吓人的小孩，那是因为他们吃了观音土，肚子发胀。他们张着苍白的嘴唇躺在地上等死。到后来，路上便看不到小孩和老人了，谢惊澜很害怕被人捉来吃了，专门拣偏僻无人的小道走，饿了便吃点野草勉强充饥。

水和食物占据了他整个大脑，他已经无暇仇恨魏德和思念以前的光阴，无暇管什么七叶伽蓝会不会在某天夜晚找到缩在角落里睡觉的自己。他只想填饱肚子，除此之外别无他想。

只不过，他还穿着夏侯潋给他的黑衣，面具揣在怀里不敢拿出来，怕被别人看见把它抢走。

后来，他想起夏侯潋曾说把铜板放在城里最高的地方就能再见到他，于是他爬上钟楼。炽热的阳光照得他睁不开眼睛，他每走一步都仿佛踩在棉花上。他手脚并用往上爬，把那块面具放在大钟的旁边。大钟前的鸽子受了惊，扑棱着翅膀四散飞开。

或许等夏侯潋来的时候，他已经饿死了吧。谢惊澜靠在墙边，迷迷糊糊地想。

有甘甜的水沿着嘴缝流入喉咙，他猛地清醒过来，捧过水壶往嘴里灌。一个包子送到眼前，谢惊澜抢过包子狼吞虎咽。

"慢点，慢点，别噎住了。"男人微笑着抚他的后背。

谢惊澜抬起头，眼前的男人书生模样，一双眼睛仿佛天生带着笑意，温润如水。

他吞下嘴里的包子，沙哑地开口："我认得你。"

"哦？"

"那天晚上在谢府，是你放走了我。"回忆起那晚的修罗杀场，谢惊澜眼睛有点发红。

"居然被你发现了，"秋叶淡淡地笑起来，"你的身形虽然和小潋很像，但走路的姿势、看人的眼神完全不同。我常常扮成别人，你们俩的这点小把戏瞒瞒其他刺客勉强能过关，要瞒我还是差了点。"

"虽然你放了我，但你也是灭我家门的凶手，我不会感谢你的。"

"我并不期望你的感谢。"

"夏侯潋呢，他为什么不来？"

秋叶的眼神黯了黯，没有回答，道："你不该把面具放在这儿，如果伽蓝的人发现了，你会没命的。幸好来的人是我，否则小潋的一番苦心就白费了。"

"饿死和被你们杀死有什么分别？"

秋叶在他的掌心放了一锭银子，道："好好保重自己的性命，小潋用自己的命换你的命，你不该辜负了他。"

谢惊澜蓦然一惊："夏侯潋他……怎么了？他不是说他不会死的吗？"

秋叶的神色变得有些哀伤，他望着南边道："他违背伽蓝寺规，助你逃离刺杀，受了住持八十一鞭的刑罚。我出来的时候，他还躺在床上昏迷不醒，不知道如今如何了。没有消息便是最好的消息。小潋向来意志坚定，一定不会有事的。"

"迦楼罗呢？他不是迦楼罗的儿子吗？迦楼罗为什么不救他？"

"寺规森严，即便是迦楼罗也不能违抗。"秋叶看着谢惊澜，目光深邃了许多，"小潋待你果然不一般，连迦楼罗是他的娘亲也告诉你。"

谢惊澜别过头，道："不是他告诉我的，是我自己猜的。"

秋叶叹了口气，说道："今日是我们最后一次见面，不要再来找小潋了，你是伽蓝登记在册的猎物，刺客会像猎犬一样四处寻找你的踪迹。往京师走吧，那儿贵人多，饿着哪儿也不会饿着京师，保不准你还能碰见宫里头的贵人开粥棚舍粥。"

谢惊澜有些怔怔的，自己再也没法见到夏侯潋了吗？

"小少爷，后会无期，祝你好运。"秋叶迈上城墙，朝谢惊澜微微一笑，身子缓缓倒了下去，墨发在风中飞扬如绸。

谢惊澜探出头张望时，秋叶已像一片落叶遁入风中，没有了踪影。

那之后，谢惊澜听了秋叶的话，跟着难民的潮流往京师走。所有的人都面容漠然，风尘满脸，眼睛、嘴唇都失去了颜色，像泥塑的人偶，又像一具具行尸走肉。鞋子已经磨破了，露出脏兮兮的脚指头，幸好天暖，脚趾露在外面也不冷。

在被拒之城外三天之后，谢惊澜在一群难民闹事的时候混进了京师。城角早已睡满了人，这些人衣衫褴褛，四肢瘦成了骨头棒子。有兵士在人堆里翻拣，把死人挑出来，放上马车，运往乱葬岗。

谢惊澜没有多看，木然地朝皇宫的方向走。天渐渐昏黑了，沿街的灯笼一个个挂起来，照得满街明亮如昼。宝马雕车挤满了大街小巷，烟火在空中一束束地绽放，那震耳欲聋的声音自天边传来便渐渐小了，像另一个世界的声音似的。

原来是中秋节。

谢惊澜心里没有丝毫起伏，只默默地挤在人群里，漠然地顺走了一个人的荷包。人群忽然分开了，像被什么驱逐似的，所有人都往两边站。一辆四驾马车从街角辚辚驶来，车轮碾出两条平行的车辙。马车后面跟着两列骑着高头大马的东厂番子，黑衣黑刀，胸前的纹绣张牙舞爪，一个个面无表情，像夜里的恶鬼修罗。

人群里有人低声议论："好大的威风，魏公公愈发如日中天了！区区一个阉人也能炙手可热到这个地步，真不知道这年头正经读书有什么用。"

"你不要命了！小心被番子听见，要了你的小命。"

"哎，听说明儿晌午东安门外有宫里头的公公出来收人进宫里头当差。你说咱们去试试，以后能当上东厂督主也说不准啊。"

"这可是断子绝孙的事儿，您自个儿去吧，我就不凑这热闹了。"

忽然，人群中冲出一个衣衫褴褛的乞丐，手里挥舞着一串鞭炮，跑向魏德的马车，嘶声大吼："魏阉，山东六府饿殍遍野，你却在这儿安享太平！"鞭炮噼里啪啦地响，爆出灿烂的火花，那人把鞭炮往魏德的车马扔，正要惊马之时一个番子凌空接住鞭炮，丢在远处。

立刻有别的番子下马擒住那乞丐，乞丐奋力挣扎，口中大呼："魏阉祸国殃民，山东六府几乎要死绝了啊。苍天啊，你开开眼！"番子暗骂了一声，卸了他的下巴，又扭断了他的手脚。乞丐如破布麻袋一般瘫在番子的手上，只瞪着一双发红的眼睛。

马车布帘内伸出一只戴着迦南佛珠的手，虚虚做了一个手势。

番子见了手势，横刀一划，那乞丐喉间顿时血流如注，身子抖了几下，便没了声息。

尸体被番子搬走，马车缓缓地离去，人群重新聚合，人声重新鼎沸，贩夫走卒反复叫卖自己的玩意儿，拨浪鼓隆隆响个不停。

这世道，一个人被杀了就像一粒沙子被浪潮卷走，一点痕迹不留，亦无人在意。

魏德。原来那个马车里的人便是魏德吗？

谢惊澜望着消失在街角的马车，双拳缓缓地握紧。

若有朝一日他谢惊澜手握重权，是否也可以这般生杀予夺，草菅人命？是否也可以以一人之怒，夺百人之命，灭一家之门？魏德一人之下，万人之上，那他便要无人之下，万万人之上！从此往后，凡欺他、伤他、负他之人皆骨销魂散，王侯将相向他拱手，皇子皇孙向他俯首。

他抬起头来，双眼如深不可测、暗无天日的渊谷，有一只妖魔在他的心底缓缓睁开了眼。

月落日升，店铺纷纷搬开了门板，面摊的老板把面粉和成面团。谢惊澜在一个胡同里的一棵老槐树下做好了记号,将夏侯潋的面具埋在了树下。做好一切,他站起身,对着日影整了整自己的衣着,转出胡同,见东安门外已经排了一条长队。

有人已经把自己阉了,衣襟上面还有一摊血,脚步虚浮着随着队伍往前走;有人年龄太大,被赶出队伍,在地上打滚,哭着喊着要进宫当太监。好不容易排到了谢惊澜,那执笔的太监抬头瞟了他一眼,漫不经心道:"几岁了?"

"十二岁。"

"哪儿人?叫什么名儿?"

"金陵人。"谢惊澜默了会儿,看见太监腰间佩的玉玦,道,"沈玦,玉玦的玦。"

太监提笔在木牌上写下"沈玦"二字,递给谢惊澜。谢惊澜捧着牌子,跟在其他被挑中的乞丐身后,向巍峨的宫门走去。朱红的宫门沉沉地开启,露出里头仿佛没有尽头的御道和千重宫门。宫阙之下,他们就像一列缓缓行进的蚂蚁,渺小又脆弱。

朱门在他们的身后笨重地合上,谢惊澜回头望了望。关合前,门外的最后一束日光打在他的脸上,照见他无悲无喜的面容。

暮鼓响了六遭,远山溶进了黄昏,皇宫上面乌云黑沉沉地压着,天光偶尔从乌云堆的缝隙里落下来。太监们用长杆把灯笼挑上檐下的铁钩子,宫里头的灯笼次第亮起来,飘飘摇摇地散着柔和的光晕。皇宫各处都挂上了灯笼,连成煌煌的一片,独独乾西四所沉在阴暗里,光秃秃的檐下只有铁马伶伶仃仃地摇着。这是紫禁城最荒凉的角落。

"皇上……皇上……臣妾好想你啊,你为什么都不来看看臣妾?"红衣女人骑在墙头,招着帕子,一双眼睛黑沉沉的,像空洞的古井。

"哎哟,高妃娘娘,您怎么又上去了?这要是让总管瞧见了,我和小玦子又要挨罚了!"四喜急得团团转,把裙裾扎进腰带,小心翼翼地踩着梯子攀到高妃的身边。他身子有些发福,攀在梯子上远远看去像串在细杆子上的肉丸子。

高妃是年初进的乾西四所,据说是因为在马贵妃常去散步的花园小径上撒了红豆,意图使贵妃摔跤流产,事情败露,被关进宗人府受了好一阵酷刑不说,人也疯癫了。原本乾西四所就住了三个疯娘娘,这又进来一个,四喜被折腾得焦头烂额,原就有些秃的头顶又少了几根头发。

正不知所措的时候,一个十四岁模样的青衣小太监走进来,把食盒搁在桌上。

"下来,吃饭!"

高妃听了,忙不迭地催促四喜下去,自己也提着裙子爬下梯子,低眉顺眼地坐在桌前等着小太监给她盛饭。

四喜松了一口气，道："沈玦，还是你行。"

沈玦把碗筷摆在桌上，低垂的眉眼恬静得像一幅画，眉眼皆是画中黛色山水。他如今十四岁了，个子像抽条的柳枝一样猛长，只是常年吃不到好的，脸上没有血色，平添了几分羸弱的病气。

四喜目光下移，瞥见他修长的五指，指甲修剪得整整齐齐，一根倒刺都没有。四喜嘿嘿笑了两声，低声道："小玦子，我那日跟你说的事儿，你考虑得如何了？跟着我，保证你吃穿不愁。"

沈玦嘲讽地笑起来，道："还不一样是太监吗？"

"哎，这你就不懂了。"四喜眯了眯绿豆大的眼睛，漆黑的眼缝里流出一丝邪光，"无妨，我慢慢教你……"

沈玦的模样生得好，做事又麻利，亏得他人在冷宫，这人烟稀少，成日里只有乌鸦飞来飞去，若是在贵人面前当差，只怕早就没有他四喜的份儿了。

然而这沈玦油盐不进，任他如何言语都八风不动，若非他上回透露出想要用歪门邪道的心思，让沈玦起了忌惮，他才稍稍谨慎了些，否则他连沈玦的身都近不了。

沈玦目露嫌恶，冷笑道："怎么，非要如此吗？"

"那是自然，"四喜习惯了沈玦冷嘲热讽的模样，不当回事儿，赔笑道，"你放心，改日，等我干爹把我从这劳什子冷宫弄到御马监时，我把你也带上，咱们就不必日日苦守冷苑了。"

四喜前日花了几两银子，攀上了御马监的总管太监，当了人家的干儿子，出冷宫的影儿还没有见着，就已经确信自己可以平步青云了。这几日他牛得跟什么似的，恨不得尾巴都翘到天上去。

沈玦拌了几下饭，漫不经心地道："成。"

四喜闻言大喜。沈玦嘴角泛起一抹没有笑意的笑："今晚子时，我会去找你。"

"好好好，我等着，我等着。"四喜喜不自禁。

沈玦起身，手一挥，把筷子丢在桌上道："我没有胃口，你们自己吃吧。"

四喜想去追，高妃忽然拉住四喜大叫起来："饿死本宫了！饿死本宫了！本宫没有吃饱！"

四喜气急败坏道："吃吃吃，撑死你！"

沈玦关上门。屋里冷清清的，直棂窗忘记阖上了，案头落了许多花瓣，细细碎碎地缀在摊开的书页上。他关了窗子，朝脸盆走去，把双手浸在水中擦了又擦，擦得皮肉红彤彤的一片才罢休。想起四喜的嘴脸，沈玦恶心得难受。他抬手掀翻水盆，又踢翻一张凳子，气才略略消了些。

在外头忙了一天，浑身上下黏腻得难受，沈玦打了水，拎回屋洗澡。微烫的水浇在身上，驱赶了身上的疲乏。

正擦着身子，窗外传来"哐当"一声，沈玦猛地转过头，披上衣服推开窗子，只见地上散了一地的花盆碎片。

四喜匆忙回到自己屋里头。他方才偷摸蹲在沈玦的窗户底下，蘸着口水戳出一个洞想看看沈玦是否诚心归顺于自己，没承想沈玦正在洗澡，更没想到竟瞧见了沈玦的大秘密。这秘密足以置沈玦于死地。他的脸上染上疯狂的神色，这下沈玦就是想反抗他也不成了。

喝了几口茶，四喜冷静下来，坐在桌前一门心思盼起天黑来。冷不丁的，沈玦开了他的门，脸色阴沉地站在外面。

四喜对他的来意心知肚明，仍是假惺惺地笑道："这还没到子时呢。"

沈玦缓步踱进来。屋里头泛着股说不清道不明的味道，他嫌恶地捂住鼻子，打量屋里四处的物件。沈玦只穿了一件亵衣，外面披着薄薄的袄子，刚洗完澡，湿着头发，水珠沿着发梢蜿蜒地流入衣领，沾湿了一片。

沈玦冷冷地看着他，道："你都瞧见了？"

四喜眼里射出阴险的光，反问道："瞧见什么？"

"别跟我玩花招。想要什么，说。"沈玦漫不经心地翻着四喜桌上的匣子，倒腾出许多串珠宝，也不知道是他从哪个宫院里顺来的。

"你知道我要什么。"

"可如果我不想呢？"沈玦的眼神慢慢暗下来。

"你别无选择，"四喜在沈玦耳边道，"我知道你的秘密了，你要是想有个好人样儿在宫里头待下去，就得乖乖听我的。否则，我把这事儿喧嚷出去，你这脖子上的小脑袋可就不保了。"

"是吗？"沈玦没有温度地笑开了，不动声色地拿出抽屉里的剪刀，拥住四喜，将剪刀尖对准四喜的后背。

四喜还没反应过来，蓦地，背心剧烈一痛，脸孔痉挛，不可置信地看向沈玦。沈玦冷冷地瞧着他，那眼神不是在看一个人，而是在看一具死尸。

四喜双手探向后背，摸到满手湿漉漉的黏腻，血越流越多。没等他杀猪一样痛叫出声，沈玦从椅背上勾起一件衣裳，塞入了他的嘴里。四喜死死攥着沈玦的手腕，目眦欲裂。那双手渐渐失力，虚虚攀附在沈玦的手上，最后颓然落到地上，只一双铜铃似的眼睛还睁着，仿佛要把沈玦的面容刻入脑海，以便午夜回魂之时再来索命。

等人彻底没气了，沈玦脱下自己的袄子包在四喜的伤处，不让血继续往外涌。接着，他把四喜驮起来，扔到了外头的枯井里。没有人知道乾西四所的枯井通往宫外的荒林，这是沈玦干上一份差事——打扫藏书楼的时候，在一张布满尘埃的前朝宫室地图上发现的。

沈玦身子弱，禁不得风，回到屋里穿好衣服，再拿了一捆绳子放下井，攀着绳子爬了下去，将四喜的尸体放在了井道的深处。四喜重得很，沈玦使出吃奶的劲才把四喜拉到合适的地方。出宫太远了，沈玦必须先回去处理屋子里的血。

沈玦爬回井口，天已经黑了，一打眼，却瞧见井边上躺了一个黑衣少年。少年戴着白瓷面具，手上握着一把长刀，肩膀上洇湿一片，似是血迹。

刺客吗？沈玦想。

他刚刚才杀了一个人，这个刺客来得真不是时候，决不能让刺客在这里被金吾卫发现。

沈玦回屋取了剪刀，双手握着，朝少年狠狠扎下。剪刀接近皮肉的刹那间，少年猛地睁眼，眸中杀机一闪而逝。他迅速翻身坐起，右手握住沈玦的手腕。少年的力气极大，沈玦只觉自己仿佛被铁钳钳住，紧接着，少年左手抽出腰间匕首，欺身向前，将沈玦压在了地上，匕首正横在沈玦颈侧。

昏暗间，两人四目相对，少年愣了一下，道："少爷？"

沈玦也愣了，抬手揭开眼前人的面具，果然露出一张熟悉的脸。他长开了许多，脸上的线条透出刚毅的味道，面颊上沾了几滴不知道哪来的鲜血，为他的面容平添了几分杀伐之气。

夏侯潋扶着井爬起来，道："你就当没看见我，我走了，有缘再会。"

说着，他就朝宫墙的方向走了三步，然后"砰"的一声倒在了地上。

沈玦："……"

夏侯潋伤得很重，肩膀上的伤口几可见骨，必须马上处理。沈玦把夏侯潋搬到四喜的屋子里，扒光了他的血衣，扔进炭盆里烧了个干净。幸好沈玦屋子里有些草药，他捧来草药，挑了些止血的敷在了夏侯潋的伤口上。

夏侯潋昏迷着，满头是汗，眉头紧紧皱着，很不安稳。沈玦摸了摸他的额头，果然发了烧。沈玦打来凉水，用自己的洗脸布沾湿，敷在他的额头上。

外面传来一阵嘈杂，有人高喊："搜刺客，所有人出来！"

沈玦心下一惊，把窗棂开出一条缝，只见外头来了一列金吾卫，个个凶神恶煞，环锁铠和雁翎刀流淌着冷冽的光芒。

若让他们发现夏侯潋，夏侯潋和他都难逃一死。方才他看见夏侯潋的伤太过心急，只顾着包扎，应当把夏侯潋先安置在井里的。

来不及懊悔，沈玦的脑子快速地运转，思考怎么蒙混过关。眼角瞥见四喜桌上的脂粉，沈玦取出一块胭脂，往夏侯潋头脸上点满红点，将被子捂好他的身子，再仔细检查确定自己身上没有沾上血迹，便出了门。

"皇上呢？皇上怎么没来！你们是不是皇上派来接我回去的？太好了，本宫要回去了，本宫是贵妃，是贵妃！"高妃兴奋地大叫。两个金吾卫把她绑在柱子上。其他三个妃子没有高妃那么疯，都惊恐地缩在门廊底下，露出一双眼睛打量这群冷峻的男人。

"贵妃晚宴遇刺，刺客往这边逃了，我等奉命前来追查。公公快令乾西四所所有人来此查验。"一个卫士说道。

接连有小太监一面系着扣子一面小碎步跑过来，低眉垂首站在门廊底下。

卫士转了一圈，往每个人的右肩上拍了拍，没发现什么不对，转头问沈玦道："人都在这儿了？"

有金吾卫来报："大人，还有一个人躺在屋里头。"

"那是四喜公公，他病了，起不来身。"沈玦从容应道。

"病了也要查。"卫士招呼一个下属，道，"进去看看。"

沈玦道："四喜公公身上都是红点儿，奴婢恐怕是天花，大人还是莫要进去的好。"

众人闻言，都害怕地退后几步。

卫士面沉如水，道："上头有令，每个人都要查验。若是刺客恰好躲在这里头，我等如何交代？谁曾得过天花的，跟我进去搜一搜。"

有两个站了出来，道："卑职幼时害过天花。"

沈玦暗道不好，道："大人何必冒此凶险，天花可不是说着玩儿的。奴婢刚从里头出来，奴婢以人头担保里头绝对没有刺客。况且四喜公公乃是御马监刘总管的干儿子，几位大人做事还需当心着些。"

如今魏德当权，宫里头太监地位甚高，他们虽然是有品级的金吾卫，遇见太监总管仍得退让三分。譬如沈玦，虽然在冷宫当差，好歹是个小管事，金吾卫对他亦不敢颐指气使。几个人面面相觑，那领头的强硬道："职责所在，公公莫怪。来人，跟我进去。"

有个金吾卫讲道："公公有所不知，刺客神出鬼没，尤擅隐匿，有时候他就站在你身后你还不知道呢。我等搜查也是为了诸位的安全着想。"

说着，三人便上前打开门，走了进去。

沈玦闭了闭眼，跟着进了门。

夏侯潋不知道什么时候已经醒了，见几人过来，挣扎着坐起身道："奴婢给几位大人请安。"几个人看见他脸上的红点，都不着痕迹地退了几步。

两个金吾卫在屋里搜了一圈，朝领头的卫士摇摇头。卫士看着床上的夏侯潋，眸子动了动，道："那刺客肩膀上中了卑职一刀，不知这位公公可否把被子放下来，让卑职瞧瞧你的肩膀。"

沈玦额上冷汗频出，几乎糊住眼睛，只因他一直低着头，卫士不曾发觉。

这可如何是好？

若是揭开被子，让他瞧见夏侯潋的伤口，今日他二人必死无疑。

烛火哗剥地响了声，地上的炭火哧哧地烧着。沈玦指尖泛青，脑子里杂乱如麻。

另一边，夏侯潋却不慌不忙，低低应了一声："遵命。"

第十一章 烛影摇

四双眼睛粘在他身上，他顶着灼人的目光，伸手拉下被子，露出光洁的肩膀。那肩膀上一丝伤痕也没有，只有些凹凸不平，众人离得远，烛火昏暗，没有人看见他肩膀上的异样。

卫士打消了疑虑，对沈玦道："卑职执意查验也是为了搜查刺客，还望公公莫怪。两位公公好生休息，我们这就走了。"

沈玦将几人送出宫外，方长舒了一口气。

不知夏侯溦用了什么法子，竟然把那么深的伤变没了。沈玦忙跑回屋子，见夏侯溦发着抖，肩膀上早已血红一片，而他竟在自己肩膀上缓缓撕开一张皮，伤口在撕扯之下被扯得更大，顿时血如泉涌。

"你在做什么！"沈玦大惊失色，忙走过来细看，这才发现原来那张皮是一张假皮，方才夏侯溦就是用它瞒过了金吾卫的眼睛。

"帮我把皮撕了。"夏侯溦满头大汗，紧咬着牙关。此刻只觉得半边身子都要废了。

沈玦接过手，道："我一鼓作气撕下来，你忍住。"

夏侯溦把衣襟塞进嘴里，闭着眼点了点头。

沈玦按着他的皮肉，一发狠，将那块假皮撕了下来。夏侯溦抖如筛糠，几乎痛晕过去。

"取针来，把我的伤口缝起来。"夏侯溦强撑着身子，气若游丝地说道。

"我不是大夫，从未缝过伤口，又没有羊肠线，若操作不当，会要了你的性命！"沈玦咬着牙道。

"没法子了,少爷,你不缝我也会死的。你就当绣花缝衣服,把伤口缝上就完了,衣服总缝过吧。"

"夏侯潋!"

"我信你,缝吧。"夏侯潋看着他,眸光坚定。

夏侯潋从来都是这样,他的信任来得莫名其妙,要做什么从来不计后果,生或死从来不在他的考虑范围之内。望青阁拜师之时是如此,谢府灭门之时是如此,如今亦是如此。

为什么他能如此漠视生死?他难道不曾害怕过吗?

沈玦看着他,目光沉郁,缓缓答道:"好。"

沈玦取来针线,将银针放在烛火里烧了烧,将夏侯潋的伤口清理干净,对着那狰狞的裂缝比了比针,说道:"我要开始了。"

夏侯潋再次把衣襟塞进嘴巴,点了点头。

沈玦对着他的后背,看见他背上纵横交错的鞭痕,犹如一条条蜈蚣横亘在古铜色的肌肤上,触目惊心。

他是什么时候成为刺客的?这样的死地,他经历过几回?

沈玦定了定神,将银针刺入夏侯潋的皮肉。夏侯潋浑身一颤,沈玦沉声道:"别动。"

炭火哧哧,屋里头闷热异常,沈玦和夏侯潋都汗流如雨。夏侯潋的手指几乎要将床掐出五个指窝,疼到最后,他感到肩膀已经失去了知觉,那痛感渐渐远去,视野里的物事仿佛蒸腾出了波浪和热气,摇摇晃晃,模模糊糊,五感变得迟钝无比,所有声音仿佛都若隐若现,铃虫在千重门外凄切地振翅,金吾卫的兵甲在千座宫殿之外发出叮叮当当的声音。

他的思绪忽然飘得很远,他想起两年前,他满背是伤,趴在山上木屋的小床上听满山的松涛。山寺的钟声日复一日地敲响,像在招引远方的幽魂。他想起娘亲领着他走入山寺,絷心佛陀站在层阶之上,将通体漆黑的长刀"静铁"交到他的手中。

他忽然感到满身的疲惫。

沈玦穿出最后一针,打了一个结,用布吸干净夏侯潋身上的血,再敷上草药,用绷带绑住他的肩膀。

伤口都处理好了,他才有工夫擦脸上的汗,道:"好了。"

夏侯潋已经虚脱了,倒在床上低低地喘气。他扯出一个费力的微笑,道:"你看,少爷,我就知道你可以的。"

"别高兴得太早,伤口若是发炎了,一样救不了你的命。"沈玦把布巾扔进脸盆,盆里的水已经鲜红一片，仿佛盛了一盆血。

夏侯潋喘了会儿气，挣扎着披上衣服，道："我得走了，少爷救命之恩，潋来日再报。"

沈玦把他按在床上，拧眉道："你这个模样能去哪里？安心在这儿给我待着。"

"等住这间屋子的太监回来了，咱们就都暴露了，我不能连累你。"

沈玦挑眉，道："你怎么知道这间屋子不是我的？"

"你的屋子不会这么臭。"夏侯潋笑道。

"放心吧，他回不来了。"沈玦脸色漠然，把被子给夏侯潋盖好，道，"你好好休息，我去给你弄点药。"

夏侯潋察觉到什么，没有多问，只道："你有没有他的画像？给我一份。"

"你要做什么？"

夏侯潋神秘地笑了笑，道："你可知道伽蓝紧那罗？"

沈玦摇头。

夏侯潋道："他是我师父，精通易容术，我如今学了个八成。你给我这个小太监的画像，我能仿出一张假脸，别人不凑到我跟前仔细瞧绝对分辨不出真与假。"

伽蓝秘术繁多，沈玦早有耳闻，答应了帮他画一张四喜的像，便去厨房给他熬药。

过了一盏茶的工夫，沈玦给夏侯潋端来药，看着他把药喝完。他仿佛尝不到苦味一般，一股脑全灌了下去。在杀场里摸爬滚打了两年，夏侯潋练就了忍痛和忍苦的好本事，方才没有喝麻沸散就施针，正常人早晕死过去了。

收拾完屋里的狼藉，累得汗流浃背，沈玦觉得自己之前的澡都白洗了。夏侯潋躺在床上静静地看着他。夏侯潋的神色静谧，多了从前没有的沉静与从容。

两人相对无语，檐下铁马被风吹起，铃铃作响。

沈玦看着跃动的烛火，突然发问："夏侯潋，你不怕死吗？"

夏侯潋呆了呆，道："怕啊，我怕得要死。每次刺杀都提心吊胆，生怕自己一不小心就丢了性命。"

"那你当初为什么要救我？你背上的伤……"

"几鞭子而已，要不了我的命。"夏侯潋无所谓地笑了笑，道，"那少爷为什么要救我呢？你大可以不管我，或者把我交给金吾卫。"

沈玦玲珑心思，自然猜出夏侯潋后背上的伤是因他而有。他别过脸，道："你救我一命，我自然也要救你一命。"

夏侯潋望着屋顶长叹了一口气，道："其实上天给的选择本来就不多啊。要么在山里当一辈子的囚徒，要么当刺客出生入死；要么看着你被伽蓝杀死，要么我挨几鞭子看能不能活下来。我不愿意当囚徒，不愿意你死，自然只能选择后者了。"他狡猾地笑了笑，"我运气很好，都活下来了。"

"你的运气不会总这么好的，"沈玦低声道，"你娘呢，她不管你吗？"

夏侯潋眼神闪了闪，扯出一抹苦笑道："我都十四岁了。大丈夫顶天立地，岂能躲在娘亲怀里当娃娃？"

夏侯霈哪儿都不靠谱，只有杀人靠谱，生了个儿子像没生似的，让夏侯潋野草似的瞎长。那次从西域回来救了夏侯潋后，她就没影儿了。夏侯潋的伤是自己养好的，刺杀也是别人带着去的，说不怨太假。

夏侯潋深深吸了几口气，才把眼眶里的湿意逼下去。

男子汉大丈夫，可不能哭鼻子。

沈玦看窗外天黑了，便道："天晚了，明儿我还有差事，先回屋了。"

"少爷，我能不能去你屋里睡？这儿实在太臭了。"夏侯潋拉住沈玦的衣角，苦着脸说道。

"不行。"

"我都这样了，万一我晚上被熏死了怎么办？或者我要是突然伤口迸裂，流血而死，这可怎么办啊？"

沈玦冷笑道："我觉得你能活成千年大祸害。"

"你行行好吧！"夏侯潋挣扎着爬起来。

沈玦无奈道："行了，别乱动，我来扶你。"

沈玦把夏侯潋带到自己屋子，安置到炕上睡好，才去净房重新洗澡。夏侯潋缩在沈玦的被窝里，鼻尖嗅到的味道好闻得紧。方才那个屋子几乎要把他熏晕过去，他还要忍受肩膀剧烈的疼痛，简直是灭顶之灾。

沈玦的屋子没什么装饰，简简单单的几张桌椅，一张伶伶仃仃的架子床，单调得不近人情。夏侯潋是个爱热闹的，屋子里总要摆些花花草草，每日瞅着它们鲜艳的颜色心里也能亮堂几分。沈玦不兴这些，越素净他越喜欢，过得像苦行僧似的，冷冰冰的，没有味道。

沈玦自己很满意乾西四所，住在这儿最大的也是唯一的好处就是不必像别的宫苑里的太监一样睡大通铺，因为这里的太监少得可怜，三进三出的宫室，屋子比人还多。

他洗好了澡，披着头发走出来。那一头青丝黑得发亮，披在洁白的亵衣上像宣纸上的墨汁，细瓷一般的脸庞被衬得更加苍白。

夏侯漱看着他，他长长的睫毛轻轻颤了颤，像蝴蝶的翅膀。

"想问什么？问吧。你都快在我脸上看出两个洞了。"沈玦低声道。

被猜中心中所想，夏侯漱不好意思地往被窝里缩了缩，闷声道："少爷，你怎么进宫里来了？"

沈玦张了张口，忽而心中一动，眸色暗了几分。

既然他能易容成四喜，那他何不就此留在宫里，以四喜的身份活下去？如此，他既能逃离七叶伽蓝，二人也互相有个照应。

这念头藤蔓一般滋长，缠住沈玦的心脏。沈玦沉默了会儿，道："我流落街头，你给我的耳环被当铺的掌柜抢走了，刀也落在了当铺。我身无分文，一个老乞丐收留我，给我饭吃。那年山东饥荒，我们跟着流民进了京，原想讨碗饭吃，却没想到……"

夏侯漱问道："怎么了？"

沈玦继续道："那老乞丐为了银子，把我卖进了宫。或许他原本就存着要把我卖钱的念头吧。"

夏侯漱睁大眼，道："什么……"

沈玦漠然说着，仿佛在说别人的经历一般。他越是冷静，夏侯漱越是心疼。

这小子常年深居宅院，哪里知道人心险恶？给颗糖便傻乎乎地跟着人家走了，哪里知道别人的阴谋企图？他见那乞丐年老，以为那人定心善，没有防备，岂知坏人也会变老，弑心那个老秃驴便是一个活例。

夏侯漱叹了口气，不知道说什么好。

"别叫我少爷了，我不是什么谢家少爷，我只是个太监罢了。还有，我如今不叫谢惊澜了，我叫沈玦。"沈玦低垂着眼，看着自己的手指，道，"若还顶着谢家姓氏，料想他日下到黄泉，列祖列宗见我是个阉人，也会觉得颜面蒙羞吧。"

"谢家待你不好，你何必在意他们的眼光？"夏侯漱苦涩地说道，"你永远是我心中的少爷，不管是谢惊澜还是沈玦。"

"对了，你是不是很好奇四喜在哪儿？"沈玦抬头凝视着夏侯漱，冷笑道，"他想要我跟着他，受他摆布，还威胁我，当我会乖乖就范。我岂能任他摆布？所以我把他杀了，他如今就躺在外面的枯井里。"

"什么！"夏侯漱满脸震惊。

他知道皇宫向来是个藏污纳垢的地界，只是他没有想到沈玦竟也会遭遇此等腌臜事。

看着昏暗光线下沈玦冷冷的神色，夏侯漱忽然觉得他身上什么东西不一样了。

颠沛流离和肮脏的宫廷改变了他,他眸里的沉郁沉甸甸地压在眸底,挥之不去。

夏侯潋碰了碰他的手臂,道:"少爷,苦了你了。"

"所以,阿潋,"沈玦眸色加深,逐渐变得暗不见底,仿佛深不可测的古井,凑到夏侯潋身前,低声道,"你留在这儿保护我,好不好?"

"我……"夏侯潋迟疑着。

沈玦的声音藏着不容置疑的决断,道:"我救了你,你的命,该是我的。"

黑夜里,承乾宫灯火通明。

女人的惨叫和呻吟响彻宫殿,飘摇的灯笼下,宫女端着一盆盆血水鱼贯而出,另一列宫女端着洗干净的金盆再鱼贯而入。那血多得令人害怕,鲜红的颜色灼得人眼睛发烫。太医们站在门外凑着脑袋低声商议,脸上的皱纹愈发深了,像树干上的裂纹。

女人生产犹如过一道鬼门关,很显然,马贵妃过得不大顺畅。

司徒谨一动不动地站在檐下,飘扬的雨丝飒飒落在脸上,他轻轻地眨了眨眼。

他今年二十岁,面容清秀而又冷毅,眉峰锋利,鼻子高挺,一副生人勿近的面相,再加上他很少说话,不认识他的人都以为他不大好相处,但其实他只是不大会说话罢了。因为这样,他的朋友很少,羽林卫校尉们约着喝花酒赌色子的时候通常不带上他,聊三宫六院前朝后殿的八卦的时候通常也没他的事儿,虽然他本就没什么兴趣,但也会莫名地感到一丝冷清。

在羽林卫里待了快三年了,他只和一个同乡说上了话,多少有些失败。

他有时候会觉得当羽林卫不仅要守卫皇宫,和同僚喝酒吹牛聊闲天也是分内之责。他虽然按时应卯,严以律己,却终究还是失职了。

"唉,要说这贵妃娘娘真是多灾多难:躲过了高妃的谋害,却躲不过刺客的刺杀。好好一个寿宴,被刺客搅了不说,还吓得早产。"同为羽林卫的同伴低声说道,脸上透着惋惜。

另一人道:"你说这刺客到底是谁派来的?"

"莫非是魏公公?谁不知道娘娘素来不喜阉人,常在万岁爷旁边吹风。上回黄河水灾,娘娘还进言说阉人留着钱财也无用,不如把魏公公的家财充公拿去赈灾。听说魏公公私下里发了好大一通脾气,第二天就献了一队女乐给万岁爷。"

雨渐渐大了,雨滴沿着罩甲流进衣服里,浅黄色曳撒颜色更深了,司徒谨微微动了动。

那事儿他也知道,女乐是扬州来的,有着江南女儿特有的娇软,每个眼神都媚得仿佛要滴出水来。她们跳舞的时候，他正巧在殿内执勤。

同伴摇头叹道："还是贵妃娘娘手段厉害，魏公公绞尽脑汁要讨好万岁爷都没能得逞。只不过贵妃娘娘生产，怎么没见着万岁爷？"

"前些日子鞑子犯边，抢了不少女人和金银回大漠，万岁爷正在前朝和大人们商议呢。我估摸着这回该是要调兵遣将，好好给他们一点颜色瞧瞧了。"

一个小黄门冒着雨急急跑过来，拉住一个太医问道："娘娘如何了？万岁爷有旨，若娘娘和小皇子有个万一，便要你们一同陪葬！"

几个太医吓得齐哆嗦，面面相觑，都不敢说实话。

小黄门扯着公鸭嗓喊道："你们倒是说呀，万岁爷等着回话呢！"

一个老太医琢磨着说辞，拐弯抹角地说道："贵妃娘娘素来体寒，'血气者，喜温而恶寒，寒则泣不能流'，娘娘阴气在中，手冷舌红，夜半无眠。臣等请平安脉，发觉娘娘脉象软细，都开了补血补气的方子。原是好了些的，可谁知今日受此惊吓，阴邪入体，动了胎气，前头下的功夫，都……"

小黄门听了半天才明白，急得跺脚，打眼瞧见宫女们往外端的血水。贵妃似是没力气了，屋里头的呻吟都弱了几分，一个太医连忙招呼宫女去煮参汤。小黄门说道："万岁已是不惑之年，这才赶来第二个皇子。若是皇子有何大碍，你们担待得起吗？"

孩子还没生出来，怎么就这么斩钉截铁认准是皇子了呢？太医们都缩着肩苦着脸，没敢应声。万岁子嗣艰难，年逾不惑，才得了大皇子一个儿子；皇宫上下都知道他极重视贵妃肚里的孩子，老早就拍着贵妃肚子说，这一定是个小皇子。

有个太医鼓着胆儿说道："要保小皇子，还是有法儿的。孩子已经足月，剖腹取子，亦是个可行的法……"才说到一半，老太医捏了他一把，他登时把话吞了下去。

司徒谨和几个羽林卫站得不远，隔着淅淅沥沥的雨声听见了他们的对话，齐齐打了个寒噤。

几个宫女捧着盖着油布的参汤低着头迈着碎步走上台阶，司徒谨投过目光，只见一个宫女甚是脸生。

司徒谨拧起眉，上前拦住那宫女，道："你是哪个宫的？怎么从来没有见过你？"

宫女的声音细若蚊喃："奴婢是新来的。"

几个羽林卫走过来，问道："怎么了？"

司徒谨凝视了宫女一会儿，掀开油布，底下一把匕首赫然躺在汤碗旁边。众人大惊失色，正在此时，宫女忽然发难，将托盘扔向司徒谨。司徒谨侧头的瞬间，一脚踢在宫女的腰腹上，宫女闷哼一声，燕子一般在空中一个后翻掠进雨中。

"刺客！有刺客！"羽林卫大喊。

女人单膝跪在雨中，满头珠翠掉落在地，墨发瀑布一般披下。她撕开裙摆，露出修长笔直的双腿，灯笼的光芒流淌其上，像上好的暖玉光泽流动。她的大腿外侧绑着一柄黑色短刀。女人缓缓抽出刀，寒凛凛的光芒刺入司徒谨的眼睛。

羽林卫纷纷拔刀出鞘，呈圆形围住刺客。刺客岿然不动，雨水顺着她的鬓发和下颌流下。

"束手就擒吧，你逃不了的！"有人大吼。

"逃？"她阴森地笑起来，脂彩糊了满脸，那笑容诡异至极，"谁说我要逃了？七叶伽蓝迦楼罗，送贵妃娘娘上路！"

话音刚落，无数个黑影从花木中爬出，挥舞着白惨惨的长刀，和羽林卫们撞在一起，原本的圆阵刹那间被击溃。小黄门吓得惊声尖叫，手脚并用爬进承乾宫。

人群中心，那个刀锋一般的女人像箭矢般射出，刀刃上的光辉凄冷如冰。司徒谨抽刀向前，帮同伴挡住刺客致命的一击。两人刀对刀，脸对脸，司徒谨感受到她冰冷的眼神和毒蛇一般的呼吸。

女人的刀极快，一刀连着一刀，一斩连着一斩，十字斩接着两段突刺，突刺之后又是迎头暴击，如狂风骤雨密密匝匝地落下。司徒谨几乎跟不上她的招式，屡陷险境，他听到自己的心跳声如擂鼓。

太快了！太快了！这样快速的攻击必定会消耗她极大的力气，司徒谨几乎将牙齿咬碎，费尽全力与她耗着时间，等她气力衰竭的那一刻，便是司徒谨反击的时候。

几次呼吸之后，她的动作顿了顿，司徒谨眸光一亮，是时候了！

黄豆大的雨滴坠在刀刃上、手上，冰冰凉凉，刺激着他的神经。他嘶声大吼，一刀斩破雨幕，在女人的刃上划出刺目的火花。银亮的刀身之后，她的双眼露出邪性的笑意。

司徒谨意识到什么，想要撤刀后退，却已经来不及。女人的衣袖中滑出一柄短刃，在他的臂上割出一道极深的口子，鲜血汩汩流出。

司徒谨抬起头，见那女人右手持刀在后，左手反握短刃在前，嘴角的笑容乖戾又嚣张。

伽蓝双手刀。

司徒谨握紧手中的雁翎刀，血液沿着手臂流淌到手指上，一滴一滴地落在地上。

没有人注意到，花木中探出一个狰狞的影子，像泥潭里爬出的怪物。他仰起头，对着窗纸放出吹箭。吹箭穿透窗纸，宫殿里的烛光从细小的孔洞中漏出，贵妃的呻吟声戛然而止。宫殿中爆发出惊叫，宫女们惊慌失措地跑出来，有些人一个没有站稳滚下了阶梯。

"娘娘死了！娘娘被刺杀了！"

羽林卫悚然一惊。

仿佛得了号令一般，所有刺客撤刀回退，向着四面八方翻墙逃离，如潮水四泄。与此同时，救兵赶到，向刺客们放出弩箭。女人攻势快了一倍，每一击都如同雷霆，刀势凛冽，密不透风，司徒谨根本无力支撑。

原来方才勉强的势均力敌不过是假象，他根本不是她的对手，她不过在吸引他的注意罢了。

他身上连中了好几刀，女人并不恋战，砍翻拦路的几个人之后顺着槐树爬上宫殿的屋檐。兵士的弩箭追在她的身后，她仿佛背后长了眼睛一般，不断变换路线，所有弩箭都射了空。转眼之间，女人便失去了踪影。

"剖腹取子！剖腹取子！小皇子还有救！"滚在廊下的太医如梦初醒，从地上爬起来，拽着老太医奔进屋子。掀开帘子一看，却见红色床幔之间，贵妃冰冷的尸体上，一根极细的吹箭钉在她的肚皮上面，以吹箭为圆心，黑色脉络犹如爬虫一般布满了一半的皮肤。

淅淅沥沥的雨声中，沈珙从睡梦中醒来。夏侯潋睡得很不安分，老是动弹。沈珙睡得浅，这一晚上被吵醒了许多次。

沈珙摸了摸夏侯潋的手臂，被烫得缩了手，连忙支起身探向他的额头，摸到满手的虚汗。

"夏侯潋！"沈珙轻轻摇了摇他。

夏侯潋迷迷糊糊地睁开眼，气若游丝地说道："好难受。"

沈珙用布沾上水，盖在夏侯潋的额头上，道："我去太医署给你弄点药，你等着别动。"

夏侯潋微不可察地点点头，闭上眼。

沈珙穿上衣服跑了出去。夜色如墨，宫殿矗立在黑暗里，像空中的虚影。长街迢迢伸进黑夜，沈珙清晰地听见自己的脚步声。不知道为什么，四处都没有人似的，一个卫士也没有看见。沈珙没有感觉到轻松，反而觉得压抑。

到了太医署，大门敞着，地上药材散了一堆，宫女、太监、太医都没有见着。

沈玦不知道发生了什么，压下心中的不安和疑惑，匆匆在柜子里翻找出金疮药和退烧的草药包，揣进怀里。刚想出门，门外响起一阵急促的脚步声。

几个黑衣刺客飞奔过来，沈玦悚然一惊，忙转身躲在门后，他们沙哑的嗓音若隐若现地传来。

"头儿，咱们不去找找夏侯潋那小子吗？"

"找什么找，那臭小子没找着前朝皇宫地图，咱们安然撤退都是难事，如今自顾不暇，哪有空理他？贵妃已死，咱们的本分尽了，夏侯潋那小子，任他自生自灭去吧。"

是伽蓝的刺客。

夏侯潋当然找不到前朝皇宫的地图，因为沈玦背下地图之后就把它烧了，现如今，唯有他知道宫殿的秘密。这群刺客恐怕知道宫里有一条密道，只是不知道具体位置，所以需要地图指引方向。

原来夏侯潋的作用并非刺杀，而是寻找地图。

等刺客走了，沈玦从门扇后面转出来，低头迅速离开太医署。他刚刚拐过一个拐角，身后传来铁靴咚咚的踏地声，还伴着"抓刺客"的叫喊声，一会儿声音又远去了。

沈玦好不容易进了后苑。林木交映，鬼影幢幢，仿佛每个阴影里都藏了不知名的危险。沈玦在小径上狂奔，只想快点回到夏侯潋的身边。

突然，有一阵急促的脚步声传来，沈玦心里一惊，转身躲进树后。

"什么人？"司徒谨厉声喝道。

沈玦身子绷直，双手握得死紧。

"出来！"司徒谨手举着火把，一步步逼近小径深处。

碗口大的叶子刮在脸上，四周一片寂静，只有羽林卫行动中身上环甲撞击的声音。

"司徒，你是不是看错了？"有人低声问道，夜里的花丛太黑，地上沾了水的青苔湿湿滑滑，羽林卫的心脏不受控制地猛跳。

火把熊熊烧着，在黑暗里撑出方寸的光明，大家背靠着背，面对两面花丛，双手握刀缓缓前行。刺客擅长隐匿刺杀，他们互相把住身后空门才不会让刺客有机可乘。

那些刺客太厉害了。羽林卫在承乾宫损失了十二个人才杀了三人，活捉了一人，剩下的都遁入了黑夜。而那被活捉的刺客也趁人不备用刀割了自己的喉咙，鲜血汩汩地流淌，漫过司徒谨的靴子。司徒谨捡起那刺客的长刀，上面刻着篆体的

"天下白"。

真好笑,一个行走在阴影里的刺客的兵刃,居然叫作"天下白"。

明亮的火光越来越近,沈玦深深拧着眉,正打算主动出现,忽然间,他听见弩箭呼啸的声音,一个羽林卫惨叫一声倒在地上。离沈玦三步远的树上跳下一个影子,正落在两个羽林卫的侧面,在他们转身之前,双手刀割断二人的咽喉。

瞬息之间,三个人没了性命。

迦楼罗丢了双手短刀,捡起地上的雁翎刀,用腋夹住刀,再缓缓抽刀而出,刀身上的血迹被擦干,露出雪亮的刀身。她还穿着那身破烂的宫装,身上满是血迹,黑暗中,她抬起头,露出秀丽却布满杀气的眉眼。

剩下的两个羽林卫吓呆了,惊惶地后退。

"喂,你们见过一个人没有,这么高,穿着黑衣服,和之前那些人穿得一样。"迦楼罗在胸前比了比,歪着头问道。

羽林卫怔怔地摇头。

"哦,那真可惜。"迦楼罗扬起笑,举刀劈来。

司徒谨拨开众人,横刀对上迦楼罗;然而就在一刹那间,迦楼罗矮身跪地,长刀划过司徒谨的刀刃,身子从他的身侧划过,同一时间,左手袖中袖箭射出,钉入后面那个羽林卫的喉咙。司徒谨想要回转去救那两个同伴,却快不过她的步伐。她如鬼魅一般逼近羽林卫,长刀从下往上撩起,在他的脖子和脸颊上划出一道笔直的红线。

血腥味在花丛中蔓延开来,她竖着刀刺入羽林卫的身体,血溅湿了她的脸颊,地上的人彻底没了声息。

司徒谨绝望了,他和她之间的差距太大了,他毫无还手之力。司徒谨握紧手中的刀,缓缓吐出一口气,死死盯着眼前的女人——她站在花藤底下,整个人藏在阴影里,只有那柄雁翎刀凄冷如霜,刀尖滴着鲜红的血。

"喂,老娘赶时间,不打了行不行?"她懒洋洋地开口。

司徒谨不知道她葫芦里卖的什么药,冷冷道:"职责所在,今日不是你死,便是我亡。"

"无聊。"她嘀咕了一声。

她还没有嘀咕完,司徒谨忽然发动了。

实力不济,便只能出奇制胜!

几乎是一瞬间,司徒谨双腿微屈,像一张拉满的弓,然后弓弦离手,像一支有去无回的利箭,挟裹着风雷之势,扑向迦楼罗的面门。他屏住了呼吸,耳边只有风声疯狂的呼啸。他看见那个艳丽而锐利的女人抬起头，碎发下的眉眼浓郁如墨笔勾勒。

铮——

她挥出圆月般的一刀，弧线封住司徒谨拼尽全力的一击。迦楼罗没有硬接下司徒谨的刀，而是在刀与刀相遇的刹那间错身向前。她的长刀滑过司徒谨的刀刃，发出金铁相擦的声音。当司徒谨呼出屏住的气的时候，他感到冰冷的刀刃割开了软甲和他肋间的肌肉，温热的鲜血喷涌而出，他的衣甲都湿透了。

"你的风雪刀还没有练到家，没有本事，谈什么职责？年轻人，应当多惜命才是。可惜，又少了一个风雪刀传人。"她把刀扛在肩上，留给司徒谨一个吊儿郎当的背影。

司徒谨扶着刀跪在地上，手试探着摸了摸肋间，果然满手的湿热。

林间忽然转出一个人影儿，是一个身材孱弱的青衣小太监。司徒谨费力地抬头，看到小太监有些苍白的脸。

"别怕，她应该不会回来了。"司徒谨轻声道，"你是乾西四所的沈公公，我认得你，我以前在四所当过值。"

沈玦的脸笼在花叶的阴影里，道："大人知道奴婢藏在这儿？"

"早就发现了，只不过没有戳穿你。"司徒谨打眼瞧见沈玦怀里的药包，道，"你是去偷药的？难怪这么晚还出来。"

"奴婢的同屋病了，咱们身份卑微，没法儿请医正，药又用完了，只好出此下策。"

"他一定是你很好的兄弟吧。"司徒谨眼皮越来越重，说话的声音都发着飘，"真好啊，我的兄弟都死了。"他看着满地的尸体，鲜血浸润了泥土，棕黑的土被染成了暗红色。虽然他们可能并不把他当兄弟，但他一厢情愿地觉得曾一起并肩作战，同过生死的伙伴就是兄弟。

花藤上的露珠滴落在他的脸颊上，冰冰凉凉的，仿佛能透进心里去。京师的春天真冷，他模模糊糊地想，手都要握不住刀了。

沈玦眸光寂寂，低声说道："嗯，现如今，他是天底下对我最好的人。"

"快回去吧，乾西四所不远了。避开阴影，走有亮光的地方。有阴影就有刺客，有……迦楼罗。"司徒谨终于撑不住了，手松了刀，脸朝下扑倒在地。他半张脸埋在泥土里，身上沾满血渍和土渣。

沈玦闻言一惊，上前问道："你说什么？迦楼罗？方才那个女人就是迦楼罗吗？"司徒谨已经没法回答了，沈玦皱着眉沉默了一会儿，转身离开。

沈玦回去的时候，夏侯潋还昏睡着。他试了试夏侯潋额头的温度，似乎没有更烫。他把夏侯潋的衣服褪下来，重新给他上了太医署的金疮药。这药比他之前胡乱上的草药好得多，细细密密的粉末撒在红肿的伤口上，夏侯潋感受到灼烫的伤口上一阵清凉，呼吸都顺畅了几分。

沈玦煎好药，喂给夏侯潋喝了，过了一个时辰，再试他的额头已是不烧了。沈玦松了口气，推开窗棂看外边，天地被昨夜的雨洗刷一新，苍穹泛着昼夜交替时的蓝，浩瀚又宽广，宫殿一座连着一座，似乎一直接到天边的晨色里。

夏侯潋醒了，眯着眼坐起身，顶着一头茅草堆似的乱发。

沈玦端来洗脸水，递给他湿帕子，他眯着眼胡乱抹了抹。炭烧没了，沈玦搬来木炭，一块一块钳进熏笼。

"夏侯潋，"沈玦突然出声道，"那个，我看见迦……"

"看见啥？"夏侯潋还犯着迷糊，使劲儿甩了甩头。

换炭的动作停了停，沈玦低垂着眼。

越穷的人富了之后越怕穷。他想起进宫的第一年，数九寒天里他孤零零地扫着永远也扫不完的雪，后来好不容易得了端宁宫里的差事，却因为送膳晚了一刻钟被妃子狠狠地掌嘴，还有被自己亲手杀死的四喜那丑恶的嘴脸……

宫门深似海，前后皆茫茫无尽。乾西四所虽然安宁，却是个一辈子熬不出头的地儿，他手底下几个宫女太监，一天里的大半要躺在床上歇着，只等哪天咽下气，薄薄的棺材板一盖，这辈子就算走完了。

他不能在这儿蹉跎，他一定要走出去，只是这紫禁城，他是一辈子也挣脱不出去了。好不容易得了一个能一起在海里漂的人，就像苦惯了的人尝到一丁点儿的糖，他如何能够割舍？

眸色深了几分，最终，他摇摇头道："没什么。"

傍晚，沈玦从外边回来。正是倒春寒的时节，沈玦进门的时候带回来一身冷意，眉目都染着冷峻的味道，转眼瞧见夏侯潋歪在床上看刀谱。夏侯潋听见声响，抬起头来，那张脸把沈玦吓了一跳。

夏侯潋已经易容成了四喜的模样，沈玦乍一看过去，几乎以为四喜死而复生。四喜生了一副刻薄相，一双眯成细缝的眼睛，略有些高的颧骨支起冷白的脸皮，看了便让人生厌。夏侯潋易容得惟妙惟肖，只是缺了份淫邪的气质。沈玦摸了摸他的颧骨，微有些软而腻的触觉，似乎是一种蜡。沈玦用力戳了戳，在夏侯潋的颧骨上戳出一个指纹印来。

夏侯潋偏头拨开他的手，无奈道："别瞎按，按坏了我又得重新弄。"

沈玦搬来一个杌子，坐在夏侯潋身边，先检查了一番他的伤口，恢复得不错，没有发炎也没有渗血，看来阎王爷还不打算收了这混世魔王。

整了整衣袖，沈玦似是漫不经心地问道："夏侯潋，你们是不是在为魏德卖命？你从前说的那个老大就是魏德吗？"

"什么玩意儿？虽说我没见过魏德，但住持，哦，就是我们老大，他是个什么鸟样我还是一清二楚的，怎么也不像个太监啊。"

"哦？太监应该什么样？"沈玦抬起眼，道，"你看我像个太监吗？"

沈玦的眼神有点阴郁，他向来敏感，夏侯潋立马明白自己说错话了，又摸不准他想要个什么答案，说他像便是在往他心口戳刀子，说他不像可他又真是个太监。

夏侯潋正纠结着，沈玦岔回正题道："或许你们老大和魏德结成了某种同盟也说不定。"

夏侯潋摇头，道："卖命是不大可能的，伽蓝创寺迄今已经几百年了，魏德才几岁，又能撑几年？江湖上恩怨情仇多了去了，随便接几单也能养活整座山了，伽蓝犯不着去为他上刀山下火海。同盟嘛，也不大可能，伽蓝向来只为钱办事儿。再说了，我们这一行最重要的就是隐匿形迹，从来严令禁止和山下的人产生什么关联，要不然有心之人顺藤摸瓜，或者设下陷阱加以引诱，就会带来不必要的麻烦。"

沈玦听了，略有些不高兴，照这么说，他不正是夏侯潋的软肋吗？他道："我没有那么蠢，只要你安安分分，我不会让别人发现一丝蛛丝马迹，更不用说顺藤摸瓜。"说着，他见夏侯潋嘴唇有些干，便倒了杯茶搁在夏侯潋手上。搁完他才后知后觉地发现自己做这伺候夏侯潋的活儿越来越得心应手了，忙又把那茶盏拿了回来，自己装模作样地喝了一口。

夏侯潋以为沈玦要自己捧茶，乖乖等沈玦喝完，把茶盏端在手里。听沈玦这话头，好像还是不打算放自己走，罢了，横竖他还要待在这儿养伤，过段日子再慢慢跟他说。

"话说回来，你怎么突然问我伽蓝是不是魏德的走狗？莫非你听见了什么伽蓝的消息？"

沈玦看了他一眼，说道："昨儿夜里马贵妃被刺杀了，孩子还没出生，连人带孩子都死在了承乾宫。你不知道这事儿？"

夏侯潋把头摇成了拨浪鼓。

沈玦继续道："贵妃对魏德颇有微词，常跟皇上吹枕边风，要他疏远魏德。魏德为了分宠，使了很大的劲儿。耐不住马贵妃有孕在身，在宫里头有孩子就有了一

124

切，尤其皇上子嗣单薄，即便是魏德也无可奈何。"

"原来'猎物'是贵妃，一尸两命，真是造孽。"夏侯潋叹气道，"诸事莫问，杀人无禁。我只收到去藏书阁找前朝皇宫地图的任务，没告诉我还有人要去刺杀贵妃。"

沈玦神色有些复杂，道："我去帮你偷药的时候在太医署听到几个刺客说话，言行之中似并不把你的死活放在心上。"沈玦微微拧起眉，夏侯潋的任务虽不如刺杀贵妃难，却也要深入皇宫大内，为何没有支援？那个所谓的伽蓝真在乎夏侯潋的死活吗？

夏侯潋苦笑，道："是这样的，我已经习惯了。我刀术练得不到家，常常办砸生意，受人埋汰也是正常。伽蓝这地儿向来只拿刀子说话，你干不过别人，就得乖乖缩成鹌鹑别露脑袋；若非我娘刀子利，我得被他们欺负死。"说到一半，夏侯潋想起什么来，脸色一变，问道："等等，你刚刚说几个刺客，刺杀马贵妃的不止一个刺客吗？"

"岂止一个？有四个刺客死在了承乾宫，其余的都逃了。"沈玦想起迦楼罗，仍是憋着没说出口。他很明白自己是个什么样的人，自私是他的本性，只要能留下夏侯潋，欺瞒、哄骗都不在话下。

夏侯潋惊呆了。

折了四个刺客，这是伽蓝不可想象的损失。伽蓝从各地带回无父无母无家可归的孤儿养在村子里，每个小孩儿从五岁开始扎马步，七岁开始摸木刀，十岁动真刀。每一个刺客的培养都至少要花费七年的工夫，而刺客们的寿命平均不会超过二十八岁。

先不说这些小孩有三分之二都选择了留在山里当农夫，即便有孩子补上了刺客的缺儿，大部分也活不过两年。刺客最危险的时候便是开头和尾巴那几年——要么是因为太年轻，没有经验，死于疏忽；要么是因为太疲倦，身上积年累月的伤拖垮了身子，压根儿不想活了。

所以伽蓝刺客从来只使出计划中的那一击，一击不中立即撤离。伽蓝也很少有多人一起的大规模行动，只会派暗桩负责接应和支援。不管是上次的谢家灭门还是这次的皇宫刺杀，都是伽蓝历史上鲜少出现的大规模集体刺杀行动。

住持那个老秃驴，该不会真的见钱眼开晚节不保，把伽蓝卖给了魏德吧？

来无影去无踪的刺客尚且能耍耍帅，拿来给别人吹吹牛，说什么"十步杀一人，千里不留行。事了拂衣去，深藏功与名"之类的。可当太监的鹰犬走狗就太令人倒胃口了，吹嘘自己多了个没壶嘴儿的主子吗？夏侯潋很郁闷。

沈玦见他低着头不知道在想些什么，问道："在想什么？说来听听。"

夏侯潋刚准备答话，有一溜儿脚步声响在窗沿下，道："沈公公，外头有羽林卫请您过去说话。"

夏侯潋和沈玦面面相觑。夏侯潋抓住沈玦的衣袖，沈玦按了按他的手道："不必惊慌。"便起身戴上帽子，整了整衣服走了出去。

宫门候着一个浓眉大眼的羽林卫，见着沈玦，打了个躬，把几包药包递给他道："卑职是司徒的同乡，这是他叫卑职送来的。"

"司徒？"沈玦疑惑问道。

"公公不认识司徒校尉？"羽林卫有些吃惊，挠挠头道，"就是昨儿晚上杀了几个刺客的羽林卫校尉司徒谨，为了追击一个最厉害的女刺客，肋下还挨了一刀呢。"

原来是他。沈玦心里波澜不惊，没什么动静。在这宫里，他见过好心肠，也见过黑肚皮，只不过好心肠见得少些，因为通常没什么好下场。

沈玦眉眼低垂，摆出一贯的谦恭模样说道："怪奴婢脑子笨，一时半会儿没想起来，原来是司徒大人。司徒大人好意，奴婢冒昧领受了，请大人替奴婢转呈谢意。"

沈玦在宫里行走了两年，在以往温良恭俭的脸皮上又多磨出了"谦卑"二字，靠着这么一副人畜无害又进退有度的模样，和他一同进宫的其他人都在为有权势的太监端茶送水甚至洗脚刷夜壶的时候，他已经成了乾西四所的小管事了。

他得心应手地摆着一副既近且远的微笑，等着羽林卫说完不痛不痒的客气话，他就能回去歇着了。

然而，羽林卫耷拉着眉眼道："卑职怕是转呈不了了。"

沈玦的笑容僵了一下，道："大人这是何意？"

"旁人都死了，唯独司徒活了下来。魏公公说定是司徒贪生怕死，缩在后头不肯用尽全力。若非他也受了重伤，只怕还要挨上几板子。这会儿上面下了文书，司徒被贬去了京郊大营。"羽林卫长叹了一声，本想骂几句魏德死太监，突然想起沈玦也是个太监，生生住了嘴。

沈玦默了一会儿，暖声道："司徒大人武艺高强，大人放心，京郊大营埋没不了他。"

"话是这么说，可这日子难熬啊。罢了罢了，也怪司徒为人太老实，平常没什么说得上话的兄弟不说，更不会送点儿礼巴结巴结有能耐的公公……呃，沈公公，您别误会，卑职不是说您没能耐。"羽林卫在心里骂了几句自己的狗嘴，赔笑道。

"大人多虑了，奴婢省得。司徒大人是好人，奴婢没本事，倒认识几个人，许能说上几句好话,让司徒大人在大营里得个好点儿的差事。"不过是举手之劳,能不能成也不一定,沈玦不吝啬卖人情。

羽林卫眼睛一亮,笑道:"那太好了,司徒能交上您这么个朋友真是他的福气。卑职还得回去当值,先走了,公公莫送!"

沈玦回到屋里,瞥见夏侯潋坐在镜子前重新捯饬他那张假脸,随口问道:"夏侯潋,你觉得好人会有好报吗?"

夏侯潋望着屋顶想了想,道:"有啊,至少下辈子能投个好胎。"

"这样吗?"沈玦放下手里的药包,自己笑了笑,"可我目光太短浅,只看这辈子。"

司徒谨左手捂着肋下的伤口,右手扶着墙慢慢走着。

日头西沉,漫天怒云映红了他的脸,地上的影子拉得长长的,微微有些佝偻。贩夫走卒都收摊了,推着板车走在石子路上,上头摆的物事不时发出哐啷哐啷的声音。

他被贬了。

从羽林卫右卫校尉贬到京郊五军营当校尉,品秩没有变,但他失去了随王伴驾的资格。旁人都替他不值,可其实他心里没什么感觉。当年他从朔北来到京师,考取武举功名,选入羽林卫,本想建功立业,却在宫里蹉跎了三年的时光,如今回想起来,似乎也没什么滋味。

他从来都这样随波逐流,别人把他安置在哪儿他就待在哪儿,不争不抢,无欲无求。

对一个男人来说,这样好像不太好。男人要养家糊口,还要光耀门楣。没有本事,妻儿会挨饿;没有功名,家族便不兴旺。不过他是个例外,他父母双亡,打小在朔北的一个与世隔绝的小镇上靠吃百家饭长大。小镇虽然小,但常常有过路的刀客。他的刀就是跟他们学的,一人教一招。他懵懵懂懂,学会了怎么劈怎么砍,后来,又学会了怎么杀人。

再后来,镇上的老人家说,阿谨,你长大了,要去建立一番功业了。他便背着他帮铁匠打杂换来的刀来了京师,依然无依无靠,孤身一人。那是一个风雪天,小镇这个时候通常家家户户都关门闭户了,京师却热闹得紧,大街上摩肩接踵,他很小心地抱着自己的刀,免得刀鞘戳到别人。

可他还是一个人,热闹和喧嚣都和他没什么关系。

一个人挺好的,他想,养活自己就行了。伸手摸了摸伤口,尖锐的疼痛让他顿了顿步子，换药应该也不是很麻烦。他喘了口气，抬步继续走。

"司徒大人？"右手边传来一声极清脆的唤声，莺啼似的。

司徒谨的心没来由地跳乱了几拍，慢吞吞地转过身，正瞧见那女孩儿背着竹筐站在自家门口，一身细棉布做的霜色襦裙，一双黑白分明的大眼睛一眨不眨地瞅着他。他向来不大敢正视女孩的脸，目光下移，放在她搭在门环上的手上，那露在外面的一截手腕如明月似的，白生生的，煞是好看。

对了，她的名字就叫明月。朱明月，真好听。

他知道她家是开医馆的，朱大夫在这一带很有名，神医妙手药到病除，更有名的是他漂亮的女儿。很多无赖故意把自己弄出三四个伤口，去医馆借机看几眼明月。他和她家是对门，每回他骑马去应卯的时候，总能碰见她背着药篓子去医馆，可他们并没有说过什么话。

可是，她怎么知道他姓司徒？

明月指了指他的腰，道："你后腰上有血。司徒大人，你受伤了？"

司徒谨愣了愣，伸手摸了摸后腰，果然一阵痛意。他窘迫地红了脸，他自己都不知道后腰上也受了伤。

明月"扑哧"笑了一声，招呼司徒谨道："唉，你这人，怎么这么呆？快进来，我给你包扎一下。正好我爹在家，跌打损伤他最拿手了。"

司徒谨踌躇着，道："我自己可以……"

明月佯装生气地拍了拍门板，道："你能够着自己的后腰吗？快进来。"没等司徒谨说话，明月已经先一步跨进了屋子。她向来是说风就是雨的性子，这样爆的脾气，又成日在外头抛头露面的，如何能找到好人家？司徒谨不禁为她忧心起来。

自己这么一副老妈子的个性，他也是瞎操心。

没奈何，司徒谨低头整了整自己被迦楼罗划得破破烂烂的曳撒，跟着明月进了屋。

第十二章 藏山鬼

三月头，树枝发了新芽，渐渐不那么冷了，各宫都撤了炭笼。雨又渐渐多了起来，成天没完没了地下着。抬头看天，永远是灰蒙蒙的，低低的，仿佛压在人脑袋上似的。

夏侯潋肩膀上的线已经拆了，留下歪歪扭扭丑陋至极的疤痕，从肩头一直绵延到肩胛骨，看着触目惊心。沈玦说要去找去疤的药膏来，被夏侯潋拒绝了。男人嘛，疤痕是勋章。

伤好了，沈玦允许他偶尔出去溜达，对外就说天花已经好了。老太监们都对沈玦交口称赞，说他讲义气，心肠好，要换别人，自己一块儿做事的太监得了天花这种病，不捂着鼻子敬而远之便算好了，这样无微不至地伺候简直是白日做梦。

夏侯潋养伤的时候，沈玦常常去膳房买些主子吃剩的燕窝粉汤给他补身子。宫里铺张浪费惯了，宫妃们胃口虽然小，仍要每日满桌山珍海味地伺候，每道菜只用那么几筷子。膳房的太监们脑子转得快，将这些剩菜剩饭卖给嘴馋的太监宫女，是一条不错的生财之道。

前几日膳房换了个总管太监，沈玦食盒里的饭菜蓦地多了一倍，还时不时有些鲍鱼、鱼翅什么的。沈玦默不作声，只管收着。

他照例在膳房取了食盒，两手拎着往回路赶。太监是奴婢，是主子养的狗，走路不能昂首挺胸，一概得低着脑袋，遇见路上的贵人更要俯身跪地。他渐渐习惯了这样的姿态，做起来毫不费劲。

他知道，万事不能着急，要想有朝一日万万人之上，就必须先低到尘埃里。

刚走过天街，身后蓦地蹿出一个人来。沈玦拿着食盒，行动不方便，被堵了个正着。

"刘公公，您这是什么意思？"沈玦被挡住了去路，压住心底翻涌的杀人的欲望，冷冷地开口。

膳房的总管太监刘得意比他高了一个脑袋，脸膛黧黑，嘴边时常带着笑，很老实的样子。他好整以暇地开口："咱家每日好饭好菜地待你，你还不知道什么意思？你那点儿银子，买得起这么好的鲍鱼、鱼翅吗？"上下打量了沈玦几眼，拍拍他的胳膊，略可惜地叹道："养了这么久，怎么还是这副瘦不拉几的模样？"

"这会儿正是御膳房忙的时辰，公公不去看管着，不怕误了事吗？"沈玦低着头，看不清表情。

刘得意笑着说："你听我的话，我就能尽早回去。"

沈玦冷笑："咱们这算什么勾当？"

"你这叫什么话？皇宫里的荒唐事儿还少吗？地位越高，越是荒唐。咱们同是宦官，互相帮衬算什么？小事一桩！话说回来，旁人不把我们当爷们儿，咱们自己要看得起自己。不过，我便罢了，倒是你嘛……"

沈玦问道："我怎么？"

刘得意笑了笑，道："瞧瞧你这模样，我看啊，你定是投错了胎，但命就是命，最后还不是逃不过。"

沈玦阴恻恻地笑起来，眼里的阴郁逐渐扩散，变得深不见底，道："是吗？原来这都是我的命。"

"哎，四喜前头还跟我说想让你跟着他。我原先看你像是个烈性子，我嘛，不玩儿强人所难那套。"刘得意顿了顿，继续道，"四喜没前途，你不如跟着我吧。你只要点点头，我就把你从乾西四所弄出来。"

沈玦慢慢抬起头，嘴角勾起暗含狠戾的笑。刘得意低头看着他，他的眸子里暗沉沉的，阴霾满布，最深处好像有一只妖魔悄悄显露。刘得意心里顿时有点不舒服，暗道：这沈玦的眼神怎么这么瘆人？

"那你知不知道，要我顺服，是要付出代价的。"沈玦一字一句地说道，每一个字都让刘得意忐忑不安。

刘得意出身于猎户之家，打小在山林里长大，娘亲常常给他讲山鬼黑夜食人的故事——阴冷潮湿的森林里，独行的旅人要提防的不是可能随时扑出的猛兽，而是黑暗里蛰伏的山鬼；树的背面、叶子底下、石头堆里，只要有黑暗的地方，就可能有山鬼。

他经常被娘亲吓得睡不着觉，可他从来没有见到过山鬼，于是渐渐知道那是娘亲哄他玩儿的。但此时此刻，他好像看见了山鬼阴冷的眼神，虎视眈眈，磨牙吮血。

虽然心里有点发颤，但为了面子，他仍是扯着脸皮笑着问道："什么代价？你说来听听。"

话音刚落，一记闷拳打在他的侧脸，伴随着一声石破天惊的怒吼："瞎了你奶奶的狗眼，敢动老子的兄弟！"

刘得意被揍得脑袋发蒙，还没有反应过来，又被拎着领子照着胸腹踹了一脚。刘得意靠在墙壁上，哇哇地吐着。夏侯溦再补上一个勾拳，将他打翻在地，脚也没闲着，暴风骤雨一般踢在他身上。刘得意痛得哎哟直叫，直喊饶命。

"老子不打得你满地找头，老子就不叫夏……咳，四喜！"

沈玦还愣着。夏侯溦出现得太突然，他本还打算和刘公公周旋一番，不过一眨眼的工夫，刘得意已经被夏侯溦打得爹娘祖宗挨个喊了一遍。

"四喜！"刘得意听见名字，蓦地尖叫道，"你这个龟儿子！"

"去你爷爷的！我他娘的现在就让你见阎王！"夏侯溦气得两眼发黑，一撩下摆骑在刘得意的腰上，对着他的脸左右开弓，一边问道，"还敢不敢？老子问你还敢不敢？"

刘得意鼻涕眼泪口水直流，被扇得骂辞都吐不出来。夏侯溦手劲很大，不一会儿刘得意的头脸就肿成了猪头。

"别打脸！别打脸！"抓住空隙，刘得意叫喊出声。可夏侯溦偏偏蔫儿坏，每巴掌都扇在他脸上，掌掌不落空，直扇得他头昏眼花、眼冒金星。

打了几十巴掌，夏侯溦才停了手，手都酸了，肩膀上的伤口被方才的动作牵扯，一阵阵地发疼，不知道裂了没有。

刘得意边哭边道："四喜爷爷，饶了小的吧！"

夏侯溦按着他的脑袋面向沈玦的方向，道："向我求饶算什么？向你爹告饶！快叫爹！"

刘得意哭道："沈爹爹，饶命啊！您快让他住手吧，要出人命了！"

沈玦脸黑了，道："你是爷爷我是爹？"

"抱歉抱歉，搞错了搞错了！"夏侯溦又揍了刘得意一拳，道，"会不会说话啊？叫沈爷爷！"

"哎哟，两位祖宗！小的再也不敢了，求您二位放过小的这一回吧！"刘得意有苦说不出，哭得惨绝人寰，一张猪头脸糊满了眼泪。

夏侯溦从他身上站起来，掸了掸衣摆道："行，这次就放过你，还有下次老子直接弄死你这个王八羔子。"

刘得意从地上爬起来，连爬带滚地朝前走了几步，确定和夏侯濈保持了安全距离，回过头冲夏侯濈二人吐了一口唾沫，恶狠狠地说道："小兔崽子，这笔账你们给老子记着，老子一定不会让你们有好果子吃！"说罢，捂着头跑了。

夏侯濈不以为意，"切"了声："厌货。"

沈玦知道接下来的日子他们没准都要吃馊饭了，但他没说，招呼了夏侯濈一声，道："走吧，大家该饿坏了。"

夏侯濈应了声，跟在后面走。沈玦闷着头，也不知道在想些什么，一路都没有说话。夏侯濈这几日精神头好了，本想帮沈玦分担点庶务，今儿见沈玦一直没回来，便出来寻，没想到走了没几步就瞧见一个太监把沈玦给堵了，他登时火冒三丈，想也没想一拳照着那死太监的脸糊了上去。

旁人也就罢了，沈玦世家出身，哪能受这样的窝囊气？夏侯濈心里发酸，却囿于嘴巴笨，想了半天也想不出什么好词儿来安慰安慰沈玦。

夏侯濈走快了几步，接过沈玦手里的食盒，侧过脸，见日头映在沈玦的脸上，镀上了一层暖洋洋的金色。他没什么表情，脸色是一如既往的病恹恹的苍白。他如今的心思愈发捉摸不透了，夏侯濈有些蒙。

踏过宫门，沈玦独自进了屋，夏侯濈把饭菜挨个儿送到几个疯娘娘的屋里。女人们有的唱曲儿有的绣花，只有高妃胡乱扑腾，头上插得花团锦簇，像一只炸毛的大公鸡。老太监们说最近高妃病得不轻，越发疯魔了，以前成日骑在墙头叫皇上，现在上屋踏瓦说自己是绝世大侠。夏侯濈追了好一会儿才让她乖乖吃下饭，活儿干完了，自己顾不得吃，先去屋里看望沈玦。

夏侯濈刚进屋，就看见沈玦裸着半身站在脸盆架的旁边。他的身架很好，骨肉匀称，只是稍显瘦弱，不似夏侯濈，满身伤疤，像在刀山火海里走了一遭回来似的。沈玦背对着夏侯濈，夏侯濈只能从黄铜镜里看见他嫌恶的神情，几乎咬牙切齿。他手上拿着块湿布，发狠地擦着自己的手臂，似乎恨不得把身上的皮都剥下来。

"别擦了！"夏侯濈夺过沈玦的布，道。

沈玦怒道："你干什么！"

"你想掉层皮是不是？"

"不用你管！滚开！"

看到沈玦满脸怒容，夏侯濈心里倒踏实不少；之前他绷着一副死人脸，夏侯濈才忐忑不安。

夏侯濈打开多宝格，拿出一块胰子递给沈玦。沈玦愣了一下，嘟囔着说："都说了不要你管。"

夏侯潋无奈，用胰子在沈玦的胳膊上打出泡沫，再用手掌轻轻搓了一通。

夏侯潋白了他一眼，道："你知足吧，赶着来伺候你还给我摆脸子。"夏侯潋确实这辈子没这么用心过，又是递胰子又是拧洗脸巾，生怕哪里没伺候好。

夏侯潋也不知道是怎的，只觉得沈玦这样的人生来就该是得人敬仰、受人膜拜的。他有这么好的相貌，又满腹诗学，谁人能比得过他？他本该待漏在朝、名留青史，不求荫及儿孙，也该登廊入庙。老天作弄，现如今，他却当了一个内臣，功名成了流水，子孙也成了泡影，竟连四喜、刘得意这样的人也能随意欺辱，怎能让人不痛、不恨？

天意难违，天要你跌进泥潭，就算长出金子打的翅膀，天也要熔了它。

夏侯潋忍住心底泛起的酸楚，看着沈玦将胳膊上的沫子擦干净。

"行了，干净了！"

宫里头并非没有对沈玦好的人，只是他心里藏着防备，筑着高墙，对谁都彬彬有礼，隔着一层似的。受了苦，受了难，他只能往肚子里吞。他习惯了忍耐，这也没什么，可面对夏侯潋，他一下就松懈了。

他像一只无家可归的野狗，走在莽苍的世道上，走到毛都脏了，爪子都破了，忽然寻到了一片遮风避雨的棚子，从今往后，不管在外面挨多少打，遭多少罪，起码有个地方可以歇息了。

然而他似乎想得太好了些，这个棚子明显有些漏风——夏侯潋本想把胰子放回多宝格，一个没拿稳，掉在了地上，沾满了灰。

沈玦脸有些黑："我只有这一块。"他嫌弃宫里的胰子有股怪味儿，这桂花胰子是他攒了两个月的薪俸托人从宫外带进来的。

夏侯潋连声道歉，把胰子清洗干净，放回原处。沈玦郁闷地看着那块横遭劫难的桂花胰子，心想算了，还是丢了吧。

夏侯潋端着脸盆出去倒水，正准备开门，身后突然响起沈玦的声音："夏侯潋，我不需要你的同情。"

这臭小子，死要面子。夏侯潋无奈道："我没同情你。"

沈玦没说话，夏侯潋以为他没事儿了，手扶上门，刚要拉开，身后衣襟忽然被扯住了。夏侯潋转过头，看见沈玦低垂着眉眼，碎发遮盖了他半张脸，只能看见他发红的眼角。

"怎么了？"夏侯潋最见不得别人哭，登时慌了手脚。

"你不能走，"沈玦忽然靠过来，将夏侯潋的去路挡住，"夏侯潋，我不允许你走！"沈玦的声音响在耳边，夏侯潋听出了那微不可察的颤抖和恐惧。

是啊，他怎么忘了，沈玦向来是死要面子的个性，就算心里再害怕，再痛苦，也要强撑着挺直的腰板，还有他破破烂烂的颜面。在谢府当没人疼的小少爷是这样，在皇宫里当万人践踏的奴婢也是这样，他从来都有他自己的骄傲。

　　夏侯潋沉默了许久，沉默到沈玦觉得自己的血都要凉了。终于，夏侯潋长叹了一声，单手抱着盆，腾出右手来抚上沈玦的肩膀，轻声道："好，我不走。"

第十三章 闭春寒

  第二日的饭菜果然都是馊的，刘得意伤了脸面不肯见人，小太监把食盒递给沈玦的时候沈玦悄悄塞了一把碎银子给他。小太监掂了掂银子，笑道："沈公公向来是个伶俐人儿。"说着，他从桌子底下拎出一个小点儿的食盒递给沈玦，又拨了一半银子回去，道："你明儿来，我还给你备着，就不用你的银子了，只不过我只给你一人儿的分量。"
  沈玦拎着食盒回去，见高妃顶着一头五彩斑斓的鸡毛蹲在绣墩上，活像一只花枝招展的大公鸡。沈玦见怪不怪，兀自摆上饭菜。高妃欢欢喜喜地执起筷子夹了一口，刚放进嘴里就吐在了地上，嘴里骂骂咧咧道："好你个小王八羔子，想毒死本宫吗？"
  "只有这些，凑合着吃吧。"沈玦道，拎起小食盒，转身便走。
  高妃跟在他旁边上下扑腾，叫道："你这没良心的，你要吃独食！我不依，我不依！"
  沈玦冷冷瞥了她一眼，道："你若敢在四喜面前乱说，我撕了你的嘴。"
  高妃缩了缩脖子，原本趾高气扬的满头鸡毛登时偃旗息鼓，耷拉在脑袋上。高妃虽不敢惹他，心里却仍是不服气，在沈玦背后拼命做鬼脸。
  沈玦没有理她，径自穿过花廊。夏侯潋昨儿打人又把肩上的伤口崩裂了，沈玦看到他伤口渗血的时候，登时脸就黑了，勒令他不许再出门，好好待在屋子里养伤。
  转过月洞门，远远地就瞧见夏侯潋靠在廊柱上，歪着头笑望着他，眼里有揉碎的霞光。
  夏侯潋的笑容向来痞痞的，看着蔫儿坏，却有股说不出道不明的勾人劲儿。他戴着四喜那副丑不拉几的面具,依然遮不住从骨子里带出来的流氓风流味儿。他是天生的坏胚子,又有一张抹了蜜的甜嘴,往大街上一站,就有无数大姑娘争先恐后地往他身边凑。

沈玦是见识过他勾搭姑娘的功夫的,谢府的桂香丫头软着嗓子叫他"潋哥哥"的模样至今历历在目。想到这儿,沈玦把食盒塞进夏侯潋怀里,没好气地说:"倚门卖笑,你往自己身上插几根高娘娘的鸡毛,教坊司的姑娘都比不上你。"

夏侯潋笑嘻嘻道:"不敢当不敢当,论美貌,小的比不上少爷您。"

夏侯潋一边说着,一边开了食盒往里头一瞥,里头只装了一碗白米饭和一碗红烧肉,这规格比之往日差了不止一点半点,当下便明白是那个刘得意刁难沈玦。只是他没想到,单单这么点儿还不够塞牙缝的玩意儿还是沈玦用真金白银换来的。

夏侯潋问:"你吃了吗?"

"我吃过了,你好好吃,我一会儿过来拿食盒。"

夏侯潋应了声,转身回了屋。高妃扒着莲花鱼盆流着哈喇子可怜巴巴地望着沈玦,沈玦无奈道:"别看了,我也跟着你吃馊饭。"

高妃横眉怒目,道:"败坏门户的小贱人,伺候小白脸便罢了,还拿糟糠搪塞老娘,你好大的胆子!"

高妃气鼓鼓地拔下头上的鸡毛扔了沈玦满身,转身跑出了院子。

沈玦:"……"

京城的阴雨多起来堪比江南,绵绵的细雨没日没夜地下着,淅淅沥沥打在青色檐瓦上。自从皇宫出了刺客,晚间巡逻的羽林卫增调了一倍,每隔一刻钟在巡视的路线上走一个来回,风雨无阻。宫道上的灯亭幽幽地晕着光,巡逻的卫士像风雨里飘荡的虚影,甲胄上的铜片撞出清脆的声响,隔着蒙蒙雨幕细碎地传来。

刘得意弓着腰,从琼苑东门摸进后苑。树影幢幢,老槐树扭曲的树干像老人的枯骸,花叶像被雨洗净了似的,透着股死沉沉的灰白。刘得意心里暗暗嘀咕,白天尚不见后宫内苑这么阴森,晚上却像闹鬼似的。

走到一盏灯亭底下,半人高的灯座,桐油刷过的细纱罩着一豆青灯,盈盈地闪着光。刘得意四下里张望了会儿,暨身朝北面走,刚走没几步,不远处几棵树后忽地掠过一个红影,差点把他吓得摔倒在地。他定了定神,再仔细看时已经什么也没有了,往前走了几步,扶着树喵叫了几声儿,又压低声音唤了句:"沈玦?"

无人应答。刘得意悻悻地鄙视了自己一番,准是看错了,自己吓自己。

他往前又走了一程子,几座相连的楼阁映入眼帘,青瓦翘檐,画桥犹如飞云横于水波之上。刘得意按捺不住心里的欢喜和激动，着急地两步到那桥上，猫着腰隔着雨帘四望，只期待心里想的那个人快快现身。

等了许久也没等来人，刘得意心里的期待慢慢落空，邪火直蹿上来。他定是被耍了，好一个沈玦，打了自己一回不说，还敢耍人！

雨虽然不大，站了许久，也足够让他变成落汤鸡了。凉意透过湿透的衣衫一丝丝地渗进皮肤，刘得意抱着胳膊抖得似筛糠，刚打算打道回府，眼一瞥，忽瞧见桥的那头栏杆上放了个什么东西，黄不溜秋的，像个布包。

该不是沈玦放那儿的，跟他玩猜谜呢？

刘得意心里又雀跃起来，急急走过去，眼看着要够着那布包了，脚下忽然踩到什么，滑不溜秋的，身体顿时失去了平衡，撞在大理石的栏杆上。谁承想这一处的栏杆早已布满裂缝，刘得意一撞上去，大理石登时四分五裂，石头和人都掉进了莲花池里。

池那头的老槐树下，沈玦漠然地看着桥上的情景，转身穿过小径离开。

夜渐渐深了，羽林卫多了起来。沈玦站在花叶相接的阴影里，默默算着时间。一队羽林卫刚刚穿过抄手游廊，沈玦从花丛里走出来，爬上游廊，小步急趋。后苑的地图在脑海中浮现，他知道只要再经过一座观花亭就能回到乾西四所。

回廊的灯笼被风吹得摇摇晃晃，灯火明明灭灭，铁马叮当，声儿是细细碎碎的一长串。沈玦刚要拐弯，一双手从背后伸出捂住他的嘴，将他拖进了就近的一间屋子。

沈玦的心沉到谷底，下意识地要反击，身后人低喝了一声："小兔崽子，大半夜的出来鬼混，是不是偷姑娘去了？"

是高娘娘！

沈玦正要说什么，高妃忽然又捂上他的嘴，伸手指了指外面。两个人极慢极轻地挪到门边，听见外头有两个羽林卫经过。

"咱们在这儿解手会不会被人发现啊？"

"发现个屁，这雨一冲，什么味儿都没了，怕什么？"

脚步声渐渐远去，沈玦暗暗心惊，原来方才这两个人在拐角那头出恭，若沈玦拐个弯，迎头便能撞上。

沈玦扭过头，高妃也十分警惕地听着外头的声响。光线很暗，沈玦只能隐隐看见高妃绣着摘枝团花的红底褙子，她的胸部鼓鼓囊囊的，好像比平常大了一倍。高妃抬起眼，正瞧见他盯着自己的胸脯不眨眼，抬手便是一巴掌，骂道："臭流氓！"

沈玦莫名其妙挨了一巴掌，横眉怒目道："你干什么？"

"你看我胸！"

沈玦竟然无言以对。罢了，方才她好歹救了他，不和她计较。沈玦深吸了一口气，心平气和地问道："你怀里装了什么？"

高妃眼神躲闪，结结巴巴地说："没什么，我什么也没装，我就是最近长胖了而已！"

"明儿就能吃上好饭好菜了。"沈玦耐心地说道，"你不给我看，明儿你也休想吃到好的。"

"哼，我不信！你哄了那个傻不拉几的小兔崽子，还想哄我？"

沈玦刚平复的心情被高妃三言两语给说崩盘了，他咬牙切齿地说道："我哄他什么了？"

高妃往地上"呸"了声，道："别看我傻，我心里门儿清着呢！你让他陪你玩儿，给你当牛做马，还要哄你高兴！"

沈玦被戳中心事，喉头一哽，什么也没说出来。他没有告诉夏侯漱迦楼罗来宫里找过他，更利用被刘得意欺负的事儿让夏侯漱答应留下来。不知道什么时候起，他习惯了耍手段、耍心机，只要能让夏侯漱留下来，瞒他、骗他又有什么？夏侯漱会知道这些吗？知道了会讨厌他吗？

没关系，他告诉自己，只要他不说，谁知道他曾碰见过迦楼罗呢？

只不过没想到他做得滴水不漏、瞒得密不透风的事儿倒叫这个疯子看得清清楚楚，沈玦冷笑道："我看你脑子越发糊涂了，明儿该去太医署请个医正，好好给你瞧瞧。"

话还没有说完，高妃自己没有兜好，好几个泛着油光的肉包子从衣服里滚出来，在地上滚了好几圈才停。

沈玦："……"

高妃含着泪捡起包子，仿佛死了孩子似的，瘪着嘴哭丧："我的包子！都怪你！你是大坏蛋！"

雨不知道什么时候停了，连日的乌云散了，露出圆盘大的月亮，地上积着水，月光粼粼，像撒了一层碎银子。两个人过了顺贞门的门槛，悄悄阖上宫门，踩着满地霜雪似的月光往里走。高妃仍捧着那脏了的包子，眼眶里的眼泪要掉不掉。

沈玦长叹了一声，走到小厨房捧出一小盒糕点递给高妃，道："这是我自己的体己，只有这么些了，你自己省着点吃。"

高妃受宠若惊，忙把糕点揣进怀里，眼泪汪汪地说道："我错了，你是好人！"

沈玦很无语，没再理会她，踅身走回屋。身上湿了，他站在门外先把身上的雨水拧干，才推门进了屋。太晚了，他担心吵醒夏侯潋，澡也没洗，脱了衣服便往小榻上一躺。黑暗里，炕上的夏侯潋翻了个身，口齿不清地问："少爷，这么晚你去哪儿了？"

手冰冰的，沈玦哈了口气，道："解手。"

"哇，这么久，少爷，你该不会有阳结之症吧，搞不好会得痔疮的，明儿弄点通肠的药喝喝。"夏侯潋清醒了些，大惊小怪道。

沈玦掀起眼皮瞥了夏侯潋一眼，不理他。

"你怎么睡到榻上去了？"夏侯潋问道。

沈玦想起在后苑里高妃说的那些话。高妃那个疯子，净说胡话。闭了闭眼，沈玦道："我就睡在这儿。"

夏侯潋有些纳闷，沈玦的心思向来七拐八绕的，也不知道自己惹了他什么。

算了，他认输，爱怎么着怎么着吧。夏侯潋从床上坐起来，赤脚踩在地上，走到沈玦榻边，一声招呼也不打，一把将沈玦捞了起来。沈玦惊得叫道："你干什么？"

沈玦在宫里头过得很清苦，瘦得只剩下一把骨头，没多少分量。夏侯潋轻轻松松地把人拽到了炕上，道："哪有少爷睡榻书童睡炕的道理？"说罢，头也不回地回到榻上，钻进被子里。

沈玦沉默了片刻，盖上被子，也睡了。

第二天清晨，天蒙蒙亮，主子们还睡在被窝里，奴婢们已经忙碌起来了。挑灯的挑灯，洒扫的洒扫。乾西四所是宫里头的化外之地，奴婢们一般要睡到日上三竿才起。自从沈玦来了以后，虽然不要求他们像别的宫苑一样起早，但至少要赶上领早膳的时辰。

因为能吃上早膳，大家并没什么怨言，再加上沈玦一向赏罚分明，待人和善，大家知道了沈玦的好，也不多什么嘴。夏侯潋受伤的时候不管这些，关在屋里睡得昏天黑地；现在伤好了，便自觉做起事儿来。少年人力气足，洒扫庭除的一应杂活儿都包揽了。

和他一块儿扫地的太监们年纪也不大，十二三岁的年龄，正是活泼的时候。几个人一碰头，又在那儿瞎嘀咕起来。

"嘿，四喜哥，我方才去膳房领早膳，你猜我碰见什么了？"

夏侯潋还没接话，其他人倒争先恐后地问道："你看见什么了？难道是新入宫的秀女们，听说个个天女下凡似的，让咱皇上挑花了眼！"

139

"呸，你裆里缺了一块儿，还能想女人？"小太监斜了那人一眼，继续道，"玉清池昨晚有人落水了，死得好惨呢，浑身上下跟发了的面团儿似的，戳下去就是一个窝。"

有人不以为意，道："不就是溺死吗？咱大岐开国到现在，玉清池溺死多少人了？宫妃、太监、宫女，猫啊狗的要多少有多少，这有什么稀奇的？"

小太监道："要说他也倒霉呢。羽林卫的大哥说，这人半夜从膳房偷了金杯银盏，估摸着是打算送到琉璃厂去卖，谁承想走路不留神儿，滑了一跤，赶巧桥栏杆裂了一块，人就翻下去了。"

"皇上在西苑新修了个豹房，许久不曾来后苑，这些太监宫女就不把洒扫修理当回事儿了，栏杆裂了都没人发现。幸好死的是个偷东西的太监，要是哪个贵人撞了这背运，可得有一堆人倒霉喽！"

夏侯溦插嘴道："你说了半天，还没说死的是谁啊！"

小太监摸了摸头，道："哎，忘了说了，是膳房的刘公公。"

夏侯溦蓦然一惊，不吱声了，心里七上八下。昨夜沈玦出了趟门，该不会和这事儿有关吧？

夏侯溦怎么想怎么觉着这事儿十有八九和沈玦脱不了干系。四喜不就是因为那档子事儿被他弄死的吗？沈玦心眼儿小，又是世家出身，从小读的是四书五经三纲五常，纵然当了奴婢，心高气傲的脾性却改不了，哪能容忍这样的羞辱？不剥了那死太监一层皮就是轻的了。

这人怎么能这么胆大？就算是夏侯溦自己，要在皇帝眼皮底下动刀子也要掂量掂量。

夏侯溦放下手中的活儿，四下寻觅起沈玦来。沈玦不是个闲人，鸡零狗碎的事儿一箩筐，这会儿也不知道哪儿去了。

夏侯溦转了半天，好不容易在回廊碰见了沈玦。沈玦刚从针工局回来，手上捧了娘娘们的夏衣。宫里的人从来看人下菜碟，像钟粹宫、永和宫这些地方，太监们早巴巴地把夏衣送过去了，只有乾西四所这等人嫌狗不理的地方，沈玦要自己去催个三四遭才能拿到。

沈玦迎头碰上夏侯溦，也来不及搭理他，他自己却跟上来了，在旁边低声问道："刘得意死了，这事儿你知道吗？"

沈玦瞥了他一眼，道："知道。怎么了？"

夏侯溦瞧他神色淡淡的模样，摸不准这事儿到底跟他有没有关系，踌躇道："他真是自己跌进水里的？"

"当然不是，"沈玦回答得倒是爽快，"就是我干的，怎么着？看不出你还有这善心，跑我这儿兴师问罪来了？"

"还真是你！"夏侯潋拉着他的腕子，道，"你不要命了你？这事儿这么冒险，你怎么不和我商量商量？"

"我自己能办成，你安心养你的伤，别管我的事儿！"沈玦甩开夏侯潋，扭头就走。

夏侯潋亦步亦趋地跟在他旁边，咬牙切齿地道："你这叫什么话？你不把我当兄弟，也不要我帮忙，那你让我留下来干什么？当摆设，看着好看吗？"

沈玦听了，愣了一会儿。他们是兄弟还是主仆，沈玦自己也说不清。

沈玦怕他继续再问下去，连忙道："谁给你的脸？我们是同一个爹还是同一个娘，你是我兄弟？"

夏侯潋一怔，停了步原地待了半晌，对啊，沈玦从来没说过把他当兄弟来着，都是他自作多情。想了半天，夏侯潋自己也觉得好笑，抬头一看，沈玦已经走远了，忙跑过去，道："不当兄弟就算了。那你也不能去杀人！"

"凭什么？你能我就不能？"

沈玦正胡思乱想，又听得夏侯潋说道："你不一样！"他声音发涩，"你拿笔杆子的手，怎么能沾血呢？"

一句话，平平无奇，却像一把利刃，把沈玦心头结了疤的伤口鲜血淋漓地剖开。

拿笔杆子的手？这几个字在沈玦耳边回旋，捧着夏衣的双手蓦然收紧，在衣服上攥出深深的褶皱。他已经多久没碰过笔了？他一个太监，连笔墨的份例都没有。入宫以来，他摸过扫把，倒过夜壶，洗过衣服，就是没有拿过笔杆子。

真是可笑，沈玦想，夏侯潋真是个白痴，他以为自己还能再回到从前吗？

"夏侯潋，谢惊澜已经死了，现在站在你面前的是沈玦。"沈玦慢慢道，苍白的脸上秋霜一般漠然，"沈玦是个太监，是奴婢，是主子养的狗，拿什么笔杆子呢？"

"你！"夏侯潋一阵心酸，想说什么，又不知道说什么，哽了半天，才艰难地说道，"少爷，你和我不一样，我是个刺客，如今背的命债掐指一数也有两三桩了，再多几桩也没什么。以后你要杀什么人，只管交给我，我帮你。欺你之人，我帮你杀！侮你之贼，我帮你斩！"

"哪有什么不一样？"沈玦笑得嘲讽，"拿笔杆子就和拿刀不一样吗？你太天真了，夏侯潋。挟刀在手，可夺一人之命；重权在握，可灭一家之门；更遑论天子一怒，伏尸百万，流血千里！笔墨印玺，才是这世间最脏臭的东西！你以为你们刺客背的命债最多吗？不，最该下地狱的人是坐在奉先殿的宝座上享受万民朝拜的那个人!"

"我……我知道,可是……"夏侯潋嘴笨,脑子里一团乱,抓耳挠腮了半天,不知要如何说。

"你无非就是不想我走上这条路罢了,对不对?"沈玦淡淡问道。

"对,没错!"天子怎么样夏侯潋一点也不想管,只知道谢惊澜说过,阉党在时,他退居州县,阉乱平复,他匡扶社稷,沈玦怎么能成为谢惊澜口中的阉党?

夏侯潋深吸了一口气,道:"少爷,你不明白的,手上沾了血就再也回不了头了。杀人会上瘾,你杀过一次,就会有第二次,有第二次,就会有第三次。你会越来越不把人命放在眼里,你会觉得人和草也没什么分别。死了就死了,没了就没了。少爷,你真的想这样吗?"

"夏侯潋,我问你,"沈玦的眼眸波澜不惊,"你为什么杀人?"

夏侯潋怔了怔,道:"为了活着。"

"那么,我也是。"沈玦的嘴角浮起一个极轻的笑容,低声道,"我已经走上这条路了,就算万劫不复,粉身碎骨,也在所不惜。兰姑姑的仇我要报,魏德我要杀,东厂我要掌,司礼监掌印我要当。你如果不乐意看着我这样,就走吧。"

沈玦说完,抚平夏衣上的褶皱,头也不回地踏出回廊。苍穹浩渺,广阔无垠,他形单影只地走在底下,显得有几分孤绝。

夏侯潋看着他的背影,久久没有言语。

那之后,沈玦和夏侯潋两个人好些日子都没有说话。沈玦闷头做事,并不管夏侯潋怎么想怎么看;夏侯潋也没闲着,几日都不见人影儿,不知道在忙些什么。两个人晚上碰了面,照常熄灯睡觉,什么话也不说。

这天,沈玦给高妃布菜。膳房换了个管事,他们的饮食又恢复正常了,高妃欢喜得在地上打滚。她这几日又迷上了胭脂水粉,把自己的脸涂得跟猴屁股似的,白粉又扑得太厚,一说话就簌簌往下落。现如今,她疯魔的程度可谓叹为观止,简直人嫌狗厌,就连其他两个疯娘娘都不屑与之为伍,生怕落了自己疯的档次,也只有沈玦能心平气和地和她说说话。

沈玦摆完菜,踅过身,却见夏侯潋站在门槛外面看着他。

"干什么?"沈玦声音凉凉。

夏侯潋从背后掏出一把三尺长的木刀,平平端在手上。

沈玦疑惑地看着那柄木刀,不着边际地想,难不成夏侯潋觉得他将来是个祸害,得扼杀在摇篮里,所以想用这把木刀把他戳死?

"我怕你把自己给玩死了,教你几招管用的,到时候要是马失前蹄,被抓进大牢，说不定能凭着绝世刀术逃出去。"夏侯潋装模作样地长叹了一声，"然后呢，你来投奔我，有功夫傍身，我也好给你安排差事。"

说完，夏侯潋双手握刀，划出一个利落的圆弧，对着沈玦挑了挑刀尖。

沈玦冷笑了两声。

"怎么的，看不上小爷的功夫？"夏侯潋挑眉。

沈玦跨过门槛，经过夏侯潋的身边，顺手从他手里拿走了木刀，道："今夜亥时，宫墙边儿上见。"

月光如水，风声飒飒。

夏侯潋持刀静立，落叶打着旋在他眼前飞舞，簌簌声中，衣袍猎猎。

刹那间，刀光乍起。

夏侯潋拔刀出鞘，潋滟刀光如月下江波，溶溶澹澹，层层叠叠次第荡开。他脚踩月光，刀尖划出清丽的圆弧，清澈的眸光凝在刀尖一点，满院风声似乎都离他远去。他的刀术干净利落，丝毫不拖泥带水。当他挥刀横扫的时候，刀风掠过庭院，似汹涌的松涛。

数招之后，夏侯潋收刀回鞘，对旁边的沈玦挑眉一笑："看清楚了吧？"

沈玦回想着方才夏侯潋的招式，掂了掂手里的木刀，皱着眉没应声。

"我们伽蓝刀法不似别家刀法，讲究强身健体、以武会友什么的。伽蓝刀法是杀人术，出刀必饮血，眼花缭乱的花架子一个没有，专走阴狠刁钻的路子，怎么快准狠怎么来。"夏侯潋抱着刀说道，"你也不用练得多精，能收拾那些没长眼的就行。"

沈玦想了一会儿，道："你刚刚演示的刀术和你说的不大一样。"

"哪儿不一样？"

沈玦瞥了夏侯潋一眼，提着木刀走到中央，微微矮下身，做了个起手式。夏侯潋退到墙边，好整以暇地看着他。旁边不知哪儿递过来一块桂花糕，夏侯潋下意识地接了，醒过神来惊悚地往边上一瞧，原来是高妃坐在一块石头上吃得津津有味。

"喂，你……"

"嘘！"高妃竖指在唇边，"看刀。"

沈玦动了。

明明是一把粗拙的木刀，在他手里却像无锋利刃。他的刀风凌厉无比，又冰凉刺骨，所到之处仿佛都凝着一层薄薄的哀霜。风势大了起来，落叶弥天漫地，沈玦正要使出最后一个纵劈，高妃突然推了夏侯潋一把，把夏侯潋送到沈玦的刀前。

夏侯潋悚然一惊，沈玦的刀风顿时笼罩了他全身，他几乎能闻到刀尖的血腥气。

沈玦的刀明显一滞，夏侯潋抓住机会侧身一让，刀刃贴着他的衣角划过。沈玦冷冷清清地瞥了高妃一眼，后者兀自拍着手大叫："好玩儿！好玩儿！你们俩快打呀！"

夏侯潋刚想斥她，沈玦刀锋一转，竟直朝夏侯潋面门而来。

他仅仅学了五招，此刻用的正是伽蓝刀法第三式——燕斜。

这小子，刚学刀就想和他对招？夏侯潋一个下腰躲过燕斜，又一个后空翻躲过另一招。沈玦刚刚学刀，两人实力差距过大，夏侯潋并不出招进攻，只是左躲右闪。然而令他惊讶的是，沈玦只用五招，竟然连成了完整的进攻套路。一盏茶的工夫下来，夏侯潋虽然每回都能轻松躲过，然而沈玦的刀势竟连绵不绝，毫不停滞。

可他仅仅学了五招！

两个人都累了，撑着墙气喘吁吁。夏侯潋扶着沈玦的肩叹道："少爷，你还是个练武奇才！"

"是你太蠢了。"

"你刚刚说我的刀术和我说的不大一样，是什么意思？"

沈玦凝视着他，神情有些复杂，道："你的刀没有杀气。"

夏侯潋一愣，想起谢府的那个老暗桩说的话——"你有菩提刀，却无杀人心"，他那个时候还不服气，现在想起来却不得不承认。

他讨厌杀人，不是因为胆怯，也不是因为功夫不到家，就是讨厌。挂上牌子到现在，他一共做了两趟生意。他是迦楼罗的儿子，和别的刚出道的孩子不同，每回刺杀都有个前辈领着，免得他送命。然而他每回都办砸，要么是因为计划的一击没有到位，要么是因为行动露出了马脚被对方察觉，总之每回都是前辈帮他取下人头的。

迦楼罗的儿子是块扶不上墙的烂泥已经传遍了伽蓝，在其他刺客眼里，他死在杀场上是早晚的事儿。伽蓝古刹后面山谷里的刀冢很快会竖起一块新的墓碑，上面将刻着夏侯潋的名字。

然而在沈玦面前他不能暴露他是个窝囊废的事实，这事关颜面。他假装不以为然地说："我现在又不是在杀人，不过是给你演练演练，自然是没有杀气的。"他厚着脸皮吹嘘："你是不知道我的能耐，静铁刀的名号已经传遍了江湖，再过个几年，它就能超过我娘的横波了。"

沈玦当然没信。夏侯潋有前科，在谢府的时候就乱吹自己地位很高，旁人都争着给他提鞋，结果还是逃不过鞭子炒肉。

但他好心眼地没有揭穿，只道："别侃了，继续教。"

夏侯潋摇头晃脑道："伽蓝刀法分很多种，有单手刀、双手刀、长刀、短刀、弯刀，又分暗杀术和劈砍术。暗杀术走阴邪毒辣的路子，适合一对一，但是对手如果是一群人就没办法了。我听说伽蓝前前任住持是暗杀术的大师，只要是他想要的人头没人可以保住。可他最终死在了十个人的埋伏圈里，他杀掉了首领，却被剩下的九个人砍成了肉酱。"

"劈砍术就能一对多吗？"

"嗯。"夏侯潋点点头，"劈砍术吸收了不少边军刀法，上战场使这个准没问题。不过我们刺客又不用上战场，很多人不学这一套。"

"你会哪些？"

夏侯潋脸色难得的有些羞赧，道："本来嘛我想学我娘，我娘是单手刀和双手刀、暗杀术和劈砍术的通才大师。但是这玩意儿着实需要天赋，我比我娘还差那么一点儿。单手刀快学完了，双手刀学了一半。教习只会暗杀术，所以我也只会暗杀……"

夏侯潋这当师父的水平多少低了些，但也没法子了。沈玦说道："我要学你最擅长的。"

云卷云舒，风来雨去。叶子渐渐繁密，蝉鸣盈满小院。每日夜晚，沈玦踩着如水的月光，伴着满园蝉鸣挥刀。他的眸子静得可怕，风吹起他的衣袍，眼中却波澜不惊，手中木刀亦不动如山。慢慢地，风似乎远了，蝉声似乎也停息了，月光亦退去，寂寂黑夜里，只剩下一把朴拙的木刀。

沈玦藏刀腋下，再抽刀上挑，刀尖斜斜向上划出一道圆弧。

伽蓝刀法——燕斜。

这一招他已经练了上千遍。燕斜的角度刁钻又阴狠，向上可以割破敌人喉管，向下可以开膛破肚，只要他够快，鲜血迸溅只在刹那之间。

"啪"的一声，木刀打在夏侯潋的身上，他哀号了一声，滚在地上。

今晚他已经是第七次中招了。

沈玦简直是个疯子，自从传他刀法，他每晚都要练两个时辰，风雨无阻，雷打不动。他自己练也就罢了，还非要拉着夏侯潋给他喂招。恍惚间，夏侯潋觉得自己又回到以前在谢府陪他读书的日子——藏书楼里一豆青灯，满园风声瑟瑟，谢惊澜捧着书卷目不转睛，他在底下昏昏欲睡。只不过以前他还可以捉捉飞蛾蜈蚣，拨拨小花小草来玩儿，现在却必须左蹦右跳，躲过沈玦无止息的进攻。

夏侯潋累得满头大汗，躺在地上不愿意起来。

沈玦轻轻踢了他几脚，木着脸道："再不起来就打你。"

"大哥，你不累吗？"夏侯潋服了。

"累，"沈玦用木刀戳他肚子，"但还得练。我不像你，你有童子功，筋骨软，练功事半功倍，我筋骨已经硬了，只可能事倍功半。"

夏侯潋打定主意不起来，死鱼一般在地上挺尸。

沈玦无奈了，正打算想什么主意把这不靠谱的弄起来，脑袋上冷不丁地挨了一下。

"我也要玩儿！我也要玩儿！"高妃不知道从哪儿冒出来，拍掌叫道。

"对对对，你去跟她练，疯子精力多。"夏侯潋屁滚尿流地爬起来，往屋子的方向撒丫子跑，生怕沈玦在后面追似的。

沈玦总觉得他最后那句话不只在骂高娘娘。

扭头看高妃，她照旧顶着一头乱七八糟的鸡毛，身上的襦裙脏得不像样，整个人像一个能动的鸡毛掸子。沈玦叹了口气，亮出起手式，木刀横扫。她没来得及躲闪，脑袋上的鸡毛被打下了一半，纷纷扬扬落得满地都是。

沈玦看着满地鸡毛，忽然觉得兴味索然，道："算了，不练了……"

"臭小子！你敢打下我的将军翎！看本大将军怎么收拾你！"高妃横眉怒目，抬手折断一截树枝，兜头对着沈玦的脑袋就是一敲。

沈玦一下被敲蒙了，高妃的树枝却已经暴风骤雨一般落下，仿若夏日的雨点密密匝匝落在水面。沈玦忙举起木刀抵挡，慌乱之间居然只格住两三下，剩余的招式通通打在了身上，火辣辣地疼。

这个疯子，怎么这么快！

如果说夏侯潋是春日林间的和风细雨，那高妃就是老天爷发了疯，往他头上泼的一盆洗脚水！

沈玦终于弃了颜面，抱头鼠窜。

夏侯潋第二天早上起来，发现金疮药敞着盖儿放在桌上，沈玦躺在炕上还熟睡着，苍白的脸多了平日不曾有的安详。

他必定是累惨了，要不然不会不记得把金疮药放回原处。沈玦吹毛求疵得令人发指，平日里脱了的衣服没挂在衣架上都要被他指责一通，夏侯潋不知腹诽了他多少遍沈大小姐。

第一卷 桃李春风一杯酒

沈珏就是这般性子，严以待人，更是苛以律己。他发起狠来，简直连自己都不认，不把自己折磨得脱层皮不罢休。夏侯溦这样打小浪荡惯了的性子也不知道是怎么跟沈珏处好的，他自己都觉得神奇。

夏侯溦收拾好自己，去膳房领了大家的早膳。他刚踏进顺贞门，就看见一个满脸褶子的老太监站在门墩边上笑眯眯地看着自己。

"四喜，病好了？瞧着身子倒是结实不少。这几日干爹我忙得厉害，不得空，这好不容易折腾完了，紧赶慢赶地就来看你了，可别见怪！"他拎着一盒吃食走过来，道，"这是你干姨爹打南直隶送过来的，赶月斋的巧果儿、芝麻酥糖还有大方糕，我不爱吃甜的，你小孩家，拿给你解解馋。"

原来是四喜的干爹。夏侯溦心里有些七上八下，方才还琢磨着怎么叫人，赶巧这货自报了家门，免得他兜兜搭搭露了马脚。他连忙作了一个揖，嘴上抹油道："劳干爹您惦记，儿子打地府里转了一圈儿，阎王爷说还要留着儿子的小命孝顺干爹，就把儿子给放回来了。你快里边儿请，风地里站着要着凉的。"

老太监呵呵直笑，摆了摆手道："不了，今儿一大早番邦人献了一匹汗血宝马，我一会儿还得回去看着小崽子们给那匹祖宗刷毛。"然后他意味深长地顿了顿，耷拉着眼皮看向夏侯溦道："皇上得了匹好马，正好起了兴致，十五要去猎场走一遭。打巧我手底下看御厩的曹琅病了，看着有些凶，轻易是好不了了，你要不要来替个班儿？"说着他又眯眯笑道："你不是总想着要离开乾西四所吗？这回围猎，贵人们都在，你去露露脸，说不准能挣个好前程。"

夏侯溦一个假太监跑去凑什么热闹，正打算拒绝，后边儿传来沈珏的声音："阎公公，四喜公公大病初愈，精神头尚不济，贸贸然跑去伺候，只怕会冲撞了贵人，不如由小的代劳，不知公公意下如何？"

阎公公上下打量了夏侯溦几眼，道："咱家看着四喜精神不错呀，仿佛还硬朗了许多。"

沈珏一个眼风扫过来，夏侯溦连忙捂着心口"嗷"了一声，道："干爹，您有所不知，儿子这叫'虚壮'，虽大病没有，可小病不断，如今心口也犯了疼痛的毛病。儿子是没这福分去伺候了，不如就让沈公公去吧，他是我好兄弟，他去也一样的。"

阎公公叹了口气，道："行吧，你自己没上进的心思，也便罢了。沈珏，你明日过来，咱家领你熟悉熟悉御厩。"

沈珏低眉顺眼，应了声"是"。

阎公公甩着袖子走了，夏侯溦望着他佝偻的背影，狐疑道："无事不登三宝殿，病着的时候不来，病好了反倒上门来了，恐怕这厮居心不良。"

"无妨,只要围猎能见着魏德,便是好事。"沈玦拂了拂衣袖上不存在的灰尘,举步进了屋。

夏侯潋大骇,这不要命的该不会想趁围猎刺杀魏德吧!

第十四章 风雪刀

京郊，十里坡。

演武场上，两个兵士正在比试。两人都使窄背长刃的雁翎刀，来来回回过了几十招，刀光犹如滚雪，看得人眼花缭乱。外边儿围了一圈的人，时不时叫几声好。

司徒谨正在擦兵器架上的兵器，时不时瞄几眼场上的情形。

他来这儿的第二天就吃了个下马威。兵营不似羽林卫，羽林卫里头的要么是正正经经考武举上来的武官，要么是世家门第选出来的子弟，而兵营的兵士良莠不齐，流氓、乞丐出身的大有人在。新兵刚进营，免不得要挨一番老兵的折磨，端茶、送水、倒夜壶是常有的事，再要不然投靠一个老大，给他鞍前马后当小弟。到了第二年，自己成了老兵了，就能欺负别的新兵。

这是军营里从老祖宗那儿传下来的传统，兵痞子别的不行，单把这条发扬得淋漓尽致。

司徒谨算比较幸运的，因他生人勿近的模样，丘八们掂量他不似个好欺负的，便给了他一个擦拭兵器的活儿。司徒谨很喜欢这个活儿，他没有什么朋友，刀剑便是他最亲密的伙伴，他觉得和刀剑相处比和人相处要容易些。

场上的人打得难舍难分。司徒谨擦完了最后一把长枪，站在外围仰着头看。如今明显是长脸的那个汉子占上风，他数次轮斩，把另一人几乎逼到了高台的边缘。他的刀招朴实无华，说好听点，走的大开大合的路子，说难听点，就是拼蛮劲儿，一把细细的雁翎刀，挥舞得却像大铁锤，凭着蛮力砸在对手的刀刃上，两柄刀都响起不堪重负的长鸣。

司徒谨摇摇头，这样的人是不懂刀的。

长脸汉子又是劈头一砍,对手脚尖轻点地面,旋身避让,长脸汉子回身横扫,刀光雪亮。司徒谨轻叹了一声:"错了。"

"哦?哪里错了?"旁边有人凑过来问道。

司徒谨平平淡淡地说:"使刀如使锤,他不懂刀。"

果然,司徒谨话还没有说完,长脸汉子立时痛呼一声,原是对手用刀背实实在在地打在他的脚踝上,原本占了上风的形势陡然逆转,汉子没有站稳,滚下了高台。众人都在叫好,司徒谨转身想走。

"慢着,"方才那个问话的男人出声道,"这位同袍方才点评得头头是道,想必是对刀术颇有造诣。"

司徒谨迟钝的神经在这句话中咂摸出些许不对味儿来,转身疑惑地看着那男人。

方才被打下台的长脸汉子走到男人的身后,低声唤了句:"大哥。"

男人笑得有些不怀好意,道:"我兄弟二人五岁开始跟着父亲学刀,学的是朔北最强的风雪十二刀,到如今还没人说过我兄弟二人不懂刀。我兄弟也便罢了,他年纪还小,刀法不精深。但不才在下的刀法,虽然不能说独步天下,可便是那七叶伽蓝的迦楼罗遇上我的刀,也要先掂量一番。哼,却不知这位同袍,你有何能耐?"

风雪十二刀是朔北最烂大街的刀法,几乎人人都能划拉上几招,什么"飞鸿印雪""回风转雪",但其实街面上流传的刀谱十分之九是假的。司徒谨从来不看那些刀谱,只是懵懵懂懂地跟着那些路过小镇的刀客练习,他们教给他几招他便学几招。

他甚至不知道这些招式的名字,直眉瞪眼地对着木桩日复一日地砍,无名的招式早已融入他的骨血,他只要握住刀柄就知道如何挥刀。

直到在皇宫里遭遇迦楼罗,他才知道原来他练的就是风雪刀。迦楼罗曾经刺杀过风雪刀传人,她见过真正的风雪刀,她说这是,那么这一定就是。

他想起当年在朔北那个贫穷的小镇,绵密如帘的簌簌大雪中,落拓的刀客们斩下的绝丽的一刀。

真正的风雪刀,是可以斩开大雪的。

司徒谨其实很想说,你遇上迦楼罗,八条命都不够活的,但他为人一向温和克制,只道:"我只说了你弟弟不懂,没说你不懂。"

那男人哼道:"既然如此,咱们俩就比试比试。我倒要向你请教请教,看看我究竟懂不懂刀!"

"你懂不懂关我什么事?"司徒谨终于有些不耐烦,道,"另一边的兵器我还没有擦，我很忙。"

"给他刀！"男人瞪着一双铜铃大的眼睛，不管不顾地大吼。

有人扔给司徒谨一把雁翎刀，司徒谨无奈接了。那男人抽刀出鞘，凶狠地盯着他。

无聊的人向来爱干无聊的事。司徒谨没办法，估计了一下自己几招可以解决他，确定没有延误擦拭兵器的时辰，便也拔刀出鞘，反手握着刀柄，刀身藏在肘后。

众人一看都笑了，反手握刀要如何对敌？

男人也笑了，道："这一招是谁教给你的？杀猪佬吗？"

司徒谨瞥了他一眼，没说话。他的眼神带着轻描淡写的冷漠，仿佛看着无足轻重的尘埃，仅仅一眼，便让男人邪火上涌。

男人大吼一声，双手举起刀，朝司徒谨冲过来。

司徒谨没有动，保持着反手握刀的姿势，甚至连眼皮都没有抬。强劲的刀风近在咫尺，那个男人的刀犹若千斤之锤，挟裹着风雷之势迎头斩下。司徒谨侧身一让，往前跨了一步。两个人的接触仅仅只有一瞬，在刹那间相遇又分开，背向而立。

胜负已分。

众人只来得及看见男人搬山举岳般的一斩，却没有人看见司徒谨手中的长刀闪过清亮的一弧。之后男人有所察觉，急促地喘息着，伸手摸了摸腰间。他腰侧布帛裂了一道长长的口子，露出了里面古铜色的皮肤。

所有人鸦雀无声，司徒谨面无表情地收刀入鞘，低声道："承让了。"

男人的脸一会儿红一会儿白，被人一招搞定，丢尽了颜面，他从今以后在军营里别想混了。忽然，一阵掌声响起，一个披甲戴盔的男人走过来，抚掌大笑道："年纪轻轻，功夫倒是不错。"

众人纷纷抱拳道："参见陆都司。"

陆都司看向司徒谨，问道："你叫什么名字？"

"司徒谨。"

"原来是你，"陆都司点头道，"你是宣和十八年的武状元，我听过你的名字。"

众人都倒吸了一口凉气，独那男子嗤之以鼻。既然是武状元，怎么到这军营里当丘八来了？他腹诽得高兴，一个不注意，把自己也给骂进去了。

陆都司又道："我听说你是被贬下来的。年轻人不要气馁，你的路还长呢，一时被贬不是什么大事儿，在五军营里照样能建功立业，诸位说是不是？"

众人齐声大吼："是！"

"这不，机会说来就来了！上头传来话，今儿午后皇上要在西山围场猎鹿，我来挑人去跟着贵人们打猎。这可是加官晋爵的好机会,谁来毛遂自荐?"

众人面面相觑,都退后了一步。

陆都司说的比唱的还好听,什么"跟着贵人们打猎",其实就是躲在林子里,看这些皇子皇孙们盯住了哪个猎物,他们便射哪只,太监们捧着中箭的猎物,只说是贵人射的;如果遇上射艺稍好点的王公贵族,恰好也射到了猎物,猎物上中了两支箭,太监就会悄悄拔掉一支,只留一支箭,依旧捧上去。

光是如此也就罢了,不过躲在林子里射几只鹿,没什么难的。然而就怕有些不学无术的王公贵族的箭不长眼到处飞,前年便有个三千营的兵士倒了血霉,中了不知哪个国公还是国舅的一箭,当场一命呜呼。朝廷赔了银子就算完了。可怜一家老小都仰仗着那兵士微薄的俸禄,人说没就没了,家人没有了指望,老人带着孩子一并投了河。

和司徒谨比试的男人两眼骨碌一转,指着司徒谨道:"卑职倒是有个人选。司徒状元武艺高强,射箭也是一等一的好手,不如就让他去。"

陆都司笑道:"我正有此意。"说罢,他转头看着司徒谨道:"你回去准备准备,一会儿到我这儿来。"

司徒谨低头应了一声。男人走到他跟前,笑道:"你确实很懂刀,就是不知道你懂不懂箭,箭懂不懂你了。哈哈哈!"

林深似海,长风乍起。

枝叶汹涌起的波涛此起彼伏,簌簌叶声和着弥天漫地的蝉鸣拥挤入耳。天光透过叶片间的缝隙漏下来,像泻下的金屑,尘埃在其中飞舞。

司徒谨坐在马上,背着长弓,远远望着前方的人马。林间除了他,还有好几个箭手,大家三五成群,四散在林子各处,以便能随时猎中王公贵族看中的猎物。

前面领头的是大皇子,骑在一匹枣红色的汗血马上,据说是番邦新进贡的马匹。大皇子神勇非凡,当场在奉天殿前驯服了这匹马,宣和帝龙颜大悦,将它赐给了大皇子。大皇子旁边亦步亦趋跟着的是司礼监掌印魏德,魏德头戴鞑帽,身穿云纹飞鱼窄袖衫,腰间挎着鲨鱼皮的红漆腰刀,马上挂着弓袋箭囊,身后跟着一队番子,个个描金乌纱帽,葵花团领衫。

魏德似乎还不太会骑马,一个青衣的小太监牵着他的马慢慢地走。司徒谨望着那小太监,他低着头,一举一动都透着恭顺的味道,身材单薄,肩背消瘦,看着有点眼熟。

身后有箭手低低嗟叹:"瞧这排场,瞧这打扮,别人要不说,谁知道魏公公是个奴婢呢？我看着，便是在皇子爷的跟前也不遑多让。"

"可不是吗？说他是半个主子也不为过。这年头真是奇了，有把儿的敌不过没把儿的，咱不如都切了算了。"有人应和道。

魏德起自微末，早先是自阉的无名白，在被发配充军的途中遇上先帝爷的车驾。御马还没有到跟前，他便冲出囚队望尘而拜，锦衣卫用鞭子怎么打都不起身。先帝爷生了怜悯之心，将他带进了宫，配给当时还是三皇子的宣和帝当大伴。宣和帝生而母亡，打小人嫌狗厌，被其他皇子打得头破血流都没人搭理，人又蠢笨了些，常常要受太傅的戒尺教训，每回回到寝宫里手掌上都红通通的一片。

独独魏德对三皇子悉心照料。别的皇子打他，魏德不能还手，就把他捂在怀里，背上被踢了好几个鞋印子，还跟没事人似的安抚他。他掌心疼得睡不着，魏德便一遍遍地用嘴巴吹。没人陪他玩儿，魏德就给他当马骑，当狗使唤。

子嗣艰难是老高家祖传的毛病，高氏祖先广纳后宫，四处求神拜佛，甚至冶炼金丹，依旧无能为力。所幸凭着这么点单薄的子息，大岐仍是好端端地传了十几代。传到先帝这儿，兄弟姐妹较以往多了些，足有三子一女。然而前两个皇子为夺皇位兄弟相残，两败俱伤，通通伸脖子蹬腿一命呜呼了，这皇位就如同天降的馅饼儿似的，落在了宣和帝脑袋上。

宣和帝差点被砸晕了脑袋，原本被两个哥哥弹压的性子释放出来，登基以来，建豹房，游江南，选美人，荒唐事做了个遍，偏偏不理朝政，这批红的权就落到了魏德手里。

于是东厂兴，牢狱盛，阉党声势浩大，百官人心惶惶。皇帝只顾着吃喝玩乐，魏德一手遮天，纵是当朝元辅见了魏德也要恭恭敬敬作一个揖。

这些话是不能摆在明面儿上说的，大家只敢在心里唏嘘。东厂番子无孔不入，连官员在家里摸的牌九都能拣回宫里，更别说这些悄悄话。若是被魏德知道有人在背后嚼他舌根，这人定然吃不了兜着走。

司徒谨没应声，看着魏德的黑马，微微皱起眉。

不知是不是错觉，这匹马走路似乎有点瘸。

那边大皇子说到兴头处，大笑了几声，马鞭子一甩，纵马狂奔起来。魏德朝小太监摆摆手，小太监退立一旁，魏德亦一扬马鞭，正打算追上去。

惊变陡生。

没跑几步，黑马忽然长嘶一声，两只前蹄一跪，整匹马向旁边倒下。魏德大惊失色，身子保持了短暂的平衡，终于没有撑住，从马背上摔下来。

所有人都满脸惊恐，然而番子们离得太远，远水救不了近火，只能眼睁睁地看着魏德槁木枯草一般倒下去。

唯有那小太监见状，离弦的箭一般冲了出去，刚刚好在魏德摔下来之前赶到底下，给他当了人肉垫子。魏德今年已是七十出头的岁数，黑马一人多高，他这把老骨头摔下来不散架也得去了半条命。小太监身子骨虽然瘦得硌人，好歹充当了个缓冲，两人一同倒在地上。魏德"哎哟"叫了一声，脑袋上的鞑帽滚在地上，悠悠地转了几个圈。

小太监倒地的瞬间，司徒谨看清了他的脸，清冷的眉眼，紧抿的双唇，是之前见过的沈玦。

沈玦抱着魏德，手臂磕上一块尖利的石头，霎时间鲜血淋漓，糊了半截衣袖，钻心地疼。他硬是没吭声，慢吞吞地坐起来打算扶起魏德。

眼前的魏德惊魂未定，鬓发散乱，喘着粗气审视倒在地上站不起来的黑马，咬牙切齿道："有人要害咱家！有人要害咱家！"魏德捂着心口，好不容易顺了气，指着沈玦问道："你……你叫什么名字？这马是谁负责喂的？来人，来人！把闫盉那个废物给咱家叫过来！"

沈玦跪在地上，磕头答道："奴婢是乾西四所的沈玦，马儿本是御马监的掌厩曹公公看管，前几日闫公公说曹公公病了，便让奴婢来帮忙替个班儿。奴婢……奴婢万没有想到今儿这个岔子，望魏公公恕罪！"

一叠话，把自己摘得干干净净。沈玦头磕在地上，掩住眸中森森暗影。

"御马监的事儿，闫盉让你掺和什么！"魏德目眦欲裂，"好个闫盉，咱家还没有蹬腿咽气，他就算计到咱家的头上来了！"

大皇子听见动静，掉转马头，问道："怎么回事儿？"

忽然，斜刺里一支冷箭射在汗血马的屁股上，顿时鲜血长流。汗血马吃痛，猛地朝沈玦和魏德二人冲过去。大皇子怛然失色，使劲儿想拉紧缰绳，汗血马却不听使唤，不管不顾地朝前面冲。他嘶声大吼道："闪开！快闪开！"

马蹄踏地溅起飞扬的尘土，笃笃之声犹如擂鼓，沈玦和魏德几乎能感受到地面的震动。他们离得太近，根本来不及躲闪。沈玦瞳孔紧缩，魏德吓得面如土色，眼睁睁地看着铁灰色的马蹄迅速地逼近。霎时间，魏德脑子里电光火石地一闪，枯爪似的手死死握住沈玦的手臂，两人四目相对的瞬间，魏德将沈玦拉到身前。

他竟然想以沈玦为人盾抵挡马蹄！

魏德大睁着眼，眸子浑浊犹如深潭，里面映着沈玦苍白的面容，沈玦来不及挣扎，马蹄声已经近在咫尺！

一支凝着寒光的羽箭骤然横空而来，越过沈玦的头顶，射入汗血马的头颅。

马儿嘶叫着跪倒在地，巨大的身躯在地面上滑行，堪堪滑到沈玦和魏德的身边，溅起的泥尘落了二人满头满脸。大皇子尖叫着被甩了出去，狠狠地砸在地上。

沈玦扭过头，远处一个面容冷峻的青年骑在马上，长弓还举在手里。

大皇子摔得头破血流，脑袋晕了半晌，小腿的疼痛后知后觉地涌上来，很快铺天盖地一般占据他所有的神经。

"疼……疼啊！"

番子们惊慌失措地围了上来，魏德拨开众人，一面喊着传太医，一面查看大皇子的伤势。另有几个番子七手八脚地把司徒谨从马上拉下来，推到魏德跟前。

"公公，此人……此人射马救人，却害大皇子落马，当如何处置？"

沈玦抿了抿唇，向前膝行了几步，叩首道："司徒校尉为救人情有可原，还请公公从轻发落。"

司徒谨平静地跪在地上，仿佛遭临大祸的不是他一般。

"胡闹！"魏德一声厉喝，道，"咱家区区贱命岂能与殿下金枝玉叶相提并论？若能换殿下安康，便是舍了咱家这一条性命又何妨？身为校尉，轻重不分，合该治罪！来人，把他押往天牢，听候圣上发落！"

沈玦咬了咬牙，没有再说话。

纵有再多辩驳也都败给了人微言轻，他不过是一只蝼蚁，保全自己尚费尽心力，如何再救一个害皇子落马断腿的人？尽管他救了自己。

沈玦沉默的模样看在魏德眼里，这年纪的小孩要么血气方刚，嘴里一大通什么用也没有的兄弟情谊，有恩必报，实则自不量力，飞蛾扑火；要么缩头缩脑，遇事就躲，没有胆识，特别是在宫里头遇到些不为人知的腌臜事儿被吓破了胆儿的，说话都说不利索。

这个孩子眼见恩人被捕，有胆儿站出来说话，可见不是个忘恩负义的；拗不过他的意思，也不强求，可见是个识时务的。魏德心里提起几分兴味来，将沈玦从地上扶起来，道："你刚刚说你叫什么名字？"

机会来了。

沈玦压住狂乱的心跳，道："奴婢沈玦，在乾西四所当差。"

"沈玦，是个好名字，谁给你取的？"魏德难得和颜悦色地说道。

"是奴婢的娘亲，"沈玦面不改色地扯谎，"娘亲读过一些诗书。"

读过诗书的女人要么是宅门里的闺秀，要么是妓馆里的妓女。宫里的太监一般都出身低贱，要不然也不会干这般断子绝孙的勾当。魏德心里了然了些，道："你可识字？"

"认得一些。"沈玦不知魏德用意，谨慎地答道。

"好，不错。这儿没你事儿了，你回去歇着吧。"

番子们抬着担架把大皇子搬走了，几个姗姗来迟的太医随侍左右，不住地拿帕子擦额上密密麻麻的汗珠。现如今御医是个堪比刺客的高危行业，动不动就是"朕养你们何用""治不好就陪葬"劈头盖脸地砸过来；更何况这是皇上耕耘多年好不容易养出来的一根独苗，要是有个三长两短，他们通通都得跟着掉脑袋。

魏德敛了神色，趋步跟了上去。

沈玦本想跟在后头，早已想好的说辞顶上嗓子眼儿，却被胸中的耻辱感死死地压着。沈玦心乱如麻，双拳紧握，张了张口，最终仍是没有开声。

毕竟是十四岁的少年，骨子里的傲气磨不灭，即使卑躬屈膝地折下腰杆，脊背还是硬的。只有打泥堆里爬出来，觉得自己天生命贱的人，才能毫无负担地做奴颜婢膝状，笑脸迎人。沈玦的功夫还远远不到家，纵使收敛了傲骨，也做不出那等讨人喜欢的笑模样。

沈玦怏怏地回到乾西四所，远远地瞧见夏侯潋坐在顺贞门的门槛上伸着脖子望，心里不自觉地暖了暖，像烘着热炭一般熨帖。

夏侯潋看见沈玦，眼睛一亮，忙迎了上来，待瞧见他血迹斑斑的衣袖，大惊道："你不是说你不刺……那个啥吗？这是怎么回事儿？"

他不说沈玦自己都忘了自己还受着伤，漫不经心地看了眼伤口，道："没什么，只是磕破了点皮罢了。"说着，他白了夏侯潋一眼，道："我是会仙法还是怎么着，众目睽睽之下取其项上人头？"

知道他没干傻事，夏侯潋安了心，把他拽回屋子，一面拿绷带和金疮药，一面问道："那你干什么去了？你看到魏德了吗？长啥样呀他？"

"就普通人的样。"沈玦头也不抬地回答。

夏侯潋抬头看他，瞧他脸色不大高兴，心里度量他应该是见着自己的灭门仇人，却没本事要其狗命，心里不舒坦，便温声道："少爷，别着急，总有机会宰了那个狗贼的。"说到一半，夏侯潋想起什么来，眉飞色舞地道："对了，你还真别说，众目睽睽之下取其项上人头的玩意儿还真有。有没有听说过牵机丝？"

"没有，"沈玦斜着眼睛看他，"万众之中杀人夺命，我只听过张良的大铁锤。"

夏侯潋将自己的不学无术暴露无遗："啥玩意儿？哎，我要说的是伽蓝三代以前的刺客用的一种兵器——形如蚕丝，却能吹毛断发，甚至削金切玉。那玩意儿非常细，眼神儿不好看不见，人走过去，什么感觉也没有，走了几步，低头一看，不得了，身子断成两个半截了。"

第一卷 桃李春风一杯酒

沈玦不大信，即便是最锋利的刀也不能利落地斩断人体，杀猪还得剁好几下呢。他狐疑道："那你们现在怎么不用了？"

"制作工艺太难了。牵机丝传了三代，三代都只有迦楼罗能开炉炼出这玩意儿。它不仅难以冶炼，更难以操控。操纵一根还好说，预先布下牵机百丝网也好办，但如果要布阵，变换丝网布局，令敌人逃无可逃退无可退，那可难了，牵一发而动全身嘛！要学丝阵还得先学个《九章算术》什么的，将各种丝网变化烂熟于心，才能操控丝阵。"夏侯潋耸耸肩，"但你知道，我们这群操刀子的哪有什么闲情逸致学算术，能把《三字经》读全都算造化了。"

他没好意思说，段叔至今连自己的名字都会写错。

"怎么人家就能办到？"沈玦嗤之以鼻，"分明是你们一代不如一代。"

"那三代迦楼罗都姓班，据说是公输机关术的后人。三代以后他们家就死绝了，传不下来也不稀奇。"

"你就不能想想法子？若能复原牵机丝，说不定你就可以杀了住持，自己掌控七叶伽蓝。"说着，沈玦瞥了眼自己被夏侯潋包得严丝合缝的手臂，无奈道，"只是一点儿小伤，何必缠绷带？"

"瞧你细皮嫩肉这样儿，我哪里敢马虎？"夏侯潋用剪子剪断绷带，打了个漂亮的吉祥结，"住持有什么好当的，还得剃光头，不能娶媳妇儿，多苦啊。我可不像你，志存高远。再说了，我现在跟着你混，你以后坐了东厂提督的交椅，给我配个美若天仙的媳妇儿，我就满足了。"

沈玦佩服得五体投地，这厮幸好没生在高门大户当少爷，否则铁定是个吃喝嫖赌抽、奸懒馋滑油、五毒俱全的纨绔。罢了，横竖夏侯潋现在好端端地在宫里头待着，等他有了威势，夏侯潋想要什么样的女人不能有，只要不是宫里的娘娘帝姬就行。

沈玦已经做好了一辈子当太监的打算，子孙于他是池子里的镜花水月，他近不了身，也根本没想过去捞。夏侯潋有了家室，便让他多生几个儿子，自己从里头挑一个最聪明的，给自己养老送终。

沈玦想着想着，忽然觉得心酸。夏侯潋有了新的家，那他呢？中秋月夜，夏侯潋搂着媳妇、孩子拜玉兔吃月饼，人家一家子其乐融融，他却要孤零零一个人了吗？

这怎么可以！

沈玦蓦地抬起头，瞪了夏侯潋一眼，道："你想得美！"

这一眼瞪得夏侯潋一头雾水，他愣在原地不知所措，沈玦的狗脾气说来就来，比六月天的风雨还突然，连个预兆也没有。夏侯潋深受荼毒，依旧没有摸清个中规律，直眉愣眼地问道："我又怎么着了？"

沈玦没言语，只幽怨地看着夏侯潋。

"我到底怎么了，你倒是说啊？"

他能说什么？难道要夏侯潋也一辈子不娶媳妇儿不生孩子吗？夏侯潋能答应留在宫里，对他就是天大的恩赐了。沈玦别开脸，推开直棂窗往外看，天已经暗了，昏沉沉的，几颗星子要死不活地吊在天穹下，仿佛一眨眼就要掉下来。

夏侯潋没脾气了，不说就不说，以为他乐意伺候吗？他闷不吭声地低头收拾好剪子和绷带，一转眼又瞧见沈玦拎着木刀往外走。

"你有病吧！"夏侯潋走过去夺他的木刀，"你的手不要了？"

沈玦皱眉道："又没有伤筋又没有动骨，不过破了点儿皮，你至于吗？"

倒成他咸吃萝卜淡操心了！夏侯潋气得眼前一黑，转念一想，这小子要折磨自己就让他折磨去吧，成天惯着是什么事儿呢？他没病也得惯出毛病来！

不！已经惯出毛病了！

打眼瞧见床铺里放着的静铁，夏侯潋破罐子破摔，道："行，你要练是吧？今儿我让你摸真刀，看你行不行。"

两人走到外面。天阶凉如水，淡淡流萤在树影里流转如星，风飒飒而过，簌簌叶声似絮絮低语。夏侯潋没有戴人皮面具，锋芒初露的脸庞一半被树影遮住，却挡不住他盛满星光的眸子。

夏侯潋抽出静铁，递给沈玦，道："用刀背对着我。"

月光下，静铁静谧地躺在夏侯潋手上，漆黑的刀身收敛了一切光芒。

江湖上的所谓名刀都有自己的传说，什么铸刀师以身殉炉，用血肉铸造出绝世名刀，注定要饮尽鲜血，持刀人每一代都不得好死。再比如已经斩了八千六百七十六颗人头的妖刀，斩够九千九百九十九颗就能从此无往不胜，神挡杀神，佛挡杀佛。但这通常都是匠师们为了刀更好卖而编出来的。世上哪有这么神的事儿？干将莫邪还不知道是不是真的呢。

静铁没有故事，它诞生自伽蓝炼刀炉，夏侯潋是它的第一个主人。

它没有过去，未来亦不可知。

沈玦握住刀柄，那一瞬间，他似乎触摸到沉静刀身下疯狂的心跳。

夏侯潋说："刀是刺客的命根子，一辈子就发这么一把，你可得握好我的命，摔了我跟你急。"

沈玦："……"

夏侯潋继续说道："在挥刀之前，你必须熟悉它，像熟悉你自己的身体。你仔细看刀，静铁的刃不够利，并不能吹毛断发，但它可以破甲，它是一把战场上用的刀。"

"战场上用的刀，你却用来刺杀。为什么？"

夏侯潋低低叹了声，道："可以破甲，自然也可以碎骨。住持说，我不够阴狠，粗糙点的刀比较适合我。碎骨这个法子，若是击碎脊骨倒也还好，对手会窒息而亡，但头骨不同，他不会立即死去，或许会变成傻子，在头疼中磋磨，然后才死掉。我听说，有慈悲心的屠夫在杀猪之前会喂它喝下一碗麻沸散，让它在无知无觉中被杀死。我们刺客是不讲慈悲心的，只要能杀人，不择手段，在所不惜。"

沈玦冷笑，道："你怎么知道他是有慈悲心才喂猪喝麻沸散？说不定他只是不想听到猪的尖叫。"

夏侯潋一愣，苦笑道："你说得有理，猪被杀时的叫声确实很难听。"

沈玦双手握刀，划出凌厉的弧度，道："别废话了，来吧！"

他抬起平素低垂的双眼，眸光清冽，眉间暗蓄风雷。

刹那间，杀气如山，沈玦低低喝了一声，刀脊与木刀的刀刃相撞，脆弱的木刀很快磕出一个缺口。

沈玦的凌厉刺激了夏侯潋，沉寂已久的血液翻腾如潮，他仿佛又回到浴血奋战的岁月，杀性在体内咆哮，像一头凶猛的困兽。他没有和沈玦拼斩，而是选择侧让躲避，静铁即使是刀脊也足以让木刀断成两截。

木刀在掌中翻转，两把刀在空中纠缠，木刀很快伤痕累累，刀刃坑坑洼洼，像小孩儿没有长整齐的歪牙。沈玦刀势凶猛，静铁在他手中像夜里嗜血的鬼怪，獠牙毕现。但他毕竟学刀不久，加上不要命的打法，夏侯潋很快抓住他的空门，木刀格开静铁沉沉地一斩，斜刺里送出一刀，点上沈玦的肩头。

沈玦没有停，双手依旧挥刀向下，落在夏侯潋的颈间。

"喂，我打中你肩膀，你这个时候已经不能动了。"

"我可以。"沈玦目光坚定。

他当然可以。只要他还有一口气在，就能把刀子砍入敌人的胸膛。

夏侯潋叹了声："好吧。"

日子如水似的，从指缝里悄悄地溜走了。

夏侯潋换上裤子，突然发现裤脚短了一截。他已经算不清自己多少时日没有联系过伽蓝了，伽蓝也没派人来寻他，估计是认定他死在皇宫里了。他现在已经是一个伽蓝弃子了。

夏侯潋不着边际地想，也不知道他娘知道了会怎么样。她通常在外面一浪就一整年，夏侯潋八岁的时候就被她丢在山上不闻不问，她这会儿还不知道在哪个旮旯吃喝玩乐呢，哪有工夫关心自己？

他心里泛起一阵难言的惆怅。以前在山上的时候还没有什么感觉，毕竟山上的孩子都没爹没娘，他好歹有个厉害娘，能四处吹嘘。到了山下，他才知道人家的娘都寸步不离，又是裁新衣又是喂饭食，穷人家的娘亲干活儿也不忘把孩子背在身上。

只有他的娘，有也像没有似的。

推开门正要走出去，差点撞到一个小太监，夏侯潋扶住他，道："你不看道儿啊？"

"对不住，对不住！"小太监拈着细细的嗓音道歉。

夏侯潋听见这声调就浑身起鸡皮疙瘩，忙摆摆手让他走，忽又打眼瞥见他怀里捧了一堆纸莲花，问道："这什么玩意儿？"

"莲灯呀，过几天就是中元节了，到时候皇上会准许咱们在玉清池上放莲灯呢。"

夏侯潋怔了怔，喃喃道："日子过得这么快！就要中元节了？"

宫门处忽然吵吵嚷嚷起来，夏侯潋忙走过去，一个身着葵花胸背团领衫的太监捧着一领衣帽走进来，打院子里一站，撩起细长的眉眼四下里扫了一圈，吊着嗓子道："都是死人吗？没人迎进门也没人递个茶。把你们沈公公叫出来。"

这太监气势忒足，吓得一干小太监都缩着脖儿干站着。夏侯潋正想迎上去，沈玦已经捧着茶出来了，恭谨地行礼道："下头人不懂事儿，稍有怠慢，公公莫怪。"

那太监一见沈玦，眉眼跟开了花儿似的，当下就笑开了，忙使唤人接过沈玦手里的茶盏，道："您说笑了，咱家是文书房的随堂太监曹令，奉魏公公的命令，给您送衣服来了。"说话间，觑眼打量沈玦，太监们常年弯腰弓背，十个有九个有驼背的毛病，身形松泛没有精神，这沈公公却松竹一般，便是虾着腰的那弧度也似乎恰到好处一般，难怪魏公公对其青眼相看。

"送衣服？"

"您还不知道吧，文书房的钱公公擢升了秉笔，空出了一个位子，魏公公二话没说，当下就勾了您的名儿。"曹令眉眼弯弯，"过个几天，等公公闲下来，还要您递茶认干爹呢！今后在文书房，还请沈公公多多照应。"

闻言，夏侯潋如遭雷劈。

认爹？！谁要认他个阉贼当爹啊？

夏侯潋下意识地看向沈玦，却见他静静站着，一如既往八风不动的模样，细瓷一般的脸颊无悲无喜。

沈玦盯着那金线交错的衣帽，目光幽深。文书房随堂太监，御前伺候的内侍，按例要服乌纱描金帽，葵花团领衫，和这个曹公公一个样儿。但从此，他也是魏德的干儿，说得难听些，便是魏德养的哈巴狗，随叫随到，时不时叫几声"爹"，喜庆又热闹。

他不去争，这该死的运道倒自己落在他头上了，难道是天意吗？

他伸手接过金线交错的衣帽，嘴边缓缓漾出一个没有温度的笑容："那是自然，沈玦还要仰仗公公多加指点。另外，劳烦公公替沈玦向义父请安，政事辛劳，请义父照看身体，莫让儿子忧心。"

第十五章 几重悲

清晨。

鸡叫了三遍，天蒙蒙亮，还泛着点儿稀薄的蓝。明月已经起身了，收拾好爹爹的药箱和背篓，掐算着时间出了门。

对面门前落了一地的树叶，几乎盖住本就有些低矮的台阶。

司徒大人还是没有回家。

明月叹了口气，低着头往胡同口走。有卖包子的小贩招呼她，她示以微笑，没有说话。

正要在拐角转弯的时候，身后响起了吱呀的开门声，紧接着是哗啦的锁链声，明月不经意地回头一瞧，正见司徒谨从家门口走出。不似往日穿着威风堂堂的官服，今日的他只着一身粗布麻衣，背上背着一个小包袱，脚踝上拷了脚镣和锁链，走路间叮当作响。

两个官兵跟在他身后走出，他神情淡然，仿佛自己并不是那个被押解的囚徒。

明月大惊失色。

"司徒大人！"明月提着裙子，急急跑过去，"您……"

"姑娘，他现在可不是什么大人了。"有官兵说道。

莺啼似的声音响在耳后，司徒谨身子僵了僵，下意识地看看自己今日的仪容，脚镣大刺刺地戳进眼里，令他向来少悲少怒的心生出了几丝懊恼。

硬着头皮转过身，司徒谨礼貌地唤了声："朱姑娘。"

"几位大人可否行个方便？让小女子和司徒大……司徒公子说会子话，只一下下就好！"明月从荷包里掏出银子，"这是送予二位的买酒钱。"

第一卷 桃李春风一杯酒

"哎，不用不用，你说就是了。"两个官兵连忙摆手，"原本被流放的犯人在离京前就可以和亲友再见见的，只是这家伙说他没有亲友，我们便只让他回来收拾行李了。"

明月道了声谢，连忙问司徒谨："你快跟我说，这到底是怎么回事儿？我要怎么才能帮你？你在宫里可有说得上话的人？我……我要怎么才能联系到他们？"她的眼泪已经在眼眶里打转，费了好些工夫才把话说流利。

司徒谨怔了怔，略有些笨拙地说道："不必费心了，此事原本便是我的过错，并无转圜的余地。"快要分别了，司徒谨才敢大大方方地看人家的脸，她的眼角早已红了，薄薄的一片。

"真的……真的没有吗？你不要灰心，我也不灰心，我还有点儿积蓄……可以试一试的！"

说她理智却又天真，她那点儿钱只够那些贵人塞牙缝的！再说，他又哪里舍得她为他四处奔波求人？司徒谨摇摇头，没有再说话。

明月的心一点点凉下去。

司徒谨这样的男人，从来说一不二，他说没有余地，那就是没有余地。

眼泪终于决堤，明月站在司徒谨的面前，哭成了泪人。

司徒谨手足无措，他从来没有哄女儿家的经验，他想帮她拭泪，却止步于男女授受不亲，他想说"别哭了"，可那好像没什么用。

手肘边递过来一方手帕，司徒谨感激地看了眼那官兵，接过递给明月。

"司徒大人。"明月忽然道。

"嗯？"

"我叫朱明月，我的父亲是朱卿兰。我会女红，还会辨药草，我家的医术传男不传女，但我偷偷学了一些。我从小跟着我爹出诊，抛头露面，叫叫嚷嚷惯了，很多人都说我没规矩。隔壁郑大娘说，我这样的姑娘铁定没人敢娶，将来要做一辈子的老闺女。可是……"

可是她就是很喜欢他。每天很早很早起来梳妆打扮，趴在门缝上看他什么时候出门，在他打开门的一刹那背起药筐踏出门槛，假装和他偶遇。只要和他眼对眼一瞬间，她这一整天心脏都怦怦直跳，像藏了一只按不住的小兔。

他后来被调到十里坡的军营，吃住都在那里，很少回家。她的心就像空了，每天都魂不守舍，前几日为病人抓药还抓错了一味，被爹爹好一通教训。她有时会出城采药，便特地绕到十里坡上，站在山坡最高处能远远地望见军营的演武场。她每次都在猜，那个手持刀剑的男人会不会是司徒谨。

现在他要走了，去一个离她很远的地方，他或许会在那里娶妻生子，他们一辈子都见不到面了。

她哭得很伤心，长长的眼睫毛一扑一扑，每扑一下就流出斗大的泪珠。

"她撒谎。"司徒谨道。

明月疑惑地抬头。

"那个郑大娘，她撒谎。"司徒谨看着她，眼里像有晚风拂过湖面，波澜荡漾，"你很好，真的，你是我见过的最好的姑娘。"

喜悦渐渐染上心头，明月的眼睛亮了起来。他会这么说，是不是说明他心里有她的位子？

"司徒大人，您去哪里，您还会回来吗？"

"去朔北边城。你不用担心，朔北是我的家乡，我的刀法过得去，鞑子打不过我。至于能不能回来，就要看运气了。"

明月擦干净脸颊上的泪珠，道："司徒大人，我今年十六岁，我会等您五年。"

司徒谨怔了一下，两颊慢慢地红起来。

"等您"是什么意思？是他想的那个意思吗？

他忽然想要落荒而逃，若不是身后还有两个衙役，若不是脚上还缠着锁链，他真想立刻逃了。

他吞吞吐吐地踌躇了一会儿，才道："五年太久了，明月姑娘你……"

"你你你，你什么？"明月吸了吸鼻子，仰着脖子道，"你们有'君子一言，驷马难追'，我明月说的话，十匹马也拉不回来。"

明明是个柔柔弱弱的少女，肩膀一把就能抓住似的，孱弱得像堤边的垂柳，可说起话来却一点儿也不让步，脸上倔强的表情，仿佛就算天崩地裂也不能改变她。司徒谨叹了口气，哑声道："罢了，五年之后，若我还没有回来，明月姑娘便另觅良人，不要再惦着我。"

明月摇摇头，道："不，如果五年之后你还没有回来，我就去朔北找你。所以，我等你，你也要等我。"

"姑娘！"

"这是我娘亲给我的镯子，给你。"明月从腕上褪下一只镯子，"它很重要，你到时候一定要交还给我的。"

"不行。"

明月忍着眼泪道："我就是要你欠着我，你欠着我，就会记得我。"

司徒谨犹疑不决。

旁边的官兵凑上来，道："一个大男人还婆婆妈妈的，天上掉下来个媳妇儿都不要，真不知道你怎么想的。咱们还着急赶路呢，你还不赶紧收着。"说着，他接过明月的镯子，塞到司徒谨手里。

那玉镯热乎乎的，还残留着明月的体温，司徒谨感觉有些烫手，脸顿时红了一片。

明月深深吸了一口气，脸上重新挂起笑容，道："司徒大人，来日再会。"

女孩儿的背影渐行渐远，茶色衣裳印在清晨的熹光中，像一笔淡淡的墨迹。

司徒谨心中默默道，来日再会。

傍晚。

皇宫里的木头多用金丝楠木，好是好，用多了，却显得阴沉沉的。太阳刚刚落山，司礼监值房已经昏暗一片，横梁立柱沉沉的影子压下来，让人喘不过气。一方烛火幽幽照着魏德满布皱纹的脸，狰狞如地狱枯鬼。

沈玦站在下首，一贯的颔首低眉，玉白的手捧着一卷奏章，慢慢念着：

"高皇帝定令，内官不许干预外事，只供掖庭洒扫，违者法无赦。圣明在御，乃有肆无忌惮，浊乱朝常，如东厂太监魏德者。敢列其罪状，为陛下言之。魏德其人，本市井无赖，目不识丁，中年净身，夤入内地，初犹谬为小忠、小信以幸恩，继乃敢为大奸大恶以乱政……"

他的声音煞是好听，缓缓不绝，似清泉泠泠作响。

可众人早已噤若寒蝉，给魏德捶肩的小黄门一套小拳捶得越来越轻，最后几乎蚊子叮似的。好在魏德的心思也不在这上头，若搁在往日，他早被打发出去了。

"臣恳请万岁诛魏阉，罢东厂，则朝政清，四海明。臣万先昧死俯首再拜。"沈玦阖上奏折，垂目静立。

四下鸦雀无声，只有魏德拨珠串的声音咔嗒咔嗒地响着，像西洋钟的钟摆。诸人听久了，只觉得呼吸仿佛都和它一致。

珠串忽然断了，迦南佛珠噼里啪啦滚了一地，往四处钻。所有人悚然一惊，连忙屈膝叩首。

"好一个'大奸大恶'！这是要治咱家一个欺君罔上、意欲谋反之罪！"

"公公息怒。"钱正德素来胆大，膝行到魏德身边，为他续上茶，道，"万岁爷早就不管朝政了，横竖这奏章在咱们这儿，咱们就把它截下来，寻个由头，将那个万先贬得远远的。若公公胸中难平，更可一不做二不休，一气儿整死他，杀鸡儆猴，让文武百官瞧瞧，咱们东厂司礼监可不是好惹的。"

魏德撩眼皮看了钱正德一眼，却对沈玦道："沈玦，你素来是个有成算的，你说说看。"

沉静的少年低吟片刻，缓缓开口："万先此人，为官二十余载，今年冬至便要致仕归乡，历来无功无过，可以说是谨小慎微……不，胆小怕事。今次忽然弹劾义父，儿子想，他或许不过是想博一声名而已。"

"嗯，"魏德道，"继续说。"

钱正德悻悻然跪了回去，悄悄看了沈玦一眼，那人的侧脸没有丝毫表情，眼睛看着地毯，半寸也不曾挪移。明明只是个文书房的小太监，却能够随侍在魏德左右，自己这个刚被擢拔的秉笔反倒不甚得脸，钱正德暗暗磨了磨后槽牙。

沈玦继续回话："依儿子所见，义父不如不做理会，任其自流。常言道，能忍方成大事。若将其贬黜，恐怕正中此人下怀，成其刚正不阿之名，更激清流为回护同僚而口诛笔伐，届时即使奏折不见于陛下龙目，只怕声闻亦会传于陛下之耳，得不偿失。"

"有理。沈玦，你虽未及弱冠，却深谋远虑，很好。"

"义父谬赞。"

"大殿下落马伤了腿，万岁正是心烦的时候。好好一个全须全尾的儿子，成了跛脚鸡。圣意难测，咱家虽然随皇伴驾多年，也保不齐万岁拿咱家当出气筒。这些个不长眼的，上赶着给咱家上眼药，真是可恨！"魏德气得直咳嗽，好不容易顺过气来，又道，"不过，咱家得让这老驴吃点儿教训。他不是想要声名吗？咱家便成全他！哼，不好好给他抻抻筋骨，他以为东厂是吃干饭的衙门！肖闫，你派人去外朝和市井散点儿话头。"

一个太监忙道："请公公示下。"

"公公扒灰，媳妇偷情，这戏码想必不会让人失望。茶余饭后，足够做一时笑料了。"

三言两语，便让万先成了灶中人，其子成了绿乌龟，不单坏其声名，更离间其父子感情，不得不说十分狠辣。然而这便是太监的作风，明面儿上斗不过，暗地里也能要人性命。什么君子之风，什么进退有度，在他们这儿都是狗屁。只要能达成目的，再下三烂的手段都能用。

"公公好计策，这下看万先那个老不死的还敢不敢胡说话。"钱正德觍着脸道。

魏德一个茶碗砸他头上，骂道："老不死的？你骂谁呢！"

魏德今年已经七十有余，寻常臣工早已到了致仕的年龄，太监不比外臣，到死都要做宫中鬼、城下泥。魏德自己可以骂别人老驴，偏听不得别人说这个"老"字。

钱正德顶着满头血和茶水，哭哭啼啼地磕头告饶。

魏德气依旧不顺，踱步到窗前，隔着步步锦的镂花看外头。紫禁城黑压压，斗拱屋檐钩心斗角，映在地上的影子像交战的兵戈。他长长呼了一口气，道："咱家吩咐的事儿都紧着办，成天除了溜须拍马就没正经事儿，个个都不成器！"

钱正德诺诺称是，这回连头也不敢抬。

"咱家要出宫，肖闫和沈玦跟着，其他人该忙什么去忙什么。"魏德戴上乌纱帽，沈玦和肖闫跟在后头。肖闫是东厂的人，要随魏德一道出宫的，手里提着宫灯，身子微微落后魏德，宫灯正好照在魏德脚下。

一路上曲径回廊，一重又一重，灯火迢递，蜿蜒犹如长蛇。

"新晋的李才人最近身子可还安康？"走了三射之地，魏德忽然问道。

皇帝子孙不昌，原先最是春风得意的大皇子一朝落马成了跛子。一国之君毕竟是千千万万双眼睛都盯着的人，不求才德无双，但求身体康健。若能再有子息，想必怎么也不会轮上大皇子登位了。

沈玦心知肚明魏德所问为何，道："宫人来报，才人上月未见天葵。不过才人向来身子欠安，早先也有空欢喜一场的例子。孕象五十日才见脉，儿子已吩咐御医二十天后再去诊脉。"

魏德原先阴云密布的脸松泛了些，含笑道："玦儿，你是咱家这一干儿孙中最成器的，却也是最不聪明的。"

"义父何意，儿子不明。"

"钱正德这厮只知道溜须拍马，才干半点没有，你可知咱家为何提拔他？"

就是知道也要说不知道，沈玦应了声："儿子不知。"

"笑脸迎人，会说话，便是咱家提拔他的理由。你看你，成日里摆个死人脸，咱们虽然有些权柄，归根到底是主子的狗，伺候人的奴婢。挂着笑脸，说点儿好话，主子们看了高兴，自然能够平步青云。"

沈玦手紧了紧，低声道："儿子明白了。"

"你回去，对着镜子好好练练。过几日咱家若看不到成效，你就不必在文书房待了。不会讨人喜欢的狗，要他何用？"

沈玦把魏德送到琉璃门，天已经彻底黑了。星辰高悬，肖闫跪在马车边上，魏德踩着他的脊背登上马车，拖着一队番子迤逦而去。

东厂的二档头又有什么用，仍然要当魏德的垫脚石。

沈玦眸光阴沉，整了整衣冠，沿着宫道回到内廷。因为在值房回话，他到现在还没有吃上饭。自出乾西四所以来，他已经许多天没有见到夏侯潋了。明日是七月半中元节，宫里头一大堆破事儿要忙，沈玦思忖了一阵，打了两份饭食。

如今他身份不一般了，膳房专门给他留饭食，不必和其他太监争来抢去的。他打了份夏侯澈爱吃的水晶虾饺，朝乾西四所而去。

冷宫依旧是凄凄清清的模样，灯笼许久没有换，旧旧的牛皮纸上落满了灰尘，让灯光更显得朦朦胧胧的，梦里似的。路上的花草许久没有修剪，通通爬上了道儿，哀怜地牵着行人的衣角。

旧时一同在乾西四所共事的太监欢欢喜喜地迎着沈玦，领着他往里走。

"沈公公当真是念旧，去了文书房，还想着咱们四喜公公呢！他今儿个身子不舒坦，早早儿就睡下了，奴婢帮您叫去？"

沈玦略略偏头，皱眉道："没用晚膳就睡了？"

"可不是吗？"小太监道，"其实前几日就不大爽利，只是没在意。您知道，咱们这身份没法儿请太医，只得自己熬着。不过有您来问候，四喜公公的病铁定能好！"

沈玦"嗯"了一声，脚步微微加快。那小子向来壮得像头牛似的，大冷天的还敢用井水冲身子，怎么就病倒了？不知此事，来的时候没有带药草，沈玦皱着眉头，琢磨明日去医署弄点金银花。

二人一前一后行走在幽暗的长廊中。昏昏的灯火映着沈玦膝襕上斑斓的细云江花，行动间，织锦裙裾撩出流云一般的弧线，小太监看得满脸艳羡。

"沈公公，您如今入了文书房，可谓是平步青云了。谁不知道咱们内廷里的文书房就是外朝的翰林院，外朝是非庶吉士不入内阁，咱们就是非入文书房不入司礼监。您又是魏公公的义子，只怕下任司礼监掌印就……"

"噤声！"沈玦冷睨着他，常日里温良恭俭的脸上透露出几分数九寒天的凌厉，"嘴把不住门儿，下回犯到别人手里莫怪咱家未提醒你。"

"是是，公公说得是！"

小太监吓得一哆嗦，连忙垂下头。

到了夏侯澈的房门前，沈玦微微朝小太监颔首，便踅身进了门，严丝合缝地将门闭拢，把小太监拒之门外。

小太监摸摸鼻子，想起沈玦方才的眼神，有些心有余悸地走了。

夏侯澈没有点灯，屋子里乌漆墨黑一片，沈玦进来也没听到夏侯澈出声儿，颇有些手足无措地站在门边上，不知道怎么说第一句话。

他们俩是不欢而散的。

夏侯溦死也不同意沈玦认贼作父，差点抄起静铁和沈玦打架。他向来是这样的暴脾气、硬骨头，上起火来便不管不顾。他从没想过，沈玦早已不是谢惊澜了。谢惊澜可以读书做官，清廉自持，沈玦不能。

只不过，只要夏侯溦愿意留下来，他怎么闹脾气沈玦都愿意哄着。

沈玦长长叹了口气，曲起手指叩了叩门柱："夏侯溦，我带了水晶虾饺，你吃吗？"

夏侯溦没吭声。

屋子里寂静一片，沈玦隔着幽幽的黑暗凝视那两片阖起的床帐，里头夏侯溦的人影儿像一团沉沉的黑云。沈玦垂下密实如羽的眼睫，将食盒放上方几，点起一支短蜡，道："夏侯溦，你怎么就想不明白呢？宫中内宦，原本便是主子的奴婢，层层依附，牢不可脱，除了仰赖皇帝妃子，便是仰赖太监的大拿，这是最便利的捷径。认贼作父，一时之屈而已，待我掌权，何愁今日之耻难雪？"

帐子里头动也不动，沈玦渐渐烦躁起来，提高声音道："夏侯溦，你到底听到没有？"

他三两步走上前掀开帐子，却见夏侯溦闭着眼睛躺着，满头都是虚汗，发丝粘在脸上，像刚从水里捞出来似的。沈玦顿时慌了，连忙去摇夏侯溦，叫道："你怎么了？怎么病成这样！"

夏侯溦这才迷迷糊糊地醒了，却连睁开眼都费劲儿，有气无力地说道："你怎么来了？"头晕得不知天南地北，他还惦记着沈玦认贼作父的事儿，嘴里犹自喃喃："少爷，别认那个阉贼当爹……"

沈玦伸手探他的额头，滚烫一片，皱眉道："你发烧了。等着，我去帮你抓药。"

刚要起身离开，夏侯溦不知道哪儿来的力气，一把抓住他的腕子，咬着牙拉回来，道："别去！"

"你干什么？"

"你哪儿都别去，听我说！"夏侯溦气喘吁吁，"少爷，读书才是正道！"

沈玦气笑了："我如今一个阉人，如何科考？你可曾见哪个士子是个阉人！"

"他们还能脱掉你的裤子看不成？"夏侯溦好不容易清醒了一点儿，强撑起身子和沈玦说话，"若是你担心资费的事儿，不必忧心，我这两年攒了点儿银子，供你读书绰绰有余。"

他开始絮絮叨叨："我一共攒了一百二十两银子，在京城典个小宅子二十两，吃喝拉撒每年撑死了三十六两银子，你洗衣做饭啥都不会，给你买个丫鬟二十两，哎，银子好像不太够用……"

沈玦："……"

"没关系，我娘有钱，找她匀点儿。你这么聪明，总不会考一辈子，或许三两年就能金榜题名。"

这个傻子，连恩科三年一开都不知道。

"你慢慢合计吧，我去抓药。"沈玦站起身。

"别……别走！"夏侯潋半个身子都伸出了帐子，偏生浑身酸软无力，差点滚下床铺。沈玦被他吓了一大跳，忙拽着他的胳膊把他扶起来。

夏侯潋躺回床铺，长叹了一声，道："我没生病！这……这是毒。"

沈玦蓦然一惊："有人给你下毒？"

"不是。"夏侯潋躺了回去，攒了会儿力气，才道，"是七月半，伽蓝刺客每逢七月半都要服药，我忘记把药捎出来了。你抓那些药，没有用的。"

"你为什么不早说！既然如此，你为什么还要留下来？你找死吗？"

"我以为能熬过去的……"

"有熬过去的先例？"

"没。"

沈玦气得差点吐血。

"我是说，没人试过，所以我想试试，"夏侯潋苦笑了一声，"不过现在看来，好像有点难。"

岂止是难，简直凶险。夏侯潋全身都发着软，四肢里像塞满了棉花，软绵绵地使不上劲儿。方才还好些，现在他连眼睛都开始发虚了，看沈玦的影儿时远时近，脑子像塞满了糨糊，脑筋转不动，糊糊涂涂的。

夏侯潋涩声道："给我倒杯水。"

他靠着床柱坐起来，沈玦把杯子递到他手里。沈玦手一抽开，杯子便掉在地上砸了个稀碎。

他连杯子都拿不住了。

"夏侯潋……"沈玦声音发着飘，"你……"

"不碍事。"夏侯潋摇摇头，想说点安慰的话，低头一瞧，只见手上满是血，当下头皮一炸，登时蒙了。

他后知后觉地摸上自己的鼻子和嘴，才发现从刚刚开始自己就在流血了，鲜红的血滴落在被面上，触目惊心。夏侯潋颤颤巍巍地躺了回去，两眼木呆呆地看着床顶布帐，一会儿的工夫，竟似只有出的气儿了。

完了，都七窍流血了，这回他怕是真的完了。

他从小就是混世魔王，天不怕地不怕的，连住持的米都敢偷，临到死境了，却发现自己还是怕死的。

死了之后是什么样呢？他没空想。眼前晃出许多人影儿来，头一个便是自己那个不靠谱的亲娘。他要死在宫里头了，想必她还在一个地方胡作非为吧，或者在哪个门派放肆大开杀戒，横波刀光似水，猎物竞相奔散。她从来都是那般，逍遥自在，想干啥就干啥。夏侯潋对她来说，不是儿子，而是负累。

他向来没心没肺的胸膛里生出点儿踏雪孤鸿的悲意来，埋骨荒庭，不为人知，从此以后，娘亲、师父和段叔真的再也找不到他了。

手指虚抓了几下，一双暖暖的手把他的手握起来，他侧过头，看见沈玦盈满泪的眼睛。

"夏侯潋，你感觉怎么样？你别吓我！"

也不算太惨，好歹还有个好兄弟给他送终。

"我……"夏侯潋张了张口，有血顺着唇缝流出来。沈玦掏出帕子帮他擦，擦完又流，怎么擦也擦不完。

"我身子好软，好像要成仙的感觉。"夏侯潋轻声道，"你说，我会不会真的成仙啊？说不定我是天上的仙人投胎转世，现在老天要收我回去了。"

沈玦死死握着夏侯潋的手，仿佛如此就能挽留住他："阿潋，你不要死，我不许你死！"

"少爷，听我说，我要交代遗言了。"夏侯潋擦干净沈玦脸上的泪，虚虚一笑。

他一向是这样温厚的性子，明明是他要死了，还要忙着安慰别人。

其实他一直对沈玦藏着愧疚，愧疚他没早点儿明白告诉沈玦伽蓝刺杀的事情，没能救下兰姑姑。沈玦少罹大难，如今又要失去他了。他死了倒好，一了百了，反正无知无觉，什么也不用想，可沈玦还要继续在这宫里磋磨受难。

答应沈玦的，带他去看花灯，留下来陪他，帮他报仇雪恨，最终都没能实现。

实在是对不住。

"若是你有机会出宫，老规矩，去城内最高的地方，把静铁放在那里，我娘就会来找你。她叫夏侯需，长得很漂亮，就是性子有点儿怪。你不用多说什么，就说小潋不孝，不能给她养老送终了，让她自己保重，少喝点儿酒，下次去杀人记得带'鞘'，不要总觉得自己天下无敌。我在伽蓝山寺山门前的第三棵树下藏了点儿银子，一百二十两，你让她拿来给你。我娘不缺钱，这些遗产都给你了。"

"我不要！"沈玦拼命摇头，泪水布满两颊，忽然想到什么，猛地抬起头，"你娘，对，你娘一定有药可以救你，我去找你娘！"

夏侯潋半死不活地拉他："找什么找，你在宫里怎么找得到？"

"不……"沈玦眼神有些躲闪，"我……我捡到你的那个晚上，看到你娘了，她在找你，还杀了几个羽林卫。"

闻言，夏侯潋愣在当场，问道："你怎么没说？"

"我怕你知道了就去找她了……我……"沈玦不敢看夏侯潋，狠狠一闭眼，站起身道，"我现在去找她，她或许还在皇宫。如果我找不到，我就想办法出宫，你等着我！"

"沈玦！"

沈玦头也不回地冲到门边，打开门，一个高挑的人影儿叼着一根草倚在门廊上。这回她没顶着满头鸡毛，黑亮的头发散在身后，衬得她肤白如雪，唇色如血。瞧见沈玦出来，她轻飘飘地掠过一个眼神，静谧月色中，那目光沉静如水。

这不是高娘娘。沈玦警觉地后退。

"老娘，"女人指着自己的鼻头，扬起一个微笑，"夏侯霈。"

她身上有洗不净的杀伐气，一颦一笑都似暗藏杀机。

刺客，这才是真正的刺客。

想起夏侯潋，沈玦克制住心里翻涌的恐惧，道："夏侯潋他……"

"我知道，起开。"夏侯霈把沈玦挥到一边，擦着沈玦的肩膀进门，走到夏侯潋的床边。

夏侯潋瞪大眼，一脸不可置信："高娘娘？"

"白养你这个傻儿子了，老娘换张脸你就不认得我了。"夏侯霈一面从兜里掏出一个药丸，一面没好气地说道，"两个选择：第一，不回伽蓝，留在这儿等死；第二，吃药，回伽蓝。选一个吧。"

夏侯潋反应过来，顶着满脸血不死不活地道："您真是我亲娘？"

"我还真是你亲娘，不是你亲娘能扮成疯子陪你待皇宫这么久吗？"夏侯霈撕下面具甩在地上，露出那张明丽到甚至锋利的脸。他们母子长得很像，特别是眼睛，阴沉沉的眸光像是锐利的刀锋。

"吃吧，夏侯潋。"沈玦忽然出声了，"别留在皇宫了，你不属于这里。"

"这话说得对。"夏侯霈笑道，"就你这傻样儿还想搁这儿混，给人塞牙缝都不够。"她扭头看沈玦，"你这小子，别用这眼神儿看我。这事儿我也没辙儿，生在伽蓝，命该如此。七月半每个人都要服，包括我，解药只有住持有。他刀法绝强，我甘拜下风，只能乖乖当他的爪牙。"

沈玦收了目光，看向别处。

叹了口气，夏侯潋接过夏侯霈手里的药丸，在嘴里嚼了几下，囫囵吞了下去。

身子还是发软，顿感困意袭来，夏侯潋气若游丝地说道："娘，让我先睡会儿，明早咱们再走。"

夏侯霈随便应了声，擦干净他脸上的血，帮他掖好被子，踅出帘子，坐在八仙桌旁，为自己斟了壶茶。

"他其实只有一个选择吧。"沈玦忽然道。

夏侯霈吹茶的动作一顿，撩眼看向沈玦。

"如果他不答应跟你走，你就会杀了我。"

夏侯霈笑了一声，道："我可没说这话。"

"七月半到底是什么？"

"苗疆的一种瘾药，只不过性子没有寻常瘾药那么烈，十天半月不吃就让人生不如死的，七月半每年七月半发作一次，及时食用解药便可，不食……熬是能熬过去，后果不清楚。"

"苗疆……"沈玦沉吟，"没有更多细节吗？"

"没有。"

"真的……没有别的法子了吗？"沈玦垂下头，"他不想回伽蓝，你知道的，他不愿意杀人。"

"你还不想当太监呢，咋的，你能不当太监了？"夏侯霈不以为意。

"你！"

"小少爷，你是聪明人，至少脑子比我家这傻子好使多了。"夏侯霈端着茶杯，莹白的瓷光在指尖流转，"人生在世，各自有各自的路，你们的路或许会相交，但绝对不会是同一条。"

沈玦却笑了："前辈不会六爻排盘之术，焉得如此笃定？"

"算命不会，看人的本事有点儿。"

"哦？在前辈看来，我是何人？"

"背信弃义、阴险狡诈、无耻下流之徒。"

"前辈倒是直言不讳。"桌子底下，沈玦用力握了握拳，嘴角的笑容却不减半分，"不过，前辈可愿跟小侄赌一把？"

"我可没你这样的大侄子。"夏侯霈说得毫不客气，"赌什么？"

"赌我能把夏侯潋从伽蓝救出来，还他自在，天地六合，再无人能令他卑躬屈膝，俯首听命！"

"有点意思……"夏侯霈撑着脸，修长手指遮住嘴边的笑，"我能问问吗，我家小潋到底有什么神力，让你这般为他筹谋？这个臭小子，连单刀杀术都使得七扭八歪，我夏侯霈一世英名，都要败在这小子的手里了。"

沈玦垂着眼，低声道："投我以木桃，报之以琼瑶，如此而已。"

"算了吧小少爷，我看你还是看看怎么帮帮自己吧，要报谢氏之仇可不是件容易事。"

"今上年近五十，沉迷声色犬马、金丹长生之术，非长久之相。皇权交接之时，便是魏德丧命之日。"沈玦掀起眼帘，双眸直直望向夏侯霈，"前辈，赌吗？"

夏侯霈唇边的弧度越发深了："赌期多久？赌注为何？"

"赌期十年，你赌你的信任，我赌我的性命。十年之后，夏侯潋未出伽蓝，沈玦将性命双手奉上。"

这赌局荒唐得很，偏生夏侯霈也是个荒唐的人，定定地看了沈玦许久，手一拍桌子，道："成交。"

沈玦缓缓吐了一口气，道："那么，前辈可以告诉我更多关于七月半的事了吧。"

终究比夏侯潋多吃了几年的米，他一直都知道夏侯霈并不信任他，对伽蓝诸事亦多有保留。

只不过，现在不一样了，他已经赢得了她的信任。

"七月半我知道的确实不多，能说的都说了。"

沈玦皱眉："前辈。"

"不过，"夏侯霈欣欣然笑开，"城南吉祥客栈的掌柜叶发财，花柳胡同窑子老鸨红三娘和她的干女儿红巧姐，酒糟胡同的卖酒郎朱开，啊，对了，还有詹事府司经局校书原子美，都是伽蓝暗桩。名字我给你了，接下来怎么做我就不管了。"

沈玦颔首。

当真好谋算。伽蓝暗桩，七叶伽蓝的最底层，便是弃了也不可惜。夏侯潋曾经说过，暗桩对伽蓝所知甚少，就连伽蓝山寺在哪儿都不知道，他就算抓到了他们，也不能对伽蓝造成什么影响。故而，他只能研究他们身上的七月半，除此之外，再干不了别的事情。

如此一来，就算他生出歹心，想要对伽蓝乃至夏侯潋不利，也无门道可循。

"多谢前辈。"沈玦道。

"行了，我得带他走了。"夏侯霈放下茶杯。

沈玦一愣："这么快？"

"夜晚好行路嘛。"

"前辈打算怎么走？"沈玦站起身，问道。

"还能怎么？一路杀出去。"

母子俩不管不顾的性子倒是一样。

沈玦叹了声，道："我知道一条密道，屋外深井，直通宫外景山。"

夏侯霈意外地转过头看着沈玦："原来那张地图在你手里。"

"不在，"沈玦道，"在我脑子里。"

夏侯霈拍了拍沈玦的肩膀，不无可惜地说道："要是你是我儿子该多好。人和人的差距咋这么大呢？行了，后会有期吧，小少爷。在宫里多照顾着点儿自己，别让小潋担心。"

她胡乱地给夏侯潋套上衣服。大概是七月半的缘故，被这么一番折腾，夏侯潋竟然没醒。

还没有长成的少年人，身子本有些单薄，谈不上顶天立地，如今余毒未清，脸上一丝血色也无，像纸片人儿。他眼睛紧紧闭着，嘴角残留了一点淡淡的血丝，像没有洗尽的胭脂。

沈玦拭去他嘴角的殷红："后会有期，夏侯潋。"

我们一定还会再见。

夏侯霈把夏侯潋扛在肩头，踏着满地月光走向枯井。

沈玦想起百宝柜里的静铁，忙拿出来，喊道："前辈，静铁！"

夏侯霈扛着夏侯潋往枯井走，无所谓地摆摆手："送你啦！"

沈玦抱着黑刀，守在窗前，目送夏侯霈带着夏侯潋跃入井中。只那么一下，衣袂翻飞间，人就不见了，连脚步声也未曾听得。庭院里霎时间安静了，只余铃虫不知疲倦地唱。

好静，好静。

他好像又回到和夏侯潋重逢以前，一个人在皇宫里扫雪的日子。满院的月色，恰似满院的雪，沈玦轻轻呼出一口气，好像看见呵气成冰，白烟袅袅。

那样寒冷的日子，他一点儿也不想回去，可终究还是回去了。

茫茫月光下，花叶摇曳成影，衣衫单薄的少年眸光寂寂，目若哀鸿。

第十六章 千机刃

　　密林婆娑，风吹过，排浪直翻到天边。这片林子十分老了，里头的树干都粗似水桶，得有两三个大男人合抱才能抱住。叶子叠着树枝，树枝叠着叶子，严丝合缝，偶尔才有一星半点儿的阳光漏下来。

　　夏侯潋在林间跳来跃去，猴子都不如他得心应手。下一步该落在哪根树杈上，手该搭在哪根伸出的枝叶上，他都心里有数，闭着眼也不会掉下去。

　　很快，他来到一处墓地。

　　墓地很大，足有上百个墓碑和上百把残刀，密密麻麻地挤在林子里。有的背靠大树，上头落满了鸟粪和落叶；有的墓碑已经断成了两半截，旁边零零星星散着腐烂的果子；还有的虽保存完好，也无人问津。

　　那是刀冢。

　　伽蓝历代刺客能找回尸骨的都葬在此处，墓碑上刻着其人平生杀几人，杀何人，又为何人所杀。他们的佩刀插在墓旁，活着的时候要替他们杀人，死了也要跟在主人身边受风吹日晒。大部分刀早已锈得不成样子了，似乎轻轻一掰就能折断。

　　他小时候很怕来这个地方。这里头埋的都是混世魔头、惊世恶棍，每把刀都饱尝鲜血。他总觉得这儿肯定飘了不少煞气沉沉的厉鬼，要不然就是从外面飘过来讨债的冤魂，总之不是个好地方。

　　后来他才发现，这儿就是个破落的墓地而已。

　　伽蓝刺客大多无父无母，无子无女，连来拜祭扫墓的人都没有，整个墓地不曾修葺过也不曾打扫过，比路边的野坟还不如。

　　夏侯潋从树上跳下来，在刀冢外规规矩矩地磕了三个响头。

第一卷 桃李春风一杯酒

"各位叔伯兄弟，英雄好汉，前辈老友，晚辈是第十二代住持弑心佛陀座下夏侯潋，眼下马上就要出发去徽州府刺杀一位老大人，手上没有趁手的兵器，只好来这儿借把刀。俗话说得好，江湖相逢就是兄弟，更别说咱们都是伽蓝的人。希望诸位多多包涵，莫见怪！我一定会好好对待您的刀，早晚擦一遍，晚上给它供奉鸡鸭鱼肉。对不住，对不住！"

拜完之后，夏侯潋站起身，沿着墓地外围走了一圈。里面的就甭看了，都不知道多少年前的刀，别对阵杀敌的时候嘎嘣一声断了，那就真是要命了。

最外围有一座新墓，墓边的刀单槽直刃，黑檀刀柄，内敛含光。墓主名唤唐岚，死于去年正月。他倒不是因为刺杀死的，而是被仇家围杀而死。夏侯潋以前在过年的时候见过他几面，印象里是个不苟言笑的男人。有传言说他是唐门叛子，被住持救了才入伽蓝的。

夏侯潋一眼相中了这把刀，先是在这墓前叩了三个响头，然后道："唐岚前辈，晚辈斗胆借您的刀一用，日后定然为您扫墓祭祀。对了，这里是我带来的一包纸钱，您在下面别亏待自己，买个女使丫鬟什么的，想吃什么用什么托梦给我，我一定烧给您。"

夏侯潋烧完纸钱，把手往身上擦了擦，站起来拔刀。这破刀有些分量，插得还挺深。夏侯潋小心翼翼地把刀往上提，忽然不知怎的，竟不小心掰动了刀柄。一根细如牛毛的寒针自刀柄尾部弹射而出，擦着夏侯潋的鼻头射入上方的枝干。

夏侯潋吓了一大跳，忙松开手，跌倒在唐岚的墓前，刀身处"千机"二字映入眼帘。

"前辈，您不想借我刀就罢了，犯不着要我的命吧。不过，我还真就是个倔脾气，您不给，我偏要！"夏侯潋跳起来，摩拳擦掌，使劲儿扭动刀柄，直把里头的银针都射干净了，才把刀拔出来，收进带来的牛皮袋子里，背在身后，原路返回。

山大得很，高入苍穹。山脚是伽蓝村，里头住着农夫和习刀的小孩儿，有时候刺客们下山会在那里补给。沿着羊肠山道到达山腰就是伽蓝山寺，刺客们的小屋零零落落分布在山寺周围。晚上从山上往下看，像茫茫黑夜散落天边的星子，每一盏灯底下都是一个抱着刀的刺客。但大多数时候，山腰上除了住持和夏侯潋是没人在的。整个山寺像噤了声，不见一粒火。夏侯潋像游鸦一样飘荡在空荡荡的山里，寻一处视野开阔的地方看漫天的星辰，看得累了就睡，醒来又是白天。

现在山寺静静地卧在黄昏里，乌沉沉的旧瓦染上一层金色。正值年中，大部分刺客都在外头奔波，有的或许已经不知道死在哪个犄角旮旯了。山寺孤零零地落在古木的簇拥里，像不会说话的笨拙老汉，一半的建筑已颓败了，露出粗糙的乌木骨架，隐隐还能看出烧过的痕迹。

那是他烧的。他小时候放鞭炮，炮仗蹿到山寺前面的草垛里，正好住持不在，下山化缘去了，等他回来，寺庙的一半已经成了灰烬。夏侯潋被吊在山门底下吹了一夜风，从此以后再也不敢摸鞭炮。

他顺便打了一只山鸡，爬上山路，经过山寺的山门，绕过一段荆棘丛，朝自己家跑去。他家是用竹子搭出来的竹楼，没有待客的地方，主屋被隔成两半，夏侯霈和夏侯潋一人一半。唯一的厢房用来堆杂物了，厨房搭在棚子底下。

夏侯霈还没有起床。夏侯潋把山鸡拔了毛，洗刷干净，放进锅里。他和这锅子是老相识了，打从八岁起他就用它做饭。

他跟猫儿狗儿似的被夏侯霈养大，平平安安顺顺当当长到如今实在很不容易。八岁以前是他最快活的时候，那会儿夏侯霈不放心他一个人待在山上，每回下山都带上他。夏侯霈去刺杀的时候，他就被寄放在客栈、酒楼的掌柜那儿，一觉醒来夏侯霈就回来了，还常给他带烤红薯。一大一小两个人蹲在门槛边上啃红薯，夏侯潋嘴巴嫩，红薯太烫，常常要吹上好一会儿才敢下口。夏侯霈却是个不怕烫的，骗他说帮他吹，结果一张嘴，半个红薯就不见了。夏侯潋哇哇大哭，夏侯霈笑得直打跌，变戏法似的，又从背后掏出个红薯递给夏侯潋。

夏侯霈干过的坏事不止这一桩。她以吓唬夏侯潋为乐。从小他就被告知小孩子喝茶会变黑，喝酒会变笨，洗澡不洗干净身上的胰子沫沫会长烂疮，掉了的牙齿没有及时长回来满嘴牙都会掉光。就这样，夏侯潋提心吊胆地长到现在，还经常做满嘴牙掉光的噩梦。

这都是往事了，八岁以后，夏侯霈再也没把夏侯潋带下山。

山鸡的香味把夏侯霈给勾了起来。她没有束发，一头黑亮的长发泼墨似的散在身后，踩着木屐走到锅边上，大手一伸就撕下来一只鸡腿。

"刀术不行，厨艺倒是不错。赶明儿我跟那老不死的说说，让你去村子里当个厨子得了。"

"滚！"

夏侯潋又炒了俩菜，摆上一壶小酒，夏侯霈吃得心满意足。酒酣饭饱，夏侯潋瞅着时机差不多了，试探着开口："娘，我想……"

夏侯霈没等他说完，手一挥："免了，别想。"

"我还没说呢！"

"知道你要说什么，"夏侯霈一边剔牙一边道，"想让你娘我陪你去把那个小少爷弄出来是吧？"

178

"真不愧是我娘,果然母子一心。"夏侯潋谄媚地给她斟酒。

"算了吧你,人家压根儿不想出来。"

"那是他一时鬼迷心窍。娘您不知道,他是天生读书的料。那个戴圣言戴先生,您听过吧,夸他是'美质良才''文追韩柳,诗比李杜',他不去读书,岂非可惜?"这些其实都是戴圣言夸本朝大家李东阳的话,夏侯潋把它们栽到沈玦身上,就盼夏侯需能同意。

夏侯需不为所动。

"我找秋师父陪我去。"夏侯潋撂筷子。

"你以为秋老弟就能答应你?"夏侯需"哼"了一声。

夏侯潋:"……"

"有能耐就自己去,找长辈帮你铺路算个什么?"

夏侯潋沉默了一阵,偏头道:"您为我铺什么路了?从小到大,您就没管过我。八岁那年,要不是秋师父把我抱回去,我早就饿死在这儿了。"夏侯潋八岁,夏侯需把他晾在山上。他什么都不会,坐在屋里哭得昏天暗地,直到饿得声儿都发不出,恰巧秋叶回山,把他捡回自己院里喂水喂饭,他才没给饿死。

夏侯需汗颜,道:"我八岁就能自己讨生活了,以为你也行呢。我离开之前也教过你怎么炒菜做饭啊,你不干得挺好的。"

"还有我哥。"夏侯潋低头捏自己的手指,"要不是摩睺罗迦说,我都不知道我还有个孪生哥哥。"

夏侯需半天没说话,夏侯潋抬头看了她一眼。她捏着酒杯,不知道在想什么。夏侯潋复又低下头去,撇了撇嘴,道:"我打听到他在黑面佛顶,我要去找他。"

牛鼻子山南边有一个巨大的悬崖,如斧凿一般纵切而下,却没有切出笔直的崖壁,而隐隐约约露出一座双手合十的巨大佛像。牛鼻子山山石泥土皆是黑色,佛像自然也是黑的,刺客们都唤它为黑面佛。

那处夏侯潋只远远看过,不是他没动过心思上去玩儿,而是太过陡峭,根本上不去,也不知道他哥和住持是怎么上去又怎么下来的。

"你自己往水里照照,不就见到了?"夏侯需道。

这个浑蛋根本没有想过去找他哥!夏侯潋拍桌道:"娘,您怎么能这样?您就不怕他怨你恨你?"

"大约不会吧。"夏侯需道,"弑心已经把他教成傻子了,除了用刀,连话都不会说。"

夏侯需侧过身子,还端着手里的酒,却一口都没有喝。细碎的发挡住了她的眼,夏侯潋看不到她的神情,只听见她声音似乎一瞬间老了许多。

"去见他又能如何?小潋,有时候错了就是错了,就算鞭手茧足,诋死谩生也无法弥补。"

"我……我没说您有错,就是有点儿狠心。"夏侯潋抓抓头。

"不,生下你们就是我的错。"

夏侯潋一愣。

"你不是说我不管你吗,小子?"夏侯需站起身,从屋里搬出一叠文书丢到他怀里,"这回的买卖,我领你去。"

"啊?真的?"

"我会为你守门,你自己进去和那个家伙打。无论你胜了还是败了,我都不会进去,也不会回头。我只干一件事,就是把想要进去的人杀掉。"

"那要是我输了,出来的人是他呢?"

"简单。"夏侯需勾起唇角,笑容在风中冰冷又张狂,"你娘我陪你一起死。"

江南夏日,雨来急骤。夏侯潋到徽州府的时候,正赶上雨脚如麻的时节。细细密密的雨点儿砸在青石路上,像密密麻麻的针脚。乌篷小船在水汽氤氲中沿着河道前行,夹岸是乌瓦白墙,绿柳红芍。

万春楼临着河岸,底下几艘画舫都是它家的,可以说是徽州府最大的妓馆。白天不待客,却也松泛不下来,轮值的小厮们要采买新鲜蔬果鱼肉,厨子忙着做不讲究新鲜的凉菜。

夏侯潋是专门伺候小娘子月奴的小厮,活儿没那么重,坐在门廊底下偷懒。

月奴如今是万春楼头等风光的人物,风头甚至要盖过花魁娘子,因为她马上就要嫁给新近致仕回乡的前锦衣卫指挥使了。上个月陆擎苍来楼里听曲儿,一眼就瞧中了端茶倒水的小丫头月奴。这是天大的好运气,月奴被卖进万春楼也不过几个月的光景,十三岁的年纪,苞还没有开,正学着打杂的事儿,没想到一眼就被陆擎苍看上了。

嫁给一个有钱有势的男人是妓子们最好的出路,尤其陆擎苍还曾是锦衣卫指挥使,万岁面前的红人。即便致了仕,万岁还送他一块牌匾彰显圣恩。

十三岁的丫头,还不知道什么。她只知道被爹娘卖进妓馆应该难过,却还不知道嫁给前指挥使应该高兴。夏侯潋便是因着这档事被新买进来的小厮,要跟着月奴一同陪嫁进陆府的。前日陆家来送彩礼,幢幢灯火中,月奴仰着巴掌大的小脸儿,低低问了夏侯潋一声:"小潋,你怕吗?"

第一卷 桃李春风一杯酒

我怕什么？该怕的是你。夏侯潋闷闷地想。

听说那个陆擎苍老不正经，爱玩些折磨人的花样。他在文书里看到姓陆的好几个姨娘都莫名其妙死了，被蒙着脸抬出陆府，给娘家发了点儿银子就算封了口。不过没有关系，夏侯潋会在陆擎苍碰月奴之前杀了他，或者被他杀。总而言之，这个新婚之夜都没法儿成了。

"有这闲工夫担心旁人，不如担心担心你自己。"身后传来熟悉的声音，夏侯潋仰起脸，看见秋叶慢慢走近。

秋叶像夏侯潋肚子里的虫似的，每回只要看夏侯潋的脸色就知道他在想些什么。

"秋师父，您怎么来了？"

"这回我是你们的'鞘'。你和你娘得手之后，我会在巷子口埋伏人手，为你们断后。"

得手？夏侯潋有些发愣。他三次刺杀，三次失败。这回他真的能得手吗？用脚蹭了蹭石砖缝里的泥，夏侯潋道："您能不能去劝劝我娘，让她别这么干，我一个人也行的。大不了就一死呗，犯得着这么逼我吗？我要得手了还好，那我要是死在里头了，那陆擎苍出门也把她给砍了，一家人齐齐整整死在陆府，这算个什么事儿！"

"你娘决定的事情，十匹马也拉不回来，我可没法子。"秋叶用乌漆扇子骨敲了敲手掌心，摇摇头道。

"唉。"夏侯潋叹了口气。雨渐渐小了，徽州城在逐渐散去的雾气中露出脸来，像揭开了一层薄薄的面纱。天气好了，人本该高兴才是，可夏侯潋的心像被什么东西压着，松快不起来。

"师父，"他望着湛蓝的天幕，道，"你说咱们为什么非得干这活儿？有意思吗？陆擎苍确实老不正经，恁大年纪了还想娶小姑娘，还老爱折磨人。但他是魏德的对家，因着是皇上奶妈的儿子，在朝堂上还能和魏德分庭抗礼，从魏贼的魔掌下救了不少忠良。现在他好不容易回到家乡，想着能颐养天年了，结果安稳觉还没睡几天，就被咱们搅和了。咱们杀了陆擎苍，岂不成了大岐的罪人？"

秋叶坐下来，笑道："我们家小潋是个好人呢。"

"行了，我知道，伽蓝之命，不得有违。我就发个牢骚罢了。"

"本来这话我不该告诉你，不过只要你不说出去，倒也无妨。"秋叶道，"小潋，你可知道是何人要杀陆擎苍？"

"他的仇家呗。他打打杀杀了一辈子，死对头铁定到处都是。"

秋叶道："锦衣卫，帝王鹰犬，皇家走狗。他其实和魏德没什么两样，魏德陷

181

害过文武忠良，他杀的人也不少。宣和二年，时任中书舍人的姚行被查出私放印钱，逼得一个农夫上吊自杀。此事可大可小，全在陆擎苍一句话。陆擎苍觊觎此人幼女，将他关入诏狱威逼利诱。姚行不从，当场自尽，姚家为了避祸举家迁出关外。如今其女已嫁与瓦剌王子，许诺伽蓝一百头牛、一百头羊换其首级。小潋，你说陆擎苍该杀吗？"

夏侯潋愣了半天，才道："咱们山上可养不了这么多牛羊。"

"是是非非哪有定论？人生百代，昨日之是转眼便成今日之非，今日之非明日又成了是。我再与你举一例，太祖皇帝起于田亩之中，父母皆死于饥荒。但他成了皇帝，照样征税赋、行徭役，王公贵族高高在上，往日与他同为贩夫走卒之人依旧贱如尘泥。往日他所痛恨的成了他所躬行的，他所怜悯的成了他所践踏的，你说到底什么是'是'，什么是'非'呢？"

夏侯潋不学无术惯了，被秋叶这么一绕脑袋都是晕的："这都什么玩意儿？难道不是他自个儿变坏了？"

"因为命该如此。"夏侯霈突然从后头冒出来，长腿一跨，坐在夏侯潋边上咬了口苹果，"譬如房屋，土石为基，砖木为骨，瓦片为顶。既有房屋，便有土石，便注定有人待在最下面。同理，既有仇怨，便注定有伽蓝，注定有咱们这些人，替他们偿还那恩仇。咱们伽蓝的准条是无是无非，只有恩恩怨怨。"

夏侯霈接着道："你不想干这人命买卖，当然可以。你看太祖皇帝不想当农夫，于是揭竿起义，推翻前朝。你自然也可以……"

秋叶微微一笑，接话道："毁了伽蓝。"

"开玩笑。我要毁了伽蓝，咱们大伙儿都得被七月半折磨死。"夏侯潋道。

"做出选择，承担后果，这是你走这条路必须付出的代价。"夏侯霈耸肩，"要不然就乖乖去干活儿。"

搞了半天，还是一点儿法子都没有，夏侯潋气道："说得轻巧，你俩怎么自己不去？"

"因为我们不是好人啊。"夏侯霈哈哈笑道，"想不到我生杀不禁，世人皆以迦楼罗之名止小儿夜啼，竟养出了个好人儿子。"

"滚。"夏侯潋站起身，踅进门里，不再理他们。

秋叶和夏侯霈还坐在廊下，看来还有聊天的兴致。

"你背上的伤怎么样了？"秋叶问道。

上回夏侯潋放跑了谢惊澜，本该被鞭打八十一鞭，打到第三十鞭就晕过去了，剩下的鞭子夏侯霈替他受了。可那时夏侯霈在大转轮王手底下受的旧伤还未愈合，又添上新伤，这一来二去，便落下了病根，常常疼痛难忍。

"老样子，没事儿，你别管。"夏侯霈跷着二郎腿，看阶前流成一溜儿的水珠。

秋叶瞧她这模样，深深叹了口气，又道："陆擎苍杀伐甚重，罪业难消，如此从尸山血海中爬出来的人成为小潋的第一滴血，他必将成为天下至强之刺客。"

"你还信这个？"夏侯霈笑道。

"要淬炼出真正的利刃，必以仇，必以血。"秋叶的眼睛望过来，目光幽深，"夏侯，这一点，你比我清楚。"

陆府。

万千雨箭落入乌瓦白墙间的河中，溅起半尺来高的雨珠，满世界沸腾如潮。

屋外风雨如狂，屋内春宵帐暖。月奴低低压抑的哭声渐渐响起，和在雨中听不分明。

门廊底下，夏侯潋道："临死之前，可以问您一个问题吗？"

"说。"

"秋师父到底喜欢男的还是女的呀？"夏侯潋笑问。

"滚你的，快进去。"夏侯霈一脚把夏侯潋踹进新房。身后有个路过的仆役惊呼了一声："你是何……"夏侯霈拔刀转身，将最后一个字封入那人的喉中。

红烛高烧，苍老但肌肉虬结的男人跪在床头，月奴满脸啼痕，使劲拽着红被遮住自己玉白的身体。

夏侯潋有些尴尬，抓了抓头。

陆擎苍裸着半身下床。他是个魁梧的男人，身上刀疤满布，像蜈蚣横亘胸膛。比起夏侯潋，他显得更加危险，像黄泉里爬出来的鬼神。

"我早说过，心里有情郎的姑娘我不要，我要的是心甘情愿嫁入陆府的干净丫头。那老鸨太贪财，我早应该派人好好打探一番。"陆擎苍眯眼望向夏侯潋，"你敢来我陆府抢人，倒是个有胆色的。"

"老大人误会了，我不是她的情郎。"

"他是我的小厮。"月奴低低出声，细若蚊喃。

"也不是。"夏侯潋左手压在刀柄上，"我来自七叶伽蓝，奉住持之命，送老大人往生极乐。"

"哈哈哈哈，原来是伽蓝的人。"陆擎苍声如洪钟，"八年前，我见识过伽蓝紧那罗的手段。那次宴席，他用蝉翼刀刺杀了我的千户，千户握着杯子低着头，大家喝得太高兴，都没有发现，以为他睡着了，宴席散了才发现他脖子上的经脉已经被挑断，血流了一地。"

"紧那罗是我的前辈。"

"我血债滔天，伽蓝杀我我并不意外，我只没想到，他们竟派你这么个小娃娃过来。怎么，在你们伽蓝眼里，老夫竟比不上一个小小的卫所千户？"

"大人言重了，在下会让你看见伽蓝的诚意！"话音刚落，夏侯漱拔刀出鞘，千机刀光冷若冰霜。

陆擎苍一脚踹向刀架，长刀凌空，他一跃而起抽出长刀。烛火中，两柄刀刃格在一起，光芒在刀尖上流淌，冰冷如玉。

"要杀我，孩子，你还不够格。"陆擎苍瞥了眼门的方向，朗笑出声，"该让门外那个来。"

瞬息之间，两人的刀刃碰撞了数十次。陆擎苍攻击十分强悍，每一次都让千机刀发出呜呜悲鸣，仿佛下一刻就要断裂。两人在滚雪般的刀光中碰撞，分开，再碰撞，刀与刀相接发出铮鸣一般悦耳又怆然的声音。数十招后，两人后退短暂停歇，夏侯漱的虎口已经裂了。

"你看起来比月奴大不了多少，十几岁的孩子，已经成了我的敌人了吗？"

"十四岁，足够了。"夏侯漱喘着粗气。

"这是什么世道啊，十四岁的孩子竟就要握刀了。七叶伽蓝无人了吗？"

"姓陆的，没人教过你杀人的时候不要说话吗？"夏侯漱嘶声大吼，扑向陆擎苍。他的刀势轻盈而凛冽，仿若以翅为刀锋的黑色蝴蝶。

陆擎苍却并不急着出刀，微微下蹲，藏刀于肘后。待夏侯漱近至三步之时拔刀而出，冷厉的弧光闪现于胸前，像沉沉黑夜里划过天幕的雷电。在两柄刃即将撞击的刹那，陆擎苍忽然拧转一个角度，身子跟着侧过，刀刃摩擦之时发出令人牙酸的声音，刀刃持续向前，划破夏侯漱左手手臂，顷刻之间两人背向分离，陆擎苍举刀而立。

这精微到呼吸之间的刀势变化，只有陆擎苍如此久经沙场的人才能使出，夏侯漱避无可避。

血沿着手腕流向刀柄，刺骨的疼痛折磨着夏侯漱的神经。他听到陆擎苍道："停手吧，孩子。十年之后，你或许能够杀了我。"

"老大人，你太天真了。当我踏入此地之时，我们之间便是不死不休！"夏侯漱转身，握刀向前，幽幽烛火中黑色的衣袂飞扬如翅，犹若飞蛾扑火。

杀人到底有什么意思？陆擎苍到底该不该死？

他不知道，也没有心思去想。他只知道，他不想让门外那个女人死在这里！

他想要活下去！

第一卷 桃李春风一杯酒

门外，暴雨如狂，夏侯霈割断第二十个人的喉管，鲜血喷涌如潮，和雨一同溅在刀刃上，沿着血槽簌簌下流。夏侯霈转过身，面对四周惊恐的家仆，斩下绝丽的一刀。

门内，夏侯潋一刀斩下，陆擎苍旋身避让，桌子霎时间四分五裂，红枣、栗子、百合四下飞溅如雨。夏侯潋不再硬碰硬，学着陆擎苍的刀势变化，在刀刃相接的那一刻扭转角度，刀刃偏移卸力。于是陆擎苍每一次用尽力气的一击都落空，来不及躲闪之时还被夏侯潋割伤。几十招下来，陆擎苍身上多了不少细小的口子。

死亡逼近之时，夏侯潋出奇地冷静。

他清楚地知道自己和陆擎苍之间的差距。但陆擎苍毕竟老了，气力有限，只要夏侯潋拖下去，待他精疲力竭之时，便是夏侯潋决胜之机。

汹涌的连斩之中，夏侯潋一次又一次扑向对方，刀势连绵不绝，仿佛永无停歇。忽然，陆擎苍鬼魅一般侧身一让，夏侯潋的刀竟然落空了！

刀势一断便无以为继，夏侯潋来不及转身之时，陆擎苍刀尖朝上然后挥刀向下，落下搬山举岳般的一斩，那一瞬间忽然变得极其长，夏侯潋看见那如山如海的一斩缓缓落下，即将劈开他的头颅。

他突然明白了，陆擎苍并非敌不过他的连斩，陆擎苍只是诱使他陷入无法自拔的节奏中，待连斩成为循环，他适应于极快的速度而无法变招的时候，便是陆擎苍反击的时刻。

这才是真正的杀场中人——有绝强的刀术，也有绝强的谋略。

但谁说，他要止步于此？

夏侯潋偏不后退，怀着一腔向死而生的孤勇，迎头而上！以胸膛暴露在陆擎苍的刀下为代价，进步挥刀，刀光飞溅如雪，斩向陆擎苍的肩头。他要比谁更敢赌，他可以去死，但是陆擎苍也会被废掉一条手臂！这样的赌注陆擎苍不敢，可夏侯潋敢！

"老夫很久没有见过你这样的年轻人了。"陆擎苍低低微笑，撤刀回斩。

两柄刀格在一起，夏侯潋和陆擎苍眼对眼。夏侯潋咬着牙道："过奖了，老大人！"

"那么这一斩，看你还能不能接住！"陆擎苍猛然前踏一步，双手握刀猛然下劈，仿佛无尽山海悍然压顶！

夏侯潋横刀在前，两刀相撞，发出刺耳的蜂鸣，但是，他挡住了！

然而，刺耳的咔嚓声响起。弧光猛地断裂，夏侯潋脑子里嗡的一声，下意识地后退跌倒在地。胸前狠狠一痛，陆擎苍的刀在他胸前撕开一个口子，鲜血汩汩流出。

千机，断了！

陆擎苍抓住机会合身前扑，夏侯潋顺手抄起一个杌子抵在身前。陆擎苍骑在夏侯潋身上，双手握刀，刀尖向下，直对准夏侯潋的面门。夏侯潋咬紧牙关，用杌子死死抵住陆擎苍，那刀尖离他仅仅只有几寸之远。

刀尖颤抖，渐渐逼近夏侯潋额头，在他眉上划出一道伤口，鲜血沿着眼窝流淌。刀尖继续向下，三寸，两寸，眼看就要到达夏侯潋的右眼。夏侯潋看到，陆擎苍双目赤红，血丝满布，犹如愤怒的鬼神。

胸前的鲜血不断流出，带走他的力量。夏侯潋咬紧牙关，额上青筋狰狞。

忽然，陆擎苍浑身大震，夏侯潋抵住的力顿时松了，愣愣地撑起身子，陆擎苍从他身上倒下来，露出身后的月奴。

月奴松了手里的断刀，跌倒在地上往后退，颤抖着唇道："不是我，不是我……不是我杀的……我不想的，可是……可是，我不想嫁给他……"

一根紧绷太久的弦忽然松了，夏侯潋浑身都失去了气力，站都站不起来。

陆擎苍圆睁着双眼躺在地上，直勾勾地瞪着月奴。他没有想到，他没有死在战场上，也没有死在刺客的刀下，却死在了一个弱不禁风的女人手里。夏侯潋看着他手上的劲儿慢慢松了，愤怒的双目变成了空洞的枯井，成了一具无知无觉的死尸。

夏侯潋深深吸了一口气，捡起陆擎苍的刀推门而出。

大雨滂沱，院子里的尸体堆积成山，地上血水横流，仿佛整座府邸的人都在这里了，此刻的陆府除了雨声便是风声，再无其他。那个鬼魅般的刺客背对着他仰望雨倾如注的天幕，瘦削的背影像一棵孤生的古竹。

夏侯潋抹了把脸上的血，唤道："娘，我赢了。"

明明已经结束了，可他心里一点儿高兴的感觉都没有。他不自觉又深吸了一口气，吸了满鼻子的血腥味儿。

"小潋，你是真正的刺客了。"刺客的声音有些沙哑，"男子汉当自强，娘不能罩你一辈子，你要学会自己保护自己，再去保护你想要保护的人。"

"娘……"

天空闪过一道长长的闪电，像天幕间撕开一道狰狞的裂缝。世界白了那么一瞬，就在那一瞬间，夏侯潋看到她的背上深了一片，像漆黑的墨迹。

她穿着黑衣，他辨不分明，是雨，是汗……还是血？

疑问很快得到解答。夏侯潋看到地面上，夏侯霈的脚边，蜿蜒出一道暗红色的血迹，像冰冷的蛇一样爬行，和雨水汇合，散成红墨。

夏侯霈颤抖着，如凄风中的枯叶，脊背缓缓低了下去。

"娘！"

第十七章 步青云

黄昏时分，落日淹没在宫楼尽处，琉璃瓦染上一层薄薄的金色，远远看去，像满目的碎金。

沈玦亲自捧着一碗参汤去往承乾宫。如今承乾宫有了新主子，是刚产下二殿下的李贵妃。三年前死在承乾宫的那个妃子已经被人淡忘。宫里头就是这样，人死了就像灯灭了，再泼天的荣宠也烟消云散，死了人的宫院照样住人，仿佛只要有帝宠荣华，鬼魂便不敢来侵扰。

重重深宫，哪个宫院不曾死过人呢？

沈玦低着头，踏入门槛，进了圆光罩，李氏坐在宝座上冷眼瞧着他。那是个眉目清淡的女人，长得不算大气，还是才人的时候着一身天青色的马面裙。皇帝见她柔婉温和，一夜临幸，便有了二殿下。纵然她曾经温婉和顺，如今满身琳琅首饰，也堆砌出盛气凌人的模样。

"皇上呢？"李氏瞧着十指上的丹蔻，冷丝丝地开口。

"陛下日理万机，凤兴夜寐，不曾得空来瞧娘娘。不过娘娘放心，陛下无一时不惦记着娘娘，这不，刚和前朝的大人们议完事，便催着奴婢送参汤来了。"沈玦脸上挂着得体的微笑，半分不多半分不少，像衣服上的绣饰，梁柱上的雕花，缺之不可，恰到好处，"陛下还嘱咐奴婢，定要看着娘娘喝完才能走。"

李氏扬了扬手，身边一个宫女走到沈玦跟前，端起参汤递到李氏眼前。

李氏低着头用勺拨了拨汤面上的油花，道："参汤倒是日日有，陛下却没有亲自来过哪怕一回！怎么，嫌我生了孩子，胖了、丑了？"李氏撩眼瞥向沈玦，嗓音蓦然一沉，"还不是因为你们这起子杀才，尽日里领狐媚子到陛下跟前媚主邀宠！

你当本宫不知道吗？前几日魏公公进献的扬州瘦马可是风光得很，陛下去豹房都带在身边，美人与猛兽，真是相得益彰！"

沈珏愈发低眉顺目："娘娘说笑了，那不过是陛下寻新鲜，一时的小玩意儿罢了，哪能和娘娘比？连个封号也不曾博得的妓子，娘娘何必放在眼里。"

"本宫不放在眼里，怕是过几日，你们便不把本宫放在眼里了！"李氏气得咬牙切齿，连托盘带汤碗一同扔向沈珏。边上人一声惊呼，沈珏却硬是动也不动。汤碗没扔着沈珏，狠狠摔在地上，四分五裂，破冰似的脆响。可那木质托盘却砸在了沈珏额角，鲜红的血珠沿着乌纱帽的系带往下滴。

沈珏毕竟是司礼监秉笔，魏公公跟前的红人，连皇上对他也多有倚仗，前朝后廷，谁不卖他几分薄面？李氏竟敢对他下这么大的脸，边上人都心惊胆战。

沈珏唇边的笑弧却半分也不减，仿佛这伤不是在他额上似的，只欠了欠身，道："娘娘言重了，您是主子，我们是奴婢，天底下哪有奴婢不把主子放在眼里的道理？娘娘刚生产完，身子虚弱，没拿稳汤碗，不慎洒了，奴婢这就去膳房再送一碗过来。"

李氏还欲发作，边上的宫女悄悄扯了把她的袖子。她才想起沈珏是皇上跟前行走的人，现下破了相，皇上铁定会问起，若让皇上以为她骄横跋扈，只怕这生下二殿下博来的恩宠都要断绝了。

李氏拂了拂袖子，咳了声，道："那你脸上的伤……"

"这伤是奴婢不当心摔的，娘娘不必忧心。"

"嗯，走路看着点儿。"李氏清了清嗓子，仍是不可一世的模样，"本宫是贵妃，又生了二殿下，沈公公，你是个聪明人，应当知道你若肯效忠于我，日后定然少不了你的好处。"

"娘娘说笑了，奴婢任职于司礼监，理应为陛下分忧。"沈珏油盐不进，依然是不动如山的模样。

"哼，不知好歹的东西！"李氏横了沈珏一眼，"下去吧！"

等沈珏走了，李氏方瘫坐在宝座上，深深呼出一口气。

边上的宫女蹙着眉道："娘娘，您这是做什么？若非沈公公暗中提醒参汤里不干净，您恐怕就要日日缠绵病榻了，哪里还有如今这康健身子？"

"我这不是做戏吗？谁承想近几日吃得太好了，力气长了许多，居然就把他给扔中了。你说这人，也不知道躲躲，这能怪我吗？"李氏绞着手里的帕子，嘟囔道。

"唉，这可如何是好？魏德那个老贼要杀母夺子，这参汤日日都送，咱们耍性儿摔个三两回，偷偷倒掉三两回，窗台上那株君子兰都被浇死了。"

第一卷 桃李春风一杯酒

自从李氏产子，这参汤就没有断过。李氏一开始还千恩万谢，以为陛下垂怜，自己终于飞上枝头当凤凰了。可慢慢地，李氏便觉得身子怠懒，脑袋发晕，一天到晚不是坐着就是躺着，太医来看也瞧不出什么。直到上个月送汤的人换成了沈玦，沈玦临走时落下一张巾帕，上头写着"参汤有毒"，她和贴身宫女才恍然大悟，又惊又怕。

大殿下跛脚，若有个健康的孩儿出世，年纪再小也是个强劲的竞争对手。魏德和大殿下走得近，又是陛下身边的人，事无巨细都经他的手，要在参汤里动手脚不是难事。

李氏不是个有野心的人，可运道落在了她头上。陛下统共就两个孩儿，未来的皇上非彼即此，她不争也得争。

李氏沉吟一阵，站起身，拍桌道："魏德那老贼定是要看到本宫病得快死了才罢休，那就如他所愿。称病，闭宫门！"

另一边，沈玦出了承乾宫才掏出绣帕捂住额角，低头一看，护领已经被染红了一片。小太监沈问行候在天街上，见沈玦这模样唬了一大跳，忙问道："干爹，您这是怎么了？"

这是沈玦今年开春的时候认的干儿子。太监没法儿生养，认亲是常有的事儿，孤身一人，认个干儿子图个热闹，亲亲热热叫"干爹""干儿"，听着喜庆，老了死了，便让这干儿给自己送终。

可沈玦要的不是热闹喜庆，而是为了培植自己的羽翼。收干儿就意味着提携帮衬，相对地，他自然就成了沈玦最忠心的心腹。

沈问行今年十二岁，八岁时入的宫，没进宫的时候是个走街串巷的小乞丐，坑蒙拐骗无恶不作。他转着眼珠子想辙儿的时候，那蔫儿坏的模样有几分像夏侯澈。或许也是因为这个缘故，沈玦才认他当儿子。

"无妨，一点小伤。"

沈问行看了心疼，他干爹神仙似的容貌，破相了可怎么好："儿子那儿有些凝肌膏，一会儿拿过来给您使，保管不留疤。"

沈玦摇头说不必，问道："吩咐你办的事儿如何了？"

"有些眉目了，南边儿传来话，在苗疆找着了当地耆老，说五十年前有一群黑袍面具人买走了所有踯躅花和花种，还带走了一些药师。被带走的药师再也没回去过。这事儿蹊跷得很，我看这些黑袍人就是伽蓝刺客，那些药师八成是被灭口了。"沈问行细声说道，接着从怀里掏出一张纸，递给沈玦，"这是那老人画下的踯躅花，儿子已吩咐人按照这样子找了。苗疆花植丰茂，定还有野生的踯躅花。"

"不错，"沈玦点头道，"分两拨人，一队继续搜寻踯躅花，一队查探那些黑袍人究竟是怎么回事儿。若有消息立刻告诉我。"

沈问行点头哈腰，末了不忘拍个马屁："亏得干爹博闻强识，若非您在云贵地方志上发现踯躅花毒性与七月半相似，咱们现在还在兜圈子呢。"

沈玦却还嫌不够快。他能慢慢查，可夏侯潋等得了吗？这几年他也一直在查探夏侯潋的消息，可江湖上压根儿没这号人物。不知道是那小子根本没有混出个名堂，还是已经死了。

沈玦压了压嘴角，没言声。沈问行觑着他的神色，他不笑的时候眉目里都透着清冷的味道，像冬日里横斜梅枝上的白雪，空山里的朦朦月光。

与沈问行分别，沈玦回房换了身干净衣裳，径自去魏德那儿回话。

天色暗了，煌煌灯火次第起了，迢递连成一片，白昼似的。沈玦进了文书房。太监们见了沈玦，纷纷站起身来问候，恭恭敬敬地道一声："沈公公。"

沈玦微微颔首，便算是打过了招呼，暂身转过落地屏风。帷幕后面，魏德用银钩子逗弄着鸟笼里的雀儿，漫不经心道："回来了？"

"义父万安。"

魏德转眼瞧见沈玦额角上的伤，嗤道："是个不成气候的。送十回的参汤打了九回，如此恃宠生娇，便是有二殿下傍身也没法儿长盛不衰。"

魏德将银钩放在沈玦手里，沈玦恭敬地接了，跟在魏德身后慢慢地走。

魏德撩袍坐在地屏宝座上，捻着腕上被把玩得光滑透亮的菩提子，意味深长地说道："女人家，有了荣宠和儿子就以为有了一切。理是这么个理，可事儿不到最后，谁知道鹿死谁手？何况襁褓里的孩子，能不能长大还不一定呢。"

如此大逆不道的话，沈玦听了一点反应也没有，依旧神色平静，仿佛魏德在说的不过是家长里短。

魏德留心看着沈玦，见他面容波澜不惊，方满意地笑了："玦儿，你的火候到了。肖闫那个不中用的，强占别人的田庄，被御史台那帮酸儒参了一本，皇上要撤了他。东厂提督之位不可无人，咱家已向陛下请了恩旨，明日你便去东厂吧。"

沈玦睫毛轻轻颤了一下，俯首跪地，声如佩环相击："谢义父。儿子定当为义父赴汤蹈火，在所不辞！"

山上已落雪了，夏侯潋裹着袄子抱着膝盖坐在廊下看满院梨花似的飞雪。往常这个时候娘亲早就回来了，那家伙怕冷，不愿意在大冬天赶路，只想窝在被窝里挺尸。可是现如今山上的雪越来越大了，还不见他娘回来的身影。

第一卷 桃李春风一杯酒

她应该带上了"鞘"吧?她临走的时候满山的叶子都红了,她提溜着酒壶扛着刀大摇大摆地朝红叶深处走,像走进了无边的火。夏侯潋喊她记得带"鞘"。"鞘"是伽蓝分派给刺客的接应人,当刺客得手或者败逃,"鞘"会出现掩护刺客逃走。毕竟一个合格的刺客太难得了,尤其是夏侯霈这样的绝世名刀,倘若哪个刺客有个万一,对伽蓝这样穷苦的组织来说都是不小的损失。夏侯霈没有回头,只是摆了摆手,信誓旦旦地说,这回一定带"鞘"。

现在离夏侯潋第一次独立刺杀已经过去了三年。他三年前才知道原来那次他放跑谢惊澜,有五十一鞭是他娘替他挨的,还因此落下了病根。那一次,目睹从来威猛无匹的夏侯霈倒在他身前,他才知道夏侯霈并非战无不胜。她是他心里的神话,可她也是肉体凡胎。一夜之间,他仿佛一下子就懂事了,乖乖去做买卖,不再有怨言。

三年之间,他断了三把刀。除了伽蓝八部,伽蓝其他的刺客都没有名号,江湖人惯以他们的佩刀刀名称呼他们,可夏侯潋年年换刀,谁都不知道那个没有名号的刺客到底是谁,有人偷偷地称呼他为"无名鬼"。

夏侯潋望着空空的庭院发呆,没来由地心烦意乱,起身进了夏侯霈的屋子,翻找她的文书。簿子乱七八糟地堆在床头,大多数都是她不知道从哪里搜罗来的话本子。夏侯潋花了一会儿时间才找到她这回的刺杀文书。

蝇头小楷密密麻麻,夏侯潋燃起一盏灯,坐在案前。

夏侯霈要杀的是柳州惊刀山庄的庄主柳归藏。这个名字夏侯潋听过,他是江湖上公认的刀术宗师,是戚家刀后人的弟子,十三年前单挑三山十六派,场场皆胜,更逼得一个门派封山不再收徒,从此一举成名天下知,无人再敢直面他的刀锋。

不过夏侯潋听到这个名字的时候,那些人并非在称赞此人的丰功伟绩。要知道,坊间的流言蜚语不带点让人想入非非的桃色外衣一般是传不开的。

这柳归藏在外头打拼了大半辈子,却栽在了自己的后院里头。他妻妾成群,比之皇帝老儿尚有过之而无不及。他待女人也不错,自己分身乏术,便常常让戏班子在庄子里头唱唱曲儿给妻妾们解闷。

可有一日,一个不甚得宠的小妾听了《西厢记》,竟毅然决然地和庄子里的一个门徒私奔了。柳归藏勃然大怒,千里追杀,直从柳州追到朔边,在他们要出关的最后一刻把这二人给逮着了。他将男人带到泰山山顶挫骨扬灰,将那女人的尸骨沉到东海,让他们死了也不能相见。

这件事儿坊间传了好一阵,有的说柳归藏残忍无情,有的同情那对男女下场凄惨。直到宫里头的李贵妃产下了二殿下,皇帝龙心大悦大赦天下,百姓的注意力纷纷转移,这事儿才算过去了。

夏侯漱觉得柳归藏只是好面子罢了，那小妾在院里头并不受宠，却被如此赶尽杀绝，归根究底，是因为她让柳归藏背上了绿头乌龟王八蛋的名声。只是不知道刀术宗师的刀术比之夏侯需如何。

住持曾说，他娘的刀无憎无恨，无垢无情，有生灭万法之象。虽然夏侯漱不学无术惯了，压根儿没有听懂住持到底在说什么，但是这应该是夸他娘很厉害的意思吧。

雪下得愈发急了，簌簌之声铺天盖地。夏侯漱趿拉着鞋子推开窗，入目处，山头已白。

柳州，夜，大雨滂沱。

密林树影幢幢，高大的榉木像矗立的鬼影。刺客在林间穿行，气喘吁吁，每一步都在潮湿的腐枝枯叶上按下一个血淋淋的脚印。

她的身后，数十名山庄门徒穷追不舍，手中长刀寒光如雪。

"鞘"呢？接应她的人呢？

奔跑了许久，预想中本该出现的人迟迟未现身，刺客眼中第一次有了惊愕。

肩背的疼痛犹如烈火灼烧，腰侧、手臂、大腿的伤口像一个又一个空洞，她所剩无几的鲜血全朝那儿往外涌去。惊刀山庄的门徒仿佛可以未卜先知，在她逃亡的每条路径上都安插了埋伏，她退无可退，亦避无可避。

她终于停了下来，无尽苍穹倾下万千雨箭，每一支都狠狠扎在她不堪重负的肩背上。

痛，刻骨铭心的痛。

门徒团团围了上来，冰冷的刀尖指向那个穷途末路的刺客。

"你已经无路可走了，迦楼罗，束手就擒吧！"

多少年了，她已很久没有听过这样的话。上一次听见是十五年前，三十余人围住了她的去路，她凭着一把横波，斩下十五人的头颅，刺穿七人的心脏，砍断八个人的手脚，浑身浴血而出，仿佛地狱修罗，一战成名。从此迦楼罗便是森森阎罗的代名词，天下人只要一见横波，便知死期将至。

她桀桀笑起来，一如往常，狂妄至极，放肆至极："无路可走？生路死路一样是路，老娘怕你们不成？"

横波刀横于胸前，仿若一弧月光，刺客蓄势待发，每一刀必要斩下一个头颅。

"慢着！"一个低沉的声音忽然响起。

门徒纷纷向两边退开，让出一条窄窄的道路，大雨中，一个高大的男人提着刀

第一卷 桃李春风一杯酒

缓缓走近。

"你的敌人是我，迦楼罗。"柳归藏停下步子，站在夏侯霈的三尺之外。这是一个最安全，也是能够最快进行攻击的距离。他们的刀只有三尺，这个距离刀无法达到，可他们没有离三尺太远，只要跨前一步，战斗便一触即发。

"我等你很久了，我知道你迟早会来。我是天下第一刀，自然要由你这个天下第一的刺客刺杀。"柳归藏是个魁梧的中年男人，头发斑白，脸上的皱纹像一道道沟壑，他的目光阴沉而又锐利，当他看着别人的时候，总是让人联想到鹰隼。

"抱歉，"夏侯霈扬起一个挑衅的笑容，"天下第一刺客是我，天下第一刀也是我。"

"果然狂妄。"柳归藏极轻地笑了起来，他的笑很僵硬，仿佛硬拉着嘴角往上提，"什么名头都是世人给的，你是不是天下第一不重要，关键是那些蠢猪烂驴怎么看。我很好奇你的刀法，但我不会被你打败，你注定要死在这里。到时候，天下都会知道，是我柳归藏杀了你迦楼罗。"

夏侯霈闷笑，眼角眉梢都写着让人恼怒的嘲讽："喂，丑八怪，你知道你为什么没办法当天下第一刀吗？"

柳归藏没有介意夏侯霈对他的称呼，问道："为什么？"

"要成为天下第一刀，当然首先要成为一把刀啊。你歪心思这么多，还是认命当个人吧！"夏侯霈微微矮身，像豹子一般猛然前扑，横波与柳归藏的刀刀刃相撞，迸溅出凌厉的刀光。

柳归藏偏身后撤，再次接下夏侯霈的一击，道："好一个心如止水的刺客。难道你不想知道，你为什么会死在这里吗？"

夏侯霈不屑一顾："没工夫跟你扯淡，还有个傻子在家等我吃饭，你奶奶我赶时间！"

刹那间，刀光铺天盖地地笼罩了柳归藏，漫天大雨都仿佛畏惧夏侯霈排山倒海、连绵不绝的刀势，纷纷避让那锐利的刀刃。柳归藏的眼睛简直跟不上夏侯霈的刀，只能凭借常年积累下的对危险敏锐的嗅觉来闪避那雷霆般的斩杀。

这不可能，不可能！夏侯霈早已遍体鳞伤，为何仍然能如此敏捷？

黑夜中，那个女人的双眼犹如妖魔之瞳，他的每一个动作，甚至下一个动作都能被她看穿。但是她毕竟不是妖魔，柳归藏沉着地感受她的呼吸和刀势，她是人，她会疲倦，更会衰竭。

果然，夏侯霈终于难以为继。刀势中断，绵密的刀法中出现了纰漏。方才的凶猛不过是昙花一现、回光返照，柳归藏抓住机会，对准夏侯霈的心脏送出一刀。

夏侯霈咬着牙以肩膀挡住那绝命的一刀,然后抬起左手射出袖里箭。短小的箭矢划破黑夜,扎入柳归藏的右眼。

他忘了,她是个刀客,更是一个刺客。

柳归藏痛苦地大叫起来,门徒纷纷扶住他将倒的身子。夏侯霈靠着树干一边喘气一边笑:"这下好了,变成独眼丑八怪了。"

"来人,杀了这个女人!"柳归藏用余下的那只眼盯着夏侯霈,阴森地嘶吼,"断其头,分其肢,抛尸市井,日曝风吹,万人嘲笑,让所有人知道迦楼罗的下场!"

门徒一拥而上,像扑向猎物的猛禽。夏侯霈嘶声大吼,如向死而生的孤狼,如沐血而生的修罗,挥刀砍破黑夜。

黑暗的天穹,一颗星星也没有,只有无数凶猛的雨滴砸在脸上。

她想起许多年前,她站在黑面佛顶,黑衣的僧人来到她的身后。

"你应当把夏侯潋也交给我。"

"喂,死秃驴,别告诉我你要反悔。"

"你无敌是因为无所牵挂,你挥动横波就像挥动自己的手臂。现在横波有了挂碍,它会变重,你终有一天会再也挥不动它。"

黑面佛顶可以眺望整座大山,夏侯霈举目远眺,松涛翻涌如海潮,潮起潮落,此起彼伏。她穷尽目力,似乎看见有个脏兮兮的小孩跳跃在大树间的残影。她的眸中忽然有了微风掠开水波的涟漪,每一条波痕都藏着难以言说的温柔,那是她从未有过的表情。

"怕什么?"她记得自己那时说,"有朝一日他成为顶天立地的男子汉,那么我也不必再挥起横波。"

血和雨混在一起溅在脸上,她看见门徒的脸庞有的惊惧,有的凶狠,有的疯狂。他们在大雨中鏖战,你来我往,不死不休。

这是她最后一次挥刀,一瞬间,她仿佛看见那个眼里有星辰的孩子。

"小潋——"

答应我,不要害怕。从今以后,你将孤身一人,奋战终夜。但即便风雨如晦,黑暗如铁,敌人和荆棘也会被你的双脚碾碎成泥。

愿你刀剑不摧,风雨不侵,在漫漫长夜的最深处,终见天明。

五柄刀砍在她的左手臂上,三柄刀击中了她的小腿。她一下子跪倒在地,背后有无数柄利刃刺进身体。她头破血流地倒在地上,横波落在了门徒的脚下,被踩进了污泥里。夏侯霈用最后一丝力气抽出腰间的匕首,一刀一刀划在自己的脸上。背上的刀不再砍,门徒改用脚踹、踢、踩。更多的人加入对迦楼罗的讨伐。她全身的骨头都已断了，残破的左手挂在身上，等门徒把她翻过来的时候，她已断气多时。

柳归藏命令门徒把她拉起来，两个门徒一人拉着迦楼罗的一只手，将她立起来。然而左手忽然断了，迦楼罗的身子又歪了下去。门徒扶住她的腰，再次把她提起来。

柳归藏拾起地上的横波，一刀斩下了迦楼罗的头颅。

第十八章 不留行

"小潋——"

仿佛从辽远的山川之外幽幽传来,夏侯潋睡得迷迷糊糊间听见了夏侯霈的呼唤。他揉着眼睛从床上坐起来,懵懂地推开门。外面的冷风一拥而入,吹得他狠狠打了一个激灵。

"娘?你回来了?"他喊道。

无人应答。

打开夏侯霈的房门,里头一如昨日,丝毫没有有人来过的痕迹。夏侯潋心里终于慌了,忙穿好袄子跑去秋叶家。

秋叶在喂鸡,毡帽上粘了几片鸡毛。夏侯潋隔着篱笆喊道:"师父,我娘还没回来!"

"或许是路上耽搁了,小潋,你别担心。"秋叶抬头看他。

"我知道,"夏侯潋道,"肯定是路上耽搁了。我就是想去接她,大雪封山了,我担心我娘认不着路。"

秋叶轻声道:"去吧,小潋。记得先去住持的饭钵里拿药,没人可以拦你。"

夏侯潋重重地点头,转身跑了。

颓圮的山寺破破烂烂,枯朽的桩子和大梁光秃秃地露在外头,挡不住山上呼啸的冷风,只能任由它们席卷天王殿。黑衣的僧人蜷着手脚坐在漆黑的佛像脚下,指头夹着棍子有一下没一下地敲着木鱼。夏侯潋蹑手蹑脚地靠近住持的身后,伸长手去够蒲团边上的饭钵,里面装满了黑漆漆的药丸子。

药丸子不多不少,刚好够所有刺客的数目。夏侯潋拿了两颗,悄悄往后退。等他退出天王殿的时候,住持刚刚睡醒似的睁开眼,翻了一面经文。

夏侯潋偷了段叔的老马和一壶酒,背着包袱,一个人穿越漫漫的风雪,下了山。没人知道他怎么从山里走出来的,他出现在山脚的时候,整个人像雪人似的,山脚的村民还以为他是雪山里的神仙。

老马已经奄奄一息,夏侯潋换了一匹马,日夜兼程,直奔柳州。

柳州不是很大,从南到北是一百五十丈的距离。夏侯潋到的时候是大清早,在城门下马,对着地图找暗桩。

伽蓝在柳州埋伏了五个暗桩。每个暗桩管着一个暗窟,刺客们把暗窟叫作驿馆,是刺客落脚的地方。暗窟藏在暗桩的家里,有的是地窖,有的是橱柜后面的密室。暗桩通常是平民,有人甚至家徒四壁,可是推开暗窟的活门,就会看见里头铺着罗刹人的地毯,墙上镶着夜明珠用以照明,连夜壶都是金子做的,京城的暗窟还提供身段妖娆的娼妓作陪。

住持吝啬到连山寺都不愿意重新修葺,却把暗窟装饰得金碧辉煌,只为了刺客可以调整到最佳状态,挥下那计划之中绝命的一刀。

夏侯霈一般不在暗窟落脚。她嫌那里地方逼仄,不透风,有的暗桩做的菜还不合她胃口。她每年去秋叶那里打劫人皮面具,然后肆无忌惮地住城里最好的客栈,去最好的酒楼吃饭喝酒,兴致来了还会和其他醉鬼打一场一对多的群架。夏侯霈是个独行的刺客,却喜欢待在人多的地方。在她还会带着夏侯潋下山的时候,她经常带他去庙里听戏,去妓馆听曲儿。小小的夏侯潋被姑娘们抱在怀里挨个逗着玩儿,圆嫩的胸脯和喷鼻的香气让他头晕目眩。

夏侯潋从城南的花柳巷走到城东的脂粉铺,又从城东的脂粉铺走到城西的义庄,把暗桩都挨个问了一遍,果然,所有人都说压根儿没见过迦楼罗。

夏侯潋又找到了她住过的客房,掌柜说她付了三个月的房钱,可是只住了一个半月。掌柜没把屋子留着,又另给了新的客官。

她还是没带"鞘",夏侯潋气得踢墙根,这下一丝头绪也没了。她不向上头申请给她安排个"鞘"接应刺杀,上头就不会下命令到地方,再加上她又不在暗窟落脚,柳州的暗桩自然不知道她的行踪。

或许她已经出城了,刚好和他错过了呢?夏侯潋拎着包袱在街上走,临近晌午,人多了许多,贩夫走卒挑着担子来来回回地走,嗓子喊得震天响。还有推粪车的,把一摞摞粪桶摆到河边儿,粪桶口往下一倒,河水哗啦啦往里冲,一下就干净了。牵着孩子走的,拉着媳妇走的,穿金的,戴银的,光脚的……摩肩接踵。

夏侯潋走到北市。这儿清早卖包子馒头,中午卖米粉汤饭,还有各种稀奇的小玩意儿，是柳州城最热闹的地界。前边儿围了一群人，指指点点不知道在看什么，夏侯潋走在旁边瞄了一眼，是一具臭气熏天的死尸。

夏侯潋连忙走开了。

下午，夏侯潋走到惊刀山庄门口看了看，山庄一切都很正常，两个凶神恶煞的仆役守着门，没有挂白幡，也没有做丧事的迹象，夏侯潋心里凉了半截。他四处打听惊刀山庄最近有没有什么大事儿，百姓缄口不言，仿佛提到山庄就要他们命似的。

夏侯霈无疑是失手了，可是她去了哪儿呢？或许是受了伤，没法儿赶路，只好先躲起来。夏侯潋更担心了。

再次经过那死尸，夏侯潋这回学乖了，捂着鼻子快步绕开。

如果她受了伤，她为什么不去暗窟养伤呢？她没受伤，她就是走了，应当是刚好与他错过了，说不定这会儿已经到伽蓝了，在家里呼呼大睡呢。夏侯潋去驿馆给山下的伽蓝村寄了封信，问村民有没有看见夏侯霈回山。

夕阳西下，迟重的金色照在青石板路上，青苔的尖尖上闪闪发亮。夏侯潋走了一天，脚都要断了，随便拣了个台阶坐下来，掏出包袱里的水壶喝了口水。这儿正好是北市街口，傍晚人都散了，小摊只剩下个伶仃的架子，地上还有小孩儿落下的糖葫芦，被风吹得骨碌骨碌乱滚。

死尸边上终于没人了，那一具孤零零的尸体躺在大街上，衣衫褴褛，蓬头垢面，夏侯潋觉得这人有些可怜。

身首分离，左手也是断的。此刻那脑袋正好脸朝着夏侯潋，两个空荡荡的眼眶望着夏侯潋的方向。

金色的夕阳铺满了大街，那具尸体身上也镀上一层薄薄的金色。夏侯潋沉默地和他对视，脸上忽然凉凉的。夏侯潋抚上脸，自己竟不知道什么时候哭了。

鬼使神差地，夏侯潋站起身，一步步朝那具尸体走过去。那颗头颅明明不会动，可夏侯潋觉得，那两个空洞的大眼眶一直在看着自己，看着自己一步步靠近，最后停在他的身侧。

夏侯潋拂开覆在脸上的肮脏的发辫，那张脸已经破烂不堪，看得出曾经被刀狠狠地划过。是谁和这个人有这么大的深仇大恨？既然抛尸市井就该是要羞辱他，可为什么又要毁去他的容颜？

他到底是谁？

夏侯潋有些害怕，他想站起身离开这里，可是仿佛有一只手押着他的肩膀，让他动弹不得。下一瞬间，他的目光不知怎的落在了尸体破碎的衣角。

那是最普通的粗布麻衣，黑色的料子，衣角边收得不好，针脚很乱，甚至有线溢出来，能看出缝衣服的人手艺不大过关。

夏侯潋看到那衣角，脑子一下就空了。那一刻，他仿佛五感尽失，听不见任何声音，也看不见别的东西，所有的一切离他远去，他只能看到那一片单薄的衣角。

那是他亲手缝的。

夏侯霈不会缝衣服，让她缝衣服，缝好了旧的洞，又多了新的洞。生活所迫，夏侯潋只好自己操起针线，裁布料，缝衣服，甚至绣花儿都是他自己干。这件衣服是他去年秋天做的，夏侯霈抱怨原先的旧衣服破了，死皮赖脸要夏侯潋给她裁一件，还厚颜无耻地说，旁人裁的都穿不惯，自己儿子做的衣服才贴心。

骗人的吧。他一定是看错了，他做的衣服，怎么会穿在一个素不相识的人身上呢？他娘一定还在某个地方等他去找她，一定的，一定的！

夏侯潋使劲捂住嘴，不让呜咽声从喉咙里溢出来。可泪却止不住地流淌，滑落下来，落在手上，像一个个滚烫的烙印。

他忽然就认出来了，形相不具，可骸骨还残留着夏侯霈的影子。他意识到，这具丑陋的尸体，属于他的娘亲夏侯霈。

无言的悲哀压在他的肩上，像沉重的铁。凄惶的悲苦在他的血脉里游走，他想要咆哮，想要嘶吼，但张开嘴，只有低哑的哭泣。他颤抖着手把夏侯霈的尸身抱起来，她轻得像一片云，骨头竟没有一块是完好的，仿佛轻轻一碰就要碎了。

他的脑子里纷乱一片，一会儿是小时候夏侯霈抢他的烤红薯，一会儿是陆府雨夜里她枯竹一般的漆黑背影，一会儿又是她挥刀之时肆意的笑容，最后，所有音容笑貌都落在这具泥泞的腐尸上，一切归于静止。

沉痛的苦楚割着他的心脏，胸口像要裂开，里面有灼热的火焰在不息地跳动。夏侯潋跪在地上，失声痛哭。

街的尽头响起沉重的脚步声，地面都仿佛震动起来。夏侯潋抬起头，一个鹰隼般的男人骑着马奔来，身后簇拥着山海般的门徒。所有人佩着三尺长的戚家刀，左脚同时落下，右脚又同时抬起，严整得像一支军队。

是他杀了娘！

夏侯潋放下夏侯霈的尸身，拔刀出鞘，嘶声大吼。

那一刻，他是绝地的孤狼，是失去至亲的狼崽，对着敌人亮出最锋利的獠牙。他沉重地喘息，肺像破旧的风箱被拉开，冰冷雪亮的刀刃映着他满布血丝的双眼。

杀了他！杀了他！杀了他！

疯狂的念头像火一样在脑子里燃烧，沉重的愤怒如龙蛇一般在血管里狂涌。夏侯潋提着刀，要向那个男人复仇。

可是，正当他迈出第一步，准备冲向敌人的那一刻，颈后被重重地一击，身子的力量顿时被抽空，他一下子瘫软下去。他睁着眼睛，死死地盯着那个男人，斑白的发须，刀刻一般的面容。

力气不受控制地溜走，最后连眼皮都重如千斤，他不甘地闭上眼。

这世界，霎时间一片黑暗。

夏侯潋醒来的时候愣了一会儿。

他好像做了一个很可怕的噩梦。梦里，他的娘亲死了，首身分离，面目全非，抛尸市井。过了好一会儿他才万分迟钝又万分痛苦地反应过来，那不是梦。

她还躺在那儿，他要去找她！

刚一打开门，他就被段叔推回屋子，秋叶跟在身后走了进来。

"叔，你干吗？我娘……"

"我知道！"段叔打断他，"麻利儿地收拾东西，一会儿跟我们回伽蓝。"

"我娘呢？我要去找我娘！"夏侯潋憋着眼泪大喊。

"兔崽子！现在满大街都是柳归藏的门徒，挨家挨户地搜你！你现在出去找迦楼罗，还没挨到她的衣边儿就被逮住了，你找的是哪门子死？别给老子添乱，趁早收拾东西回山！"

夏侯潋沉默地站着，双拳死死地攥着，指甲几乎嵌进肉里。

秋叶叹了一声，眼里有枯风扫尽落叶的萧索。他站在窗边，透过薄薄的窗纱看大街上按着刀来来往往的门徒。夏侯霈的尸身不偏不倚，躺在大街的正中央，空洞的眼眶望着没有星星的天穹。

"我不走。"夏侯潋说。

"夏侯潋！"

"我不走！"夏侯潋抬起血红的双眼，"我要给我娘收尸，还要杀了柳归藏！"

段叔气得发笑："你知不知道柳归藏是什么人？连你娘都拼不过他，你能吗？你要用什么去斩杀他的三千门徒？你要用什么去抵挡他的戚家刀？到时候，你就会像你娘一样，死在街上让人笑话！正好，你们娘俩一个北市一个南坊，让大家看个痛快！"

秋叶皱起眉，呵斥了声："段九！"

"可我不能让她躺在那儿，决不！"夏侯潋抹了把眼睛。夏侯霈腐烂的模样在他脑海中挥之不去。她是那么高傲的一个人，怎么能忍受日晒风吹、虫咬鼠啮？她该会有多痛！

"小澈，"秋叶道，"夏侯需面目全非，你以为是为何？"

夏侯澈红着眼睛看向秋叶。

"那是因为她不愿你认出她，不愿你去复仇。迦楼罗，伽蓝第一刀，从来不畏刀剑，不惧生死，她肆意妄为了一辈子，随心所欲，无牵无挂。只有你，小澈，你是她在这世上唯一的羁绊。"

"她不想我认出她，不愿意我去救她、去报仇。可是我怎么能……怎么能……"夏侯澈泣不成声，"难道要我眼睁睁地看着她被人践踏却无动于衷？"

"不，小澈，她所不愿意的是你去送死。她要你活下去，尽你所能，活下去。"

悲哀像尘土，一层一层密不透风地封住夏侯澈的心。活着有什么好，死了又有什么坏？难道为了活着，他就可以任由他娘抛尸市井而自己吃吃喝喝，一切都和以前一样吗？

夏侯澈没言声，兀自拾起刀，推开门出去。

楼下坐了一桌暗桩，一桌刺客。原来不只秋叶和段九来了，伽蓝的其余八部都到了此地。

夏侯澈一出门，十一双眼睛齐刷刷看过来，所有人都沉默着，像一尊尊面无表情的雕像。

夏侯澈抿紧唇，往楼下走。腰侧忽然划过一支箭矢，顿时血流如注。夏侯澈回过头，段九怒不可遏地问他："夏侯澈，你要带着伤跟柳归藏打吗？"

夏侯澈没说话，仍往下走。

膝弯上又中了一箭，夏侯澈登时跪了下去。他扶着楼梯把手站起来，手背青筋暴突，拖着那只受伤的腿，一瘸一拐地往下走。所有刺客的目光跟随着他，没人说得清里面的含义，大约是物伤其类，大约是怆然的悲哀。

段九又射了一箭，夏侯澈彻底跪了下去，从楼梯上一个跟头一个跟头地翻到底，撞得头破血流、鼻青脸肿。他已经站不起来了，双腿都在颤抖。可他仍然努力地爬着，拖出两条刺目的血迹。

他要去送死。所有人都知道。

可有些事，即便你知道必死无疑，亦义无反顾。

"小澈，你还不明白吗？"一直沉默的秋叶忽然出声了，"你只是一只蝼蚁啊。"

秋叶从楼上走下来，单手拎起夏侯澈的衣领。他原本是个孱弱的男人，像个肩不能扛手不能提的书生，此刻他却能单手拎起十七岁的夏侯澈，把他的脸牢牢地按在窗边，贴着百步锦的窗棂和乳白色的窗纱，让他看外头来来往往的门徒。

"你看，戚家刀冠绝天下，这些门徒每日卯时起，亥时休。他们的拔刀术可以一刀斩开你的肚腹，他们的朝天刀法可以砍碎你的头颅。"温和的男人娓娓道来，用最平缓的语调说最残忍的事。

夏侯潋无声地流着泪。

"你以为你为你娘死了，便是成全了你这番孝心，下到阴间也无愧于你娘了吗？你错了，待你一死，全天下都会知道柳归藏杀了迦楼罗母子，他才是当之无愧的天下第一刀，届时号令群雄，一呼百应，坐拥江湖，快意无双。而你和你的母亲，只是他的垫脚石，是他功劳簿上最浓墨重彩的一笔，是两个死在惊刀山庄庄主刀下的阴沟老鼠。"秋叶的声音不紧不慢地响在耳畔，"这样的结果，你满意吗，小潋？"

夏侯潋像失了魂一般，愣愣地任由秋叶拎着脖子，泪水模糊了双眼，一切都看不真切了。

耻辱、仇恨和悲伤在胸府左冲右突，撞得鲜血淋漓，可更让他痛苦的是茫然失措，束手无策。他除了像个缩头乌龟似的躲起来，竟别无他法。

外头，柳归藏骑着马过来了，马蹄踢踢踏踏，绕着夏侯霈的尸体转了两圈。

秋叶拎着夏侯潋的手一紧，目不转睛地看着窗外。刺客们也围了过来，小心翼翼地在窗纸上戳出小孔，窥视大街。

"你叫夏侯潋，对不对？我知道，你是迦楼罗的儿子。"柳归藏高声喊道。

夏侯潋几不可见地震了震，秋叶按住他，不让他动弹分毫。

"窝囊废！"柳归藏垂眼看着夏侯霈的尸身，嘲讽地轻笑，"自己的娘亲躺在这儿，却缩头乌龟似的藏着不出来。怎么，迦楼罗的儿子竟然是个胆小鬼，连和我面对面都不敢吗？"

夜色如墨，阴沉沉地，仿佛要滴下来。街道两边都是住家，冥冥夜色下有无数双惊恐的眼睛透过薄薄的窗纸，窥探骑在高头大马上的柳归藏。柳归藏环视了一圈，仍然没有发现他想要的那个人的影子。

他摆了摆手，下首的门徒得令，吹了个呼哨。

街口响起猛犬的狂吠，深得化不开的夜色里，出现一高两矮的影子。一个门徒牵着两条黑色狼狗走了过来，狼狗一边四处探闻一边走，浑身油亮的毛皮，双眼射出饥饿的绿光，獠牙缝里漏出浑浊的唾液。

夏侯潋打了个冷战。

"你们这些阴沟里的臭虫，果然六亲不认。"柳归藏道，"夏侯潋，如果我让狗把你娘吃得渣也不剩，你也不出来吗？"

像一个焦雷打在头顶上，夏侯潋浑身一震，霎时间怒火席卷心胸，身子一动就要冲出去。秋叶死死抱着他，刺客们也纷纷过来，有的抱着他的腿，有的按着他的手，连嘴也不忘帮他捂了起来。夏侯漱青筋暴突，牙关咬得咯咯作响，怒火和屈辱像雷霆一般在他身体内滚滚而过，几乎要把他烧成灰烬。

可他什么也做不了，他只能眼睁睁看着，看着那两只狗打着喷嚏嗅他娘的尸体，门徒举起鞭子，狠狠地打在狼狗身上，狼狗们畏惧地吠了几声，开始撕咬夏侯霈残破的尸身。

夏侯漱泪如泉涌，刺客们都别过头去，有人低低地叹息。

"夏侯漱，不要再冲动了。"按着他的手的刺客阴沉地开口，夏侯漱认得他，他是新上任的罗迦，"夏侯霈因何而死，你心里难道不明白吗？"

夏侯漱一愣。

"是因为你。"底下有刺客幽幽道，"若非当年你放跑了那个小少爷，夏侯霈也不必为你承受鞭刑，便不会伤上加伤，以致旧疾多年不愈。她的伤遇雨则剧，柳州冬日多雨，天要收她，无可奈何。"

因为他，都是因为他。这句话像魔咒一般，不断在夏侯漱耳边重复。

是他任性妄为，是他离经叛道，才有夏侯霈今日的惨状。都是因为他！

柳归藏等了许久，依然不见人影。他翻身下马，一脚踩在夏侯霈的头颅上："夏侯漱，你要让你娘亲的首级也葬身狗腹吗？我数十下，十下之后，你娘的首级就会成为狗的口粮。"

段叔气道："把小漱拉回来，别让他看了！"

刺客们把夏侯漱拉到桌边，按着他坐下。夏侯漱像一具没有生命的木偶，呆愣愣地坐在板凳上，那双眼毫无神采，暗淡无光。他沉默着，仿佛有阴云笼罩着周身，然而，即使他不言不语，所有刺客都感觉到他身上那令人窒息的悲伤。

"十、九、八、七……"

夏侯漱一动不动，仿佛听不见柳归藏的倒计时，像一具无知无觉的傀儡。

"三、二、一！"柳归藏大声道，"夏侯漱，你这个窝囊废！"

他松开脚，两只狗扑了上去……

夏侯漱站起身，刺客们围了上来。

"我去睡觉。"他的嗓音沙哑得像粗糙的沙，涩不可闻。

他转过身，浑身颤抖着爬上楼，腿受了伤，每走一步都摇摇欲坠。没有人上前扶他，刺客的路必须自己走，哪怕是荆棘之丛，哪怕是修罗之路。

夏侯漱没有回头，一步一步地，像一条丧家之犬，爬回屋子。

夜，寂静无声，连狗吠都没有，整座城像死了一般。

夏侯潋抱着膝头靠在床边。泪已经流干了，他是男孩子，本不该哭。小时候他一哭夏侯霈就烦，说他是个娘娘腔、爱哭包。夏侯潋当然不爱听这话，每次想哭了就使劲憋着，憋不住了就咬拳头，死也不出声。

现在没人管他哭不哭了，他可以从黑夜哭到天明，再不会有人骂他是个爱哭包，像个女孩儿。

门忽然被打开，段叔走了进来。

他递给夏侯潋一把刀，夏侯潋接过手，是横波。

冰凉的刀鞘握在手里，夏侯潋的心被狠狠刺了一下。他什么也没说，只慢慢地把横波抱进怀里。

"这是我在城外树林捡到的，幸好还能找到横波，给你留点念想。"段叔说，"你娘是个天生的刀客。旁人当刺客，怎么也得吃点苦头，摸爬滚打地，慢慢才能有点儿名头，但失手是无论如何都免不了的。咱们这帮人心思很简单，能干就干，保住命才是头等大事。可你娘不一样，她是个天才，出道以来，从不失手，从无败绩。在中原，人们管她叫'迦楼罗'，在西域，她被称为'阿沃鲁'。'阿沃鲁'是魔鬼的意思。"

夏侯潋依旧沉默着，双眼像枯涸的井。段叔不知道他有没有在听自己说话，叹了口气，又道："小潋，你要记住，你的父亲是伽蓝住持，三十年前横扫中原，无人敢挡的弑心佛陀，你的母亲是伽蓝的迦楼罗、西域的阿沃鲁，天下最锋利的兵刃。你的身体里流着刺客的血，你是天生的刺客。你的兄弟持厌，继承了弑心的刀法。去找他吧，小潋，去向他学习天下至强的刀术。"

夏侯潋抬起眼，漆黑无光的双眼映着段叔的面容，沙哑地重复那个未曾谋面的兄弟的名字："持厌。"

"不错，他住在黑面佛顶。除了住持，无人知道通往黑面佛顶的路，你只能靠自己爬上去，用绳索，用匕首，无论用什么，去找到他吧。小潋，你要代替你的娘亲，成为最强的刺客，只有成为最强，你才能打败柳归藏。"

"我明白了。"

悲戚的少年藏身在黑暗里，段叔看不到他的双眼，只看见他瘦削的手握着横波，那样竭尽全力，仿佛手指都要折断。段叔突然有一种感觉，他握住的不是一把刀，而是他的命。

刺客们开始计划撤出柳州。他们打算分批撤退，夏侯潋是第一批。

他们选在一个晴朗的日子，秋叶、段九和夏侯潋三人骑着马出了城。平野莽莽，入目是枯树老鸦，板桥石路。天际流云淡淡，像一笔极浅的墨信手一画，下头的颜色更深一点，勾勒出无尽远山。

出城一里，夏侯濊忽然勒停了马。

秋叶和段九惊讶地转头看他。

他这几天很是沉默，几乎没有说过一句话。秋叶让人轮流看着他，生怕他做出傻事。但他什么也没干，该吃饭吃饭，该睡觉睡觉，连大门槛都没有靠近一步。他还是个孩子，谁也不能期盼一个孩子迅速从丧母之痛中走出来，可他连眼泪也不再流，乖巧得让人害怕。

"你干什么？"段叔问道。

夏侯濊下了马，没有回答，径自跪在道旁，向柳州的方向磕了三个响头。

"不孝子夏侯濊，在此拜别母亲！杀母之仇，不共戴天，从今往后，夏侯濊与惊刀山庄、与柳归藏，不死不休！"

秋叶走到他身边："小濊，你可知既造杀业，必遭杀报？我等满手鲜血，恶贯满盈，有今日是意料之中，你何必执迷不悟？听我的，不要耿耿于怀，你该过你自己的日子。冤冤相报何时了，你杀了柳归藏，柳归藏的子孙门徒又来杀你，何苦来？"

"师父，"夏侯濊没有回头，那跪着的背影料峭又萧索，"我夏侯濊，此生此世，不娶妻，不生子，不收徒，不结友。所有孽债，终于我身，我身既戮，一切皆休。"

冬日的平野，草木颓靡，风声萧萧。

夏侯濊的话，是誓言，也是惩罚。

秋叶看着夏侯濊站起身，从自己身边离开。

凛冽的冷风肆无忌惮地拉扯着他的发丝，那一身破旧的黑色衣袍被吹得猎猎作响。这个自小无法无天的孩子，就这么被哀痛和仇恨硬拔着长大。当他抬起眼来的时候，秋叶的心狠狠地抽痛。

那双眼属于一只受伤的孤狼。

秋叶知道，当他伤愈的那一刻，他会带着利爪和獠牙从远方归来，向所有践踏那个刺客的人复仇。

第十九章 复来归

寒冬腊月,大雪纷飞,紫禁城像冻在冰里,冷风刀子似的直往人领口里戳。

李氏坐在菱花镜前面,端详自己的容颜。女人生了孩子,老得似乎更快了,这才几年的光景,眼角似都有皱纹了,像绫罗丝绸上抹不平的褶皱,见了让人心烦。

贴身宫婢朱夏小步跑过来,在她耳边低低说了声:"沈厂臣来了。"

眼角一瞥,余光里沉沉的门扇打开,漏出一线天光,一个高挑的男人披着满身风雪走进来,身后跟进来一列托着木盘的小太监。

那是紫禁城里除了魏德最炙手可热的男人,领东厂提督之职,行走宫廷前呼后拥,山海似的阵仗;他也是一个极漂亮的男人,细瓷似的脸颊,墨笔勾画似的眉目,眼角眉梢总带着星星点点的笑意,却到不了眼底。

"去,把二殿下带过来。"李氏吩咐道。

"娘娘,"沈玦走过来,熟稔地将李氏的手架在小臂上,引着她往落地罩前走,"这是新上贡的毛皮,皇后娘娘那儿已经挑过了,您挑个可心的,臣便吩咐下去让人做个围脖。天寒地冻,娘娘的身子骨可要当心。"

他说话永远是春风一般和煦,听着让人打心底里暖和。

李氏略略扫了一眼,玄狐毛、银鼠毛,和去年的没什么两样,最好的银针海龙皮定是被皇后挑走了,她能选个什么呢?她随便指了一个,道:"这点儿小事还要劳烦厂臣专门跑一趟,底下人干什么去了?"她坐在宝座上,仰头看着沈玦,朱红的组缨上是白皙的下颌,像一块无瑕的白玉。

唉,真是要命。分明是个男人,生这么好看做什么呢?

"娘娘说笑了,为娘娘跑腿是臣下的福分,旁人求还求不来,臣又岂会嫌累?"

他挑眼打量了一下方才李氏选的皮毛，微微地笑道，"娘娘挑的是银鼠毛，颜色未免太轻浮了些。臣瞧着，倒是这乌云貂沉稳大气，与娘娘的身份合衬。"

他说的话从来都是极有道理的。这几年来，他有意无意地从旁提点她的穿着打扮、言语举止，不知什么时候，她竟然被安上了个温婉守礼、端方贞淑的名头，听说连那些最为挑剔苛刻的士大夫都对她赞不绝口。

按她一贯的作风，这乌云貂的确是最合适的。可今日她偏偏生出几分疑虑来，哀怨地望了沈玦一眼，心想这厮该不会觉得她人老色衰，配不上这亮色的毛皮了吧？

李氏点了头，沈玦吩咐下去，一行小太监端着托盘撤出门。

等门严丝合缝地关上，她才敢松懈，整个人烂泥似的瘫在宝座上。沈玦没看到似的，眉头也不曾动一下。

旁人都不知道，她是一只纸糊的老虎，什么"贤妃""淑静"的名号都是沈玦打造出来的，她的温良恭顺其实是胆小怕事，和蔼可亲其实是只会傻笑。

"厂臣，我可算把您给盼来了。唉，您事忙，我怕魏德那个老贼瞧见，不敢派人过去找您，只好憋着，等您得空过来。"

"娘娘不必忧心，若有烦心事只管说便是。"

"您可知前儿皇上来了我这儿？"

沈玦弯着眉眼笑，道："这可是好事儿，娘娘不以为喜，反倒忧心，这是何道理？"

"好什么呀！"李氏把帕子丢在桌上，懊恼道，"皇上前脚刚走，皇后后脚就找我喝茶，阴阴阳阳地说了些不知道什么东西，我赔笑赔得脸都快僵了。也不知道皇上吃错了什么药，非要在我这儿睡，皇后还以为我使了什么手段，重拾了圣宠，这会子指不定在哪儿骂我呢。"

沈玦压着嘴角低头笑了笑："皇上来便来了，娘娘安心伺候便是。陪王伴驾本就是娘娘的分内之职，便是她皇后娘娘也无可指摘。娘娘要记住，韬光养晦是养精蓄锐、暂避锋芒，一味处处忍让，倒让别人觉得咱们软弱可欺。娘娘只管持重守礼，让皇后无处寻衅。皇上来了是好事，这样皇后便知道皇上还是把您放在心里的，她轻易动您不得。"

"这样吗？"李氏松了一口气，颓然道，"贵妃真不是人干的活儿，我怕皇后又记恨上我，这几日提心吊胆的，什么也不敢吃，什么也不敢喝，连屋里头放的熏香都要让朱夏检查好几遍。"

"娘娘真是一朝被蛇咬，十年怕井绳。"沈玦失笑，"左右有臣在，那些不干不净的东西进不了承乾宫。这些事还要娘娘操心，臣岂不该自领杖责谢罪才是。"

"那便仰仗厂臣了。"李氏喜笑颜开，心里多日的阴霾散开，顿时松泛许多。

话音刚落，朱夏抱着二殿下走了进来。

那是个粉雕玉琢的孩子，小脸儿红扑扑的，像年画里的胖娃娃。冬日天冷，他整个人都被包成了个雪球。朱夏把他抱到近前，这孩子灵性，冲着沈玦笑得开怀，还伸出手要抱。

李氏笑意盈盈，将孩子放在沈玦怀里，道："厂臣，您瞧这孩子，都说孩儿年纪虽小，却知道谁真心待他好。还不知事儿呢，就对厂臣这般亲近。他待厂臣如此亲厚，厂臣如同亚父一般。我们母子俩孤苦伶仃，这深宫里，唯一能依赖的只有厂臣您了，还望厂臣多多费心。"

昏暗的灯影映着沈玦低垂的眉眼，李氏看见一丝浅笑浮上他的嘴角，只是那笑太浅，是个凉薄的弧度。沈玦小心翼翼拢着二殿下，温软的小手握在手里，像握着一团棉花："殿下龙章凤姿，前途自然无可限量，臣只是个卑微的奴婢，何敢自居殿下亚父？娘娘此话可莫要再提了。"

李氏诺诺说了声是。沈玦接过小太监手里的披风披在身上，合上鎏金压扣，向李氏虚虚作了个揖，暨身迈进漫天风雪。李氏遥遥望着他步出宫门，低低叹了口气。

"娘娘，您说他到底什么意思啊？"朱夏嘟着嘴问道，"咱们二殿下还配不上他吗？真是的。"

"男人心，海底针啊！"李氏幽幽道，"特别是长得漂亮的男人。"

朱夏咂舌道："确实呢，沈厂臣这姿色真是没话说。"

"死丫头，你该不会看上他了吧？！"李氏斜眼看她。

朱夏两颊飞红，忙道："娘娘您胡说什么呢？您不要脸，奴婢还要！"

李氏嘻嘻哈哈地挠她胳肢窝："把你配给他，咱们结成亲家，就不怕他不帮咱们了！"

风雪茫茫，沈玦抱着手炉坐在马车里闭目养神。他如今片刻都不得停，像一个团团转的陀螺，应付完李氏要应付魏德，应付完魏德还要应付皇帝。底下还有一起子各怀鬼胎的大小官僚排着队要和他说话，还大都不能拒绝。

沈玦皱着眉头撩开帘子，看外头的鹅毛飞雪。雪厚厚实实地铺了一地，远远近近的山都白了头。沈玦靠着车帷子，想起以前还在谢府的时候，他和夏侯潋被罚跪，夏侯潋背着他回秋梧院，那天也是漫天的大雪，纷纷扬扬。

沈玦应大理寺卿的邀请去他家吃便饭，饭桌上脑满肠肥的男人唾沫横飞，说了半天家国大义、天下大同，又吹嘘沈玦是股肱之臣、国之栋梁。一顿饭吃得味同嚼蜡，沈玦木着脸，左耳进右耳出。

饭局终于结束，沈玦拒绝了大理寺卿晚饭和下次见面的邀约，招呼一旁侍立的沈问行往外走。大理寺卿哈着腰跟在后头，抢过沈问行手里的伞为沈玦撑着。沈玦不着痕迹地往旁边让了几步，一半的肩膀露在外头，落了半身的雪。

走到天井底下，沈玦正要客套几句让他不必再送，一个蓬头散发的姑娘忽然撞开通往偏院的角门进来，直扑大门。众人都吓了一跳，几个仆役站在门口正要拦她。那姑娘瞥见天井下面的沈玦，刹住脚，转而扑到沈玦脚边。

"公公救我！公公救我！"

"这是什么人？快拉下去，免得搅了厂公的雅兴！"大理寺卿见此变故面沉如水，朝左右喝道。

几个仆役就要上来抓人，姑娘连忙抱紧沈玦的脚，哭道："小女朱明月，是五军营校尉司徒谨的未婚妻！晌午被大理寺卿的大公子掳掠至此！小女的未婚夫婿就在京郊大营，求厂公救命，求厂公救命！"

沈问行吓得六神无主。沈玦素有洁癖，从来不让旁人近身。他们这些随侍的小太监一天都要洗三遍澡，就是出了点儿汗都不敢往沈玦旁边凑。这姑娘一上来就抱了沈玦的脚，沈玦不劈了她才怪。

大公子从后头赶了过来，见明月抱着沈玦，顿时三魂失了七魄，忙道："厂公莫听此女胡言乱语。她是我家下人的女儿，一个疯婆子，今日没有看管住，平白惊扰了厂公，我这就把她带下去。还不来人，把这个疯婆子拖走！"

明月慌了，摇头道："他胡说！他胡说！他欺负我爹病故，未婚夫婿又住在兵营，掳我进府！厂公，您是大好人，求您救我！求您了！"

这是她唯一的机会。她好不容易从柴房跑出来，府邸守卫重重，眼看离大门只有咫尺，只要沈玦肯帮她一把，她就可以逃出生天。

满怀希望地仰起头，却只见那个阴沉的男人目光寒凉，冷冷地开口："你弄脏了咱家的靴子。"

仿佛被兜头浇了一盆冷水，一直从头冷到脚，明月愣愣地松开手。沈玦深深蹙着眉头，提步登上门口的马车。大公子喜形于色，冲仆役使了眼色，两个仆役抓住明月的脚，把她往后院拖。

明月大哭着挣扎，双手抓着地面，指甲尽断，却只在雪地里抓出十行蜿蜒如蛇的黑红血痕。

司徒谨走在街上，今日是明月的生辰，他早在上月就备文上奏请假空出今日，他攒了三个月的俸禄，在琉璃厂买了一只宫里头流出来的垒丝鎏金簪子当作聘礼。媒人也已经准备停当，他打算在今日提亲。

二殿下出生，皇上大赦天下，他遇赦还朝，官复原职。但这几年对明月来说却是个噩梦。三年前，他刚走的时候，朱大夫病故，明月举目无亲，独个儿在京城生活，靠出城采草药卖给相熟的医馆，再做一点儿粗糙的女红过日子。

她长得好看，是那一片出了名的草药西施，经常有流氓痞子半夜敲门。明月心惊胆战，每到晚上就要用桌椅瓢盆堵住大门，屋门也不敢马虎，用箱笼堵得严严实实。媒婆经常上门说亲，劝她嫁人。她总是以守孝为由推辞，大家都知道，她在等一个不知猴年马月才会回来的男人。

司徒谨还记得他回来的那天，明月背着药筐扶着门槛远远地看他。他走过去，她没有忍住，哭得满脸泪水。她瘦了很多，一张原本就巴掌大的小脸，瘦得下巴都尖尖的，好像可以戳人。

"司徒大人，我爹没了。"明月哭着看着他，"我没爹了，以后我就是一个人了。"

司徒谨嘴笨，踌躇了半天，才小心翼翼地安慰道："没有关系，我也是一个人，我们加在一起，就是两个人了。"

她用手背擦着眼泪，哭着哭着，扑哧一声笑了。

其实他还很想说，如果她愿意的话，以后会是三个人、四个人，或者五个人。

今年年初，明月终于出了孝期。司徒谨准备了很久，他没有亲人，操办亲事，请媒人，算八字，算日子，样样都得自己来。最重要的是聘礼，明月是他遇到的最好的姑娘，他一定要给她他能给的最好的。

冬日的阳光暖洋洋的，地上的雪泛着冷冷的光，胡同口开了一树花，洁白的花瓣飞落，辗转飞出几丈远，落在雪上，分不清是花儿还是雪。司徒谨很高兴，平素没有什么表情的脸上破天荒地洋溢着几分喜气，好几个经过他的人忍不住回头看了又看。

拐过胡同口，就看见媒婆在门口打转，一副气急心焦的模样。

"哎哟，司徒大人，您可算来了！"媒婆抬眼瞧见司徒谨，忙迎上来苦着脸道，"明月姑娘被大理寺卿府的大公子掳走了，您快想想办法！"

仿佛一个焦雷打在头顶，顿时头皮一炸，满眼犹有簌簌金花纷纷下落。司徒谨扶着墙稳了稳，问道："什么时候的事儿？"

"今儿晌午，现在过了快一个时辰了！"

司徒谨没再说什么，抿着唇回到家，在神台上拿了一把刀。

那是他在朔北当铁匠学徒换来的刀。朔北刀特有的修长刀身，微微弯曲，像一弧新月。媒婆紧紧跟在他身后，看他拔出刀，大惊失色："你这是要做什么？和他拼命吗？不行的！他们人多势众，你还会被官府抓起来！"

"没有别的办法，再不去就来不及了。"

他没敢说，或许已经来不及了。

他沉着脸，提着刀，煞气满身，往大理寺卿的官宅走。媒婆唉声叹气，急得跺脚，望着司徒谨杀伐的背影，到底没跟上去。

沈问行扶沈玦进了马车，挥着拂尘赶回来，尖着嗓子喊道："慢着慢着！"

大理寺卿连忙上前，道："不知厂公还有何吩咐？"

"督主说，这个女人弄脏了他的靴子，甚是可恶，须带回东厂，不把靴子洗干净不许出来。"

"这……"大公子赔笑，"不如小人送厂公一双，行云阁的货，穿着最是舒服！"

沈问行斜睨他一眼，鼻子里出气，冷笑道："督主还缺你一双鞋？怎么，这个女人得罪了督主，你们还想私藏不成？"

"不敢不敢！"大理寺卿瞪了大公子一眼，指着仆役骂道，"还不赶紧把她松开！"

仆役面面相觑，惶惶然松了手。明月蹬开他们，连滚带爬地跑到沈问行身后。明月一双葱白的手都是血污，一双杏目含着泪，将落未落。

果然是好颜色，怪不得干爹要救她。

沈玦得势这些年，下边人献上的莺莺燕燕不少，但沈玦一个也没有看上眼，统统拒了回去。后来大家想明白了，到底是个裤裆里缺了一块的太监，摆这些东西到人跟前，不是戳人心窝子吗？于是才偃旗息鼓。

沈问行原以为沈玦不好这口，今儿看来只是没遇对人罢了，冲她安抚地一笑，将她领到马车边上。明月抹着脸说了声："谢厂公相救。"

马车里没有动静，只扔出一件披风。

沈问行捡起披风，心里嘟囔，督主这人儿别扭到家了，救个丫头还跟旁人逼他似的。他把披风递给明月，道："马车里没有女人家的衣服，委屈姑娘先用披风应付着。"

明月含着眼泪，道："谢谢厂公，谢谢公公，厂公真是大好人！"

沈问行笑道："姑娘记在心里就好，待回到府里好好伺候督主便是。"

明月一下呆了："什……什么意思？"

"还有什么意思，我们家督主救人岂有白救的？"

话音刚落，车窗里扔出一只鞋子，正中沈问行的脑门。沈问行心惊胆战地抬起头，对上沈玦阴沉的双眼。

"你的名字里多了一张嘴，我该摘了才是。"

"干爹饶命！"沈问行捂住嘴。

明月和沈问行跟在马车边上走。安定门大街上车马人流来来往往，明月裹紧披风，把自己遮得严严实实，鬓发散乱，衣服还脏兮兮的，实在没脸见人。走到海子桥，迎面走来一个杀气腾腾的男人，明月的心狠狠一跳，叫道："司徒大人！"

司徒谨一愣，抬眼看去，心心念念的那个女孩儿裹着披风，朝他跑过来。她身后停着一架不甚起眼的素幄车，下首一个太监模样的人儿面滑头光，天生一副笑样儿。

"车里面的是东厂提督，是他救的我。"明月小声说。

司徒谨上前作揖："多谢厂公相救，卑职司徒谨。若厂公有用得着的地方，只管吩咐，卑职定当万死莫辞。"

视线里门帘被挑开，司徒谨听见一个凉薄的声音。

"司徒谨，宣和十八年中武状元，听闻你左右开弓，百步穿杨，例无虚发，受了皇上的金雕弓，供职于羽林卫右卫。可惜三年后，因为七叶伽蓝刺杀先贵妃，你擅离职守，渎职被贬，去了京郊的五军营。又因为射伤大殿下的坐骑，害殿下坠马跛脚，被判杖责一百，流放三千里。若说你运气不好，你运气又着实不错，流放三年，遇赦还朝，官复原职。不过，算起来，你出仕六年，竟还是个籍籍无名的小校尉。"

司徒谨低着头，沉默无言。

"抬起头来。"

司徒谨仰起头，素车白马上，一张熟悉的脸映入眼帘。数年前他还是个介乎少年和青年间的小太监，现如今他端坐于马车之上，已是个芝兰玉树的青年人了。

"咱家欠你一命。"沈玦道，"东厂百户尚缺一人，你若有意，明儿便来东厂应卯吧。"

惊刀山庄，风来水榭。

柳归藏盘腿席地而坐，薄薄的窄刃长刀横卧膝上。四周挂满了帘幕，随风摆动，像朦朦胧胧的雾。水榭之外，苍翠树影绰绰而立，侍女在远处静立，等候他的随时传召。

这是他引以为傲的水榭，由他亲自督造，每一块黄山石都从安徽千里迢迢地运

第一卷 桃李春风一杯酒

过来，在他的眼皮子底下堆成雪洞假山。他在这里接待来自天涯各处的贵客，倾听他们的声音像听赏师旷的《阳春》《白雪》。

"庄主，东海怒潮门前来献刀谱！"

"太行山天一刀前来献谱！"

"西湖君子刀前来献谱！"

他睁开双眼，像雄狮睥睨他的领地，眼里满是志得意满。

"传令，摆宴，诸君尽可尽兴而归！"

"谢庄主！"诸人齐齐垂首，次第退出风来水榭。

帘幕之外忽然响起清亮的掌声，柳归藏转过头，眯起双眼，看见一个黑色的人影坐在他的右侧。他戴着硕大的兜帽，只露出一点带着胡须的下巴，因藏身在重重帘幕之后，连身影都随着风帘的摆动而忽隐忽现。

"恭喜柳庄主得偿所愿，天下刀谱尽归惊刀山庄，您是名副其实的江湖首座、天下宗师。"

"不敢当，"柳归藏慢悠悠地执起酒杯，"比起你们的住持，我还差得很远。"

"他隐居世外久矣，早已为世人淡忘，如何能与您相提并论？"

"你错了，"柳归藏沉声道，"正是因为他销声匿迹，无人可以再向他挑战，他的声名便无人可以超越。三十年前，他一步杀一人，十步杀十人，血落在他的脚下，每一步都踏出一朵血花。那个场面，即使我并不在杀场，光听老人们叙述，就像亲眼见到一般！"

"都是过去的事了。"

"但他是不可逾越的神话！"

黑衣人低低笑了起来："柳庄主，原来你是想要我们住持的性命！"

"只要有你做我的内应，又怕什么呢？"柳归藏笑道，"我的朋友，难道你不想成为新的住持？"

"人呀，真是贪婪啊！"黑衣人长叹一声，"弑心佛陀是站在山巅摘取星辰的男人，我一个蝼蚁一般的人，怎么敢与他抗衡？"

柳归藏冷笑："一千两可以买到迦楼罗的性命，不知三千两够不够弑心的命？"

"当然不够，"黑衣人诡秘地笑起来，"我对他可是很忠诚的。"

柳归藏像听见了笑话，哈哈大笑起来："忠诚？七叶伽蓝，为钱卖命，谁人不知？怎么，三千两嫌少？那便四千两。你无须出手，只要告诉我他在哪里。"

"柳庄主，您通晓天下刀法，却并不知伽蓝的一草一木。"黑衣人低声道，"不知您可曾听过一个传说，很多年前战火席卷四海之时，百姓穷苦，刀客凭着一把刀行走四方。那时候，百姓间有了仇怨，便将仇恨的人写在庙宇的砖上，恳求佛祖乞怜，解其冤仇。为表敬意，他们会在佛脚前放下一点食物，有时候是几个包了零星肉末的包子，有时候是粘了糖渣的馒头。路过的刀客看见名字和供奉，就会吃掉里面的食物，带着刀去杀死拥有那个名字的仇人。"

黑衣人继续说："后来，这群刀客走到了一起，组成'伽蓝'，那便是最早的刺客。他们与小偷和强盗坐在同一个屋檐下吃饭，和妓子睡在同一张床上。只要听见佛前的祈愿，他们就会怀刀夜行，千里追杀。那是我们的祖辈，他们刺杀只为了温饱。"

"现在是为了钱财，或许还有屋宅和女人。"

"错了错了，"黑衣人摇头，"现在的我们是行走在夜里的鬼魂，按名索命，我们什么也不为。"

"说到底，你只是不敢与弑心为敌。"柳归藏轻蔑地看向黑衣人，"那夏侯潋的命总可以给我吧。"

黑衣人仍是摇头。

柳归藏大怒，振衣而起："他不过是个窝囊废！多他少他，你又有何损失？"

"又错了，"黑衣人站起身，双手交叠在腹前，朝树林深处走去，"他是迦楼罗的半身，是伽蓝的未来。不然，我又为何千里迢迢来此与你这只虫豸合作。真正的利刃，必以仇铸，必以血锻，如今仇已足够了，他还需要更多的血。"

"你……这是何意？"柳归藏惊恐地瞪大眼。

"你的血将铺向他通往伽蓝首座之路。"黑衣人道，"希望我们下次再见的时候，你还活着。再会了，柳庄主。"

帘幕再次拂动之时，那个黑衣人已经不见了踪影。他走得像他来时一般了无踪迹，仿佛鬼魂凭空出没。柳归藏冷汗涔涔，颤抖地坐下。

他是什么意思？难道他帮自己，只是为了让自己被夏侯潋杀死？

危言耸听！那是个连自己母亲被狗啃食都不敢出来的废物，怎么可能取走他的性命？

柳归藏抚着掌中的长刀，略略安了心。

可下一刻，他又想起北市长街上，他遥遥看见的那个男孩的眼神，不由得打了个寒战。

密林之中，黑衣人缓缓前行，他的脚步声轻得不像话，仿佛踏在虚空之中，一点声音也没有。

不远处有一条小溪，浣衣女们撸着袖子，扎着裤腿在溪边捣衣。日光溶溶，照在她们藕节似的手脚上，白生生的，煞是好看。

"啊，我忘了。"黑衣人喃喃自语，"他还缺个女人。这个女人，要足够美丽，足够温柔，最好能够疗愈他丧母的伤痛。"

东厂衙门。

一匹快马奔到衙门门前，马上黑衣罩甲的东厂番子一跃而下，身后的快马终于筋疲力尽，哀鸣一声颓然倒地。番子揣着印着"马上飞递"字样的公文，衙门守卫不敢耽搁，开门放行。番子双手托着公文，一路疾行，转过影壁，穿过月洞门，直抵后堂。

沈玦正喝着热茶，问道："何事？"

番子弯腰跨过门槛，跪倒在地，道："柳州八百里加急，传来消息，迦楼罗在惊刀山庄遭戮，惊刀山庄庄主柳归藏将其尸身曝于市井，又令其狗啮其骨肉，伽蓝目前无人出面。"

热茶自手中脱落，倾倒在怀，茶水流了满身。沈问行"哎呀"了一声，忙取来帕子为沈玦擦拭。

迦楼罗死了？沈玦不敢相信，那个妖魔般的女人勾唇浅笑的模样至今映在他的脑海里，历历在目。

她死了，那夏侯潋呢？沈玦忙问道："夏侯潋可有什么消息？"

"不曾见其踪迹。"

沈玦怔怔坐了一会儿，直到沈问行细声问他："干爹，可要换身干净衣衫？"

沈玦看了眼衣服上的茶渍，摇摇头，问道："可知迦楼罗因何遭戮？"

番子答道："据内线的消息，似乎是因为迦楼罗刺杀那日正好是柳州大雨，她多年前为其子承受鞭刑，旧伤许久未愈，遇雨则剧，故而失手被柳归藏杀死。"

沈玦心里震惊，什么鞭刑？什么旧伤？难道是五年前夏侯潋私自放他逃走的鞭刑？沈玦心里不知什么滋味，像一团乱麻，纠不清，拣不明。埋在尘烟底下的旧事，没想到还牵出这样的尾巴，迦楼罗的死，不知不觉中，他竟也参与了一份！他怎么也不会想到，为了救他，夏侯潋母子竟然付出了这样大的代价！

夏侯潋会如何？他若知道他当初救自己会有这样的后果，可会后悔自责？

他会不会……不愿再见自己？

沈玦眼里明暗交杂，手指压在桌上，压得指尖青白。

正在这时，看门的番子跑进来，手上递过一个檀木匣子："督主，方才门口有对母子送来这方匣子，说半年前有个女人嘱咐他们如果她半年后没有回来取，就将匣子送到东厂。"

沈玦垂眸看着那匣子，脸上看不出什么表情，只是那密实如羽的睫毛，在打开匣子的时候，轻轻颤了颤。

里头只放了一张房契，房子在靖恭坊，是福祥寺后布粮桥边的一处小院子。屋主的名字是夏侯潋。

沈玦摩挲着房契的一角，问道："那对母子呢？"

番子将母子二人领了进来。两个人畏畏缩缩地抱在一起，棉布袄子上打了好几个补丁，但胜在干净。那小孩儿躲在母亲的身后，探出一个毛茸茸的脑袋，瞅着沈玦。

"交给你们匣子的那个女人，你们可知道是谁？"

"是个女侠，她说她姓夏侯。"母亲细声说道，"我家小宝掉水里了，是她救了小宝。公公，我们从来没打开过匣子，不知道里面有什么，我……我们可以回家了吗？"

沈问行奇道："你们不知道里面是什么就送来，不怕出事儿吗？"

"她也是个有孩子的女人，我看得出来，"母亲道，"一个当娘亲的人，是不会做坏事的。"

沈玦挥挥手，让沈问行给了他们几锭银子，送他们出衙门。他挥退了众人，撩开帘子，转进后屋，将匣子和静铁放在一起。青灯下，匣子的黑漆上流淌着润泽的光。沈玦抚着匣子沉默无言。夏侯霈早已预料到了自己的死期，她是在提醒他，要记得当初的十年之约。

父母之爱子，则为之计深远。

前辈，你的愿望，我听见了。

第二十章 黑面佛

黑面佛其实是一座山崖，高耸入云，怪石嶙峋，山石通体漆黑，杂草横生。从某个角度远远看去，隐隐能看出一个盘腿而坐的大佛的形状。站在它的脚下，仿佛能听见黄钟大吕般的亘古佛音，让人有一种想要跪拜下去的冲动。

冬雪天，大雪弥漫了整座山，也包括黑面佛。它的脖子和脑袋淹没在缥缈白云之中，身上落着厚厚的白雪，似是穿上了一件白色的袈裟，圣洁而肃穆。

夏侯潋顶着寒风往上爬。他带的行李很少，不过几个冷馒头加上一柄横波，还有几块火石和一条绳索。睫毛上积着细细的雪，仿佛白色的鸦羽，夏侯潋走得脚都没有知觉了，木然向前，似一具不知冷暖的傀儡。

他之前回了一趟家。那个本来就凄清的竹楼，少了一个人，愈发像个废墟了。

他有时候会忘记娘已经没了，早上起来习惯地敲她屋子的门，想要喊她起床；做饭做两人的份，摆两个碗。他本来很习惯一个人在竹楼里生活的，现在却无所适从了。

他会坐在屋檐底下整夜地发呆。山的夜里静谧无声，仿佛世界都是空的，只剩下他一个人。他觉得他像一只刚刚学会捕猎的狼，第一次独自踏入崎岖的森林，被敌人撕咬得遍体鳞伤，本以为还可以回到家得到母狼的安抚，却发现窝已经没了，他伤得再惨再痛，也不会得到想要的安慰了。

所有人都告诉他，人总是要死的，尤其是他们这帮命运悬在刀尖上，脑袋系在裤腰带上的人。不得好死的刺客数不胜数，刀冢下堆叠的尸骸没有一个是寿终正寝的。

可他们忘了，那些刺客都没有孩子，孤零零地活，孤零零地死，就算突然世界上没这个人了，也不会有人惦念。

而夏侯需是有孩子的，这是她曾经活着的证明。这世上除了夏侯潋，不会有人在夜深人静的时候为她难过，不会有人抱着她的刀在雪夜里踽踽独行。所以也只有夏侯潋，只有他，可以为她报仇。

夏侯潋看着自己的手掌心，默默地想，是啊，只有他了。

花了一天的时间，他才爬到黑面佛的肩头。夜幕已经降临，他不打算再往上爬了，在黑面佛的耳洞里生了个火，决定在这儿凑合一晚上。

夜是茫茫的黑，黑到尽头泛一点微微的蓝。白雪铺满了整座山，从黑面佛的肩头望去，仿佛有雾气似的，又像是无来由的烟，弥漫在山的深处。偶有几盏灯火莹莹地亮起来，零落散在山的各处，像孤零零的萤火虫，像天上掉落的星子。

他很快找到了自家竹楼的方向，它陷落在一团沉沉的黑暗里，死亡般地静寂。他在那里立了夏侯需的衣冠冢。如果她的魂魄可以寻回来，她会发现墓前摆了她最爱喝的烧刀子。

夏侯潋抚着怀里的横波，缓缓闭上眼。

忽然，悠悠的埙声传来，夏侯潋打了个激灵。在这四处空旷无人的地方突然听见埙声，着实有些吓人。他走出山洞仰着头往上望，上面黑漆漆一片，什么也看不见。埙声离他不算近，辗转地和着呜咽的风声传来，像远古时候徘徊在平原上的鬼魂的絮语。

是他在吹埙吗？夏侯潋坐在火堆边上，愣愣地想。是他吗？那个人，他血缘上的兄弟。

这埙声像有不知名的力量，沿着黑面佛上的山石静谧地流淌，传出去很远很远。他忽然有一种感觉，茫茫冷夜里，原来也有另一个和他一样的人在眺望漆黑的雪山。那也是一个孤独的孩子，他已经在这雪顶上住了十七年。

他从未和持厌见过面，即使他们是骨肉兄弟，甚至是几乎同时从娘怀里落下来的双胞胎，但他们依然是陌生人。他不知道持厌平常做些什么，喜欢什么，讨厌什么。娘亲说，持厌是个傻子；段叔说，持厌是刀术天才。

可他现在知道了。

持厌，是他的哥哥，是和他一起在茫茫黑夜里眺望雪山的人。

他枕着悠悠埙声入睡，恍惚间，他仿佛看见了雪顶上的那个青年，有着和他一样的面容，悠远的目光穿越茫茫风雪，落在他的身上。

第二天，夏侯潋裹好大氅，让风帽严严实实地挡着脸，再次向山上出发。今天的雪小了许多，夏侯潋爬得没有那么费劲儿。爬了约莫有半个时辰，夏侯潋终于到了黑面佛顶。

地方委实不算大，走几步就能看见悬崖。丁点儿大的空地里立了几座茅屋，围成一个伶仃的小院子。外头是一圈仿佛一推就能倒的栅栏，靠墙摆了几个花盆，里头的花儿都冻死了。

夏侯溦喊了声："有人吗？"

没人应答。

难道不在山上吗？不可能，昨晚还听见那小子吹埙呢。

夏侯溦又喊了几声，还是没人回答。夏侯溦干脆翻过篱笆，戳破窗户纸往里偷看。主屋的摆设很简单，一张火炕，一个四四方方的炕桌，衣衫长袄叠在床头，洗得很干净，墙边放了几双靴子和布鞋，墙上还挂着一个张牙舞爪的老虎大风筝。

就是没人。

娘说他是个只知道练刀的傻子。这傻子该不会害怕陌生人，看到有人就跑了吧？

夏侯溦绕着屋子转了几圈，左右看了看，忽然发现崖边有个山洞，被枯死的爬山虎盖住了洞口，怪不得刚刚没有发现。

夏侯溦进入山洞，沿着曲曲折折的小路走了几十步，眼前豁然开朗。这儿有一个练武场那么大，另一边有个石床，床上有个白衣人。

白衣人背对着夏侯溦坐着，像是在面壁似的。他穿得很单薄，似乎只有一件薄薄的长袄，和夏侯溦简直像在两个季节。

"那个……呃，持厌？"夏侯溦踌躇着开口。

白衣人缓缓地转过身，夏侯溦终于看见了他的脸。那果然是一张和夏侯溦一模一样的脸，除了夏侯溦眉骨上面多了的一道刀疤，两人的脸简直分毫不差。

可是绝没有人会把他们二人认错，因为那双截然不同的眼。

持厌站起身，望向夏侯溦。他的眸子大而黑，明净得像一片通透的黑曜石，仿佛能倒映出变幻无穷的天光云影。

"何人？"他的声音很轻。

"我叫夏侯溦，"夏侯溦紧张得有些结巴，"那个，不知道住持有没有跟你说过，你有个……"

话还没有说完，夏侯溦的瞳孔蓦然缩小，他的眼映着一柄急速逼近的冷冽刀锋！

什么玩意儿！

夏侯溦手忙脚乱地闪避，险险避过擦着他的脸刺入石壁的利刃，而持厌手腕一转，下一招在刹那间已然破空而至！

快得不像话，夏侯潋的脑子里只有这句话。

持厌像一只诡秘莫测的鬼魅，手中的长刀似乎是他身体的一部分，夏侯潋连他怎么出刀都看不见，只能闷着头凭着直觉闪避。夏侯潋身上已经有许多深浅不一的创口，若非穿得厚，早就血溅当场了！

"无住持令而登顶者，杀。"持厌面无表情。

"我是你弟弟！"夏侯潋叫道。

持厌压根儿不管，只不停地出刀。夏侯潋迅速镇定下来，横波出鞘，刚好接住持厌落在头顶的一刀，左手扯开脸上的风帽，对他大吼："看清楚，老子是你弟弟！"

持厌明显地呆了，怔怔地看着夏侯潋的脸。

夏侯潋恼怒地看着自己被持厌划得破破烂烂的袄子，棉絮从创口里漏出来，一边走一边流，心疼得他龇牙咧嘴。他只带了这么一件袄子，棉絮都流光了可怎么御寒？

"弟弟？"持厌目露疑惑。

看来住持那个老秃驴没和持厌提起过。夏侯潋叹了一口气。

正琢磨着怎么跟持厌交代清楚，持厌竖起一根手指头戳了戳夏侯潋的脸，问道："弟弟就是和我长得一样的人吗？你是另一个我吗？"

夏侯潋瞪大眼睛。

这……还真是个傻子。

夏侯潋费了老大劲儿才跟持厌说明白他不是另外一个持厌，持厌"哦"了一声，点点头，表示自己懂了。

持厌是个很特别的人。他已经十七岁，和夏侯潋一样高，却还像一个大孩子。他从小被养在黑面佛顶，鲜少下山，下山基本上就是去杀人，一点儿人情世故都不通，连"弟弟"是什么概念都不清楚。

夏侯潋和他交流，先要解释什么是"哥哥"，什么是"弟弟"，他才能明白。

夏侯潋在黑面佛顶住下了。他把厨房收拾出来，晚上烧热灶台取暖，睡在灶边上，倒不觉得冷。持厌话很少，几乎不说话，每天的大部分时间都在发呆，谁也不知道他脑袋里在想些什么东西。他最喜欢坐在崖边一棵老树的树杈上眺望远方，有时候会吹夏侯潋上回听过的那个埙。夏侯潋问他是不是想下去看看，持厌却摇头，他说人间不如山上美。

夏侯潋有时候觉得，持厌是一只注视天空的孤狼，他俯瞰山下的时候，眼神总是孤独又空寂。但他的刀术确实很好，他的刀叫"刹那"，他出刀的速度亦如他的刀名。

和持厌对战，胜负顷刻间便定了，因为没有人的刀可以快过他。

持厌很好说话，让他干什么他都干。夏侯潋要他教自己刀术，他没有任何犹豫就答应了。两个人站在山洞里的空地上，四下荒草萋萋，他们持刀相对而立。

夏侯潋大喝一声，横波出鞘，恍若水光粼粼。持厌站在原地，默默地看着他，等他近了身，左手一动，跨步向前。夏侯潋没有看见他如何出的刀，又是如何收的刀，只觉得腰侧一凉，他低头看，满腰的血。

这他娘的……

"持厌，你有病啊！你竟然真下手！"夏侯潋崩溃地捂着腰，找出药箱给自己缠绷带。幸亏雪顶天冷，血流得不快。

"不练了吗？"持厌疑惑地看他。

夏侯潋抬头，见他一副懵懂的样子，问道："你刚刚该不会想要杀了我吧？"

持厌坐在他边上："要不然呢？"

夏侯潋忽然明白了什么，艰难地问道："你以前都怎么跟别人练的？"

"住持会找人跟我打，第一次找的是西域弯刀阿察错。他的刀很漂亮，镶着金，在月光底下会发光。"持厌露出回忆的神色，"但是他不够快，我一招就杀了他。第二次是雪域双鹰，是一对夫妻，我用了三招杀了男的，女的自尽了。第三次是一个倭人，他的刀很长，有六尺，这次我用了六招。第四次住持找了十个人和我打，他们没有报上名号，似乎来自不同的地方，刀法也很不一样。那一次很难，我用了二十招才杀了他们。"

夏侯潋有些悲伤。他意识到或许持厌只是住持锻造的一把刀，这把刀无思无想，故而无知无畏，住持想要杀谁，他都能够做到。

他想不明白住持为何如此狠心。或许这世上的人都是如此，手握权与力，众生便皆为蝼蚁，悲喜由他，爱恨由他，死生由他，亲儿子又怎么样，与旁的蚂蚁、虫豸没有什么分别。柳归藏在践踏他娘亲的时候是不是也这么想？天下最强的刺客死在他的刀下，被他的狗啃了骨头吃了肉，他的心里是不是快意万分，如坐云端？

多可笑，一个人要汩汩鲜血和皑皑白骨做垫脚石才能登顶，才能睥睨天下。

夏侯潋握紧双拳，一股凶狠之气冲上头顶："既然他们可以，我又未尝不可？何不生杀唯我一念，任我所欲，恣意横行！便是此刀饮尽热血，大造杀业，又如何？"

一盆凉水浇在头上，将夏侯潋从头到脚淋了个彻底。

夏侯潋恼怒地大吼："你干什么？"

"你魔怔了。"持厌慢吞吞地放下水盆。

夏侯潋抹了一把脸上的水，别过头。

"尘世多舛，并非事事都能尽如人意。"持厌说道。

夏侯潋有些惊讶，持厌这个傻子竟然可以说出这样的话来。他扭头看着持厌，持厌的表情一如既往地寡淡，黑曜石一般的眸子沉静如水。

夏侯潋突然发觉或许持厌并非一无所知。他或许什么都知道，只是这世间的悲喜哀怒都入不了他的眼。

持厌顿了顿，接着道："死了一个娘，不能再认一个吗？"

夏侯潋所有的话都被这一句话堵在了肚子里，看着持厌一副"我说错什么了吗"的模样，有气无力地说道："算了，我跟你计较什么？"他拍拍这个脑子缺根筋的家伙："下回我给你带本《弟子规》《金瓶梅》什么的，你好好看看，别天天跟个傻帽儿似的，以后去了山下，给人骗了可怎么好？"

持厌乖乖地点头。

"再来！"

"这次不算，再来！"

"咳！我不信我打不过你！"

横波第九十八次被击飞，夏侯潋跪在地上，双手颤抖。血一滴一滴地从虎口和手掌上其他开裂的伤口中渗出，落到雪地里，像一朵朵鲜艳的梅花。

十七年来，这是他第一次练刀练到虎口破裂，可是他依然敌不过持厌哪怕一招。

持厌从屋子里捧出绷带，一圈一圈地缠在夏侯潋的手上。血很快浸染了白色的布条，晕出红墨似的斑点。夏侯潋握了握拳，热烈的疼痛灼烧着手掌，每一根手指都叫嚣着疲惫。

"持厌，有酒吗？"

持厌摇头。

这小子活得像个神仙，不喝酒也不吃肉，夏侯潋简直要怀疑他不拉屎。

夏侯潋又叹了口气，和持厌并肩坐在宽大的屋檐下，眺望远方的落日。

"我是不是很没用，竭尽全力，却只能做到这个程度而已？"夏侯潋翻看着自己的手掌。

"你不是没用，你只是有点笨。"

夏侯潋扭头看持厌，持厌也看着他。持厌的瞳仁很大，乌黑漆亮，里面清晰地映着夏侯濈的面容。

这家伙不是在讽刺他,是在认真地安慰他。

夏侯濈有些无语,叹了口气,道:"我这模样什么时候才能杀掉柳归藏?"

"他很厉害吗?"

"他是宗师,有人说面对他的刀时就好像雷电劈在身上,躲不了,逃不掉,只能任由他把自己劈成两半。"

持厌沉默了一会儿,似乎在很认真地思考。

"或许你可以和他比谁活得比较长。"

"……"

"又或者你可以另辟蹊径。"

夏侯濈抬起了眼,问:"什么蹊径?"

持厌摇头,道:"不知道。我只是以前见过一个人,第一次见到他的时候他在捏面人,生意很惨淡,他告诉我他摆摊摆了七天,我是第一个买他面人的人。后来我再去那儿,他已经换了个差事,很多人都称赞他,他说他干新差事挣了不少钱。"

"他换了什么差事?"

"挑粪。"

夏侯濈捂住脸:"持厌,要不是你是我亲哥,我现在已经揍你了。"

持厌茫然地拔刀:"要打架吗?"

夏侯濈依然日复一日地练习,持厌不厌其烦地陪他练,但夏侯濈永远在第一招的时候就败下阵来。这仿佛是一个死循环,刀被击飞,捡起刀,再次被击飞,再捡……持厌就像一个永远跨不过去的天险,持着刀站在雪地里,漠然地一次又一次击退痴心妄想想要打倒他的夏侯濈。

练到开春,夏侯濈下了趟山,带回来春天穿的衣衫和几本册子。

他把册子放在炕桌上,最上面是《弟子规》,最下面是《怡情图》。夏侯濈在外面练刀,持厌坐在屋里头看册子,两个人相隔一扇窗户,抬眼就能瞧见。

夕阳西下,夏侯濈停下来的时候,持厌已经坐在檐下了。夏侯濈坐到他旁边喝了口水,随口问道:"怎么样,有没有看出什么门道来?我可都给你安排好了的,先看《弟子规》,教你当个正经的小孩儿;再看《论语》,教你做人;然后看《金瓶梅》和《怡情图》,教你怎么当个响当当的男人。"

持厌没什么表情。夏侯濈把不准他到底在想什么,没准他心里波澜壮阔,脸上还是风平浪静呢。

"看了《怡情图》吗?那个你可得好好看。那是我从娘那里翻出来的,她垫在床脚了，费了我好大的劲儿才找到。"夏侯潋抱着头睡在地上，"我是不能留后了，你好歹娶个媳妇儿，给咱家生个娃娃，延续香火。"

"媳妇儿？"持厌皱眉。

难怪这小子什么反应都没有，敢情连媳妇儿是什么都不知道。夏侯潋腾地坐起来，头疼地看着持厌。

持厌虽然有绝强的刀术，可怎么做人这块儿，还是得向夏侯潋学习。

夏侯潋感觉到自己肩膀上责任重大，字斟句酌道："媳妇儿就是以后要陪你过一辈子的人，伺候你吃饭睡觉，给你生小不点儿。懂了吗？咱们身为男人，就得保护好自己的老婆孩子，豁出命去也不能让他们受欺负。"

"那什么样的人可以当媳妇儿？"

"你喜欢的人呗。"夏侯潋想了想，又道，"不过也得贤惠点儿，至少得会做饭会针线活儿吧！"

暗金色的阳光下，持厌转过头来，问道："像你这样的？你会做饭，也会针线活儿。"

夏侯潋愣了愣，持厌静静地看着他，漆黑的瞳仁像一面古镜。

夏侯潋心里涌起悲伤，完了，这小子的脑子没救了。

重重地叹了口气，夏侯潋揽住持厌的肩头。他看起来有些孱弱，但其实衣衫底下都是薄薄的肌肉，蓄满了力量，爆发的时刻足以弑神杀佛。绝强的刺客乖巧地坐着，安静地听夏侯潋说话。

"持厌，你记好了，你的媳妇儿必须满足以下几个条件：第一，是个人；第二，是个女的；第三，年纪比你小……好吧，比你大个两三岁也无妨。聪明伶俐贤惠持家什么的我就不说了，你到时候自己看着办吧，听明白了吗？"

持厌呆了一会儿，才似懂非懂地点点头。

夏侯潋的进益很慢，甚至没有进益。他在持厌的手下，拼死了也才撑过一招。那一次还是因为夏侯潋晌午做了糯米团子，持厌吃撑了，急着去出恭。

夏侯潋完全茫然了，他或许根本不是练刀的材料。

持厌每日除了坐在檐下发呆就是坐在崖边发呆，根本没怎么练过刀，可他照样可以一招打趴夏侯潋。什么事都要讲究天赋的，夏侯霈生下他们俩的时候，把天赋给了持厌，把吃喝玩乐插科打诨给了夏侯潋。夏侯潋除了在林子里荡秋千、抓田鸡，什么都不会。

他开始变得很烦躁，夏侯霈腐烂的尸骸、被狗啃食的腐肉每夜都在他的梦里辗转，可他依旧停滞不前，手里的横波像生了锈一般，在他手里挥动的时候迟钝得如同一块炉子里烧烂的凡铁。有时候他甚至能听见横波在嘲笑他，挣扎着要脱离他的掌握。

看见持厌无所事事地坐在崖边吹埙的时候，他总是忍不住想，要是被养在娘亲身边的是持厌就好了。只要持厌想要杀柳归藏，那柳归藏一定活不过明天早上。

可是夏侯霈养的是夏侯漖，是一个没用的废物。

山风撕扯着夏侯漖的头发，夏侯漖拎着横波，坐在茅草屋的屋顶上。落日如血，刺目地红。

"小漖。"身后传来持厌的声音。

夏侯漖低低地应了一声，没有回头。

"我可以抓惊刀山庄的门徒给你试刀。"持厌忽然说。

夏侯漖猛然一惊，抬起头。持厌没什么表情，仿佛说的是再平常不过的事情。

夏侯漖的心猛烈跳动起来，他想起来了，持厌就是这么练出来的。持厌可以，或许他也可以。

可是……

他咬着嘴唇犹豫。

一只鸽子扑腾着飞上来，落在持厌的头顶。持厌把它抓下来，从鸽爪里取出一张字条。

"什么东西？"夏侯漖问。

"住持的信，"持厌说，"他说柳归藏买了北派宗师的性命，问我接不接这笔买卖。"

"什么？"夏侯漖噌地站起来，"他疯了吗？柳归藏刚杀了我娘，他还要帮柳归藏去杀人？"

持厌呆呆地看着他。

两个人沉默着，空气好像凝滞了，风也不动了。夏侯漖突然明白过来，这就是七叶伽蓝啊！只要给钱，什么买卖不能做呢？

柳归藏杀了刺杀他的迦楼罗，只能怪迦楼罗自不量力，没有谁会去指责柳归藏。刺客是黑暗里的飞蛾，前仆后继地扑向幽幽的烛火，命不由己，身不由己。谁会管一只丑陋的飞蛾怎么想？恶贯满盈的刺客葬身狗腹，尸骨无存，柳归藏不会痛，天下人不会痛，伽蓝也不会痛，痛的只有夏侯漖。

从头至尾，只有他。

"你会去吗？"夏侯漖嗓音沙哑地问持厌。

"不去，别人去。"

夏侯潋强忍着翻腾的心火坐下来。天渐渐黑了，他的心仿佛沉进了深渊。

"你刚刚说帮我抓惊刀山庄的人试刀，是真的吗？"

"嗯。"

"那就帮我抓吧。"夏侯潋听见自己缓慢又清晰的声音，"越多越好。"

他们两个偷偷下了山，一路奔向柳州。夏侯潋试着去乱葬岗找夏侯需残存的骸骨，什么都没有找到。柳州的义庄把乱葬岗收整得很好，每具无名尸骨都裹在草席里安安静静地躺在土里，没有谁缺胳膊断腿。

连这些不知名姓的亡者都有全尸，曾经叱咤江湖的夏侯需却尸骨无存。

大约是被挫骨扬灰了吧。夏侯潋麻木地想，柳归藏那个睚眦必报的男人，怎么会留着夏侯需被狗啃剩的尸骨呢？

他们赁了郊外的一处院落，原来住的是一群人牙子，为了防止小孩儿偷跑特地砌了高墙，每道门都上了三把锁。持厌开始帮夏侯潋抓人，刚开始，持厌只逮了五个门徒回来，关在铁制的笼子里。

"他们的刀术怎么样？"夏侯潋问。

"很弱。"

"那先放三个人出来。"

持厌点头，拉开铁门，拽了三个人出来，一人发一把刀。

门徒们吓得两股打战。他们记得他们原本好端端地在城里喝茶，持厌鬼魂一般出现在他们身后，打晕他们，神不知鬼不觉地将他们带到此地。

这两个长得一模一样的男人，一个神色冷峻，眉骨上有一条浅浅的刀疤，为他的面容平添了一分凶戾之气；另一个面无表情，面容淡然，垂眸看他们的时候像寺庙里无悲无喜的神佛。

两个疯子，他们一定是想要他们自相残杀！

"迦楼罗……你是迦楼罗……"有个人大睁着眼，颤抖的手指着夏侯潋。

他们两兄弟和夏侯需长得很像，夏侯潋眼带戾气，与夏侯需尤其相似。夏侯潋没管那个人，将横波拔出鞘，想让他们站起来和他对打。他已经想好了，通过和他们过招记下戚家刀的刀法，再研究克制戚家刀的招数，这样一来事半功倍。

那人看见横波，惊恐地说道："迦楼罗的鬼魂回来了！你……你是迦楼罗！对不起！我不是故意的，都是庄主指使的！那两个人，他们两个砍了你好几刀，那个脸上有个痣的，还说要是你没被砍掉头就好了，还能让他爽一爽……"

夏侯潋拔刀的动作一顿。

"你胡说什么！"脸上有痣的门徒大声道，"你也砍了她！你还上脚踹了，迦楼罗的腿骨就是你踹断的！还有你！"他指着另一个门徒，"是你献计给庄主，说可以用狼狗引出她的儿子！"

"别说了，我不想死！都是庄主说的，谁砍迦楼罗一刀，谁就得一锭银子！我……我砍了十三刀。可是她是刺客啊，刺客死有余辜不是吗？"

脑子里仿佛有一根弦绷断了，夏侯潋的心狠狠地抽痛。

他忽然觉得自己很可笑，既然早已经满手血腥，何妨再多一笔？更何况这些人，通通都该死。

夏侯潋抬起眼，眸中有阴阴的狠意。

"站起来，和老子打！"

"你……你不是要我们自相残杀？"脸上有痣的门徒愣愣地问。

"自相残杀？"夏侯潋漠然地笑，"那样太便宜你们了。起来，和我打！"

"你想要我们仨打你一个？"三个人缓过神来，六目相对，大笑起来，"自不量力的兔崽子。兄弟们，把这个装神弄鬼的家伙宰了！我们可以杀你一次，也可以杀你第二次！"

三人一齐奔过来，夏侯潋舔舔牙齿，握紧横波。

空气忽然变得黏稠，所有的声音都变得很慢。他听见刀刃出鞘的铮然之声，听见衣带当风的声音，听见皂靴的厚底踏击地面的声音。最左边的跑得最快，锋利的刀刃已经可以触及他的发丝，最右边的最慢，那个人在等待，等夏侯潋被夹击之时送出致命的一刀。

顷刻之间，夏侯潋下了决断。横波避过迎面而来的利刃，提撩而上，在来者的面门划出一道细如丝线、深可入骨的血痕。

伽蓝刀——燕斜。

迅速向右，刀势在瞬息之间变换方向由上向下，划出一道圆月般的弧线，狠狠砍在第二人的肩头。臂膀被斩断，鲜血喷涌而出，夏侯潋穿过血泉，踏前一步，横波的刀尖走过曲折的路线，刺入第三人的腹部，那人死死抓着横波，跪倒在地。

有什么东西不一样了，他的手握着横波像两块被焊在一起的铁，血肉分离、骨骼破碎的声音让他体内热血沸腾。夏侯潋看着脚下扩大的血圈，忽然回过神来，怔怔地回首环顾。

三人伏地而亡，铁笼里剩下的两人恐惧地看着夏侯潋，像看到一个嗜血的怪物。

持厌再次拉开门，从血泊中捡起刀，丢给他们。

"继续。"

有一人持刀大喝着向前,夏侯潋来不及思考,迅速出刀,鲜血喷溅在他脸上,他下意识地闭上眼。

最后一人哭泣着跪下,求夏侯潋饶他一命。

"我是新来的,我上个月才入门。冬天不好过,家里没粮食了,爹娘不得已,把我送进惊刀山庄。大家都知道,惊刀山庄练刀很苦的,我爹娘没办法才把我送进去!什么迦楼罗,我都不知道!求求你,放了我吧!"

夏侯潋的刀停住了,然而,就在那一刹那,一道极亮的光划过夏侯潋的眼睛。刺客的直觉告诉他,那是刀刃的反光。果然,一柄柳叶般的短刃从那人的袖中滑至掌心,直直地朝夏侯潋的心脏刺过来。

夏侯潋瞳孔紧缩。

右手被谁握住,横波打落短刃,砍断那人的咽喉。

夏侯潋扭头,看见持厌站在他的身侧,握着他的右手。

"不要停,小潋。当你停下的时候,恶鬼会从地底下爬上来抓住你的脚踝。"持厌垂眸看着那人,漠然的眼神像神座高台上的森森石像,"所以,不要停。"

第二十一章　照夜凉

尸体横七竖八地躺在地上，青花瓷碗碎了一地，苍蝇咿咿呀呀地飞来飞去，沈问行强撑了好一会儿，终是没忍住，跑到天井底下哇哇地吐。曲尺柜台边上放了盆杜鹃花，红艳艳的，开得像火，土也是红的，是老掌柜被砍倒的时候血溅上去的。

死者一共有七个。刺客真正想杀的人是王太监。他死在了大堂正中央，眼睛瞪着屋顶的梁柱，看得出还没来得及跑就被一刀割喉了。桌子底下倒了俩，是王太监的长随，一左一右，大眼瞪小眼乌眼鸡似的互相瞧着。刺客用的是伽蓝双手刀，同时割喉。剩下几个人是伙计，横七竖八死在了门槛边上，全部是后心被砍。那要命的一刀极其凌厉，几乎把他砍成两半。刺客应当是怕他们去报官，顺手把他们都结果了。

司徒谨眉头深锁，一边翻看着尸体一边道："这个刺客手段极其狠辣，全部一刀致命，毫不拖泥带水。底下人查到王公公上个月寻衅捉了好几个江湖人，牢里打死了几个，只怕是江湖人寻仇，凑份子买了伽蓝刺客来报复。"

沈问行把肚子里的酸水都吐光了才回来，接嘴道："也是活该。这王太监前年从亲戚那儿过继了一个儿子，顶不省心，是出了名的勾栏瓦舍小霸王，秦淮河上的粉头能叠成十八罗汉，欠了一屁股债。王太监十数年的家底儿都被掏空了，没法子，才打上了这帮江湖人的主意。没想到倒把命送了，真是不值当。"

沈玦瞥了他一眼，看见沈问行膝襕上的纹绣沾着泄物，嫌弃地拿扇子掩住鼻子，道："边儿去，离我远点。"

沈问行知道自家督主喜洁，看不得脏东西，知趣地往边上挪了挪。

厨房那边传来一阵高声叱骂，又有一阵碗碟打碎、冰裂似的脆响。沈玦打眼望过去，几个番子拉扯着一个蓬头垢面的男人走过来，推到沈玦跟前。

"督主，发现一个活口。"

那男人看着有些疯魔，嘴角流涎，不停念着"鬼来了！鬼来了！"睁眼一看，正瞧见沈玦身上张牙舞爪的行蟒，登时发了疯，双脚乱蹬着朝后面爬，抱着一根柱子喊道："别杀我！别杀我！"

"他躲在厨房的房梁上，刺客行刺时是在夜晚，梁上昏暗，他才躲过一劫。"有番子道，"可惜疯了。"

沈玦使了个眼色，立马有个番子掏出一个雕花玛瑙鼻烟壶往男子鼻沿凑了凑。那是罗刹鬼传进来的玩意儿，可以醒神。果然，男人闻了，神志清醒了几分，呆愣愣地看着沈玦。

"咱家问你，你都看到了什么？"沈玦问道。

男人还是呆呆的。

沈问行抽了他一巴掌："督主问你话呢，你都瞧见什么了？那个刺客的模样，可瞧见了？"

男人被抽得脸一侧，正朝向院中间的天井。江南的小院不很大，正中间宝蓝瓷盆盛了株晚香玉，素白的花瓣儿上溅了几滴血点子，看着有几分妖异。男人见了那晚香玉，打了个激灵，结结巴巴道："他就是从那儿来的……从那儿……"

"哪儿？哪儿？"沈问行顺着男人的眼神望过去。

男人颤巍巍地爬起来，忽然抽出一个番子腰间的雁翎刀。众人都吓了一跳，纷纷拔刀出鞘，将男人团团围住。

"他站在那里，像这样，你们看，就像这样！"男人用另一只手从地上捡了一根木棍，微微躬身站着，两手交叉，划出一个诡异的弧度，忽然抬起脸，乱发下显出一个狰狞的笑容，"七叶伽蓝无名鬼，送王公公往生极乐。"

那一刻，沈玦好像看见那个刺客踏着满地银霜一般的月光，双手握着粼粼流光的长刀，朝他缓缓走来。

静谧无声中，他开口了，嗓音和那个疯魔的男人重合，低沉又沙哑。

"你可看清了他用的刀？"沈玦摆了摆手，示意番子不必紧张。

"看清了……看得清清楚楚。横波，是横波！"男人松了手，刀和棍噼里啪啦地掉在地上，自己也跪倒了，"鬼啊，他是一个鬼！"

沈玦波澜不惊的脸终于有了裂痕，琵琶袖底下，别人看不到的地方，拳头缓缓地握紧。

他似乎看见月光底下，刺客的面孔渐渐明晰，那是二十一岁的夏侯潋，褪去了幼稚和青涩的成熟模样，却露出了他所陌生的危险又狰狞的笑容。

七年，他们已经分别七年。

沈玦拧起眉，沉默了一阵，终是没言声。

"横波？"沈问行大惊小怪，"横波不是迦楼罗的东西吗？怎么被这个什么劳什子无名鬼捡了去？"

"东厂可有无名鬼的卷宗？"沈玦问司徒谨。

司徒谨答道："有。近几年声名鹊起的刺客里，这个人的卷宗是最厚的。头里苏州那个断头的高大户也是他杀的。这个人凶狠毒辣，比起迦楼罗有过之而无不及，似乎还会易容术。锦衣卫那边调查了许久，但至今还没有头绪。"

"等回京调出来，我要看。"沈玦吩咐了声，暨身下了台阶，司徒谨并沈问行一行人浩浩荡荡地跟在他身后。东厂的大拿，自然是排山倒海般的阵仗。见客栈外边儿围了一圈看热闹的百姓，沈玦眼皮都没眨一下，踩着沈问行的肩膀上了马车，还没有坐稳，门帘缝儿里递进来一封书信和一根金丝络子。

番子在外边儿道："贵妃娘娘递出了话儿，劳督主拨个空当瞧一瞧。那络子是娘娘身边儿的朱夏打的，说是上回督主来请安，她看见督主的扇子上没挂上络子，想是底下人不用心，便自己打了根，望督主不嫌弃。"

沈玦嗤了一声，将络子扔出了窗扇。络子轻飘飘的，阳光底下，像折了翅膀的蝴蝶，正落在车轮旁边。马车开动，车轮压在那络子上，印出深深的车辙印。

换了身轻便衣衫，沈玦折道去了秦淮河，乘着小艇上了楼舫。

黄昏时分，红霞映在水里，波光明灭间，像剪子裁破的丝绸，又像女人脸颊上的残脂。夜幕还没有抖落下来，姑娘们已经出来了，在船舷上挥着彩袖，甜而媚的香气幽幽地散开来，被江波掬捧着，在波心荡漾。有姑娘抱着胡琴唱吴歌小调，温软的声儿，曲折的调儿，听了让人醉悠悠，找不着北似的。

秦淮河边上，千门万户朝水开，有的河房凿了台阶直通水里，媳妇子们蹲在台阶上洗衣衫，衣衫上都似披满了红霞。货郎撑着小船来往，像一片随水漂流的小叶子，载着满船的什物，间歇吆喝几声，随着河水传出去很远很远。

算起来，这是沈玦第一回来秦淮河。还在读书的时候，戴圣言带他到过夫子庙，在追月楼上讲《诗》。追月楼很高，极目远眺的时候可以看见潺潺河水。河上是烟花盛地，戴圣言向来不让他靠近。他还记得追月楼的蟹黄包，咬一口满嘴的汁，露出黄灿灿的馅料。

"真是块宝地，比咱们京里头的八大胡同不知风雅多少倍。听说这儿的娼妓大多是扬州瘦马出身，总角年纪就开始学吹拉弹唱、诗词歌赋，个个儿都会作诗填词儿呢，比起状元爷也不遑多让。"沈问行笑道，扭头看没什么表情的司徒谨，"司徒大人一路护卫辛苦，要不今晚就在这儿歇上一夜，不尝尝鲜岂不白来？"

司徒谨垂眸看了他一眼，移开目光仍旧看着滟滟江波，没理他。

王八头儿见了沈玦，眉眼弯弯地凑上来，递上来一本金漆滚边的折子，上面用蝇头小楷写着曲目："公子爷，爱听什么曲儿？我们的姑娘都会唱，您就是要听《十八摸》也使得。"

沈玦没理他。沈问行接过折子，却并不看，只道："咱们是北边来的，爷们口味刁，只听昆曲，不知可有会唱昆曲的姑娘？"

王八头儿堆起笑，正要回答，忽然反应过来这说话七拐八绕的声口，像宫里出来的似的，觑起眼来打量了一番，心里咯噔一下，连忙弯下腰："几位爷，请跟小的来。"

夜色暗了，两岸的河房都挂起了灯，灯火连成煌煌的一串，像给秦淮河上了两道金灿灿的滚边。仆役撑着竹挑子在楼舫屋檐上挂上红纱灯，影影绰绰的红，男男女女在灯影底下互相喂酒，酒香混着又滑又甜的笑，像一个不真切的梦。

王八头儿把他们引进了二楼靠水的包厢，也不拿巾栉收拾一番，独个儿去了。这包厢在楼舫的最前边，三面都是窗户，隔窗可以瞧见映着满天星河的河水，中间摆了一套黄梨木的桌椅，靠墙放几个金漆螺钿的方凳，是给唱曲儿的伎人坐的，墙上还颇为雅致地挂了一幅赝品画。沈问行掏出帕子掸好桌椅，沈玦方落了座。

稍稍坐定，沈玦冲沈问行点了点头。沈问行走到墙边，取下那幅画，墙上露出一个手掌宽的小方格。他拉开方格，隔壁包厢的一星灯火漏出来。沈问行叩了叩墙，是极有节奏的三下一顿再一下。对面回了连续的四下叩墙，沈问行朝沈玦点点头，退立一侧。

"小人高年见过督主。"墙那头，一个中年男子的声音传来，"小人已取得伽蓝信任，接管了夫子庙的暗窟。"

沈玦抿了口茶，道："很好。不枉咱家费尽心思栽培你，只要你好好替咱家做事，你的妻儿老母自然不会受亏待。"

"谢督主！"高年在地上磕了两下头，才又起来，"不知今日督主召小人前来有何问话？"

沈玦摩挲着手里玉白的瓷杯，问道："对无名鬼此人，你知道多少？"

高年沉吟了一阵，道："小人入伽蓝刚满一年，伽蓝有规条，诸事莫问，杀人无禁，暗桩平日里都守口如瓶，偶尔才吐露一二。小人只能听见一些风言风语，只怕当不得真。"

232

"说来听听。"

"此人真名唤作夏侯潋，是前任迦楼罗夏侯懦之子，近几年才声名鹊起，算得上后起之秀，但在伽蓝里名声不大好。他跟他母亲一样，从来不和我们暗桩接触，自个儿单干。小人听别人说，他自己挖了好几处暗窟。"

"哦？他的暗窟在哪儿你可知道？"

"不知道。"高年道，"他的暗窟所在只有唐十七和书情知道。"

"那是何人？"

"督主久居京城，又在深宫，没听过坊间的传闻。现在秦楼楚馆、茶坊酒肆都流行一首诗——'惊鸿照影一箭来，春城飞笛百鬼哭。烟水横波愁不渡，忘川冤魂满江渎。'说的就是他们三人的兵器。照影是唐十七的弩机，唐十七是唐门子弟，三年前出外游历被柳归藏抓到，夏侯潋将他救了，他从那以后就跟着夏侯潋做事了。两年前夏侯潋扮成唐十七的模样潜入唐门，烧了唐门的经籍楼，又用机关翼逃脱，现在他们俩都上了唐门追杀令。"

"此事卑职曾经禀过督主。"司徒谨道，"卑职曾派人前往唐门查问，唐堡主说无名鬼偷学了唐门七十二路机关术，盗得机关飞天翼，自一线天逃脱。无名鬼逃跑那日，预先在一线天两崖逼仄处布下天罗地网，后面乘机关翼追击的唐门弟子都困在了网上，眼睁睁地看着无名鬼飞下嘉陵江，乘船逃跑。"

"后来他又潜入各大门派盗取百家刀法，现在连远在天山的七星连环刀都惨遭毒手。"高年道。

他是为了报仇：偷学机关术是因为刀术不济，难以胜过柳归藏；修习百家刀法是为了找出克制戚家刀的绝招。沈玦点着膝头，膝盖上的织金绣线粗糙地刮着手，钝钝地疼。

"第二件武器又是什么？"沈玦问道。

"笛中刀一枝春，是书情的兵器。他是个初出茅庐的青瓜蛋子，据说是夏侯潋的师弟。近一年的人命买卖都是夏侯潋领着书情做的。传闻那个孩子胆小懦弱，不是个当刺客的料子。至于这第三把，自然就是横波了。"

"夏侯潋也不是当刺客的料子，可他还是成了令人闻风丧胆的刺客。"沈玦冷冷地道，"让你留意伽蓝山寺的所在，可有眉目？"

高年叹道："小人有负督主重托，至今依然没有线索。伽蓝规条森严，触犯规条者将不再供给七月半，大家都谨守本分，不敢越雷池一步。只不过，督主可知伽蓝地下城？"

沈玦抬起头："地下城？"

"地下城并非一座城池，而是相对于明面上的城池而言。有白就有黑，有光明就有黑暗。朝廷有驿站，伽蓝有行驿；坊市有茶馆，伽蓝亦然，甚至妓馆、票号、酒肆，无所不有。强盗、小偷、逃犯、娼妓、刺客，皆可在这些地方落脚、打尖、吃饭、喝酒。普通百姓能干的事，他们都能干。"

"黑暗里的王朝。"司徒谨低声道。

沈玦冷笑："这么说来，伽蓝住持便是黑暗里的君王吗？"

"不全是。"高年道，"地下城并不由伽蓝经营，伽蓝只在每个驻点派驻一人，负责接待过往的刺客。地下城是黑道共有，强盗为小偷提供吃食，妓女为刺客暖床。见不得光的人，都活在那里。"

"咱们行走在太阳底下，原以为这起子腌臜东西只能在阴沟里打转，没想到犄角旮旯缝儿里也能建个像模像样的城池出来。"沈问行咂舌。

沈玦眯眼："你说谁是腌臜东西？"

沈问行瞧见沈玦脸色不大好，也不知自己触犯到沈玦哪块逆鳞，连忙跪下掌嘴："儿子多话，该打！该打！"

月亮升起来了，白阴阴的，像鸟儿圆而白的胸脯，蜷在人家屋檐顶上。有小小的艇子拍桨悠悠泊过来，上边儿坐着个弹琵琶的清倌人，亮着嗓子唱吴地婉转的调儿。画舫和小艇并排驶过层层叠叠的杨枝绿影，泊进三连串的高大涵洞。那歌喉伴着潺潺的河水荡漾，又甜又醉，像掺了蜜的酒。

沈玦有种不真实的感觉。他目光所见皆是歌舞升平，可这良辰美景的阴影里，大岐的背面，却藏了一座巨大的城池。夏侯澉就行走在那里，在黑夜里现身街头，追魂索命。

"高年，你做得很好。你的妻儿老母都会得到应有的照料，你的儿子现在已经进学了，试帖诗写得不错。问行，拿给他看看。"

沈问行应了声诺，从怀里掏出一沓厚厚的宣纸，从那小方格里递给高年。

高年一边看一边抹泪，道："幸好这娃儿有出息，不像他爹，没本事。督主，多谢您的栽培，有您照应，小的放心。"

沈玦刚想点头，小艇上的琵琶声忽然一滞，扯出刺耳的尖鸣。

与此同时，方格那端忽然射出一支漆黑的短箭，发出枭鸟一般的呼啸声，那呼啸声尖而利，像要扎进人的脑海。沈玦迅速避让，短箭擦过沈玦的发丝，射灭他身后灯座上的烛火。

霎时间，厢房里一片漆黑。

"戒备！"司徒谨嘶声大吼。

第一卷 桃李春风一杯酒

墙体被三柄长刀同时穿透，两个包厢的隔墙是一扇半掌厚的木板，刺客砍击之后以肩膀撞击木板，踩着横飞的木块踏入沈玦的包厢。沉沉黑夜里，只有素白的月光浸透窗纱，照进一点细微的光亮。在那白惨惨的亮光里，躬身突进的刺客犹如魑魅魍魉。

河水上的琵琶声忽然转急，沈玦没有动，手里握着瓷杯静静聆听。他能想象出妓女葱白的指尖快速拨动丝弦，像扰乱了一池江波，琵琶声如珠玉落地似的脆响铿然。

司徒谨的大吼响彻了整个楼舫，原本醉醺醺的嫖客忽然暴起，推开怀里的女人，抽出藏在衣袍下锋利的雁翎刀。他们同时抛出钩索，钩住二楼的曲栏杆凌空而上，长袍散开，人们看见他们袍裾底下的黑色曳撒。

两边的窗户被东厂番子突破，窗棂和门板四分五裂，刺客们迅速转身，三尺长的凛冽长刀与金漆雁翎刀相撞，刀光迸溅，如清冽的水花。

杂乱的脚步声、兵刃相接的声音、血肉撕裂的声音、女人落水的声音交织在一起。黑暗里，冷白的月光下，所有人都在行动，除了沈玦。他望着潋滟江波下的星星点点，忽然想起了夏侯潋。

他突然明白了为什么当初夏侯潋难以接受他认贼作父，固执地要他重新去考科举。只是造化弄人，谁也逃不了、避不开那该死的命运。

琵琶声又是一转！

手指拨弦的速度越来越快，沈玦似乎听见了千军万马横渡长河。

水面底下忽然蹿出许多黑衣刺客，每个人都戴着白瓷面具，苍白的面具只开了两个黑黝黝的眼洞，没有鼻子也没有嘴巴，像没有脸庞的鬼魂。然而，正当他们登船时，一排番子忽然现身！原来他们早已窝身藏在船舷下，只等待刺客登船。番子们同时送出利刃，血花迸溅，黑衣刺客来不及上船便已经被一刀剖腹，一个接一个地掉下秦淮河。暗红色的血混在黑色密流里被拉成一条，像歌妓的红绡，飘飘摇摇。

"掌灯！"司徒谨厉声大喊。

烛火重新被燃起，厢房里重新亮起来。

沈玦终于看清屋里的情形。窗扇破破烂烂，番子们提刀静立。三个刺客都被拿下，有一人断了手臂。高年躺在隔壁厢房的地上，胸口插着刺客的匕首，鲜血沿着血槽汩汩往外冒。

沈玦冷然下令："抓住那个琵琶女，她是鞘！"

番子们犹如黑色潮水迅速涌出厢房，跳进水里。小艇上的女人见状，丢了琵琶，也跳水逃跑。但她终究没有番子迅猛，水面上很快涌起暗红色的血流。

高年在地上呻吟，脸色已是死灰，双手在地上乱抓。

其实高年早就不小心暴露了，伽蓝许他重金，要他诱沈玦出来。但是这些无家无室的亡命徒哪里知道，这世上有比命更重要的东西。而那些东西，捏在沈玦的手里。

司徒谨握住他的手，低声问："可还有什么要交代的？"

"我……我尽职了……我的妻儿……母亲……"

"会的，督主会照顾好他们的。"司徒谨用坚毅的眼神看他。

高年点点头："夏侯潋……夏侯潋还有一女仆，名唤照夜……很……很强，与夏侯潋影不离……让督主……当心。"

沈玦蓦然一惊，不由得问："什么女仆？"

高年却已经不行了，张了几下嘴，眼睛彻底没了神采，像干涸的枯井，头一歪，死了。

沈玦抓起一个刺客的领子，冷冷问道："什么女仆？给咱家交代清楚，要不然，咱家要你死。"

那是个削脸深目的男人，眸光冰寒，像一条毒蛇阴阴地射出目光。他没有回答沈玦，只低声道："东厂督主，你的名字已写上了伽蓝命簿，伽蓝记住你了。"

冰冷的笑意浮上沈玦的唇角。沈问行离得近，看见沈玦凉飕飕地笑起来，不自觉打了个寒战。

沈玦其实不爱笑，他对一个人笑，要么是心有防备，要么是那个人要大祸临头。

"不说？"沈玦站起身，脸罩在灯影里，一半在明一半在暗，有种冰冷如寒波的泚然，"方存真那儿不是还缺人吗？给了他踯躅花，却还尽日里问咱家要身中七月半的药人，先前捉了几个伽蓝暗桩送过去，听说都折腾死了？"

"可不是呢，其实也不算死，就是七窍流血，五感尽失了。"沈问行接话。

"好，那就把这几个一并送过去吧。"

"外边那些刺客呢？"

"只有这三个才是伽蓝刺客，其他都是暗桩。杀我，用三柄刀，倒是很看得起咱家。"沈玦冷冷地笑道。

刺客都被拖走了，屋里一下子静下来。沈玦不动，大家都不敢走。

他一个人站在灯影里，不知道在想些什么。沈问行眼睛转了几圈，向司徒谨使眼色，司徒谨没理他。

"司徒，"沈玦忽然出声了，"要是朱明月变了，变成一个你完全不认得的人了，你会怎么办？"

"不会的。"司徒谨说道。

"我只是做个假设,"沈玦不耐烦地说道,"万一她变了呢?"

"我是说,"司徒谨眸光定定,"明月是我的妻,无论她变成什么样,我都认得她。"

炭火呼呼地烧着,火炕上架了一个壶子,里面暖着热酒。几个蓬头垢面的男人围坐在火炕边上,一边喝酒一边吃牛肉。他们都是远行的江湖客,在山里的茅店歇脚。老掌柜实诚,送他们一壶酒暖身。虽然腊酒浑浊,酒味薄得像水,但也胜过没有。

"老兄,《伽蓝点鬼簿》出续册了,你看了没有?"一个男人道。

"自然是看了的。这回不仅添了最近声名鹊起的无名鬼,还列举二十七把伽蓝名刀,这第一把就是紧那罗的秋水。"另一个胖点的男人说道。

"要我说,刹那该放在第一把才对。"起头的人道,"他上月端了黑山老鬼的老巢,一步杀一人,十步血成河。听说黑山上的血沿着黑水河一直往下流,山下的百姓去洗衣服,抱回来一瞧,全被染红了!"

"那你怎么不说横波?不管是之前的迦楼罗,还是现在的无名鬼,都是伽蓝一等一的刺客。昨儿个不是传来消息,无名鬼又宰了一个倒霉鬼吗?"

"无名鬼算什么?他要是不把照夜带在身边,他还能这么厉害?"男人不屑地剔牙,说着又露出神秘兮兮的表情,"听说这个照夜是个不世出的尤物,我有个兄弟有幸惊鸿一瞥,哎呀呀,那姿色,简直就是天仙下凡!"

"真不知道照夜为什么要跟着无名鬼。上回有人说,照夜原本是唐家十七的未婚妻,被无名鬼抢了去,还胁迫唐十七当他的走狗。"

男人咂舌:"可不是?要我是唐十七,我就提着刀宰了无名鬼,看谁敢骑在老子脖颈子上拉屎!"

角落里有个裹着毛毯的男人,原本缩在地上睡觉,被喝酒的江湖客吵醒。江湖客们谈论得正欢,争相宣布要是有幸和照夜一夜春风,便是被无名鬼一刀砍了也甘愿。

男人细声开口:"其实照夜不是美人。"

他声音不大,可所有人都听见了,齐齐扭过头来看他。有的江湖客端着酒杯大喇喇地坐在他边上:"怎的,你见到过?"

男人点头。

"不可能!我兄弟不会骗我,他说照夜那眉毛,那眼睛,那樱桃小嘴儿,跟狐狸精似的，见了就让人丢魂！"之前那个江湖客梗着脖子大喊。

"可是……"男人发起抖来，颤声道，"可是照夜根本就没有眉毛，没有眼睛，更没有嘴巴！"

话音刚落，茅店的破门忽然被什么大力推开，白晃晃的亮光照进来，所有人都被照得睁不开眼。

逆光处站着一个苗条的少女，看不见脸庞，只能瞧见曼妙的身影。她双手垂在身侧，广袖遮住了手臂。

一个沙哑的男人声音响在她的背后："七叶伽蓝无名鬼，送阁下往生极乐。"

少女忽然动了，双臂横在胸前，所有人都看见，那双手臂并非手臂，而是流淌着凛冽寒光的森森长刀！下一刻，他们也看见了少女的脸庞，没有眉毛，没有眼睛，更没有嘴巴，那是一张素瓷的面具，只有两个黑黝黝的眼洞。

弧光一闪，少女飞身而入。先前那个裹着毛毯的男人尖叫起来："照夜！"

所有人都吓呆了，慌忙拾起刀，躲进茅店的角落。老掌柜护着老伴躲进曲尺柜台，鹌鹑一般发着抖。

男人慌忙躲闪，从怀里拔出长刀，旋身砍在照夜的肩膀上。照夜避也不避，挺身接下那致命的一刀。

意想之中的鲜血没有溅出，却只有铁器相击的清脆铮响，长刀砍在照夜的肩膀上，居然崩坏了一个口子！男人的瞳孔蓦然紧缩。

照夜没有表情，黑洞洞的眼眶朝着男人的方向，瓷白的脸上暗光流淌。她右手举起，众人看见她手臂位置上的三尺长刀狠狠劈下。男人侧身避让，却没有来得及，被砍断一只手臂，血如泉涌。

"啊！"男人痛苦地在地上打滚。

照夜没有再动，默然站在原地，低着头。

茅店里走进一个高挑的男人，深色皮肤，右眼上方一条细细的刀疤。那是一个孤狼一般犷悍的男人，眼神里有洗不净的凶狠和冷厉。

江湖客们屏住呼吸，有胆大的人探出一点头，偷偷地看。

无名鬼。

"姓高的，还想死哪儿去？"夏侯潋拣了一把交椅坐下，跷着二郎腿撑着下巴看那个地上发抖的男人，"你还真会逃，从杭州跑到山旮旯里来，害得老子追在你屁股后面，腿差点没跑断。"

"放过我！大爷，放过我！"男人抓夏侯潋的靴子，印上五个血红的指印，"求求你！我有钱，我有很多钱，都给你，放了我吧！"

夏侯潋恶劣地笑起来："你可以给我钱，让我去杀了那个买你命的人。但是你的人头已经被买下了，断没有让你留着的道理。"

"好！好！"男人挣扎着坐起来，"我给你钱，你帮我，帮我去杀了那个买我命的人！"

男人将左手探进怀里，一道金属的寒光蓦然划过夏侯潋的眼睛，像锋利的刀子割在眼皮。夏侯潋悚然一惊，立即撤身后退，黑色的短箭擦着他的手臂刺入身后的门柱。夏侯潋看了一眼那支箭，扭过头，眼中狠戾一闪而过。

男人站起身，捂着断臂跌跌撞撞地往外跑，很快被夏侯潋追上。夏侯潋拎着他的衣领，把他的脸朝下按在土炕的炭火上。茅店里充斥着男子凄厉的尖叫，江湖客们躲在角落瑟瑟发抖。

夏侯潋腾开右手，冲照夜的方向张开手掌，然后狠狠握拳。

眼睛利的江湖客看到，阳光下，夏侯潋的十指上缠着细细的丝线，连接着照夜的四肢。那丝线细得几乎看不清，隐匿在空气中，只有偶尔阳光直射之时才显露出一闪一闪的银光。

众人忽然明白了，所谓的照夜根本不是人，而是夏侯潋的机关傀儡。

丝线在空气中抖动，像蝴蝶振翅。照夜举起刀臂，一刀斩下！

夏侯潋把头颅放进蛇皮袋，挂在照夜的脖子上。

"造孽啊！"老掌柜从柜台底下爬出来，望着男人的无头尸体哭，"造孽啊，冤冤相报何时了！年轻人，你何必夺人性命，滥杀无辜！"

夏侯潋踏出门槛的脚步顿住，微微回过头来，冰冷的目光落在老掌柜的身上。

"老人家，你倒是很会说风凉话。"夏侯潋咬着牙恶狠狠地说道，"要是你妻子被杀，女儿被掳，看看你还会不会说出'冤冤相报何时了'的话来。"

老掌柜愣在原地，气急败坏地骂夏侯潋，什么"断子绝孙""千刀万剐"，夏侯潋充耳不闻，带着照夜上马，绝尘而去。

山峦起伏，晚霞铺满了天空，整个山穹都像在燃烧，一路烧到山下。不远处的山坡开着灿烂的杜鹃花。夏侯潋骑着马在山中穿行，远远望去，像在无垠火海中奔跑。

夏侯潋已经二十一岁，和伽蓝里其他的刺客一样，在刀山火海中摸爬滚打，成就了今日的无名鬼。持厌说得对，他着实不是练刀的好材料。他在柳州的别庄练了将近一年，杀了几十个惊刀山庄门徒。柳归藏满天下地找他，夏侯潋的名字在柳州城可以止小儿夜啼，可是他依然没有显著的进益。在持厌的手下，他撑死了也只能过七招。

而柳归藏的声名愈发如日中天。他买通伽蓝刺客，替他刺杀了北派宗师，此后惊刀山庄一家独大，俨然是江湖首座，武林至尊。他开始广收门徒，在四处设立分舵，主持所谓的公道，各家各派有恩怨皆到惊刀山庄由柳归藏斡旋。更甚者，他四处抓捕江湖黑道，押上诛恶台，邀请天下同盟共观斩首。

所有的这一切，都建立在他四年前斩杀迦楼罗的基础上。夏侯潋却依旧是见不得光的虫鼠，只能用阴冷的目光窥视高高在上的柳归藏。

实力不够，夏侯潋只能选择另辟蹊径。

他想起唐岚的千机。唐岚出身唐门，真正擅长的并非刀术，而是机关术。他掘了唐岚的墓，在唐岚的棺材里找到了他的机关笔记《天工谱》，里面记载了唐门机关术，还有伽蓝失传已久的牵机丝。

原来唐岚叛出唐门，投奔伽蓝，只是想要复原牵机丝。可惜他并没有成功，但在伽蓝的生活给了他很大的助益，他找到了冶炼牵机丝的办法，也翻到了千丝百网阵的阵谱，还记录了牵丝傀儡技。可是最关键的东西他没有找到——牵机丝的冶炼材料。他只画了一张矿石的纹理图，没有留下矿石的名字。没有材料，就没有牵机丝，一切都是枉然。

为了修习机关术，夏侯潋救了被押往诛恶台的唐十七。唐十七因为同时周旋于数个女人之间被抓，其中有三个女人说自己怀了他的孩子，可他抵死不认。夏侯潋扮成唐十七的模样前往唐门，抄录唐门的机关图谱，由唐十七和书情在外面接应，一点一点地把唐门典籍带出了唐门。虽然最后被发现，所幸努力没有白费，夏侯潋找到了替代原有矿石的冶炼材料。

然而，夏侯潋的牵机丝远远不如记载中的牵机丝，正牌的牵机丝可以削金断铁，而夏侯潋的牵机丝只能切豆腐。不过，它虽然不能杀人，却也能完成牵丝傀儡技，操控傀儡杀人。于是夏侯潋和唐十七合作锻造出了这个绝世的杀器——照夜。

四年了，夏侯潋早已按捺不住。他想，或许是时候前往柳州了。

城镇渐渐多了起来，夏侯潋给照夜戴上风帽。

太阳刚落山，夏侯潋到了金陵晚香楼。仆役认出夏侯潋的马，赶上前帮夏侯潋把照夜抱下来。

"潋哥儿，您回来了！这次的赏金送到哪儿？是存在钱庄里，还是送回伽蓝？"

"存在钱庄。"夏侯潋把马鞭扔给他。

"好嘞。"仆役弓着腰笑，"哥儿这次留多久？今晚可热闹呢，有个雏儿叫柳梢儿的要开苞，她可是香奴妈妈亲自调教的，吹拉弹唱样样都会，诗词歌赋样样精通，您要不梳拢了她？您若是要，只管开口，妈妈肯定不敢怠慢您。"

第一卷 桃李春风一杯酒

"不要。"夏侯潋想都没想便一口拒绝,趱身挑起帘子进了楼,腻腻甜甜的脂粉香味儿扑面而来。大红的八角灯笼五步一个,薄红的光泽在姑娘的脸上、肌肤上妆成醉人的媚意。四处都是男人女人的笑声,大堂中男男女女叠股而坐,推杯换盏。

有姑娘认出夏侯潋,甜笑着靠过来,夏侯潋拧起眉,侧身让开。他皱眉的时候有种孤冷的味道,姑娘见了心里怕怕的,都不敢再往他身上靠了。

"真不要?这姑娘小的见过,顶顶的好颜色,香奴妈妈年轻的时候都比不过呢。哥儿大了,是该有女人伺候着了,知冷知热的,好过一个人孤零零的不是?您放心,您不在的时候没人敢动她,只伺候您一个人。要是您什么时候厌烦了,再卖了也行。"

夏侯潋不耐烦地说:"说了不要。我哥他们呢?"

仆役讷讷地说:"在二楼呢,他们也是来看柳梢姑娘今晚亮相的。"

"行了,你滚吧。"夏侯潋转身朝后院走,穿过满楼挂着的红绡帘幕和成双结对的男男女女,避开想要靠他身上的女人,绕过池水和影壁,再走过穿堂,到后院寻到自己的屋子,一脚迈进去,关上门。

腰腹上的疼痛铺天盖地地袭来,像火在灼烧。那是在杭州刺杀姓高的的时候不慎落下的伤,没来得及好好处理就去追人了。夏侯潋脱下衣衫,露出身上斧凿刀刻般的肌肉,上面布满了大大小小的伤疤,剑伤、刀伤、棍伤、箭伤比比皆是,没有一寸的好肉。

腰上晕晕地红了一条线,像宣纸上晕染的墨水。夏侯潋咬紧牙关,把假皮撕下来,撕裂伤疤的疼痛差点让他昏过去。

那个时候时间太紧,他用假皮粘上就走,只想着止住血就好,现在可遭罪了。他上好药,缠好绷带,已是满头大汗。他随便擦了擦身子,穿上衣服,推开门,月亮上了中天。夏侯潋拎了一壶酒到河边上吹冷风。曲栏杆玲珑如画,河中心的小艇里传来琵琶声。

"喂,老大,你怎么在这儿一个人喝酒呢?你们楼里雏妓亮相,你不去看看?"唐十七笑嘻嘻地凑过来。

唐十七是个圆脸的男人,看着十七八岁的模样,其实和夏侯潋差不多大。他模样讨人喜欢,嘴巴又甜,少女妇人都爱和他玩。这小子本事不大,从唐门溜出来,花光了盘缠,就靠吃软饭为生。一下吃得太过猛,他没有兜住,栽在柳归藏手里。幸好夏侯潋当时路过,他才捡回来一命,从此金盆洗手,只混迹勾栏瓦舍。

"看个屁,无聊。"夏侯潋抿了一口酒。晚风料峭,吹得他浑身泛起凉意。

"我说你们两兄弟,铁了心要把自己活成和尚。你哥那傻蛋也就罢了,你该不会每天晚上都对着照夜自渎吧？"

夏侯潋斜了他一眼，转过眼去看漆黑的河水。

远处的画舫忽然喧闹起来，夏侯潋望过去，竟看见十几个伽蓝暗桩从河中蹿出来，像水鬼似的扑向画舫，但惊变陡生，更多男人从船舷上站起来，挥刀把暗桩劈回水下。

"伽蓝刺杀的是什么人？"夏侯潋问。

唐十七耸肩："诸事莫问，杀人无禁。你是伽蓝的刺客都不知道，更别说我了。"

夏侯潋又看了几眼，太远了瞧不清，只能看见整艘画舫都沸腾起来。

不知刺杀的是江湖人还是朝廷的人。

夏侯潋忍不住想起沈玦来，那个小子比他出息多了，现在已经是东厂的督主，太监里说一不二的大拿，只等哪天把魏德拽下来，自己坐那第一把交椅了。

若他有沈玦的智识，或者有持厌的刀术，也不至于挨到现在还杀不了柳归藏。

说到底，他就是个没用的废物。

"唐十七，我打算下个月去刺杀柳归藏。"夏侯潋忽然说。

唐十七一愣。

夏侯潋拍拍唐十七的肩膀："到时候你做我的'鞘'。"

"你不等复原了牵机丝再去？"

"不等了，有照夜足够。"

"你要是死里头了，我可不救你。"

"不救就不救。"夏侯潋挑起帘子，进了屋。

唐十七看着他的背影，那个以凶狠毒辣闻名的刺客，明明走在灯火通明的销金窝里，却显得如此格格不入，透着几分萧索和落寞。

二楼雅座，一个书生模样的年轻人扒着栏杆往下看，身上穿着竹绸对襟上衣，腰间挎了一个银笛子。年轻人看见夏侯潋，喊了声："师哥！"

夏侯潋点点头算是应了。

持厌坐在杌子上，手里拿着孔明锁摆弄。这个家伙永远玩不腻这些小孩子的玩意儿，黑面佛崖上收藏了好几个大风筝，下了山来手上不是红花绳就是九连环，揣手里就能玩一整天。

书情是秋师父收的关门弟子，将来要继承秋姓，改叫秋情。原本秋叶想让夏侯潋改姓，夏侯潋死活不肯，他只好再收个徒弟，毕竟秋家香火不能断。书情性子温和，和秋叶很像，乍一看不像个杀人如麻的刺客，倒像一个寒窗苦读的秀才。唐十七一直管他叫秀才，他倒也当得起，因常手抄一本《诗经》闷头看，肚子里藏的墨水比夏侯潋他们多多了。

书情一脸兴奋:"师哥你瞧,柳梢姑娘美不美?"

夏侯潋随便瞥了眼,大堂中间坐着一个穿着月白襦裙的姑娘,低眉顺目,文文静静的模样。整个晚香楼的男人都沸腾了,吹口哨的吹口哨,扔红绡的扔红绡,只有夏侯潋和持厌无动于衷。

"嚯,长得真好看!"唐十七伸着脖子往下看。

"没见识。"夏侯潋不屑。

"她刚刚要人写簪花词笺,押十一尤的韵,写得好才让人梳拢呢。"书情道。

"你写了?"夏侯潋问。

书情猛点头。

没见过女人的青瓜蛋子。夏侯潋拍了拍他的肩膀,算是鼓励。

底下鸨儿开始念词了,夏侯潋心思不在这儿,只听了一耳朵"江东烟雨几时休,栏外青山,廊下白头",酸得浑身起鸡皮疙瘩。鸨儿捏着手里的笺子,笑得满脸褶子,面朝向夏侯潋这边儿的雅座,唐十七激动地摇着书情,书情也捧着心肝儿一脸紧张。鸨儿咳了声,掐着尖细的嗓子喊道:"恭喜夏侯潋夏侯大爷!博得芳心,今夜洞房!"

夏侯潋差点没从椅子上栽下去。

书情小声说道:"师哥,我署的是你的名儿。"

"你有病吗?"夏侯潋怒目而视。

"人家给你拉皮条你还不高兴?白捡一姑娘!"唐十七哈哈大笑。

书情有些着急,嗫嚅道:"我的名字太娘了。"

"老大的名字就不娘吗?潋,潋滟红唇丁香舌。哎哟!"

"滚你的!"夏侯潋拿茶盏扔唐十七。

唐十七偏头躲过,问书情:"你干吗不用我的名儿?"

夏侯潋冷笑:"你的名字听起来像个打劫的瘪三。"

书情默默地点头。

唐十七:"……"

第二十二章 归无计

夏侯漱当然不可能梳拢柳梢儿。

他出了银子，买了酒筵，办了妆奁，什么箱笼、首饰、衣物一应采买俱全，然后把喜服往书情身上胡乱一套，拎着他的耳朵把他踹进了洞房。

鸨儿一瞧都急眼了，骂夏侯漱："哥儿，你这是做什么？写了词儿撩拨人家姑娘，随便揪个人顶替就完事儿了吗？"

"你看清楚，爷像是能写出那酸了吧唧玩意儿的人吗？"夏侯漱眼一横，道，"甭跟爷废话，谁写的谁去洞房，这是你们自己的规矩，难不成要打自己的脸？"

"这……这……"鸨儿急得跺脚，"你真是不识抬举！柳梢儿清清白白一个大好姑娘，就这么拱手让人！你可不知道，她是香奴妈妈从扬州那儿千挑万选带回来的，从头发丝儿到脚指甲，没一处不好！"鸨儿拉了夏侯漱一把，压低声音道，"姑娘还不知道咱们伽蓝的事儿呢。上头长辈疼惜您，给您选了个姑娘，让你们做一对平凡夫妻、快活鸳鸯，您还不知道好处！姑娘跟了您，养在晚香楼里头，乏了累了往这儿一歇，和外面的夫妻没两样儿，岂不好？"

难怪都上赶着给他拉皮条，也不知道伽蓝里哪个老不死的操心他的闲事。

夏侯漱翻了个白眼："免了，爷没这闲工夫陪你们玩过家家。"

屋里头，书情杵在门边上当了一会儿门神，后知后觉地想起来自己该往里走才对，低头整了整身上被夏侯漱拽得皱皱巴巴的喜服，磨蹭着往里面靠。

柳梢儿坐在雕花架子床上，手规规矩矩地放在膝盖上，膝盖严丝合缝地靠着。红盖头遮住了她的脸，书情徘徊在落地罩边上，有点不知所措。

他其实存了私心。

第一卷 桃李春风一杯酒

他早知道这姑娘是伽蓝长辈为他师哥选的。他师哥的老爹是住持,这是伽蓝公开的秘密。虽然平日里不见他父子二人有什么接触,可毕竟是骨肉,哪能真放着不管?

上个月他看见柳梢儿被香奴妈妈领进了门,香奴妈妈瞧他魂不守舍的模样不放心,就把这事儿透露给了他,要他死了这条心。可他这条心终究没死,反而像风吹进土里的一颗芽,慢慢抽出了条,越长越大,最后占据了他整颗心。

柳梢儿是他见过的最好看的姑娘。他还记得那天他从夫子庙买持厌看中的大风筝回来,远远地就瞧见那个穿着天青色褙子的姑娘,低着头听香奴妈妈的教训,微微侧着的脸蛋像莹润的白瓷。

现在的刺客们都喜欢这么干——在伽蓝的妓馆或者哪儿的宅子里头养个女人,不做买卖也不回伽蓝的时候就去那儿歇息,半梦半醒的时候,好像自己真成了芸芸众生里的一个普通老百姓,过着日出而作日落而息的生活。

只要乖乖在伽蓝登记,不离开暗桩的视线,伽蓝对这个还是容许的。

可是他师哥那样的人怎么懂得疼惜女人?夏侯潋的手只知道握刀,操控牵机丝,锻造照夜那样的机关傀儡,他哪里知道为女人描娥眉、点绛唇?

柳梢儿跟了他是不会幸福的。书情对自己说,反正师哥也不在乎,没关系的。

书情深呼吸了一口气,撩起珍珠玛瑙帘子,坐到柳梢儿身边,轻轻地掀起她的盖头。柳梢儿微微低着头,侧脸一如初见时的模样,像一朵娇弱无力的花骨朵儿。

柳梢儿抬起眼,瞧见书情,眼里有惊讶:"怎么是你?"

书情尴尬地搓着膝头:"呃,那个,夏侯……"

"不愿意要我吗?"

书情忙道:"不是的,不是!呃,是……那个,我……"

"那首词,'江东烟雨几时休,栏外青山,廊下白头'是你写的?"

书情红着脸点头。

柳梢儿笑。她弯着眉眼的时候,像极了柳梢头的月牙。

"我就知道不可能是那个叫夏侯潋的写的,那个大老粗,怎么写得出这样精致的词?"

"他是粗糙了些,可也粗中有细的。"膝头处的纹绣有一根线松了,书情揪着那根线头,小声道,"他烧饭可好吃了,我都不会呢。"

"你这人儿,明明你是新郎官,却净帮着外人说话。"柳梢儿吐了吐舌头,"本来妈妈要我嫁给他的,可进来的人却成了你。"

书情窘得说不出话,好半天才道:"他……他不想成家,他有别的事儿要做。"

"幸好是你！"柳梢儿看起来很高兴，"上回妈妈偷偷指给我看，说他长得俊，身体也好，以后定然不会亏待我的。可是你瞧他那模样，凶神恶煞的，哪里像个好人？我以前在扬州的时候，有个姐姐被一个江湖客买了去，你猜怎么着？"

书情疑惑地看着她。

"没过几天，那个姐姐披头散发地跑回来，哭着求嬷嬷收留她，不要赶她回去。她脱了衣衫给大伙儿瞧，青青紫紫，简直没一块好肉。原来那个江湖客是个醉鬼，喝醉了就打女人！"

"我……夏侯潋不是那样的，他从来不随便打女人的！"书情分辩道。

"人看外表是看不出来的。"柳梢儿道，"最终姐姐还是被带走了。没办法，那个男人付了钱，姐姐就是他的。我那时候就想，我可千万不能嫁给一个江湖人，打打杀杀，吓死人了。最好呢，就是嫁给像你这样的秀才，多好，将来说不定你中了举，我就是举人老爷的夫人了！"

"我……"书情傻眼了，没想到柳梢儿有这样的心思，"可是我……"

"妈妈跟我说，我长得漂亮，肯定能留住夏侯潋。她根本就想错了，那样的男人，怎么可能留在女人的床上呢？能留住他的，只有刀和血。我们这些风尘女子，说好听的是什么平康佳丽、秦淮千金，说难听点就是娼女。在他眼里，我们根本就是地上的尘泥吧。"柳梢儿定定地看着他，眸光像蒙蒙春雨下的潺潺江波，"郎君，你不会这样对奴家的，是吧？"

书情望着那双眼，整颗心好像都要被吸进去一般。他急促地呼吸着，脑子一片空白。

她不知道……他也是个刺客，也是个江湖人。

他要说吗？书情揪着膝头上的绣线。

说，还是不说？书情觉得自己头很痛。他又看了一眼柳梢儿，她满怀希冀地望着他，眼里漾着溶溶春水。

最终，他听见自己说："放心吧，不会的。"

声音微弱，可是足够清晰。

外头，鸨儿火急火燎地把这事儿报给了柳香奴。柳香奴一个手抖，螺黛一歪，画出去好长一条墨线。把鸨儿招呼出去，柳香奴走出屋子，敲开另一扇门，黑衣男人端坐在黑暗里，沉默不语。

柳香奴低头道："您都知道了？"

"罢了，他和情爱没有缘分，随他去吧。"

"那书情……"柳香奴低声道，"柳梢儿不是个安分的，您为何要给潋哥儿挑这么个女人？"

"我原想让他明白，情爱都是镜花水月，一戳就会烟消云散，唯有手中刀剑才是真实的依靠。不过既然他已经明白，那就算了。"黑衣人叹了口气，"至于书情那孩子，也该长大了。秋叶不上心，就让我代他管管吧。"

第二天，夏侯溦起了个大早，走到河边上往上瞧，一方一方的窗子，回字纹的窗棂，豆腐皮似的窗纱，像皮影戏的剪纸。书情那屋子还黑着灯，昨晚过得快活，今儿怕是日上三竿也未必能起。

夏侯溦背着手走出去一段，清晨的秦淮河冷冷清清，烟火气都散了，洗刷过似的，入眼都是干干净净的青瓦白墙。曲栏杆临水的台阶下蹲了个熟悉的人影儿，身边摆了两个大木盆，哼哧哼哧地洗衣裳。夏侯溦走过去一瞧，居然是持厌。盆里放的全是女人的衣裳，鹅黄的裙子，大红的绸裤，竟还有主腰和肚兜。

持厌人呆，让他干什么他都干。楼里的女人喜欢戏弄他，常常抓他当苦力，好像穿他洗的衣衫可以变天仙儿似的。持厌答应干活儿，女人就送他手帕和丝巾。每回夏侯溦回来，总能看见持厌脖子上系着女人的丝帕，捧着大木盆去河边洗衣裳。

他就是这样，要他洗衣服他洗，要他杀人他也杀。

河上漂来一具黑衣死尸，脸已经泡得发胀，看不出模样。夏侯溦这才发现，河上多了好几艘捞尸船，昨晚打架的那个楼舫泊在远处的岸边，等着工匠修葺。

昨夜不知道刺杀的何人，看来是失手了。

持厌蹚着水走下去，把死尸拉上来。死尸泡了水出奇地重，夏侯溦搭了一把手，拽住尸体的肩头，和持厌一起把他提上岸。

"是伽蓝暗桩，我见过他，"持厌说，"前几天我在他的摊子上买过蟹黄包。"

持厌从腰带里抽出一个粉红色的荷包，从里头掏出一颗松子糖，放进暗桩的手心。

一看就知道，是楼里的女人给他的。

"你要吗？"持厌问。

夏侯溦摇头："你自己吃吧。"

持厌收起荷包，继续洗衣裳。

夏侯溦看见河中心又捞起一具死尸，对持厌说："你别跟她们说河里死了人。"

持厌愣愣地抬起头。

"别说就对了。"夏侯溦说。

持厌"哦"了一声，埋头拧干衣衫的水，放进干的木盆里。

"我听说老不死的召你回山。"

持厌点头道:"住持要我去瓦剌杀一个首领。"他的脸上没什么表情,好像关山万里和咫尺方寸对他来说都没有什么区别。

"持厌,"夏侯潋说,"你就没有什么你自己想要干的事情吗?"

持厌愣了一下,才道:"有的。"他垂下眼睑,长长的睫毛像蝴蝶的翅膀,轻轻扑动:"小潋和住持想要做的,就是我想要做的。"

这下轮到夏侯潋愣了:"你自己呢?我是说你自己。"

"我们有一样的面容,一样的血,也有一样的心,你是这世上的另一个我。"持厌轻声道,"所以你想要做的就是我想要做的,这就是我自己想要的。"

"那住持呢?"

"住持对我很好,像师父,像父亲。"持厌说得很自然。夏侯潋有些生气,那个老家伙明明只把持厌当成一把刀,可持厌一无所觉。

夏侯潋压制住怒火,道:"他哪里对你好了?"

持厌转过头,望着河房的青瓦白墙,还有河面上的乌篷船。

"小潋,你很讨厌伽蓝,讨厌杀人,可是我不讨厌。其实山上和山下没有什么分别,每个人都只有一点点东西——一包松子糖,几包银子,或许还有一个院子,每个人拥有的都很少。可是每个人都想夺走别人的东西,做买卖的要别人的钱,当官的要别人的权,我们要别人的命。大家都一样,为什么要讨厌?"

"这不一样……"

"柳归藏要迦楼罗的命,你要柳归藏的命,没有什么不同。"持厌握住夏侯潋的手,"可是住持教我练刀,给我风筝,所以我喜欢他。你是小潋,我看到你的第一眼就知道,你是另一个我,相反的我。"

持厌的眼睛大而黑,夏侯潋看见里面徘徊的天光云影,还有他自己。

他的嘴巴里泛起苦涩,像吃了一个涩涩的核桃。他低下头,回握持厌的手:"我知道了。我也喜欢你,持厌。"

"哎,我的娘啊,兄弟情深,我都快哭了!"唐十七贱兮兮的声音从身后传过来。夏侯潋折了一根树枝,反手就是一敲。

唐十七嘻嘻哈哈地蹦到一边。书情从另一边跑过来,春风满面的模样。

"哟?居然舍得起床?"唐十七揽住书情的肩膀,"秀才,第一夜感觉如何?是不是欲仙欲死?"

书情的脸以肉眼可见的速度红起来。

"滚你的。"夏侯潋把书情拽过来,从怀里掏出一沓银票放到书情手里,"师父不在身边,师哥就是你的长辈。男人没有家底不像话,这些银票你收着。鹁儿说那个姑娘不知道我们的底细，你慢慢跟她说，也不要说你是伽蓝的人，就说你是个杀人犯，她要是还肯跟着你，你就把人家带回伽蓝好好过日子。师哥到时候带人给你在师父家边上盖一个屋子，你们夫妻俩住着方便。"

书情接过银票，眼眶红了。

"人家姑娘也不容易，好好待人家，知道不？"夏侯潋拍他的肩膀，"人家要不愿意跟你，也就罢了，把这些银钞给她，别瞎缠着人家。"

书情闷闷地点头。

"哎，老大，我要是成亲了是不是也有这么多银钞？"唐十七流着哈喇子看书情手里的银票。

"你会有一个大耳刮子。"夏侯潋道，背着手走出几步，"行，我跟十七走了，你好好待着，别惹事儿。"

"师哥，我也去柳州！"书情拉他，"柳梢儿本来是你媳妇的，我抢了她，我得给你赔罪。"

夏侯潋无语，道："什么玩意儿？赔你大爷！好好在这儿待着，要么回伽蓝去。"

"不行，我得跟你去。你不让我跟你一起上杀场，我可以和十七哥一起接应你。"书情扭头问持厌，"持厌哥，你不去吗？"

持厌摇头："我要回伽蓝。"

原本持厌一起去的话胜算会大很多，可书情知道，夏侯潋是一定要亲手杀柳归藏的，便没说什么，只梗着脖子说一定要给夏侯潋当"鞘"。

书情一直缠着夏侯潋，夏侯潋走到哪儿他跟到哪儿，夏侯潋被他缠得没办法，才松口答应。临走前在通济门辞行，书情和柳梢儿歪缠，颇有些长亭送别的味道。

春日头，柳树发了新芽，沿着护城河岸一路往看不见的尽处延伸，像翠绿的帘幕。贩夫走卒肩挑手提地走，偶尔有官老爷坐在青帷车里进城。夏侯潋和唐十七蹲在岸边，等书情道别。

"你说也真是，怎么没个人来给咱俩折个柳送个别呢？"唐十七手里拿了一把洒金扇子不停把玩，"也不想想，你没准儿这次走了就回不来了。"

夏侯潋没理他，垂眼望河里他和自己的倒影，里头一个躁眉耷眼，一个面无表情，像两条丧家之犬。

"我好歹也是被称为'巴蜀沈玦'的人物，怎么没人来送送我？"唐十七抱怨。

"'巴蜀沈玦'？什么玩意儿？"夏侯潋问。

"你不知道？听说东厂提督美若天仙，有人说他就是靠一副好相貌，得了魏德的提拔，又得了万岁的青眼。哎，不过，说到底，还是他媚于侍主，溜须拍马，要不然哪有这样的好前程？"唐十七摇头晃脑，"同样大的年纪，我唐十七竟然比不过一个阉竖，真是好生气恼！"

"阉你大爷，你个唐门败类，闭嘴吧你！"夏侯潋按他脑袋，"就你这厌了吧唧的模样，还想和沈玦比！"

"说到沈玦，你还真得小心些。"唐十七往水里头扔了一颗石子，石子砸破水面，泛起阵阵涟漪，"听说你们安在京师的暗桩都被他倒腾干净了，抓进东厂的一个都没出来。近些日子又四处搜寻伽蓝刺客，前几日不有一个倒霉蛋儿着了他的道吗？"

唐十七说得没错，最近伽蓝遭了大殃，东厂番子四处追捕暗桩和刺客，逮着就送进东厂大牢。听说那个地方竖着进去横着出来，他们伽蓝的人连横着出来的都没有。但这也是没办法的事儿，伽蓝是江湖乱党，也杀过东厂不少的人，东厂不逮他们逮谁？

夏侯潋叹了一口气，这么多年过去了，不知道沈玦还记不记得他，要是他不小心被抓了，能不能跟沈玦求求情，把他放出来。

正说着，城门口辚辚驶出两辆囚车，里头塞满了衣衫褴褛的囚犯，个个皮包骨头，垂头丧气的模样。护送囚车的却不是官兵，而是惊刀山庄的门徒。

夏侯潋站起来，目光一寸一寸地变阴冷。

唐十七打了个寒战，他是在那囚车里待过的人。惊刀山庄的人喜欢拿囚犯寻开心，荒郊野地里四下无人的时候还会把囚犯绑在马后面拖着跑。

"老大，冷静，别冲动。"唐十七抓住夏侯潋的袖子，"你说这官府，也不管管柳归藏，任由他动私刑。"

"他在官府里有人，而且他抓的都是咱们这样的人，没有户籍，案底累累，官府还感谢他呢。"

身边围上来看的百姓越来越多，有人指指点点。

"听说没，惊刀山庄那个柳庄主，又被戴绿帽了！"有人低声道。

"知道！他明媒正娶的嫡妻，居然和侍卫私通，三个嫡子都不是亲生的呢！"有人回应道，"听说那女的被沉了塘，儿子被追杀。本来藏着掖着不让人知道，不知道怎么的就传出来了，现在整个江湖都传遍了！"

"乌龟王八蛋这个名头他是逃不掉了。我看就是名字取得不好，好好的干吗带个'归'字！"

唐十七凑过脑袋去打听，带着一副笑容回来："好一个乌龟王八蛋，他这名声还主持什么江湖公道？保不齐他在上头说话，底下人都笑话他是绿乌龟！依我看，缩起脖子来做人才是正经。"

夏侯潋没言声，只低头看着手掌，上面缠着细细的牵机丝。

柳归藏。

他默念这个名字，咬牙切齿。

夏侯潋决定独自去刺杀。

这个决定遭到了唐十七和书情的一致反对。唐十七坚持要夏侯潋寻求伽蓝暗桩的帮助，至少雇几个人掩护刺杀。书情附议。

柳归藏可是有三千门徒。虽然刺客潜行于黑暗之中，但毕竟不是什么神仙妖怪，有隐身藏形之术，难保不会露出蛛丝马迹，被人发现。

唐十七苦口婆心劝了半天，夏侯潋一副"任你唾沫横飞，我自岿然不动"的模样。唐十七没辙了，道："老大，你发不出我的工钱也犯不着用这种方式逃避吧！你说，你是不是赌钱欠了一屁股债，想跑路？"

"赌你个头！你以为我和你一样吗？"夏侯潋无语。

书情问道："那为什么不找暗桩？有暗桩掩护，帮你拖住柳归藏的小喽啰，岂不方便？"

夏侯潋沉默了一阵，才道："我娘刚死的时候，那个老秃驴就收了柳归藏的钱派刺客帮他暗杀北派宗师。找暗桩帮忙，无异于找那个秃驴帮忙。"

书情愣了一下，张口说："可是……"然而"可是"了半天也没说出个所以然来。

"凭我自己也能干掉柳归藏，我有照夜，有横波，足够了。"夏侯潋目光冷峻，藏着不容置疑的坚定。

书情还要再劝，唐十七拍了拍他的肩膀，示意他别说话，扭头问夏侯潋："你怎么打算的？"

夏侯潋在八仙桌上摊开一张柳州城的地图，地图左侧，一条红线沿着北市向东城门大街延伸，一直画出城外。地图是白毛毡做的，朱墨浸得很深，乍一眼看过去，那条殷红的线像一道深深的伤口，鲜血淋漓。

夏侯潋叩了叩东城门大街的位置，道："每月初一、十五，柳归藏都要视察他在城里的店铺。他有店铺二十三家，包括三间酒楼、五间脂粉铺子、十间生药铺和五间医馆。他一般从未时开始视察，从城西往城东走，盘问一间铺子用一盏茶到一炷香的时间，戌时在城东的得仙楼用膳，将近亥时的时候走东城门出城回庄。"

"这个绿乌龟真有钱。"唐十七咂舌，又问，"他一般带多少人？"

"不到十个。"夏侯潋道，"有的时候甚至只带两个长随。惊刀山庄人太多了，在庄子里面暗杀变数很大。戚家刀是军刀，讲究协同作战，相互照应，对付一个人不难，对付一群人就不容易了。山庄里很容易被他们用人海战术前后夹击，脱身不易，所以不如在外面刺杀。照夜刀枪不入，一个打十个也很有把握。"

"这样真的能行吗？"书情心里很忐忑。

他知道他师哥的性子。

夏侯澉这个人做事从来不计后果，他说他要去偷学百家刀法，一个人不声不响地就去了，然后带着数十本刀谱和一身伤回来。他说他要打造出绝世杀器机关傀儡，逮着唐十七不吃不喝闷头关在房里，照夜成形的时候人已经蓬头垢面、胡子拉碴，像在街头流浪了二十年的流浪汉。

学刀、锻造照夜尚且如此，要刺杀柳归藏，夏侯澉会把自己的命给豁出去，书情对此深信不疑。

"一击不成我就撤退。我已在东城门大街买了个临街的铺子，你俩在那儿躲着接应我。"夏侯澉安慰他，"放心吧，柳归藏不死，我怎么会让自己有事？我总是得留着命对付他的。"

就怕你和他同归于尽。书情瘪着嘴，没敢说出口。

等夏侯澉走了，书情拉唐十七的袖子，问道："十七哥，你真让我师哥就这么去刺杀柳归藏？"

唐十七拍了一下书情的脑袋，道："傻呀，他让你干啥你就干啥？咱们自己偷偷雇他十几二十几个弟兄，埋伏在铺子里。夏侯倔驴要真出了事儿，咱们一块儿冲出去救人不就得了？"

夏侯澉已经部署好了一切：他给照夜换上了新的刀臂，柳州城的每块砖头每块土都被他踏了一遍，他规划了三条撤离路线，设想了数十种突发情况的应对对策，确保这次刺杀万无一失。

接下来要做的就是等待了。等待下个月初一亥时，柳归藏的马车驶入东城门大街——夏侯澉为他精心布置的命定杀场。

夜色如墨，夏侯澉坐在屋顶上吹风，手边放了一壶酒。这院子还是当初抓柳氏门徒练刀的时候赁下的，后来干脆就买下了，改成了夏侯澉的暗窟。从夏侯澉这儿往下望，可以看到天井底下立了许多人形傀儡，铁质表皮在月亮底下闪闪发光，那些都是照夜的前身。书情很细心地为他们都穿了衣裳，远远望过去像一群直挺挺的尸体。

穿堂里放满了废弃的弩箭和刀模子，还能看见唐门机关谱的破烂蓝色封皮。院子里的假山被夏侯澉用来试准头，被弩箭戳出坑坑洼洼的眼子，像得了麻风病。满目疮痍里，院子的角落乱军突围似的立了一树白玉兰，肥嘟嘟的白花儿蹲满枝头，不仔细看，还以为是栖息在树上的白鸽子。

唐十七从回廊里走出来，夏侯漱叫了他一声，问："秀才呢？"

"给他媳妇儿写信呢。真肉麻，我偷眼瞧了几句，都是些酸诗。"唐十七从底下爬上来，坐在夏侯漱的身边，"秀才还是太嫩。女人嘛，只要男人和她过几个恩爱的晚上，再送点簪子、钗子、镯子什么的，她就能死心塌地跟着你。"

夏侯漱没说话。他不懂这些乱七八糟的玩意儿，他发了誓不娶妻不生子，情啊爱的和他没有关系。

不过他懂得挖苦唐十七，于是道："然后你被她们告上了惊刀山庄，被抓去了诛恶台，差点儿就没命了。"

"那叫因爱生恨好不好！"唐十七没好气地横了夏侯漱一眼。月光下，夏侯漱消瘦的脸颊显得有些苍白，眉毛斜飞，浓墨一般，现在他整个人放松下来，有几分萧索的味道。

唐十七还记得夏侯漱救他时的样子。那会儿他被关在囚车里，身上所有的钱几乎被惊刀山庄那些门徒搜刮光了，他用藏在鞋垫里的最后一张银钞换了一个鸡腿，彻底地一穷二白。正当他绝望地吃着鸡腿的时候，夏侯漱从黑夜里走出来，鬼魅一般在门徒中间游走，一眨眼的工夫，四个押解的门徒全都断了喉咙。他那时候对夏侯漱很是惧怕，鸡腿掉在脚边都没有察觉。等夏侯漱走了他才明白过来，这家伙只是来杀柳氏门徒的。

后来唐十七就跟着夏侯漱混了，帮他去唐门偷机关谱，帮他锻造照夜。夏侯漱着实是个好老板，从来不拖欠工钱，按期发放，逢年过节还包大红包，他时常在伽蓝妓院里睡觉还不用花钱。

"喂，老大，你要是嗝屁了我会难过的。"唐十七说。

夏侯漱扭头看他，这个圆脸的男人少见地敛了笑意。夏侯漱笑了笑，道："十七，人这条命留着不是为了吃喝拉撒的。总会有一个人，能让你豁出命去保护，就算她死了，你也会豁出命去报仇。"

"我有的啊，老大。"唐十七低着头，"你还记得被你掘了坟的那个唐岚吗？他是我六叔，我从小被他带大的。我没爹没娘，机关术、张弩射箭，都是他手把手教我的。我会离开唐门，也是为了去找他。可是他死了，我连仇人是谁都不知道，我的弩机失去了准头，只能在手里空着。"

夏侯漱愣了一下，道："抱歉。呃，你放心，我又把他埋回去了，每年都有烧纸。"

"没事啦,你知道像我们这种恶贯满盈的人都不信神佛的。"唐十七咧起嘴角笑了笑,"老大你会不会觉得我很贱?对我那么好的六叔死了,我居然还心安理得地逛青楼喝小酒睡大觉。我一直很佩服你啊老大,你是我见过最男人的男人,说干就干,一点也不含糊,神挡杀神,佛挡杀佛。我也想这样不顾一切,可是我又忍不住想,我好不容易来到这个世上看一眼,不好好活一把真的很对不起我当初千辛万苦从娘胎里爬出来。我这辈子没别的愿望,就想死在女人的床上,这才是男人最好的归宿啊。老大,你说我六叔会不会怪我啊?"

"不会的,他不会希望你去报仇的。"夏侯潋说。

"是啊,老大。"唐十七抬眼看夏侯潋,"你有没有想过,其实迦楼罗并不希望你去报仇?"

夏侯潋笑起来,绕了这么大一圈子,原来就是来当说客的。

"我知道,我一直都知道,我娘不想要我去报仇。"夏侯潋抱着酒望着沉沉夜色,月亮已经被云遮起来了,宅子外面是森森密林,像矗立的鬼影,"可是有些事情不是你想不干就不干的,每当我握住横波的时候,每当我爬上床闭上眼睡觉的时候,往事就像幽魂一样追过来。"

唐十七没有说话,两个人一起望着黑夜,星子密布,仿佛摇摇欲坠。

"我娘刚走的时候,我整夜整夜地睡不着觉,每天就想着要怎么才能干掉那个仇人。"夏侯潋抿了一口酒,忽然说,"我和他差距太大了,他是刀术宗师,坐拥三千门徒,我不怕杀了他被追杀被报复,我只怕我连他的门槛都进不了。我难过得要死,拼了命地练刀。可我没有天分,伽蓝的人都笑话我,说我是个窝囊废。"

"说什么玩意儿,老大你是窝囊废那我成什么了!"

"无所谓,他们说什么我都不在意,我知道我迟早有一天要去找柳归藏的。"夏侯潋轻声说,"可是最可悲的不是被骂是窝囊废,是胆小鬼,而是心里明白,即使时光倒流,回到看到娘亲曝尸街头的那一天,依然不能出去,依然不能越过那扇门,杀了柳归藏。"

夏侯潋看着唐十七,一字一句地说:"所以他们骂什么我都认了,因为我,就是个窝囊废。"

唐十七愣愣地看着夏侯潋。他看见夏侯潋眼里深重的悲哀,如沉沉黑铁,如密密阴霾。他忽然明白,谁也阻止不了夏侯潋。这个刺客为了那个惨死街头的女人,可以毁天灭地,甚至毁灭他自己。

"老大……"唐十七还想说什么。

"十七,以后别再这么混了。"夏侯潋打断他,"你不是伽蓝的人,不能老待在晚香楼,去寻一份正经差事,娶个好媳妇。男人最好的归宿不是死在什么乱七八糟的女人的床上,是十两银子打好的棺材,埋在你媳妇身边。看人家秀才娶了媳妇多高兴。"

"那你呢,老大,你的归宿在哪里?"

"我嘛,"夏侯潋站起来,跳到屋顶旁边的一棵大树上,顺着树干滑下去,背对着唐十七摆了摆手,一步步走进回廊深处的阴影,"我的归宿,在黑暗里。"

黑云压城,像宣纸上毛笔随意卷出的浓墨,团在人头顶上,仿佛伸手就能够着似的,让人心里阴沉沉地难受。

柳归藏撩起车帘子,朝外面探了几眼。怕是要下雨,街上的行人行色匆匆,都快步赶回家,生怕等会儿就被淋成落汤鸡。街衢很快就没多少人了,只有零星几个摊贩还在收摊。车辚辘压在地上,发出隆隆的响声,不注意听还以为是雷打起来了。

柳归藏让人加紧赶马车,坐回车里,闭眼养神。

马车辚辚驶出一段路,忽然停了,柳归藏听见门徒惊叫了一声:"庄主!"

柳归藏皱起眉,打开帘子,喝了声:"何事如此大惊小怪?"

话说完,他自己也愣了。

对面不远处,一个黑衣少女骑在马上,乌黑长发下是素白的脸庞,上面只有两个黑黝黝的眼洞。她的身上、马背上挂满了血淋淋的人头。

门徒惊惶地后退,有的人认出,马上的人头是惊刀山庄的弟子的。

少女没有表情,也没有说话,只沉默地策马。

"庄……庄主!"有门徒惊叫,"是照夜……照夜!"

柳归藏抬手示意他闭嘴。

马停了,街衢深处传来一个低哑的男人声音,仿佛孤独的鬼怪轻声低语。

"七叶伽蓝夏侯潋,送柳庄主往生极乐。"

第二十三章 人如蓬

话音刚落，少女燕子一般掠身而起，广袖翻飞间，凄冷的刀光闪过门徒们的眼睛。少女稳稳地落在地上，刀臂急速划过身边两名门徒的喉间，刹那间血如泉涌。

漆黑的暗夜里，喑哑的男声在倒数："八。"

剩余八个弟子一拥而上，拔出腰间戚氏军刀，军刀犹如水光一泻而出。三把军刀同时砍在照夜肩头，金铁相击之声清脆地响起，仿佛琵琶弦动，众人皆是一愣，下一瞬，照夜的刀臂已至，鲜血迸溅中，三人的手臂被齐齐斩断。

男声继续数着："五。"

"庄主！它……它不是人！"五个门徒齐齐后退，脸上惊惧不已。

"机关傀儡。"柳归藏从马车中出来，站在车轼上，仅剩的一只眼微微眯起，"莫怕，儿郎们，砍其关节，断其臂膀！"

"是！"

三个门徒迎面而上，两个门徒一左一右攻照夜两翼，照夜微微下蹲，犹如一张被拉满的弓。近了，近了，正面的三人已只有五步远的距离，照夜忽然发动，犹如势不可当的箭矢射进黑夜，直扑敌人的面门。然而，在他们举刀的瞬间，照夜忽然屈膝矮身，像跪拜一般，自两人之中穿过，同时恰好避过头顶凌厉的刀光。

时间仿佛停滞了那么一瞬，柳归藏看见从照夜身侧经过的那二人，破布麻袋一般掉在地上。

黑暗里，男人低笑："三。"

森然的寒意霜毛一般从心底长出来，柳归藏忽然意识到，四年前那个悲愤的男孩已经长成阴森嗜血的鬼怪，潜伏在这暗夜的某一处，磨牙吮血。

有一人砍中了照夜的关节，然而照夜曲臂夹住那人的军刀，另一个刀臂自他的肚腹中刺入，瞬息之间数次抽离再刺入，巨大的冲力迫使他不断后退。照夜踩着他后退的步子前进，然后松开刀臂，转身挥刀，将身后预备偷袭的弟子一分为二。

"一。"

最后那人颤抖着握紧手中长刀，像一只在寒风中打着寒战的鸟。他死死盯着照夜玲珑的背影，牙齿咬得咯咯作响。照夜转过头，似乎瞥了他一眼。她只有漆黑的眼洞，根本没有眼睛，他却好像感受到她冰冷的睥光，寒如冬日霜雪。

照夜没有朝他走过来，而是向马车上的柳归藏走去。他松了一口气，然而下一刻，照夜抬起左臂，袖洞中射出一枚漆黑的短矢，他感到眉心木木地一痛，鲜血沿着鼻梁流下来。他松了刀，倒在地上。

"好一个机关傀儡，"柳归藏鼓掌赞叹，"自从十八年前唐门避世隐居，闭门谢客，我已许久未见过如此精绝的傀儡了。"

照夜没有说话，垂着头，默立于尸堆中。黑云堆积在空中，狂风大作，呼啸着撕扯她的衣袍，素瓷面具上溅了几滴殷红的鲜血，像素白宣纸上秾丽的红梅。

"迦楼罗之子，你龟缩了四年，我原以为你不敢再向我挑战，原来你为了对付我，炼制了此等杀器。"柳归藏从车上下来，手里提着一把三尺长的狭身长刀。和他弟子的戚氏军刀不同，他的刀刀身微微弯曲，像细细的弯月。

那是东瀛倭刀。

柳归藏唇角慢慢弯起，是嘲讽的弧度："可是，你可知道为何唐门要退避山野？"

他将右手放上乌黑的刀柄，抬起眼来，虎狼般的凶悍一闪而过。

"因为机关邪术，终敌不过刀术正途！"

照夜猛地蹬踏地面，朝柳归藏奔来，钢铁击地的声音犹如沉沉军鼓，裙裾飞扬间，柳归藏看见照夜流淌着暗光的笔直双腿。她分明是沉默的，可那一瞬间，柳归藏仿佛听见傀儡女人的凄厉吼叫。

两人相遇的那一刻，刀光霎时间迸溅如雪，倭刀出鞘，划出月牙一般的弧度。

两人相背而立，咔嚓一声，照夜的刀臂断成两半。

东城门大街的尽头，一个临街的铺面里面，唐十七和书情蹲在窗棂的糊纸前，身后挤了十个伽蓝暗桩。众人见照夜刀臂被砍，皆是一惊。

"计划的一击没有中，师哥该撤退了。"书情低声说。

"你觉得那个倔驴会撤吗？"唐十七撇嘴，道，"没事儿，一会儿听我指令，要是势头不对，我数三下，咱们就冲出去救人。"

暗桩纷纷点头。

风云暗涌，远处有隆隆的雷声，仿佛马车奔驰在天际。柳归藏持刀四顾，照夜已经成了一具不会动的傀儡，细看之下，她的头上、肩上落满了细细的丝线，仿佛透明的霜花，一闪一闪地反射着幽幽冷光。

柳归藏大吼："夏侯潋，你逃了吗？怎么，你又要当一次缩头乌龟？"

他没有看见，一个黑影从他头顶上的牌楼缓慢无声地垂下，像一只悬在丝线上的蜘蛛。柳归藏仍在四顾，长街两头皆无人影，只有倒伏在地上的尸体和无知无觉的傀儡，死了一般的寂静。

忽然，眼睛被什么闪了一下，多年拼杀的直觉让柳归藏迅速反应过来，抽刀劈向头顶，两束刀光刹那间相撞，火花猛地一闪。黑影枭鸟一般从空中翻下来，柳归藏看见一张酷似迦楼罗的脸。

柳归藏心里猛地一跳，那一刻，他几乎误以为当年那个妖魔似的女人活过来了。

"夏侯潋，你不怕露脸了？"柳归藏冷笑。

"因为杀你的是我夏侯潋，不是伽蓝刺客！"夏侯潋落下一击，两柄刀同时发出不堪重负的低鸣，两人同时后退。

电闪雷鸣，瓢泼大雨倾空而下，雨箭争先恐后地汇入漆黑的大地，水很快漫起来，没过鞋底。雨水泡着尸体，血水哗啦啦地流入沟渠。夏侯潋左手自腰间抽出一把两尺长的短刃，反手横于胸前，右手提着横波，身子微微矮下。雨滴噼里啪啦打在短刃上，每一滴水都映着夏侯潋冷冽的脸庞。

柳归藏收刀入鞘，左手握着刀鞘隐在身后，右手置于刀柄上。他要用倭刀的拔刀术，极端的角度和拔刀时迅速的冲力足以让夏侯潋断成两半。

雨倾泻如洪，仿佛天都要塌下来，他们二人中间横亘着万千雨幕。

刹那间，两人同时完成呼吸，同时发动，同时开始对冲！雨水和血水在脚底飞溅，二人在一个呼吸之后相遇，柳归藏迅速拔刀，仿佛雷电刹那间闪过天际。然而就在此时，夏侯潋猛然下蹲，与照夜之前如出一辙，左手的反手刀割向柳归藏的小腿。柳归藏腾身跃起，刀势不可思议地逆转，劈向夏侯潋的后背。

意料之中的鲜血迸溅没有发生，脆弱的布料裂开，刀尖划过锁子甲，带出一连串的火花。夏侯潋猛地翻身，两柄刀在空中相接，霎时间刀光犹如蛛网，绵绵密密地延展开，将二人笼罩其中。夏侯潋的刀势越来越快，恍若暴风骤雨，左手未落右手已至！柳归藏急促地喘息，不可思议地发现自己竟然几乎跟不上夏侯潋疯狂的刀势。

最后，夏侯潋旋身而起，衣袂翻飞如同翩然的蝶翼。他弃了左手刀，将全身力量压至右手，刀尖走过一个圆月般的弧线，落下山崩海啸般的一斩。

伽蓝刀——斩月。

柳归藏硬接了这一刀，震颤漫过刀身，从手掌一直传到四肢百骸，仿佛一条冰蛇游走全身。虎口剧烈地疼痛，柳归藏低头看，虎口竟已破裂。

这怎么可能！柳归藏不可思议地望向夏侯潋，哑声道："这怎么可能？你怎么可能打败我？"

刺客吐着冰冷的呼吸，仿佛蛇信嘶嘶，他的脸上挂着凶恶的笑容，嗜血的狠意盈满眼眸。

"因为我参了四年！"夏侯潋挥刀再斩，柳归藏踉跄后退。"我遍寻百家刀法，终于参破你的戚家刀。而这绝命的一斩，你爷爷我，"夏侯潋大吼，"练了两万九千两百次啊！"

两万九千两百次！怎能不赢！戚家刀每一招刀法，他都知道如何克制。朝天刀当左避，斫胫术当跳跃，左提撩当横刀抵挡……而斩月，他每天练二十次，整整练了四年！

刹那间，柳归藏仿佛看见，夏侯潋的双瞳和印象里的那双妖魔之瞳重合，他突然有一个奇异的念头——夏侯潋就是迦楼罗，她从坟墓里爬出来，向自己复仇！一瞬之间，他看见两个绝强的刺客同时勾起一抹邪恶的微笑，然后低声道："柳归藏，去死吧！"

"十七哥，师哥是不是要赢了？"书生盯着大街，激动地说道。

唐十七皱眉道："现在已经过去一盏茶的时间了，再不快点，官兵就要来了。你师哥还在那儿纠缠！不行，听我号令，我数三下，咱们冲出去帮他一把！"

众暗桩手握刀柄，聚在门前。

唐十七盯着沉沉夜幕，大街上两人不断相撞然后分离，两人的刀势织出一个圆形的场，仿佛连雨都无法进入。

他低声道："一。"

夜空中，雷电在蓄积，乌云中不时有亮光闪现，仿佛有龙在云中穿行。

"二。"话音刚落，一道蜈蚣般的闪电撕裂了夜空，空中像裂了一个大口子，天光破入夜幕，世界白了一瞬。

"三"刚要脱口而出，唐十七咬住自己的舌头，生生把最后一个数字吞回了肚子。

他挥开书情，凑到窗纸前一眨不眨地盯着大街。闪电再一次划过夜空，这一次，唐十七看清了，街衢两旁，屋檐的阴影上有一排人头的影子攒在一起，像树上结的藤萝。

书情疑惑地问唐十七："怎么了？怎么不数了？"

唐十七喃喃道："完了，这是个陷阱。"他抓过书情的领子，书情看见他眼里烛火一般跳动的惊惧，"这是个陷阱！"

瓢泼大雨，夜黑得像一个巨大的铁牢。

浓浓雨雾里，沈玦踉跄奔走，好像迷失了方向，找不到回家的路。恍惚间，他看见前方有一个高挑的黑影，持刀站着，沉默无言。

沈玦深一脚浅一脚地走过去，雾气渐渐消散，他看见一个无头的身影屹立在他眼前。他惊疑不定地走上前，脚下忽然踩到一个石头，低头一看，却见夏侯潋的头颅躺在脚边。

沈玦猛然惊醒，伸手一摸，已是出了一身的冷汗。

掀开罗帐，屋子一片漆黑，借着窗纸透进来的一点光亮，能看见漆黑的几案，水磨楠木的桌椅，地上二尺来高的景泰蓝方樽里插了一束不知道叫什么的花儿，已然凋了，花瓣枯黄地萎缩着，还落了几朵在地毯上。窗棂外雨打风吹，屋瓦被敲得噼里啪啦响，沈玦拔出插销推窗看，园子里满地花泥。

沈玦唤来仆役，打起灯笼，乘了马车去京城西边的别庄。他没有叫司徒谨，也没有叫沈问行，带着几个在沈府里值夜的番子就去了。方存真睡得正香，听闻沈玦来了，忙不迭地穿衣衫系带子，一边套上靴子一边赶到正厅。

"三更半夜的，督主怎么过来了？若有事吩咐，也该唤下人过来知会一声，小人亲自登门回禀的好。"方存真赔笑着奉上茶。

沈玦却不接，只冷着脸问："药制得如何了？"

"前儿刚给两个药人试了新药，此时还昏迷着。"方存真踌躇着说道。

沈玦森冷地微笑："那就是毫无进展的意思？"

"这……也并非如此，若他们二人能醒来，便……"方存真搓着手，硬挤出一个笑容。

沈玦转进后院，透过厢房的窗纱看里头的药人。屋子里浓重的药味钻过窗纱的孔洞往外冒，药人都直挺挺地躺在床上，像木头傀儡。沈玦气笑了，对方存真道："咱家该给你喂七月半才对。现在是五月，到七月半还有些时日，够你好好费心研制解药了。你自己的命，你该上心了吧！"

"督主饶命！督主饶命！"方存真跪在地上使劲叩头，痛哭流涕，"小人一直是呕心沥血啊！这次新药一定会有结果的，求督主再宽限些时日！督主饶命！"

沈玦不答话，只冷冷地看着阶前雨滴。雨声、风声和方存真的求饶声都仿佛在另一个世界似的，沈玦抿着唇，脑海里那个无头的身影又一次清晰地浮现。

他心里火烧一般的烦躁。倘若手里有刀，他大概会劈了方存真。

"督主！"有番子冒雨跑进来，递过一张油纸包裹着的密报，"柳州来的急报！"

柳归藏双手鲜血淋漓，夏侯潋再斩一刀，柳归藏终于无力支撑，倒在雨里。他的胡须上沾满了泥污和血迹，唯一一只眼睛死死地盯着夏侯潋。

雨水顺着夏侯潋的鬓发往下流，勾勒出他冷峻的轮廓。雨幕里，黑衣的刺客双手举起横波，雨水沿着刀尖汩汩下流。

"去死吧，老畜生……呃！"

背心像被毒蛇咬了一口，狠狠地一痛。横波一滞，柳归藏抓住那一瞬间的机会，挥刀劈开横波，横波脱手而出，打着旋插进街旁一堆货郎物事里。紧接着，小腿也是一痛，夏侯潋低下头，看见一支黑色的短箭扎在腿上。

他没有回头，只迅速从地上捡起一把戚氏军刀，再次旋身向柳归藏斩下。斜刺里飞出三支箭矢，扎入夏侯潋的右手，其中有一支横穿了手臂。疼痛像野火一般蔓延全身，黏腻的鲜血沿着指缝往下流。

夏侯潋扑倒在地，回过头，看见屋顶上密密麻麻的柳家门徒，面无表情地盯着自己。

陷阱，这是个陷阱！

大街尽头，书情奋力摇晃唐十七："快！快去救我师哥！"

唐十七怒吼："闭嘴！你要我们一起送死吗？"

"唐十七！"

"你以为我不想救他吗？你自己看看，柳家门徒有多少，我们又有多少人！"唐十七抠着窗棂，指尖发青，"听天由命吧。反正你们伽蓝的规矩不就是这样吗，必死者不救。就看老大的造化吧！"他闭上眼，不再看。

"你的确很强，夏侯潋。"柳归藏站在夏侯潋面前，笑着说道，"当年你娘死的时候，也是这样的大雨。"

夏侯潋挣扎着从地上爬起来，再次捡起刀，怒吼着劈向柳归藏。又一支箭射中他的小腿，他踉跄着摔进泥水里，泥点子溅上脸颊。

"我等了你四年。"柳归藏继续说，"你以为东城门大街这个杀场是你选的吗？你错了，夏侯潋，这是我为你精心准备的啊！我每月初一、十五从这里经过，每月初一、十五我都安排笛子在屋顶埋伏，等的就是这一天！你果然不负我的期待，你终于来了！"

夏侯潋几乎被钻心刺骨的痛感淹没。他咬着牙一次又一次站起来，一次又一次摔回地上。

为什么会这样？为什么会这样？他拖着刀，一步一步地迈向柳归藏。肺部像风箱一样被拉动，他喘息得像一头老牛。要杀了他！一定要杀了他！

可是，没有办法。夏侯潋每一次站起来，都会被狠狠地打回去。头在地面磕破，鲜血淋漓，身上的创痛此起彼伏地叫嚣着痛苦，他像一条案板上的鱼，无力地翻滚。

又一支箭矢飞过，擦过脸颊。柳归藏捡起地上的刀鞘，狠狠击在夏侯潋的腹部。夏侯潋捂住嘴后退着倒地，指缝中渗出鲜血。

"但是我现在不能杀你，你还有用。"柳归藏拾起方才射空的箭矢，"把你押往诛恶台，让天下人知道我抓到了迦楼罗的儿子，我的威名将再一次响彻江湖，那个肮脏的丑闻也会被洗刷干净。夏侯潋，你的母亲助我登上江湖首座，而你助我巩固武林至尊之位，我对你们母子真是万分感谢，哈哈哈！"

闭嘴，闭嘴！要杀了他，杀了他！这个念头像一个烙印，在夏侯潋的脑海中烧得滚烫。夏侯潋瞪着他，眸中有狼一般的狠意。

"柳乌龟，想洗刷掉你的乌龟名声，别做梦了！"夏侯潋恶狠狠地说道。

柳归藏脸色大变，屈膝跪在夏侯潋的手臂上，将箭矢扎入夏侯潋的左手手掌，把他的手掌和地面钉在了一起。夏侯潋浑身痉挛，五官疼痛得几乎扭曲，可他没有叫出来。柳归藏没有想到，他受了这么重的伤居然可以不发出呻吟。鲜血从嘴缝里蜿蜒着流出来，原来他咬住了舌头。

"废物，夏侯潋，你以为你来杀我就能证明你不是个窝囊废吗？"柳归藏站起来，冷笑道，"你看，四年前你杀不了我，现在你依然杀不了我。"他扭过头，看见马车旁的照夜，"什么机关傀儡。废物，你只会躲在女人身后而已！"

"闭嘴！"夏侯潋死死咬着牙，抬起右手，将左手上的箭矢拔出，那钻心的疼痛几乎让他晕过去，可他没有倒下，而是再次挣扎着站起来，拖起刀。他双手握刀，缓缓地握紧，手掌上的疼痛霎时间加剧，漫天大火一般灼烧着他的神经。

他拖步向前，柳归藏拄着刀看着他。他的双腿颤抖得犹如风中枯叶，仿佛下一刻就能折断，可他终究没有倒下去，而是赤红着眼，一步一步地走到了柳归藏的面前。

他嘶声吼叫，像一匹孤狼发出怒嗥，凄厉而愤怒。那一刻，柳归藏仿佛看见了修罗恶鬼从地狱而来，浑身浴血，披着复仇的火焰。军刀走过曲折的线条，那是一

第一卷 桃李春风一杯酒

条绝丽的弧度，刀尖凝着一星冷光，仿佛黑夜里的一点萤火。

然后，戛然而止。

萤火熄灭，长刀颓然落地。柳归藏的刀鞘狠狠地击在夏侯潋头侧，世界在他眼前旋转，大地扑面而来，冰冷的雨水浸没了他的脸颊。世界像噤了声，只剩下耳里尖厉的长鸣。从他的视线望过去，刚好可以看见插在一堆货郎物事里的横波，粼粼如水的刀身映着他惨不忍睹的脸。

迷蒙之中，他仿佛又听见那个熟悉的呼唤。

"小潋——"

滴答——滴答——

牢房的屋顶破了，檐瓦上的残水顺着缝隙流进来滴在地上，浸湿了一片地面。墙的高处开了一道窗，铁做的栏杆，每一根都有夏侯潋手腕那么粗，黯淡的光从那里照进来，让夏侯潋不至于伸手不见五指。四面都是石墙，角落里有一道矮门。墙很厚，除了天窗传进来一点风声，什么声音都没有，仿佛整座牢房只有他一个人。有的时候他似乎隐隐能听见别的牢房里锁链拖在地上的哗啦声，很快又没有了，像是幻觉。

夜已经深了，黑暗笼罩了他的周身，只有天窗透进来一点点的光亮。他蜷在那道光亮下，看光里飞舞的尘埃，像无数个小虫，没头没脑地乱转。

滴答——滴答——

他记不大清时间了，像过了五天，又像过了七天。他醒过来的时候身上的伤口已经被包扎好了，很潦草，显然包扎的人只是不希望他流血过多而亡。头侧很疼，他试着摸了一下，那里肿起了一个大包。其实不用看也知道，他现在一定鼻青脸肿，惨不忍睹。

他想他再也没有机会报仇了，柳归藏一定在准备斩首大会，他能活到现在，是因为天南地北的武林正道赶到柳州需要时间。他练了四年的刀，钻研了四年的牵丝傀儡技，最终还是没能打败柳归藏，甚至沦为柳归藏的垫脚石，巩固柳归藏武林至尊之位。

笑话，真是个笑话。

外头突然响起爆竹声，有烟花惊雷一般炸响在天际。夏侯潋仰起头，看见那一方微微泛紫的夜幕中升起万紫千红的烟火。他差点忘记了，今天是端阳节。

他想起他娘。有一次端阳节夏侯需带他登苏州大报恩寺的高塔。那座塔有九层，站在最上面一层可以俯瞰整座苏州城。从上面望下去，青瓦白墙鳞次栉比，像一个个小小的棋盘，百姓和车马像蚂蚁一样走来走去。煌煌灯火连成一片，整座城星夜如昼。他高兴得大喊大叫，趴在栏杆上说我要飞。夏侯儒把他拎起来。这个女人的力气大得可怕，单手提着五岁的夏侯潋悬在栏杆外面丝毫不费劲。夏侯潋吓得魂飞魄散，当即哇哇大哭起来。夏侯儒忙把他拎回来，头疼地说："你不是要飞吗？让你飞一飞，怎么还哭上了？"

夏侯儒就是那样，除了杀人放火，干什么事都不靠谱。夏侯潋活到现在，还没见过像她一样的娘亲。可就是这样的娘亲，让他坐在自己的肩头在重重人海里看戏台子上的大花旦唱戏，抱着他在乌篷船里听寒山寺的和尚撞钟，带他逛庙会一直逛到最后一个小贩收摊。

以前有人跟他说世上有很多门，每一扇门后面都有一个屋子，每个屋子里都有一家人。他那个时候还小，不懂事，看到别人都父母双全，有的甚至不止一个娘亲，只有他仅仅有个聊胜于无的娘。他为了这个和夏侯儒发了一大通脾气，跑遍整个伽蓝村一家一家问他爹是谁，住在哪儿。没人知道，或者没人敢说。他没有得到答案，后来不了了之。现在他才明白，其实这个屋子里有他，有他娘，它就是一个家了。

可是已经晚了，他的家已经没有了。

鼻腔里涌上强烈的酸意，眼泪漫出眼眶，他蒙住眼，泪水从指缝里面流出来。他发过誓不再哭，他二十一岁了，本不应该再哭，可每次回忆起往事的时候，怎么忍也忍不住。

时间一点一滴地流逝，外面的炮仗声渐渐小了、没了，世界重归寂静。天一点一点地亮起来，他听见远方的鸡叫，天光从窗外洒进来，白晃晃的，被窗棂分成一格一格，铺在地上。

矮门上的锁正在被人开启，他听见钥匙戳进锁孔的声音。

他知道他快要被押上诛恶台了，柳归藏会当着天下人的面斩下他的首级，他的鲜血将喷洒在台上，和许多浸在泥土下的血融在一起。他要死了，他的鬼魂将步入黄泉。他愣愣地想，他会不会再见到他娘？

他忽然明白为什么人会相信有阴间这种东西了。原来所有关于轮回和地府的想望，都辐辏着与至亲至爱死后重逢的殷殷心愿。

伽蓝西南行驿。

客堂里乌烟瘴气，乱哄哄地坐满了人。有去西南走私盐巴的货商，有被官府通缉的杀人犯，还有在中原做皮肉生意做不下去，改在西南招揽客人的娼女。苍蝇在空中胡乱地飞，时不时在布满油渍的桌面上逡巡，把脏兮兮的几条腿探向盘里的牛肉，但很快又被赶走。大部分赶走它的手的虎口和手掌都长满茧子，那是常年拿刀的手。

"诸位！"客堂中间的大桌子上忽然跳上来一个圆脸男人，声嘶力竭地吼叫，"诸位，静一静！在下唐十七，请诸位听在下说几句话！"

没人理他，吃饭的吃饭，聊天的聊天。

唐十七一跺脚："谁听我说话，我给谁一两银子！"

驿站马上安静了下来，所有人眼巴巴地瞅着他。

唐十七手一挥，书情和驿站的杂役搬进来一个大箱子，开始挨桌发银子。唐十七看了心抽抽地疼，但也顾不得了。

罢了，反正是夏侯潋的银子，他心疼什么！

"诸位可知两日后的诛恶台斩首？"唐十七环顾四周，大声喊道。

"当然知道！"有人回应，"江湖上都传遍了，柳归藏那个老乌龟四处贴了告示，他抓到了迦楼罗的儿子无名鬼，两日后在柳州郊外诛恶台斩首！"

"既然各位知道，为何还能在此安心喝酒吃肉！"唐十七做出义愤填膺的模样。

"他要斩无名鬼，关我们什么事儿！伽蓝自己不去救他，还指望我们吗？"有人嗤笑，"唉，伽蓝刺客真可怜。我听说伽蓝有规矩，必死者不救，被俘者不救，叛逆者不救。无名鬼只能乖乖等死咯！"

"诸位糊涂啊！"唐十七跺脚，痛心疾首，说得唾沫横飞，"试问诛恶台设立以来，斩杀了多少我黑道义士！上个月被斩首的掏心手杨老怪，乃是我黑道数一数二的侠客，出道以来，掏了一百二十八颗人心，令正道闻之变色！上上个月，左手刀刘二爷被斩首，他曾经单挑正派七十二人，右手被砍，练左手刀，照样混得风生水起，何等英雄！更不论高大郎、风里刀、孤山客！个个都是一等一的英雄汉，却都死在诛恶台上！"

众人听了沉默。唐十七喝了口水，继续说道："诸位难道不知柳归藏心里打的什么主意？他把我们黑道好手一个一个杀干净了，统一正道，号令江湖，就可以将我们赶尽杀绝！到时候，你们以为你们还能坐在这里安心地喝酒吃肉，听小曲儿吗？"

众人面面相觑，都不说话。有人嘟囔道："可是无名鬼杀的人也不止……"话没说完，立马被人捂住了嘴，悄悄地拖了下去。

唐十七捶着胸，悲愤道："诸位，自从诛恶台设立，我们黑道真是连过街老鼠都不如！试问柳归藏那个老乌龟，对咱们做了多少坏事儿，难道大家都闭着眼睛装看不见吗？老李，你说，柳归藏都对你做了什么！"他手一指，一个宽脸膛的汉子被点了名，手忙脚乱地站起来。

"柳……柳归藏他……"汉子结结巴巴，苦哈哈地望着唐十七。

唐十七瞪他一眼，蹲在他边上低声警告："你收了老子三两银子，要是不放出个屁来，老子要你还三百两！"

汉子打了一个激灵，脱口而出："柳归藏他掳走了我老娘！"

众人皆是一惊，唐十七也愣了。四下里议论纷纷，有人问道："敢问令堂芳龄几何？"

汉子抖着嘴唇，结巴了半天没答上来话。

却忽然听见一声怒吼，书情举起一个茶壶摔在地上，噼里啪啦碎了一地，赤红着眼睛吼道："柳归藏这个王八蛋，连老太太都不放过！"

唐十七反应过来，也喊了一声："这个畜生！"

"是啊，那个浑蛋前几天还抓了我弟弟。我弟弟才十六岁，只是抢了首饰铺子里的点翠钗子，就被惊刀山庄的人当场打死了！"有人哭道。

"还有我哥！"有人跟着道，"我爹被邻村的人打死了，我哥去报仇，被惊刀山庄的人给逮了。他们有人是从邻村出来的，把我哥抓进私牢里，现在还没有放出来。我们家贩私盐的，都没法儿去官府讨公道，这可怎么办？"

众人纷纷被感染，跟着骂道："王八蛋柳归藏！畜生柳归藏！"骂声渐渐连成一片，潮水般此起彼伏，所有人都红了眼。

唐十七趁机会拔刀出鞘，高举过头顶，高喊道："既然如此，何不趁两日后无名鬼斩首大会，诛杀柳归藏，救出无名鬼！扬我黑道雄风，振我黑道威名！"

"诛杀柳归藏，救出无名鬼！"

"扬我黑道雄风，振我黑道威名！"

伽蓝行驿里热血沸腾，走私犯、杀人犯、强盗、小偷、骗子，甚至连娼女都站起来，有的人拔刀高举过头顶，雪片一样的刀亮铮铮地逼人眼目，整齐的口号声震耳欲聋。唐十七兴奋地望向书情，书情在人堆里眼睛晶亮，朝唐十七点了点头。

两日后很快到了，夏侯潋被押上囚车。柳归藏下了令，要押他游街示众，然后押往郊外诛恶台。大街两旁密密麻麻围满了人，百姓携家带口，一家三代都出来看夏侯潋游街，人群山海一般填塞了大街，两边的店铺二楼窗子也都开着，里面探出层层叠叠的人头。囚车发动，夏侯潋靠在车栏上，从乱发的缝隙中看车旁一张张陌生的脸颊。他们的眼神有的好奇，有的兴奋，也有的害怕，更多的是鄙夷、不屑还有憎恨。

第一卷 桃李春风一杯酒

他恶名远播，出道以来满手鲜血，人人得而诛之。他并不怕死，只是不甘心……不甘心没有报仇就屈辱地死去，不甘心死在柳归藏的刀下。囚车缓缓前行，一个臭鸡蛋打在他的额角，腥黄的蛋液顺着鼻沿流下来，紧接着，更多菜叶、鸡蛋劈头盖脸地砸过来，甚至有人扔起了石子，尖锐的锋棱划破了他的额头，鲜血混着烂菜的汁液流进衣领。他没有躲也没有动，仿佛一座没有知觉的雕像。

囚车穿过人山人海，径直前往柳州郊外，郊外已设好了看台和法场，各门弟子围在栅栏外，足有几百号人。这次斩首被视为武林盛事，柳归藏为了容纳更多人，特意将诛恶台挪到郊外。柳归藏站在高台上，他的身边坐了五个各门首座，一齐居高临下地望着夏侯潋。

夏侯潋被两个门徒推搡着登上斩首台。他抬起眼，阴冷地注视高台上的柳归藏。

柳归藏皱了皱眉，不屑地冷笑。

"果然是个刺客啊，你看他的眼睛，多像一只桀骜不驯的狼，凶恶又嗜血。"东海的怒潮门门主道。

柳归藏嗤了一声，道："和他的母亲一样，令人厌恶。"

诛恶台下面沸腾如海，所有弟子脸上都洋溢着喜气。夏侯潋听见有人高声喊他"恶棍"，还有人喊等他被砍了头，要把他的头当球踢。

他没什么表情，叫骂听得足够多了，就算被全世界抛弃他也无所谓。他知道这回是生还无望：持厌去了瓦剌，秋师父在南疆，段叔在京畿，他们都隔得太远，援手难及；伽蓝不会救一个注定要死的刺客；书情和唐十七也根本没这能耐从万众之中将他救走。

他知道，他要死了。

热辣辣的阳光照在头顶，让人睁不开眼睛。他低下头看自己的影子，发丝在风中飞舞，自己落拓得像一个乞丐。他居然笑了一声，是在嘲讽他自己。

无能，没用，窝囊废。伽蓝刺客说得没有错，这就是他。夏侯潋，是夏侯需一生的耻辱。

午时三刻到了，门徒将他踹倒在地。执刀门徒高高地举起戚家刀，阳光倾注在刀刃上，是金色的一弧。

周围的声音慢慢消失了，所有人屏息注目，等待着夏侯潋人头落地。

夏侯潋闭上眼。

忽然，脑后传来"嘶——"的一声，仿佛是丝帛撕破，四分五裂。戚家刀半响没有落在他的颈间，他听见人群倒吸一口凉气，然后是排山倒海的躁动。他睁开眼，正看见执刀门徒眉心扎着一柄黑色短矢，鲜红的血蜿蜒着流下来，戚家刀"哐当"一声落地，执刀门徒整个人跪下来，倒在夏侯潋膝前。

"有刺客！"门徒嘶声大吼。

夏侯潋猛然一惊。

焦黄色的山坡上忽然涌出一队黑潮，洪流一般倾泻而下。黑潮的最前端是唐十七背着横波手持弩机狂吼："老大！"

书情在他背后和所有人一同嘶吼，黑潮山洪般奔泻下山，势不可当地冲进正道人群。

各门弟子纷纷转身拔刀，凛冽的刀光在阳光下仿佛可以割人眼皮。更多弟子汇过来，斩断唐十七和夏侯潋之间的通路。

"柳庄主！"君子刀门主站起来。

柳归藏抬起手，摇了摇头："一群乌合之众罢了，且看我惊刀山庄的儿郎如何处置他们吧！"

夏侯潋眸子一缩，几个门徒同时冲上来要按住他，他将腕间的锁链绕在一起砸向门徒的面门，霎时间鲜血四溅脸骨碎裂。后背刀风汹涌而至，夏侯潋低头转身，锁链套向门徒的咽喉，用力一扭，头颅便无力地垂下。他捡起地上的戚家刀，双手握刀缓缓抬起双眼，碎发下的眸子凶恶如狼。

所有人惊惧地退后，被俘虏的鬼怪一旦重新握住了刀，便是地狱修罗。

唐十七挥舞着双刀，像一只凶猛的悍兽，一头扎进人潮。书情紧随其后，二人一人开路，一人殿后，背靠背展开轮斩。黑道同党围绕在他们周围，杀声覆盖了天地。唐十七的双手刀在血肉中不断隐现，带出滚烫的鲜血，远远望去，他们像一个移动的涡流，所有靠近他们的正道弟子都被搅碎。

鲜血织成帘幕，唐十七的双手浸满了血，人潮一波又一波地朝他涌上来。他不顾一切地往前冲，长刀所到之处血肉横飞。他尿了一辈子，靠女人吃饭，不敢为六叔报仇，这是他第一次干这么大的事情。他要去救夏侯潋，那个为报母仇可以毁灭自己的傻瓜！

夏侯潋也在急速移动，血覆住了满脸，分不清是他自己的还是敌人的。身上渐渐有了创口，可他不知道痛一般不断挥刀不断劈砍。

"老大！你这么牛！你不要在我这个废物前面死掉啊！"唐十七嘶声大吼，拔出背后的横波，奋力朝夏侯潋扔出去。夏侯潋弃了戚家刀，腾空一跃接住横波，一刀斩断一个人的手臂，和唐十七会合。

三人背抵背面对人群。夏侯潋把方才从门徒身上摸出的钥匙丢给唐十七，唐十七帮他打开锁链。夏侯潋嘴角勾起一个凶狠的弧度："有点能耐。从哪儿搞来这么多人？"

"用你的钱搞的，剩下的就给我当赏金了。"唐十七大笑。

人潮接连涌上来，三人不断地连斩，鲜血挥洒如雨。夏侯潋血脉偾张，胸膛剧烈地起伏，每一次呼吸都输送大量的空气。他听见骨骼撕裂的声音，正道弟子绝望的惨叫，还有狂风在耳边呼号。燕斜接着是斩月，斩月之后是单刀轮斩，轮斩之后是一字横切。没有人可以抵挡夏侯潋的攻势，他很快带出一条血路，像一条鲜血淋漓的伤痕，横亘在人群之间。

各门门主在高台上好整以暇地观看，东海怒潮门门主捻着胡子叹道："真是恐怖的刀术啊！即便是我，恐怕也无法抵挡如此凶狠的刀。"

君子刀门主低声道："那是横波啊，它在迦楼罗的手中饮尽鲜血，早已会自己喝血了吧。"

柳归藏哼笑："那又如何？一个人再强，也抵挡不住千军万马。"

夏侯潋三人仍在拼杀！

敌人越来越多，黑道的人却越来越少。之前说自己娘被柳归藏掳走了的老李惨叫了一声，被人群淹没，身体很快被无数双脚踩过去。唐十七咬着牙继续杀，可是力气越用越少，很快几乎赶不上夏侯潋的步伐。书情也气喘吁吁，被唐十七扯着才没有落在后面。

"老大！我们没人了！"

夏侯潋死死握着横波，三人和剩余的黑道兄弟被正道弟子重重包围住，竟已无路可走。

"老大，真没想到，我竟然跟你死在一块儿！"唐十七丢了左手刀，改成双手握刀，疲惫地微笑，他的脸上沾满了血，几乎看不出原来讨喜的圆脸，"我还想死在一个美女床上来着！"

"十七！"夏侯潋大吼，"别放弃啊！你来救我，我一定把你送出去！还有你，书情，给我站起来！"

书情拖着刀："师哥！你要是能出去，记得帮我照顾柳梢儿！还有师父，都托付给你了！"

"滚，你的人，你自己照顾！"夏侯潋大吼着，像一匹绝地的狼，挥舞着横波再一次将冲上来的人潮斩断。

他浑身浴血，眼神赤红，凶恶如鬼。惊刀山庄弟子们将刀尖对准夏侯潋，竟然不敢上前。

柳归藏在高台上大吼:"给我冲!杀了他!"

弟子们面面相觑,鼓起勇气,再一次举刀。

但就在此时,远处传来隆隆的马蹄声,像沉雄的军鼓被全力擂响。五个门主都站了起来,怔怔地望着远处。

那是一队长长的人马,每个人都一袭黑衣,素白面具,手握长刀,像一道黑色的潮水,从密林掩映中奔驰而出。他们的马蒙着眼睛,铁蹄踏地溅起扑扑的灰尘。他们不同于唐十七率领的乌合之众,他们训练有素,队伍严整,如同一支黑色的利箭笔直地切入战场,所过之处长刀染血。

"伽蓝刺客……好多……好多伽蓝刺客!"天一刀门主喃喃道。

"他们有三百人。"君子刀门主惊恐地说道。

"不!有五百人!"天一刀门主道。

有人说,一个伽蓝刺客就是一支军队。那么五百个伽蓝刺客,无异于千军万马!

他们看见,正道弟子被伽蓝刺客迅速冲垮,像一盘混乱的泥沙,无数人被刀挑断了脖子,鲜血喷洒如泉。五百个伽蓝刺客,好似凭空冒出的修罗恶鬼,在杀场中收割生命。

为首的那一人披风带尘,策马如入无人之境,径直奔至夏侯漱身前。

"你是……"夏侯漱怔怔地看着他。

男人朝夏侯漱伸出苍白的右手,那只手骨节分明,指甲清圆,指缝里干干净净。

"夏侯漱,你不是要报仇吗?我送你去!"

他骑在马上逆着光,夏侯漱只能看见他瘦削又高挑的黑影,心里忽然有种奇异的感觉。那是一种没由来的信任,仿佛他们上辈子就已经认识,此时此刻是他们跨越时空的久别重逢。夏侯漱把手递给他,他的手有些冰凉,却带来一种莫名的温暖。

夏侯漱被他拉上马。

"坐好了,"他低声说,"我们去……复仇!"

第二十四章 胶漆合

南侧山坡上，黑衣人眺望坡下的杀场，黑衣刺客们犹如汹涌澎湃的浪潮迅速席卷了整个战场，正道弟子被无情地碾压吞噬，一排排似稻梗一般被冲倒在地。他"咦"了一声，示意身后的暗桩放下手中的弩箭，弩箭的准星原本瞄准了高台之上的柳归藏。

"小潋这小子，原来还有后援。"黑衣人轻笑，兜帽掩住了他的脸，只露出嘴唇上细细的胡须，随着他的微笑轻轻抖动，"我们这些老古董还是退下吧，这个战场，属于他们年轻人。"

唐十七瞠目结舌地看着这些从天而降的伽蓝刺客，喃喃着对书情说道："我的个娘，有个爹就是不一样。你看看，这得是把你们伽蓝的西南暗桩全召到柳州了吧！"

"不……不是的！"书情盯着一个刺客俯身扬刀，手起刀落间将两个正道弟子斩于刀下，"他们不是伽蓝的人，他们用的不是伽蓝刀法！"

唐十七怔了一下，问道："不是伽蓝的人，那他们……是谁？"

黑衣怒潮在前方开路，迅速将正道弟子淹没，刺客载着夏侯潋，直直奔向高台。

诸门主面面相觑，肺腑之中有胆寒的味道，可他们身在高台之上，身前是血肉横飞的杀场，身后是高高的山体，他们无路可退，只能迎击！

临近高台处，刺客勒停马，说了声："走！"

他下了马，抽出马侧的狭身长刀，银亮的刀刃在阳光的反射下，像水银流出刀鞘。那是一柄锻造工艺十分精湛的刀，可是刀柄和刀鞘的花纹都被刻意磨光，辨认不出产自何处。夏侯潋立刻明白了，这个人在掩饰自己的身份。

可他来不及思考了，跟着也下了马，将横波横在时间夹住，然后狠狠抽出，血迹被抹干，露出横波的粼粼刀身。他们二人一左一右，提着刀，像从地狱深渊爬出来的恶鬼，杀气腾腾地朝高台走去。

有两个人翻身下马，低头跪在高台前，充当他们的阶梯。夏侯潋二人的脚步越来越快，最后变成奔跑，呼吸在瞬间调节到最佳状态，然后猛力一踩刺客的肩膀，跃上高台！

"柳归藏是我的，你别插手！"夏侯潋喊了声。

"知道！"刺客格住天一刀门主劈过来的一斩，狠狠将他踹飞。

夏侯潋挥舞横波，横波呼啸生风，仿佛张开獠牙，咬在柳归藏的刀刃上。两人刀对刀，面对面，能听见彼此的呼吸。

"姓柳的，今天就是你的死期！"

"夏侯潋，你这个废物！你杀不了我！"柳归藏大吼，斑白的胡须张狂缭乱，像一头狂怒的雄狮。两人的刀不停地撞击、分开，又再次相撞，刺眼的火花四射，两人的虎口都在几次撞击之后开裂。

夏侯潋和柳归藏战得正酣之时，其余几个门主心有灵犀一般联手围击那个刺客，可他们发现，这个刺客的刀法形如鬼魅，竟比夏侯潋更难对付。他的刀势变幻莫测，无法跟上，更无法预测。君子刀门主举刀想要格断他的迎头一击之时，那柄刀却如毒蛇一般绕过他的刀刃，咬在他的手臂之上。

恐怖、恐怖！众门主心胆生寒，刀与刀碰撞之时，有人无意间接触到刺客的眼神，霎时间心里像窝了一块冰。那是山鬼一样的眼睛，凝着亘古不化的哀霜。如果说夏侯潋是一团刚烈的火焰，那他就是一块孤冷的寒冰！

可他们毕竟有五人！他们交换了一下眼色，迅速变换位置，展开连绵不绝的轮斩攻势。这是一个刀阵，刺客的每个方位都站了一人，他纵使有三头六臂，也无法照顾到所有的死穴！很快，刺客的攻势慢了下来，背后传来烫伤一般的剧痛，刺客跟跄了几下，迅速翻身避过一击致命的纵劈。

夏侯潋见状，立刻放弃和柳归藏纠缠，急速回援。

两人肩并肩，靠在一起。夏侯潋问道："老兄，你没事吧？"

"小伤。"刺客咬牙。

"喂，老兄，你还没告诉我你到底是谁！"

"我吗？"刺客深深地看了夏侯潋一眼，低低一笑，挥刀斩断一个门主的臂膀，"夏侯潋，我是你的救星！"

夏侯潋愣了一下，心里有一个答案呼之欲出。

第一卷 桃李春风一杯酒

可那怎么可能？他们已分离整整七年，七年的时光，足以让一切面目全非。就算要来救人，他远在京城，几天的时间，怎么可能从京城来到千里之外的柳州？

他一边挥刀，一边想起那个哀如孤鸿的少年。

不知怎的，刺客顾长的身影渐渐和那个少年的背影重合，一样的孤绝，一样的坚韧，一样的一往无前。他与这个刺客从未并肩作战过，却仿佛早已熟知彼此，配合得天衣无缝：当他格住怒潮门门主的惊雷一刀之时，身后一柄刀立刻送入门主的腹中；当刺客抵住君子刀门门主的翻云一斩时，他挥刀向前，斩下君子刀门门主的头颅。

夏侯潋抿紧唇，那种奇异的感觉再次浮现，在他心头静谧地流淌。

可是怎么可能呢？几天的时间，沈玦无论如何也无法来到这里！夏侯潋使劲摇了摇头，不再多想，再次投入拼杀。

不多时，诸门主一个一个接连倒地，只剩下柳归藏一人拄刀而立。

柳归藏神情凝重，不可置信地看着满地的鲜血。这几个门主都死了，正道差不多就算完了。

刺客收了刀，静候在一旁，夏侯潋冲他点了点头，提着刀走向柳归藏。夏侯潋没有看见刺客身侧微微颤抖的手，他其实已是强弩之末，浑身满是深深的疲倦，就算他有心要帮夏侯潋杀柳归藏，也力不从心了。

"喂，柳乌龟，死到临头，你可还有什么话想说？"夏侯潋用袖子擦着横波，阳光映着刀身照在地上，摇动不定。

"夏侯潋，你想听我求饶吗？"柳归藏冷冷地笑，眼眸中藏着虎豹般的凶光，"做梦吧，我乃戚氏军刀的传人，怎么可能向你这等宵小求饶！"他转身望着高台下的杀场，正道弟子死伤殆尽，黑衣刺客骑着马在场中游弋，他的眼中泛起苍凉的悲哀。

"报仇？夏侯潋，你一直说要找我报仇，你可知道，我的师父，戚家刀第三代传人，正是死于你母亲之手！我杀她，亦是报我杀师之仇！那天也是这样大的太阳，我师父耄耋之年，我师娘跪在地上求迦楼罗饶他一命，可你的母亲半分怜悯也没有，手起刀落，将我师父的头颅收入囊中。你们这些刺客，血债滔天，合该尸首分离，死无葬身之地！"

夏侯潋沉默片刻，忽然笑了一声："我们血债滔天，你以为你就干净吗？姓柳的，你手上沾了多少血，你心里没有数吗？既造杀业，必遭杀报。执刀者，必为刀戮。你师父有你师父的报应，我娘有我娘的报应，你有你的报应，我也会有我的报应。这世上留给人的选择原本就不多，打从你师父拿起刀杀第一个人开始，我们便是不死不休。"

273

柳归藏怔愣片刻，也笑了起来："我一生的心愿，便是让戚家刀屹立江湖，传之百代，永世不绝。如今看来，怕是不能了。罢了，不祥之器，不传也罢。来吧，夏侯潋！这一战，只有你我二人！"

夏侯潋手中横波猛然一振，刀身反射着阳光明晃晃地照过来，猛烈的杀机呼啸着随风逼近！夏侯潋猛地奔向柳归藏，高台的地板在他脚下剧烈地颤动，白色囚衣的衣袖在风中翻飞，像飞蛾的翅膀，横波迎面而至！

柳归藏提着刀，正面直视横波水月般的刀光，他的脸几乎绷成一座冰雕，胸中气息如雷一般翻涌。可是，他忽然松开了手中的倭刀，倭刀"哐当"一声掉落在地面。他闭上眼，迎上横波锋利无匹的刀尖。刀尖刺进了他的胸膛，滚烫的鲜血喷涌而出，他的身体像山一般崩倒。

夏侯潋怔住了，还握着横波。柳归藏的胸部剧烈地起伏，他伸出手，死死握住夏侯潋的肩膀。

"夏侯潋，你以为……杀了我就算报了仇吗……"柳归藏嗤嗤冷笑，"你错了……错了！你的仇人，在伽蓝！"

"什么意思？"仿佛一道焦雷劈在头顶，夏侯潋愣在当场。

"你的报应，就快来了！"柳归藏脖子一仰，吐出最后一口血，手从夏侯潋的肩膀上跌下来，彻底没了声息。

"什么意思？你说清楚！你给我说清楚！"夏侯潋摇晃着柳归藏逐渐冰冷的尸体。柳归藏大睁着无神的双眼，好像在嘲笑夏侯潋的无知。

在伽蓝？柳归藏是什么意思？夏侯潋头痛欲裂。

"你傻吗？"身后的刺客出声了，"伽蓝有内鬼，恐怕来头还不小。"

"我知道！"夏侯潋回过头，见那个刺客坐在椅子上休息，刀横放在膝上，"我只是……"

"不敢相信？"刺客笑了声，"有什么不敢信的。天下熙熙皆为利来，天下攘攘皆为利往。若有利可图，出卖亲友也并非难事，何况只是同僚？"

"那你救我有什么利可以图？"夏侯潋狐疑地看着他，"老兄，你到底是谁？"

刺客闭嘴了。底下有刺客冲台上高喊："头儿，官兵来了！"

"老大，官兵来了，你们好了没？我们快撤！"唐十七也朝这里吼。

刺客从台上跳下去，上了马，做了个手势，有几个刺客从自己的马上翻下来，上了同僚的马。

"这几匹马留给你们。"刺客握住缰绳，"夏侯潋，保管好你的命。"

"喂，你还没告诉我你是谁！"夏侯潋冲他喊道。

刺客没理他，带着人走了，只留给他一个背影。

夏侯溦大喊："少爷！少爷！是不是你啊？"

刺客没有回头，人马井然有序地入了密林，顷刻之间，场上只有满地的尸体和萧萧风声。

夏侯溦跳下高台，揪着书情的领子问："我被关了几天？"

"刚好十七天，"书情从他手底下挣扎出来，"师哥，那些人到底是谁啊？你朋友？他们干吗假扮成咱们的人？"

"你没听见吗？老大刚刚叫那个人'少爷'，"唐十七一脸贱兮兮的模样，"老大，你老实告诉咱们，你是不是傍了个有权有势的少爷？他还真不赖，比我有出息！"

夏侯溦心烦意乱。原来他被关了十七天，可是从京城到柳州，两千余里的路，还得翻过两座大山，十七天也压根儿不够；况且那个人使的刀法形如鬼魅，他闻所未闻，见所未见。如果是少爷，那也该使自己教给他的伽蓝刀才是。

这厮到底是谁？

还有那个乌龟柳归藏，说话又不说清楚，干他娘的！夏侯溦爬上马，不理会唐十七和书情在后面的叽叽喳喳，随便拣了条路往前跑。

他的身后，远处的密林中，刺客骑在马上远远望着他的背影。刺客摘下素瓷面具，露出白净的脸颊。沈玦低低咳嗽了几声，眼下青黑一片，有难以掩盖的疲倦。

东厂缇骑纷纷脱了黑衣，露出织金绣线的曳撒。

"督主，您受伤了。"有缇骑提醒了一声。

他话音刚落，沈玦的身影晃了晃，忽然从马上栽下来。缇骑们大惊，高声喊着"督主"，忙不迭地下马，扶起人事不省的沈玦。

司徒谨趋步步入柳州东厂衙门后院。柳州掌班太监余先如早已等候在廊下，正背着手走来走去，一脸焦灼，抬眼望见司徒谨，如同见了自己亲娘一般，一脸喜气地迎上来。

"哎哟，司徒千户，您终于来了！"余先如亦步亦趋地跟在司徒谨的身后，"唉，您说说督主这人儿，也不打声招呼，嗖的一下就突然冒出来了，茶也来不及喝一口，点了五百个番子就急匆匆地去了郊外，把柳归藏给宰了。吓得我呀！唉，您说这……这究竟是怎么回事儿！"

司徒谨冷冷看了他一眼。

余先如看司徒谨这眼神，心里咯噔一下，顿时七上八下地悬起来，结结巴巴地问道："司徒千户……督主这星夜飞驰，马不停蹄地赶到柳州，听说一路上每日只睡两个时辰，难不成……难不成是奉了上面那位的旨意？"

司徒谨停了步子，不答反问："若非如此，余大人以为是如何？"

余先如混迹东厂多年，自然知道其中猫腻，顿时吓得屁滚尿流，连忙道："卑职糊涂！卑职糊涂！"

衙门门口忽然闹哄哄的一片，一群番子扛着一台又一台的箱笼进来，摆在东厂大院的天井下。余先如脑子空白一片，指着那些箱笼，问司徒谨："这……这是什么？"

"从柳归藏家里抄出来的。"司徒谨走下天井，掀开盖子，里面是码得整整齐齐的戚氏军刀，"半个月前，京城衙门里递进来条子，说柳归藏意欲谋反。柳州无名鬼斩首大会是假，柳归藏纠集同党谋反是真。督主当机立断，千里飞驰，就是为了扼此阴谋于摇篮之中。"

"那……那也应当传信至柳州卫所，由卫所官兵捉拿才是。怎……怎么……"余先如一辈子顺顺当当，还从未逢上这样的大事，抹着脸上的汗，"且……且柳归藏是武林中人，广开武馆，家里有点刀枪棍棒也实属情理之中……"

司徒谨掀开最后一个箱笼的盖子，露出里头锃亮的火铳："有火铳也是情理之中吗？"他拿起其中一管火铳在手里掂了掂，"五雷神机铳，朝廷明令禁止百姓私藏火器，此逆贼明知故犯，是何道理？"

看到那火铳，余先如彻底傻眼了，忙道："司徒大人，这……这我从不知情！这个逆贼，竟然私藏火铳！真是罪该万死！幸亏督主及时赶到，要不然我柳州岂不生灵涂炭！"

"至于为何是督主来此，而非一纸檄文传至柳州，"司徒谨淡淡道，"余大人收了柳归藏多少银子，届时是柳州卫所而不是督主抄到柳归藏的账簿，余大人恐怕难逃罪责吧。督主假扮伽蓝刺客，掩藏身份，也是不想将柳归藏谋反之事闹得满城风雨，传出去平白动摇民心。"

仿佛有惊雷在脑子里炸开，余先如吓得双腿直打战，差点就要跪下来。他愣了一下又反应过来是督主救了自己的狗命，两眼顿时红了，扑通一声跪倒在地，拜了又拜："谢督主救命之恩！谢督主救命之恩！"

司徒谨看他这模样，摇摇头，没有再理他，提步朝后面的厢房走去。他走过穿堂，再沿着曲廊走了一射之地，林木掩映间，厢房的红漆门若隐若现。

"督主，事情已按照您的吩咐办妥了。"司徒谨低头站在门边，"现在东厂上下都相信柳归藏谋反一事。"

"很好，进来吧。"屋里传来又涩又哑的声音。

司徒谨进了门，见那个人半躺在罗汉榻上，如墨一般的长发泻在内八仙的榻围子上面。他只穿了素白的中衣，衣领敞着，微微露出身上缠着的绷带。他没看司徒谨，而是开着窗子，看外头的醉蝶花。那花儿开得一簇簇一丛丛，如烟似雾，梦里似的。

"魏德让你带了什么话？"沈玦淡淡开口。

"督主擅离职守，不辞而别，魏公公大怒，"司徒谨垂着眼道，"他说，痼疾缠身，命不久矣，亦当还宫。否则……"

"否则？"沈玦的目光扫过来，霜雪一般冷清。

"否则，归冷宫，洒扫庭除，终身不必再进司礼监。"

"知道了，"沈玦坐起身，"既然如此，明儿就启程吧。"

"是。"司徒谨俯首，却没有走，沈玦看向他，"督主，卑职冒昧。督主此行，不是为了杀柳归藏，而是为了救无名鬼。那个无名鬼，就是当年那个四喜公公吧。"

"司徒谨，你多话了。"

"先贵妃娘娘遇刺的那个夜晚，督主曾经为了生病的同屋冒死潜入御医署偷药。后来卑职听说，督主同屋的四喜公公逃宫了，至今没有寻回。他不是四喜，而是受伤的刺客。"

"司徒谨，咱家从不知道你如此多事。"沈玦投向他的目光没有温度。

司徒谨轻声道："督主那时候说，他是天底下待督主最好的人。督主为了他，不惜屡次以身犯险，置生死于度外。既然如此，督主何不直接趁此机会将他带走？伽蓝那种地方，是个火坑啊。"

"和女人待久了，话也变多了吗？"沈玦不耐烦地说道，"退下！"

司徒谨作了一个揖，道："卑职已暗中派人看着他们安全出了城，督主不必担心。卑职告退，望督主保重身体。"司徒谨退了几步，转身出了门。

沈玦沉默着没吭声，等司徒谨走远了，才站起身子，望着窗外绚烂如烟火的醉蝶花。

"还不是时候。七月半的解药还没有研制出来，魏德也还没死，我自身难保，如何……如何能够保全他？"

第二十五章 劫烬灰

司礼监，内值房。

"啪"的一声，一个巴掌狠狠地扇在沈玦的脸颊上，他的脸上顿时多了一片红印，像未卸的残妆。沈玦像感受不到疼痛一般，一声也没有哼，只道了声"义父息怒"，然后跪在地上。他的额头抵着地面，冰裂纹的地砖传来沁凉的冷意，一直蔓延到四肢百骸。

"沈玦，你好大的胆子！"魏德来回踱步，气得满脸通红，"你翅膀硬了，咱家管不住你了！连声通传也没有，私自离京，带着番子，杀了柳归藏！那姓柳的虽是个江湖乱党，但每年给咱家纳了不少礼，咱家承诺他东厂不插手江湖事务。你倒好，咱家一转身，你就打咱家的脸！"

"义父听孩儿解释！"沈玦膝行几步，叩首回道，"一个月前，东厂收到柳州密报，言柳归藏召集天下武林，意欲谋反！孩儿这才片刻也不敢耽搁，星夜奔驰，前去捉拿柳归藏！"

魏德冷笑连连，枯槁的脸皮层层皱起，像皱缩的树皮："怎么的，咱家还要感谢你不成？还要帮你向圣上邀功请赏不成？沈玦，你个兔崽子！"魏德越说越气，走上前，狠命踹了沈玦一脚。沈玦被踹得翻倒在地，头上的描金乌纱帽滚下来。他捡起帽子戴好，再次规规矩矩地跪回原处。

"什么谋反，什么火铳，你别以为咱家不知道你干的那些好事！"魏德连喝了好几口茶，指着沈玦骂道，"前些日子，柳归藏嫡妻通奸一事，是不是你传出去的？你到底和他有什么私仇？这倒也罢了，自己出出气，算不了什么大事。咱家以为你心里是个有计较的，断不会因为一点儿私仇乱了阵脚。好，现在好了，堂堂东厂提督，莫名其妙跑柳州去，屁都不放一个，就把柳归藏给杀了！这事若是捅到前朝，让那些酸儒抓到，你让咱家怎么办？"

"义父，柳归藏每年上贡，有心人若要查定能知晓！义父庇护一个江湖乱党实在不妥。上个月，东厂探子来报，在柳州发现左都御史孟坚的家仆，恐怕就在调查此事。孩儿虽是为了报私仇，可也是将义父的安危摆在第一位！试想，柳归藏斩首大会广邀天下武林参会，那起子言官何等春秋笔法，纵是柳归藏没有谋反之心，到万岁耳中，也定逃不了江湖叛逆之名。况且，孩儿担心消息有误，故意扮成伽蓝刺客，无人知道是东厂所为。孩儿做事莽撞，着实该罚，求义父息怒！"沈玦再次叩首，网巾下的额角青了一块，很快露出点红来，在地砖上印出针尖大的血迹。

"咱家看你根本半点悔悟之心也没有！"魏德依然不为所动，坐在黑漆描金宝座上，垂着眼看地上的沈玦。沈玦虽然跪着，脊背依然挺得笔直，像孤生的萧萧风竹。魏德微不可察地皱了皱眉，懒懒开口道："你这孩子，向来主意大，咱家是管不住你了。罢了，咱家老了，没那么多闲心思跟你们这些猴崽子扯皮。沈玦，你收拾收拾东西，回冷宫去吧。"

沈玦没有动，像被定在了原地，过了半晌，才直起身子，朝魏德端端正正行了一个大礼。

"孩儿无能，这几年虽伴在义父身侧，却未能替义父分忧。日后孩儿不能随侍义父左右，还望义父保重身体，莫被朝堂事务拖垮了身子。孟坚此人野心勃勃，还望义父多加小心。愿义父平安康泰，孩儿……告退！"

魏德托着茶盏的手抖了抖，几点茶沫子溅出来，沾湿了绣蟒膝襕。他坐着没动，看沈玦微垂着头，面含悲戚，向后膝行，就要起身走了，不自觉地伸出手，喊了声："慢着！"

沈玦一震，停了动作。

这时，窗棂下传来一溜脚步声，有个小太监在外头道："魏公公，万岁爷请您过去一趟。"

魏德怔了一下，忙起身到窗前，问道："可知万岁何事召我？"

"奴婢不知。"小太监踌躇了一阵，道，"不过，看万岁的脸色似不大好。"

魏德看向沈玦，疑道："万岁难道要过问你诛杀柳归藏一事？"

沈玦摇头："目前还无人知晓是孩儿所为。不过……"沈玦从袖间掏出一本折子，交给魏德："义父在路上细细一阅此奏折，或许能化险为夷。"

魏德惊疑不定地接过折子，看了沈玦半晌，拂袖出了门。

他没有看见，阴影之中，沈玦脸上的悲意像铜香炉上斑驳的金漆一般一寸寸剥离，最后复归无悲无喜的漠然。

魏德躬身趋步进了昭仁殿。昭仁殿是皇帝读书批奏折的地方，沿着墙放了一溜人那么高的书格子，密密麻麻塞满了蓝皮、黑皮的书册子。皇帝不是个好读书的性儿，这里面的书册子夹了好几本春宫图，外人不知道。中间摆了一个花梨木的平头案，叠着些奏折、文书，皇帝随手扔就有人随手整理。

皇帝坐在靠山椅上，神色颇有不豫。旁边侍立的小太监冲魏德挤眉弄眼，魏德心里有些忐忑，颤巍巍地下拜。往常皇帝都要扶住他，今天破天荒地没吭声，让他拜完了一套礼仪，才丢了本奏折在魏德脚下。

"自己看吧。"

魏德捡起奏折，越看心越惊，涔涔冷汗沿着脊背往下流。奏折没有看完，魏德已经哀叫着跪倒在地，爬到皇帝的龙足边，道："陛下明察呀！老奴和那个劳什子柳归藏没有半点关系，这孟坚是血口喷人啊！什么岁贡，什么纳礼，都是莫须有的事儿啊！老奴伺候了陛下一辈子，老奴是什么样的人陛下还不知道吗？老奴针尖大的胆子，怎么敢和那些喊打喊杀的江湖人纠缠到一块儿去！"

"孟爱卿家累世忠良，何故要平白构陷你一个勾结江湖乱党之罪？他的家仆亲眼瞧见你的手下人钱正德和那个叫柳……柳什么的一块儿吃喝玩乐！"皇帝气得几乎说不出话，"大伴，你糊涂啊！"

皇帝指着案上的折子，道："你瞧瞧，这些全是参你的折子！大理寺少卿左兰江、翰林院学士贺思明、刑部尚书叶稚，甚至还有告老还乡的戴圣言戴先生！戴先生一生清廉，他说你和九年前谢家灭门一案有干系……朕当然知道你不会犯下如此滔天祸事，可朕总得给个交代！"

魏德打了个寒战，哆哆嗦嗦地从袖子里掏折子："万岁，万岁，求您看过这个折子再做论断！"

皇帝接过折子，一目十行地看起来。

魏德一边擦着额角的汗，一边道："老奴与这个柳归藏绝无半点干系！要说有干系，也是东厂的探子来报，从上个月起发现柳归藏频频与南蛮接触，似有不轨之心。老奴不愿冤枉好人，只得先细细查证。可一个月前，东厂突然接到密报，柳归藏发出江湖令，召集五湖四海的江湖人去柳州。更有探子称，南蛮也化装成武林人赶赴大会。老奴唯恐他要聚众谋反，才派了老奴那不孝子沈玦星夜奔赴柳州，将柳归藏就地处决！"

皇帝听了大怒："这个江湖宵小，竟敢勾结南蛮！"

"万岁有所不知，这个柳归藏的母亲正是一个南蛮。"魏德抹了抹老泪，继续道，

"谋反一事干系重大，宁可错杀一万也不可放过一千！老奴虽然当时还没有确凿的证据，也只得令沈玦快刀斩乱麻。那柳归藏召集武林人借的名头是斩杀伽蓝刺客无名鬼，老奴便密令沈玦扮成伽蓝刺客，表面上是救出无名鬼，实则秘密处决柳归藏。好在沈玦不负众望，将那贼子斩于马下。后来，东厂果然在柳家山庄搜出火铳三百余支！万岁啊，咱们大岐的神机营也不过五百支火铳！"

皇帝气得手脚发抖，将那奏折又翻来覆去看了几遍，扭头见魏德还跪在身边老泪纵横，连忙把他扶起来，道："大伴，是朕错怪你了！看样子，定是那个钱正德吃里爬外，带累大伴！"

魏德连连点头："万岁放心，老奴回去定要好好处置这个狗奴才！"

"有罚也要有赏，"皇帝叩了叩桌子，"沈玦这回立了功，该好好奖赏奖赏。赶巧了，李爱妃身边有个叫朱夏的，模样长得还行。爱妃跟朕吹了好几次风了，要把她配个可心人儿。沈玦这孩子也老大不小了，虽说是挨过一刀，身边也得有个知冷知热的人照应着才好，便将他们配做一对吧！如此一来，朱夏给了沈玦，也还能在爱妃身边伺候，两全其美。"

日影西斜，金黄的阳光照进来，将沈玦映在地上的影子拉成一个孤零零的瘦长条儿。魏德出门的时候忘了关门，时不时有小太监、小宫女端着托盘经过值房门口，瞥见沈玦跪在地上，都议论纷纷。

沈玦垂着头，手放在膝盖上，一动不动，像一座石雕。太监、宫女的叽叽喳喳他听得明白，可他这颗心早麻了木了，再厉害的流言蜚语也戳不出新鲜的血来。他只觉得有点儿冷，而现在分明已是六月了，紫禁城主要的宫殿都备了冰块儿，皇上每天都要吃一点冰镇果子解暑。他是东厂提督，也有相应的份例。可他还是觉得冷，凉飕飕的风直往心里钻。

他想起很多年以前，他还是谢惊澜的时候，刚拜了师父，也刚知道原来他那个所谓的爹连他是什么模样都不知道。夏侯潋为了安慰他，在园子里告诉他："难过的时候，有个肩膀靠靠就好了。"

他闭上眼，很努力地回想那时的场景，回想夏侯潋的声音。慢慢地，他好像真的感觉到夏侯潋的手按在他的肩上，掌心传来冬日炭火一般的温暖。

值得，都值得，只要夏侯潋好好的，就值得。他微微地弯起唇角，有一滴眼泪滑过脸颊，落在地砖上。

有急促的脚步声传来，沈玦辨出那是魏德。他擦干净脸上的泪渍，重新做出双目含悲的表情。

蟒袍的裙摆擦过沈玦的手臂,魏德见沈玦还跪在原地,"哎哟"了一声,把他扶起来。

"你这孩子,心眼儿怎么这么实?咱家不叫你起来,你自己不知道起来歇着吗?"魏德嗔怪地看着他,将他拉到明间里坐下。

"儿子犯了错,理应跪着长长记性才是。"沈玦低着头道。

"什么错!"魏德摇头叹了声,"都是为父财迷心窍,猪油蒙了心,竟念着那么点儿蝇头小利,还错怪你!幸亏你杀了那个贼子,要不然咱家也要被他拖下水!"

"是儿子僭越,自作主张,往后再也不敢了,求义父原谅。"沈玦说着,又要跪下去,魏德扶住他的手臂把他按回椅子里。

"玦儿,你可知道当初为父为何一眼就相中了你,把你从冷宫捞出来?"魏德站起身。天渐渐暗了,灯火又起了,魏德隔着蝉翼轻烟一样的软烟罗窗纱看外边朦胧的灯火,好像看见了不真切的往事。

"因为那日儿子在马蹄下救了您吗?"沈玦答道。

"不是因为你救了为父一命,而是因为为父在你身上,看见了为父自己。"魏德摩挲着手里的碧玺珠子,道,"万岁还未御极之时,只是个人嫌狗厌的皇子,更何况我这个微不足道的小太监。我就像路边的草,谁见了都可以往上面踩一脚。可我不甘心啊,我尽心竭力伺候万岁,就盼着哪天可以熬出头。你看,上天垂怜,万岁登基,我也成了这紫禁城里说一不二的人物。玦儿,那天在围场,我从你眼里看到的,就是当年我的不甘心!"

"就算有凌云之志,没有义父的栽培,又哪有沈玦的今天?"沈玦将茶盏端到魏德跟前。

魏德接过茶盏,拍了拍沈玦的肩头,低声道:"好好干,孩子。你不是钱正德那群烂泥扶不上墙的货,他们啊,打心底里就认定了自己是个奴婢。自己都这么认了,又能有什么出息呢?咱们才是一路人,我老了,倦了,迟早要撒手走的。将来,这一切,"魏德环顾司礼监,对沈玦笑道,"都是你的。"

是啊,都是我的。织锦琵琶袖下,沈玦的手指绷得青白。

沈玦低着头,魏德看不见他唇边的冷笑和眼里翻涌的阴霾,只听见他一如既往轻声细气地说:"义父,您会长命百岁的。儿子只要在您身边当个传话的小太监,就心满意足了。"

宫门落锁之前,沈玦出了宫。方存真早已候在沈宅多时,见沈玦风尘仆仆地赶回来,弯着眉眼迎了上去。他眼力太好,一不小心瞥见沈玦脸颊上的红印,心狠狠跳了一下,连忙低下头去,身子愈发弓下去一截,只假装没看见。

第一卷 桃李春风一杯酒

沈问行捧来巾栉,哭丧着脸沾温水轻轻熨沈玦脸上的红痕,心里不知骂了魏德那个老浑蛋多少遍。

"药怎么样?"沈玦一边净手一边问。

方存真喜笑颜开,献上一个小叶紫檀的小盒子。

沈玦接过盒子,打开,里边躺了一个小药丸子,还有一张宣纸誊抄的药方。

"督主,这就是七月半解药的样品和药方了。"方存真点头哈腰道,"都在药人身上试过了,现在他们个个生龙活虎,活蹦乱跳,一口气能吃四碗饭呢!"

"你确定?"沈玦问。

"当然!小人怎敢骗您!"方存真指天指地地赌咒发誓,末了,又眉开眼笑地说道,"这药还没个响亮的名字呢,还请督主赐名。"

沈玦看着盒子里的药丸沉默了许久,那拇指节大小的黑色药丸在灯下闪着玉一般的光泽,像一颗洗尽风尘的黑曜石。最终,沈玦低声道:"就叫它'望归'吧。"

"好名字!好名字!"方存真连连称赞。

"可是,"沈玦合上木盒,颇有些头疼地说道,"'望归'的存在,万不能让魏德知晓。你庄子上这么多人,可如何是好?"

方存真眼睛骨碌碌一转,稍稍走近几步,说道:"死人的嘴才最靠得住。督主,一不做二不休,不如把他们一把火全烧了。"

"好主意。"沈玦漠然道。

方存真觉得自己给沈玦献了个好计策,连连点头。

"那你呢?"沈玦眼波一转,落在方存真身上,冰冷无情。

方存真一愣,背上的霜毛密密麻麻地长起来。他瞠目结舌,结结巴巴道:"督……督主,这是何意?"

"方存真,你当咱家是傻子吗?"沈玦嘲讽地轻笑,"你早就联系好了买家,预备明日交货。可惜,他们现在全都死了。"

西边忽然有滚滚黑烟冒起来,院外有人大喊"城西起火了",那正是药人别庄的方向。沈玦手搭凉棚望着天际,道:"你的主意很好,咱家已经照办了。你说得很对,死人的嘴才最靠得住,所以,你也去死吧。"

有番子神不知鬼不觉地出现在方存真身后,捂住他的嘴,一道冷光在他脖子上一闪,方存真的身子迅速瘫软下去。沈玦低头,目光落在那个小盒子上,伸出手细细勾勒上面的花纹,每一寸流连都有深深的缱绻。

"传我命令,即刻起,追捕七叶伽蓝无名鬼。切记,不可伤他一分一毫。"

沈问行犹疑道:"那魏公公那边……"

"死死瞒住他。"沈玦阴沉地道,"令咱家的亲信捉拿夏侯潋,东厂其余人不可插手。至于伽蓝其他刺客,或杀或捕,一个不留。如此一来,才能混淆视听,不令魏德起疑。"

"恐怕夏侯公子会误会您的用心。"

"不会,"沈玦摩挲着檀木方盒,"他的母亲会告诉他,他有一线生机,在我这里。"

第二十六章 无上心

月亮莹莹地挂在树梢上，白得有些发青，像一个倒扣的瓷盘，偶尔能看见发暗的云翳，是瓷胎上剥落的釉。

柳梢儿独个儿躺在雕花架子床里头。珠罗帐子挂着，月光透过半开的直棂窗，径直照在她身上。她有一下没一下地扇着团扇，眼睛觑着上面画的才子佳人，忽然没来由地心烦意乱，把那扇子一扔。扇骨在地面磕了一下，滑进黑漆香几底下没了影儿。

她打开箱笼，里面叠着她近日里置办的衣裙。大红遍地金的比甲、织金重绢的马面裙、银红妆花盘金绣的袄儿，一件比一件漂亮。她每一件都拿出来在身上比了一遍，在镜子前面走来走去，自忖皇亲公主都比不过她俊俏，才心满意足地去睡了。

正睡得酣甜的时候，有一双冰凉的手探进被窝，柳梢儿辗转醒来，当下吓了一大跳，连忙捂着被子坐起来大喊大叫："有贼！有采花贼！"

"柳梢儿、柳梢儿！是我！"来人捂着她的嘴，止住她尖利的嗓音。柳梢儿定睛一看，才发现是书情。

他憔悴了不少，胡子拉碴，脸上都是风尘。柳梢儿抚着心口顺了好一会儿气，才道："你要死啦！这样唬我！"说着，她又红了眼眶："你这冤家，一去好几个月，前头还捎信过来，后面就没音信了。我还当你和旁的男人一样，把我给弃了！"

书情赔着笑脸，道："可我每月都捎了银钱回来呀！后面事忙，便没顾得上写信了。"

柳梢儿仰着头，露出瓷白的下巴颏儿，恨恨道："你要是把我弃了我也不怕！

横竖我还有张讨人喜欢的脸蛋，总不会饿死。"

"你这是说到哪儿去了？"书情急了，忍不住提高声调，打眼看见柳梢儿眼眶红了，像眼角眉梢晕染的红妆，心又软了，小声道，"柳梢儿，你信我，我不会丢下你不管的。就算我死了，也要给你留足够的银钱，让你下半辈子衣食无忧。"

月亮向东边移了一些，窗棂把月光隔成一格一格的，像碎了一地的白瓷片。柳梢儿帮着书情脱下衣衫，将他的衣帽搁在花梨木的衣架上，鞋子脏得不像样子，便放在门边，等明儿早上丫头过来收去洗刷。

两人躺在一处，互相搂着，柳梢儿窝在书情怀里，问道："二郎，眼看秋闱近了，你近日可别跟着那个夏侯潋胡玩，安心读书才是正经。"

书情顿时磕巴了，道："我……我……"

"虽说你那个结拜大哥确实帮衬了咱们不少银钱，可终究不是个正经人。现如今还得望着他供你的盘缠资费，暂时不好和他断来往，往后你中了举，做了举人老爷，可不能再跟他胡混了。"

书情心里简直扭成了一团麻花，他想按夏侯潋说的，告诉柳梢儿自己是个杀人犯、亡命徒，可怎么都张不开嘴。支支吾吾了半天，他丧气道："柳梢儿，我不会去考科举的，你别想了。"

"怎么？那个夏侯潋不愿意供你了？"柳梢儿噌的一下坐起来。

书情爬起来，垂着头道："我不是读书的料，你死心吧。我跟着我师哥做买卖挺好的。就这样，你别说了。"说完，他又睡了回去，背过身去，任凭柳梢儿怎么捶他，他都不吭声。

柳梢儿呆坐在床上，看着自己白嫩嫩的手和脚晾在月光底下。那月光像掺了冰，照在手脚上凉丝丝的，而自己的手脚越发地白，竟像透明似的。

书情、夏侯潋这样的人，柳梢儿没少见。混江湖跑买卖，干一些帮闲的活计，有的撞了大运，能赚个盆满钵满，可更多的是半道上翻了船，一辈子浮不上来；更何况，书情是跟着人家做买卖的，仰人鼻息过活，何等朝不保夕！

那个叫夏侯潋的，看着倒有几分头脑，他眼神里有股狠劲儿，是个能赚来钱的。她箱笼里的衣服、妆奁里的首饰，哪样不是书情拿夏侯潋的钱买来的？可人家是人家，书情这样的呆子，考不了科举，就什么也干不成。

她都试探过了，书情是一个穷独汉，没爹没娘没家底，早先跟着师父混江湖，现在跟着夏侯潋混江湖，哪有什么好前程？

柳梢儿放下帐子，帐子里登时乌黑一片，月光徜徉在外面，再也进不来了。她躺下身，书情累极了，已经睡熟了。她听着男人沉重的呼吸，慢慢闭上了眼。

286

第一卷 桃李春风一杯酒

书情第二天就跟着夏侯溦走了，柳梢儿站在高楼上，默默看着他俩坐着漕船慢慢远去。穿着黑色麻衣的那个是夏侯溦，蹲在盐巴袋子上，和漕帮的人不知在说些什么。月白色生员交领衫的那个是书情，犹自朝她挥手。柳梢儿漠然转过身，领着丫鬟走了。

夏侯溦赶回了伽蓝。除了拜祭夏侯霈和过年，夏侯溦基本不回伽蓝。山脚下的伽蓝村照样地小不伶仃，茅草屋子挤在一块儿，有半大的孩子在中间的空地上互相对刀。他们看见夏侯溦和书情骑着马经过，就停下刀看着，眼神阴阴的，有一股冰凉劲儿，像墓里面埋了很久的锈铁。

夏侯溦知道他们在看他挂在马侧的刀，有了刀他们就能挂上牌，离开山。但是他们不知道，大部分人再也回不来了。

夏侯溦先上黑面佛顶看望持厌。那家伙前几天刚从瓦剌回来，还给夏侯溦带了瓦剌人戴的镶金琉璃耳瑱。据说那耳瑱是从人头的耳朵上取下来的，在瓦剌那地方卖得很贵，有身份的人才能戴。

"你不会想让我在耳朵上打个洞戴上去吧？"夏侯溦捏着耳瑱放在太阳底下翻来翻去地看，通透的琉璃在阳光下五光十色。

持厌撩开自己的头发，他的右耳上有一个一模一样的耳瑱，那淡色琉璃像极了他的眼睛，明净无瑕，倒映着变幻无穷的天光云影和整个明丽的世界。夏侯溦这才发现，持厌只给了他一个耳瑱。

"好娘啊你，"夏侯溦看着他的耳朵说道，"好端端的，戴这玩意儿干什么？"

"瓦剌的男人也戴。"持厌说，"一模一样的耳瑱，一模一样的你我，刚刚好。"

"我们是大岐人，又不是瓦剌人。"夏侯溦抽了抽嘴角，把耳瑱收进荷包，说，"打死我也不戴。"

持厌看起来有点沮丧，不过他没说什么，只转过眼去看夕阳。山之尽处，夕阳已经落了一半，像一张又薄又破的红色剪纸，贴在天边上。山风呼呼地吹过来，扑在脸上凉凉的。他们俩坐在山顶上，好像被云霞簇拥着。四周都是墨迹一样的山头，中间飘着羽毛似的云雾，在缓缓地流动。

"持厌，你知不知道咱们伽蓝案牍库在哪儿？"夏侯溦忽然问。

他之所以回来，正是因为案牍库。伽蓝规矩森严，刺客刺杀都有文书记录。猎物的生平、喜好、家产，刺杀时间、地点、天气以及"鞘"的人选，统统记录在案，在案牍库归档。

他娘曾经承诺他向伽蓝要了"鞘"，但当初他去柳州找夏侯霈，却无人知道死在北市的那个就是夏侯霈。当时他还以为夏侯霈糊弄了他，但现在看来，夏侯霈很可能只要了一个"鞘"，而那个"鞘"，很可能根本没有去支援夏侯霈，并且不知道通过什么样的方法，免过了伽蓝的追责。

他只要找到夏侯霈的文书，就能找到那个"鞘"，就能知道到底是谁害了他娘。

持厌好半响没说话，等夕阳快下去了，才垂着眼睛问道："已经死掉的人，那么重要吗？比活着的人还重要吗？"

夏侯溦愣了一下，问："什么意思？"他扭头看持厌，持厌眉眼低垂，睫毛的阴影落在眼睛里，显出他不常有的深沉来。

持厌没再说话，只是把夏侯溦引到山洞里，拉开壁上的藤蔓。一个半人高的黑黝黝的山洞现出来，像一只野兽深不可测的嘴，等着喝血吃人。

"黑面佛是空的，案牍库在黑面佛的肚子里。"持厌说。

"原来住持是从这儿上来的！"夏侯溦说，"你怎么不早说，害得我每次都爬那么久的山。"

"原本你不能进去的。"持厌小声说，"可是……"他抬起眼来看着夏侯溦，大而黑的眸子恬静又安然，"只要是你的愿望，我都会帮你实现。"

夏侯溦不知道说什么好，干巴巴地道了声谢，躬身就要进去。

持厌忽然叫住了他，问道："小溦，你想做住持吗？"

夏侯溦回过头，疑惑道："做那玩意儿干吗？我可不想当个秃子，成天敲木鱼念经。"

持厌不再说什么，放下了藤蔓，山洞里顿时一片漆黑。夏侯溦掏出火折子，呼地一吹，火腾的一下就蹿起来了。夏侯溦在原地站了会儿，想方才持厌说的话。他心里有点不是滋味，持厌是个没有愿望的人，所以把他的愿望当成自己的愿望。可这样他好像欠了持厌什么似的，荷包里的耳瑱忽然变得沉重起来，他忽然想起来他从没想过要给持厌带什么玩意儿。

唉，算了。夏侯溦不再想那么多，专心下台阶。下了不知多少个台阶，起码得有一百来个，面前豁然开朗，原是一大片空地，摆着一溜的大桌子，上边摆满了瓶瓶罐罐。夏侯溦走了几步，脚下忽然踩着个圆滚滚的东西。夏侯溦捡起来一看，原来是个小药丸。

周围的石壁下摆了好几盆花草，中间有一株花，没有叶子，单有一朵巴掌大的红花，层层叠叠的细长花瓣向里面蜷曲着，像沾了血的獠牙，看着有种说不出的妖异。

这该不会是住持制瘾药的地方吧？夏侯溦一边打量一边想，有把这儿都烧了的冲动，免得住持继续祸害人。但他想了想还是作罢，毕竟他是来查文书的，还是不要节外生枝好。

前面忽然传来细细的呻吟声，夏侯潋忙吹灭了火折子，摸着黑往前走。呻吟声越来越近，前面那个山洞有烛光闪烁，夏侯潋猫着腰走过去，瞧见贴着石壁铺了一排铺盖，有十来个，上边躺满了人。他们脸色都青青白白，嘴巴半张着，有的还能发出点细碎的呻吟，有的已经没声儿了，看样子命不久矣，业已死了一大半了。

夏侯潋走过去，竟看见几个熟面孔。有一个是去年叛逃的刺客，被秋叶抓了回来，后来就没影儿了。夏侯潋还以为他已经被斩首了，没想到在这儿。

夏侯潋并不多做耽搁，继续往下走，再下一层果然就是案牍库了。比人还高的书格密密麻麻摆在地上，两个书格之间仅仅能容下一个人行走。他大睁着眼睛在布满灰尘的卷宗中查找，终于在中间的书格上找到迦楼罗的卷宗，里面全是关于历代迦楼罗的资料。他翻到最后，果然看见了夏侯需的画像。

这画像不知道是谁画的，除了脸蛋简直没一处像夏侯需。画上的女人眉目灵动，嫣然浅笑，像个不谙世事的闺阁少女，哪里像杀人如麻的迦楼罗？可夏侯潋抚着那小像，眼眶还是发红。他用力抹了把眼睛，将卷宗往后翻。

卷宗里记载了夏侯需每次刺杀的经过，从十二岁开始，一直到三十五岁。夏侯潋直接翻到最后面，想看夏侯需最后一次战役，却发现那一页已经被人撕了，只剩下一点页根夹在书缝里，像一排泛黄的牙齿。

其实夏侯潋早就预料到了，只是不甘心，抱着一点微末的希望。如今，这点希望就像指缝里的沙子，一下子都随风溜走了。夏侯潋原地呆了半晌，往前翻了几页。

宣和二十八年夏四月丁巳，青州，大雨。迦楼罗于城南大街斩杀漕帮叶绣。

宣和二十七年秋七月丁未，百尺崖，雨。迦楼罗于贺氏牌楼斩杀贺家家主贺坤。

宣和二十七年夏六月甲辰，桃渚，大雨。迦楼罗于武家村追击君子刀二当家木青，遇十人围堵，尽杀之。

……

夏侯潋连着翻了几页，从宣和二十六年开始，大雨、大雨、雨、雨、大雨……全是雨！原来，那个人早就想要他娘死！青州临海，四月最为多雨。百尺崖临海，夏秋之季常常暴雨连连。桃渚亦然。那个人故意令他娘雨季前往刺杀，就是想要加重她的伤势!

到底是谁，能有权力分配伽蓝八部的买卖？是谁……

夏侯潋的头一阵阵地疼，他知道那个答案，那个漆黑的影子在他脑海中浮现，越来越清晰，越来越清晰。

可他为什么要这么做？夏侯霈是伽蓝第一刀，她从未背叛过伽蓝。为什么？他又翻回了画着小像的那一面，页脚有一行淡淡的墨迹，写的是画者之名，几乎看不见。

上面写的是：弑心。

夏侯潋的手在颤抖，卷宗仿佛有千钧之重，几乎让他捧不住。肩膀忽然被拍了一下，夏侯潋猛然一惊。

"是我。"秋叶从后面转出来，"我就知道，你会来这里的。"

"师父。"夏侯潋红着眼睛。

秋叶把卷宗放回书格，低声道："走吧，出去再说。"

话音刚落，上一层有脚步声传来，两人俱是一惊。夏侯潋迅速吹灭了火折子，和秋叶躲进书格深处。

脚步声渐近，一个男人擎着一方烛火出现在前方。夏侯潋弓着身子，从卷宗上方的缝隙窥探那人的面貌。那个人的脸被书格挡住了，夏侯潋只能看见一团光亮中，墙壁上曳出一条孤长的影子，一下一下地耸动。夏侯潋觉得自己的眼睛有点花，看着看着，好像看见整个山洞都跳动着那飘忽的鬼影。

男人没有说话，沉默着，站在夏侯潋方才站的地方，把手放在迦楼罗的卷宗上，停了许久。

终于，他抽出迦楼罗的卷宗，翻到夏侯霈的画像那一页。他小心翼翼地将它一点点撕下，放在烛火的火苗上。火苗舔舐着小像，夏侯潋的心揪着。他看见夏侯霈明媚的笑颜在火中化为灰烬，散入空中，再无踪迹。

烛火哔剥地跳动了一下，墙上的影子一动，忽地分出了一条黑影，与弑心的影子面对而立。夏侯潋吓了一跳，再定睛看时才反应过来，弑心身后一直站了个人，影子重叠在一起，现在他移开步子，便有两条影子了。

夏侯潋踮着脚尖往右边走了几步，透过书格的缝隙，看见那个人穿着黑色的斗篷，整张脸藏在黑暗里。

"唉，你这又是何苦？"男人接过弑心手里的卷宗，道，"你当初画这玩意儿用了三天三夜，被夏侯看见，笑了你三天三夜。她笑完跑来问我，明明她和小像里的人长得一模一样，怎么照镜子又觉得不像。那个只知道杀人放火的傻帽儿，怎么会知道整个伽蓝只有另一个傻帽儿觉得她是个女人。"

男人的嗓音有些粗哑，似乎生了病，泛着浓浓的鼻音。

可夏侯潋还是听出来了，这个声音属于段叔，那个会从外面带匕首给他玩，带话本子给他看的段叔。

夏侯潋的指尖有点发凉，心一点点沉下去。他忽然不敢再听了，可他必须听下去，无论他们说什么，他都必须听下去。

"都是往事了，不必再提。"沉默的男人终于开口了。夏侯潋看见他缓缓直起身，黑裂裟的袍裾扫过书格，像黑暗的蝶翼。

"你是不是后悔了，弑心？"段叔轻声道，"其实后悔也没什么。小潋还不知道这件事，特厌对夏侯需没感情，他们是你的儿子。如果将来哪天小潋知道了，你推给我就是了，反正夏侯的"鞘"是我，眼睁睁看着她死在柳归藏手里的人也是我。"

"你错了，"弑心的声音冷漠又高寒，"我们这些人哪里有后悔的资格？我们走的是修罗之路，踩在刀尖之上，每一步都沾着血。虽然总觉得再走几步就是尽头，但往前走或许还有一线希望，可是一旦回头，就意味着要把从前的痛苦再尝一遍。"

段叔轻轻叹了口气，道："你当真不认他了？"

"我是个罪人啊，段九，"弑心看着掌中的烛火，"当年若非我贪恋儿女情长，龟缩不前，八部不会埋骨冰雪之下，我们的师父、我们的兄弟，不会永远成为朔北的荒魂，归不了伽蓝，归不了故土。父债子偿，既然我已没有机会，便让我的孩子去那杀场，杀了那个宿命的敌人，带回伽蓝的先辈。可我既然要将我的孩子送往死地，我又怎敢奢求他叫我父亲？况且，伽蓝首座，当心无挂碍，方能一往无前。这是我的教训，亦是他的未来。"

"这个秘密你打算什么时候告诉他？"

"唯有住持才能知道所有的秘辛。他还不够强大，当他强大到能胜任伽蓝首座之时，伽蓝的秘密就会对他开放。"

段叔沉默了一会儿，道："弑心，你说那个时候咱们大伙儿多好啊，咱们一起坐在山门前听你吹埙，夏侯听得犯困，别的刺客气冲冲地从被窝里爬起来赶我们。你说现在怎么就变成这样了呢？"

"是因为我，都是因为我。"

"不是啊，弑心，"段叔苦笑，"这都是命。假如你打不过夏侯，夏侯就不会天天挑战你，你也不会爱上她。假如咱们不是流落街头的乞丐，就不会被带回伽蓝过这样的日子。这都是命。"

"原来你也信命了吗，段九？"弑心将手放在段叔的肩上，道。

"我一直都信的，只是你不知道。"段叔握住弑心的手，"据说杀伐过重的人下辈子都会投胎变成畜生。弑心，我们都老了，很快就要变成畜生了。我身上的伤好不了了，以前十天半个月疼一回，现在三天两头就发作。秋叶也快不行了，他去年去苗疆被叮的烂疮用了西域的神膏也不见好。老朋友，你必须快点，先让小潋继任迦楼罗吧，他会干好的。"

夏侯潋猛然一惊，转头看秋叶。

光线太暗，他一直都没有发现，秋叶的神色其实很憔悴。如果蜡烛的光照过来，他会看见秋叶的脸一点血色也没有，像纸糊似的，只有嘴唇泛着枯花似的暗红。

秋叶递给他一个安抚的眼神，握握他的手，示意他继续听。

夏侯潋鼻子有些发酸，无声地张了张口："师父。"

弑心和段九又说了会儿话才踱着步离开。山洞恢复了绝对的黑暗，弑心和段九的脚步声慢慢远了，极闷地顺着石壁和地面传过来，最后消失，死了一般的寂静。

住持对夏侯潋来说，是记忆深处一团乌漆墨黑的影子，是故纸堆里晕散的字迹，陈旧又模糊。他永远坐在大雄宝殿里，要么笃笃地敲那个缺了一个角的木鱼，要么翻着破烂的经书叽叽咕咕地念经。他在山寺里静坐，像一尊沉闷的古佛，夏侯潋在寺外疯跑。

小时候娘亲不在，夏侯潋光着脚在山里爬上爬下，东摸西摸，青苔在他脚下细声细气地叽喳，石子割破脚底也照样跑。他采来灯芯草，采来喇叭花，放在神台上，搬来杂物堆里的小鼓，用筷子咚咚敲，学住持叽里呱啦地念经。有时候家里没米了，他悄没声儿地绕过住持打坐的大雄宝殿，踩着嘎吱嘎吱叫的满地落叶，到后院的禅房去偷米。他记得自己将藏在海棠树下的细铁丝，插进锁芯，往右转两下，再用手拍一拍，锁"啪嗒"一声就会开。他追着夕阳跑，捡石子打乌鸦，有时候也打住持的光头。他撵鸡撵鸭，人嫌狗厌地长大，每个刺客听见门外咚咚跑过的脚步声，就知道夏侯家那个小浑蛋又在淘气。

住持从来不骂他。他偷米偷油，后来还偷神台上的香果，住持假装没看见，只翻过一面经书，继续念。后来他不知从哪里知道住持就是他亲爹，他跑到山寺，住持依旧是那个黑不溜秋的背影。他把庭院里的水桶一个个全部踢翻，水哗啦啦地流，漫过苔藓，漫过石阶，映出住持岿然不动的背影和夏侯潋流着眼泪的脸。

多少年来，夏侯潋对住持的印象一直都只有那个背影，以前高大，后来慢慢瘦削，慢慢佝偻，但一如既往地漆黑冷寂。夏侯潋不知道住持到底是一个怎么样的人。

他从不多言，从不多做，从不过问夏侯濈。现在夏侯濈知道了，住持不是秋叶曾说过的佛陀，不是夏侯霈口中的老秃驴，而是伽蓝最凶的妖魔，最恶的厉鬼。

黑面佛顶，持厌在吹埙。埙声辗转飘扬，像山谷里飘散的风，来的时候没有痕迹，离开的时候也没有痕迹。

"持厌。"夏侯濈喊他。

持厌掉过头，静静地看着他。

"我在底下碰见住持和段叔了。"夏侯濈说。

"嗯。"

"你早就知道对不对？"夏侯濈的声音出奇地冷静，"当初，你逮柳家门徒给我练刀，是住持吩咐你干的，对不对？"

持厌点头。

他从来不撒谎，别人问什么他答什么，一个字也不假。没来由地，夏侯濈突然有点恨他这样，突然希望，他可以说点谎话，随便什么都好。

只是不要让夏侯濈知道，夏侯霈的死，他也有份。

"我娘的死，你早就知道真相吗？"

"知道。"

夏侯濈转身就走，走了几步，又停下了，问道："如果住持让你来杀我，你会来吗？"

山风拂起持厌的发丝，白色的衣袖飘荡。他坐在崖边，背后是无边的星夜，他看着夏侯濈的背影，眼底有苍凉的孤独。

他说："会的。"

"好，那样很好。"夏侯濈道，"我也会杀你的，你我都不必留情。"

夏侯濈和秋叶一同下山了。风还在吹，灌满一袖的凉意。持厌捧着埙，仰头看天上灿烂的星河。

"可我会败给你的呀，小濈。"他轻轻说道，可没人听见。

夏侯濈回到自己家的竹楼。有段时间没有回来了，小院里头长满了杂草，不知道什么虫子在咕咕唧唧地叫唤，还有蚂蚱往脚上蹦。棚子下面的灶台落了许多落叶，锅里也有，夏侯濈走过旁边的时候，从灶台底下钻出来一只灰兔子。

夏侯濈搬出来一张条凳，找来一件旧衣服擦干净，让秋叶坐，自己回屋拿了两壶梨花白，放到秋叶跟前又犹豫了。

"师父，你还能喝酒吗？"

"如何不能？"秋叶笑，咬开了塞子，张口就灌。

夏侯潋吞了一口酒。辛辣的酒淌过腔子，像刀子滚过去，浑身的热气泛起来了，夏侯潋缓缓吐了一口气。夜是沉郁的蓝，山里起了雾，四周迷迷蒙蒙，一丛一丛的马鞭草和绣球花像沾了水的宣纸上的画，红的紫的晕成一片。

"师父，你也知道，对不对？"夏侯潋忽然问。

"是，我知道。"

"我娘也知道，从宣和二十六年开始她的买卖就都在雨季了，她不可能察觉不出来。"

"嗯，她也知道。"

夏侯潋笑起来，却终究没个笑的滋味："只有我被蒙在鼓里。"

"别怪你娘，"秋叶叹道，"就算没有弑心的刻意安排，你娘也撑不了多久。能让一个刺客走向终点的，不只有刀剑，还有伤病。你娘的身子早已经千疮百孔了。她早知道自己迟早是要走的。可是你知道你娘这个人，不大有学问，笨嘴拙舌，不知道要如何向你告别……所以才会走得这样突然。"

"你的疮是怎么回事？还能治吗？"夏侯潋问。

秋叶笑着摇头，道："小潋，你不想知道一些别的吗？"

夏侯潋沉默了一会儿，问道："你们那时候，是怎么回事？"

秋叶低着头，目光变得很远，仿佛陷入了悠久的回忆。他道："我知道的不多，那时候我刚刚进伽蓝。我进伽蓝的半年前，伽蓝发生了一次很严重的内乱，死伤惨重，刺客寥寥无几。先住持一面从伽蓝村挑选孩子补充缺额，一面从外面物色武艺不错的亡命徒选进伽蓝，我便是其中之一。像我这样的外来人，一开始都很受排挤。你娘性子张狂，向来不受待见。我与她同病相怜，便引为知己。那个时候的伽蓝八部和现在的很不同，他们都是先住持亲自培养的高手。弑心，便是那个时候的迦楼罗。"

夏侯潋一愣，道："他是第二十七代迦楼罗？"

"不错。"秋叶道，"你娘虽被誉为天下第一刀，可那时的弑心，才是真正的独步天下。一步杀一人，十步血成河，步步生血莲。他的刀，名唤'步生莲'。二十一年前，你娘怀了你和你哥。先住持忽然发布伽蓝令，召集伽蓝八部，一同去了朔北。这一去就是三个多月，谁也不知道在朔北发生了什么。你出生那天，是个夜晚，伽蓝村的稳婆把你和持厌包在襁褓里，弑心忽然就回来了。他浑身都是血，稳婆差点吓得死过去。他什么都没说，抱起一个孩子就走。你娘硬撑着从床上起来，问他干什么。他说他要带走一个孩子，还要和你娘恩断义绝。"

"他倒是男人得很！"夏侯潋冷笑，"欺负一个刚生产完的女人，他怎么不死在朔北别回来？"

"弑心的脾气原本是极好的，要不然也不能和你娘在一块儿。可那天，他执意要带孩子走，你娘说，孩子不可能让他带走，还让他给她磕一百个响头。他就问，可否以一百个响头，换一个孩子？你娘说，磕完再说。"

"他磕了？"

"磕了，整整一百个。你娘也没有想到，他真的能磕完。但是她还是没有同意让他把孩子带走，于是两个人就打起来了。两个人那时都是精疲力竭，但脾气都还是那么硬，最后几乎是没有任何招式地互相殴打。你娘没挺住，先趴下了。弑心说：'孩子我带走了，从此以后，你不可与他相见。'"

"他带走的，就是持厌。"夏侯潋喃喃道。

"不错。你娘输了，她恪守诺言，十七年来，从不曾去见过持厌。二十一年前那场惨烈的刺杀，除了弑心和他的挚友段九，无人知道到底发生了什么。那之后，弑心继任伽蓝住持，新的八部被遴选出来，伽蓝又回到正轨。"

"现在看来，是他临阵退缩了。先住持和其他七部尽数被戮，他引以为咎，就想出这样的法子来赎罪吗？真可笑，可笑！"夏侯潋将脸埋在手心里，道，"师父，你说，是不是如果我早点变强，他就不会想着要杀掉我娘？"

"小潋，这不怪你。其实他最开始选择的应该是持厌，可是不知道为什么，他又变了主意。或许是因为持厌没有心吧，没有心的人，即使再强大，也不能成为领导诸刺客的伽蓝首座。"秋叶扭头看夏侯潋，月光下，他的眼睛寂静如水，"小潋，你要报仇吗？"

"当然，我必杀了他。至于这个伽蓝首座，谁爱当谁当去。"夏侯潋站起身子，眸间有阴森的狠意，"什么弑心，他的债，让他去地狱里还吧！"

秋叶忽然道："小潋，你找到你娘的遗书了吗？"

夏侯潋一愣，道："没有。她东西乱放，我找了很久都没找到，或许已经被老鼠给咬了。"

秋叶摩挲着酒壶上的凸纹，缓缓道："你娘给你在外头留了些东西……"他忽地停住，过了会儿又道："小潋，你想要离开伽蓝吗？"

"什么意思？我娘她……"

"小潋，她还活着的时候告诉我，她希望你能够破局。"秋叶走到夏侯霈的衣冠冢前，将酒液尽数倒在她的墓前，"你娘亲和我们很不一样，不是因为她刀术卓绝，而是因为她生来就是一个刺客。伽蓝的刺客们从前都是无家可归的乞丐，只有你娘,是自己找上伽蓝的。她说,她把握住了自己的命运,她希望你也可以,而你,不属于伽蓝。"

"她要我逃跑吗?她不要我报仇,她要我逃跑?"夏侯潋看着墓碑。那上面是他自己刻的字——夏侯霈之墓。他娘不算嫁了人,没有夫姓。想来也是,他娘一辈子果敢独断,死后岂能屈居于夫姓之下?墓碑上只写夏侯霈三个字,就完完全全够了。

"不,"秋叶抬起眼,眸中似有刀光剑影,"要掌握住自己的命不止这一个办法,小潋,你可以毁了伽蓝!"

"这怎么可以?毁了伽蓝,七月半怎么办?你们都会死的!"夏侯潋震惊道。

"不是'你们',是'我们'。"秋叶低声道,"小潋,你知道伽蓝是个什么样的地方吗?每年伽蓝村会从外面接收五十名孩子,他们大部分是男孩子,手脚结实,无父无母,把伽蓝当成他们的家。每年,伽蓝村还会送二十个孩子进入山寺,住持发给他们佩刀,挂上他们的牌,三天之后,一半的牌子会被拿下来,那一半的孩子,都死在了杀场上。每年,还有至少七个经验丰富、刀术老到的刺客死掉,其中大概只有三个刺客的尸骨可以运回刀家。年复一年,刀家底下的尸骨早已堆积如山。昨日那里又多了一座坟墓,是我看着立起来的。小潋,这样的地方,难道不该毁掉吗?"

"可是……"

"你刚刚一定看见了黑面佛里的药窟。旁人只道我捉住叛逃的刺客,会交给住持斩首。他们错了,住持把他们送入黑面佛,做试药的药人。我不知道住持在研制什么,或许是八月半、九月半,但我知道,他是个罪人。这伽蓝里头,所有人都是罪人,无人不满手鲜血,无人不恶贯满盈,无人不该死!包括持厌,包括我,包括你。"

"师父,你和持厌不一样,还有书情,他……"

"没什么不一样,我们都是罪人,难道你不承认吗?"秋叶低低笑起来,"小潋,你娘希望你破局,掌握你自己的命;住持希望你继任伽蓝首座,斩杀那个远在朔北的敌人;而我希望你……毁灭伽蓝!"

沉默,死了一般的沉默。

雾越来越浓,夏侯潋仿佛被包围住,周遭的空气变得黏滞,他被四面八方围过来的雾包裹着,喘不过气。他的心变得很乱,他想到持厌寂然的眼神,又想起托着一方烛火的弑心,最后,他仿佛看见夏侯霈躺在地上的头颅,望着高远的天穹。

夏侯潋低头,看着自己的手掌,上面有柳归藏留下的箭痕。

"我要怎么做?"

秋叶轻轻地笑。他的笑容一如既往地温和,像春日拂过的暖风。

他忽然敛了微笑,神色肃穆,如高堂庙宇里的诸天神佛:"诛杀弑心,烧掉药窟。七月半会让我们所有人,死去!"

第二十七章 恨匆匆

书情去秋叶那儿听了训，跟着夏侯潋整顿行装，准备去苏州。书情接到了他今年的第一张单子，秋叶让他这回自己下刀，夏侯潋只从旁协助。这次以后，他便不能赖着师哥，得自己独个儿做买卖了。

他心里慌张，沿途穿花拂柳，大路在树林间隐现，树叶间漏下的光照在他握着马鞭的手上，好像一团火在手背上烧。林子里的蝉鸣一阵又一阵，耳边的风飒飒呼啸，有时候迎面撞过来黑不溜秋的小飞虫，吓得他缩脑袋。夕阳西下，他们俩要露宿郊外，他生了火堆，烤了一只兔子。师哥在对面闭目养神，他看着天边圆晃晃的月亮，想柳梢儿。

他们到了苏州行驿，一路看见和街面并行的小河，琉璃瓦红漆门的亭楼水榭，人头攒动的店铺，红底黑字的招牌，上面写着什么上白细面、酒器俱全、成造金银首饰、女红钢针梳具……满眼都是热闹。街上有光着膀子的人耍杂耍，蹬着布鞋穿着麻衣的手艺人演木偶戏，几个清倌人在十字路口做场，咿咿呀呀的声腔隔了半条街都能听见。

这次的倒霉鬼不是江湖人，是个盐商，家住仁风坊。过了虎蹲桥往前走十来步就是他家，顶大的园子，挖了个大池塘接着外面的河渠，上面修水廊，中间建水阁，堆假山，四面成片成片地栽荷花。

雇主是他的嫡妻，他做了一辈子生意，运了一辈子盐，勾搭了一辈子的浪荡女人。传言说他曾经和苏州另一个盐商的贵妾有过苟且之事，有人在郡圃宅堂看到他俩勾勾搭搭，那时两个盐商都被苏州府的知府邀去听戏。

现在他年纪大了，色心没改，脑子却昏聩了许多。从前他娶了七八房小妾，从未松过钱的口,一干庶子该得多少就给多少,一分也不会多,现在从金陵接了个妓子回来,竟一口气送了五六个店铺到她名下。他的结发嫡妻咬着唇,发了急,索性用一个铺子买了刺客,让老头儿早点儿往生极乐。

夏侯潋和书情翻过墙,进了园子。夜色正黑,月亮当空照着,烟水似的月光凄凄迷迷。满地花木浸在月光里,溶溶交成一片。池塘里的荷花开得正好,在夜里是暗暗的红,有一种别样的妖异。老头儿和他的新夫人在池子当中的生云水阁,四面都是池水,隔出一个小小的世外桃源。青瓦白壁的水廊曲曲折折,绕好几个弯儿,连着水阁和陆地。

主人、仆役都睡了,园子像哑了声,只有叶子窸窸窣窣,虫子在阴影里叫。可细细地听,还能听见水阁那儿有甜甜的女人笑声,顺着风乘着水波传过来。书情跟着夏侯潋潜行在黑暗里,猫着腰摸到水阁的龟背锦红漆门。窗扇上糊的软烟罗,夏侯潋戳破一层窗纱,看见里头若隐若现的两个人叠股而坐。

夏侯潋朝书情使眼色,书情猛摇头。夏侯潋做了个一刀斩的手势。夏侯潋戴了面具,书情看不见他的表情,只能看见他的眸子里有刺客独有的狠辣。他听秋叶说过,师哥以前跟他一样不敢自己做买卖,有两年都跟在别的刺客后头当摆设,伽蓝里还传了一阵夏侯窝囊废的名号。但是现在,夏侯潋下手狠绝,横波一出必定见血必定封喉,哪里像什么夏侯窝囊废?

他打了个寒噤,深呼吸好几下,硬下心肠推开一点点门缝,猫身进去。夏侯潋跟在他的身后,他们的行走犹如鬼魅,没有声息。

那老头儿吃饱喝足,将女人面朝下按在桌子上,从袖笼里掏出一个小方盒,掏出里头的药丸吞下肚。女人背对着他们,书情看见老头压着她,臃肿的肚皮在光滑的裸背上压得变了形,像一个揉得扁扁的面团。

夏侯潋在自己脖子上划了划,指指那老头儿。

书情扣动机簧,笛中刀无声地弹出笛鞘,他悄无声息地走到老头儿的身后。桌上的两人发丝交缠,女人高昂婉转的叫声充盈了书情的耳朵。这叫声有些熟悉,书情忽然犹豫了,刀举在半空久久不落。

夏侯潋在背后摇头,抽出横波打算帮他一把。书情甩了甩头,不再胡思乱想,万分狠绝地落下刀,刀划出一条狠厉的弧线,砍下老头儿的头颅。

那女人原本吊着嗓子叫唤,只是装样子,却被书情听出来,正是柳梢儿。

"啊啊啊——"柳梢儿现在真吓得大叫了,想要推开老头儿的无头尸体,可怎么推也推不开。

"柳梢儿!"熟悉的声音响在耳边,柳梢儿打了个寒战,抬眼看见书情一手拎着染血的刀，一手拿着一块素瓷面具，愣愣地看着她。

另一个黑衣男人站在珠帘外面，她一眼认出来那是夏侯潋，一下子明白了。

"你们是刺客！你们是刺客！"柳梢儿想要掰开老头儿的手，一下没有站稳，和老头儿一起跌在地上，"来人！来人！杀人了！杀人了！"

"柳梢儿，别喊了，我带你走！"书情丢了面具，走过来扶她。

柳梢儿惊恐地往后退，连带着尸体也往后退。她声嘶力竭地大喊："别过来！刺客！杀人犯！救命啊，救命啊！"

"别管她了，走啊！"外面一叠脚步声传来，还有火把的光，夏侯潋过来拉书情。

"柳梢儿！"书情还望着柳梢儿。夏侯潋拉着他，夺路而逃。

地上和尸体缠在一起的赤裸女人离他越来越远，夜黑得不像话，风像鸽子往他的袖口钻，在衣衫底下拍着翅膀。假山边上的羊须草锋利得像一把把尖刀，从四面八方刺出来。藤萝缠树，像委顿的蛇，从树枝上吊下来。

夏侯潋一路拉着他不松手。"鞘"接到了他们，暗桩为他们断后，他们进了曲曲折折的小巷，从后门回到行驿。

书情蹲在墙角，埋着头，不言不语。夏夜的暖风一阵阵地吹，月光溶溶似水。他只觉得冷，彻骨地冷。

夏侯潋去了信问晚香楼究竟是怎么回事，柳香奴来信说一个月前那盐商来晚香楼看戏，一眼瞧中了柳梢儿。柳梢儿要走，大家伙儿也没法拦，正打算等书情回来了好好跟他说，没想到让书情在苏州碰见了。

唐十七过来慰问，却只会放马后炮，说早就看柳梢儿不是个安分的，娶妻还得娶清白人家的好闺女。

夏侯潋把他赶走了，让书情一个人待着。

书情坐在天井下一日一日地发呆，抬起头看二楼层层叠叠的回字纹窗扇，次第打开像密密麻麻的书页，在风里面开开又关关。他记起在晚香楼的时候，柳梢儿在这样一个窗扇后面认真地梳头，把头发挽成堕马髻，低下眉眼的时候，温柔得像月夜春江。他还记得她滚圆的双臂，一双藕嫩的腕子从月白的袖子底下露出来，挂着碧绿的镯子，帮他披鬓角的时候，袖子里飘过来杜鹃的暗香。

"师哥，如果是你，你会怎么办啊？"一日晚上，书情问夏侯潋。

夏侯潋被问住了，他连成亲都没有想过，怎么会想过被戴了绿帽会怎样？

"她为什么要这样对我？"书情痛苦地说，"我什么都想好了，想好了生几个孩子，取什么名字，想我们老了可以住在伽蓝村，死了埋进刀冢。可我没想到，她会背叛我。"

夏侯潋嘴唇动了动，他想说，没有哪个刺客可以活到老，但他没说话，有想头总比没想头好，有希望总比没希望好，他不想揭穿。

书情抹了一把眼睛，满手的泪。

发了三四天的呆，唐十七又急匆匆地跑过来。书情不想理他，站起来就要走。

"柳梢儿被抓进牢了！"唐十七喊道。

书情顿住脚步。

夏侯潋从影壁后面转出来，问："怎么回事？别一天到晚咋咋呼呼的，把话说明白。"

唐十七喘了口气，道："那个老头儿的婆娘是个狠角色，买通了知县，给柳梢儿治了个谋财害命的罪，关进牢去了。不过证据不足，没说怎么判，只关在那儿。不过这样一来，柳梢儿弄来的那些店铺，都要还给那婆娘了。"

夏侯潋和唐十七一起看向书情，等他做决断。

书情抱着头，坐在小杌上不说话。

"要我说，别管她，好好让她吃个教训，看她还敢不敢给爷们儿戴绿帽！"唐十七说。

"闭嘴！"书情红着眼睛吼道。唐十七住了口，书情对夏侯潋说："师哥，你可不可以再帮我一回？我们去救她。"

夏侯潋把横波佩在腰间，道："走吧。"他朝唐十七抬抬下巴："你也一起来，帮我们望风。"

唐十七用惊鸿箭解决了看门的两个衙役，夏侯潋和书情长驱直入，一路撂倒衙役。这些衙役平日里只知道赌钱喝酒，功夫差得要命，遇上夏侯潋这种刀山血海蹚过来的人，只有认栽的份儿。

大牢只有一条过道通到底，尽头是阴森森的黑，两边是隔成一间一间的牢房，每间牢房都铺了稻草，当犯人的床铺。地上铺着阴冷的石砖，墙壁上都是污垢，有的看着像是血污。裂缝里长着湿滑的青苔，不知名的小虫子拖着濡湿的痕迹爬来爬去。

柳梢儿在牢房里唱曲儿，咿咿呀呀的调子，高高低低的腔调，嗓子唱得哑了，像揉了一把沙子在嗓音里头，磨出哀怜的味道。书情不敢往前走了，他怕看到她，停在拐角的地方，默默地流泪。

夏侯潋在旁边等，等了半天也不见书情动弹。柳梢儿已不再唱了，牢房里窸窸窣窣地响。夏侯潋烦躁地踢木栏杆，抓了抓头发，道："磨磨蹭蹭娘儿们唧唧的干什么，你不走我走了！"

书情如梦初醒一般抬起头，走到柳梢儿的牢房，用从衙役身上搜出来的钥匙开了门。

柳梢儿蓬头垢面地坐在地上，穿着脏兮兮的囚衣，膝盖上盖着一张毯子。几天的工夫，她从光艳照人的金陵名妓变成了苟延残喘的阶下囚。她看见书情，却并不欢喜，眼睛从下往上直勾勾地望着书情，嘴角勾起来，嘴唇成一条弯曲的细线，透着一点点苍白的红。

书情看着她的笑容，忽然觉得被兜头浇了一盆凉水，从心里一直凉到指尖。

她已经不像一个人了，像一个鬼。

"你来啦，书郎！"她笑起来，嘴角咧着，露出森森的白牙。

"我来带你走，快起来。"书情皱着眉说。

"走？怎么走呀？"柳梢儿呵呵直笑，掀开膝上的毯子。书情这才发现她没有穿裤子，白皙的腿上都是伤，再往上看，大腿间泥泞一片。

站在边上的夏侯潋移开目光，眉头紧蹙。

"柳梢儿……"书情的眼睛红了。

"你为什么来？"柳梢儿扶着墙站起来，浑身颤抖，"你为什么要来？本来……本来我已经拿到那几个铺子了，都是极好的地段，一家书肆，两家酒坊，还有一家糕饼铺。多好呀，等那个死老头儿不喘气儿了，我就一个人出来单过。我有银子，我干什么都成！可你来了，你来了！你来干什么？天底下多少女人嫌贫爱富，你为什么偏偏要毁了我？"

"我不知道……"书情伸出手。

柳梢儿躲过他，尖叫道："现在你满意了！我被关进牢里，那帮畜生，挨个欺负我！昨天晚上，有几个睡了我？我数数……哎呀，数不清了。我怎么这么笨？你这个杀人犯，亡命徒！你也是畜生，你想把我变得和你一样，见不得光，见不得人！"

夏侯潋和书情都浑身一震。

"打晕她，带走！"夏侯潋冲书情吼道。

柳梢儿见了夏侯潋，指着他道："还有你，你这个畜生！我知道了，你们和晚香楼，一伙的，全是一伙的！柳妈妈要把我送给你，给你这个杀人犯生孩子！你也是畜生，你们都是畜生！"

柳梢儿忽然一蹿，朝夏侯潋扑过来。夏侯潋迅速后撤，右手放上横波的刀柄。书情大叫"不要"，柳梢儿扑了个空，擦过夏侯潋的衣襟，朝墙壁撞过去。书情听

第一卷 桃李春风一杯酒

见一声闷响，柳梢儿顺着墙滑下来，面朝上直挺挺地躺着，暗红色的血像蛇一样从她身下游出来。

夏侯澈陪书情在苏州待了一个月，料理柳梢儿的后事。书情把她葬在寒山寺后面，在寺里捐了一个往生牌位，希望她下辈子可以投个好胎。

书情在大雄宝殿里跟着和尚一起为亡者念经，夏侯澈和唐十七蹲在檐溜边上撑着脑袋等。檐角上的铁马被风吹得叮叮当当，满鼻子都是香火的呛鼻味道，唐十七一直在打喷嚏。和尚们的念经声像从很深很远的地方传过来，绵延无绝，钟鼓一般迟重。

"喂，十七，你觉得这世上真的有极乐吗？"夏侯澈问。

"这世上没有，世外肯定有。"唐十七笑嘻嘻地回答。

夏侯澈望了会儿天空，又道："我要是死了，你记得帮我烧点纸啊。"

"那一定的，"唐十七拍夏侯澈的肩膀，"给你烧三进三出的大宅子，四个纸糊的小妾，七八个仆役，管保你满意！"

阶梯下面急急忙忙跑上来一个行驿的仆役，夏侯澈站起来，向他招手。

仆役气喘吁吁地跑上来，对夏侯澈道："夏侯大爷，您快领书大爷回山。山寺传来消息，秋大爷身子不好了！"

老槐树的叶子打着旋落到夏侯澈的肩膀上，黯淡的光透过密密匝匝的槐叶，在夏侯澈身上落下星星点点的光斑。竹篱上爬着枯死的蔷薇花，花瓣儿像废旧的纸片一样发灰发黑。满院萧瑟的秋风，秋叶的小鸡捂着翅膀坐在窝里，细声细气地叫。

秋叶是伽蓝里长得最漂亮的男人，含情的目，红润的唇，说话永远温温柔柔，像洞庭湖袅袅的秋波，再生气也不过翻几个浪花卷儿。夏侯澈从小就喜欢跟着他跑，他去伽蓝村买米买油夏侯澈要跟着，他去林子里砍竹子夏侯澈要跟着，他逗小鸡夏侯澈也要跟着。他手把手教夏侯澈做饭缝衣服，还教夏侯澈易容和口技。

可是叶子终于要落了，夏侯澈再也没法儿跟在他身后，喊他"大哥"，喊他"师父"了。

书情抹着眼睛从屋里面走出来："师哥，师父叫你进去。"

夏侯澈站起身，推开吱呀作响的老木门。秋叶躺在炕上，碎花绸被裹着消瘦的身躯，搭在炕沿的一只手，锋利的腕缘小骨几乎要顶破薄薄的皮肉。

他朝夏侯澈伸出手，唇角弯起浅浅的笑。

"该是告别的时候了，小澈。"秋叶轻轻叹息。

"我陪您。"夏侯澈低声道。

秋叶从床头搬出一个小木盒，放在夏侯潋的手心。

"里面是我的十二把秋水蝉翼刀，四把给你，八把给你师弟。"秋叶打开盒子，亮晃晃的秋水刀码在里面，每一把都手指长短，薄如蝉翼，刀身有隐隐的流水云纹。夏侯潋拿起一把刀，忽然觉得上面的纹路很熟悉。

"师父，蝉翼刀是用什么做的？"

"天山陨铁，是秋家第一代掌门人从天山上采来的。"秋叶道，"你要好好保存，虽不必传之后世，亦不可弃如敝屣。"

夏侯潋合上盒子，郑重地点头。

"还有一件事，"秋叶深深望着他，"我有一个师兄，名唤秋山，隐居于栖霞山。他会这世上真正的易容术——剔骨削肉，改头换面。若终有一日，你可以离开伽蓝，不妨去寻他。"

"是，我知道了。"夏侯潋道。

秋叶含着清浅的微笑点头，阖上双眼。窗外的风渐渐起了，夏侯潋透过工字棂花，看见外面槐叶深深，在枝头颤袅着，天空挂着一轮殷红的太阳。远处山寺的钟声响了，按着节拍，一下一下地响着。

夏侯潋将秋叶的手放进被窝，轻声道："师父，再见。"

树都枯了，仰着头望，细细的枝丫伸出去，印在青白色的天上，像青花瓷上延伸而出的裂缝。山门的石阶被清扫过，雪厚厚地堆在两边，像一个一个小山丘。唐十七盘腿坐在大雄宝殿的蒲团上，搓着两只冻得通红的手。从门口望出去，山是旷然萧瑟的一片白，依稀能看见露出点枯黄的茅草顶的刺客小屋。长长的青石阶绵延向下，消失在蒙蒙雪雾里。

裹着披风、蒙着头脸的刺客陆陆续续地进来，从神台上的黑漆饭钵里拿一颗药丸，然后到炭炉那儿去烤火。唐十七听见有人低声咒骂："怎么还不修葺修葺，什么破烂地方！"唐十七抬起头看破了一个大洞的屋顶，风雪从那里飘进来，落在刺客们黑漆漆的脑袋上。

七叶伽蓝是个怪地方，唐十七一来就觉得冷涔涔，骨头都打着战。这里供奉的佛像都是黑色的，原本温和慈悲的面目在黑漆下显得莫名地狰狞。佛像很老了，大多数都掉了漆。斑驳的佛脸微微下垂，眼睛半闭，漠然的目光俯瞰着坐在下面的刺客们。唐十七觉得脖子凉，像被谁割了一刀。

住持坐在燃灯佛下，翻开一本古旧的经书，开始念经了。大家耷头耷脑，有的靠着梁柱睡着了。住持的声音平平的，像超度死人的调子。大殿另一边响起呼噜声，先长一下再短一下，极有规律地高高低低，像在拉二胡，配上住持平平的念经声，怪好听的。唐十七想笑，无聊了一会儿开始东张西望，看见持厌坐在文殊菩萨脚下，想去找他聊天，又想起来自己在扮夏侯潋，不能出岔子，想想还是忍住了。

夏侯潋去天山了。他和书情给秋叶送完葬，书情去了西域，他带着蝉翼刀来找唐十七，指给唐十七看上面的流水云纹，和唐岚的笔记一对照，果然万分相似。他给了唐十七一片人皮面具，教给唐十七口技，让唐十七假扮成自己待在伽蓝，然后上了天山。他存着一颗当初本来是给他娘带去的药丸，他娘死在柳州没吃上，现在正好给他宽限了一年的时间找陨铁。

在此期间，唐十七可以任意支配夏侯潋的存银。夏侯潋富得流油，他这些年接买卖挣了不少钱，他没什么花头，不赌钱不嫖妓不捧角儿，最多喝点小酒，弄几把刀玩，着实攒下了一笔不少的银子。

唐十七乐坏了，顶着夏侯潋的脸四处吃喝玩乐。他花了几百两银子捧江陵的一个名角儿，每次她登台，必定派人送无数红绡、金钗、玉搔头。他在杭州梳拢了两个雏妓，在燕春馆温存了两天。东厂嗅着味儿追了过来，他给两个雏妓每人数十两银子，又把自己的金缘环和玉扇坠留下来，拍拍屁股走了。听说至今还有个姑娘在为他守节。秦淮佳丽开苞，一定有他在画舫上撒金叶子；扬州瘦马出嫁，一定有他派人来送十里红妆。

于是夏侯潋除了"无名鬼"这个令人闻风丧胆的名头，又多了"吴门浪子"的名号。各地娼女皆以夏侯潋踵其帘幕为荣。东厂去各地秦楼楚馆搜查，妓子们争着抢着说夏侯潋在她们屋里，东厂奔来跑去，连夏侯潋的影子都没有见到。唐十七躲在边上乐呵呵地笑。

但是唐十七也很心烦。夏侯潋的仇家满天飞，最大一个就是东厂。不知道夏侯潋触了东厂什么逆鳞，如今满大街都是他的画像和告示，每天都有东厂番子按着刀在街面上走来走去，挨个看路上的行人是不是夏侯潋。夏侯潋跑去天山了，那犄角旮旯地连人都没有，更不必说东厂番子。可唐十七又要躲东厂，又要瞒伽蓝，着实累得心力交瘁。

通常他前脚刚搂上一个姑娘的腰，后脚番子就闹哄哄地来了，他只好蜻蜓点水似的亲一下姑娘的小嘴，在姑娘恋恋不舍的目光中跳出窗台，一边跑一边许诺下次回来看她。

那个刺客的呼噜声变调了，现在是长三声短一声。住持在呼噜声中停止念经，目光淡淡一扫，有人用手肘拱了一下那睡着的刺客，刺客迷迷糊糊睁开眼。住持放下经书，站起身来。唐十七望过去，西边板壁上整整齐齐挂着三十来个檀木牌子，每个牌子上面都写着一个名字，却不是人名，而是刀名。最上面的几个牌子是伽蓝八部，只有他们的牌子上面有墨迹写的八部称号。迦楼罗的底下是空的。

唐十七看见了横波，挂在最底下，不起眼的位子。住持走过去，将其中的一些牌子取下来，又从怀里掏出一些牌子挂上去。最后，他将横波取出，放在迦楼罗下方。

"夏侯潋。"住持道。

唐十七猛然一震。刺客们都扭过头望着他，几十道目光，全都陌生又冷漠，唐十七觉得自己像闯入一群鬼魂里的活人。

"在！"唐十七硬着头皮答道。

住持走过来，将手放在他头顶，道："从今以后，你就是第二十九代迦楼罗。"

唐十七低着头，心里咚咚地敲起鼓来，脑袋上像被五根冷硬的生铁钳住了。不知道是不是因为天太冷，庙太破，冷气凉飕飕往里头灌，他头顶上那只瘦瘦巴巴的手一点温度也没有，透着股死人的阴冷味道。

他现在应该做什么？痛哭流涕磕头谢恩？他暗恨夏侯潋不把话交代清楚，刺客受封都会做些什么。

不等他纠结完，住持已把手拿开了。住持抬抬手，有两个刺客将炭盆搬到中间。住持盘腿坐在炭盆前，将从板壁上取下来的木牌挨个放入炭火中。

"我等刺客，无名无姓，无君无父，无家无国。持菩提刀、生死刃，杀清白人、罪孽儿、凡夫子、将相侯。黑暗乃吾兄弟，长夜乃吾血亲。我等，为光中影、夜中鬼、火中飞蛾，蹈行罪恶，斩杀恩仇。入此解脱门，得吾不死身，愿尔等先灵，往生极乐，同归不朽。"

刺客们望着那一块块在炭炉中变得焦黑的木牌，低声重复："往生极乐，同归不朽。"

所有人的声音像沉重的钟鸣，在唐十七耳边回旋往复，震得唐十七头脑发晕。他恍恍惚惚，跟着人潮出了门，视线里穿过纷纷的灰影，那是刺客们目不斜视地经过他。

他想起住持方才的话，觉得心像被捂在冰里，忍不住回头，看见持厌站在廊檐下，静静望着他，目光清清淡淡，像簌簌冬雪。唐十七清醒过来，怕他看出来自己是冒牌货，脚底抹油，头也不回地溜了。

夏侯潋家破烂得像个几百年的废墟。唐十七一边埋怨夏侯潋一边住了进去，想了会儿又觉得这地方倒是挺适合夏侯潋。地狱里爬回来的鬼，不就得待在没人气儿的废墟里头吗？幸好夏侯潋告诉他屋后面埋了几壶梨花白，他吭哧吭哧把酒挖出来,喝得酩酊大醉。

段叔路过夏侯家,站在篱笆外面看见唐十七躺在雪地里,一边推篱笆一边担忧地问:"小潋,你咋了?怎么躺地上了?外面冷,快回去歇着。"

唐十七眯瞪着眼睛,看着眼前宽脸膛的大汉,道:"哪来的大饼脸,走开!耽误大爷我喝酒!"

段叔气得不行,骂道:"你这浑小子!"又见他喝得昏昏沉沉的模样,摇头道:"你在外头的事儿我都听说了。咱们伽蓝,向来讲究低调行事,你这么张扬,迟早有一天要闯出大祸!怎么,你报了你娘的仇,就没别的正事儿能干吗?"

"干!"唐十七笑呵呵,道,"当然有正事儿干,秦淮河、花柳巷,姑娘们排着队等我呢!"

"你!你!"段叔气得满脸通红,拂袖走了。

唐十七躺了一会儿,觉得冷,连滚带爬回了屋。

夜晚,月亮在千山之后,白晃晃地挂在冷冷清清的夜幕上。山峦起伏间,黑蒙蒙的,刺客小屋点起灯火,像各自孤飞的萤火虫,一不小心就会被黑暗吞没。住持在禅房点起一盏老油灯,一星孤火在灯盘的沿儿上颤,照得墙上的影子耸来耸去。

段叔一路走过来,沿路花径上的花都枯了,剩下交错纵横的枯枝,压在雪底下,伏在地上,他的脚踝被刮得生疼。他进门坐下,对着灯火看自己的脚,抱怨道:"弑心,你什么时候修修这破庙?"

弑心叹了口气,道:"明年,等明年吧。"

"你去年也这么说。"

"没钱啊,段九。"弑心拨了拨灯芯。

段九撇撇嘴,伽蓝的赏金去了哪儿他知道,便没再说话。

持厌靠着直棂窗,呆呆地看窗纱外面飘扬的雪花。

"小潋那小子,我看是不行了。"段叔说。

弑心挑灯花的动作顿了顿。

"他的荒唐事你可听过了?"段叔叹了口气,"自从报了他娘亲的仇,他就懈怠了,成日里寻花问柳,没个正经。他这样如何继任你的位子?弑心,你锻的刀废了。"

"我听说了,"弑心皱着眉头,道,"他原先不近女色,让去伺候他的月奴,前些日子的柳梢儿,都没能让他动心。"

"我听说他旁边有个叫唐十七的,是个实打实的浪荡子,怕是这王八羔子把小潋带坏了。"

"或许可以杀了唐十七。"弑心说道,披着袖子,坐到蒲团上,看向持厌,"持厌,你如何说？"

持厌收回看雪的目光,手放在膝上,端端正正。他抬起眼,寥落的眸光凝在那一星灯火上,道："夏侯潋已入邪道,心术不正,无可救药。"

"这样一来,能去朔北的便只有你了,持厌。"弑心道,"我没有万全的计划。我们的先辈都死在了冰雪之下,那之后那些人就学乖了,只有伽蓝住持才能见到他们。可你没有心,得不到他们的认可。"

持厌低下头,接住一枚从窗纱裂缝飘进来的雪花,雪刚落入掌心就融化了。他道："会有办法的,你说过,有些事明知是刀山火海也要去闯。"

"你说得对。"弑心道,"除了我,还有谁记得二十一年前的事？只有我记得他们如何被斩下头颅,血融入白雪；只有我记得他们是谁,他们的长相,他们的声音。所以,只有我可以为他们报仇啊！去吧,孩子,我会拟定一个计划,让你平安到达朔北见到那些人。至于剩下的,只能交给你自己了。"

唐十七浑身发热,头痛得厉害,从炕上爬起来倒水喝。外面响起嘎吱嘎吱的脚步声,一个人携着风雪走进来。唐十七眯着眼看。迷蒙的亮光透过窗纱,照在来人身上,唐十七勉强认出那个人的轮廓,是持厌。

持厌坐到炕上,递给他一封信。

"这是我的遗书,劳烦你交给小潋。"

唐十七头痛欲裂,把信放在床头："你说什么玩意儿,我就是小潋！"

"你不是小潋,我认得出的。"持厌道,"我要去朔北,可能回不来了。段叔说,刺客有留遗书的习惯,交代身后事,分一分遗产。我没什么遗产,只有一些话想跟小潋说。"

"唉,你有话直接跟他说去啊,还写什么书……"唐十七脑袋发晕,持厌的话像隔着一层传到他耳朵里,隆隆地听不清。

持厌没说话,谁都能看出他眼里的难过。可屋子里黑,唐十七看不到。

持厌沉默了一会儿,道："我以前不喜欢下山,因为我觉得,山下的灯、山下的花,还有那些人吵吵闹闹都和我没什么关系。我觉得我像一阵风,到了哪儿都没有痕迹,呼的一下就没了。可是小潋来了,我才知道,原来这世上有个人和我长得一模一样,我们是血浓于水的兄弟,他是我和这个世界的联系。"他看了看唐十七："我一个人待习惯了,不大会讲话,你能明白吗？"

唐十七迷迷糊糊地点头。

"我听说过了奈何桥,只要不喝孟婆汤就不会忘记前尘往事。我会努力看看,不喝孟婆汤。你可不可以帮我问问小潋,下辈子如果我来找他,他还愿意当我的弟弟吗?"

唐十七猛地挣起来,道:"哎,知道了知道了!我头晕,还想吐,你能不能快点说完?"

持厌被吓了一跳,站起来,愣了一会儿,道:"抱歉,我就走。"

唐十七躺回去。持厌在黑暗里站了一会儿,轻手轻脚地出去了。

第二天,唐十七醒过来,头还是有点疼。他推开窗,外面落着大雪,漫山遍野,纷纷扬扬。他回头看了看空落落的屋子,昨天晚上持厌好像来了,他记不大清,总觉得是在做梦。大晚上的,持厌来做什么?他敲了敲脑袋,觉得自己睡迷糊了。他没看见,枕头底下,一封信的角露出来。

冬天过去,唐十七终于离开了伽蓝,回到山下的温柔乡。见了燕春馆,他简直比回到家还高兴。他又闻到熟悉的脂粉香,香到发腻。大红八角灯笼挂了一溜,屋檐底下姑娘们鲛绡招展,脸上被灯笼妆上一层薄薄的红。天井里有人吵吵闹闹,女人笑声又尖又利,有客人喝醉了酒走路不稳掉进池塘,惹出一串笑声。

"魏德那个死太监,还有他的干儿子沈玦,真不是东西!"

唐十七抱着一个姑娘纤细的腰肢互相喂酒,对桌有人在聊闲天。

"夏侯大爷,你怎么现在才来?"姑娘偎在他怀里,柔柔地埋怨。

"对不住啊我的小心肝儿,前头被一些破事儿绊住了,分不开身。"

对桌聊得正高兴:"可不是!你可知道十年前谢家满门死绝的案子?"

"当然知道!谢秉风谢大人,清流砥柱、我朝栋梁,被魏德视为眼中钉、肉中刺。魏德那个老家伙买了刺客,让他一家全灭。可怜戴老爷子,偌大的年纪,为了自己这个弟子,奔波数年,终于找到证据,指认魏德就是幕后黑手!"

"夏侯大爷,你这次待多久呀?"姑娘抱着唐十七的腰,点他的胸脯。

"不知道,看东厂啥时候来呗!"唐十七哈哈大笑。

那俩人推杯换盏,继续义愤填膺:"可惜万岁荒唐,执意要包庇魏阉!戴老爷子敲登闻鼓敲了一天,万岁愣是假装没听见!"

"听说魏阉还让沈阉派人去杀戴先生,幸好有义士路过,戴先生才幸免于难!"

"放心吧,戴先生发了话,要是他有个什么万一,就是这魏阉下的毒手!现在魏阉屁都不敢放一个,还专门派番子去保护戴老爷子呢!就怕他老人家年纪大了,一下头疼脑热,没挺过来,倒怪在他魏阉的头上!"

"二位聊得好生欢喜呀!"这时走过来一个黑脸汉子,冷冰冰地瞅着那两人。

两个人喝高了，站起来推他："怎么着？怎么着啊你？我俩碍着你了？"

"二位还是到东厂里再做长叙吧！"黑脸汉子一摆手，四下里忽然冒出许多身穿黑色曳撒的东厂番子。

两个人都吓白了脸，终于清醒过来，屁滚尿流地求饶。唐十七见状，慢吞吞地往后退，眼看就要退到门口。

那黑脸汉子转过身，眼睛忽然瞥到唐十七，猛然一瞪，吼道："夏侯潋！抓住他！"

唐十七内心哀号，后悔贪图夏侯潋脸长得俊，没把人皮面具撕了。他夺路狂奔，见大街上有人在遛马，他夺过缰绳，骑上马，一路往月轮峰跑。番子死死咬在他身后，衣袍猎猎，像一群凶狠的黑鹰。

一路行人纷纷惊叫着避让。风像刀子一般割着耳朵，唐十七听见风声呼啸，身后马蹄如雷。他掏出惊鸿弩向后面射，几个番子中箭落马，又有几个番子补上他们的缺位，唐十七狠狠骂了一声。

前面没有路了，唐十七在悬崖处勒停了马。黑脸汉子见他无路可逃，刚要高兴，却见唐十七下了马，朝悬崖飞奔，竟像是要跳崖。黑脸汉子追过去想要拦，但唐十七跑得太快，根本追不上。他像一只飞鸟扑入虚空，风钻满衣衫，猎猎作响。所有人瞠目结舌，以为他要坠落悬崖，却只见他背后伸展出两道三尺铁骨，黑色油布缀连其上，远远看去，像蝙蝠黑翼。唐十七不再下落，乘着风飞向下面的钱塘江。六和塔上有人望见，纷纷叫好。

黑脸汉子吼道："拿箭来！"

"大人，督主有令，要抓活的！"

"抓个死的总比抓不到的好！"黑脸汉子张开弓，对准唐十七。弓被拉满，像一轮月，他深呼吸，箭头指着唐十七越来越小的黑影。铮然一声，弦猛地震颤，箭携裹着风雷之势奔向空中的唐十七。

"射中了吗？"有番子踮起脚望。

空中的黑影抖了抖，却没有落下，而是乘风滑入了对岸的密林。

唐十七肩膀上中了一箭，那箭只要下移一些，就能射穿他的机关翼，还能洞穿他的心脏。他忍着疼，跌跌绊绊回到夏侯潋的暗巢，从此闭门不出。伽蓝送来消息，说京城钟楼有人放了静铁，他压根儿不知道静铁是什么，放在一边没理，转头就忘了。

春去夏来，枯死的爬山虎又活过来，绿油油地爬满了窝棚。葡萄架子上垂着弯弯曲曲的藤蔓，水缸里的菡萏白嫩嫩，小荷叶圆溜溜的，像水里面一圈又一圈的涟漪。唐十七躺在贵妃椅上晒太阳。最近发生了很多事，书情在西域叛逃了，新任紧那罗领着一队暗桩去追他。持厌失踪了，据说在朔北的哪座山上遇见了暴风雪，不知道死了还是活着。

东厂还在抓夏侯潋，只不过之前那个黑脸的缇骑再没见到了。他们四处追查，又捣毁了好几个伽蓝妓院和行驿，将刺客和暗桩全送往了京师，弄得人心惶惶。没有买卖的时候，大家都缩在家里不敢出门。黑道被牵连了一大片，各处的赌坊、酒楼、窑子都有番子隔三岔五地来问话，挨个查户帖、户籍和路引，没有就往大牢送。大家噤若寒蝉，许多地方都倒闭了。

天渐渐凉了，缸里的菡萏谢了，剩几根枯黄的茎梗。有一天下着小雨，雨幕蒙蒙，像细细的牛毛针纷纷掉落在地上，清脆地响。唐十七撑着脑袋坐在门槛上，雨幕里忽然现出一个披着蓑衣戴着斗笠的男人，漆黑的刀柄在蓑衣底下若隐若现。

唐十七站起来，喊道："老大！"

夏侯潋走到宽宽的屋檐下，取下斗笠和蓑衣，甩了甩粘在脸上的黑发，抖着身上沾上的雨水："给我弄碗热汤。"

"好嘞！"唐十七端来汤，兴冲冲地问他，"怎么样，弄到陨铁没？"

夏侯潋进到屋里，脱下衣衫，露出身上紧实的小麦色肌肉和纵横交错的狰狞疤痕。他的身上缠着一匝又一匝的银色丝线，像蚕蛹上细细密密的蚕丝。他把丝线从身上取下来，放在八仙桌上，戴上一副银色手套，捻起一根线。那线极细，在门口照进来的天光底下微微发亮。夏侯潋将那线绷直，一只苍蝇盘旋着飞过来，它没有看到夏侯潋指间的牵机丝，愣头愣脑地嗡嗡往前飞，在经过夏侯潋指间之时，齐齐整整地断成两截，掉在桌子上。

唐十七目瞪口呆。

"休整几日，我要回伽蓝。"夏侯潋说，"杀弑心。"

第二十八章　悲去兮

夏侯漵在厨房里舀水喝，唐十七扒在门板上。门板被虫蛀了好几个孔，唐十七抠着那几个小孔，开口道："老大，持厌在朔北失踪了。"

夏侯漵背对着他，没说话，只是舀水的动作停住了。四下里一片寂静，小飞虫嗡嗡地飞过来。夜幕漆黑，零落的星子微微地闪，空气里有泥土和花草的味道。

唐十七觉得忐忑，岔开嘴道："啊，对了，老大，这几天你可千万别出门。你们伽蓝倒大霉了，这段时间被抓走不少人。有人说沈玦抓得那么快那么准是因为伽蓝里有奸细。你也上榜了，城墙上你的画像看见没？前几个月我一时大意，被东厂发现，还中了一箭，差点嗝屁，幸亏我命大。"唐十七扒开衣领，要夏侯漵看他的箭伤："你还挺有面儿的，东厂追杀伽蓝刺客，你是通缉令的榜首！"

夏侯漵回头看了一眼唐十七的伤，那伤口已经结痂了，却也能看出中箭时的凶险。东厂抓他的事儿他早就知道了，他不是瞎的，从天山一路回中原，沿途大小城池都贴了他的通缉令，也有别的刺客的，伽蓝八部个个榜上有名。其他刺客的真容都不曾暴露，只有他的有画像，最显眼。

他化了装，瞒着伽蓝去天山，这一路上都不曾宿在伽蓝行驿。也幸而如此，过江之时，他路过一座行驿，看见东厂番子包围了房舍，把里面的人一个一个拉出来，按在太阳底下。围观的人越来越多，番子围成人墙不许他们靠近。番子将地上的人挨个捏了脸皮子，大约是在检查人皮面具。领头的掌班太监逡巡了一圈，道："督主有令，伽蓝乱党，一个不留！"

他们将伽蓝暗桩和被牵连的黑道拖往江边，一个一个扔进江水。浪头汹涌，人像下饺子似的进去，偶尔冒出一个黑脑勺，很快被奔腾的江水吞噬。

那掌班骑马路过他身边时，他问了一句："敢问大人，下令追杀无名鬼的也是厂公吗？"

掌班斜睨他一眼，将通缉令扔在他脸上："督主亲自批敕，还会有假？"

他把脸上的通缉令抓下来，墨笔勾的画像，上面用朱笔写了"杀"字，仿佛鲜血涂就，凶恶又狰狞。

此刻，他看着唐十七身上的伤疤，终于信了。原来一个不留的伽蓝乱党里，也包括他。

沈玦会不会是想要寻他？他不是没想过这个可能。但是沈玦又不是不知道，他没了七月半会死，他离不开伽蓝。

光阴迢迢，人心易变。看着他长大的段叔可以杀他母亲，昔年故友亦可成为仇敌。

他沉默着转回去，将水瓢放在桌上，手一挪，不小心碰倒了托盘里的碗碟，碗碟噼里啪啦碎了一地。他蹲下去把碎瓷片捡进托盘里。瓷片锋利，在他手上划了一道口子，他没感觉似的，继续捡。

唐十七忙过去拦他，却听见他哑声道："有件事你不知道，我和沈玦，是同过生、共过死的兄弟。"

唐十七先是愣了一下，然后狠狠地拍桌子，道："你说这个沈玦！虽说他是朝廷鹰犬，你是江湖乱党，可好歹是同生共死过的，他怎么能这么对你！唉，真是识人不清！老大，咱不和那等媚主求荣的奸宦同流合污！说不准后世还要封咱们一个反抗权阉的义侠名号！"

夏侯濈没出声，取来绷带，坐在门槛上缠手。唐十七不敢说话了，夏侯濈身上像有千钧重压，他坐在天穹底下的时候，仿佛整个夜幕都压在他的肩头。风一阵阵地吹，叶子簌簌发响，满世界的影子乱晃。唐十七揪着腿边的车前草，把叶片采下来，撕成一段一段的。

"东厂和伽蓝势不两立很久了，这么多年，伽蓝杀了东厂不少人，东厂也杀了伽蓝不少人。我是伽蓝风头最盛的刺客，他是东厂提督，他要杀我也不奇怪。"夏侯濈低着头说，"之前师父说我还有一线生机。"他笑了笑，"哪有什么生机？刺客从来没有生机。"

唐十七不知道怎么安慰他，结结巴巴道："哎，老大，你别这么想嘛！"

夏侯濈继续说："我这次回伽蓝，可能就再也出不来了。我在柳州、苏杭这些地方的暗巢，还有票号里的银子，都归你了。你趁早把银子取出来，要不然等我杀了弑心就取不了了。"

"喂,老大,这多不好意思……"

"等伽蓝解散,要是有空,你去山上看能不能找到我的尸首。把我的首级砍下来,送给东厂。"夏侯潋缓缓说着。他说这话的时候语气平淡,表情也没有什么变化,仿佛在谈论怎么斩一只鸡。

"老大,你疯了!"唐十七叫道。

夏侯潋握了握左手,绷带缠着不大舒服,握拳的时候有很轻的痛感。他心里有点酸,有点痛,可是心好像被折磨久了就变得麻木了,酸和痛都不能蔓延到整颗心,像被人用指尖死死捻着一角,只有一小块地方,但又那么真实。

"沈玦刚入宫的时候,我一心想着要救他出来,让他继续读书,考科举,当登堂入庙的大老爷。我刚见到持厌的时候,我也想把他从黑面佛顶带下来,让他通人情,晓世故,不要变成一把刀。可我现在才知道我什么也干不了。"夏侯潋笑了笑,他的笑很淡,像拂过枯枝的一抹哀风,"沈玦要对付的人很强,太难办,我能帮他的不多,能帮一点是一点。"

"老大,我都不知道怎么说你。钱财是身外之物,送人也就罢了,怎么还有送人头的?你全尸不要了?"唐十七叹气。

"罪孽深重之人,不要也罢。"夏侯潋撑着膝盖站起来,背过身摆摆手,"睡了。"

唐十七张张嘴,还想再说些什么,可终究没说出口。

他们这样有今天没明天的亡命徒,其实不大信什么神啊佛的。可是夜路走久了,也忍不住怀着几分忌惮,有的人会把星月菩提串起来戴,有的人会去寺庙里捐点银子,至少祈求死了别下地狱,别受挖眼睛割鼻子的刑罚。

弑父之人,犯五逆重罪,当堕无间地狱。唐十七知道,夏侯潋不是不信,不是不怕,他只是认定了他的宿命是骨横朔野,是魂逐飞蓬。

他放弃了今生,也放弃了来世。

山寺越发破了,瓦片掀了一半,朽烂的椽子光秃秃地露出来,像腐尸的骸骨。墙原本是黄色的,上面用红墨画着佛字,现在漆掉了,斑斑驳驳,像老女人涂着厚厚脂粉的脸。墙上面还有许多大大小小、高高低低的黑脚印,有一半是夏侯潋小时候的杰作。沿着墙长着一溜杂草,一星星红的黄的小野花点缀其中。

宽宽的屋檐底下,摆了一个红漆矮桌和两个小板凳。桌子的漆掉了许多,有一只腿短了些,垫了几块砖头在下面,勉强保持平衡不摇晃。桌子上放了个紫砂小壶并两个缺了口的青花瓷茶碗,那是住持最值钱的玩意儿,夏侯潋很少见他拿出来用。穷惯了的人是这样,有了好物件,藏着掖着,当宝贝供着,生怕没了。

第一卷 桃李春风一杯酒

弑心依旧披着他那件黑袈裟，拢着手坐在小凳上，一副等了很久的样子。夏侯潋在他对面坐下来。住持执起茶壶，茶汤注入夏侯潋的茶碗，沫子在热气袅袅的沸水中上下翻滚。

"你知道我来干什么？你在等我吗？"夏侯潋低声问。

"喝茶。"弑心不回答，自顾自地从地上拿起一杆铜烟斗。烟斗也有很久的历史了，但看得出保存得很好，那比胳膊还长些的烟杆上还油光光地发着亮。他填了烟叶在锅头里，吧嗒咂了口烟嘴，吐出一串白雾来。

夏侯潋有些惊异，他从不知道住持会吃烟。

夏侯潋喝了一杯茶。他不懂品茶，只当水喝，苦涩的液体顺着腔子流进胸膛，整颗心都在滚烫的茶水里跳动。雨下起来了，是牛毛针一样的细雨，秋天的时候，山里总喜欢下这样的雨。他和住持第一次这样面对面坐着喝茶抽烟斗，烟的味道甜丝丝的，并不呛人。看到这样的场景，不知道的人会以为他们是情深义重的父子，而不是仇深似海的仇敌。

夏侯潋看着对面的男人——弑心眉目深邃，垂下眼的时候，眉宇的轮廓在眼睛上映下阴影，胡须尽白，皱纹很深，那是长期思虑的结果。他的心出乎意料地静，仿佛今天他只是来和弑心喝喝茶，聊山里什么时候下雨什么时候干旱这样的闲话。

"你原本选择的是我，为何要让持厌去？"

弑心抬起头，看满山的细雨蒙蒙，道："你要记住，你放下的包袱，有人会替你背：从前是你的母亲，你放跑了谢家少爷，她替你承受鞭刑；如今是你的哥哥，你不愿去朔北，他替你奔赴杀场。那个傻孩子，为了完成你的愿望，不惜向我撒谎。"弑心吐出一个烟圈，言语间不知是欣慰还是失望，"他竟然会撒谎了啊。"

心麻麻地疼，他记起来那天持厌问他想不想当住持的话，记起持厌坐在黑面佛顶孤零零地吹埙。他想起持厌哀凉的眼神，孤独的刺客的袍袖被风吹拂着，像一只苍白的飞蛾。

他怎么没看出来呢，持厌那个脑子缺根筋的家伙，是在向他告别。

"你怎么知道我要杀你？"夏侯潋沙哑着嗓音问。

"你还太年轻，做事情不仔细，以后要记得改。案牍库的宗卷很久没有人翻过了，落满了灰尘，却独独迦楼罗的宗卷是干净的。除了你，没有人会去翻迦楼罗的宗卷。"弑心道，"我了解你，小潋，我知道你必定会来找我。至于持厌，他想去，就让他去吧。"

"原来是这样。"夏侯潋低头笑，"从看到宗卷的那一刻起，你就知道我必定要来杀你，所以你一直在等我。老秃驴，你太自负了，以前我或许打不过你，可现在，谁胜谁负，犹未可知。"

"我并不期待你死在我的手下，你毕竟是我的孩子。"弑心叹道，"我只希望你能够变得强大，做你应做的事。伽蓝有很多秘密，小潋，如果今天你杀了我，证明你已经足够强大，伽蓝的秘密就会对你开放。"

怒火在胸中翻涌起来，夏侯潋强压着心中的愤恨，道："秘密？不就是你在朔北的敌人吗？那是你的债，不关我的事！是你的懦弱害了你的先辈，为什么要让我和持厌替你还债？因为我们是你的儿子？可笑！老秃驴，我夏侯潋没有父亲，只有娘。她叫夏侯需，是横波的主人，天下第一刀。夏侯潋，姓夏侯！"

夏侯潋站起来，横波水银一般泻出漆黑的刀鞘。他举起刀，檐外蒙蒙细雨落在刀刃上，细细密密，波光点点："说这些都没有意义了。各人有各人的债，今天，我是来向你讨债的！拔出你的步生莲，弑心！"

"不必。我老了，老人家应该喝喝茶，抽抽烟。我就用这杆烟斗吧。它和我是老朋友，让它看看，你的刀术究竟到了什么地步。"

弑心蓦然抬起眼，苍老的额头筋节毕露。他猛然一拍矮桌，力量太大，矮桌顿时四分五裂。木屑横飞中，紫砂壶和两个茶碗腾空而起，夏侯潋挥出孤厉的一刀，刀刃同时没入壶腹和碗身，茶具整整齐齐断成两截，锋利的刀尖在弑心面前划过。

弑心迅速后退，立在雨中。黑色袈裟被雨沾湿，包裹着他瘦削的身躯，他看起来像一棵孤生的枯竹。他叹了一口气，似在惋惜他名贵的紫砂壶。

夏侯潋步入雨中，双手握紧横波，黑色麻衣在行走间抖动。

他缓缓调节着呼吸，一步一呼，一步一吸。脚步越来越快，呼吸也随之加快，淅淅雨声中，他能听见自己沉重的喘息。走到第五步的时候，气息调节到最完美的状态，一瞬之间，他突然发动，冲过萧瑟的雨幕扑向黑衣僧侣，两袖向后延展翻飞，像在雨中颤抖的黑色暗蝶。

"铮——"金铁相击的清丽脆响，弑心仅仅举起那根破旧的铜烟杆，竟止住了横波狠绝的一击。弑心轻轻摇头，烟杆按下横波刀刃的同时滑过夏侯潋的右手腕，打在夏侯潋的肩井穴上。肩膀像被毒蜂蜇了一下，痛麻的感觉从那一点开始蔓延整只臂膀，他差点握不住横波！

他极力握紧横波，却来不及挥出下一刀。弑心反握烟杆，一拳击中他的面庞。天旋地转，他栽倒在地，尝到血和土的腥味。

冰凉的雨滴打在脸上，身体从里到外地发寒。

他竟然没有在弑心的手下走过一招！可弑心用的仅仅是一杆破烟斗！

弑心依然站在原地，怜悯地看着夏侯潋："小潋，你看到了吗？这就是差距啊。

你忘记了，持厌的刀术是我教的。你忘记了，即使是你的母亲，也胜不过我的步生莲。虽然我的右手受了伤，但对付你仍是绰绰有余。因为你的刀术，实在是太差了！"

"闭嘴！"夏侯潋爬起来，抹干净脸上的血和水。

他再次冲锋，雨水在他脚下溅射出去，泥点沾湿鞋袜。他的双眸闪烁着凶猛的狠意，凭着一腔向死而生的孤勇，斩向弑心。

横波在他手中不停翻转，刀光几乎笼罩了他们全身，铮铮的声音不断响起，像刚劲的琴弦不断被拨动。两股强劲的力量凶猛地对撞，夏侯潋的每一击都被弑心封住！漫天的雨伴着漫天的落叶，他们在纷纷叶雨中激烈地交锋。夏侯潋以迅速的连击斩向弑心，弑心在格挡的同时后退。他们很快绕了庭院整整一圈，但夏侯潋连弑心的衣角都没有碰到！

他反应过来，这样迅猛的连击已经几乎拼尽他的全力，而弑心却不紧不慢如闲庭漫步。

在第二圈的开头，当一枚枯黄的落叶划过二人中间之时，夏侯潋的刀刃斩开了那枚落叶，与此同时，破风之声迎面而至，他看见烟锅穿过两半落叶的缝隙，然后他的头颅被重重一敲，像一个大钟被撞响。

视野一片模糊，他的头发着晕，钟声不停在耳边回响，沉重又缓慢，他觉得他的心跳似乎也变慢了。他跪在地上，前扑，冰凉的落叶粘着他的脸颊。冷，沁骨地冷。

"你的刀术一直都很差劲。"弑心叹气，"夏侯霈太纵着你，别人练刀的年纪你却在爬树、掏鸟巢、烧我的山寺。我费尽心机，甚至杀了夏侯霈，想要让你变强。你的确变强了，可还远远不够。"

夏侯潋咳出一口血来，撑着地面，再次爬起来。他的额头流着血，脸上粘着灰黑的土屑，像一条灰头土脸的丧家之犬。

"滚蛋！"他啐出一口血痰，吼道，"再来！"

第三次冲锋！夏侯潋合身扑向弑心，两个人的身形黏滞在一起，一样的黑色，一样的瘦挑，像两道墨迹冲和在一起。夏侯潋拼尽全力出刀，燕斜、斩月、蛇步，凛冽的刀光笼罩了他们全身上下，织成一张密网。然而，弑心的烟锅仿佛是从天而降，从斜刺里如鬼魅一般蓦然出现，狠狠击打在夏侯潋的穴位上，先是大腿、膝盖，然后是胸口、肘关节、手腕、脊背，全身上下，无一幸免。

痛！胸口像压着石头，闷得难受。夏侯潋吐出一口血，嘶吼着斩下一记纵劈。弑心的烟锅划过横波的刀刃，发出令人牙酸的声音，然后击在夏侯潋的手臂上。

横波脱手而出，夏侯潋摔在地上，急促地喘息。

"你打不赢我的。还要继续吗？"弑心低头看着他。

夏侯潋没有力气说话，他努力伸着手指，够上横波的刀柄。他的手上已经分不清是泥污还是血迹，黏黏腻腻。他撑着地，奋力爬起来。双腿的痛楚蔓延上来，他强忍着，一声呻吟都没有发出。一次爬不起来，就爬第二次，他试了三次，终于拄着横波站起来。

"再来！"夏侯潋嘶声大吼。

于是他一次次冲锋，一次次被打倒。他像一个执拗的孩子，一头倔强的牛犊，不知变通，不知投降，不知屈服，被揍了一顿，用牙也要咬回去。他第二十六次被打倒在地，第二十六次吃了满嘴肮脏的落叶，咸腥的味道充盈整个大脑，手脚的穴位都被弑心的烟斗打过，发着软，发着麻，像无数只小虫在血脉里钻。

站起来，站起来！他咬着牙，含着泪，第二十七次站起来，拖着横波跌跌绊绊地朝弑心走过去。

伽蓝刀——斩月！

刀光汹涌如潮，排山倒海一般涌向弑心。弑心面不改色，直至那如山一般沉重、如月一般孤冷的刀势近至眼前之时才抽出烟斗，打在夏侯潋的小肘上。横波"哐当"一声落地，弑心挥拳，夏侯潋面门中拳，鼻血喷溅，整个身体后仰，倒在雨中。

全身像破碎了一般疼痛，似乎只要翻个身，骨骼都会吱吱嘎嘎地响起来。

"你太弱了，夏侯潋。"弑心眼里有深重的失望，"我原以为你是伽蓝的希望，却没想到，你只是一个弱不禁风的孩子。放弃吧。罢了，是我高估了你。"

夏侯潋嘀嘀喘着粗气。他的右眼肿了，一半脸颊充着血，满脸青青紫紫，像一个猪头。他摇摇欲坠地站起来，努力抬着头，恶狠狠地望着弑心。

"老秃驴，我的刀术确实不好。大概我娘生我和持厌的时候，把刀术天赋全都给了持厌，我只得了她吃喝玩乐的本事。"夏侯潋一边擦嘴角的血一边说，"但是，天无绝人之路。睁大你昏花的老眼看清楚，这是什么？"

夏侯潋抬起右手，他的手上不知什么时候戴了一只银色的手套，在雨中一闪一闪地发着亮。

弑心瞳孔微缩。

随着夏侯潋五指屈伸，满地的落叶被翻起，一张网从地上升起来，无声无息地在弑心周围展开，像一张巨大的蜘蛛网。那网用肉眼几乎看不清，若非细细的雨滴挂在上面，沿着丝网流动，弑心几乎以为空中空无一物。无数落叶纷纷打着旋，翻滚着坠落，却在半空中毫无预兆地被拦腰斩断，碎成两半，或者三半，或者更多。

第一卷 桃李春风一杯酒

"牵机丝？"弑心叹道，"你竟复原了失传已久的牵机丝！"

原来夏侯潋满庭院地跑，是在布置这天罗地网。身前身后皆是这惊天巨网，弑心已无路可退。

夏侯潋看着他，轻声道："弑心，你还有什么话想说吗？"

弑心用手指碰了碰一根丝线，手指上顿时多了一条细细的伤痕，鲜红的血丝从里面渗出来。他的唇边勾起微笑，望着辽远的苍穹，叹道："这把绝世名刀，我终是锻成了。"

他望着夏侯潋，目光里有夏侯潋看不懂的苍凉："小潋，长辈为你打开了门，接下来的路，你要自己走。后会……无期。"

夏侯潋愣了愣，手指僵住，那一刻，他竟然无法下手。可他想起娘亲，又想起持厌，心里的仇恨再次翻涌上来，他咬着牙，十指猛然紧握。

丝线被他拉紧，无数根丝线飞速转动，漫天大网向中心收缩，雨点在透明的细丝上急速流动。弑心看见眼前有无数光芒锐利地一闪，身子各处钝钝地疼，有什么东西贯穿了他的头颅……

他这辈子，终于走完了。

夏侯潋坐在门槛上，望着长阶发呆。

该杀的人他已杀了，该报的仇他已报了，他的事已经了了。林木森森，牵牛花爬上阶，开得绚烂。手摸到黏腻的液体，他低下头，才意识到自己还在流血。他捂着伤口，捡起横波，去黑面佛放了火，然后深一脚浅一脚地回来，爬回自己家的竹楼。

他的身后，黑暗里走出一个穿着黑色斗篷的男人。段九望着他渐渐远去的背影，又扭过头，看庭院里蜘蛛网一般密布的牵机丝。

"真是惊艳又绝丽的杀器。"段九轻轻地笑了声，转过身，步入黑暗。

竹楼伶仃立在林子里，四处竹树掩映，不知名的小野花围着开了一片。他推开门，回到自己的屋子。四下里安静无声，他的脚踩上地面，吱呀呀地响。

他累了，他想好好休息。他没有包扎伤口，血会带走他的生命，他的事已经完了。

他坐到炕上，枕头下露出一封信的角。他疑惑地皱眉，抽出那封信，打开。

余往朔北，莫知归期。居金陵时，赊夫子庙于大娘蟹黄包三钱银，望弟代余清讫。晚香楼西侧门洞下栖一狸，许其糕食，未奉，望弟代余遗之。

朔北路遥，弟不必挂怀。余不惧生死之难，唯恐弟忧。余长居山上，未尝饱览人世，枫桥驿铃、寒山晚钟、吴江小唱，誉满天下，甚喜之，常盼与弟比肩共往，未有暇。弟与余同音同貌，望假弟之足，假弟之目，代余行观天下，无憾也。

愿弟平安喜乐，岁岁无忧。

兄 持厌

持厌的字很清秀，像他的人，恬淡干净。夏侯漱抚着他的字迹，眼泪一滴滴落下来，晕染了墨迹。夏侯漱咳了几口血，把信收进怀里。他带着横波，出了门，跌跌撞撞地往刀冢走。他一路走，一路流血，每一步都踩一个血印子，有时候扶着竹子歇一歇，在竹竿上也印一个血手印。走了几丈远，腿一软，他跌倒在地，顺着山坡滚了下去，一直滚到下面。

他不打算走了，躺在竹林里，望着天空。刚下过雨，风轻云淡，竹树摇曳间，阳光漏过竹叶的缝隙打下光斑，在他身上晃动。他抬起手，触摸那灿烂的阳光。

他这一生，母死，师亡；幼时故友，视他为仇；长兄师弟，不知所终；亲者长绝，故人长离。送他走完最后一程的，只有天光云影，萧萧竹海。也不赖，毕竟他满手鲜血，恶贯满盈，罪无可恕。

既造杀业，必遭杀报。

他的报应，来得刚刚好。

第二卷

江湖夜雨十年灯

第二十九章 江湖夜雨

夜，风雨如晦。

天背过了脸，四下漆黑一片，雷电急走，风呼雨啸，街上原本灯火通明的喧嚣归于人散马乱的惊惶。小贩们慌忙收着摊子，货郎倚着扁担在茶楼下躲雨，顺便买一碗热腾腾的高碎。车夫急忙赶着马车，车轱辘碾过一个滚在街中央的簸箕。路人用衣袖兜着脑袋跑，没一会儿全身淋个湿透。

靖恭坊福祥寺后的一个小院子里，沈玦捧着热茶坐在屋檐下，油纸伞靠在脚边。院中落叶翻卷着飞落，他静静地听外面人群奔走，雨声如沸。

风雨之中，他隐约听见隆隆滚雷般的马蹄声越来越响，那是一群披着蓑衣的黑衣番子正冒雨奔来。他低低叹了一口气，望向庭中的目光寂寂如月。

十年了，自冷宫一别算起，他与夏侯潋分别已经十年。

最初，他还能听见夏侯潋的消息，继承了横波的无名鬼是伽蓝的后起之秀，带着傀儡照夜行走于黑夜，沉默地杀人。后来，他听说夏侯潋穿梭于苏杭妓馆，纵情高歌，放浪形骸，歌姬、娼女以得其青眼为荣。再后来，伽蓝的暗线传来消息，夏侯潋孤身刺杀弑心，伽蓝内乱，而夏侯潋从此失踪，音信全无。

夏侯潋就像一滴蒸发在阳光下的朝露，消失得无影无踪。

一年前，他的手下在台州黑市意外发现被拍卖的横波。他审问拍卖商，卖家招供横波是倭寇攻打台州之后，从尸堆中拾得的。但那也无法证明夏侯潋曾经去过台州。其实，从夏侯潋离开伽蓝已过了三个七月半，他绝无生还的可能。

开头的时候，沈玦还抱着希望，越往后，希望越渺茫，直至今日，或许是他该面对现实的时候了。夏侯潋，那个刺客，或许早已死在了刺杀弑心的那一天，或许死在某个七月半毒发的夜晚，尸骨腐烂在尘土里，被秃鹫啃食，被蛆虫噬咬。"望归"，终究没有送到夏侯潋的手中。

从此以后，他与夏侯潋，除了来世，再无见面之可能。

满庭风雨落叶，他低头看着檐溜下哗啦啦的流水和打着旋漂走的叶子，伸手接住从瓦上砸下来的雨滴。手心冰凉，风吹过来，脸上也是一片冰凉。

如今，老皇帝病危，药方一连串地开，却无丝毫起色。他终于与魏德决裂，将自己推入万劫不复的境地。满朝文武，一半幸灾乐祸，袖手旁观；一半推波助澜，恨不得他早点死。

夏侯潋不在人世，他没有了指望，终于可以抛开一切放手一搏。这一战，成败勿论，死生由天。

马蹄声停在门口，有人笃笃地敲门。他没有应，门开了，钱正德撑着伞大摇大摆地走进来，穿着绯红的绣蟒曳撒，金线绣帽底下是肥胖的白脸，眼睛被脸颊上的肉挤成一条细缝。

沈玦倒台，他得了升迁，执掌东厂，成了威风八面的提督，十分有脸面。风水轮流转，这话很有道理，沈玦风光了这么多年，处处压他一头，现在终于轮到他了。他踱进庭中，居高临下地看着沈玦，又细又红的嘴角微微勾起，笑道："沈公公，别来无恙。"

沈玦亦颔首："劳钱公公挂念。"

沈玦坐在花梨木圈椅里，手里捧着茶，八风不动，笑谈自若，似乎如今落魄失势的人不是自己，而是路边的阿猫阿狗。钱正德冷眼看着，心里嗤笑他装模作样。

"陛下降旨，责令公公去金陵守陵，今儿就要启程。老祖宗到底是菩萨心肠，体恤您好歹跟了他老人家十年光景，特地派咱家来送公公一程。"钱正德躬身笑，"金陵是个好地方，咱家听闻秦淮江水夜夜笙歌，比京城可心得多。沈公公去那儿好生安住，不失为一件好事儿。"

"往常去金陵守陵的太监，有一匹老马代步就不错了。我一个无权无势的废人，竟劳钱公公纡尊降贵亲自护送，真是受宠若惊。"沈玦低头摩挲着手中的青瓷茶杯，咧了下嘴角，"恐怕钱公公要送的不是沈玦，而是沈玦的尸身吧。前日来刺杀我的那个刺客，没猜错的话，也是义父的手笔吧。我沈玦何德何能，竟能让义父忌惮至此。"

钱正德仰头大笑起来："沈玦啊沈玦，心知肚明的事儿，干什么要戳破呢？镜花水月，虽是忽悠一个虚影儿，你只要不去动它，它依然赏心悦目。咱家本想等你启程，在你饭食中加点儿料，让你走得轻轻松松。现在看来，倒也不必了。"

说着，他又摇头："树倒猢狲散，但终究是棵枝繁叶茂的大树，底下根系盘盘绕绕，理不清剪不断。老祖宗忌惮你从前的党羽，夜不能寐，只有你去见阎王爷了，老祖宗才能睡个踏实觉。唉，说你是个明白人，却又是个顶顶的蠢蛋。东厂提督做得好好的，你何必和老祖宗叫板？竟落得如此境地。"

沈玦不答，望着钱正德微微浅笑，却问："敢问义父他老人家今年高寿？"

"老祖宗八十有一了。"钱正德不明白沈玦的用意，顺口答道。

"八十一了……"沈玦轻声喃喃，眉眼低垂，睫羽弯弯，再抬起眼时却阴霾重重，眉宇眼梢皆暗蓄风雷，几乎是咬着牙说道，"八十一了，风烛残年啊，谁能猜得准他何日何时便一命呜呼？可我怎能让他寿终正寝？"

"你……"钱正德颤抖着手指指着他，"你真是疯了！"他大喝，"没想到你包藏如此祸心，看来今日，你连这门也不想出了。来人！杀了这个畜生！"

院墙上伸出许多漆黑的箭矢，番子们站在同僚的肩上，将弩箭搭在墙头，对准檐下的沈玦，锋利的箭尖凝着一点冷厉的银光。沈玦一动不动。手里的茶已经冷了，雨依然下得很大，墙角圆嘟嘟的绣球花都被打得七零八落。

钱正德大吼："放箭！"

箭应声而出，数十支弩箭划破阴森的暗夜，扎进重重雨幕。沈玦长而弯的睫毛颤了颤，视野里，那个肥硕的太监重重地跪在地上，然后脸朝下倒地，露出背后密密麻麻的漆黑短箭。他几乎被扎成了一个刺猬，眼睛不可置信地圆睁着。鲜血从他身下蔓延开来，和雨水混在一起，浸过冷绿的青苔，流进墙边的暗沟。

沈玦放下瓷杯，打开油纸伞，踏着钱正德的鲜血，经过那张肥白的脸颊，步出门外。番子们立在雨中，雨水淋漓落满黑弩，蓑衣底下，黑色曳撒上的麒麟纹绣张牙舞爪，怒目而视。司徒谨将蓑衣披在沈玦肩上，沈玦拉住马缰，朝番子们颔首。

"多谢诸位兄弟。"

"督主言重！三年前，若非督主清查锦衣冤狱，小人早已命丧诏狱！"有番子大喊。

"督主唯才是举，若不是督主，小人今日还是个籍籍无名的校尉！"

"魏德任人唯亲，没有督主，我们根本出不了头！"

众番子齐刷刷地跪在地上，道："我等愿为督主鞍马，誓死效忠！"

"若无诸位弟兄，亦无我沈玦！"沈玦翻身上马，望着皇宫的方向，"待我重归京城之日，便是魏德殒命之时！"

凄凄风雨中，缇骑们犹如一道汹涌的暗潮，奔入重重雨幕。

天刚亮，灰蒙蒙的蓝，东方泛出一点鱼肚白。胭脂胡同里一片寂静，远不似夜里莺歌燕舞、华灯满巷。云仙楼柴房，夏侯潋从干草铺成的床上爬起来，眯瞪着眼走出去，在水井边打水刷牙漱口洗脸，收拾停当，穿过角门，去厨房烧水。路上碰见其他小厮，互相点头就算打过了招呼。他把水桶一桶一桶地拎到后院西厢房，摆在门口。厢房门口挂了一个木牌，上面墨笔淋漓书了三个大字——"温柔乡"，里头静悄悄地没声儿，想是还在睡觉。

夏侯潋把水提进耳房，倒进枣木浴桶。四下乱七八糟，地上有一只凤仙花绣鞋，香几底下还有一件银红衫子，皱皱巴巴，像一团抹布。脸盆翻倒在地，瓷方樽也倒了，里头的水流干了，晚香玉被踩了一脚，花瓣儿凄凄惨惨地碎在地上。看得出这儿昨晚经过了一番"大战"。

夏侯潋假装没看见，把水都倒上了，再撒上厚厚的玫瑰花瓣，一定要完全盖住水面才行。

这是云仙楼头牌阿雏的规矩，每天早上雷打不动地洗一次花瓣澡。夏侯潋四个月前到的云仙楼，足足给阿雏拎了四个月的洗澡水。他把空木桶在门口摆好，去厨房拿了一个烧饼、五个白面馒头和一壶水，坐在游廊上慢慢吃起来。他活儿不多，不用着急。

昨晚下了大雨，地上还很湿，砖头缝里都是水。地坛里头的花啊草的蔫了吧唧的，阿雏最心爱的两盆君子兰已经死了，白嫩嫩的花瓣零落一地。他昨晚忘记把花收进屋子，一会儿阿雏见了又得闹了。隔壁院子闹哄哄地吵起来，那是个相公堂子，里头住的都是男妓。有个相公脾气不大好，时常有小厮被他打个半死，跑来跟夏侯潋诉苦。

时间过得飞快，他离开伽蓝已有三年光景。那天在伽蓝，他以为他会失血过多而死，但他好端端地醒来了。他闷着头想了半天，最终去了栖霞山找秋山。秋山是栖霞寺的住持，他让夏侯潋在寺里当带发修行僧，帮夏侯潋削骨剔肉，改头换面。夏侯潋裹着满头绷带在寺里面扫了五个月的地，每回寺里的香客见了他，都会带着怜悯的表情给他点银子。他们大概以为夏侯潋毁容了。

拆绷带的那一天，他在黄铜镜里看见他的新脸：不像往日那么出挑，但还挺耐看，眼睛和鼻子都没有动刀，照旧是深邃的眼，高挺的鼻梁，他很满意。不过眼睛上方那道疤是没法除了，他用脂粉盖了盖，不仔细看看不出来。

仇家都认不出他，东厂的番子从他边上过，头都没有转一下。他去金陵帮持厌清了账，然后四处游山玩水。持厌说的枫桥驿铃、寒山晚钟、吴江小唱，他统统走了一遍，听了一遍。沧浪亭边，他焚了持厌的遗书，将飞灰撒入淙淙流水。从此山川百景，天地万象，持厌都不会错过。

七月半那天，他在栖霞寺后为自己挖了个坟，用身上最后一点银子买了一副薄棺。他躺进棺材，自己合上棺材盖，安安静静地等死。棺材里很黑，他一开始胡思乱想，后来爬出来上了几次茅房，有一次吓到了一个打后山过去的樵夫。他连声道歉，又躺回去，迷迷糊糊就睡着了。醒来的时候，天已大亮，他没死。他踩着遍地火红的枫叶，回了栖霞寺。

秋山坐在廊下喝茶，见到他迷茫不知所措的模样，道："天不亡你，好好生活下去吧。"

"可我是个罪人。"

"一念醒悟，一念为善，一阐提尚可渡永劫而成佛，况乎汝哉？"

夏侯潋拜别了秋山，开始四处漂泊。他居无定所，走到哪里算哪里。但麻烦的是，他没有户籍也没有户帖，是一个流民。官府抓流民抓得很严，一旦被抓到，要么登上弃民簿，关进大牢，要么遣送边关去戍边。他躲躲藏藏，还得想法子做工赚银子养活自己，着实辛苦得很。

到台州的时候，他碰上倭寇围城，军营招募兵马，不问籍贯。他实在穷困，应召入伍，在营里待了一个秋天。然而在一次巷战中，一个倭寇打飞了横波，他将那倭寇宰了之后，却怎么也找不到横波了。后来在拍卖集市上瞧见，他没有钱赎回横波，眼睁睁地看着东厂的人把横波带走了。

他只好进了京。在东厂眼皮子底下生活尤其不易。京里查流民查得十分严格，每过几天各处破庙、土地祠、义庄这些流民常抱团的地方就要被清查一次。东厂戒备森严，铁桶似的，根本无从入手。去年十二月，他在京郊的林子里冻得瑟瑟发抖，肚子又空空如也。他没死在仇家手里，没死在伽蓝的杀场上，却要饿死冻死在京郊树林，等到了阴间，他恐怕会被他娘笑死。

赶巧阿雏去尼姑庵上香回来，把他捡回了胭脂胡同。阿雏跟老鸨说他是来投奔她的表弟，将他留在了云仙楼。他有了落脚的地方，总算解决了吃穿住宿的问题。阿雏是个美丽的女人，远山眉，雾蒙蒙的眼睛，乜斜着眼睛看人的时候，有种妖精一样勾魂的美。不过她下巴瘦削了些，嘴唇生得薄，让她显得有些凶。可有些男人就喜欢这样看起来凶巴巴的女人，看她婉转承欢的时候，有征服的快感。

阿雏是云仙楼的花魁，要风得风要雨得雨，老鸨都哄着她。男人想要和她睡觉，一晚上非得要二三十两纹银。有时候阿雏脾气上来，还不肯接客，窝在屋里头，任鸨儿敲门敲得震天响。但阿雏就是阿雏，冠绝京华的名妓，北班里头只有她能和南班的瘦马叫板。鸨儿还是得哄着她，赶着夏侯潋去帮她排队买糕点铺子里的一口酥、褚楼的油焖大猪蹄。

那些恩客都不知道，他们眼里妖精似的阿雏，喜欢一边徒手抓着油焖大猪蹄乱啃，一边和夏侯潋喝酒，高兴的时候疯疯癫癫，有时候又突然低沉下来，抚着镜子问夏侯潋她是不是老了。

像阿雏这样的疯女人，夏侯潋是一辈子也捉摸不明白。譬如说刚才的问题，夏侯潋说她没老她又不信，说她老了她又生气。夏侯潋只好假装没听见，自个儿喝酒。在云仙楼待的日子很惬意，除了帮阿雏买猪蹄，夏侯潋不大出门。

可他还是得想法子找回横波。他猜横波在沈玦那儿。沈玦是东厂督主，东厂得了他的东西，势必得交给沈玦。

他有时候在街面上，能远远看见沈玦的马车辚辚驶过。缀流苏的车帷子，镂花的车辕，四匹青骢大马拉车，后面跟着两队东厂番子，真是山海般的阵仗。在褚楼等猪蹄的时候，他也碰到过沈玦两回。每次他都要和边上的人齐齐跪在地上等沈玦经过，织锦的曳撒裙裾在他眼前划过，金线的光泽绚烂又华丽。沈玦走过了，他头抵在地上，偷偷侧过脸，望着沈玦孤寒的背影，一步步远去、模糊，消失不见。

他知道他和沈玦已经是不同世界的两个陌生人了：他是混迹在勾栏瓦舍里的小厮，卑微如尘土；而沈玦是堂堂东厂提督，太监里的大拿，炙手可热。十年前的回忆泛着黯淡的黄，与沈玦在谢府、在皇宫的事情仿佛是上辈子的经历，那些久远的记忆经过回魂转世重回夏侯潋的脑海，让他心中浮起无法言明的滋味。

从前脾气暴躁的谢家少爷不复存在，如今坐在雕花四架马车里的是高深莫测的东厂督主，翻手为云覆手为雨。东厂番子四处追捕伽蓝刺客，落入东厂的刺客无一生还。夏侯潋的通缉令挂在榜首，大街小巷满城皆是，数年来旧的烂了贴新的，年年如此。他和沈玦之间隔着天堑深渊，无法靠近。

没有渠道，他弄不到沈玦宅院的地图，偷偷潜进去两次，都迷了路，灰溜溜地出来。横波的事一直延宕着，他实在没有办法。

吃完大饼和馒头，他拍了拍手，把君子兰的花瓣捡起来，埋进泥里。阿雏忽然从屋子里冲出来，衣衫还乱着。

夏侯潋："……"

"夏侯！"阿雏见了他，像见了救星，跑过来，上气不接下气，"我……我……我杀人了！"

夏侯潋有些不可置信："你能杀人？"

阿雏有些尴尬，结结巴巴地道："在床上死的嘛……"

夏侯潋："……"

阿雏把夏侯潋拉进屋，贼头贼脑地望了一下，确定院子里没别人，方关上门，道："谁知道这个银样镴枪头这么不中用！昨晚上还好好的，今早我见他挺着不动弹，还笑他虚。结果掀开被子一看，差点没把我吓死！"

夏侯潋拉开床帘，里头露出一张灰败的脸，口眼半开，流着黑血。夏侯潋认得他，东厂的小番子，叫燕小北。原本他是个穷光蛋，不知从哪里发了一笔，在老鸨那儿把银票往桌子上一拍，包了阿雏一夜。

"他是东厂的干事，死在我床上，这可怎么办？东厂那地界，竖着进去横着出来，我这样一个弱女子，怎么抵得住牢里的大刑？"阿雏绞着帕子，急得直跺脚。

"你确实抵不住。"夏侯潋点头同意。

"要不我逃？我有点积蓄，吃饭总不成问题。夏侯，你帮帮忙，带我出城！"

夏侯潋摇头："东厂耳目遍及天下，驿店、客栈、车马，哪里没有东厂的人？除非你一气儿走出大岐，要不然别想安生过日子。"

"那怎么办？"阿雏讷讷道。

夏侯潋想了一会儿，阿雏算是他的救命恩人，不能不救。他叹了口气，道："脂粉借我。"

夏侯潋还想说什么，外头窗子下面一个小丫头细声细气道："阿雏姐姐，朱干事来找燕干事了，在前院等着，请您把燕干事叫起来。"

阿雏猛地站起来。

夏侯潋用口型对她说："答应她。"

"哦，就来！"阿雏隔着窗子喊道。

小丫头踢踢踏踏地跑了。阿雏绞着手，道："是朱顺子，燕小北的哥们儿。这可怎么办？"

"你先出去拖着，这儿交给我。"

阿雏点点头，深呼吸一口气，整了整衣衫和头发，仰着头走出去。

朱顺子是个尖嘴猴腮的男人，颧骨很高，脸上没什么肉，长了一副鸡贼样。东厂番子，说到底就是穿着曳撒的地痞流氓，成日好事不干，在京城里头钻来钻去，打探别人的阴私。他们是云仙楼的常客，阿雏熟得很，平日里好得跟神仙眷侣似的，今天阿雏看了他就心烦。阿雏坐在圈椅里等着，朱顺子在那儿来来回回踱步，晃得她眼晕。

心里正火急火燎，垂花门走出一个男人，高挑身材，瘦削脸颊，嘴边有淡淡的青胡茬，这不是燕小北是谁？阿雏目瞪口呆，几乎以为燕小北诈尸了。

"哎哟老燕，你可醒了！"朱顺子揽住他，冲阿雏招招手，"雏姑娘，我们先走了！"

"慢走！慢走！"阿雏僵笑。

易容化妆是夏侯漱的拿手活儿，得了秋师父真传的。夏侯漱神态自若，看了眼阿雏，跟着朱顺子出了门。

"老燕，公公又给咱差事了！"朱顺子看起来很激动，"你看，我就知道咱们能得公公青眼！不仅让咱们去刺杀沈玦那个忘恩负义的王八羔子，这次又派咱俩去嘉定！"

刺杀沈玦！夏侯漱心里一跳，蓦地抬起眼来。

朱顺子感叹道："沈玦那厮，没想到也会武！我以为他那娘娘腔弱不禁风的样儿连刀都提不起来呢！幸亏咱们命大，见势不好就溜了，要不然可得折在那儿。好在魏公公体恤，不仅没有追责，还给咱们赏金，这回又派这等重要的差事给咱们！俗话说得好，士为知己者死，就冲魏公公的赏识，咱们也该誓死效忠！"

夏侯漱"嗯"了一声，不动声色地旁敲侧击："沈玦现在怎么了？魏公公可还要派人再去杀他？"

"不必了！陛下降旨，让他去金陵守陵。他这下可没戏唱了。守陵太监，一辈子也就那么回事儿，翻不起浪了！"

总比没命强。沈玦没事儿，夏侯漱松了口气。

他觉得心里不是滋味，那小子卧薪尝胆，苦心经营那么久，结果却落得这步田地。沈玦不像他，他蔫了吧唧，泥巴里滚习惯了。沈玦那么骄傲一人，好不容易爬上云端，又栽了下来，不知道会怎么样。

唉，真是苍天弄人。

也罢，金陵也不错，毕竟是沈玦的家乡。喝喝茶，遛遛猫，逗逗鸟，一辈子打发过去，就算完了。

夏侯漱冲朱顺子抬抬下巴，问道："你来找我干吗？"

"哎，怎么说沈玦去了？"朱顺子从怀里取出一封信，神神秘秘地说，"咱们这回可算苦尽甘来了。万岁眼看着就要蹬腿了，还迟迟不召藩王进京，恐怕是有意把皇位传给二殿下。魏公公派咱们去嘉定，悄没声儿地把福王殿下接回京。这可是从龙之功，待殿下登基，咱们就是一等功臣！"

夏侯漱套了半天，朱顺子把话儿一箩筐全倒了出来。

朱顺子是个乡下土财主的小少爷，来京本是为了科考，考了四五年硬是金榜上最后一名的后脑勺都没有望着。闲着没事，他去听了几耳朵茶馆里说书的瞎侃，说什么一旦进入东厂，两年就能成为有卤簿吆喝开道的大老爷。他一咬牙一狠心，递了名簿，当了人人得而诛之的阉狗爪牙。事实证明，他被骗了，干了一年半，升迁的影子都没有见着，还在小干事的位子上蹉跎着，只比地痞流氓好那么一点儿。

为了出人头地，他花了一大笔钱搭了一条线直通魏德跟前，凭着小时候偷苞米捉泥鳅的小聪明在魏德面前现眼。正好燕小北也在边上。燕小北是东厂卯字颗下的干事，家里开生药铺。朱顺子隶属丑字颗，和燕小北打过照面，没怎么说过话，只听说燕小北刀法很了得，每回在衙门里的校场比试总能得一片喝彩。

两个人跪在衙门里求魏德给一份差事，魏德眼皮子一撩，用茶杯盖拂了拂茶沫子，道："成，沈玦可认得？去，把他的人头给咱家送来。"

沈玦的脑袋没拿回来，自己的脑袋倒差点没保住。想到那天刺杀，朱顺子到现在还是心有余悸。朱顺子不断强调沈玦的刀法是如何变幻莫测，他自己就不必说了，就连燕小北在沈玦手下都没有走过五招。两个人屁滚尿流赶着跑了，幸好沈玦家仆散尽，独身一人，没有追出来。

沈玦是个刀术天才，夏侯潋从小就知道。他没再说话，两个人在云仙楼分了手。

朱顺子回家收拾包袱，夏侯潋乘机帮阿雏把燕小北的尸体处理了，然后到城门赶上朱顺子，沿官道向嘉定快马疾行。清晨起程，一路经过了三个驿站，换了三匹马，到了星夜，正好到了十里村驿店。

毕竟只是个郊外的村驿，不大，一间正厅，一间后厅，左右五间廊房，后面盖了十间马房。放眼黑漆漆的夜幕，唯这一处红漆大门前吊两盏红灯笼，幽幽地发着光。再往前走十几丈才能看见别的人家。进到厅里，几张油腻腻的乌漆桌子，上边放一盏小油灯，有不知名的小虫子没头没脑地撞进去，烧成灰。这驿站除了他俩好像没别的官员下榻。他们吃饱了饭，各自回屋睡了。骑了一天马，实在太累，朱顺子早就撑不住了。

夏侯潋却睡不着，点着灯，把魏德托他们交给福王的信翻来翻去。为了保密，信封没有署名，用蜡密封，里边估计只有一张纸，放在手里轻飘飘的。

他觉得这事儿不大对头。

福王是大殿下，据说是个跛脚的胖子，老早封了王，一直延挨着不肯就藩，实在拖不下去了，满朝文武都骂他，才拜别老皇帝老皇后，去了封地。二殿下才十岁，还在皇宫里光着脚丫子爬上爬下。老皇帝即将翘辫子，魏德要投机，迎福王回京，不大可能派他们俩一脚就能被踩死的小蚂蚁去接应，怎么也得是个有品级的官儿吧。

夏侯潋在灯下想了想，决定明儿就脱身逃走，去金陵找沈玦。

外面起了大风，把窗子吹开了。驿店地势高，山坡上的林子被吹得如浪潮翻涌，满山叶子掀腾翻覆，啪啦作响。鸡蛋黄似的月亮被乌云掩住了一半脸，又过了会儿，整张脸都没了。夏侯湚把额角抵在窗棂上，看黑沉沉的夜。他和沈玦这么多年没见了，以往的交情早已淡了，原本铁得能穿一条裤子，现在成了仇人。夏侯湚心里五味杂陈，不知道到了金陵，要怎么见沈玦。

算了，想再多也没用。

夏侯湚上床睡觉。迷糊间，楼底下一片喧闹，外边楼梯被踩得吱呀作响，间或有男人的呼喝声、环甲相击的声音。

脚步声停在门口，门被大力踹开，凌空响起"啪"的一声，一道鞭子携着劲风甩过来。夏侯湚吓了一大跳，从床上爬起来，但仍然躲闪不及，背上被鞭尾扫到，火辣辣地疼。夏侯湚从床上栽下来，就地一滚，鞭子长了眼睛似的跟在身后，噼啪直响。夏侯湚拣起一张圆凳，挡住鞭子的一击，凳子上的漆皮顿时被打掉一层。夏侯湚乘鞭子尚在收势，抓住凳脚一抢，凳子砸在那人额角；夏侯湚又拣起一个杌子，把那人卡在墙上。

身后有刀光闪过，夏侯湚回头，看见一群锦衣卫拔刀出鞘，刀尖对着夏侯湚，黑色飞鱼服上的飞鱼鲜艳得近乎狰狞。

该不是燕小北的事儿东窗事发，锦衣卫来抓他了？夏侯湚眉头紧皱。

"松开。"持鞭子的人指指身前的杌子，摸了一把额角，倒抽一口凉气，"敢打你爷爷，不要命了？"

"误会！都是误会！"朱顺子从外面跑进来，身上的曳撒还乱着，"哎哟，怎么还打上了！"朱顺子把夏侯湚拉开，掏出手帕捂在那人的额角，"您瞧我这兄弟，不识事儿，冲撞了高总旗。还望您大人有大量，饶了他这一回！"

"你是谁？"高总旗不怀好意地看着夏侯湚，"报上名来，爷倒是要看看，谁这么有本事，敢砸你爷爷。"

"你又是谁？"夏侯湚扬眉，"老子在这儿睡得好好的，你不分青红皂白就冲进来打人。"夏侯湚扫视一圈围在屋里的锦衣卫们，"怎么的？人多欺负人少？"

朱顺子戳夏侯湚，使劲朝他使眼色。

高总旗亮出了牙牌："大爷我是锦衣卫总旗高晟。锦衣卫南镇抚司镇抚是我干爹，魏德魏老公公是我干爷爷。你算个什么东西，敢在这儿跟我大放厥词？"

"不敢不敢，他脑子一根筋，转不过弯来，您别见怪！"朱顺子赔着小心。

这年头，文武百官上赶着给魏德当儿子去，有些人挤不上儿子的名头，就认魏德的干儿子为爹，甘愿当个孙子。不过几年的工夫，魏德的孝子贤孙遍地开花，一直能数到第十八代，成就了十八世同堂的奇观。

原来是个龟孙。夏侯漱忍不住腹诽。

"我们是东厂的，奉魏公公的命令出来办差。"夏侯漱把燕小北的腰牌往桌上一撂，特地加重"魏公公"三个字。

高晟果然起了忌惮，瞥了眼东厂的腰牌，磨了磨牙。

"高总旗，您看，咱们都是自家人！何苦为难彼此呢？这不把话说开了，没事了，没事了！"朱顺子笑脸相迎。

高晟把朱顺子推开，对着夏侯漱冷笑道："既然是帮我干爷爷办事儿的，当然得给点面子，你占了我屋子这事儿就算了……"

"占你屋子？这屋子写你名儿了？"夏侯漱也笑。

"这是十里村驿唯一的上房，凭你也敢往这儿住！"高晟往边上一让，"也罢，这事儿我不跟你计较。我们兄弟奔波了一天，驿站小，刚好住满，不巧，没二位的铺了。请二位腾个地方，去林子里自便吧！"

"好说，好说，不就是挪个地方嘛！"朱顺子拉夏侯漱的袖子。

夏侯漱站在原地半晌没吭声。

锦衣卫们抱着手臂，戏谑地看着他俩。

高晟背着手经过夏侯漱，故意撞了一下他的肩膀，低声笑："两条狗而已，哪儿不能做窝？"

夏侯漱抬眼看他，黑黝黝的眼神看起来有些可怕。

朱顺子抱住夏侯漱的手，道："老燕，冷静！冷静！咱可不能生事儿！"

夏侯漱站了一会儿，转身拿起红木架子上挂着的衣衫和包袱，还有墙上的雁翎刀，拨开锦衣卫出了门。朱顺子去自己屋拿了包袱，追在夏侯漱身后，连声道："慢点！老燕，你慢点！等等我！"

牵了马，出了驿站，他俩沿着大道骑马小跑。朱顺子唉声叹气："官大一级压死人，何况他还是魏公公的干孙子。咱们就忍着点儿吧！"

夏侯漱当然明白，要不然也不会吞下这口恶气。世道就是这样，颠沛流离这几年，他是最低贱的流民，遭过不少白眼，都忍了。毕竟不再是恣意妄为的刺客，他手里的刀，能不见血就别见血。

他仰起头望了望漆黑的天穹，没作声。

"唉，我本来也打算认个干爹干爷爷来着。"

夏侯漱转过眼问他："那你怎么没认？"

"之前沈玦还得势的时候，我去捧过他的臭脚。可人家眼光高，端着架子，不搭理我！"朱顺子摇头晃脑，"还是魏公公慧眼识英雄！幸亏沈玦没收我，要不然今天我得跟着他倒霉。"

夏侯潋被这些人厚如城墙的脸皮惊呆了，不再说什么。两个人骑着马慢慢跑，看能不能去前面的人家借宿。

后方忽然亮堂起来，远远地传来喧闹声。夏侯潋扭过头，望见驿站的方向火光乍起，几乎映红半边天。朱顺子惊呆了，夏侯潋心头警惕，道："进林子，快！"

两人催马进林，夏侯潋下了马，爬上树，蹲在高处手搭凉棚往驿站那儿望。殷殷火光中，有身着黑衣、脸戴白面具的刺客四处穿行。火焰映在他们的面具上，流淌着鲜血一样的红光，每一个都像浴着鲜血和火焰的地狱修罗。驿卒尖叫着四散逃离，被刺客们追上，割断脖子。锦衣卫负隅顽抗，却抵不住刺客的攻势，一个一个倒在火焰里，任火舌舔舐衣裳和身躯。

朱顺子看得心惊胆战，结结巴巴道："伽……伽蓝刺客！"

"不是，他们用的不是伽蓝刀法。"夏侯潋攒眉道。

"你怎么知道？"朱顺子惊讶地问。

夏侯潋没回答，只掏出怀里的信件，撕开封口。朱顺子手忙脚乱地拦他，口中叫："你疯了！"夏侯潋避开朱顺子的手，抖出信纸。一看之下，朱顺子傻眼了，那信纸空白一片，什么都没有。

朱顺子夺过信纸，翻来覆去地看，问夏侯潋："你是不是拿错了？"

夏侯潋默不作声地看着他。

"这不可能！怎么什么都没有？等等……我知道了！一定是那种看不见的墨水，我听说这种墨要浇上水才能显形！"朱顺子斩钉截铁道。犹豫一阵，他解开裤腰带，往信纸上滋尿，滋了半天，纸都烂了，字还是没显出来。

"怎么会这样？"朱顺子哭丧着脸。

"还能怎么样，我们被耍了呗！"夏侯潋捏着鼻子，"魏德那个老贼压根儿没想让咱们去接应什么福王殿下，咱们就俩靶子，拿来吸引各方人马的。那个福王，肯定有别人去接应他。"

"你的意思是，那些刺客是来杀咱们的？"

夏侯潋点头说："幸亏咱命大，被锦衣卫赶出来了，要不然死的就是咱们。"

朱顺子心有余悸。夏侯潋顺着树干溜下树，重新上马，道："趁那帮刺客还没反应过来，咱们快跑。"

"咱们跑去哪儿？"

"去金陵！"夏侯潋策马疾行，黑衣融入黑夜。

两人一路向南走。夏天日头高，晒得他们头晕目眩，可还得马不停蹄地走。驿站不敢住，他们每天夜里睡在林子里，被蚊虫咬个半死。他们迎着日头跑，灌木枝划过脚腕儿，沙沙响。林叶堆成一簇簇，绿得像要滴下来。天上的云薄薄片儿，背后是鸭蛋青的天穹。

朱顺子每日都愁眉苦脸，唉声叹气。这也难怪，他以为魏德是他千载难逢的伯乐，没想到是个催命阎罗。他的升官发财梦都成了泡影，现在连保命都够呛。

夏侯潋倒是没什么反应，仿佛没遇见这倒霉事儿似的。朱顺子偷眼看他，觉得这个老燕和从前不大一样。以前的老燕虽然也不怎么爱说话，可他是不会说话。现在的他沉默起来有种冷峻的味道，有时候也会笑，却总觉得一种刻入骨髓的悲哀。

朱顺子猜他准是家里出了事儿，不是死了爹妈，就是死了媳妇儿。

"喂，老燕，你咋知道那帮人不是伽蓝的刺客？"朱顺子找话解闷儿。

"以前闯江湖的时候见过几回真刺客。"夏侯潋敷衍他。

"哦。"朱顺子策马和夏侯潋并行，"这几年伽蓝好像都不咋冒头了，《伽蓝点鬼簿》写到无名鬼就没了，我还想继续看呢。你见过无名鬼吗？"

夏侯潋摇头。

朱顺子还想问，远处忽然有嗒嗒的马蹄声传来，一队人马自沙尘翻涌处奔出。两人勒停了马，在山坡上远远望着那队人马。

那是一队极精悍的男人，黑色曳撒紧紧地裹着衣服下结实又紧绷的肌肉，每个人都像一把收在鞘里的刀，一旦拔出，定然锋利无匹，锐不可当。

"东厂番子？"夏侯潋皱起眉头。

朱顺子眼睛一亮，不等夏侯潋反应过来就拍马下山，一边高呼："等等！等等！"

官道上的东厂番子，说不准就是魏公公派去迎接福王的另一队人马。就算不是，他二人若能和他们同行，水滴入海，踪迹难寻，那些刺客也很难找到他俩。

朱顺子的呆脑筋破天荒地转得快了一回，来不及和夏侯潋细说，一人一马飞箭似的冲下山去，徒留下夏侯潋在他身后伸出抓空的左手。夏侯潋犹豫了一下，还是放不下那个愣头儿青，也跟着下山。

那队人马听到呼喊，果然停了。朱顺子激动地拱手说道："多谢诸位等候，我们是……"

夏侯潋从后面赶上来，打断了朱顺子的话："我们是锦衣卫的，前往嘉定办案。卑职是锦衣卫总旗高晟，这位是朱小旗。这是卑职的牙牌。"夏侯潋递上牙牌，一个番子接了去，看了几眼还回来。

朱顺子见了鬼似的看夏侯潋把那块牙牌收进怀里，这人什么时候从高晟那儿顺来的？他极快地反应过来，接上夏侯潋的说辞："是是是，昨儿我二人路遇匪徒，差点没了性命。现在正好，遇上诸位同僚，不知可否同行一段，也好有个照应。"

番子都沉默着，面无表情地打量他二人。朱顺子一无所察，还赔着笑脸，夏侯潋已经悬起心来了。

他真的很想敲碎身边的这个糨糊脑袋，这一群番子一看就不是普通人，和朱顺子这种坑蒙拐骗的二百五完全不一样。他们的刀鞘和衣裳上都有干涸的血迹，一看就知道干了些不可告人的勾当。

会是魏德的人吗？还是……

番子让开道，一个男人从人群中打马而出。他的脸如刀刻斧凿，每一根线条都极其冷硬，皱起眉的时候显得很冷漠。

"不行，请回吧。"男人冷冷开口，一丝余地也不留。

朱顺子苦了脸，张嘴还想说话。夏侯潋拦住他，用眼神示意他快走。朱顺子延挨着不肯动，还打算求情。

此时，人群中忽又传出一个清冷的声音，低低凉凉，仿若流泉冷冷暗淌。

"司徒，不得无礼。既然是锦衣卫的朋友，自当倾力相助。"

夏侯潋转过头，目光穿越重重人群，落在隐在最后的那个人身上。

那人背对他们，明明同样是一身黑色曳撒，却穿出卓然不同的气度，不是精悍，也非雍容，而是难以言喻的骄矜。他侧过脸来，露出微微上翘的眼梢，仿佛墨笔扫过似的，勾勒出一派风流，只那眼神凉薄得有些过分，透着不露声色的冷漠。

"承蒙二位不弃，我们正好也要去嘉定，便一道走一程吧。"

第三十章 惊澜再起

夏侯溦怔怔地望着沈玦，忘记了说话。

他做梦也没有想到会在这里遇见沈玦，悬起的心慢慢落了下来。

这小子活得好好的，挺好。

沈玦掉转马头，迎上他的目光。隔着人群的对望，沈玦的眼神漠然又陌生。夏侯溦像被火舌舔了一下，忙收回目光，策马往后靠了靠。

朱顺子几乎吓呆了，结结巴巴地说：“还……还是不打扰了！是卑职唐突，实在抱歉！”他一边说一边冲夏侯溦使眼神："快走，快走！"

"二位何故如此见外？相逢就是缘分。"沈玦在马上欠身，含笑道，"最近道上不太平，匪徒甚多，我们同行相互也有个照应。在下谢惊澜，忝列东厂掌班之职。二位唤咱家谢掌班便是。"

谢惊澜……听到这三个字，夏侯溦心里一抽，手握紧缰绳。

朱顺子吓得腿肚子发抖，道："这……这……"眼睛瞄向夏侯溦。

"既如此，"夏侯溦费力地扯出一个微笑，拱手道，"便恭敬不如从命了。"

朱顺子瞪着夏侯溦，夏侯溦没有理他，策马跟上众番子。朱顺子无奈，只好也跟着。一路风驰电掣，衔枚疾走。番子们沉默着奔袭，像一道无声的凶潮。马蹄溅起尘土，远远看过去，他们像裹在风尘中的黑色短箭，而沈玦就是最前方的箭头，锋芒毕露，冰冷又锐利。

他们足足跑了一天，临近傍晚才停下，就地扎营。朱顺子累得想要趴在地上，可还是硬撑着瞅准机会凑到夏侯溦身边商量对策。

"老燕，这可怎么办？"朱顺子头疼欲裂，"虽说咱们刺杀的时候蒙了脸，沈玦认不得咱们。可咱们现在入了狼窝，要怎么全身而退？"

过了会儿，朱顺子自己又道："完蛋了完蛋了，我这右眼皮总是跳。右眼跳是什么来着？跳财还是跳灾？"

天阴阴的，没过多久，雨点儿下起来了，被凉风兜着落在地上，印出一个个青钱大的乌渍子。番子们忙着搭帐篷和行障，起炉灶，生火做饭。朱顺子在耳旁嗡嗡地不知道说些什么，夏侯潋透过来来往往的人望着前面的沈玦。沈玦避开了人，站在几十丈外的小土坡上。

距离太远，夏侯潋看不太清，只能瞧见他黑不溜秋的一个影子，伶伶仃仃，孤单得不像话。

"喂，老燕，你听没听我说话？"朱顺子扯他的袖子。

夏侯潋扭过头，道："他们肯定是秘密行动，被我们瞧见了，焉有放我们走的道理？不杀了我们就不错了。"

"那……那怎么办？唉，要不咱们潜伏在这儿，找机会去驿站，给魏公公通风报信？"

"得了吧，你给我安生待着。再惹事儿我揍死你！"夏侯潋站起身来，拉过一个番子问道："你们掌班淋着雨呢，不去送把伞？"

番子摇头："掌班有令，他一个人的时候不许我们靠近。"

夏侯潋拧眉，道："他说不靠近就不靠近？他身子弱，一会儿生病怎么办？"

番子还是摇头，莫名其妙地看着夏侯潋，觉得他多管闲事。

夏侯潋左右看了看，从别人的什物里头拣起一把油纸伞，不理会那人"哎，你干吗"的叫唤，朝沈玦走过去。

到了沈玦边上，夏侯潋打开伞。细雨纷纷里，外面是暮色四合的广漠天地，青油伞为他们撑起一个小小的世界。夏侯潋怕沈玦被淋着，把伞往他那儿偏了偏，把他整个人罩在伞底下。顾着他那头自己这头就顾不到了，雨点子在伞面上汇集，沿着伞缘流下来，像断了线的珠子一般啪嗒啪嗒打在夏侯潋肩膀上。沈玦显然没料到夏侯潋会过来，先是愣了一下，然后弯了弯唇角，道："多谢。"

他的脸色不大好，白得像纸糊的似的，右脸颊上有一道极细的红痕，不凑近看看不见。这小子估计是之前和别人打了架，竟然被划伤了脸。幸好不严重，应该不会留疤。

往事纷然如烟，夏侯潋想起从前的事，那个羸弱但骄傲的小少爷已经长大了，个子高挑，腰背挺拔，隐隐能看出从前的影子。他忍不住想，他现在不是伽蓝刺客了，沈玦也不是东厂督主了，他们还能和好，像小时候那样在一起吗？

他想想又觉得自己可笑，已经是陌路人了，旧事何必重提。夏侯溦把伞塞到沈玦手里，转身想走。

沈玦忽然叫住他："高总旗，左右闲着无聊，不如说会子话儿？"

在京师待久了，他说话也带着京片子的声口了。夏侯溦呆了一下，道了声好，接过他手里的伞，为他举着。

说是聊天儿，可两个人都沉默着，好像憋着劲儿等谁先开口似的，只听得飒飒雨声，风裹着雨点儿扑过来，满脸湿凉。

夏侯溦渐渐闷不住，四处乱看，低下头，正瞥见沈玦右手手腕上挂着一串盘得发红的星月菩提珠，终于开了声，道："掌班信佛？"

沈玦抬起手腕，低头看那菩提子，红得发亮的珠子一个连着一个，底下垂着碧玺佛头塔。他垂着眼睫，道："信过一段时日，开过光，也求过签，也请过长生牌位。庙里那些杂七杂八的名目，挨个做了个遍。可是有什么用呢？上天听不见你的祈求，神佛也看不到你的磕头，求不得的，依旧求不得。"

"或许是时候没到呢。"夏侯溦说，"你方才说请长生牌位，这珠子莫不是为别人戴的？"

"为一个故人。"沈玦轻声道，风吹过来，他的眉宇都是凉的，"我去京师里头最灵验的寺庙求拜，保他平安，祝他长寿，可他还是死了。"

夏侯溦对死亡不陌生，过去的十年里，死亡与他如影随形。走到现在，他虽仍做不到淡然，却也能坦然面对。沈玦对这个故人如此耿耿于怀，大约是他在宫里的相好吧。夏侯溦斟酌了一会儿词句，道："人生大限，无人可破，该走的都得走。他在天上，肯定不舍得你难过，掌班还是节哀吧。"

沈玦仿佛浑身一震，一字一句地说道："好一个人生大限，无人可破！既如此，这星月菩提说到底就是些没用的玩意儿，那就扔了吧。"他把腕上的菩提子褪下来，往雨幕中一扔。菩提子落在土坡下面，沾上了土，沾上了雨，光辉黯淡了。

"干吗扔了？"夏侯溦攒起眉，把伞柄塞到沈玦手里，钻出伞底，下坡去捡菩提子回来，用袖子仔细擦干净上面的污渍，捧到沈玦面前。夏侯溦站在坡下，雨点打湿了头发，腻腻地粘在脸上。沈玦站在坡上，撑着伞，低头看着他。

"收着吧，好歹盘了这么久，当个念想也好；又或者，说不定以后去了阴曹地府，还能见面呢。"

"阴曹地府？"沈玦嘲讽地笑起来。

"或许是下辈子。"

"下辈子？"沈玦道，"我不管来世，只问今生。"

沈玦把伞还给夏侯潋，自己负着手向番子们的营地走过去。那边的炊烟已经起来了，朱顺子在向夏侯潋招手。夏侯潋半边肩膀已经湿透了，他没在意，只低头看了看菩提子，红润圆亮的珠子，沾着雨点儿，像玛瑙玉石。夏侯潋把菩提子收进怀里放好，也朝营地走过去。

吃过晚膳，歇息了一个时辰，他们继续赶路。朱顺子见他们要星夜兼程，鼓起勇气装病，喊着要歇息，让他们先走。番子不由分说，把他拎上马，还有人按按刀柄，眼神透着警告的意味。朱顺子愁眉苦脸，只好跟着走。

夜幕像一个大卷轴一样拉下来，他们没有走官道，走林间的小径。林间叶子重重叠叠，暗影幢幢，在风中摇来摇去，哗啦哗啦响。马蹄踩过泥水，溅起半尺高的泥点子。跑了半个时辰，雨忽然大了起来，天穹仿佛塌了一个口子，雨箭争先恐后地扑入大地。雷电急走，如龙如蛇，电光撕裂苍穹的刹那，黑夜仿佛白昼，奔行在黑暗里的番子现出身形，身披蓑衣，面容冷峻。

大雨中传来那个叫司徒谨的男人的大吼："所有人，分为三路，包抄横塘客栈！出客栈者，格杀勿论！"

"是！"番子们大吼着回答。

与此同时，队形迅速变换，马队有条不紊地分出三队，齐头并进。而夏侯潋和朱顺子被包裹在队伍之中，进退维谷。

夏侯潋悚然一惊，这些番子不是去嘉定，而是千里奔袭！横塘客栈里的，莫非是魏德的真正人马？

朱顺子惊慌失措地看着夏侯潋，夏侯潋也无能为力。他们俩被番子有意无意地挤在中间，根本无法逃走，只能随着大流前行。

他们进入了横塘镇，所有人在客栈隔街勒停了马。番子们脱下蓑衣，迅速换上一袭黑衣，戴上白瓷面具。夏侯潋瞪大眼，惊恐地意识到，十里村驿的伽蓝刺客就是他们！

番子们翻身下马，街角的红灯笼照亮他们腰间的雁翎刀，狭长挺直，描金刀镡雕镂着繁复的花纹，华丽又狰狞。司徒谨做了个手势，番子们沉默着散入客栈周围的窄巷。雨声盖住了他们的脚步声，黑夜之中，他们像无声的鬼魅。

客栈大门和后门都守了看门人，几个番子爬上客栈对面的屋顶，张弩搭箭，利箭呼啸着没入雨幕，瞬息之间，看门人应声倒地。与此同时，两队番子摸到门口，鬼影一般潜入客栈。时间一点点地流逝，客栈里响起骚动，接连亮起火光，有哀号声隔着雨幕传来。客栈大门忽然被打开，一个人惊惶地冲出来，很快被一个追出来的番子拖着双脚带回了客栈。

夏侯漱蹙紧眉头，盯着沈玦挺拔的背影。沈玦在他前头，默然不动。

客栈里的骚动越来越小，沈玦扭过身来看了看他们俩，忽然对夏侯漱扬起一个冰冷的笑容："对了，忘了告诉你了。燕小北，是我派人杀的。"

夏侯漱瞳孔紧缩，仿佛有霜毛从骨头缝里长出来，密密麻麻覆盖了脊背。

一直不怎么说话的司徒谨开了口："这位朱小旗想必就是朱顺子朱干事吧。"

"什么……你们在说什么？老……老燕，我怎么没听懂？"朱顺子惊恐地看看司徒谨，又看看夏侯漱。

"你和燕小北逃出掌班府邸的时候就被我们盯住了，所以我们知道你们的身份。你们经验太少了，不该在刺杀完的时候立刻回家，也不该不检查一下有没有被跟踪。"司徒谨道。

"那老燕，老燕被杀了，是什么意思？"

"原本是两只蝼蚁罢了，不必我出手碾死。"沈玦的目光冷冷地扫过来，"但那个燕小北伤了我的脸颊，虽只是小伤，也不可饶恕。"

朱顺子顾不上担忧自己的危险处境，瞠目结舌地望着夏侯漱，道："所以……所以……"

"所以，"沈玦看向夏侯漱，"你到底是谁？如此高超的易容术……"沈玦的眼神渐渐变了，仿佛寒冰消融，有什么不一样的东西流露了出来。

他凝视着夏侯漱，问道："夏侯漱，是你吗？"

"掌班现如今已不是东厂督主，也不放过夏侯漱吗？"夏侯漱垂着眼问。

沈玦不答，只紧紧追问："你到底是谁？"

"小人是云仙楼的小厮，名唤尚二郎。"夏侯漱道，"掌班杀了燕小北，奈何燕小北死在我们花魁阿雏的床上。阿雏对小人有恩，小人不能坐视不理，这才易容成了燕小北。"

沈玦微微抬手，做了个手势，道："是与不是，撕下你的面具便知。"

立刻有两个番子上前，夏侯漱下了马，两个番子四只手，在他脸颊的边缘逡巡，找面具的缝儿。他们摸不到缝隙，又在他脸上戳来戳去，寻了半天也没有找出个所以然来。

两个人面面相觑，其中一人闻见夏侯漱身上短短一缕香味儿，隔着雨暗暗地传过来，恍然大悟道："他没戴面具，用的脂粉！"他说着朝夏侯漱脸上抹了一把，伸到鼻尖嗅了嗅，道："是天香阁的脂粉，我家婆娘就用这个。他家的方子特殊，调的脂粉抹在脸上水也冲洗不掉，得用湿布沾油才能卸干净。"

"那得进客栈，客栈里有茶油。"另一个番子说。

夏侯潋安安静静垂手站着。沈珙看了他一会儿，道："你倒是镇静得很。"

夏侯潋道："因为我不是。"

沈珙没再说话。雨下得很大，老槐树的叶子被风雨吹打，噼啪作响。窄巷里漆黑一片，每个人的脸都是模模糊糊的，看不真切。夏侯潋仰头望着马上的沈珙，看不清他的表情，只能看见他看着自己的方向。没来由地，夏侯潋觉察出他的目光里好像有很深的悲哀。

客栈里的惨叫声渐渐小了，夏侯潋跟着沈珙他们进了大门。绕过影壁，青砖地都是殷红的血，混着雨水流进沟里，不一会儿被洗刷得干干净净。番子们在处理尸体，挖开土，刨出大坑，有名无名的，一具一具扔进去。尸体层叠在里头，头靠着脚，脚并着头，脸上还留着惊骇的表情，定格成一个个五官狰狞的面孔。

店堂已经清理干净了，桌椅拉开，中间只留一张靠山椅，旁边放一张乌漆的茶几。地上跪了两个人，穿着明黄色的飞鱼服，头上没戴帽子，网巾歪斜，脸上的肉不停地发抖，依偎在一起，像霜风里的冻鸟。店家和老婆孩子缩在西边板壁的角落，头顶的壁上悬空伸出来一个木头架子，上面放了一座泥金财神像，他们把财神爷当成了菩萨，念着阿弥陀佛不停地拜。

沈珙弯身坐在椅子里，曳撒的裙摆扇面一样打开，锦绣膝襕金银交错。那两人看见沈珙，齐齐打起了摆子，沈珙却不理他们，伸手一指夏侯潋，道："端盆油过来，把他的脸洗刷干净。"

番子们端来厨房里的茶油，又取来巾栉。夏侯潋把脸上的妆卸得干干净净，还要了盆清水洗脸。

朱顺子已经看呆了，他没有混过江湖，这样的易容绝技有耳闻但不曾目睹，现在嘴巴里可以塞下一个鸡蛋。

夏侯潋卸好妆，坦然地看向沈珙。

沈珙站起身走过来，他长得高挑，影子落下来，罩住跪在地上的夏侯潋。夏侯潋下意识地微微向后，沈珙伸出手，在他脸上摸索，不死心似的，非要找到面具的缝隙，把它撕下来，露出他原本的脸。

可是，没有。

沈珙的心彻底凉了。他觉得自己可笑，明明过了三个七月半，明明下定决心不再想了，还抱着这样微末的希望，遇见一个会易容术的，就觉得有那么一点儿可能，抓住了就不肯放手，非要真相在眼前一点一点撕开才罢休。

人不怕一辈子埋在暗无天日的深渊里，就怕好不容易爬上去看见一点光明的影子，伸手想要抓，还没有到手里又跌了回去，摔得粉身碎骨。

他收回手，背过身，哑声道："滚。"

夏侯溦愣了一下才反应过来沈玦是对他说话，从地上爬起来，走出去。番子拦住他，让他站在游廊底下，和朱顺子在一块儿。

朱顺子好奇地探手过来，也蹭了一蹭夏侯溦的脸，竖起大拇指道："真牛。凭我这火眼金睛都没能看出你的端倪，你这易容术果真了得。"

夏侯溦心情不好，漫不经心地嗯了一下。

他们两个蹲在廊檐下，面前是天井，番子们披着蓑衣，在挖坑埋人。

"唉，可怜我那兄弟，年纪轻轻就没命了。"朱顺子叹了口气，"看这样子，我也差不多了。去见了他，也不知道说些什么好。相顾无言，唯有泪千行啊！"

夏侯溦想起燕小北，现在想起来，那个家伙脸色发黑，口眼流血，分明是中了砒霜、乌头之类的毒。怪那日匆忙，没来得及仔细看，还真以为是阿雏不小心把他弄死的。夏侯溦拍了拍朱顺子的肩膀，让他节哀。

"唉，都是我自找的。"朱顺子垂头丧气，"放着好好的科举不考，非要进什么东厂。这也罢了，还自己去魏德那个老贼那里找死。我算是明白了，就我这榆木脑子，种田还凑合，升官发财，趁早死心吧。"

他扭头看了看沈玦的方向："你瞧，人家才叫人物呢。大伙儿都以为他没戏唱了，没想到人家仍过得风生水起。他在暗，魏德在明，谁他娘的笑到最后还不一定呢。"

夏侯溦也望过去，问道："跪着的那两个人是谁？"

"挺着一个将军肚的是锦衣卫同知苏瑜，趴地上不敢动弹的那个是北镇抚司镇抚李长言。"

沈玦低头看着地上瑟瑟发抖的两人，阴森森地笑起来："说，你们在哪儿和福王会合？"

苏瑜强打起精神，道："沈玦，你好大的胆子，竟敢半路拦截，还血洗客栈！你可知道，朝廷怪罪下来，你插翅难逃！"说着，他又放软语气："沈玦，你现在回头还来得及。本官替你说情，念你往日的忠心，魏公公也不会为难你。咱们把这事儿瞒下来，不让都察院和刑部知道，你照旧还去金陵，如何？"

"是……是！"旁边的李长言也开口，"沈公公，回头是岸，回头是岸啊！"

"话说得倒是好听，只怕咱家走到半路上就已经没命了。"沈玦掸掸衣摆，重新在椅子上坐下来，"你们两个看着办吧，诏狱里的那些刑罚你们又不是不清楚。旧日里在边上看别人梳洗掏腹，倒是别有一番趣味，只是不知今日自己受刑，这味道又是如何？"

两人都打了一个寒战，苏瑜道："沈玦，你对朝廷命官用刑，你头上的脑袋不想要了吗？你就算知道了殿下的行踪，又能如何？殿下岂会听你谗言，和你这个落水狗走到一道儿？还是说，你打算把殿下也杀了？你……你……真是狗胆包天！"

"还是不肯说吗？倒挺有骨气。"沈玦冷笑，"原本该各个刑罚都走一遭，但咱家赶时间，不同你们在这儿歪缠。来人，直接上个'弹琵琶'吧。把人参汤备好，定要让他俩把这滋味尝个够。"他点着膝头思量了一会儿，对苏瑜一笑："你是个有胆儿的，就你先来吧！"

沈玦话音刚落，立时有几个番子上来，先把李长言拖到一边，按着他的脑袋让他仔细看，再把苏瑜按在地上，手和脚都固定住，衣服扒掉，露出胸腹。苏瑜骇然大叫，嘴里骂个不停。那边已有番子拿着尖刀上来了，都是用刑的老手，牢狱里头使惯了的，眼皮都不带眨一下。"弹琵琶"听着好听，实际上惨无人道，"弹"不得几个来回，犯人便鲜血淋漓。这老手老就老在力道掌握得好，便是"弹"上三四个来回人都不会死，晕了就用水泼醒，兼用人参汤吊着，想死也死不了。

苏瑜已经晕了两回了，胸腹上血流如注，一面有人"弹琵琶"，一面有人往他口里灌汤。沈玦静静看着，手里抚弄腰间玉玦的流苏，冷漠得像一座冰雕。李长言看得心惊胆战，手脚都发着抖，看不下去想要扭头，番子就把他的脑袋掰回去，想要闭上眼，番子又拨他的眼皮，总之一定要让他眼睁睁地看着苏瑜如何受刑。

朱顺子苦巴巴地对夏侯潋说："咱们俩不过是两只无足轻重的小虾米，沈玦应该不会对我们用大刑吧？"

夏侯潋也看得有点发怵，但还是安慰他说不会。

他们就蹲在店堂前的游廊底下，堂子里的情形尽收眼底。夏侯潋还是头一回见这个，他们当刺客的虽然做的是人命买卖，可向来讲究速战速决，最好一刀毙命，从来没有对猎物施过什么刑，更没有这些花样。伽蓝里头处置犯了事的刺客，也是上鞭刑，虽也难挨，可比"弹琵琶"之流还是好上不少，饶是见多识广的夏侯潋也皱起了眉头，避开了眼。

"死了。"番子住了手，对沈玦说道。

苏瑜已经断气了，挺在地上。

李长言瘫在地上，两眼发木。

沈玦的目光落在他身上，轻飘飘地道："到你了。"

"我招，我什么都招！"李长言膝行到沈玦身侧，哭着道，"我们约好，福王从嘉定起程往北来，我们在河间碰头，在河间碰头！"

"然后呢？"

"然后……然后一起去京城，魏公公会在京郊接应，秘密带殿下入宫。他们要逼万岁写遗诏，立福王为太子！"李长言泪流满面，"沈玦，我知道你不可能让我活，但求你给我一个痛快的！求你了！"

"那就如你所愿。"沈玦往后一靠，按了按眉心。一个番子走上前，抽出腰刀，揪住李长言的头发，刀在他脖子间一抹，鲜血喷涌而出。

朱顺子看得眼睛发直，喃喃道："要到咱们了，要到咱们了！沈玦的人就这么点儿，不可能带上咱们两个累赘去河间，更不可能把咱们留在这儿走漏他的风声。咱们要死了，咱们要死了！"

夏侯潋也微微悬起了心。他的刀被收缴了，没有刀，他们就是案板上的鱼肉，任人宰割。他四下张望，看有没有什么道儿可以逃走，但各处大门小门都被番子把守得严严实实，上房逃跑倒也行，只是也颇为不易。

死在这儿确实挺憋屈的。没想到活着从伽蓝出来了，到头来死在沈玦手里。

不过……也没什么不好。夏侯潋望着天空，竟然笑了笑。

要问的都问到了，番子们把苏瑜和李长言的尸体拖到天井底下，扔进尸坑。雨不知什么时候停了，石砖上青黯的霉苔闪着湿湿的光。风小了许多，微微吹动屋檐下的六角灯笼，光和影在地上徘徊。沈玦在椅子上坐了一会儿，起身往楼上走，不经意间望见了游廊底下的夏侯潋，见他蹲在阶上，正望着自己，灯笼的光影落在他眼睛里，明暗交杂。

他是个形容落拓的男人，脸颊瘦削，不甚起眼，不笑的时候眉眼间有孤独冷峻的味道，时常低着头，不怎么说话，偶尔淡淡地笑，笑意不深，达不到眼底。

他像一个离家出走的孤魂野鬼，像收起獠牙、敛去煞气的夏侯潋。沈玦忽然这么觉得。

尤其那双眼睛，形状那么相似。只是多年以前，他看见这双眼的时候，它还汹涌着滔天杀意，而如今，这双眼仿佛枯寂的古井，寂静而幽深。

沈玦朝他走过去，朱顺子顿时身子僵硬，躲在夏侯潋身后，低声道："来了，来了！阎罗爷来了！"

"方才看了这么多，你不怕吗？"沈玦在他跟前站定，低着头看他。

夏侯潋摇头。

"你的这双眼睛，我看着很眼熟。"沈玦道。

夏侯潋摸摸自己的眼睛，道："是吗？像谁？"

"像夏侯潋。"沈玦看了他一会儿，道，"剜了吧，给我装起来，收在罐子里。"

他撂下话便回身走了，夏侯潋愣在原地。

这家伙什么意思！

几个番子走过来要拎他，夏侯潋扭头就跑。游廊被堵住了去路，他撑着朱栏跳到天井里。身后响起刀刃破空的呼啸，夏侯潋矮身低头，雪亮的刀刃在他上方划过，带出刺骨的寒气。番子们都逼了过来，夏侯潋只好应战。一把刀用刀背砍过来，夏侯潋侧身，锁住那人的手腕，用力一拧，咔嚓一声，那人的手臂脱了臼。

又有两个番子扑过来，一左一右抱住他的双腿，同时有人在背后踹了他一脚，他扑倒在地。可他仍然用力挣扎，扒着地往前爬。黑压压的番子涌进天井，纷纷压在夏侯潋身上。有人摁住他的脑袋，另几个番子用膝盖压住他的腿和手，他的腰和背也都被死死压住。

夏侯潋咬着牙，余光里沈玦的背影越来越远，而那闪着寒芒的挖眼尖刀越来越近。

成了残废，还不如死了！

"沈玦！你别走！我认得夏侯潋，我带你去找他！"夏侯潋大喊。

沈玦顿住脚步，侧过身，冷冷道："撒谎。舌头也拔了！扔掉！"

夏侯潋急了，豁出去道："我就是夏侯潋，我就是！你不是要杀我吗？你杀了我啊沈玦！"

沈玦没理他，继续走。

番子举起刀，刀光映在夏侯潋的眼睛上，森然如霜。心里有一根弦在绷紧，他的眸子里映着那刀刃，越来越明晰。

夏侯潋大吼："横波！台州的横波刀，是我落在那儿的！"

沈玦终于停住了，转过身，冷冰冰地看着他。

司徒谨在旁边出声道："此人满口谎话，不可轻信。"

番子摁着夏侯潋的脑袋，夏侯潋的脸颊贴在地砖上，冰冰凉凉。他喘着粗气，道："横波真是我落在那儿的！少……"

夏侯潋还没说完，沈玦回身把他从地上拎起来，按在墙上，两个人面对面，相隔不过咫尺。沈玦冷着脸，眼中有沉沉的阴郁。他掐着夏侯潋的脖子，手很凉，冰得不像话，夏侯潋觉得仿佛有霜花从咽喉处蔓延，全身都要被冻住似的。

沈玦阴森地开口，每一个字都掺着冰碴子："七叶伽蓝咱家并非一无所知，夏侯潋身中七月半，焉能活下来？你给咱家听好了，从现在开始，倘若你有半句虚言，咱家就让你和苏瑜一样，求生不能，求死不得。说，你到底是什么人？知道多少？"

这还怎么说？沈玦已认定他死了，他再说自己是夏侯潋，岂不是找死？夏侯潋

第二卷 江湖夜雨十年灯

瞪着他，他的目光寒凉，像一抔极尽孤冷的雪。冷静，冷静。夏侯溦定了定神，迅速作了思量。不是夏侯溦尚且要被挖眼睛，是夏侯溦，梳洗掏腹岂不是在劫难逃？事到如今，他只能继续撒谎了。

他喘了口气，道："我是夏侯溦的知交故友，夏侯溦做的人命买卖，有一大半是和我一起搭伙儿干的。这易容变声的伎俩，也是他教给我的。伽蓝的事儿，他的事儿，我该知道的都知道。"

"证据。"沈玦冷冷道。

夏侯溦迟疑了一会儿，低声道："不知……静铁可还在掌班手里？"

沈玦仿佛被震住了，许久没动弹。夏侯溦也不敢动，靠墙坐着，慢慢地，脖子上冰冷的手松了劲儿。沈玦松开手，背过身。廊边种了一坛芭蕉，翠绿的叶子被雨打得蔫蔫的，在风里簌簌发着抖。沈玦沉默着看了会儿，道："你们都退下。"

不一会儿的工夫，不顶大的小院里就只剩下夏侯溦和沈玦两个人。刚下过雨，夜风萧瑟又潮湿，夏侯溦觉得有点冷。沈玦负着手站着，一直没说话。檐瓦上的雨水一滴一滴地落下来，滴滴答答，越来越迟，越来越慢。

"你很像他，不只是眼睛。"沈玦忽然说，"夏侯溦就像是瘟疫，谁沾上了他都免不了被传染。很多年前，我也是这样。"

夏侯溦揉着喉咙，没说话。

又过了一会儿，沈玦才问道："他是怎么死的？"

夏侯溦愣了一下才反应过来，道："他和住持决一死战，身中数创，失血过多而死。"

"你给他收尸了吗？"

"……没有。"

"你是他的知交好友，怎的不给他收尸？"沈玦话里带了怒火。

夏侯溦揉喉咙的动作一顿，慢慢道："做人命买卖，脑袋悬在裤腰带上，骨横荒野是常有的事儿，他自己都不在乎。"他皱了皱眉："收了尸又如何？你要挖他的坟吗？"

沈玦没回答，沉默了很久，才开口："他怎么跟你说我的？"他的声音哑了很多，夏侯溦差点没听清。

夏侯溦不明白他为什么要问这些，追杀这么多年，知道对方死了，反倒要叙叙旧情吗？夏侯溦装出回忆的语气，道："没说什么，说过你是他的故友罢了。你吃公家饭的，他是以武犯禁的乱党，你逮他是天经地义，不仅能邀功请赏，说不定还能更进一步。"他低头笑了笑："他都明白的。"

沈玦惨淡地笑了声，仿佛是嘲讽，又仿佛是凄凉。他做梦都没有想到，他和夏侯潋会带着这样深重又可笑的误会阴阳两隔。那个笨蛋，简直蠢到家，竟然到死都以为自己要杀他！

无名的悲哀从心底涌上来，沈玦用力闭了闭眼，继而睁开，咬着牙说："你说得不错，我是要寻他的坟，无论在哪里我都要找到；他就是被虫啃光了，只剩下骨头渣子，我也要把他从地底下挖出来！"

夏侯潋垂着眼帘，看自己粗糙的手掌，笑笑道："要不然，你把我杀了吧。我长得像他，杀了我，就当解气了。"他顿了顿，继续道，"我这条命是捡来的、偷来的，死了也不要紧。只不过，可否劳烦掌班把横波和我葬在一处。横波是在您那儿吧？夏侯潋临死前，把横波托付给我，我不想让横波流落在外。"

"他把横波托付给你？"沈玦扭头看他。

夏侯潋点点头："一年前我在台州打倭寇，没注意让人给砍飞了；后来在集市上瞧见，却被你们东厂的人买走了。该是送到您这儿来了吧？"

沈玦觉得气闷，夏侯潋竟如此信赖这个人吗？连横波都能倾心相付。沈玦又气又难过，恨不得立刻杀了身后这个蔫头耷脑的腌臜玩意儿。

沈玦狠狠剜了夏侯潋一眼，道："你算什么东西？横波自由我保管，用不着你瞎操心。滚出去，我不想见到你！"

果然还是不行。夏侯潋叹了口气。

沈玦转身离开，夏侯潋站在原地，望着他的背影：黑色的曳撒，暗金色的纹绣，几乎要和黑暗融为一体。夏侯潋目送着他越走越远，就要走过穿堂，消失在拐角。

"掌班！"夏侯潋忽然大声叫住他。

沈玦停下了步子，站在穿堂另一头。夏侯潋向前走了几步，和沈玦隔着穿堂，遥遥对望。

"敢问掌班，为何如此怨恨夏侯潋？"夏侯潋问道，"是因为他是江湖乱党，你们天生敌对？还是……还是因为别的？"

"怨恨？"沈玦道，"我从不怨恨他。"

"那掌班为何如此紧追不舍，执意要杀他？"

灯影昏昏，淡黄色的光映在沈玦的脸上，却没有添上多少暖意。沈玦侧过脸，望向穿堂外面，扑面而来的风里带着咸咸的味道。他道："我只是讨厌他，讨厌他撒谎成性，讨厌他轻诺寡信。他说过的话，许下的诺，一个字都不曾实现。"他一字一句皆咬牙切齿，"这样的人，难道不该杀吗？"

他转过身，身影消失在了拐角，一抹曳撒的裙摆一闪而过。

第二卷 江湖夜雨十年灯

沈玦没杀夏侯潋和朱顺子，派人日夜看着。雁翎刀早被没收了，他俩成了名副其实的囚犯，上茅房都有人跟着。夏侯潋不敢再去招惹沈玦，沈玦太可怕了，比小时候还要喜怒无常，和他说话简直是拿命在赌。

他们日夜兼程，三日后到了河间府。福王留在城郊别业，沈玦带着人马进了别业，留司徒谨带着一批人在别业后山上等候，同时也是以防万一。他们选的地势很好，山下别业一览无余，像一个搁在草丛里的小棋盘，里头的人头都能看得一清二楚。

夏侯潋和朱顺子都在留守的队伍里。山坡上长满了狗尾巴草，毛茸茸的，绿得像要滴下水来，迎着风摇曳。他们和番子一同伏在草堆里，头上都戴了草环用以伪装，一眨不眨地盯着山下的情形。

"原来沈玦打的是这鬼主意。"朱顺子悄声道，"他想策反福王殿下，只要福王殿下一点头，魏德就什么都完了。可他真能成吗？魏德和沈玦，一个大权在握坐镇宫中，一个在山里头流窜，跟土匪似的，只要有脑子的人都会选魏德吧。"

"不一定。"夏侯潋说。

"为什么？你怎么知道？"

夏侯潋摇摇头，他也不知道，他只是觉得，沈玦那样的人，一定不会轻易倒下去。

沈玦其实没那么有把握。这是他人生中第二次豪赌，第一次是东安门外，他孑然一身入了宫。那天似乎也是这样的好天气，晴空万里，鸭蛋青的天穹高而远，偶有几片薄薄的云影，像轻飘飘的鹅毛，边缘晕散，是一根根纤细的羽丝。

可是有没有把握有什么关系呢？他最牵挂的已经没了，从今往后他再怎么苦心经营，最终也只能成为坟墓里最有权势的尸体。一无所有，便无所畏惧。他调整表情，嘴角弯出最适当的弧度，再次挂上春风一般的微笑，像官袍上的金银丝绣、托盘上的剔红螺钿，完美无缺，恰到好处。

沈玦走过曲曲折折的回廊和甬道，穿过花园里的小竹林，见前面水榭里坐了一个胖硕的身影，穿着大红色的曳撒，腰间一匝一匝的，像环绕在身上的红鳞蟒蛇。他转过脸来，露出白圆脸。沈玦上了水榭，朝他深深作揖。

"沈公公，别来无恙！"福王呵呵笑道，"你还是如此玉树临风，放眼整个紫禁城，没人比得过你的风姿。"

福王近年来越发胖了，自从成了跛脚，他明白了人生短暂当及时行乐的道理，十分善待自己。在藩地他唯我独尊，更是毫无节制，一发不可收拾。

"殿下谬赞，再好看的脸也不能当饭吃，"沈玦道，"沈玦这次来的用意，殿下想必明白……"

"哎，哎，你刚来，茶都还没喝一口，别谈这等糟心事！"福王摆手打断，道："来人，给沈公公看茶！这是孤一个故友从西洋给孤捎来的茶叶，据说和咱们大岐的茶不大一样，你来尝尝！"

沈玦轻轻笑了笑，装蒜打太极，官场上你来我往都爱玩这套。这是为了消耗时间，让对方着急。沉不住气，自然就会不自觉地后退，让出更多的砝码。福王是庄家，无论是沈玦还是魏德，都是要帮他办事，他自然镇定自若，只等沈玦把持不住，亮出最后的底牌。

沈玦并不接话，只低下头，从琵琶袖中掏出一卷明黄色的卷轴。福王的眼睛顿时就被吸引住了，颤着声问道："那是什么？"

沈玦缓慢而清晰地说道："圣旨。"说着，他又一笑："殿下，您还喝茶吗？"

第三十一章 飘摇难期

"沈公公，横竖是到了这个地步，你就别跟孤说笑了。"福王直勾勾地盯着沈玦手中的圣旨，道，"快！快把圣旨拿给孤瞧瞧！"

毕竟福王才是身在高位的那个人，沈玦也不敢过分取笑，将圣旨双手奉上，垂眸看着黄花梨红漆方桌上的云纹雕花，平心静气地等福王看完。

福王一面觑沈玦的脸色，一面惊疑不定地打开圣旨。沈玦脸上波澜不惊，什么都看不出来。这个沈公公笑面阎罗的名声是人人都知道的，面上跟你谈笑风生，背地里就捅你一刀。他早有提防，只是没想到这个被贬去金陵看守帝陵的落水狗竟怀揣圣旨！

他垂下眼去，急急忙忙看起来，什么"帝王治天下，敬天法祖、修养苍生……"的场面话都跳过，老皇帝追叙自己功德的狗屁话也忽略，一目十行，一直扫到最后一段，才看到"福王朱穆琛乃朕之长子，人品贵重，深肖朕躬，必能克承大统"。他握紧圣旨，颤抖着抬起头，不可置信地道："父皇立的是孤！"

"诚如殿下所见，这是万岁口叙，中书舍人高才茂大人笔录，沈玦亲眼看着写下来的。"

福王攥着圣旨，过了好一会儿才平静下来，却又一阵迟疑，忽又明白了什么似的，抬头冷笑地看着沈玦："可是魏公公说父皇有意立二弟为嗣，惧怕孤对二弟不利，这才迟迟不召孤入京！若是父皇有意立孤，那为何不召孤入京？要假造圣旨，也不是件难事儿！沈公公，这莫不是你耍的把戏吧！"

福王虽然心宽体胖，却也不是个榆木脑袋。在宫里混了大半辈子，书没读许多，尔虞我诈倒是耳濡目染，心术诡计是沈玦的拿手好戏，同样也是他的看家本领。毕竟他也不是吃素的，要糊弄他还得加点砝码。沈玦不慌不忙，慢条斯理地从怀中暗袋里掏出一个白玉物事，从桌上推到福王面前："圣旨可以假造，不知虎符是否可以假造？"

那是个半个手掌大小的白虎，仰着头龇着牙，因为常年被握着，身子滑亮溜光，泛着焦黄色，越到尾巴越白，可尾巴尖的位置缺了一块。福王认出来了，那是他小时候捧着父皇的虎符玩耍时，不小心在地砖上磕的。

福王小心翼翼地拿起白玉虎符，摩挲着缺了角的尾巴尖："虎符自然也可以造假，可这断尾假不了。这是孤摔坏的，因为这还被父皇骂了一通，孤一直都记得！"这事情来得蹊跷，可如假包换的虎符就在手里，他不信也得信。福王按下心中疑惑，放下虎符拱手道："没想到沈公公才是父皇深信之人。方才小王无礼，还望沈公公莫怪！"

沈玦扶住福王的手，道："殿下折煞沈玦了，沈玦微末之躯，便是殿下对沈玦随意驱驰斥骂也是当得的。"

"公公言重了。虽已拿到遗诏，可孤还有一疑。"

"殿下问的可是为何万岁迟迟不召殿下入京一事？"

"正是。"福王攒起眉头，"魏公公同孤说，父皇近年来宠二弟宠得厉害，又是亲自教他写字，又是带他游豹房，连同阁老议事都带着二弟，丝毫不避讳。魏公公多次传信，言父皇身子不好，却只口不提立储之事，要孤早做准备。这……"

"万岁对二殿下乃是寻常的父子之情。试想殿下小时候，万岁何尝不是手把手授书习字？又何尝不曾带殿下游园观景？父子之情，怎能与托付江山大任混为一谈？殿下真是误会万岁了。"沈玦道，"万岁早有立殿下为太子之意，之所以迟迟未曾颁行，此事当要问魏德才是！"

沈玦话中对魏德很不客气，连敬称都免了。福王一惊，道："难道……"

"殿下仔细想想，宫里头的消息哪次不是魏德传给您的？"

"可还有母后，母后也说父皇对二弟甚是青眼相待。"

沈玦叹气，道："殿下有所不知，万岁已许久不曾去后宫了。现如今，皇后娘娘要见陛下一面也难如登天。唯一能见到陛下的，只有魏德。"

沈玦站起身来，望着园中嘉木森森，负手道："魏德是陛下的大伴，与陛下相伴六十余年。魏德继任司礼监掌印以来，在朝中呼风唤雨，为所欲为。恕沈玦直言，这其中若非陛下庇护，魏德怎能如此猖狂？当年都察院经历谢秉风一家惨遭灭门，刑部侍郎高从先在诏狱被刺穿琵琶骨，更勿论顺天府尹李砂大人、国子监祭酒杨若愚大人……清流诸臣，多少人惨遭屠戮。凡此种种，皆拜魏德所赐。当初有陛下维护，可以闻登闻鼓而不问，可以视血成河而不见。待殿下即位，清流诸臣群起而攻之，魏德与殿下并无六十余年的情分，试问魏德可还能安然稳坐司礼监掌印之位？"

"自然不能。"福王摇头道，"孤何有为保一个太监而触怒群臣的道理？"

"所以他要拉殿下下水。"沈玦微微一笑，"殿下逼宫夺位，名不正言不顺，坐实不忠不孝之名，从一开始便与清流诸臣格格不入。到时候说不准个把脑筋转不过弯来的大人以死相谏，要殿下退位，恐怕殿堂之上还要血溅三尺，殿下又多了一个暴君之名。要与清流抗衡，殿下当然得借助魏德的力量，这样一来，魏德便立于不败之地。此其一。其二，殿下被蒙在鼓里，不知陛下真实心愿，还以为能顺利登基多亏魏德从旁协助。魏德衔恩图报，殿下又仁厚良善，难保不受魏德欺瞒，自然保他稳坐掌印之位。"

"仁厚良善"四个字着实刺了福王一下，福王看了沈玦一眼，后者岿然不动，脸上的微笑弧度不减。沈玦能混到东厂督主之位，足以证明他不是个省油的灯。福王和沈玦打过交道，深知这是个笑里藏刀的主。沈玦的话，虽能信，却不能尽信。不过，沈玦这番作为，所求也无非是一个"权"字。魏德倒台，不就轮到他沈玦了吗？魏德设计想要挟恩图报，他沈玦打的也是同样的如意算盘。

暗里心知肚明，表面上还得做戏。福王狠狠拍了一下桌子，故作愠怒道："这个魏德，竟想出如此歹毒奸计，还算计到孤的头上！若是孤真按魏德所言，逼宫夺位，不仅父子离心，这皇位也坐不牢靠！"说罢，福王又拱手谢道："多亏沈公公及时赶到，才消弭了这一桩天大的祸事。沈公公放心，魏德这等奸佞小人，孤绝不姑息。待孤登基，这司礼监掌印之位就是您的！"

沈玦垂眸浅笑。福王空口白牙，什么承诺都许得。若论翻脸不认人，福王也是个中翘楚，哪里可以担保他的荣华富贵？他和魏德，只怕福王一个也不信，将来自然一个也不留。

他看得明白，摇头道："殿下真是看低沈玦了。陛下屡次想要召殿下进京都被魏德拦截，于病榻之上总算看明白魏德的真面目，可终是晚了，这才托付重任于沈玦，令沈玦与魏德反目，再贬沈玦出京，这才有机会与殿下会面。沈玦蒙陛下重托，岂敢借此挟恩图报？"

福王也笑，道："虽说公公是信佛的人，比旁人总是仁慈心善些。但孤也不是三岁小孩，舍己为人的道理听是听得多了，却还是不大信。就是那些所谓的清流百官，哪一个不是为了升官发财、流芳百世争破脑袋？沈公公，您到了这儿，和孤便是一条绳上的蚂蚱。话说明白，你我心里都舒坦。"

看着肥头大耳，心里倒是透亮，沈玦颔首道："事到如今，沈玦也不怕自揭老底。实不相瞒，十二年前被伽蓝刺客诛灭满门的金陵谢秉风是我父亲。沈玦是我进宫用的假名，谢惊澜，才是沈玦的真名。"

"竟……竟有此事！"福王震惊地瞪大眼，显然没料到沈玦会有这样的身世。

"当年我只有十二岁，正在藏书楼夜读之时，七叶伽蓝的刺客破府而入，见人就杀，我侥幸从狗洞逃脱才捡回一命。后来我流落江湖，跟着流民进京，饥寒交迫，无奈之下才入宫为宦。这也是天意，倘若我不入宫，又如何得知魏德就是我的灭门仇人？"沈玦目含悲意，朝福王长长作揖，沉声道，"沈玦所求唯有一事——手刃魏德，报仇雪恨！还望殿下成全！"

此事要查证倒也不难，只消去金陵寻访一番。话说回来，沈玦再厉害也是个太监，还能越过他去当皇帝不成？福王定了心，扶起沈玦，痛心道："原来如此。想不到沈公公竟有这样的身世！想当初，谢大人乃是巨学鸿儒，孤有幸曾领教过几次谢大人的经筵讲坛，为其博闻强识深深折服。谁知突闻噩耗，一家百余口竟横死金陵，实在是令人扼腕叹息。戴先生敲登闻鼓揭发魏德大罪，孤也有听闻；奈何父皇为魏德所蒙蔽，一意孤行庇护魏德，孤也是万难苟同啊！苍天有眼，谢家还留了一丝血脉在人间。公公放心，灭门大仇，孤替你报！"

"如此，沈玦心愿便了了。待殿下事成，沈玦便归隐金陵，不再过问朝中诸事。"沈玦拱手道，"愿陛下俯治四海，天下永康。"

两个人相携而出，沈玦朝后山看了一眼。司徒谨一直举着镶金雕纹的千里镜看下面的动向，得了沈玦的眼色，立即带着人马下了山坡。门口早有福王的随侍在迎接，引着沈玦的人马进里头安顿。

沈玦和福王在廊下叙话。福王告辞，嘱咐沈玦一会儿一块儿用膳，便去梳洗换衣了。福王转身一走，沈玦的笑意像掉落的漆皮一层层地从脸上剥离，转瞬之间消失得无影无踪。

福王拨了一个单独的院子给沈玦歇息。庭下种了好些竹子，映在地上是青色的影儿，婆娑竹叶被风吹得沙沙响。沈玦踩着满地竹影，伴着蝉声，进到屋里。屋中有黄花梨的方几和圈椅，堂前的方案上置了一个山水石屏，靠左放了青瓷樽，里头一束兰花。沈玦登上脚踏，坐进椅子，抚着眉头。他不敢松懈，四下行走的仆役、丫鬟都是福王的耳目，他不能露出半点端倪。

如今第一关已是过了，福王信了他的假圣旨，把他拉上了自己的船。魏德不知道自己的人马已经尽数覆灭，还在京城巴巴地等着。两头欺瞒，步履维艰。他吁出一口气，睁开眼，看见司徒谨从院子里进来。

"弟兄们都安顿好了。"司徒谨道。

沈玦"嗯"了一声，算是答应。他太累了，不想说话。

司徒谨却不走,问道:"为何留下那个人?他是个累赘。"

沈玦怏怏地扶着额头,道:"他是夏侯潋的好友,我不能杀他。留着吧,等事情完了,无论我是生是死,都放他离开。"

天色昏黑,风雨交加。林子里一片晦暗,人马都是森森的黑影,树枝疯了一般狂摇,叶子被风裹挟着直往脸上拍。蓑帽已经不顶用了,冰凉的雨滴噼啪打在脸上,夏侯潋几乎睁不开眼睛,闷着头跟着前面的马匹跑。

福王的马车陷进泥坑里,大家纷纷下马推车,夏侯潋帮着推后辂辘。瓢泼大雨中,大伙儿一齐喊着号子,马车里的福王把肥白的脸从帘子里伸出来,又被雨砸了回去。福王的马车底盘厚实,沉重无比,好不容易推动了一些。夏侯潋咬着牙,拼着死力狠命往前一送,辂辘转起来,溅起的泥点子全扑在他脸上,好在马车顺利出了坑。

来不及抹脸,夏侯潋急急爬上马,司徒谨经过的时候递给他一张帕子。路着实没法赶了,幸好到了一个村子,福王下令在此歇息,沈玦没有意见,一行四十号人都进了村。村里最有钱的员外接待了他们。三进三出的宅子仍是不够大,夏侯潋和番子们都在祠堂打地铺,只有沈玦和福王有单独的屋子。

雨越下越大,夜色之中群山似兽蛰伏。房上的瓦片噼里啪啦碎了一般乱响,整座祠堂都在风雨中摇晃。夏侯潋睡不安稳,睁开眼一看,大家都睡不着,在铺上辗转反侧。夏侯潋心里不安,站起来走到门口,推开门一瞧,外面的水已经有脚踝深了,坐在门槛上就能洗脚。

"怕是要发大水,你们谁去告诉你们掌班一声?"夏侯潋问。

"不会吧,"有人说,"陈员外说他们村每年都这样,没有哪次发了大水。兴许一会儿就消停了,再等等吧。"

"这儿地势怎么样?"夏侯潋又问,"洪水要是来,半个时辰的工夫就能把全村给淹了,总得知道往哪儿跑。"

"不知道,天太黑,看不清。"又有个番子回答。

夜色很暗,四周都像蒙了一层纱,只能看见树影摇晃,满世界都是大雨哗啦。夏侯潋犹豫了会儿,还是决定穿起衣服去找沈玦。

刚出门,正好撞上司徒谨,夏侯潋道了一声抱歉。司徒谨略点点头,进屋点了人,道:"掌班有令,雨太大,此处地势低洼,似要涨水。你们把马牵上山,往东边走,那里地势高,找个安全的地方扎营,务必保全马匹。"

番子应了声"是"。司徒谨又道:"剩下的人跟我走,扶殿下上山。"

"山路太窄,行不了马车吗?"夏侯潋跟在司徒谨后面问。

司徒谨点了点头，锁着眉头道："马也载不动他，只能靠人扛。"

前前后后八个人抬竹椅，福王撑着伞坐在上头，远远看去那八个人像扛了一座山。沈玦披着蓑衣走在旁边，脸色很不好看。凉飕飕的雨滴顺着蓑衣的缝隙流进衣服里，沈玦心里烦躁，恨不得把福王的一身皮肉给剔干净了再带他上山。

山那边传来阵阵雷声，像巨大的滚轮驶在天际。沈玦的神色顿时变了，四周的房舍纷纷打开，村民从里头跑出来，有的甚至没穿衣裳没穿鞋，没命似的朝山上跑。有人哐哐敲锣，嘶声大喊："水来了！水来了！大家快跑啊！"

番子们奋力往前赶，可是扛着福王实在跑不快，路窄人又多，挤来挤去。只见目力尽处，冥迷之间恍惚现出一条白线，那线气势汹汹地压过来，近了才发现竟像一堵墙似的，排山倒海地奔腾而来。茅顶泥墙的屋子全塌了，连陈员外的大宅院也没能幸免。树倒了一片，鸡鸭猪牛全被冲出来，甩着羽毛和蹄子撞进人堆里。

番子被冲散了，福王没了踪影。沈玦也被洪流裹着，一张口水全涌进来，呼吸不了。水里是黑的，明明暗暗之间，有鞋壳子、木板，还有人的影子。沈玦伸手乱抓，什么也抓不到，只能张皇失措地下沉。

一个黑影扑过来，衣服被什么大力拉住，沈玦被拽起来，头露出水面，呛了好几口水，终于喘过气来。

"沈玦！你怎么样？"

沈玦睁开眼一瞧，是那个碍眼的家伙。沈玦抹了一把脸，掉过头就往水里扎，领子却被那个人拽住。沈玦恼怒地回过头，大喊："你干什么？"

夏侯澈也大吼："我还想问你干什么呢！不往东走，你往西游个什么劲儿！"

"福王！福王还在水里！"

"那个死胖子在哪儿，你知道吗？"夏侯澈简直要崩溃，"你脑子也发大水了？"

沈玦咬牙切齿，吼道："我必须救！"

说完，他掉过脑袋，不管不顾地朝西边游过去。没游出一截子地，又是一阵大水猛冲过来，他再次失去平衡。涌流之中，他被一只手紧紧抓住，头脸被另一只手死死护着，后脑勺紧紧靠着背后的胸膛。水里面，一切声音仿佛都远了，但他仿佛能听见耳朵旁边有一颗心在跳动，一下一下，很安稳，很有力。

夏侯澈的背好像撞到什么，沈玦听见夏侯澈闷哼了一声，然后他们停止漂流。夏侯澈把他托起来，他抹干净脸上的水，费力地睁开眼，才看见夏侯澈的衣裳被一根伸出来的树枝勾住了，恰巧救了他们。

夏侯澈让他先上树，自己紧跟着爬上来。这是一棵古木，已经枯了，只有光秃秃的树枝，可足够粗足够壮，没有被洪水冲倒。树干粗糙不平，被雨水冲过，像抹了一层油，亮亮地发着光。

夏侯潋蹲在树枝上拧衣服上的水。脚下是汩汩流淌的水流，不断有残破的木板、熄灭的灯笼、箩筐，甚至人和动物的尸体在下面经过。抬眼望过去，黑蒙蒙的夜色里，水覆盖了一切，粼粼闪着光，偶尔有几个残存的瓦顶冒出来，像孤零零的小船，在凄风中打着战。

沈玦蹲在他旁边，脸色一直都很阴沉，不过总算打消了下水找那个胖子的念头。

"福王来了。"夏侯潋忽然说。

沈玦一怔，顺着夏侯潋指的方向往下看，一具肥胖的尸体顺着树下的水流漂过来。

福王死了，他计划中最重要的一环断了。

他以假圣旨诓福王光明正大地入京，藩王无诏进京，届时必定被羁押，假圣旨再被搜出，便可给福王和魏德安一个意图谋反的罪名。老皇帝虽然把虎符交给了他，要他保二殿下登基，可福王毕竟是嫡长子，老皇帝哪里能舍得下心弃了这个儿子？如今福王是死了，可魏德依然稳如泰山。老皇帝耳根子软，最是依赖他这个大伴，若不是逼宫篡位的罪名，压根儿动不了魏德。

可如今，一切谋算都打了水漂。

沈玦的脸色阴沉得能滴出水来。大夏天的，虽然下了雨，但还是闷热，可蹲在沈玦旁边，夏侯潋觉得很冷。

"掌班，"夏侯潋拧着衣摆，道，"如果你想要逃的话，我可以帮你。我有经验，保你出大岐没问题。到时候下南洋还是去东瀛，都随你。"

沈玦看了他一眼，道："为什么帮我？我这样待你，你该趁机杀了我才对。杀了我，你就自由了。"

夏侯潋道："早年杀了太多人，怕死了之后下地狱，现在积点德，能救几个是几个。赶巧你碰上了，算你走运。"

"这世上没有地狱。"

"信就有。"夏侯潋拧完衣摆拧裤腿，"怎么会没有呢？要是没有地狱，就没有阴曹地府，没有阴曹地府，咱们和至亲至爱一旦阴阳永隔，就再也见不到面了啊。所以还是有的好。"夏侯潋落寞地笑了笑，"你说对不对？"

沈玦沉默着看他。

"你叫尚二郎，是吗？"

夏侯潋点头。

"尚二郎，"沈珏扶着树干坐下来，问道，"这些年，夏侯溦还活着的时候，过得如何？"

夏侯溦望着黑不溜秋的水面想了想，道："挺难熬的吧。他爹杀了他娘，他杀了他爹，哥哥没了，师父死了，整个就是一人间惨剧。"

沈珏放在身侧的拳头紧了紧。和他收到的线报一样，夏侯溦果然一直在苦海里煎熬，可他却无能为力。

"他怪我吗？"沈珏道，"明明当上了东厂提督，却没有去救他。"

夏侯溦惊讶地看了沈珏一眼，道："怪你干吗？这些关你什么事儿？应该他跟你说一声对不住才是，撒谎成性，轻诺寡信，你说的都没错。"

夏侯溦顿了顿，低声道："对不住。"

沈珏的心震了震，这个男人说"对不住"的时候，他仿佛真的听见了是夏侯溦在道歉。那么相似的语调，那么相似的气息，差一点他就分辨不出来。他的手掐着树干，指尖破了都一无所觉。

低下头，沈珏正看见夏侯溦的背，一条狰狞的伤口横在他背上，还淌着血，可这个人方才言笑自若，仿佛身上什么伤也没有似的。

"你受伤了。"沈珏攒眉。

"小伤，不碍事。"夏侯溦不以为意。

"把衣服脱了吧。湿衣裳，裹着不好。"

夏侯溦不肯。沈珏劝了几句，他硬是不脱。沈珏蹙了蹙眉，不再说什么。

他不愿意脱，沈珏总不能撕他的衣服，他自己不要命，那便罢了。

等了许久，水渐渐小了许多，远远地看见有人划着船的身影。

"掌班！掌班！你在哪儿？"呼喊声顺着风遥遥传过来。夏侯溦大喊着挥手，人近了才发现，他们划的不是什么船，而是一块大木板，手里的桨是根长木片。

夏侯溦和沈珏得了救。司徒谨使了银子，让他们暂时借宿在山上几个猎户的家中。底下的村庄成了一片汪洋，灰蒙蒙的天穹下，水却发着亮。凄迷世界中，唯有山上几点微弱的灯火。村民们哭天抢地，许多人都一夜之间失去了亲友。

脚刚落了实地，沈珏这厮就翻脸不认人，硬逼着夏侯溦给一个番子易容，要把他易容成福王的模样。

"假冒皇子，这是大罪！易容能瞒几时？况且那是个胖子，他是个瘦子，晚上睡觉衣服一脱，棉花露出来，全露馅了！"夏侯溦苦口婆心地劝说，"三思而后行啊，这可不是闹着玩儿的。"

沈珏捧着热茶，淡淡道："我自然知道。不必你费心，你只管帮他易容就好。"

"我不干。"

沈玦冷笑："怎么，在大水里绝处逢生回来，梳洗断锥便不怕了？"

"掌班大人，我救了您的命。"夏侯潋气得发笑。

"哦？"沈玦扫了他一眼，"咱家受了惊又受了寒，昨儿的事儿，都忘得差不多了。"

夏侯潋："……"

沈玦最后用朱顺子的命威胁夏侯潋，让夏侯潋帮那个番子易了容。夏侯潋不知道沈玦到底打的什么主意，但看这样子，左不过让这番子假冒成福王进京夺嫡。沈玦这个人，真是不要命了！

他一向是这样，一旦拼起狠拼起命来，谁都比不过他。夏侯潋还记得他小时候是怎么寒窗苦读的，在宫里又是怎么练刀的。那个寒霜一般的少年，从来星夜不休，寒冬不辍。时光固然可以改变一个人，但有些东西早已刻进了他的骨子里，磨之不灭。

身娇体弱这一点也没变。纵然灌了许多杯热茶下去，沈玦还是病倒了，在床上躺了一天。司徒谨和番子去各家讨了草药，熬成一碗碗苦茶给他灌下去。夏侯潋隔着窗子往里瞧，简陋的架子床上隆起一个坟茔一样的包，沈玦睡在里头，脸烧得通红。

大夏天的，沈玦窝在棉被里面，还裹着棉被，可他仍觉得冷。山上猎户家的茅草屋，四处都是干草味道，靠墙放着箱笼，脚边上一张被虫子啃得满是窟窿的木桌，不大的屋子被杂七杂八的东西挤得满满当当，他睡在里面，也像一个被随意弃置的物事。被窝是人家盖过的，一股描述不出的臭味，他觉得难受。

夜没有尽，窗子里透进来蒙蒙的亮，纱窗外面是阴森的树影，偶尔传来村民呜呜的哭声，像鬼魂在徘徊着号叫。

他觉得渴了，想要喝水，可旁边没有人伺候。司徒谨他们都是他的下属，不是他的仆人，不会跟在他身边鞍前马后地侍奉。他们给他灌完了药就觉得完事儿了，等着天亮他醒来继续发号施令。

他只好忍着。时间一点一点过去，夜好像被拉长了，没有尽头似的。有谁托起他的背，喂他喝了水，甘甜清冽，是井水的味道。额头上的巾帕也被换了，清凉盖住额头的滚烫，他觉得脸颊的温度退了些。

他迷迷糊糊地睁开眼睛，瞥见床头有一个人影儿，背靠着床架子坐在地上。

是阿潋吗？他想。

脑子好像糊涂了，他好像回到很多年前还在谢府的时候，他是谢惊澜，夏侯潋是他的书童，睡在他的拔步床下，他要喝水，夏侯潋就给他端过来。

过了两天，水退下去了，残破的村庄露了出来。除了几家的屋子幸存，其他统统塌了。道上全是死猪，乌黑的身体直挺挺地僵在那儿。倒伏的树木横亘其上，枯死的枝条下面能找见几具淹死的苍白尸体。

沈玦下令启程。他的病还没好，烧退了些，可摸上去仍旧微微地烫。但时间不等人，他必须赶在老皇帝驾崩前回京城。他令番子们把马喂饱牵出来，收拾好帐篷和行李，打点一切，一个时辰后准时出发。

夏侯潋皱着眉过来，道："你病还没好全呢。骑马吹风，你想死在半道上一了百了吗？"

沈玦不答反问："昨晚是你吗？"

夏侯潋愣了一下，道："你不用道谢，我看你没人照顾，就自作主张帮你倒了几杯水而已。"

沈玦捏紧水壶，厉声道："咱家的事情无须你操心，往后你再敢靠近咱家半步，咱家要你的命！"

夏侯潋心想：这人脑子有病。

他没理沈玦，向司徒谨确认了一个时辰之后出发，转身走了，走之前还不忘拽走了朱顺子。

司徒谨看向沈玦，问道："不派人跟着他吗？"

沈玦闭了眼睛，道："罢了。我们快马回京，他没有机会赶在我们前头。既然无害，便让他去吧。"

夏侯潋和朱顺子捡了一堆破烂回来，其中还有福王的马车底盘。车帷子和车顶盖已经被水冲走了，只剩下带着四个车辘轳的车底盘。番子都好奇地看着他们。夏侯潋和朱顺子开始削木头，把辕木和底盘重新接起来。有番子明白他在做什么，自发地过来帮忙。

夏侯潋又找来四根竹竿和一块大油布，在底盘上面搭了一个平顶棚子。番子把水渍擦干净。木头浸了水，还泛着潮。夏侯潋去猎户家买了两床被子铺在上面，再牵来两匹马套上轭，一辆简易到极点的马车就齐活了。

沈玦看也不看，时辰一到，就爬上马。病没好，手脚发软，他费了好大劲儿才爬上去坐稳。

夏侯潋叫他下来，让他去坐马车。

沈玦扭头看那一辆平顶油布篷的"马车"，棉被是人家新做的婚被，遍布红牡丹花的被面土得掉渣。沈玦满脸都是嫌弃，道："即刻启程，都上马！"

番子们看了眼夏侯潋，没敢违抗沈玦的命令，纷纷上马。夏侯潋深呼吸几口气，让自己不和脑子进水的病患一般见识。吐息完毕，夏侯澈走过去在番子们震惊的目光中硬生生把沈玦从马上拉了下来。

"放开我！"沈玦咬牙切齿。

"你要想摔地上，我立刻放开你。"夏侯澈低着头瞧他。

沈玦怒极反笑，道："咱家看你是不想活了。"

夏侯澈不屑地笑了笑："我早不想活了。你那什么梳洗掏腹我也无所谓了，随便你吧。我想明白了，爷刀山火海都闯过，还怕什么！大不了咬舌自尽，看你大刑上得快还是我牙齿合得快。怎么样，坐不坐马车？"

"我不！"沈玦大吼，"你们都是死人吗？还不快把这个疯子拿下！"

谁才是疯子？

沈玦倔得令人脑仁疼，夏侯澈气得想要把他的脑袋按在地上。

"沈玦，你不为你自己考虑，总得为你这帮弟兄考虑吧！你要是有个三长两短，自己撒手去了也就罢了，你这帮弟兄跟着你出生入死，你让他们怎么办？"

番子们从马上下来，齐齐跪在地上，道："求掌班保重身子！"

连司徒谨都没动弹。沈玦终于沉默了，自暴自弃地偏过头，让夏侯澈看着他冷白的侧脸。

夏侯澈把沈玦塞进被褥里。沈玦整个人窝在大红棉被里头，露出一点苍白的脸，像夺了月色的白瓷。

大雨过去了，天空青得像杭绸织成的锦缎，偶有几片极淡的云片是缎子上绣的暗花。熹微的天光照下来，映得篷子上的水滴晶莹地亮。马车颠簸，沈玦昏昏欲睡。夏侯澈坐在他头边上赶马车，影子罩在他的头顶。

这个男人，有着与夏侯澈一样的眼睛，也有着夏侯澈一样的性格，一样的粗鲁，一样的蛮横。

十年了，夏侯澈早已不该是十四岁的模样，至少三年前沈玦在柳州见到他的时候，他已经成了一个神挡杀神、佛挡杀佛的刺客。那是一把绝世杀器，所向披靡，无人可挡。

可是这个人，却像十年前的那个夏侯澈，披风沥雨，踏过岁月的长河，与他重逢。

是真是假，他分不清了。钱正德说得没错，纵使是镜花水月的影儿，只要不戳破它，它就是真的。棉被底下的唇勾出一个嘲讽又苍凉的弧度，沈玦对自己说，睡吧，睡过去，梦里面，什么都是真的。

第三十二章 霜露宵零

半途沈玦就弃了马车重新上马,快马加鞭回京。夏侯溦看他气色好了不少,便没有坚持让他继续待在马车上。回到京师,他们把夏侯溦和朱顺子扔下,不知去了哪里。当然,他们有没有暗地里派人监视就不清楚了。临走前司徒谨对夏侯溦说,这几日看好门户,闭门莫出。

夏侯溦知道京师铁定要出事儿,但来不及仔细咂摸司徒谨的话,回到云仙楼就病倒了,背上的伤口处理得太晚太粗糙,又是发炎又是流脓。阿雏剪开他粘在背上的衣裳,看见他满背狰狞的伤痕,吓得剪子掉下来差点戳进自己的大腿。阿雏紧赶慢赶打发朱顺子去帮他请大夫,抓药,前后折腾了七八天才慢慢好转。

阿雏的小丫鬟去外头买药回来直咂嘴,说外头多了好些锦衣卫和兵士,凶神恶煞咋咋呼呼的,吓死个人。又过了几天,京里颁了禁铁令,还开始宵禁了。云仙楼的生意萧条了不少,没有恩客上门,门口站条子的都免了,王八头儿和姑娘们都凑在院子里打马吊。

夏侯溦一直在养伤,只能靠阿雏和小丫头告诉他外边儿的消息。说来说去都是街上乱窜的东厂番子、锦衣卫和五城兵马司,要不就是城门过关的查验严了不少,不只要路引还得搜身。沈玦的消息半点儿也没有听着,三四十号大活人,就像人间蒸发了似的。夏侯溦安慰自己,没有消息就是最好的消息。

秋分过了的第一天,夜幕刚降临,外头响起一连串男人的呼喝声,还有铁靴踏地、兵甲环锁相撞的金铁之声,京里四处起了火,黑烟漫上天。姑娘们挤在游廊底下,惊恐地踮起脚张望被火光映得发红的天穹。鸨儿令杂役和打手看紧大门,有人大着胆子透过门缝儿往外瞅了瞅,回来说兵将抓了好些男女,街上还有血迹。

"宫里头准出事儿了，"鸨儿摇着美人扇指指点点，"这是要变天了，站错队的都要完蛋咯！"

"外头抓的都是那些站错队的？是大殿下的人还是二殿下的人？"有姑娘抚着心口问道，"不知道我那该死的姘头怎么样了。上个月他喝醉酒跟我说了几嘴，说什么福王殿下是最有希望的，一准能承大统。"

鸨儿说话间颇有女中豪杰的意味："管他呢！就算是天皇老子变了一家姓都挡不了老娘开门做生意。左右就是这几日的事儿了，到时候看你那姘头还来不来上铺，不就知道了？"

夏侯潋避开叽叽喳喳的姑娘们，坐在葡萄架子底下，手里摩挲着沈玦的七叶菩提。

老天保佑，希望沈玦平平安安，得偿所愿。

紫禁城。

黑暗沉沉地压下来，红墙上一溜的牛皮纸灯笼，拳头大小的光亮连成一片洒在地上，像青黑砖石上破碎了万点金。今天的夜色好像格外地浓，宫灯也只能照亮方寸大点的地方，更多的地方仍然陷在黑暗里。守宫门的小太监垂首站着，阴影笼了半边身子，不仔细瞧看不见。

寂静的宫廷只有铃虫的鸣叫，忽然，急促的脚步声响起，铁甲铿然的声音越来越近。小太监惊醒了似的，支棱起脑袋往御道上望。一支黑色的短矢呼啸而来，瞬间洞穿他脆弱的头颅。小太监倒在地上，血水在青砖上弥漫，无神的漆黑眸子里，映出魏德和福王，以及御林军疾走的身影。

乾清宫里倒是灯火通明，皇帝喜欢亮堂，睡觉还要点着一盏灯笼。老皇帝靠在龙凤床柱上，床帐是黄绫缎子，被面也是杏黄的锦缎，四处都是亮堂的颜色，可人已经无可救药地暗了下去，脸是灰的，半天喘不上来气，像凄风里的烛焰，一跳一跳，马上就要熄灭似的。

张皇后坐在宝座上，腕上挂一串迦南佛珠，正一颗一颗地数着，冷眼瞧着李贵妃伺候汤药，十岁的二殿下坐在脚踏上，大声背着诗。稚嫩的嗓音一声一声回荡，是充满汤药味和死人气的宫殿里有点活气的东西。

张皇后吁了一口气，那三个人其乐融融，像是一家子，她却像个外人，格格不入。

帝后失和不是一天两天的事儿了，皇上得有十来年没有踏足皇后的寝殿了。皇后失宠，自有贵妃承宠，前头的贵妃死了，还有后来的贵妃踵替，总而言之，她这个皇后是轮不上的。罢了罢了，皇后扶了扶堆在头顶的发髻和凤簪，站起身来。人生在世，哪能净指着爱情呢？虚无缥缈的玩意儿，她也不稀罕。

医正把完脉，膝行向后，在地上叩了一个头，掂量着语辞道："万岁舌苔发红，手脚生寒，脉象疲软，病势瞧着似比昨儿又沉了一层。"他说得拐弯抹角，大伙儿听了都明白，这是无药可救，只能等死了。

医正心惊胆战地等皇帝说话，皇帝只挥了挥手，道："你下去吧。朕年岁到了，命是天的事儿，我们凡人管不了这许多。天要收朕去见祖宗了，朕去见便是。"

"陛下！"李贵妃含着泪，叫了一声。

二殿下也不念诗了，抬起头懵懵懂懂地望着皇帝。

"穆珩，"皇帝把小皇子的手放在掌心，"你要听你母妃的话，听老师的话，将来，就都靠你了。"

老皇帝至今未立遗诏，听这声气，像是要把皇位传给这乳臭未干的小孩子。张皇后心里咯噔一下，抬起头来，硬扯出一个微笑道："皇上这是哪儿的话？二殿下年纪还小，只管好好读书，将养身体，长得结结实实聪明伶俐就行。担子自有我们大人挑着，要他费什么工夫？"

老皇帝瞟了张皇后一眼，冷飕飕的眼风让她打了个冷战，她不自觉让宫婢搀着站远了些。老皇帝耷拉的脸皮颤了颤，沙哑地开口道："那依你的意思，这担子该谁挑啊？"

张皇后略挺了挺胸，扬声道："陛下，明摆着的事儿，您非要当看不见。二殿下才十岁，十岁的孩子能干些什么？我儿穆琛，端敏俊秀，就藩以来，藩地安平，百姓安居乐业，从未有过什么错处。可您，就因为他一点跛脚之疾，对他弃如敝屣！"

张皇后不说则已，一说皇帝的脸色就变了。他咬着牙，怒道："十岁又如何？四年之后，他就是十四岁，朕就是十四岁登的基！穆琛，你还好意思说穆琛！朕给过他机会，他跛脚，朕也痛心！可这孩子，吃喝玩乐，八大胡同哪处儿他没去过？云仙楼那些胆大包天的东西，讨债讨上朕的官门！天家的脸都被你儿子给丢尽了！"

张皇后冷笑一声，道："说得像您没去过似的。锦衣卫护着，东厂瞒着，偷摸扮成寻常公子哥儿，和一帮没皮没脸的姘头勾搭，回来宫里，脂粉味儿都还留着，当臣妾不知道吗？也不看看穆琛是谁的种！"

她这话说出来，乾清宫所有人的头都越发低了，假装自己是木头人，看不见也听不见。

"你！你！你住口！"皇帝怒极，吐出一口血来。

李贵妃吓了一跳，慌忙抚着皇帝的胸口，哭道："皇后娘娘，您快别说了！陛下经不得气啊！"

人活一辈子，谁没有荒唐过？帝王的荒唐到后世是风流韵事、闲情野史，在现在却是万不能摆上台面儿上说的。张皇后已经口不择言了，揭破脸皮的话儿说出口，也就不管不顾了。

"我琛儿，乃是文武百官所向、大岐百姓所望，你不立也得立！"张皇后傲然道，"琛儿，出来吧！"

福王自龙凤落地罩后面转出来，朝皇帝作了一个揖，微笑道："父皇安康。"依然是肥硕无匹的身躯，他一走出来，乾清宫顿时小了许多似的，硕大的身影被烛火映上墙壁和屋顶，沉甸甸地压下来。医正、宫女、太监们都觉得殿里忽然就暗下来了，喘不过气。

魏德捧着托盘趋步走上来，上头放了纸笔，恭恭敬敬地捧到老皇帝面前，道："陛下，您就立福王殿下为储君吧。内阁几个元老、六部尚书们，都跪在殿前哭请呢。立储关系圣朝根本，国家安康，奴婢斗胆，跪请陛下早做决断！"

福王背着手道："是啊，父皇，趁您还能动弹，赶紧吧！诸位臣工都等着呢，您何苦这样倔强？莫不是担心二弟母子？您就放一百八十个心吧，儿臣自然会好好照料他们的。"

乾清宫里一片寂静，众人都缄默着，几个医正低着头，默默往后退，把自己藏到帘子底下，越不起眼越好。老皇帝望着魏德手里的托盘，老太监低眉顺眼地俯着头，描金乌纱帽在他脸上罩上一层阴影。

皇帝直勾勾地看着魏德，长叹了一声，道："大伴啊，朕小时候被老师打手心，你捧着朕的手一边哭一边吹的时候，朕是万没有想到今日啊！"

魏德脸上浮出一个笑容，是惯常的挑不出错儿的欢喜模样。老皇帝看了几十年，今日才发现这笑容从来没有到魏德的眼底。

"陛下，人都是会变的。老奴是浮萍一样的人儿，比不得您尊贵。您是枝繁叶茂的参天大树，老奴只是一根攀在您身上的藤蔓，您要枯了，老奴还得活啊。少不得找下一棵树，老奴也是没有办法。"

两个老友一坐一跪，空气好像凝滞在他们之间了，老皇帝原本就苍老的脸一瞬间仿佛又老了许多，里里外外都透着一股灰暗的死气。

福王已经不耐烦了，道："父皇，您再不动笔，莫怪儿臣保不住二弟母子的性命了！"

皇帝冷冷地瞥了福王一眼，抓起枕头来扔在他脸上，吼道："畜生，你给朕闭嘴！朕还没死呢！拿不到朕的诏书，你永远都是不正之君，是篡位的小人！"

福王却不生气，不慌不忙地把枕头放下，在落地屏宝座上坐下来，道："得，随便您。反正整个皇宫已是儿臣囊中之物了，您自个儿伸脑袋往外头瞧瞧吧！"

他说完，老皇帝和李贵妃才意识到，外头黑沉沉的夜不知不觉中亮了许多。那不是天光，而是兵士手中的火把。乾清宫早已被团团包围，进退无路。

老皇帝面如死灰，瘫在床上，手指颤抖。

忽然，一声尖叫划破寂静的长夜，响彻了紫禁城。外头忽然乱了起来，魏德慌忙回过头来，问道："怎么回事儿？"

"报！报！"御林军统领冲进来，大喊道，"沈玦带着城外三大营的兵马进宫了！已……已经进了玄武门了！"

黑夜之中，一支煌煌的火箭自黑暗之中突围，快速地向皇宫中心奔移。马蹄声如擂鼓，遥遥传过来，魏德、皇后和福王都面如土色。很快，乾清宫殿外响起厮杀声，兵戈相击，火光交织成一片，跃动的光影映在殿内每个人的脸上，照出满脸的恐惧。

"快！杀了二殿下！"魏德嘶声大喊。

李贵妃抱着孩子惊叫："不要！"

福王大吼一声："我来！"旋即抓住二殿下的衣领，拉出李贵妃的怀抱。李贵妃死死抱着孩子，孩子在她怀中凄厉地哭号。魏德赶上来，揪住贵妃往后扯。福王把孩子抓出来，抱到明间，拔出腰刀。

明晃晃的刀光映在男孩惊惶的脸上，瘦弱的二殿下像苦雨中的一只稚雀，凄然发着抖。四周的宫婢和太监大喝一声，扑过来，抱住福王的手脚。

"谁敢动！给本宫退下！"皇后怒吼，"琛儿，杀了他们！全杀了！"

福王却只拼命挣扎，并不下刀。魏德喊道："殿下，快啊！"

然而，斜刺里一支凝着寒光的羽箭呼啸而来，穿破门扇的糊纱，直直没入他的乌纱帽。他忽然滞住了，在张皇后的惊呼声中，他的额上蜿蜒流下殷红的血液，像一条手指粗的红蛇慢条斯理地滑过他肥白的脸颊，有一种令人窒息的恐怖。

太监、宫女把二殿下抢下来，福王沉重地倒在地上。

"不！"张皇后凄然尖叫。

朱漆大门霍然开启，灯火中，一个高挑的男人走进来。他一进来，似乎殿里所有的光都集中在了他的身上——曳撒上繁复艳丽的绣蟒，描金卧线，一根根流淌着静谧的光芒；再往上看，沉谧的金色映着他的脸颊，勾勒出精致的眉眼。

"臣救驾来迟，陛下恕罪！"沈玦颔首作揖，脸上的微笑无懈可击。

背着弓箭的司徒谨在他身后，也俯首作揖。

魏德颤抖着嘴唇，指了指沈玦，却什么话也没说出口。

老皇帝凝望着地上福王的尸体，灰暗犹如槁木的脸上滑下一滴晶莹的泪水，凝着烛火的光，亮得逼人。悲戚仿佛潮水，沉默无声地在这个将死的老人身上汹涌开。

"不晚，沈厂臣，你来得刚刚好。"老皇帝把身子撑起来，道，"昔年，朕有三个兄弟，为这龙椅争得头破血流，自相残杀先后惨死。朕只有两个孩儿，想不到还是逃不了你死我活的死局。"他看向魏德，平静地说道，"大伴，朕早知你与皇后狼狈为奸，早早地便将虎符交予沈玦。贬他去金陵，实为躲开你的耳目，等候机会回京救驾。可不到最后关头，朕还不死心，盼着你悔改。如今看来，都是徒劳。"

魏德摘了头顶的描金乌纱曲脚帽，在地上叩首。他知道自己已经输得干干净净，到这步田地，没什么话好说的。他赌得起，自然也输得起。

魏德将额头叩在手背上，道："陪王伴驾六十余年，老奴原本以为老奴才是陛下的心腹近侍，陛下蒙谁也不会把老奴蒙在鼓里，却没想到，原来陛下对老奴早有了戒心。老奴忘了，陛下是陛下啊！当初老奴拼命相护的四皇子，早已经长大了。陛下，奴婢糊涂，仗着您的宠信为非作歹，犯下这不可饶恕的重罪！奴婢愧对您的交托，陛下处置老奴吧。"

老皇帝沉默良久。魏德叩在地上没有动弹，枯槁的身子裹在绯红的蟒袍下，愈发显得瘦削。

皇帝道："朕与你相伴六十余年，朕在后宫里人嫌狗厌的时候是你陪着，朕成为九五之尊四海朝拜的时候也是你陪着，朕早已经离不开你了啊。朕驾崩之后，你便到朕的建陵来守着吧。"

魏德浑身震了一下："陛下，您不杀奴婢？"

"杀不杀的，死的人已经死了，顶什么用呢？再死几个，也是徒增伤悲。你替朕守陵，便是尽你的一份心，赎罪吧。"

魏德头叩在地上，仿佛有千斤重，抬不起来似的。随即，他重重地磕了一个头，沙哑道："谢主隆恩！"

"至于遗诏，朕早已立好了。"皇帝指指地上的枕头，对沈玦道，"你把枕头撕开。"

沈玦依言照办，杏黄的遗诏果然缝在枕头里。沈玦将诏书奉在手中，趋步上前。

皇帝却摆手道："你收好，不必给朕了。都下去吧，朕累了。"

龙凤烛台噌噌烧着，老皇帝坐在床帐下面，明黄缎子在他脸上盖上一层灰暗的阴影，看上去已不像是一张脸了，而是熄了火的灰炭，灰得发白，透着一股死寂。

众人应了声是，正要退下，抱着福王的皇后突然惊叫一声，手里抓着一捧从福王怀里拉出来的棉花，高喊道："他不是我儿！他是假的！他不是琛儿！"

"福王"的衣裳底下，白团团的棉花漏出来，扯掉一身的棉花，他整个人像漏了气一般，迅速瘦下去。众人瞠目结舌地看着，沈玦没什么表情，只低头将诏书收进琵琶袖，漫不经心地说道："都露馅儿了，还躺着做什么？起来。"

沈玦话音刚落，地上的人一骨碌爬起来，嘿嘿笑道："督主，这不能怪卑职。都怪皇后娘娘抱着卑职不撒手，棉花给挤出来了。"说着，他把乌纱帽摘下来，取下头顶的鸡血包，再将面皮一扯，一张肉嘟嘟的人皮面具被撕下来，露出底下他自己的脸膛——笑模笑样，长得倒是喜庆。

张皇后颤着手指，问道："你……你是何人！殿下呢？他没死，对不对？对不对？"

番子不回话，站起来走到司徒谨身后，一心一意当起透明人来了。

皇帝直起身来，脸上红了几分，像将熄的炭火又蹿起几个火星。他问道："沈玦，这是怎么回事儿？此人是谁？福王又在何处？啊，朕明白了，朕令你莫伤福王，你想出了这么个法子，弄个假福王，把真的藏起来。这样一来，真的保住了，又能揭发他们。"说着，他微微笑起来："你素来足智多谋，朕果真没看错人。"

魏德的神色变了变，道："只怕并非如此……"

沈玦不答，只向李贵妃作揖："此间事已了了，贵妃娘娘，二殿下受了惊，不妨带殿下下去歇着吧。"

皇帝还没发话，沈玦这样做着实有些逾越。不过到了这个地步，老皇帝也无心管这些了，只巴巴地望着地砖上站的那个男人。

贵妃还了礼，牵着二殿下出了门，还细心地替他们掩上门。殿内又只剩下烛火和黑暗，沈玦踩着满地莹然，登上脚踏，施施然坐在落地屏宝座上，右手抚着腕子上滴溜浑圆的碧玺珠子，轻声笑道："让陛下和娘娘失望了。我们在回京的路上遇见洪水，殿下已然薨逝，棺木不日便会进京。"

老皇帝颓败了下来，双手捧着脸。过了半晌，他的声音从指缝里闷闷地传出来："罢罢罢，都是命！这也并非沈玦之过，朕不追究了，都退下吧！"

"陛下！"魏德道，"您错看这个畜生了！即使殿下安然抵京，恐也不能平安！既然早知道老奴要逼宫，他为何不拦着？分明是别有祸心！"他看向沈玦，"殿下本与我商议好了，秘密抵京一同进宫。你使了什么法子，让他听信你的话儿跟着你走？虎符！你以虎符为筹，诓得殿下的信任。等殿下进了京，你就把消息放出去，将他拿下。殿下无诏入京，必定要押入宗人府听候审讯，如此一来，你就能保二殿下上位。"

沈玦低低一笑。

"不对，不对。殿下进宗人府还不够，你要二殿下坐稳江山，就不能留下他的命！"魏德脸颊颤抖，死死盯着沈玦，"沈玦，你到底是何谋算？"

沈玦道："这个简单，我给了他一份假圣旨。"

"是了。无诏入京不能置他于死地，假圣旨可以！假传圣旨，篡位谋反，这是滔天大罪！"魏德叹道，"可惜福王半途薨逝，你没办法，只好弄个假福王……不对，大殿下既已薨逝，能坐上龙椅的自然只有二殿下，你又何必弄个假福王多此一举？"魏德喃喃自语，忽然一震，"你是为了杀咱家！只要坐实了咱家逼宫的罪名，咱家必死无疑！真是好谋算啊，沈玦。福王死了，能即位的只有二殿下。咱家也死了，你居功至伟，司礼监掌印非你莫属。二殿下丁点儿大的人儿，贵妃又是妇道人家，不懂什么，自然是要倚仗你的。届时职掌六宫之中，权压百僚之上，你才是最大的赢家！"

沈玦牵起嘴角，点头道："义父说得只字不差。这个法子儿子琢磨了好些日子才想出来，义父一眨眼就明白过来了。可惜，有一着咱们都想岔了，即便福王假传圣旨，你逼宫谋反，陛下也不会舍得要了你们的命。"他的笑带了点嘲讽："陛下宅心仁厚，义父谋逆还能免其死罪，真是令人……叹为观止。"

老皇帝听了半天，终于明白过来。他们这一干人，斗来斗去，钻破脑袋，都不过是沈玦手里的棋子。他把虎符给了沈玦，让沈玦有了筹码。魏德和福王逼宫，正中沈玦下怀，让沈玦可以光明正大地杀了福王和魏德。穆珩即了位，也不过是沈玦的傀儡。龙子凤孙，统统泥人儿似的，让沈玦捏在手里玩弄。若非假福王被皇后识破，他们还被蒙在鼓里！

皇帝胸中气涌如山，蓦地喷出一口血来，溅在魏德的脸上。魏德大惊失色，忙抚着皇帝的脊背。老皇帝嘀嘀喘着气，想起方才李贵妃对沈玦顺从的模样，道："贵妃……贵妃跟你也是一伙的？"

沈玦道："自然。"

"哈哈哈！"张皇后已经癫狂了，头发披散，凤钗斜插，"万岁，您瞧瞧，可不可笑？你，九五之尊，我，大岐坤极，被一个太监欺瞒哄骗！你说琛儿丢了你天家的体面，这才是耻辱啊，耻辱！"

魏德咬牙道："沈玦，你何时与贵妃勾结在一起的？"

沈玦低头想了想，笑道："约莫是十年前吧。义父，这还要多谢您派给李娘娘的毒参汤。若非您出手加害，我也不能救她一命。她为求自保，只能与我合作。"

皇帝一震，瞪着魏德，道："毒参汤，什么毒参汤？"

"陛下，您忘了？贵妃刚生育时体弱多病，您为表圣宠，日日给她送参汤。可惜，好好的参汤，却被您的大伴掺了毒。先是番木鳖，后来是雪上一枝蒿，一点一点下，银针都验不出来。"

老皇帝怒极，不知从哪儿来的力气，将魏德一把推开，身子瑟瑟发着抖。

"你们这些人！没一个好东西！好你个沈玦，狗胆包天！你的荣华富贵，是朕给的！你的高位厚禄，是朕封的！你这个奴才不思图报，反倒弄权欺君，朕要你的狗命！"

魏德怆然叹了声，道："我以为我养的是一条狗，可他其实是一匹狼啊！狗长大了会护主，可狼长大了会吃人！陛下，是老奴对不住您。老奴负了您的恩德，还养大了这头心狠手辣的狼崽子。您的大恩大德，老奴只有来世再报了！"

说完，魏德忽然暴起，手中握着一柄柳叶般的利刃，狠狠地朝沈玦扎过去。

冰冷的刀光闪过，映得沈玦的脸庞霜雪一般寒凉。沈玦纹丝不动，连睫毛都不曾颤抖。空气里传来尖利的鸣响，仿佛布帛被撕裂，一支羽箭破空而出，穿没魏德的太阳穴。

柳叶刀哐当一声落地，魏德的身后，皇帝目眦欲裂："大伴！"

沈玦漠然地看着魏德的尸体，神色高寒，犹如庙里无悲无喜的佛像。

皇帝白发蓬乱，老泪纵横，道："沈玦，这下你满意了！你的每一步都成功了，琛儿没了，大伴死了，你的绊脚石统统没了！"

"不，"沈玦低声道，"还有最后一步没有完成。"

老皇帝抬起眼来，浑浊的目光迎向缓缓站起身的沈玦，忽然感到浑身彻骨的冰寒，仿佛冰雪从天而降。

沈玦敛了脸上的笑意，深深俯首，作了一个长揖。

"臣沈玦斗胆，请陛下宾天！"